EHRENGEBUNDEN

EINE MILITÄRISCHE SCIENCE-FICTION-SERIE

PFLICHT, EHRE, PLANET

BUCH 2

RICK PARTLOW

ZWEI MONDE

NEWSLETTER

Abonnieren Sie den Newsletter, um über neue Veröffentlichungen von Zweihänder Publishing informiert zu werden:
https://www.subscribepage.com/deutschescifi

1

Jason McKay passte seinen Griff um die Pistole an, die klebrige Oberfläche seiner Handschuhe hielt sie sicher, obwohl der Schweiß seine Handflächen unter dem Material durchnässte. Das Innere des alten Lagerhauses war dunkel und heiß, und seine Kampfuniform war unter seiner Rüstung durchnässt, sodass ihm Schweißrinnsale über das Gesicht liefen, als er hinter einem Betonpfeiler kauerte. Das Ganze dauerte schon viel zu lange... Die Anzeige in seinem Helm zählte bereits mehr als fünfzehn Minuten, seit er das Gebäude betreten hatte, und es gab immer noch mindestens eine Zielperson mit einem Sturmgewehr darin. Ihm lief die Zeit davon.

Er blinzelte mit dem rechten Auge und die schattigen Nischen im Inneren des Lagers erhellten sich zu einem zweidimensionalen, grün gefärbten Labyrinth aus gestapelten Frachtcontainern, wobei jeder der quadratischen Plastikbehälter mit einer geheimnisvollen numerischen Bezeichnung neben seinem Computercode versehen war. Keiner von ihnen zeigte irgendetwas auf der Thermoskala an und außer ein paar leuchtenden Steckdosen sah er nirgendwo eine

Wärmequelle. Aber er wusste, dass sie hier waren ... und dass sie wussten, dass er nicht ewig warten konnte.

McKay holte tief Luft, warf sich hinter dem Stützpfeiler hervor und rollte vorwärts über den Gang, als eine automatische Feuersalve den Pfeiler zertrümmerte und sich dann Zentimeter hinter ihm in den Boden bohrte. Er ging hinter einer Reihe von Frachtkisten in Deckung und zuckte zusammen, als das Gewehrfeuer sie direkt über seinem Kopf durchschlug. Aber jetzt wusste er, wo der Schütze war: Das Feuer kam von oben, vom Treppenabsatz, der zum Kontrollraum des Laders führte.

Um die Treppe zu erreichen, musste er zwanzig Meter offenes Gelände überqueren ... und das wäre Selbstmord. McKay warf einen Blick nach oben, steckte seine Pistole in den Halfter und sprang nach oben, um das nächste Regal mit Frachtcontainern zu greifen. Er stöhnte vor Anstrengung, als er seine eigenen achtzig Kilo plus weitere zehn Kilo Körperpanzerung anhob, und zog sich langsam zum obersten Regal. Dann hievte er sich auf den obersten Frachtcontainer. Er krabbelte auf dem Bauch nach vorne, zog seine Pistole aus dem Halfter und kroch die Reihe der Kisten hinunter, wobei ihre harten, geriffelten Oberflächen unangenehm gegen seine Bein- und Ellbogenpanzer stießen.

Jetzt konnte er durch das Fenster des Kontrollraums eine Wärmequelle in Menschengestalt sehen. Ein Ellbogen ragte aus der Türöffnung, während die Gestalt das Gewehr nach unten richtete und darauf wartete, dass McKay sich wieder zeigte. Er fluchte leise... Aus diesem Winkel hatte er keine gute Schussmöglichkeit. Der Türrahmen schirmte den Oberkörper und den Kopf des Schützen ab und er war sich nicht sicher, ob die Kugeln seiner Handfeuerwaffe das Wandmaterial durchdringen konnten. Er schaute sich um, tastete dann nach seinem Gürtel und fischte ein Ersatzmagazin aus der Tasche an seiner Hüfte. Er stützte sich auf seinen rechten Ellbogen und sein rechtes Knie und warf das Magazin so weit wie möglich nach rechts durch den Raum. Es prallte geräuschvoll gegen die gegenüberliegende Wand und er war bereits auf den Beinen, als der Schütze den Lauf seines Gewehrs und seine Aufmerksamkeit in diese Richtung richtete. McKay sprang mit großen Schritten von einer Frachtkiste zur nächsten, bis er das Ende der Reihe erreichte, nur drei Meter von den schwebenden Klauen des von der Decke hängenden Ladearms entfernt.

Zähneknirschend warf sich McKay über die Lücke und erwischte mit der linken Hand die Oberseite des Ladearms, während er mit den Füßen das untere Stück erwischte und seine Knie beugte, um den Aufprall abzufangen. Der Biomech mit dem Gewehr hörte das metallische Klirren, als der Ladearm unter seinem Gewicht wackelte und er die kurzläufige Waffe herum schwang, aber McKay bewegte sich weiter, sprang vom Lader auf den Treppenabsatz und feuerte seine ausgestreckte Handfeuerwaffe in der Luft ab.

Das Fadenkreuz in seinem Helm-HUD war mit dem Visier seiner Pistole verbunden, aber es blieb keine Zeit, sich darauf zu konzentrieren. Stattdessen zielte McKay instinktiv, und die großkalibrige Waffe ruckte in seiner Hand, als der Boden des Treppenabsatzes schnell auf ihn zukam. McKay machte eine Schulterrolle, kam über dem fallenden Körper des Schützen auf die Füße und feuerte zwei weitere Schüsse auf ihn ab, bevor er in der Tür in die Hocke ging und nach weiteren Zielen suchte. Bevor er sich um 360 Grad drehen konnte, ertönte hinter ihm ein Schuss, und er drehte sich herum und warf sich auf den Boden.

Er sah einen Gewehrschützen in der grau melierten Rüstung und dem dunklen Helm des Feindes zu Boden sinken, sein Karabiner klapperte auf dem harten Boden. Hinter ihm stand eine schlanke, geschwungene Gestalt in der gleichen dunklen Uniform und Rüstung wie er, die eine Handfeuerwaffe ähnlich seiner eigenen in klassischer taktischer Haltung hielt. Es war offensichtlich, dass sowohl die Schützin als auch das Opfer auf der anderen Seite des Kontrollraums durch eine jetzt geöffnete Tür nach draußen gekommen waren, durch die der mondbeschienene Himmel kaum zu sehen war.

„Danke", sagte McKay und atmete schwer, als das Adrenalin aus ihm herauszufließen begann. Noch bevor er das Wort aussprechen konnte, ging der Zähler in seinem HUD aus und über ihnen ertönte ein Alarmhorn...

„Die Simulation ist beendet, die Zeit ist abgelaufen“, ertönte eine Stimme aus den Lautsprechern seines Helms. „Colonel McKay und Major Stark haben Szenario Sieben erfolgreich abgeschlossen. Herzlichen Glückwunsch, Sir, Ma'am.“

Das Licht im Raum ging an und McKay seufzte erleichtert auf, als die Klimaanlage ansprang und die Temperatur und Luftfeuchtigkeit senkte. Er nahm seinen Helm ab und die Illusionen, die er aufrechterhalten hatte, endeten abrupt: Der „Nachthimmel“ vor der offenen Tür hatte sich in eine leere Wand in der Mitte des Raumes verwandelt, das baufällige Aussehen des „Lagerhauses“ verschwand zusammen mit den Einschusslöchern in den Wänden und den Frachtcontainern und den Wunden der ‘toten’ Feinde, als die beiden Männer lachend aufstanden.

„Verdammt, Colonel“, sagte derjenige, auf den er geschossen hatte, und kicherte reumütig. „Das war ein genialer Schachzug ... aber du hättest dir das Genick brechen können!“ Er nahm seinen Helm ab und enthüllte ein scharfkantiges, sommersprossiges Gesicht und einen kurz geschnittenen braunen Buzz-Cut.

„Du kämpfst, wie du trainierst, und du trainierst, wie du kämpfst, Vinnie“, erinnerte Colonel McKay ihn, löste seinen Körperpanzer und ließ ihn auf den Boden fallen. Er simulierte nicht nur den Aufprall, sondern machte einen auch bewegungsunfähig, wenn man in der Simulation angeschossen wurde. Ein kleiner Schwarm von Soldaten kam hinter unsichtbaren Türen hervor, um die Rüstung und die speziellen Simulationswaffen einzusammeln.

„Habe ich Sie deshalb überrumpelt, Sir?“, rief der andere Mann mit starkem australischem Akzent und fuhr sich mit der Hand über sein schweißnasses blondes Haar, während er sich zu seiner vollen Größe von 1,90 m erhob.

„Ich habe mir keine Sorgen um dich gemacht, Jock“, sagte McKay und lächelte. „Ich wusste, dass sie mir den Rücken freihält.“

‘Sie’ war eine große, athletische Frau mit schulterlangen, goldroten Haaren, grünen Augen und einem Gesicht mit starkem Kinn und hohen Wangenknochen, das ihm auch nach sechs Jahren noch den Atem raubte. Sie schmunzelte, als sie ihre Rüstung neben McKay auf den Boden warf.

„Ja", sagte sie mit einem Hauch ihres irischen Akzents. „Wir haben es so geplant... aber du wirst merken, dass meine Version des Plans nicht beinhaltete, von irgendwelchen Frachtladungen zu springen, Jason."

„Shannon, ich weiß besser als jeder andere, dass kein Plan den Kontakt mit dem Feind überlebt." McKay zog eine Augenbraue hoch. „Selbst wenn der Feind unsere Freunde sind." Er klopfte Vinnie auf die Schulter. „Verdammt, besonders wenn es diese Jungs sind. Sie werden immer noch dafür bezahlt, so etwas zu tun ... du und ich verbringen die meiste Zeit in Besprechungen oder in Aufklärungsberichten vergraben. Danke." Er nickte einem Techniker zweiter Klasse zu, als der junge Mann ihnen Wasserflaschen reichte. Er trank die Hälfte der Flasche aus, schüttete sich den Rest über den Kopf und seufzte tief.

„Auch wenn du der jüngste Colonel in der Geschichte des republikanischen Militärs bist", erinnerte ihn Shannon zwischen zwei Schlucken aus ihrer eigenen Wasserflasche, „bist du immer noch ein Schreibtischhengst, der einen nicht ganz unwichtigen Teil des Militärs leitet... und das bedeutet normalerweise nicht viel Außendienst."

„Ja", stimmte er mit einem unzufriedenen Gesichtsausdruck zu. „So hatte ich mir das nicht vorgestellt, als Colonel Mellanby mich damals von den Marines versetzte."

„Sir", einer der Techniker, ein Lieutenant, kam auf ihn zu und sah etwas zögerlich aus. „Ich will Sie nicht hetzen, aber heute Nachmittag kommen noch drei weitere Trainingsgruppen..."

„Ja, schon verstanden, mein Sohn." *Sohn... verdammt, er ist nur etwa sieben oder acht Jahre jünger als ich.* „Wir werden woanders weiterquatschen."

Die anderen drei folgten McKay durch den Hauptausgang zur Simulatorbucht, vorbei an Reihen von Monitoren, die den Technikern ihre Simulation gezeigt hatten. Er war sich sicher, dass sie aufgezeichnet worden war... Er hatte bereits einen der früheren Trainingsläufe von ihm und Shannon im Netz gesehen. Er schüttelte leicht den Kopf... es war nicht immer bequem, eine lebende Legende zu sein. Aber besser als eine tote Legende.

„Also, Vinnie“, fuhr er fort, als sie zu den Umkleideräumen gingen, „wie läuft das Rekrutentraining?“

„Oh, so gut, wie ich es erwarten konnte“, sagte der jüngere Mann achselzuckend. „In der neuen Klasse gibt es ein paar, die vielversprechend sind. Tom... äh, Master Sergeant Crossman, hat mir erzählt, dass es einen gibt, der im Nahkampf noch besser ist als er, wenn du das glaubst.“

Shannon lächelte, nachdem sie den Ausrutscher bemerkt hatte. „Es ist hart, ein Offizier zu sein, nicht wahr, Vinnie?“

„Manchmal wäre ich lieber wieder Sergeant Mahoney als Captain Mahoney, Ma'am“, gab er zu. „Aber es ist eine wichtige Arbeit, und jemand muss sie machen.“

„Ich sehe euch Jungs auf der anderen Seite.“ Shannon winkte und ging in die Umkleidekabine der Frauen.

„Du hast den Job, den ich haben sollte“, sagte McKay etwas wehmütig zu Vinnie, als die drei sich in der Männerumkleide aus ihren Kampfutensilien befreiten. „Und glaub nicht, dass ich mir nicht manchmal wünschte, ich wäre immer noch Captain McKay, Erstes Sondereinsatzkommando, statt Colonel McKay.“

„Ich bin verdammt froh“, sagte Jock, als er unter eine der Duschen trat, „dass ich Sergeant Gregory geblieben bin, als ihr Typen versucht habt, mich zum OCS zu überreden!“

„’Einer von euch’ war der Präsident der Republik“, erinnerte ihn Vinnie.

„Und er hat die nächste Wahl verloren, oder?“ schoss Jock zurück. „Das zeigt, wie gut sein Rat war.“

Die drei Männer waren gerade mit dem Duschen fertig und wollten sich anziehen, als das Funkgerät am Kragen von McKays schwarzem Uniformhemd klingelte.

„McKay“, antwortete er knapp, während er das Hemd in seine Hose steckte.

„Colonel McKay“, meldete sich eine Stimme, die er als die seines Adjutanten Lieutenant Franks erkannte, „es tut mir leid, Sir, ich weiß, dass ich Sie nicht stören soll, aber Sir, es ist wieder General Kage... er ruft immer wieder an und besteht darauf, heute mit Ihnen zu sprechen.“

„Na toll“, seufzte Jock und hörte dem Gespräch zu. „Was will dieser...“, er hielt mitten im Satz inne, als Vinnie ihn mahnend ansah, „...gute Offizier der Kolonialgarde jetzt?“, beendete er das Gespräch und rollte mit den Augen.

„Stell ihn durch, Franks“, sagte McKay mit Resignation in der Stimme und trat aus dem Umkleideraum auf den Korridor.

„Das ist es ja gerade, Sir, er ist...“

„Er ist hier“, sagte eine raue Stimme hinter ihm, so scharf und unnachgiebig wie die Schneide einer Axt. McKay drehte sich um und sah einen schlanken, kompakten Mann in einer tadellosen grauen Uniform auf sich zukommen. Sein zerklüftetes, vernarbtes Gesicht war aus Bernstein gemeißelt, und in seinen dunklen Augen brodelte es vor Wut. Sein Haar war dunkel und wellig, und das Einzige, was auf das Alter des Mannes hindeutete, waren die tiefen Falten auf beiden Seiten seines nach unten gezogenen Mundes.

„General Kage“, nickte McKay. Sie waren nicht in der Öffentlichkeit und er war dem Mann nicht formell unterstellt, also war ein Salut nicht angebracht. Nicht, dass er es ansonsten getan hätte...

„Ich dachte mir schon, dass ich Sie hier finde, wo Sie Ihre Kinderspiele spielen, McKay“, sagte Kage mit Spott in der Stimme. „Wenn Sie sich genauso anderweitig anstrengen würden, wären Ihre Empfehlungen an den Präsidenten in Bezug auf die Situation im Inferno vielleicht vernünftiger und nicht so unrealistisch optimistisch.“

„Ich hatte vertrauenswürdige Leute vor Ort in Inferno, General“, sagte McKay unbekümmert. „Ich habe mir ihre Empfehlungen angehört und sie an die anderen weitergegeben. Na ja, bis zum letzten Glied der Kette." Er grinste boshaft. “Denn ich bin nur dem Präsidenten unterstellt.‘

„Ich bin mir des ungerechtfertigten Vertrauens bewusst, das

Präsident O'Keefe in Sie und Ihre Abteilung setzt, McKay", sagte Kage mit fester Stimme. Wenn er verärgert war - und das war nach McKays Erfahrung meistens der Fall - konnte man seinen seltsamen Akzent hören: Japanisch mit einem Hauch aus Peru. „Sie können es auf die leichte Schulter nehmen, aber meine Truppen werden die Folgen Ihrer Fehlkalkulationen zu spüren bekommen, wenn der kriminelle Abschaum, den Sie zu einer politischen Partei gemacht haben, sich erhebt und versucht, uns die Inferno-Kolonie wegzunehmen."

„Sie können Inferno nicht behalten oder verlieren, General", erinnerte McKay ihn. „Es gehört den Kolonisten, nicht der Kolonialgarde und nicht den Multicorps. Sie würden weniger Probleme haben, wenn Sie und Ihre Truppen das bedenken würden. Was die politische Situation angeht, scheint Gouverneur Cho sie gut im Griff zu haben ... er bringt die Parteien zum Reden statt zum Schießen, was eine Verbesserung gegenüber meinem ersten Besuch ist."

Kage klappte bei seiner Erwiderung der Mund zu. *Er schießt, er trifft,* dachte McKay und musste sich ein Lachen verkneifen. Das letzte Mal war er als Second Lieutenant in Inferno gewesen, als Leiter einer Marine Reaction Force, die eine Einheit der Kolonialgarde retten sollte, die zusammen mit ihrem Waffenarsenal und ihren Waffen von den örtlichen Rebellen gefangen genommen worden waren. Er hatte über 400 Rebellen besiegt und dabei acht seiner eigenen Marines getötet. Als der örtliche CG Captain versuchte, seine Sanitäter daran zu hindern, ein ziviles Opfer zuerst zu behandeln, bevor sie einen CG-Soldaten behandelten, hatte McKay ihm die Scheiße aus dem Leib geprügelt.

Er hatte damit gerechnet, vor ein Kriegsgericht gestellt zu werden, aber stattdessen hatte ihn der ursprüngliche Leiter seiner Abteilung - Colonel Kenneth Mellanby, die legendäre „Schlange" - in seinen Dienst versetzt und ihn mit dem Aufbau eines neuen Sondereinsatzteams beauftragt. Shannon Stark, Vincent Mahoney, Jock Gregory und Tom Crossman bildeten den Kern des neuen Teams und sollten Valerie O'Keefe, die Tochter des damaligen Senators Daniel O'Keefe, auf einer Goodwill-Tour durch die Kolonien im Auftrag der Economic Justice Association beschützen. So waren sie auf Aphrodite, als diese von den Truppen des ehemaligen Chefs des russischen Protektorats, Sergej Antonow, der im chinesisch-russischen Krieg schon lange tot geglaubt wurde, überfallen wurde.

McKay und sein Team waren maßgeblich daran beteiligt, Antonovs Versuch, die Erde zu erobern, zu vereiteln, was McKay und die Anderen zu legendären Persönlichkeiten machte und seine Position als neuer Leiter der Abteilung nahezu unangreifbar machte. Indem er das Inferno erwähnte, erinnerte er Kage nicht nur daran, dass er schon einmal das Fett der Kolonialgarde aus dem Feuer geholt hatte, sondern auch daran, dass es für Kage keine Möglichkeit gab, seine Autorität zu umgehen.

„McKay", sprach Kage schließlich wieder, nachdem er sichtlich versucht hatte, sich zu beherrschen, „Sie mögen denken, dass es nichts gibt, was Sie bedrohen kann, aber ich sage Ihnen eines: Wenn dieses Gesindel auf Inferno auch nur einem meiner Männer das Leben kostet, werde ich es zu meiner Lebensaufgabe machen, Sie dafür bezahlen zu lassen. Sie sollten versuchen, daran zu denken, dass auch Sie einen Fehler machen können."

„Ich habe schon viele Fehler gemacht, General Kage", sagte McKay achselzuckend. „Aber ich versuche, aus ihnen zu lernen. Wenn man bedenkt, wie die Kolonialgarde mit den Kolonisten auf Inferno umgegangen ist, denke ich, dass Sie das auch versuchen sollten. Wenn Sie sich tatsächlich Sorgen um Ihre Truppen machen, würde ich Ihnen raten, nicht länger zu versuchen, die Partei der Neuen Morgendämmerung niederzuschlagen, sondern ihnen einen Anteil an der Zukunft der Kolonie zu geben, der über das Ausgraben von Iridium für die Minengesellschaften hinausgeht. Die Leute wollen keine Städte niederbrennen, wenn ihnen ein Teil davon gehört. Das ist die Politik der Republik."

„Für den Moment", schnaubte Kage. „Präsidenten ändern sich, McKay. Sie sind der Goldjunge des Präsidenten, aber ich würde es mir in dieser Position nicht zu bequem machen."

Bevor McKay etwas erwidern konnte, machte Kage auf dem

Absatz kehrt und schritt zielstrebig den Korridor hinunter und durch den Ausgang.

„Was hat er wohl damit gemeint?“ wunderte sich Jock. „Die nächste Wahl ist erst in sieben Jahren.“

„Er redet sich nur den Mund fusselig“, sagte Vinnie achselzuckend. „Wie immer.“

„Wie auch immer“, sagte McKay, „wir haben wichtigere Dinge, um die wir uns kümmern müssen.“ Während er sprach, kam Shannon Stark in ihrer schwarzen Kleidung aus der Frauenumkleide, ihre schmutzigen Utensilien in einer Tasche über die Schulter geworfen. „Shannon, erzähl ihnen von den Berichten der Scouts.“

„Wir hatten einen Beobachtungsposten in einem System nahe der inneren Grenze“, sagte Shannon leise. „Sie untersuchten dort einen bewohnbaren Ort, der vierte vom Primärsystem aus. Sie haben sich alle zwei Monate mit einer regulären Militärpatrouille gemeldet, bis der Patrouillen-Kreuzer vor etwa vier Monaten das hier gefunden hat.“ Sie zog ein Tablet aus einer Oberschenkeltasche, berührte den Bildschirm und rief ein Video auf, dann drehte sie es um, damit Vinnie und Jock es sehen konnten.

Das Bild war ein umgeschnittenes und neu abgemischtes Video, das in der Umlaufbahn um den grün-blauen Planeten begann und dann mit dem Lander durch eine dicke, stürmische Atmosphäre abstieg, um über einem hohen, alten Wald zu kreisen. Die Bäume unterschieden sich auf subtile Weise von der irdischen Flora und ähnelten sich doch auf eine Weise, die die konvergente Evolution fast unvermeidlich gemacht hatte. Als das Shuttle tiefer über die Baumkronen flog, konnten die beiden ehemaligen Marinesoldaten hier und da einen einheimischen Flieger sehen, der auf vier Flügeln schwebte. Schließlich löste sich das Bild in einer Staub- und Feuerwolke auf, als die Landefähre mit VTOL-Düsen herunterkam, und der Blick wechselte zur Helmkamera eines Marines, der in einer Keilformation mit anderen grau-schwarz getarnten und gepanzerten Bodentruppen an der Spitze lief.

Ihre Gewehre schwenkten hin und her, während die Bäume auf beiden Seiten vorbeizogen; hohe, breitblättrige Pflanzen zerrten an ihren Waffen und ihrem Gurtzeug, und ab und zu deutete ein unscharfer Punkt auf Schwärme von fliegenden Insekten hin. Dann wichen die Bäume einer weiten Lichtung und der dunkle Boden zeugte von der kürzlichen Brandrodung, die die Basis geschaffen hatte. Als sie in die Lichtung eintraten, zeigten die aus verschiedenen Helmkameras zusammengeschnittenen Videos mehrere mit Bauschaum besprühte Kuppeln, die durch mit flachen, einheimischen Pflastersteinen ausgelegte Gehwege miteinander verbunden waren.

Selbst aus mehr als hundert Metern Entfernung konnten Vinnie und Jock die Brandspuren an den Außenwänden und die gezackten Kanten sehen, an denen die Türöffnungen mit irgendeiner Art von Sprengstoff gesprengt worden waren... aber kein Rauch. Was auch immer geschehen war, es war längst vorbei. Als die Bilder näher kamen, wurden die Einschlagspuren der Kugeln deutlich und auf den Pflastersteinen, die zu einer der Türen führten, war ein nur allzu bekannter dunkelroter Fleck.

Als das Bild auf die Innenräume der Gebäude überging, war es wieder dasselbe: Einschusslöcher und Blut, aber keine Leichen und keine Ausrüstung außer ein paar billigen Plastikmöbeln. Vinnie wollte gerade fragen, ob das das Ende des Videos war, als der Blick nach unten schwenkte, zu einem glitzernden Messingstück, das hinter einem zerbrochenen Tisch eingeklemmt war. Eine behandschuhte Hand griff nach unten und zog den Gegenstand heraus, wobei eine verbrauchte Messingpatronenhülse zum Vorschein kam. Vinnies Blut gefror in seinen Adern. Seit über einem Jahrhundert hatte niemand mehr Munition mit Messinghülsen benutzt. Niemand außer...

„Es wurden keine Leichen gefunden", sagte Shannon leise, schaltete das Bild aus und steckte das Tablet zurück in ihre Tasche. „Jedes Stück elektronischer oder mechanischer Ausrüstung, jede Waffe, jedes Fahrzeug, alles, was nützlich war, wurde abmontiert und mitgenommen. Es wurden ein paar Dutzend solcher Patronen gefunden, die meisten im Dreck vergraben."

„Es ist Antonov", murmelte Vinnie. „Der Mistkerl ist wieder da."

2

Daniel O'Keefe starrte den rattengesichtigen, glattrasierten Lobbyisten auf seinem Schreibtisch an und fragte sich, warum er jemals Präsident werden wollte. Davon hatte er geträumt, seit er als Neunjähriger in der Schule einen Dokumentarfilm über Calvin Elliott, den ersten Präsidenten der Republik, gesehen hatte, den Mann, der den ganzen Planeten vom Rande des Abgrunds des sino-russischen Krieges weggeführt hatte. Er hatte sich vom Freiwilligen eines Provinzkommissars bis zur Kandidatur für dieses Amt nach seinem College-Abschluss hochgearbeitet, bis zum Senat der Republik ... und jetzt war er seit drei Jahren der Anführer der gesamten Menschheit.

Normalerweise fühlte es sich wie eine heilige Verantwortung an, die mit den aufregendsten Erfahrungen aller Zeiten verbunden war - eine Art Kreuzung zwischen dem Papst und einem Kampfpiloten. Aber in Zeiten wie diesen fühlte es sich an, als würde ein Neutronium-Amboss um seinen Hals hängen und er verstand, warum jeder Präsident, an den er sich erinnern konnte, beim Verlassen des Amtes so viel älter aussah als bei seiner Wahl. Er betrachtete sein grauhaariges Gesicht auf dem Display seines Desktops und fragte sich, ob die neuen Linien um seine Augen nur seine Einbildung waren...

„Ich verstehe, was Sie sagen, Mr. Fourcade", sagte O'Keefe langsam und versuchte, den beunruhigten Seufzer aus seiner Stimme herauszuhalten, „aber ich kann die Einwanderungspolitik der Republik nicht aufgrund der Bedürfnisse des Bergbaukonsortiums ändern. Die Kolonisten auf Inferno sind nicht dazu da, eure Multicorp profitabler zu machen."

„Es geht nicht um unsere Rentabilität, Herr Präsident", beharrte Fourcade und runzelte die Stirn - er war weniger geschickt als O'Keefe darin, seine Frustration zu verbergen. „Es geht um die Zukunft der Wirtschaft der Republik und um Hunderte von Millionen von Arbeitsplätzen, die von den Rohstofflieferungen der Koloniewelten abhängen. Wenn wir mit den Rohstoffen in den Kolonien keinen Gewinn machen können, lohnt es sich nicht, sie weiter abzubauen." Er spreizte seine gut manikürten Hände. „Es wird eine Inflation geben, eine Verknappung der Produkte, die wir alle brauchen ... das wird die weniger Wohlhabenden mehr treffen als alle anderen. Die Steuereinnahmen werden versiegen und Sie werden nicht in der Lage sein, Ihre... großzügigen Anreize für Auswanderer in die Kolonien zu finanzieren, was die Situation auf dem Arbeitsmarkt noch verschlimmern wird."

„Viele dieser Rohstoffe könnten in weltraumgestützten Anlagen hier im Sonnensystem produziert werden, Herr Fourcade", schlug Swetlana Sacharowa, seine Finanzministerin, vom Stuhl rechts neben dem Lobbyisten vor. Sie war eine große, breitschultrige Frau mit blondem Haar und einem freundlichen, matronenhaften Gesicht, ihr Geschäftsanzug war dezent, aber gut geschnitten. „In der Tat", fuhr sie fort, „ohne die von den Steuerzahlern bezahlte staatliche Infrastruktur auf einigen der Koloniewelten - zum Beispiel die Laserabschussanlagen - könnte man in den Kolonien gar nicht rentabel produzieren."

„Die Situation war wohl kaum einseitig", entgegnete Fourcade achselzuckend. „Die Regierung hätte die Flotte, die unseren Planeten vor ein paar Jahren gerettet hat, nicht ohne die Hilfe der Multicorps bauen können. Was die Ressourcen im Weltraum angeht ... ja, es gibt Asteroiden im Gürtel, die Mineralien enthalten, die wir ausbeuten können und das auch tun, aber die Anlagen im Gürtel sind, wie Sie wissen, stark gewerkschaftlich organisiert. Das erhöht die Produktionskosten erheblich. Und die Sicherheitsanforderungen für eine Anlage im Weltraum machen die Transportkosten für eine Mine auf dem Planeten oft wieder wett.“ Er lehnte sich zurück und verschränkte die Arme. „Das gilt aber nur für die Rohstoffe, die von Asteroiden und den verschiedenen Monden stammen: Iridium, Nickel-Eisen, spaltbare Stoffe, Eis zum Beispiel. Aber es gibt Ressourcen, die man nur auf einem Planeten bekommen kann - Erdöl zum Beispiel. Ohne das Öl aus Inferno würde unsere chemische Industrie kein Jahr überleben und Sie", sagte er zu Ministerin Zakharova, ‚wissen das verdammt gut.‘

„Es ist klar, dass wir ein Problem haben, Mr. Fourcade“, räumte O'Keefe ein. „Aber dieses Problem wird nicht dadurch gelöst, dass man die Unterschicht zwingt, den Planeten zu verlassen, damit man sie als billige Arbeitskräfte einsetzen kann. Diese Zeiten sind vorbei. Wir werden mit den Multicorps zusammenarbeiten, um eine andere Lösung zu finden; diese ist vom Tisch.“

Fourcade lehnte sich zurück und verschränkte nachdenklich die Hände, als würde er seine Worte sorgfältig abwägen, bevor er fortfuhr.

„Es gibt“, sagte er schließlich, „eine Möglichkeit, die unsere Bedürfnisse und Ihre Anforderungen erfüllen würde, Herr Präsident. Ich zögere, sie anzusprechen, weil ich Ihre Meinung zu diesem Thema kenne ... aber die Senatsmaßnahme 1143B hat das Potenzial, uns problemlos mit Arbeitskräften zu versorgen, ohne die Massen auszubeuten.“

O'Keefe holte tief Luft und versuchte zu verhindern, dass er erschauderte, während er seine Gedanken sammelte, um einen relevanten Einwand zu formulieren und nicht nur ein vehementes „Scheiß drauf!“, das über seine geschürzten Lippen zu kommen drohte. Er kämpfte gegen die albtraumhaften Bilder von übermenschlichen Soldaten in getarnten Kampfrüstungen und von blassen, blauen Gesichtern mit schwarzen Haifischaugen an.

„Ich fühle mich unwohl“, sagte er schließlich, „bei der Vorstellung, eine möglicherweise intelligente Sklavenrasse aus menschlicher DNA zu erschaffen."

„Wir arbeiten schon seit Jahrzehnten an intelligenten Computersystemen", erklärte Fourcade. „Ich habe keine Bedenken, dass wir sie für unsere Zwecke nutzen könnten. Wenn unsere Labore die Erlaubnis bekämen, mit der Entwicklung biomechanischer Konstrukte zu experimentieren, wie sie das Protektorat gegen uns eingesetzt hat, könnten sie sicherstellen, dass die Ergebnisse nicht empfindungsfähig sind, indem sie die Menge des verwendeten Hirngewebes beschränken. Natürlich würden wir mit menschlichen Gewebeproben arbeiten, aber wir reden hier nicht über das Klonen von Menschen... es wären im Grunde genommen Fleischroboter." Er zuckte mit den Schultern. „Sie wären nur viel billiger herzustellen und zu warten als solche aus künstlichen Materialien."

„Und wenn sich die Technik zur Herstellung dieser Dinger durchsetzt", sagte Zakharova mit Abscheu in der Stimme, „könnte es passieren, dass jemand dasselbe versucht wie Antonov und sie als Armee einsetzt. Es gibt einige große ethische, rechtliche und praktische Überlegungen zu dieser Art von Unternehmen, die Sie zu sehr vereinfachen."

„Jede Lösung für dieses Problem wird komplex und problematisch sein", betonte Fourcade. „Aber das Problem wird nicht verschwinden, nur weil uns eine der möglichen Lösungen nicht gefällt. Wir brauchen diese Ressourcen und wenn wir eine interstellare Zivilisation aufrechterhalten wollen, brauchen wir sie so billig wie möglich. Wenn wir sie nicht bekommen ... nun, Sir, dann wird man sich an Sie als den Präsidenten erinnern, der den Rückzug der Menschheit von den Sternen beaufsichtigt hat, denn die Kolonien werden verdorren."

„Mr. Fourcade", sagte O'Keefe, als er sich erhob und Zakharova und Fourcade aufforderte, es ihm gleichzutun, „ich bin sicher, dass wir dieses Problem lösen können, um das zu verhindern. Wir werden die Kommunikation auf jeden Fall aufrechterhalten und vielleicht kann ich meine wissenschaftlichen Berater damit beauftragen, herauszufinden, wie möglich die von Ihnen erwähnten Einschränkungen sind."

„Vielen Dank für Ihre Zeit, Herr Präsident", sagte Fourcade, schüttelte seine Hand und nahm den Hinweis entgegen. „Ich werde Ihre Bedenken an den Vorstand weiterleiten und vielleicht haben wir ja auch ein paar eigene Ideen."

„Ich begleite Sie hinaus, Mr. Fourcade", bot Zakharova an, legte ihm eine führende Hand auf die Schulter und führte ihn durch die verschnörkelte Holztür hinaus.

O'Keefe ließ sich in seinen Stuhl zurücksinken und fühlte sich unendlich müde. Er atmete tief durch und tippte auf einen Bildschirm auf seinem Schreibtisch.

„Schicken Sie Colonel McKay rein."

O'Keefes Gesichtsausdruck hellte sich nicht gerade auf, als McKay den Raum betrat - er wusste, warum der Offizier zu Besuch war, und es waren keine erfreulichen Nachrichten - aber er spürte, wie ihm ein Teil der Last von den Schultern fiel. McKay war zwar kein Freund, aber ein Verbündeter, und ungeachtet ihrer philosophischen Differenzen wusste er, dass er sich darauf verlassen konnte, dass der Mann seine Pflicht tat, egal wie schwer die Verantwortung war.

„Herr Präsident", grüßte McKay und schüttelte ihm die Hand. „Danke, dass Sie mich so kurzfristig empfangen."

„Ich habe das Video gesehen, das du mir geschickt hast", sagte O'Keefe mit einem Nicken und winkte McKay zu einem Platz. „Er ist also zurück." O'Keefe erlaubte sich gegenüber dem Militäroffizier einen Moment der Verletzlichkeit, den er gegenüber dem Lobbyisten nicht hatte und rieb sich müde die Augen. „Du dachtest doch, dass er es irgendwann sein würde."

„Ja, Sir", sagte McKay und ein Stirnrunzeln zog über sein hageres, kantiges Gesicht. Vor fünf Jahren, kurz nach dem Krieg, hatte es eine heftige Debatte gegeben, als er den damaligen Präsidenten Jameson dazu gedrängt hatte, eine umfassende Suche nach Antonows Hauptquartier einzuleiten. Er wusste, dass der ehemalige russische Diktator, solange er auf freiem Fuß war und Zugang zu den nanotechnologischen Fabriken aus den außerirdischen Ruinen auf seiner Hauptwelt hatte, nicht ruhen würde, bis er zurückkam und die Eroberung der Erde abgeschlossen hatte. Antonows Kosmonauten hatten das Wurmlochtor zu der zerstörten außerirdischen Welt zufällig während einer Bergbaumission im Asteroidengürtel entdeckt, aber fünf Jahre der Suche danach waren ergebnislos geblieben.

„Die Frage ist also, wie wir reagieren und wie viel Zeit wir haben?"

„Ich habe das Gebiet der Grenze, in dem der Angriff stattfand, untersucht", sagte McKay. Er deutete auf die Sternenkarte, die in einer Nische an der Rückwand hinter dem Schreibtisch des Präsidenten angebracht war. „Wenn es dir nichts ausmacht?"

Als O'Keefe zustimmend winkte, ging er zu den Bedienelementen des Projektors und zeigte einen Ausschnitt der inneren Grenze der Republik - in Richtung des galaktischen Zentrums und nicht von ihm weg. „Das ist das System, in dem der Beobachtungsposten angegriffen wurde", sagte er und zeigte auf einen Hauptreihenstern in der Mitte des Sektors. „Wir haben keine bemannten Quartiere weiter innen, aber wir haben in einigen Systemen in der Nähe Untersuchungen durchgeführt, sowohl bemannt als auch unbemannt." Er zeichnete einen Bogen von Sternen in einem Halbkreis um das ursprüngliche System. „Es gibt ein paar bewohnbare Welten und die ersten Anzeichen deuten darauf hin, dass sie reich an natürlichen Ressourcen sind. Ich frage mich, ob er nicht auf einer oder mehreren dieser Welten nach Rohstoffen sucht und den Beobachtungsposten ausgelöscht hat, damit wir erst Wind davon bekommen, wenn es zu spät ist."

„Dann ist es vielleicht zu spät, ihn zu fangen", murmelte O'Keefe sauer. „Verdammt, ich hasse es, wenn er wie ein Damoklesschwert über uns schwebt." Seine Augen verengten sich und er sah McKay misstrauisch an. „Du hättest mir das alles auch per Videokonferenz vom Flottenhauptquartier aus sagen können. Du bist hier, weil es etwas gibt, das du mich persönlich fragen wolltest."

„Ja, Sir“, gab McKay zu und sah ihm in die Augen. „Ich will da rausgehen. Ich muss das persönlich beaufsichtigen.“

„McKay, falls du es noch nicht bemerkt hast, du bist jetzt der Chef deiner Abteilung.“ O’Keefe konnte sich ein Lächeln nicht verkneifen. „Du hast jetzt Leute, die solche Dinge für dich erledigen.“

„Ja, Sir, und ich vertraue ihnen, aber das ist keine Frage der richtigen Ausbildung oder des Urteilsvermögens, sondern eine Frage der Erfahrung. Ich kenne Antonov besser als jeder andere im republikanischen Militär ... Ich habe ihm in die Augen gesehen und habe ein Gefühl für ihn, wie es niemand hat, der für mich arbeitet. Ich könnte ein Gefühl für die Daten aus Berichten bekommen, aber das stößt auf die Zeitverzögerung. Wenn ich aufgrund der Ergebnisse eines Berichts der Meinung bin, dass etwas weiter untersucht werden muss, dauert es Monate, bis diese neue Untersuchung vor Ort ist. Ich habe das Gefühl, dass wir nicht so viel Zeit haben.“

„Ja“, gab O'Keefe zu und nickte langsam. „Ich verstehe, worauf du hinauswillst. Nun gut, es wird einige Blicke auf sich ziehen, aber zur Hölle mit ihnen. Du wirst auf einem Kreuzer zur Grenze reisen, sobald du vorbereitet bist. Gibt es sonst noch etwas?“

„Ja, Sir“, sagte er. „Ich möchte Colonel Podbyrin mitnehmen.“

O'Keefe hob eine Augenbraue. „Der Protektoratsoffizier, den ihr im Krieg gefangen genommen habt?“

„Ja, Sir... wir haben sein Schiff im Gürtel gekapert und es benutzt, um Antonovs Flaggschiff zu entern. Er weiß genau, wie Antonov denkt. Ich glaube, er könnte uns helfen.“

„Wo zum Teufel ist er überhaupt?“ platzte O'Keefe heraus. „Im Gefängnis?“

„Nein, Präsident Jameson war nachsichtig mit ihm, weil er mit uns kooperiert hat. Er stand ein Jahr lang unter überwachten Hausarrest, dann bekam er etwas Land und eine Starthilfe auf Loki. Er hat dort eine Rinderfarm und verkauft Rindfleisch an die Kantinen der Multicorps und die Märkte.“ McKay zuckte mit den Schultern. „Berichten zufolge ist er dort ziemlich zufrieden.“

„Du wirst auf dieser Reise eine Menge Antimaterie verbrauchen“, überlegte der Präsident. „Aber ich glaube nicht, dass jemand meine

Sparsamkeit loben wird, wenn wir wieder von Antonovs Dingern überfallen werden. Unsere Wirtschaft hat sich vom ersten Mal kaum erholt und es hat Greg Jameson seinen Job gekostet." Er blickte zu McKay auf. „Ich weiß, dass das nicht dein Fachgebiet ist, aber ich bin mir nicht sicher, ob sich unsere Wirtschaft wirklich erholt hat ... oder ob sie sich erholen wird. Es war richtig, die Vertreibung zu beenden, aber in Verbindung mit dem Krieg hat das zu einer Inflation geführt, die sich als unkontrollierbar erweisen könnte, wenn wir nichts dagegen tun."

„Was sollen wir tun, Sir?" fragte McKay vorsichtig.

„Hast du von der Gesetzesvorlage im Senat der Republik gehört, die den Einsatz von Biomech-Technologie in der Privatwirtschaft erlaubt?"

„Um Himmels willen, nein!", platzte McKay heraus. „Meinen die das ernst? Sir."

„Das war auch meine Reaktion, aber als Politiker musste ich etwas diplomatischer vorgehen", sagte O'Keefe und kicherte leise. „Die Sache ist aber die, dass ich vielleicht keine andere Wahl habe. Wenn sich die Lage weiter verschlechtert, wird das Gesetz durchgehen und wenn ich mein Veto einlege, wird es überstimmt. Es gibt Dinge, die ich tun kann, um das zu verhindern... aber wenn ich scheitere, habe ich eine Menge politisches Kapital umsonst verbraucht und werde möglicherweise der erste Präsident der Republik sein, der mehr als die Hälfte seiner Amtszeit eine lahme Ente ist."

„Was können wir also tun, Sir?"

„Um das Gesetz zu stoppen? Vielleicht an das Volk appellieren. Die Angst vor der Invasion ist noch groß genug, um den Senat unter Druck zu setzen, das Gesetz abzulehnen. Und die Wirtschaft?" Er schüttelte den Kopf. „Ich wünschte, ich wüsste es. Aber das ist mein Problem. Deines ist Antonov. Du löst deines und ich versuche, meines zu lösen, während du weg bist."

„Vielleicht sollten Sie mit Valerie und Glen reden, Sir", schlug McKay vor.

„Das ist gar keine schlechte Idee", gab O'Keefe zu. „Gute Reise, Colonel", sagte der Präsident und McKay schüttelte seine Hand...

aber O'Keefe hielt die Hand noch einen Moment fest und sah ihm in die Augen. „Finde Antonov, Jason … finde ihn und töte diesen Mistkerl."

„Ich werde mein Bestes tun, Sir", sagte McKay, dann verließ er das Büro.

Bilde ich mir das nur ein, fragte sich McKay, *oder sieht O'Keefe älter aus?*

3

McKay starrte auf den leeren Rucksack, der auf dem Schlafzimmerstuhl stand, und fragte sich, was er wohl packen würde. Es war fünf Jahre her, dass er zu einer interstellaren Reise aufgebrochen war, und das letzte Mal war er als Captain für insgesamt fünf Leute verantwortlich gewesen, ihn selbst eingeschlossen. Jetzt war er Colonel, würde wahrscheinlich bald zum General befördert werden, leitete seine ganze verdammte Abteilung und war im Begriff, an den Rand des erforschten Weltraums zu galoppieren.

„Was zum Teufel denkst du dir dabei, McKay?" murmelte er vor sich hin.

„Du denkst: ‚Ich hasse es, hinter einem Schreibtisch zu sitzen und danke Gott für diese Ausrede, um wieder ins Freie zu kommen'", flüsterte Shannons Stimme in sein Ohr, während ihre Arme um seine Taille glitten. Er spürte das Kitzeln ihrer feuerroten Haare in seinem Gesicht, die Wärme ihrer nackten Haut auf seinem Rücken und lächelte zufrieden.

Er drehte sich um, legte seine Arme um sie und zog sie in einen Kuss.

„Wenn wir so weitermachen, wirst du nie mit dem Packen fertig", neckte sie ihn.

„Nun, ich werde für mehrere Monate weg sein." Er zog eine Augenbraue hoch. „Ich muss dir etwas hinterlassen, das dich an mich erinnert..."

„Wie kommt es, dass ich an deinem Schreibtisch festsitze, während du den ganzen Spaß hast?" Sie schlug ihm spielerisch eine Faust gegen die Brust. „So etwas solltest du eigentlich an mich delegieren."

„Ich wollte dich mitnehmen", gestand er. „Aber da Kage so viel Ärger macht, dachte ich, ich sollte jemanden mit etwas Sinn für Diplomatie hier lassen, der sich um ihn kümmert."

„Ha!", bellte Shannon. „Ich? Diplomatisch? Ich habe immer gedacht, dass es die beste Art der Diplomatie ist, die Köpfe der Leute, die sich nicht verstehen, zusammenzuschlagen."

„Hey", protestierte McKay, „damals im Krieg hattest du es mit einem Kolonialgouverneur, einem Senator und einem Präsidenten zu tun! Und das ist gut ausgegangen." Er seufzte, als er sie aus seinen Armen gleiten ließ. „Du hast recht, ich muss packen. Das Shuttle zur *Decatur* fliegt in zwei Stunden."

„Die *Decatur*? Ist das nicht Captain Minishimis neuer Kreuzer?" Joyce Minishimi war einer der Flottenkapitäne, die während des Krieges den letzten Angriff auf die Schiffe des russischen Protektorats gestartet hatten, und zusammen mit Arvid Patel, McKay trotz seines damals niedrigeren Ranges zum Commander des Angriffs befördert hatten.

„Ja, es lag im Hafen und zwischen den Patrouillen, also habe ich es angefordert. Ich habe seit dem Krieg nicht mehr viel von ihr gesehen."

„Komm schon", sagte Shannon, schnappte sich einen Bademantel vom Bett und zog ihn an. „Ich helfe dir beim Packen."

JOYCE MINISHIMIS ATEM stockte vor Anstrengung, als sie zum Sprint ansetzte, die Beine pumpten und jeder Schritt perfekt landete, als sie die letzte Viertelmeile des Parcours herunterkam. Die wunderschönen japanischen Rotfichten, Eiben, Gingko- und Yezo-Wildkirschbäume zogen immer schneller an ihr vorbei, während sie durch den Nakajima Park rannte. Sie nahm die anderen Läuferinnen und Läufer vage wahr, aber sie konzentrierte sich nicht auf sie, sondern auf die Ziellinie. Sie fühlte sich, als hätte sie keinen Funken Energie mehr, ihre Beine fühlten sich an, als würden sie brennen und sie war sich ziemlich sicher, dass sie sich eine Blase am linken großen Zeh zugezogen hatte, aber sie biss die Zähne zusammen und hielt ihre Beine mit Willenskraft in Bewegung.

Dann war sie da, die Ziellinie ... mit nur einer anderen Frau vor ihr, nur zwanzig Meter vor ihr. Mit einem heiseren Schrei warf sich Joyce nach vorne, drängte sich an der anderen Frau vorbei und überquerte die Ziellinie. Dann stolperte sie, brach fast zusammen und humpelte unter Schmerzen zu einem Tisch mit Wasserflaschen, um zu Atem zu kommen. Sie öffnete eine und leerte sie in einem Zug, warf sie dann hin und schnappte sich eine andere, bevor sie ins Gras sank.

„Bist du wirklich", fragte eine Stimme hinter ihr, „den ganzen Hokkaido-Marathon gelaufen?"

Sie drehte sich um und sah einen Mann in einer schwarzen Uniform, der wie aus dem Nichts auf sie zukam. Er war jung, sah aber erfahren aus. Seine braunen Haare waren kurz geschnitten, seine grauen Augen umrahmten ein hageres Gesicht mit kräftigem Kinn.

„Ich mache das vor jeder langen Patrouille, McKay", nickte sie. „Es ist schwer, dafür Zeit zu finden, wenn wir unterwegs sind." Sie sah auf und sprach laut und deutlich. „Autorisierung Minishimi, Simulator aus."

Das Bild des Hokkaido-Morgens verschwand und wurde durch die kahlen Wände des Simulatorraums der RFS *Decatur* und das sich bewegende Laufband auf dem Boden ersetzt. Die einzige Dekoration im Raum war ein kleines Plastiktablett mit Wasserflaschen und ein paar Handtüchern.

„Weißt du", sagte sie, wischte sich den Schweiß vom Nacken und trocknete ihr kurzes, dunkles Haar mit einem Handtuch ab, „als sie vor drei Jahren mit dem Bau dieses Schiffes begannen, fand ich es lächerlich, eine Drehtrommel nur für den Freizeit- und medizinischen Gebrauch einzubauen. Schließlich verbringen wir die meiste Zeit der Reise sowieso in den G-Tanks. Aber ich muss zugeben, dass es praktisch ist, einen Ort zu haben, an dem man mit Schwerkraft trainieren kann, wenn wir den Antrieb nicht benutzen."

„Du siehst gut aus, Joyce", sagte er und hockte sich neben sie auf den Boden. Er lächelte. Sie hatte ihn seit Jahren nicht mehr gesehen und brauchte einen Moment, um sich daran zu erinnern, dass sie den gleichen Rang hatten: Ein Flotten-Captain war gleichwertig mit einem Colonel. „Ich dachte, ich nenne dich so, solange ich noch kann", erklärte er kichernd. „Du wirst schon bald ein Admiral sein."

„Hoffen wir mal", sagte sie. „Du hast also mein Schiff für eine Reise an die Grenze gekapert... Jason. Kannst du mir sagen, warum?"

„Deshalb bin ich hier", nickte er und winkte ab. „Hier und nicht auf der Brücke, meine ich. Das hier ist nur für deine Ohren bestimmt, im Moment."

„Oh, ihr und eure Geheimnisse", lachte sie, ein überraschend mädchenhafter Ton für jemanden, von dem er wusste, dass sie knallhart war. „Du hast dich seit dem Krieg verändert", schätzte sie und sah ihn von der Seite an. „Du scheinst weniger... naiv zu sein, irgendwie."

„Fünf Jahre Umgang mit Politikern haben das bewirkt", gab er zu. „Aber lass uns gleich zur Sache kommen. Antonov ist zurück."

Ihre Augen weiteten sich und er sah, wie sie sich instinktiv umsah, um sicherzugehen, dass niemand den Raum betreten hatte. „Bist du dir sicher?"

„Ein Beobachtungsposten wurde an der Grenze zerstört. Geplündert, sogar die Leichen wurden gestohlen. Sie haben hinter sich aufgeräumt, aber wir haben einige Patronenhülsen aus Messing gefunden. Ich weiß nicht, wer oder was es sonst sein könnte."

„Du hast doch immer gedacht, dass es irgendwann passieren würde", erinnerte sie ihn und stützte die Arme auf ihre Knie. „Du gehst also persönlich hin? Ist das nicht ein bisschen riskant?"

„Nicht so riskant wie etwas zu verpassen, weil ich Monate weit weg bin. Ich nehme Vinnie und sein bestes Alpha-Team mit, dazu zwei Truppen Marines und ein halbes Dutzend Angriffsshuttles. Wenn ich die Erlaubnis bekomme, würde ich sogar noch ein paar Kreuzer mitnehmen. Ich will keine halben Sachen machen."

„Ja, das war noch nie eine deiner Schwächen", schnaubte sie. „Mein Gott, Jason ... ich muss meine Leute vorbereiten. Wie lange soll die Sache unter Verschluss gehalten werden?"

„Bis wir aus dem Sonnensystem raus sind", sagte er ihr. „Ich will nicht, dass diese Nachricht an die Bevölkerung weitergegeben wird, bevor wir nicht mehr wissen. Wir haben schon genug Probleme, ohne dass wir eine Panik auslösen müssen."

„Damit kann ich leben." Sie schaute auf ihre Uhr. „Wir verlassen den Orbit in drei Stunden und ich brauche eine Dusche. Wir sehen uns auf der Brücke... Wie wär's, wenn du meine Offiziere informierst, bevor wir die G-Tanks erreichen?"

„Das geht in Ordnung", nickte er, stand auf und reichte ihr die Hand. „Wir sehen uns auf der Brücke, Captain."

SHANNON SCHWIEG, als sie beobachtete, wie der Berg aus Nickeleisen, der die RFS *Decatur* war, die Umlaufbahn verließ. Die Realität löste sich in schimmernden Wellen der zerrissenen Raumzeit vom Schiff und der graue Monolith begann sich zu bewegen, zunächst langsam, fast unmerklich ... aber dann mit zunehmender Beschleunigung und innerhalb weniger Minuten war er kaum mehr als ein weiterer Stern in der Projektion im Sichtfenster an der Wand von Jasons Büro.

„Verdammt", murmelte sie vor sich hin. Dann noch lauter: „Verdammt!" Sie schlug mit der Faust gegen die Wand. Es ging nicht nur darum, dass er monatelang weg sein würde und dass sie ihn vermissen würde ... und es ging nicht nur darum, dass er sich blind in eine möglicherweise unglaublich gefährliche Situation begeben würde. Sie wurde das Gefühl im Bauch nicht los, dass hier etwas nicht stimmte. Es fühlte sich wie eine Falle an.

Das Problem war nur, dass sie es nicht ignorieren konnten... und wenn es eine Falle war, gab es keinen Besseren als Jason, um sie aufzuspüren. Aber sie wünschte, sie hätte dabei sein können.

„Major Stark?“ Eine Stimme meldete sich über die Gegensprechanlage des Raumes.

„Ja, Lt. Franks?“, sagte sie und blickte instinktiv auf.

„Sie haben einen Anruf von Senatorin O'Keefe-Mulrooney.“

„Stell sie durch“, sagte Shannon und hob überrascht eine Augenbraue. „Colonel McKay's Büro.“

Der holografische Projektor in McKays Schreibtisch leuchtete auf und ein Bild von Valerie O'Keefe-Mulrooney erwachte zum Leben. Sie sah gut aus, dachte Shannon innerlich. Ihr braunes Haar war kürzer, als Shannon es in Erinnerung hatte, und ihr herzförmiges Gesicht erstrahlte. Die letzten Jahre hatten ihren grünen Augen einen Ausdruck von Reife und Verantwortung verliehen.

„Hallo, Senatorin“, nickte sie.

„Guten Morgen, Shannon“, sagte Valerie. Shannon nahm an, dass es dort, wo sie sich aufhielt, Morgen sein musste, denn auf einer Station wie dem Flottenhauptquartier hatte dieser Satz wenig Bedeutung. „Wie ist es dir ergangen?“

„Gut“, sagte Shannon und versuchte, ihre Abscheu vor sinnlosen Höflichkeiten zu verbergen. Was hatte sich Jason nur dabei gedacht, ihr die Verantwortung für den Umgang mit Menschen zu übertragen? „Ich sehe, die Mutterschaft steht dir gut. Ich hoffe, Glen und deiner Tochter geht es gut.“

„Natalia geht es großartig.“ Valerie lächelte warmherzig. „Sie wird nächste Woche zwei Jahre alt. Glen geht es gut, aber... nun, zuerst muss ich wissen, ob das eine sichere Leitung ist.“

Shannon blinzelte, dann griff sie nach dem Schreibtisch und drückte einen Regler. „Jetzt ist sie es, Ma'am. Was ist los?“

„Shannon, als Vaters Chief of Staff, Glen, nun ja...“ Sie zögerte und wirkte zum ersten Mal in diesem Gespräch nervös. „In dieser Position hört er Dinge... Gerüchte. Viele davon entpuppen sich als unwahr, und dieses hier vielleicht auch, aber...“

„... aber du dachtest, wir sollten das überprüfen“, beendete Shannon das Gespräch für sie. „Was ist hier los, Valerie?“

„Glen hat versucht, einige der Unstimmigkeiten zwischen Daddys Regierung und dem Südblock zu schlichten“, erklärte Valerie. „Das Ende der erzwungenen Auswanderung hat einigen ihrer Nationen eine Menge politischer Probleme beschert ... und die Inflation und der Anstieg der Arbeitslosigkeit haben die Situation nicht gerade verbessert. Er beriet sich mit einem Freund meines Vaters, dem brasilianischen Senator Friere, und Friere erwähnte, dass brasilianische Offiziere, die in der Kolonialgarde hoch im Kurs stehen, von einer möglichen Meuterei berichteten.“

Shannon blinzelte. Das war nicht wirklich schockierend ... schließlich gab es eine Menge Unzufriedenheit in der Kolonialgarde. Aber wenn die Unzufriedenheit so groß war, dass der brasilianische Senator davon gehört hatte, könnte es ernst sein. „Hatte er irgendwelche Details?“, fragte sie.

„Nur eins ... das ist der Grund, warum ich dich anrufe und nicht meinen Vater. Er sagte, dass die Meuterei mit einem Attentat auf den Präsidenten zusammenfallen sollte.“

„Was?“ rief Shannon aus. „Aber warum? Es ist ja nicht so, dass der Vizepräsident die Politik rückgängig macht, nur weil der Präsident getötet wird. Das macht keinen Sinn.“

„Mehr weiß ich auch nicht.“ Valerie schüttelte den Kopf. „Vielleicht ist das alles nur ein lächerliches Gerücht - ich weiß, dass Daddy das sagen würde, wenn ich es ihm erzähle. Deshalb bringe ich es zu dir.“

„Ich verstehe“, sagte Shannon. „Ich werde der Sache nachgehen. Wenn etwas dran ist, lasse ich es dich wissen ... und sorge dafür, dass es erledigt wird.”

„Ich wusste, dass ich auf dich zählen kann, Shannon“, sagte Valerie und lächelte. „Ich hoffe, du findest heraus, dass es nur ein Kasernengerücht ist.“

„Ich auch.“ flüsterte Shannon, als die Übertragung abbrach. Sie fuhr sich müde mit den Fingern durch die Haare. „Als ob nicht schon genug los wäre...“ Sie drückte auf die Sprechanlagensteuerung. „Franks.“

„Ja, Ma'am?“

„Kontaktiere Captain Shamir. Sag ihm, dass ich ihn in Colonel McKays Büro treffen muss, sobald er ein Shuttle hierher schicken kann.“ Sie registrierte Franks Antwort gar nicht... Ihre Gedanken kreisten um das, was Valerie ihr erzählt hatte. In der Geschichte der Republik hatte es noch nie ein Attentat auf einen Präsidenten gegeben ... und jetzt erfuhr sie von einem, nachdem sie erfahren hatte, dass Antonov zurück war. Sie war sich nicht sicher, ob sie so sehr an Zufälle glaubte.

Irgendetwas, so überlegte sie erneut, stimmte an der ganzen Sache nicht. Es wurde Zeit, sich an die Arbeit zu machen und herauszufinden, was.

4

Jason McKay lehnte sich in seinem Stuhl zurück und wartete darauf, dass der letzte Teil der Gruppe den Konferenzraum betrat. Er genoss die erdnahe Schwerkraft, solange er konnte. In wenigen Stunden würden sie in die G-Tanks eintauchen und in der dämpfenden, belüfteten Flüssigkeit überwintern, während das Schiff wochenlang mit einer Warp-Analogie von Hunderten von Schwerkräften beschleunigte, und wenn sie an ihrem ersten Zwischenstopp ankamen, würde er wieder in der Schwerelosigkeit sein, bis zur Landung.

Vinnie und Jock waren bereits im Raum, zusammen mit den anderen Männern und Frauen ihres Alpha-Teams, die alle ziemlich entspannt und tödlich in ihren schwarzen Kampfuniformen aussahen. Auch die Truppenführer und Sergeants der Flottenreaktionskräfte an Bord waren anwesend, obwohl sie darauf achteten, nicht mit dem Spezialeinsatzkommando zusammenzusitzen. Obwohl Vinnie, Jock und McKay selbst alle ehemalige Marines waren, hatten die Flottenmarines eine Abneigung gegen die neuen Sondereinsatzeinheiten entwickelt.

Sie warteten immer noch auf das Flottenpersonal - der einzige, der anwesend war, war der Commander der Angriffsshuttles, eine große, schlanke Frau mit hohen Wangenknochen und einem Gesicht, das auf asiatische Abstammung schließen ließ. Sie tippte etwas in einen kleinen Notizblock, ihr Gesichtsausdruck war geschäftlich und sie ignorierte die anderen um sie herum.

Nach weiteren zehn Minuten des Wartens betrat Captain Minishimi mit ihrem leitenden Offizier im Schlepptau schließlich den Raum.

„Captain an Deck!“ bellte McKay und brachte alle auf die Beine.

„Rühren Sie sich“, sagte Minishimi und lehnte sich an einen Tisch in der Mitte des Raumes. „Wir haben nicht viel Zeit, also komme ich gleich zur Sache. Wir sind auf dem Weg nach Loki, um einen Passagier abzuholen, und dann geht es direkt zur inneren Grenze. Dort gab es bis vor ein paar Monaten einen Beobachtungsposten. Er wurde zerstört und geplündert, die Truppen, die ihn besetzten, wurden entweder entführt oder getötet und ihre Leichen mitgenommen. Die Beweise, die am Tatort gefunden wurden, deuten darauf hin, dass es sich bei den Tätern um unsere alten Freunde handelt, die Überreste des russischen Protektorats.“ Ein Raunen ging durch die versammelten Offiziere und Unteroffiziere, einige von ihnen warfen einen Blick auf McKay.

„Ruhe bewahren", bellte Minishimis Offizier und die Gespräche verstummten.

„Wir wurden beauftragt, Colonel McKay bei der Untersuchung dieses Vorfalls zu unterstützen. Ich werde das Briefing an ihn übergeben.“

McKay stand auf, nickte dem Captain zu und berührte einen Schalter an der Wand, woraufhin eine Sternenkarte an die Decke projiziert wurde. „Wir sind auf dem Weg hierher“, sagte er. „Das System hat keinen offiziellen Namen, aber die Scouts nennen den bewohnbaren Ort ‚Peboan‘. Das bedeutet...“

„Wintergeist“, meldete sich die Anführerin der Shuttles mit ihrer klaren, durchdringenden Stimme zu Wort. „Aus dem Mythos der Chippewa.“

„Ja“, nickte McKay und zog eine Augenbraue hoch. „Der Planet ist die meiste Zeit des Jahres ein bisschen kalt. Unsere Untersuchungen haben ergeben, dass Peboan reich an Erdöl, spaltbaren Stoffen und anderen Ressourcen ist, wie auch einige andere bewohnbare Welten in der Nähe. Wir gehen davon aus, dass Antonov nicht genug Schiffe hat, um im Weltraum umfangreiche Bergbauarbeiten durchzuführen, und dass er daher seine Ressourcen lieber auf dem Planeten abbauen will.

„Der einzige Grund für Antonov, den Außenposten anzugreifen, ist, dass sie entweder bereits seine Aktivitäten entdeckt haben oder er dachte, dass sie es bald tun würden und Zeit gewinnen wollte. Wir werden ihn also wahrscheinlich nirgendwo in der unmittelbaren Umgebung finden, aber ich hoffe, dass wir einen Hinweis darauf finden, wo er hingeht und was er vorhat. Für den Fall, dass wir auf seine Truppen stoßen, sind wir aber vorbereitet, wie ihr sehen könnt, wenn ihr euch umseht." Er musterte ihre Gesichter und sah in jedem volle Aufmerksamkeit. „Ich muss euch sagen, dass wir möglicherweise mehr als ein Jahr hier draußen sein werden, je nachdem, wie weit die Suche geht. Es tut mir leid, dass ihr euren Lieben keine Nachrichten schicken durftet, aber ich habe den direkten Befehl des Präsidenten, nichts davon zu verbreiten, bis wir wissen, ob es Antonovs Werk ist und was er als Nächstes vorhat." Er machte eine Pause. „Irgendwelche Fragen?"

„Welche Beweise haben wir, dass es sich um Antonov oder seine Leute handelt?" Die Frage kam von einem der Anführer der Marines, einem kantigen jungen Mann mit Café-aux-Lait-Haut und dunklem Haar, das kaum mehr als ein paar Stoppeln war. Der Name Dodd war auf sein Hemd gestanzt.

„Wir haben in den Trümmern der zerstörten Basis Gewehrhülsen aus Messing gefunden, Lieutenant Dodd", antwortete McKay. Er drückte auf einen Regler und ein Video von den Marines, die die Patronenhülsen hochhielten, wurde abgespielt.

„Ist das alles, was wir haben?", fragte sein Sergeant und runzelte die Stirn, wodurch sie wie eine Lehrerin aussah. „Ist das nicht ein bisschen dünn, Sir?"

„Wenn Sie mir eine andere Lösung nennen können, die wahrscheinlicher ist, Dzvonik", McKay zuckte mit den Schultern, „bin ich ganz Ohr. Wir müssen von einem Feind ausgehen, der unabhängig von den etablierten Fracht- und Passagierrouten zu den Sternen reist, der ein Motiv hat, einen unserer abgelegenen Beobachtungsposten anzugreifen und alles zu plündern, was nicht niet- und nagelfest ist, und der Schießpulverwaffen benutzt, die Messingpatronen abfeuern, die zudem mit kyrillischer Schrift gekennzeichnet sind."

„Ja, da haben Sie wohl recht, Sir", gab sie zu.

„Ich habe eine Frage.", Der Commander des Shuttles hob eine Hand.

„Ja, Commander...?"

„Villanueva, Sir", sagte sie. „Soweit ich weiß, benutzen die Protektorate eine Art künstliches Wurmloch, um im FTL zu reisen... Warum machen Sie sich dann Sorgen um die Planeten in den Systemen um Peboan? Könnten sie nicht genauso gut irgendwo hin springen, wo sie Dutzende von Lichtjahren entfernt sind?"

„Das könnten sie", gab McKay zu. „Aber wir wissen, dass sie einige unserer Eysselink-Antriebsschiffe gestohlen haben ... es ist möglich, dass sie sie benutzen. Und ehrlich gesagt", seufzte er, "ist das alles, was wir haben. Wenn wir sie auf diese Weise nicht finden können, müssen wir im Grunde auf unserem Hintern sitzen bleiben, bis sie sich entschließen, uns anzugreifen.

„Verstanden, Sir", nickte Villanueva.

„Also gut, wenn es sonst nichts gibt..." Niemand meldete sich, also nickte McKay Captain Minishimi zu.

„Danke, Colonel McKay", sagte sie und trat zurück in die Mitte des Konferenzraums. „Also gut, meine Damen und Herren... machen Sie sich und Ihre Leute bereit für den G-Schlaf." Sie grinste breit. „Wir sehen uns in einem Monat."

Vinnie blieb zurück, als die anderen den Raum verließen, und sah McKays Stirnrunzeln.

„Was ist los, Sir?", fragte er.

„In solchen Momenten wünschte ich, wir hätten Zugang zu diesen Wurmlöchern, Vinnie", sagte McKay. „Mir gefällt der Gedanke nicht, wochenlang im Schlaf zu verbringen. Wer weiß, was alles passiert, bis wir wieder aufwachen..."

ARIEL SHAMIR ERKANNTE sich im Spiegel nicht wieder. Das Gesicht, an das er sich gewöhnt hatte, war das eines jungen, glatt rasierten Israelis mit europäisch-jüdischer Herkunft, kurzen schwarzen Haaren, dunkelbraunen Augen und hellolivfarbener Haut. Die Nase war breiter und etwas hakiger, die Augenlider schwerer, das Haar dichter und das Gesicht mit einem ordentlich gestutzten Vollbart geschmückt. Gut, dass die kosmetischen Implantate nicht dauerhaft waren... Es gab ein paar Mädchen in Tel Aviv, die die Veränderungen nicht gutheißen würden.

Er nickte zufrieden und überprüfte den Sitz seiner Uniform - die zweiteilige, präzise geschnittene graue Uniform der Kolonialgarde anstelle der schwarzen Dienstkleidung, die er gewohnt war. Es fühlte sich seltsam an, eine Uniform zu tragen, die eher wie ein Geschäftsanzug als eine Arbeitskleidung geschnitten war, aber so waren die CeeGees nun mal.

Er glättete noch einmal seine Kleidung, drehte sich um, schulterte seinen Rucksack und verließ die Einsamkeit des leeren Badezimmers, um sich wieder in das geschäftige Chaos des Buenos Aires Transportation Hub zu begeben. Scharen von Menschen bewegten sich durch den riesigen Gebäudekomplex, schleppten ihr Gepäck hinter sich her, stiegen in Suborbitalbahnen ein und aus, bestiegen U-Bahnen und Magnetschwebebahnen, mieteten Flitter oder ließen sich von Bodenfahrzeugen oder Bussen abholen. In der Mitte des gigantischen Auditoriums, das den Mittelpunkt des Hubs bildete, stand eine riesige Statue, die aus einem einzigen Stück Granit gearbeitet und zwanzig Meter hoch war. Sie war eine Kopie des Obelisken, dem Wahrzeichen der Stadt, und die Welle der Menschen schien sich an ihr zu brechen und in Strömen und Rinnsalen zu einem der vielen Ausgänge zu fließen.

Er wusste genau, wo seine Mitfahrgelegenheit wartete... Er ging durch einen der nach Norden ausgerichteten Ausgänge des Hubs und verließ die kühle, klimatisierte Luft des Gebäudes, um sich in die brütende Hitze eines südamerikanischen Februarnachmittags zu begeben. Ari begann fast sofort zu schwitzen, aber er ignorierte es, während er den Blick auf die Stadt genoss.

Ari hatte in seiner Karriere schon viel Zeit in der Hauptstadt verbracht und er hatte sich daran gewöhnt, dass die alte Stadt, die früher New York hieß, in Sichtweite der neuen Stadt lag, der zusammenhängenden Megalopolis, die nach der Krisenzeit nach den verheerenden nuklearen Auseinandersetzungen des chinesisch-russischen Krieges errichtet worden war. Aber Buenos Aires war anders... Anstatt die alte Stadt zu verlassen, wie es bei Capital City der Fall gewesen war, oder sie niederzureißen und zu ersetzen, wie es in Asien der Fall gewesen war, schien Buenos Aires wie eine Stadt aus dem vorigen Jahrtausend, die auf magische Weise mit einer modernen Stadt verschmolzen war. Die Stadt, die sich vom westlichen Ufer des Rio de la Plata bis zum Riachuelo erstreckte, bestand jetzt uneinheitlich aus Abschnitten alter Architektur - natürlich innen modernisiert -, die mit moderneren Entwürfen durchsetzt waren, und dann plötzlich mit ganzen Stadtteilen, die nur aus neueren Gebäuden bestanden, meist in Gegenden, in denen die alten Teile durch Feuer zerstört oder im Rahmen von Sanierungsprojekten abgerissen worden waren. Es war nicht so energieeffizient oder bequem wie die Megastädte Capital City, Cleveland 'Plex oder Nuevo Rio, aber es hatte einen gewissen Charme. In gewisser Weise sehr europäisch, dachte Ari.

Ari ließ seinen Blick vom Paris der Pampa abschweifen und überflog eine Reihe nummerierter Parkplätze auf der anderen Straßenseite des Terminals, bis er einen Flitter in den Farben der Kolonialgarde entdeckte, dessen Pilot lässig an der offenen Rampe lehnte. Mit einem Nicken ging er über die Fußgängerbrücke über die Straße und schritt auf das Fahrzeug zu, als würde es ihm gehören. Der Pilot, ein hagerer Unteroffizier mittleren Ranges, richtete seinen Blick geradeaus und salutierte.

„Ich bin Captain Mohammed Al-Masri“, schnauzte Ari und erwiderte den Salut oberflächlich. „Warum war niemand da, der meine Tasche tragen konnte?“

„Ich bitte um Entschuldigung, Sir“, sagte der Sergeant, der immer noch stramm stand und Aris finsteres Gesicht musterte. Der Unteroffizier sprach Englisch mit dem Akzent eines Pazifikinsulaners, obwohl er für Ari wie ein Mittelamerikaner aussah. „Ich war nicht darüber informiert, mit welchem Flug Sie ankommen, Sir, also dachte ich, ich sollte hier auf Sie warten."

„Wo ich herkomme, werden Soldaten nicht fürs Denken bezahlt", grollte Ari und warf seinen Rucksack dem Mann zu. Der Sergeant fing ihn gerade noch auf und verzog den Mund zu einem 'O'. „Lade das ins Flugzeug und bring mich dahin, wo ich hin will.

„Ja, Sir!", stotterte der Sergeant und kletterte die Rampe zum Cockpit hinauf. Ari folgte ihm und verbarg ein Lächeln. Das Beste an der verdeckten Arbeit war, dass man sich wie ein Arschloch benehmen konnte, ohne dass es Konsequenzen hatte...

Abgesehen davon war der Sergeant ein kompetenter Pilot. Ari war schon in Hunderten der allgegenwärtigen Luftkissenboote geflogen, die das bevorzugte Transportmittel der meisten Militärs und Regierungsangestellten in der Republik waren, und diese Flüge waren oft der gefährlichste Teil seiner Aufträge, aber dieser Flug verlief ziemlich reibungslos und seine schroffe Behandlung des Unteroffiziers hatte den Vorteil, dass es den Mann davon abhielt, Small Talk zu machen.

Der Flitter flog über den Rio de la Plata und über die Stadt selbst, so dass Ari einen guten Blick auf den Obelisken hatte, den er im Hub gesehen hatte. In der Stadt herrschte reges Treiben, es wimmelte nur so von Menschen und Fahrzeugen, darunter Zehntausende von Autos, wie man sie in den höher entwickelten Ländern selten sah. Hunderttausende von Fußgängern strömten durch die Arterien der Metropole und sahen aus der Luft aus wie eine Masse von Insekten, die ein verwesendes Tier umschwärmten.

Ihr Weg führte sie geradewegs durch das Herz der Stadt und an ihr vorbei in die wuchernden, unordentlichen Vorstädte, ein weiteres Merkmal, das man in entwickelteren Ländern nicht kannte. Auch diese lichteten sich innerhalb weniger Minuten, und dann wuchs aus dem Land inmitten der üppigen Grasebenen ein riesiger Gebäudekomplex, ein Sammelsurium aus verschiedenen Designs, einige nach

Form, andere nach Funktion gestaltet. Kilometerhohe Kuppeln standen neben hässlichen, quadratischen Kasernenblöcken, während auf der anderen Seite einer weiten Wiese ein Gebäude stand, das ein Herrenhaus aus dem Spanien des 19. Jahrhunderts. In der Mitte befand sich ein umgedrehtes, trapezförmiges Gebäude aus strahlend weißem Marmor, das von einem riesigen Paradefeld umgeben war. In der Mitte des Feldes war eine dreißig Meter große Marmorscheibe in den Boden eingelassen, auf der das stilisierte Planetensystem und die gekreuzten Schwerter der Kolonialgarde abgebildet waren. Truppen, die Exerzierten und Zeremonien abhielten, marschierten in grauen Reihen durch das Feld und schlugen dabei präzise Winkel ein.

Der Pilot setzte sie auf einem Feld hinter dem riesigen weißen Trapez, dem Hauptquartier der Kolonialgarde, ab und beeilte sich dann, Captain Al-Masris Tasche aus dem Flitter zu holen, bevor Ari ihn wieder anschreien konnte. „Kann ich das für Sie mit reinnehmen, Captain?“, fragte er. Ari fühlte sich plötzlich schuldig, weil er sich dem Mann gegenüber wie ein Idiot benommen hatte, obwohl das Teil seiner Tarnung war.

„Nein, Sergeant Gutierrez.“ Ari nahm den Rucksack und schulterte ihn - er hatte den Namen des Mannes auf der Brust seines Uniformhemdes abgelesen. „Ihr Dienst war zufriedenstellend. Es war ein ... langer Flug aus dem Jemen.“

„Ich verstehe, Sir.“ Gutierrez nickte dankbar und salutierte. „Ich hoffe, Ihre Reise hierher ist lohnend.“

„Das hoffe ich auch, Sergeant“, sagte Ari aufrichtig und erwiderte den Salut.

Ari ging zügig zum Haupteingang des Hauptquartiers und hielt an der Sicherheitskontrolle einen Moment inne, bis sein implantierter ID-Chip den Scanner passierte und der bewaffnete und gepanzerte Wachmann ihm zuwinkte. Am Nachmittag war hier nicht viel los, denn die meisten Soldaten und Unteroffiziere trainierten im Freien und die meisten Offiziere saßen in ihren klimatisierten Büros fest im Sattel.

Das Innere des Gebäudes war genauso reich verziert wie das

Äußere, wie Ari feststellte. Die weiß gefliesten Wände waren mit goldenen Intarsien versehen und mit - wie er hoffte - Kopien klassischer Kunstwerke behängt, und die Türen waren aus echtem Holz, das hier auf der Erde unglaublich teuer war, da es aus den interstellaren Kolonien importiert werden musste.

Am Ende des Eingangskorridors befand sich ein Aufzug, der in der klassischen Eleganz der Einrichtung fast fehl am Platz war, aber er hatte nicht vor, seine Verachtung für diesen Anachronismus zu zeigen, indem er die Treppe in die oberste Etage nahm. Das Ambiente dort war sogar noch prunkvoller als das der Eingangshalle, wenn das überhaupt möglich war. Statuen im klassischen Stil säumten die Flure in gut beleuchteten Nischen, aber Ari ignorierte sie, als er sich seinem Ziel näherte, und arbeitete stattdessen daran, sich tief in seine Tarnidentität zu versenken. Dies wäre kein guter Zeitpunkt, um es zu vermasseln.

Das Büro wurde von einer Angestellten an einem Schreibtisch bewacht, die mit einem virtuellen Desktop arbeitete und über ein berührungsempfindliches holografisches Display Dateien von einem Posteingang zum anderen schob. Sie stand auf, als sie ihn näher kommen sah, und bemerkte den Rang an seiner Schulter.

„Sie sind Captain Mohammed Al-Masri?“, fragte sie der Form halber... Sie wusste, wer er war, seit er das Gebäude betreten hatte.

„Ich bin hier, um General Kage zu treffen“, sagte er und warf seinen Rucksack neben den Schreibtisch.

„Ja, Sir, er wird gleich bei Ihnen sein. Nehmen Sie doch bitte einen Moment Platz...“ Sie winkte in Richtung eines Stuhls neben ihrem Schreibtisch. Ari unterdrückte einen Seufzer. Er hasste dieses Spiel. Der General saß an seinem Schreibtisch und beobachtete ihn über eine Videoverbindung, während er ihn warten ließ, um seine Reaktion auf die Tortur abzuschätzen.

Da war nichts zu machen. Er setzte sich und zwang sich, ein paar Minuten zu warten, bevor er den Newsfeed auf seinem 'Link' überprüfte. Woran würde Mohammed Al-Masri interessiert sein? Er rief die Finanzberichte auf und überprüfte die Investitionen, in denen seine „Familie“ ihr Geld versenkt hatte und die sie nun schnell verloren. Nachdem er sie oberflächlich betrachtet hatte, wie jemand, der die Zahlen kannte und sich nicht damit aufhalten wollte, ging er dazu über, die Senatsanhörungen zur Biomech-Gesetzgebung zu prüfen. Denen schenkte er mehr Aufmerksamkeit, nicht zuletzt, weil er auf dem neuesten Stand sein wollte, falls General Kage das Thema ansprechen würde.

„Captain", sagte die Beamtin schließlich, „der General wird Sie jetzt empfangen."

Ari steckte seinen Link ein, sprang auf, marschierte zu den dicken, hölzernen Doppeltüren von General Kages Büro und klopfte zweimal selbstbewusst, aber nicht heftig.

„Herein", forderte ihn Kages kantige Stimme auf.

Ari war dem kommandierenden General der Kolonialgarde noch nie begegnet, aber er wusste alles, was der Flottengeheimdienst über ihn wusste, sowie die persönlichen Beobachtungen von Colonel McKay und Major Stark. Er wusste, dass der Mann, der in der ordentlich gebügelten grauen CeeGee-Uniform vor ihm saß, kein typischer Gardeoffizier war, der seinen Rang erhielt, weil seine Eltern eine hohe soziale oder politische Stellung in ihrem Heimatland hatten. Kage war der Sohn mäßig erfolgreicher peruanischer Rancher und hatte sich der Garde angeschlossen, um die Sterne zu sehen. Er hatte eine rücksichtslose Kompetenz an den Tag gelegt, die nach Aris Erfahrung unter den CeeGee-Offizieren selten war ... nun ja, kompetent war er auf jeden Fall. Ari hatte nicht die Absicht, ihn zu unterschätzen.

„Captain Mohammed Al-Masri meldet sich zum Dienst, General, Sir!" sagte Ari und salutierte höflich, als er das Büro betrat und die Tür hinter sich zufallen ließ.

„Rühren, Captain", erwiderte Kage den Gruß. Er musterte Ari, als der jüngere Mann vor ihm stand und die Hände hinter dem Rücken verschränkte. „Captain Al-Masri, Sie wurden uns wärmstens empfohlen. Ihre Leistungen im Fleet Marine Corps waren vorbildlich ... bis Sie wegen der Misshandlung eines gefangenen Aufständischen vor ein Kriegsgericht gestellt und entlassen wurden. Möchtest Sie uns Ihre Version der Geschichte erzählen?"

Ari tat so, als würde er ein verächtliches Grinsen unterdrücken. „Es gibt keine andere Seite dieser Geschichte, General“, antwortete er. „Mein Trupp war in der Stadt Kap Verde auf El Dorado. Es gab einen stadtweiten Aufstand, Plünderungen, Brandstiftung ... Wilde." Er spuckte das Wort aus. „Es war der lokale Arm der Chaosfront... Diese verdammten Anarchisten wollten nichts anderes, als die Kolonialregierung zu stürzen. Sie dachten nicht daran, eine eigene zu errichten; sie wollten nur jedes bisschen Ordnung und Zivilisation zum Einsturz bringen. Die Gewalt überforderte die örtliche Polizei und die Waffenkammer der Kolonialgarde. Als die *Montgomery* zur geplanten Patrouille eintraf, wurden die beiden Trupps, die sie mit sich führte, gerufen, um bei der Niederschlagung der Unruhen zu helfen.

„Am dritten Tag gelang es uns, einen der Hauptplaner der Gruppe festzunehmen. Wir, mein Sergeant und ich, verhörten ihn und versuchten herauszufinden, wo sich die Waffenlager und die anderen Anführer befanden...“ Er schüttelte den Kopf. „Der Mann war ein Fanatiker. Er wollte nicht kooperieren und es wurde immer schlimmer. Ich habe getan, was ich tun musste. Mein Handeln hat Leben gerettet.“

Die Geschichte war gut, dachte Ari. Wahrscheinlich, weil sie wahr war: Sie war nur nicht *ihm* passiert.

„Das Kriegsgericht war anderer Meinung“, sagte Kage mit einem dünnen Lächeln. „Sie hatten die Wahl zwischen der Herabstufung Ihres Ranges und einem Verweis in Ihrer Akte oder Ihrer Entlassung aus dem Korps. Sie haben sich für die Entlassung entschieden. Warum?“

„Ich muss zugeben, General“, antwortete Ari und täuschte Nachdenklichkeit vor, „ich bin nicht ohne Ehrgeiz. Ein Verweis und eine Degradierung hätten mich daran gehindert, zum Captain aufzusteigen. Meine Karriere wäre eingefroren worden. Aber vor allem wollte ich nicht bei einem Militär bleiben, das nicht bereit ist, das Nötige zu tun, um unsere Feinde zu besiegen.“

„Sie glauben also, dass die Kolonialgarde dazu bereit ist?“

„General, ich habe mehrmals mit CeeGee... Verzeihung, Sir, mit den Truppen der Kolonialgarde zusammengearbeitet. Ich war immer beeindruckt von ihrem Eifer, das Nötige zu tun, um die Ordnung in den Kolonien aufrechtzuerhalten. Aggressivität war bei den Einheiten der Garde, die ich kenne, nie das Problem."

„Und was ist Ihrer Meinung nach das Problem, Captain?" Kage zog eine Augenbraue hoch und Ari überlegte kurz, ob er einen Rückzieher machen sollte... aber nein. Es war besser, es zu riskieren.

„Bei allem Respekt, Sir, das Problem war schon immer die mangelnde taktische Ausbildung und Erfahrung der Nachwuchsoffiziere."

„Und Sie glauben, dass das an der Art unseres Rekrutierungssystems für Nachwuchsoffiziere liegt?", mutmaßte Kage.

„Sir, es ist seit vielen Jahren bekannt, dass die Söhne und Töchter gut vernetzter Familien in den Süd- und Ostblöcken als politische Gefälligkeit in den Dienst der Garde gestellt werden. Diejenigen, die die Fähigkeit haben, zu lernen und sich weiterzuentwickeln, werden schließlich zu guten Offizieren, aber die, die das nicht tun, bringen ihre Männer unnötigerweise um ... und geben uns einen schlechten Ruf."

„Ich bin der Kommandant der Garde, Captain Al-Masri, aber selbst ich habe nicht die Macht, das System auf so hoher Ebene zu reformieren", sagte Kage mit einem schiefen Lächeln. „Was schlagen Sie also vor, wie man das ändern könnte?"

„Ich habe die Berichte über die Änderungen gesehen, die Sie an der Offiziersausbildung vorgenommen haben, Sir, und sie sind hervorragend", bestätigte Ari. „Aber wenn ich einen Vorschlag machen soll, dann würde ich zwei Dinge vorschlagen: Erstens, eine Art... zeremonielle Position zu schaffen, eine Ehrengarde für Würdenträger oder so etwas, und sie mit denjenigen zu besetzen, die für ein Kampfkommando einfach nicht geeignet sind; und zweitens, die neu geschaffenen Junioroffiziersstellen zu nutzen, um fähigere Unteroffiziere zur Offiziersausbildung zu befördern."

Kage sah ihn einen langen Moment lang an, bevor er zufrieden nickte. „Nun, es ist leicht zu erkennen, warum Sie so hoch empfohlen wurden, Captain. Sie haben keine Angst, Ihre Meinung zu sagen, und

Sie haben hundertprozentig recht. Ich habe sogar schon damit begonnen, die Rekrutierung guter Unteroffiziere auf die Offiziersausbildung auszuweiten. Ihr erster Vorschlag ist allerdings sehr gut und einer, an den ich noch nicht gedacht hatte. Ich werde mich mit meinem Team zusammensetzen und ernsthaft darüber nachdenken."

„Danke, Sir... Wenn ich darf, General Kage, meine Befehle waren nicht sehr genau. Sie sagten, ich solle mich hier bei Ihnen melden, aber sie sagten nicht, wo ich stationiert werden sollte oder in welcher Funktion."

„Captain, das habe ich mir sehr genau überlegt. Es gibt mehrere koloniale Garnisonen, die Ihre Führung gebrauchen könnten, aber angesichts Ihrer Erfahrung denke ich, dass Sie der Garde am besten dienen können, indem Sie andere Offiziere ausbilden. Sie werden hier stationiert sein, drüben beim Junior Officers' Basiskurs ... Sie werden der neue Executive Officer des Ausbildungskaders unter Colonel Ibrahim Gambari sein. Er ist ein sehr fähiger Commander und hat von mir die Anweisung erhalten, Sie alle neuen Ausbildungsmethoden ausprobieren zu lassen, die Sie für effektiv halten, solange Sie sie zuerst mit mir besprechen. Sie melden sich morgen früh bei ihm. In der Zwischenzeit melden Sie einen Wagen an und nehmen sich ein Zimmer in den Offiziersquartieren." Er stand auf und reichte ihm die Hand. „Willkommen bei der Kolonialen Garde, Captain Al Masri."

Ari schüttelte sie. „Vielen Dank, General. Ich werde Sie nicht enttäuschen."

Es war perfekt... er war genau am richtigen Ort, um seinen Auftrag auszuführen. Aber das Komische war, dachte Ari, dass ein Teil von ihm sich wünschte, er hätte den Job wirklich.

5

„Feuer einstellen! Feuer einstellen! Feuer einstellen!“ Der Lautsprecher durchbrach den Lärm der Rufe und das Stottern der Platzpatronen und die dreißig Männer und Frauen in dunklen Schutzwesten, die auf dem Waldgelände verstreut waren, hielten inne und sahen sich verwirrt um.

„Rekrut Manning!“ brüllte Tom Crossman und stürmte mit in die Hüften gestemmten Händen von der Anhöhe herab, von der aus er das Geschehen beobachtet hatte. „Kannst du mir genau sagen, warum du es für eine gute Idee hieltest, eine Granate in ein Gebäude zu schießen, von dem du wusstest, dass es einen Vorrat an Hyperexplosivstoffen enthält? Vor allem, wenn du keine zehn Meter davon entfernt im Freien standest?“

Eine der gepanzerten Gestalten entsicherte ein Gewehr und hielt dann inne, um einen Visierhelm abzunehmen. Darunter kam das Gesicht einer Frau um die zwanzig zum Vorschein, die ihr schwarzes Haar kurz und stachelig geschnitten hatte und deren sonst blasses Gesicht vor Verlegenheit gerötet war.

„Tut mir leid, Sergeant Crossman“, stotterte sie. „Ich wusste nur, dass einer meiner Trupps von dem Gebäude aus beschossen wurde...“

Crossman atmete tief durch und versuchte sichtlich, sein Temperament zu zügeln, dann fuhr er sich mit der Hand durch sein braunes, zurückgekämmtes Haar. Er hatte das Gesicht eines Filmstars, mit einem starken Kiefer und hohen Wangenknochen, und normalerweise lächelte er leicht, aber nicht in diesem Moment.

„Edle Opfer sind sehr romantisch, Rekrut Manning", sagte er, „aber dieses Gefecht ist nur ein Teil deiner Mission. Wäre dies ein echter Einsatz und du würdest zu Beginn der Aktion getötet, würde deinem Team eine Truppe und ein Anführer fehlen. Wenn du also das nächste Mal mit dieser Situation konfrontiert wirst..." Er deutete hinter sie, wo fünfzig Meter weiter der Boden in eine Schlucht abfiel. „Geh in Deckung und spreng dann das verdammte Gebäude in die Luft."

Er schaute sich bei den anderen Rekruten um. „Egal wie wenig Zeit ihr habt, es gibt immer Zeit zum Nachdenken." Er schaute auf seine Uhr und schniefte genervt. „Also gut, wir machen es noch einmal. Stellt euch auf und begebt euch zurück zur Landezone, holt euch Nachschub aus den Shuttles und wir starten den Angriff um spätestens 20:00 Uhr. Das bedeutet, dass es jetzt ein Angriff bei schwachem Licht ist, also nutze die Gelegenheit, um deine Taktik anzupassen, Manning."

„Ich bin immer noch Teamleiter, Sergeant Crossman?", fragte sie überrascht.

„Bis du es richtig machst, Manning", bestätigte er. „Bring sie in Bewegung und lass dich dieses Mal nicht umbringen. Es sei denn, es lässt sich nicht vermeiden."

„Ja, Sergeant!"

Crossman schüttelte den Kopf, als er sie dabei beobachtete, wie sie die anderen Rekruten anbrüllte, damit sie sich wieder auf den Weg machten.

„Erinnert sie dich an jemanden, Tom?" Eine Stimme kam von hinten und sein Lächeln kehrte zurück.

„Nur an eine rücksichtslose, mutige LT, die ich mal kannte." Er drehte sich um und salutierte, als Shannon Stark den Hügel hinunterkam. Sie trug eine dunkle Kampfausrüstung und hatte eine

Seitenwaffe im Holster. Nicht, dass sie sie in der kanadischen Wildnis brauchen würde, aber dank Colonel McKay war sie für den Geheimdienst vorgeschrieben. „Wie ist es Ihnen ergangen, Ma'am?"

„Viel zu tun", seufzte sie. „Ich habe immer viel zu tun, vor allem jetzt, wo Colonel McKay wieder Lust auf einen Außeneinsatz hatte. Wie geht es Rosalita und den Kindern?"

„Der kleine Jimmy wurde in die Vorschule eingeschult und Mira kann jetzt laufen. Was führt dich hierher? Normalerweise sehe ich die großen Tiere erst, wenn die Auswahlzeit näher rückt."

„Ich musste etwas mit dir besprechen. Ich weiß, dass du viel zu tun hast, aber Vinnie und Jock sind mit Jason losgezogen, hast du also eine Minute Zeit?"

Er schaute auf seine Uhr und grinste. „Ich habe genau drei Stunden und vierundzwanzig Minuten, Ma'am. Komm, setzen wir uns hin."

Tom führte sie in die Schaumstoffkuppel, die sie als Teil des „feindlichen Geländes" benutzt hatten, und verscheuchte das Personal, das mit Simulatoren auf die Rekruten geschossen hatte. Sie setzten sich an einen Tisch neben Stapeln von Paketen mit gefälschtem Sprengstoff und Tom schenkte ihr eine Tasse Kaffee ein.

„Was hast du denn so auf dem Herzen, Boss Lady?", fragte er und nahm einen Schluck aus seiner eigenen Tasse.

„Tom, es gibt Gerüchte, dass es Ärger mit der Kolonialgarde geben wird. Viele von ihnen sind mit der neuen Auswanderungspolitik und den neuen Regeln, die ihre Befugnisse in den Kolonien einschränken, nicht einverstanden, und viele der Eltern des Offizierskorps finden es nicht gut, dass sie keine Schmiergelder mehr von den Multicorps bekommen, weil sie ihnen billige Arbeitskräfte vermitteln. Es heißt also, dass es eine Meuterei geben wird und dass die CeeGee-Armeen auf allen Koloniewelten die Macht von den örtlichen Gouverneuren übernehmen werden."

„Das kann ich mir vorstellen", nickte Crossman. „Im Moment läuft es für niemanden besonders gut und in den Entwicklungsblöcken ist es noch schlimmer."

„Ich habe Ari bereits auf diesen Aspekt angesetzt", fuhr sie fort,

„aber die andere Sache ist, dass der Putsch mit einem Anschlag auf Präsident O'Keefe zusammenfallen soll."

Crossman pfiff überrascht und sein Gesicht war nachdenklich. „Das ist ein ziemlich ehrgeiziger Zug für das CeeGee-Offizierskorps", überlegte er. „Und was wollen sie damit erreichen? Denken sie, dass Vizepräsident Dominguez die Auswanderungspolitik rückgängig machen wird, nur weil er aus Mittelamerika kommt? Oder haben sie vielleicht etwas gegen ihn in der Hand, das bei O'Keefe nicht funktioniert..."

„Das werde ich überprüfen müssen", sagte Shannon. „Und es wird schwierig, das zu tun, ohne dass der Präsident davon erfährt. Aber der Grund, warum ich zu dir gekommen bin, hat weniger mit dem Warum zu tun, sondern mehr mit dem Wie."

„Genau, wenn sie glauben, dass sie eine Chance auf Erfolg haben, brauchen sie einen Insider", sagte er. „Es sei denn, sie haben vor, ein Frachtschiff aus dem Orbit in die Villa des Präsidenten zu rammen, und dafür sind nicht einmal die CeeGees verrückt genug. Wer hat also Zugang und die Möglichkeit und vor allem die Motivation?"

„Und haben sie überhaupt vor, damit durchzukommen?" überlegte Shannon und rieb sich müde eine Hand im Nacken. „Wenn man bereit ist, sich zu opfern, kann jede Methode erfolgreich sein... Verdammt, ein spitzer Stock würde ausreichen."

„Aber wenn man damit durchkommen will", ergänzte Crossman, „muss man etwas benutzen, das nicht nachweisbar ist, etwas, das nicht zu einem zurückverfolgt werden kann. Gehen wir also von drei Möglichkeiten aus... was könnte man benutzen, wenn man damit durchkommen will, was, wenn es einem egal ist, und was kann man überhaupt nicht benutzen?"

„Nun, das Zeug ist weg vom Fenster", lachte Shannon und trat gegen den Stapel gefälschter Hyperexplosivstoffe. „Der Präsident und seine Umgebung sind überall mit Chem-Scannern ausgestattet, und es gibt zu viele verschiedene Leute, die sie bedienen, um sie alle zu überlisten. Das Gleiche gilt für konventionelle Schusswaffen."

„Die meisten Gifte sind auch nicht sicher tödlich, nicht mit den medizinischen Einrichtungen, die er immer um sich herum hat. Wir haben also Bomben, Schusswaffen und Gifte ausgeschlossen", zählte er an seinen Fingern ab. „Man könnte es mit einer Langstreckenrakete mit Kaltgas versuchen, aber die automatischen Verteidigungsanlagen, die der Sicherheitsdienst überall dort aufstellt, wo der Präsident sich aufhält, sollten diese aufspüren und abschießen können. Vielleicht", überlegte er, “könnte eine Gauss-Kanone ausreichen, wenn sie stark genug wäre und man sie weit genug entfernt aufstellen könnte, um bei der Sicherheitsüberprüfung nicht entdeckt zu werden. Ein Wolfram-Penetrator, der so schnell fliegt, kann von der Abwehr nicht abgeschossen werden. Sie würden ihn nicht einmal entdecken, bevor es vorbei ist."

„Ein klarer Schuss aus dieser Entfernung wäre allerdings schwierig zu arrangieren", sagte Shannon. „Das ist eines der Dinge, auf die die Sicherheitsleute achten, wenn sie einen Ort auskundschaften."

„Es muss ja nicht unbedingt ein klarer Schuss sein", sagte er. „Ein Penetratorgeschoss aus einer elektromagnetischen Kanone könnte ein paar Gebäude durchschlagen und den Präsidenten leicht ausschalten."

„Du hast Recht", gab sie zu und nickte nachdenklich. „Okay, wir werden das als Möglichkeit vormerken. Die Sicherheitskräfte können ihre Scans jederzeit erweitern und nach Energiewerten suchen, die eine so große Kanone abfeuern könnten. Sonst noch etwas? Irgendetwas, das ihn erwischen könnte, wenn er zu Hause ist? In Capital City?"

„Nun, wir sind wieder bei einem spitzen Stock oder einem Orbitalschlag angelangt", sagte Tom achselzuckend. „Ich sehe nur keine Möglichkeit, wie der Mörder entkommen könnte, also muss es entweder aus nächster Nähe sein und es ist ihm egal, ob er dabei stirbt, oder es ist etwas so Großes, dass es eher ein Coup als ein Attentat ist."

Shannon runzelte die Stirn und ihre Augen verengten sich. „Das ist ein interessanter Gedanke, Tom." Sie schüttelte den Kopf und lächelte dann warmherzig. „Also, wie sieht es mit dem Kurs aus?"

„Sie sind sehr vielversprechend", sagte er und nahm den plötzlichen Themenwechsel ohne mit der Wimper zu zucken hin. „Es wird schwer sein, die normale Abgangsquote zu halten. Um ehrlich zu sein, würde ich gerne die Hälfte von ihnen zum Abschluss bringen."

„Dann nimm sie", sagte sie ihm. Er hob eine Augenbraue. „Wenn Jason Antonov irgendwo da draußen findet ... nun, dann können wir jede Hilfe gebrauchen, die wir bekommen können."

~

SHAMIR BEOBACHTETE die Offiziersanwärterinnen und -anwärter der Kolonialgarde durch sein Fernglas, als sich die Männer und Frauen in Tarnkleidung und Panzerung durch das hohe Gras der weiten, offenen Ebene bewegten, ihre Waffen lustlos in der Hand, die Müdigkeit in ihrem Gang und ihrem Tempo deutlich spürbar, während die Nachmittagssonne auf ihre Köpfe niederschlug. Sie waren seit drei Tagen auf dem Feld, die meiste Zeit davon schlafend, und sie waren es nicht gewohnt. Sie waren erst drei Wochen in der viermonatigen Ausbildung und die meisten von ihnen hatten vor ihrem Ausflug zum Schießstand in der ersten Woche noch nie eine Waffe in die Hand genommen, geschweige denn eine durch die Wildnis geschleppt.

„Sergeant Chen", sagte er über das Mikrofon an seinem Kragen, „wann immer Sie bereit sind".

„Ja, Sir", kam die lakonische Antwort des Unteroffiziers. Weniger als eine Minute später teilte sich das hohe Gras in einem Dutzend Flecken, die in einem Halbkreis vor den Auszubildenden angeordnet waren, und er konnte leise das Klappern von Simulatorkugeln hören, als sich der Trupp Offiziersanwärter zerstreute. Einige rannten, einige warfen sich auf den Boden, andere blieben stehen und erwiderten das Feuer. Nur drei taten das Richtige: Sie stürmten in den Hinterhalt und eröffneten das Unterdrückungsfeuer, während sie nach vorne stürmten. Aber es waren zu viele Angreifer und schließlich wurden sie überwältigt. Die Gelenke ihrer Körperpanzerung blockierten und ließen sie erstarren, als die Laser der Simulatorkanonen auf die in die Panzerung eingebauten Sensoren trafen.

„Also gut“, seufzte Ari, „gehen wir runter zur Nachbesprechung.“

Er sprang in das offene Versorgungsfahrzeug und nahm neben dem Fahrer Platz. Hinter ihm kletterten Captain Adedotun Odawale und First Lieutenant Alida Hudec auf die Rücksitze, und der Fahrer fuhr den Hügel hinunter in Richtung des Hinterhalts. Odawale war ein großer, etwas schlaksiger afrikanischer Mann, seine Haut war dunkel wie Ebenholz, sein Kopf glatt rasiert und sein Blick streng und geschäftsmäßig. Hudec war eine dunkelhaarige, dunkeläugige Osteuropäerin mit der Statur einer Sportlerin und stechend grünen Augen. Ari hatte die beiden erst gestern kennengelernt, aber sein erster Eindruck war, dass sie Profis waren... wahrscheinlich eher von der gleichen Art wie Kage.

Als der Wagen am Einsatzort ankam, waren die Unteroffiziersanwärter bereits dabei, die Offiziersanwärter aus ihrer Lähmung durch die Rüstung zu befreien, und die sechsunddreißig Männer und Frauen lagen größtenteils auf dem Boden, die Helme im Schoß, einige schluckten Wasser, andere grummelten nur leise vor sich hin. Der andere Trupp, die Angreifer, war viel besser gelaunt, lachte, tauschte Geschichten aus und klopfte sich gegenseitig auf die Schulter. Ari stellte sich mitten unter sie, gefolgt von den beiden anderen Offizieren.

„Also gut, meine Damen und Herren“, sagte er und verschränkte die Hände hinter sich. „Kann mir jemand sagen, wie man sich bei einem Hinterhalt in offenem Gelände verhalten sollte?“

Einer der Männer in seinem Trupp, ein gut aussehender junger Argentinier, hob die Hand. „Man sollte dem Hinterhalt direkt mit Gegenfeuer begegnen und vormarschieren, Captain Al Masri.“

„Das ist richtig, Anwärter Matienzo. Und genau das hast du getan, genauso wie die Anwärter Calderon und Maathai. Aber es hat nicht funktioniert, weil der Rest des vierten Trupps diese Lektion vergessen zu haben scheint. Wenigstens haben sich ein paar von euch die Mühe gemacht, das Feuer zu erwidern, obwohl mitten auf einem offenen Feld zu stehen und das Feuer zu erwidern eine schnelle Form von Selbstmord ist. Der Rest von euch hat sich entweder auf den Boden geworfen und versteckt oder ist einfach weggelaufen. Sagt mir, meine Damen und Herren, was ist wohl die Strafe dafür, wenn man so etwas in einem echten Kampf tut?"

Maathai hob seine Hand. „Kriegsgericht und möglicherweise Exekution, Sir, wenn das Verhalten den Tod der Kameraden verursacht hat."

Ari nickte. „Zumindest würde man für immer aus der Garde geworfen und mit eingezogenem Schwanz nach Hause geschickt werden, denn jeglicher Respekt, den man vielleicht hatte, ist von da an für immer verloren." Er breitete seine Hände demonstrativ vor sich aus. „Ihr seid erst seit ein paar Wochen hier. Ich kann euch einen Fehler verzeihen ... das lässt sich mit Training und Übung beheben. Angeborene Feigheit kann ich nicht verzeihen. Wir werden vergessen, dass das passiert ist, nur dieses eine Mal. Wenn es noch einmal vorkommt, werden die Betreffenden nach Hause geschickt und dürfen sich frühestens nach sechs Monaten wieder um eine Ausbildung bewerben." Er schaute sie alle einzeln an. „Habe ich mich klar ausgedrückt?"

„Ja, Sir", kam das unzusammenhängende Gemurmel der Antworten.

„Ich sagte", bellte er lauter, „habe ich mich klar ausgedrückt?!"

„Ja, Sir!" Die Antwort war lauter und gleichmäßiger. Er lächelte dünn.

„Ihr seid müde", fuhr er fort. „Ihr seid hungrig. Euch ist heiß, eure Muskeln schmerzen, eure Waffen sind schwer. Ihr seid das nicht gewohnt. Deshalb seid ihr hier, meine Kinder. Um euch daran zu gewöhnen. Ich frage euch: Glaubt ihr, dass die Terroristen der panamaischen Befreiungsfront euch den Luxus einer Ruhepause gönnen werden, bevor sie angreifen? Ich kann euch persönlich versichern, dass sie das nicht tun werden... sie kennen keine Gnade und keine Reue. Sie sind schlimmer als Tiere, denn zumindest Tiere haben rationale, logische Bedürfnisse und folgen berechenbaren Mitteln, um sie zu erreichen. Wenn sie die Oberhand gewinnen, werden sie nicht zögern, euch zu töten. Ihr dürft ihnen nicht erlauben, die Oberhand zu gewinnen. Wenn ihr der Müdigkeit, dem Schmerz oder der Verwirrung nachgebt, seid ihr besiegt, bevor ihr einen Schuss abgegeben habt. Wenn ihr diese Terroristenbastarde töten wollt, müsst ihr härter sein als sie."

„Nun", trat Lieutenant Hudec vor, „was euch angeht, Dritter Trupp. Ihr habt den Hinterhalt gut ausgeführt... aber als die drei Mitglieder des Vierten Zugs das Richtige taten und in den Hinterhalt stürmten, wie viele Verluste habt ihr da erlitten? Anwärter Ramirez?" Sie wandte sich an den Anführer des Trupps.

„Fünf, Ma'am", gab der junge Mann zu. „Zwei Tote."

„Und wenn mehr als drei angegriffen hätten, wenn sie besser organisiert gewesen wären, was glaubst du, wie viele Opfer hättet ihr dann gehabt?"

„Mindestens doppelt so viele, Ma'am."

„Also sag mir, wie kannst du das verhindern? Wie könntest du deinen Hinterhalt einrichten, um das zu verhindern?" Ihre Frage wurde mit Schweigen beantwortet. Schließlich schaute sie zu Ari. „Captain Al Masri, wenn es Ihnen nichts ausmacht?"

„Es gibt zwei Möglichkeiten", erklärte er ihnen. „Die erste und einfachste ist, deine Truppe L-förmig aufzustellen, so dass du bei einem Angriff auf einen der beiden Arme des L, deine Flanke, dem Feind ohne Gegenfeuer begegnen kannst. Die andere besteht darin, sich in einem breiten V aufzustellen, was für beide Flanken das Gleiche bedeuten würde. Wenn du, wie du es getan hast, den Großteil deiner Truppen aus dem Hinterhalt an einer Stelle aufstellst, lädst du einen Angriff ein, dem du nichts entgegenzusetzen hast."

„Wir sehen also", meldete sich Captain Odawale zum ersten Mal zu Wort, seine Stimme war klar und deutlich, „dass sowohl die Angreifer als auch die Überfallenen heute Fehler gemacht haben. Aber lasst euch davon nicht frustrieren oder wütend machen. Dies war keine Prüfung, die man besteht oder nicht besteht, sondern eine Lektion, genauso wie jede andere, die ihr im Klassenzimmer oder im Simulator erhalten habt, und sie sollte euch lehren. Die Prüfungen werden kommen, sowohl hier als auch später im Einsatz, wo Versagen den Tod bedeutet. Denkt darüber nach und lernt, dann werdet ihr diese Prüfungen bestehen." Er schaute auf, schirmte seine Augen mit der Hand vor der Sonne ab und blickte auf den Horizont und eine Staubwolke, die sich auf einem Feldweg erhob. „Und wie ich sehe, sind die Transporter da, um euch zurück in die Kaserne zu bringen.“ Das entlockte den Auszubildenden einen schallenden Applaus. „Truppenführer, nehmt eure Trupps und bringt sie auf die LKWs. Waffenwartung und dann Abendessen.“

„Und was haben Sie beim Abendessen vor, Captain?“ Lieutenant Hudec fragte ihn leise, während sie Odawale dabei zusahen, wie die Truppen auf die Fahrzeuge verladen wurden.

Er schaute sie mit unverhohlener Neugierde an. „Ich hatte daran gedacht, in der Offiziersmesse zu essen“, gab er zu.

„Ich kenne ein Lokal in der Stadt, in dem man hervorragend marokkanisch essen kann.“ Sie lächelte und er konnte nicht übersehen, wie ihr Gesicht dabei aufleuchtete. „Mögen Sie marokkanisches Essen?“

„Aber sicher doch, Lieutenant“, erwiderte er lächelnd. „Ich wäre Ihnen sehr dankbar, wenn Sie mir diesen Ort zeigen könnten.“

„Ich habe einen Flitter im Fuhrpark auf Abruf“, sagte sie. „Wir treffen uns dort um 18:00 Uhr...Sir.“

„Also, Lieutenant Hudec“, sagte Ari im Plauderton zwischen zwei Bissen Lammfleisch, „erzählen Sie mal... wie sind Sie hier als Ausbilderin gelandet?“

„Wir sind nicht auf der Basis“, sagte sie und nahm einen Schluck Wein. “Kannst mich Alida nennen.“

Ari beobachtete, wie die Schatten des Kerzenlichts über ihr Gesicht spielten, das zwar nicht konventionell schön, aber dennoch verführerisch war. „Ja, Alida.“ Er genoss den Namen, als er ihm über die Lippen kam. Er war ein wenig überrascht, dass er sich daran erinnern musste, sie nicht zu bitten, ihn „Ari“ zu nennen. „Ich würde dir sagen, dass du mich Mohammed nennen sollst, aber niemand nennt mich so. Mit vollem Namen heiße ich Mohammed Abed Al-Masri, also nennt man mich zu Hause 'Abed'. Aber als ich zu den Marines kam, nannten mich meine Kameraden alle „Mo“. So etwas würde ein

Muslim nicht tun... man kürzt den Namen Mohammed nicht ab, das ist respektlos.“ Er zuckte mit den Schultern. „Ich bin nicht so religiös wie meine Eltern und vor allem nicht wie meine Großeltern. Das ist wohl auch der Grund, warum ich hier bin und nicht wie mein älterer Bruder für das Familienvermögen zuständig bin.“ Er lächelte, hob sein Weinglas und neigte es zu ihr. „Du kannst mich ‚Mo‘ nennen.“

Sie nickte, erwiderte die Geste und nahm einen Schluck. „Um deine Frage zu beantworten, Mo, ich bin hier, weil ich meine Eltern in Verlegenheit gebracht habe.“

Er lachte schroff. „Ah, eine direkte Frau. Was hast du getan, um die Familie Hudec zu schockieren?“

„Ich war ein dummes Teenager-Mädchen in meinem ersten Jahr an der Universität und rebellierte gegen meine Eltern, die Berufsdiplomaten sind. Ich war in einen Jungen verliebt, der ein Neomarxist war.“ Sie seufzte. „Ich wusste nichts über Politik, außer dass er meine Eltern entsetzte. Leider hatte er Freunde, die nicht zögerten, Gewalt anzuwenden, um ihre Überzeugungen durchzusetzen, und ich war ein bequemer Spielball. Sie versuchten, mich zu entführen, um mich als Werkzeug gegen meine Eltern zu benutzen. Es ... ging nicht gut für sie aus. Obwohl ich jung und dumm war, war ich kein hilfloses Waisenkind. Ich entwaffnete einen von ihnen und tötete sie alle.“

„Khara“, fluchte er leise.

„Das war eine Zeit lang eine Riesengeschichte, und meine Eltern meinten, ich solle vielleicht auf ein College irgendwo weit weg von dort gehen. Ich ersparte ihnen weitere Demütigungen, indem ich der Garde beitrat. Ich beendete meine Schulzeit in meiner Freizeit und absolvierte diesen Kurs selbst erst vor zwei Jahren. Dann...“ Sie zögerte und nahm einen weiteren Schluck Wein. „Ich war auf Kali, als die Moro-Volksarmee die Hauptstadt Pithapuram angegriffen hat.“

„Das Blut des Propheten“, zischte er. „Das war ein Albtraum.“

„Nur vier von uns haben überlebt“, sagte sie leise und starrte irgendwo an ihm vorbei. „Wir hielten drei Tage lang in der Waffenkammer aus, bis Verstärkung eintraf.“

„Ich nehme an, das erklärt, warum du hier bist.“ Er zog eine

Augenbraue hoch. „Aber ich frage mich, Alida, ob alles, was wir ihnen beibringen können, ausreicht.“ Scheinbar beiläufig schaute er sich in dem dunklen, gemütlichen Restaurant um, dessen Wände mit bunten Mosaiken verziert waren. Es saßen nur wenige andere Leute an den sporadisch verteilten Tischen und sie schienen alle in ihre eigenen Gespräche vertieft zu sein. „Die Dinge stehen schlecht da draußen und es wird noch viel schlimmer werden. O'Keefe ist ein verdammter Idiot, und unsere Truppen werden den Preis dafür zahlen müssen.“

„Du bist also kein Fan der neuen Auswanderungspolitik, Mo?“ fragte sie und verzog ihren Mund zu einem sarkastischen Grinsen.

„Die Geschichte zeigt uns, dass Revolutionen in Zeiten erhöhter Erwartungen stattfinden. Dieser Schwachkopf schafft die perfekte Atmosphäre für eine Revolution und versucht dann, uns die Hände zu binden und uns daran zu hindern, sie zu verhindern. Und es sind nicht nur die Kolonien, um die ich mir Sorgen mache", erklärte er weiter. „Wenn wir nicht in der Lage sind, Unruhestifter und Provokateure aus der Bevölkerung zu entfernen, werden wir es hier auf der Erde mit gewalttätigen Aufständen zu tun haben, wie sie schon einmal zur Vertreibung geführt haben.“ Sein Blick wurde finster. „Ich sage dir ehrlich, Alida, ich habe das Gefühl, dass unsere ganze Zivilisation in Gefahr ist, zu verbrennen. Und ich weiß nicht, was ich tun kann, um es aufzuhalten.“

„Du bist nicht der Einzige, der so denkt“, sagte sie leise und sah ihm in die Augen, während sie ihren Mund hinter einem Schluck Wein verbarg.

„Da bin ich mir sicher.“ Er zuckte mit den Schultern. „Aber wenn sie sich nicht gemeinsam betrinken und beschweren wollen, sehe ich nicht, was das bringen soll.“

„Du solltest mit ihnen reden“, schlug sie vor. „Dann kannst du beurteilen, was sie Gutes tun können.“

„Wenn du gut von ihnen denkst, würde ich das natürlich gerne tun“, sagte er und bemühte sich, nicht zu zeigen, wie sehr er sich darauf freute. „Ich muss dir allerdings sagen, dass ich wenig Erfahrung im Umgang mit Politikern habe.

„Diese Männer und Frauen sind keine Politiker, Mo. Ich denke, es wird dir leicht fallen, mit ihnen zu sprechen. Aber ich werde dir mehr erzählen, wenn ich die Gelegenheit hatte, mit ihnen zu sprechen. Aber erst einmal..." Sie neigte ihren Kopf zur Seite und grinste. „Die Nacht ist noch jung. Lass uns von angenehmeren Dingen sprechen..."

Ari spürte, wie sein Herz ein bisschen schneller schlug, als sie eine Hand auf seine legte.

Es hatte einige Vorteile, stellte er fest, als er sie angrinste, mit seinem Job verheiratet zu sein...

6

Shannon Stark stieg aus dem Flitter und betrat den weichen Lehm der Lichtung. Das Tal und der See dieser Umgebung waren Überbleibsel der Gletscher, die sich vor 12.000 Jahren durch den Norden Minnesotas windeten, aber die Hütte und der Steg dahinter waren jüngeren Datums, nur dreihundert Jahre alt. Das Boot, das neben dem Steg schwamm, hätte ein Jahr oder hundert Jahre alt sein können... die Bauweise solcher Dinge hatte sich nicht großartig verändert. Der Mann in legerer Kleidung, der am Steg angelte, hätte in den dreihundert Jahren, in denen die Hütte existierte, jederzeit auftauchen können, obwohl er sich in den Jahren, in denen sie ihn kannte, definitiv verändert hatte.

Glen Mulrooney hatte immer noch dasselbe gewellte, blonde Haar und dasselbe jugendliche Aussehen in seinem runden, sympathischen Gesicht, aber dieses Gesicht wirkte weniger gestresst als damals, als sie ihn zum ersten Mal getroffen hatte, und mehr im Frieden mit sich selbst. Als sie näher kam, holte Glen seine Angel ein und ließ die Rute ins Boot fallen, dann drehte er sich um und ging auf sie zu.

„Hey Shannon." Er lächelte und nahm ihre Hand. „Du siehst gut aus."

„Du auch, Glen“, sagte sie. „Ein schönes Haus hast du hier.“

„Nicht wahr?“ Er sah sich um, als würde er es zum ersten Mal selbst zu schätzen wissen. „Val liebt es, Natalia hierher zu bringen... Es gibt keine Straßen und keinen Menschen im Umkreis von hundert Kilometern.“ Er lachte. „Ich war noch nie angeln, weißt du das?“ Seine Augen wurden nachdenklich. „Ich frage mich, wie viele Leute angeln gehen. Wahrscheinlich nicht viele... die meisten Menschen leben ihr ganzes Leben in den Städten.“ Er schüttelte den Kopf. „Aber ich glaube nicht, dass du den weiten Weg hierher geflogen bist, um über das Angeln zu reden.“ Er winkte der Hütte zu. „Lass uns reingehen.“

Das Innere der Hütte war moderner als das Äußere; in einer Ecke befand sich ein holografisches Kommunikationszentrum, wie es sich für das Ferienhaus eines republikanischen Senators gehörte. Glen deutete auf den Küchentisch und setzte sich ihr gegenüber. Als sie mit der Hand über die glatte Oberfläche strich, bemerkte sie, dass sie aus echtem Holz bestand.

„Val sagte, du wolltest irgendwo unter vier Augen reden“, sagte er. „Ich kann mir keinen privateren Ort vorstellen als hier."

„Ich habe Leute beauftragt, das Gerücht zu untersuchen, von dem Val uns erzählt hat“, begann Shannon ohne weitere Vorrede. „Aber es hat einige Fragen aufgeworfen ... einige Dinge, die untersucht werden müssen. Aber ich kann das nicht tun, und meine Leute auch nicht, nicht ohne ein paar Leute aufmerksam zu machen.“

„Du willst also, dass ich es tue“, schlussfolgerte er. „In Ordnung... was ist es?“

„Vizepräsident Dominguez. Wenn sie deinen Schwiegersohn ausschalten wollen, muss es einen Grund geben. Wenn sie nicht erwarten, dass die Dinge anders laufen, wenn Dominguez das Sagen hat, macht das keinen Sinn.“

„Du glaubst, er hat etwas damit zu tun?“ Glen schien überrascht zu sein.

„Ich weiß es nicht“, gab sie zu. „Die Alternative ist, dass sie etwas gegen ihn in der Hand haben, mit dem sie ihn kontrollieren können. Wie auch immer, wir müssen es wissen.“

„Ich kenne ihn nicht so gut“, sagte Glen und rieb sich nachdenklich das Kinn. „Aber ich weiß, dass Präsident O'Keefe ihm vertraut. Sie sind schon seit Jahren befreundet.“

„Kannst du etwas für uns recherchieren? Oder ist das zu weit oben in der Nahrungskette? Ich möchte nicht, dass du oder Val in die Sache verwickelt werden.“

„Ich werde nachforschen und sehen, ob ich etwas finde, das darauf hindeutet, dass er kompromittiert wurde“, sagte Glen, während er sprach. „Es gibt ein paar Journalisten, mit denen ich reden könnte, Leute, denen ich vertraue und die ein System haben, um solche Dinge aufzudecken. Wenn etwas auftaucht, kann Dominguez es nicht einfach geheim halten, indem er mich zum Schweigen bringt.“

„Glen“, mahnte sie, „wenn du denkst, dass du zu weit gegangen bist, halte dich zurück. Du musst auch an deine Familie denken. Frag deine Journalistenfreunde, aber das war's dann auch schon... halte deine Beteiligung an dieser Sache unauffindbar.“

„Ich werde ruhig bleiben“, versicherte er ihr. „Ich würde nichts tun, was Val oder Natalia in Gefahr bringen könnte. Außerdem-" Er zuckte mit den Schultern. “könnte sich alles als nichts herausstellen.‘

„Hoffen wir es. Wenn du etwas herausfindest und mich erreichen musst, schick mir eine Nachricht an diese Adresse... und zeig mir deinen 'Link'.“ Er übergab ihr das Gerät und sie tippte einen Namen in seine Adressbuchdatei. Als er eine Augenbraue hochzog, kicherte sie. „Das ist sicherer und schwerer zu verfolgen, als wenn ich dir den Namen elektronisch geschickt hätte.“

„Nun, du bist die Spionagemeisterin“, sagte er achselzuckend und steckte den Link ein. „Also, erzähl mal ... wie geht es dir und Jason?“

„Großartig“, seufzte sie, „abgesehen von der vielen Zeit, die wir getrennt voneinander verbringen müssen. Aber das gehört einfach zum Job dazu.“

„Habt ihr schon mal über Kinder nachgedacht?“

„Wir haben darüber geredet. Aber wir sind uns einig, dass wir warten wollen, bis wir bereit sind, aus dem Militärdienst auszuscheiden. Wenn beide Elternteile monatelang in verschiedenen Sternensystemen unterwegs sind, ist das kein guter Weg für ein Kind, um aufzuwachsen.

„Irgendwie kann ich mir nicht vorstellen, dass du in den Ruhestand gehst, Shannon", lachte Glen.

„Ich erwarte, dass ich noch lange lebe!" Sie grinste und klopfte auf das Holz des Tisches. „Menschen verändern sich. In zehn, zwanzig Jahren bin ich vielleicht so weit, dass ich Windeln wechseln und Geschichten vorlesen kann."

„Dann warte nicht zu lange", warnte er sie. Er blickte aus dem Fenster auf den See, sein Gesicht friedlich. „Denn du hast Recht... Menschen ändern sich."

„Menschen ändern sich nie, Captain Al-Masri", erklärte Colonel Lee Jun-hwan energisch und unterstrich seine Aussage mit einem Fingerzeig. „Daniel O'Keefe war als Senator ein Populist mit blutendem Herzen, bevor der Krieg mit diesen russischen Jasigs begann." *Bastarde*, übersetzte Ari im Geiste das koreanische Wort. „Seine idiotische Tochter wird von Bauernabschaum auf Aphrodite fast umgebracht und bringt ihn das zur Vernunft? Nein, er ist jetzt, wo er Präsident ist, genauso ein Idiot."

Colonel Lee, so dachte Ari, erinnerte ihn an einen seiner Saufkumpanen vom College, der sich über Politik äußerte ... wenn dieser Saufkumpan ein hochrangiger Offizier gewesen wäre, der für die Ausbildung und den Einsatz von Männern und Frauen in anderen Sternensystemen verantwortlich war. Als Alida nach dem Ende des Trainings am Freitag zu ihm kam und vorschlug, dass es an der Zeit sei, die Leute zu treffen, die so dachten wie er, hatte er jemanden erwartet, der in der Nahrungskette weiter unten stand. Lee war Kages XO, sein zweiter Kommandant. Sie saßen in Lees Privatraum im Offiziersclub der Basis, lümmelten auf echten Ledersofas und tranken gut gealterten Bourbon: Lee, Alida, Lees Helfer Captain Hassan Ali und er selbst. Es hatte eine Stunde der Höflichkeit und des Kennenlernens gedauert und mehrere Gläser Bourbon, bis Lee sich ihm gegenüber erwärmt hatte; jetzt machte er sich Gedanken darüber, wie er den koreanischen Offizier dazu bringen konnte, zur Sache zu kommen, ohne eine weitere Stunde politisches Getöse zu provozieren.

„Er ist wirklich ein Narr", nickte Ari. „Aber er ist tatsächlich der Präsident und wir sind nur Soldaten. Und leider sitzen wir hier auf der Erde fest, während die Probleme monatelange Reisen entfernt sind. Was können wir schon tun, außer unsere Truppen so gut wie möglich auszubilden?"

„Es gibt Dinge, die man tun kann, Mohammed Al Masri", sagte Hassan und versteckte seine Worte hinter einem Schluck Bourbon. Er war ein junger Mann mit einem dunklen, schmalen Gesicht und kurzgeschorenem Haar. „Die Frage ist, ob du der Mann bist, der uns dabei helfen kann."

Ari dachte über seine Antwort nach und starrte einen langen Moment lang auf das Getränk in seinem Glas.

„Hassan Ali", sagte er schließlich, „es gibt Worte vieler Art. Manche Worte sind leeres Geschwätz, andere sind aus solidem Stahl. Ich respektiere Sie, Colonel Lee, und ich respektiere Ihre Autorität, aber wenn dies leere Worte sind, wenn dies mehr von dem Gerede von einem Streik oder einer politischen Kampagne ist, bin ich nicht Ihr Mann. Ich bin ein direkter Mann, kein Politiker."

„Wir sind alle Politiker, mein Freund." Hassan lächelte. „Denn ist der letzte Schritt in der Politik nicht immer, eine Waffe in die Hand zu nehmen?"

„Und sind wir schon am Ende?" fragte Ari und fixierte Hassans Blick mit seinem eigenen, unerschütterlichen Blick.

„Das sind wir in der Tat", antwortete Lee, als ob er anstelle seines XOs sprechen würde. „Es wird sehr bald geschehen, und zwar überall in den Kolonien ... und auch hier. Wir brauchen jemanden wie dich, einen bewährten Anführer im Kampf, einen Mann, der nicht abgeneigt ist, sich die Hände schmutzig zu machen. Aber ich sage dir auch, dass es dich dieses Mal nicht nur deine Karriere, sondern auch deine Freiheit und möglicherweise dein Leben kosten könnte, wenn die Dinge schief gehen. Bist du bereit, dieses Risiko einzugehen?"

„Wenn ich nicht bereit wäre, mein Leben zu riskieren", antwortete Ari, „wäre ich nie ein Marine geworden. Aber ich bin nicht bereit, mein Leben wegzuwerfen, Colonel Lee. Es muss eine Chance auf Erfolg geben, einen Plan, der es wert ist, ausgeführt zu werden. Edle Gesten und Märtyrertum sind gut für Geschichten, die man Kindern erzählen kann, aber nicht etwas, wonach ich strebe."

„Ha!" bellte Lee und lächelte dünn. „Du hast nicht gelogen, als du sagtest, du wärst ein direkter Mann. Ich kann dir noch nicht alles sagen, was du wissen willst, Captain. Ich bin sicher, du verstehst das Konzept der operativen Sicherheit. Aber ich werde dir sagen, dass wir auch nicht an einem Märtyrertod interessiert sind. Ich und die anderen Beteiligten hoffen auf einen Erfolg."

„Du kennst mich", warf Alida ein. Zumindest im biblischen Sinne, dachte Ari und zwang sich zu einem Grinsen. „Komme ich dir wie jemand vor, der einen symbolischen Tod über die Erfüllung der Mission stellt?"

„Nein, das tust du nicht", antwortete Ari wahrheitsgemäß. Das war beunruhigend. Was auch immer der Plan war, er wäre viel leichter zu vereiteln gewesen, wenn sich die Verschwörer mit dem Märtyrertod und einem glorreichen Scheitern abgefunden hätten. „Aber ich würde mich wohler fühlen, wenn ich wüsste, was meine Rolle sein wird."

„Letztendlich wird deine Rolle darin bestehen, das zu tun, was du am besten kannst", informierte Colonel Lee ihn. „Du wirst Männer im Kampf anführen. Aber für den Moment brauchen wir dich, um andere unter deinen Auszubildenden zu rekrutieren. Diejenigen, die sich als fähig und vielversprechend erweisen und die Gefahren erkennen, denen wir alle ausgesetzt sind."

„Sir", sagte er langsam und bestimmt, seine dunklen Augen blickten in die von Lee, „ich bin bereit, mich an eurer Sache zu beteiligen, denn ich stimme zu, dass wir handeln müssen. Aber ich kann nicht mit gutem Gewissen junge Männer und Frauen, die mir vertrauen, dazu überreden, sich an dieser Sache zu beteiligen, wenn ich nicht weiß, dass wir Erfolg haben können. Ich weiß, dass ihr nicht alles mit mir teilen könnt ... aber wenn wir einen Vorteil haben, etwas, an das ich nicht gedacht habe, das uns den Sieg bringen wird, muss ich das wissen, bevor ich andere überzeugen kann, mir zu folgen."

Lee verschränkte nachdenklich die Finger und betrachtete Ari genau. Dann schaute er Alida fragend an, und sie nickte. „Das kann ich Ihnen sagen, Captain", sagte er. „Was uns isoliert und unfähig macht, uns mit unseren Brüdern und Schwestern abzustimmen, ist der Kommunikationsrückstand. Es dauert Monate, bis Nachrichten von der Erde zu den Kolonien und wieder zurück geschickt werden, die auf Raumschiffen mit Eysselink-Antrieb versteckt sind. Das ist jetzt nicht mehr der Fall ... für uns."

Ari spürte ein Kribbeln auf seinem Rücken, als ihm die Auswirkungen dessen, was der Colonel gerade gesagt hatte, durch den Kopf gingen.

„Ich verstehe", antwortete er sehr vorsichtig. „Sehr gut, Sir. Sie können auf mich zählen."

„Gut", lächelte Lee breit und war sich sicher, dass er die richtige Entscheidung getroffen hatte. Er beugte sich vor, streckte seine Hand aus und Ari schüttelte sie fest. „Fange damit an, die Schüler, die du anwerben willst, auszuloten. Aber lass dir nicht zu viel Zeit ... wenn der Unterricht zu Ende ist, müssen wir wissen, wer zu uns gehört."

„Wenn ihr uns kontaktieren wollt", sagt Hassan, „geht das über mich. Hinterlasst mir eine Nachricht über Moralfragen und ich werde euch finden."

Ari und Alida erhoben sich, als der Colonel aufstand.

„Es war mir ein Vergnügen, Captain", erwiderte Lee den Gruß von Ari.

„Sir, das Vergnügen und die Ehre war ganz meinerseits", sagte Ari.

Als der Colonel und sein Adjutant die Suite verließen, stieß Ari einen Seufzer aus und ließ sich gegen Alida sinken.

„Hast du dir Sorgen gemacht, Mo?", fragte sie scheinbar amüsiert. Er spürte ein Verlangen in sich aufsteigen, als er ihr Lächeln anstarrte und ihre Wärme an ihm spürte.

„Alida, meine Süße", er sah sie böse an und bemühte sich, in seiner Rolle zu bleiben, „ich habe mich gerade mit dem zweithöchsten Offizier der Garde hier verschworen, um Verrat an unserer Regierung zu begehen. Ich habe mir damals Sorgen gemacht und mache mir auch jetzt noch Sorgen... vielleicht sogar noch mehr."

„Mach dir keine Sorgen", sagte sie und tätschelte ihm liebevoll den Arm. „Ich hätte dich nicht mit einbezogen, wenn ich nicht denken würde, dass du damit umgehen kannst."

„Und du weißt so viel über mich, was?" Er schnaubte zweifelnd.

Sie drehte seinen Kopf zu sich, legte ihm einen sanften Finger auf die Wange und küsste ihn leidenschaftlich. Ari spürte, wie sein Atem in seiner Brust stockte. „Alles. Kedves." 'Liebling' auf Ungarisch, das wusste er. „Und vergiss es nicht."

Als er ihr aus dem Club folgte, wurde Ari das Gefühl nicht los, dass er sich in etwas verrannt hatte, das ihm über den Kopf wuchs. Aber eines wusste er ganz sicher: Es war an der Zeit, den Chef anzurufen.

Langsam und vorsichtig löste sich Ari von der schlafenden Alida und schlüpfte leise aus dem Bett. Als er sich seine Jogginghose und sein T-Shirt anzog, konnte er nicht umhin, einen weiteren Blick auf die geschwungene Landschaft aus milchiger Haut zu werfen, die dort zu sehen war, wo das Laken heruntergerutscht war. Er runzelte nachdenklich die Stirn. Er hatte ihre Beziehung in den letzten Wochen kultiviert, weil es ihm die Infiltration erleichterte, aber er musste sich zwingen, nicht an das Endspiel zu denken... daran, dass er sie verhaften oder, Gott bewahre, töten musste. Die Sache wurde zu kompliziert.

Seufzend zog er seine Schuhe an, schnallte dann seinen Link an den Bund seiner Shorts und ging zur Tür hinaus. Er winkte den Wachen am Eingang zu den Offiziersquartieren zu; nichts war natürlicher, als wenn ein Offizier vor Dienstbeginn einen Morgenlauf machte. Er joggte langsam zum Aufwärmen den Hauptweg hinunter und als er den Weg erreichte, der den gesamten Komplex umgab, begann er zu rennen. Da er nicht wusste, ob er von Sicherheitskameras beobachtet wurde, musste er es so aussehen lassen, als wäre es echt... Er drehte eine Runde um den Komplex, ganze zehn Kilometer, dann begann er eine weitere und hielt sie durch, bis sich die Strecke wieder durch ein Arboretum schlängelte, das mindestens drei Kilometer vom Haupttrainingskomplex entfernt war.

Ari griff sich an die rechte Kniesehne und tat so, als hätte er einen Krampf. Er humpelte zu einer Bank und stützte sich mit der Ferse darauf ab, um sein Bein zu strecken. Währenddessen nahm er seinen Link vom Gürtel und hielt es sich heimlich an den Mund.

„Aufnahme Nachrichtenprotokoll, *Ältester Sohn*", befahl er leise. „Colonel Lee, der XO hier ist involviert und seine Assistenz, Major Ali, auch. Ich habe keine Beweise dafür, dass General Kage darin verwickelt ist, aber es würde mich wundern, wenn Lee der Drahtzieher wäre; er hat nicht das richtige Temperament. Wir hatten ein persönliches Gespräch und ich wurde gebeten, Offiziersanwärter für zu rekrutieren. Es hört sich für mich wie ein Putsch an."

Ari wechselte auf der Bank die Beine und streckte das andere aus. „Der Clou ist", fuhr er mit seiner Nachricht fort, „dass sie Zugang zu sofortiger FTL-Kommunikation haben. Das bedeutet, dass sie irgendwie herausgefunden haben, wie sie die Wurmlöcher nutzen können, die Antonov entdeckt hat... und ich weiß nicht, wie sie das ohne Hilfe von außen geschafft haben könnten. Diese Sache ist viel größer, als wir dachten, und ich muss wissen, wie weit ich gehen soll. Ich fühle mich nicht wohl dabei, junge Auszubildende für etwas zu rekrutieren, bei dem sie verhaftet oder getötet werden könnten..." Ari brach ab, weil etwas an seinem Unterbewusstsein nagte, etwas, das er nicht richtig gehört hatte, aber er wusste, dass da ein Geräusch war...

Da. Das leise Knirschen eines Tritts auf dem weichen Boden...

Ari hatte kaum Zeit, sich aufzurichten, da war der Mann schon über ihm, eine undeutliche Gestalt, gekleidet in Geschwindigkeit und Dunkelheit, schlug mit dem Zischen einer Klinge zu, die durch die Luft flog. Ari warf sich vor allem aus Instinkt nach hinten und spürte den Windhauch des Schlags auf seiner Haut, der ihn nur knapp verfehlte. Dann stürzte er sich mit beiden Armen auf den Schlag und fing den Gegenschlag ab, wobei seine Unterarme gegen den linken Arm des Angreifers krachten und das kleine Messer mit der dunklen Klinge, das der Mann in der Hand hielt, durch die Luft und ins Gebüsch schleuderten.

Ari verwandelte den Block in einen Griff, erwischte seinen Angreifer am Handgelenk und am Trizeps und riss ihn in einen Kniestoß, der das ungeschützte Brustbein mit einem knackenden Knochen aufschlug. Er hörte und spürte, wie dem Mann explosionsartig die Luft wegblieb, und sein Training sagte ihm, dass er seinen Gegner in den Würgegriff nehmen und fertig machen sollte... aber sein Instinkt ließ ihn den Mann an seinem gefangenen Arm herumwirbeln und ihn in den Weg des zweiten Angreifers werfen, den er mehr erahnt als gehört hatte, als er auf ihn zukam.

Der entwaffnete Angreifer geriet in eine unkontrollierte Rolle und erwischte den Neuankömmling an den Knien, sodass er mit dem Gesicht voran in den Dreck stürzte. Ari konnte nur dunkle Kleidung und eine stämmige Statur erkennen - er konnte nicht sagen, ob der Mann bewaffnet war oder nicht -, aber er stürzte sich sofort auf den zweiten Mann und setzte seinen Vorteil mit einem Ellbogenschlag auf den Rücken des am Boden liegenden Angreifers durch, der ihm mit einem hörbaren Knacken das rechte Schlüsselbein brach. Ein gedämpfter Schrei drang durch die schwarze Sturmhaube des Mannes und der Attentäter griff verzweifelt mit der linken Hand nach dem Messer, das er in seiner nun nutzlosen Rechten hielt, aber Ari hatte sich herumgedreht und den linken Arm mit seinem Knie fixiert. Mit einer schnellen, geübten Bewegung schlang Ari seinen Arm um den Hals des Mannes und riss ihn kräftig nach hinten. Ein schmerzhaftes Knirschen, dann hörte der Mann auf, sich zu wehren, und er wurde schlaff.

Ari war sofort wieder auf den Beinen und ging in die Hocke, als er sah, wie der erste Mann auf die Beine kam und immer noch nach Luft rang. Ari stürzte sich mit der taktischen Aggression auf ihn, die er in den Kursen für unbewaffneten Kampf beim Geheimdienst gelernt hatte, erwischte ihn tief an der Hüfte, riss ihn von den Füßen und schlug ihn mit den Schultern auf den Boden. Da er nicht wusste, ob es noch mehr von ihnen da draußen gab, setzte Ari den Mann mit einem bösartigen Schlag gegen die Kehle außer Gefecht und zerquetschte seine Luftröhre.

Während der Mann auf dem Boden taumelte und erstickte, sprang Ari auf die Beine und hielt nach weiteren Angreifern Ausschau, während sein eigener rasender Atem und sein pochender Herzschlag in seinen Ohren ohrenbetäubend waren. Plötzlich durchbrach ein Geräusch die Kakophonie seiner eigenen Atmung, ein hustendes Schnappen, das er sofort als das Geräusch eines stummen Schusses erkannte. Er drehte sich zu dem Geräusch um und sah einen dritten schwarz gekleideten Mann zu Boden sinken, dem eine kompakte Pistole aus den leblosen Fingern glitt.

Hinter dem Mann stand Alida, bekleidet mit Jogging-Capris und einem Tank-Top, in ihren ausgestreckten Händen eine hässliche kleine Pistole mit einem Schalldämpfer am Lauf. Er starrte sie mit offenem Mund an, während sie hin und her blickte, um sich nach weiteren Bedrohungen umzusehen, bevor sie die Waffe senkte.

„Sie werden ein bisschen schlampig, Captain Shamir", sagte sie leise. „Du hättest wissen müssen, dass sie jemanden mit einer Waffe im Hinterhalt haben, nur für den Fall."

Er wollte etwas erwidern, beherrschte sich dann aber und sein Mund stand weit offen.

„Was zum Teufel?", war alles, was er schließlich sagen konnte. „Gehörst du... zu... uns?"

Sie lachte leise, während ihre Hände den Schalldämpfer von der Pistole lösten und die Waffe und den Schalldämpfer in einem kleinen Rucksack verstaute. „Du meinst, ob ich für den Flottennachrichtendienst arbeite? Nein... ich arbeite für die Ermittlungsabteilung der Wache, aber im Moment arbeite ich direkt für General Kage."

„General...?" Ari fühlte sich unglaublich verwirrt, als wäre er mitten in ein Gespräch von jemand anderem hineingeraten. „General Kage ist also nicht..."

„Hör zu", seufzte sie, „wir haben nicht viel Zeit ... wir müssen die Leichen aus dem Weg räumen und außer Sichtweite bringen und dann zurück ins OQ kommen, bevor wir im Dienst sind. Ich erzähle dir alles, während wir rennen."

Ari nickte, endlich hörte er etwas, das er verstehen konnte. Ohne ein weiteres Wort zogen die beiden die drei Möchtegern-Attentäter vom Weg in die Bäume und deckten sie mit Gebüsch zu, wobei sie darauf achteten, dass ihre Waffen bei den Leichen blieben.

„Irgendjemand wird sie finden", warnte er, als er seinen Link aus der Nähe der Bank holte, wo er ihn abgelegt hatte.

„Ich schicke ein Team, das hier aufräumt", versicherte ihm Alida. „Und jetzt lass uns gehen."

Ari und Alida machten sich auf den Weg zurück auf den Laufweg und begannen zu joggen. Ari spürte, wie das Adrenalin nach dem Kampf wie ein Hammer auf ihn einschlug und nur seine Erfahrung hielt ihn davon ab, sich auf dem Weg zu einem Ball zusammenzurollen. Stattdessen versuchte er mit Atemübungen, seinen Puls und seine Atmung unter Kontrolle zu halten, während er neben der Frau, die er zu kennen glaubte, ein gleichmäßiges Tempo vorlegte.

„Weiß General Kage von der Verschwörung?" fragte er Alida, als er seine Atmung wieder unter Kontrolle hatte.

„Natürlich ... er ist vieles, aber er ist nicht dumm", antwortete sie ruhig.

„Woher wusstest du, wer ich bin?" Er hörte mehr Wut in seiner Stimme, als er beabsichtigt hatte. Fehler wie dieser konnten ihn leicht umbringen.

„Die GIS hat die Personalakten aller Marines gestohlen, die für den Geheimdienst rekrutiert wurden", erklärte sie achselzuckend. „Wir hatten also biometrische Erkennung, Stimmerkennung, DNA-Erkennung usw. für dich und einen Haufen anderer, die vor fünf Jahren kamen, als alles neu organisiert wurde. Ehrlich gesagt, haben wir bei dem, was damals los war, jemanden erwartet. Deshalb bin ich hier..."

„Wenn ihr wisst, was hier vor sich geht", fragte er und schnaufte ein wenig, „warum habt ihr es dann nicht schon längst selbst aufgedeckt?"

„Aus zwei Gründen... Erstens, wie du vielleicht schon gemerkt hast, geht es um mehr als nur ein paar unzufriedene Gardeoffiziere, die eine Nummer abziehen wollen, und wir wissen noch nicht, wie viel mehr. Zweitens traut ihr Jungs von der Flotte uns nicht und Kage dachte sich, dass der beste Weg, um eure Hilfe zu bekommen, ist, es euch selbst sehen zu lassen. Was glaubst du, wer die Gerüchte in die Welt gesetzt hat, damit ihr davon erfährt?"

„So ein Scheiß", kommentierte er verbittert. Man hatte nicht nur ihn, sondern den ganzen Geheimdienst verarscht. „Und jetzt weiß Lee auch von mir."

„Diese Killer haben nicht für Lee gearbeitet", erklärte sie ihm. „Lee scheißt nicht, ohne dass wir wissen, was er zu Abend gegessen hat. Er ist so glücklich wie ein Schwein in der Gülle, jemanden wie dich...wie Mo...hier zu haben."

„Wer zum Teufel hat sie also geschickt?" wollte Ari wissen.

„Ich weiß es nicht", antwortete sie. „Ich habe sie entdeckt, als du den Raum verlassen hast - ich schlafe nicht besonders gut, weißt du. Ich habe mich mit meinem Link in die Überwachungskameras eingeklinkt, um zu sehen, wohin du gehst, und ich habe gesehen, wie sie etwa fünf Minuten nach dir in die entgegengesetzte Richtung auf dem Begrenzungspfad gegangen sind. Sie versuchten, wie Jogger auszusehen, aber niemand trägt hier im Sommer so viel Kleidung zum Laufen, nicht einmal vor dem Morgengrauen. Ich dachte daran, den Sicherheitsdienst zu rufen, aber ich beschloss, es selbst zu versuchen.

„Und ich bin dir dankbar, dass du mir das Leben gerettet hast", sagte er. „Danke."

„Ich mag dich, Ari", sagte sie und er konnte ihr Lächeln sogar im Dunkeln sehen. „Auch wenn du so tust, als wärst du Mo. Versteh mich also nicht falsch, aber der wahre Grund, warum ich dich gerettet habe, ist, dass wir die Hilfe brauchen und nicht darauf warten können, dass sie deinen Ersatz schicken. Was auch immer passieren wird, es wird bald passieren."

„Meinst du, ich kann noch in Deckung gehen?", fragte er sie überrascht. „Wer auch immer diese Killer geschickt hat, muss wissen, dass ich nicht der bin, für den ich mich ausgebe."

„Oh, sie könnten es wieder versuchen", stimmte sie zu. „Aber das gibt uns nur die Möglichkeit, herauszufinden, wer sie sind. Was? Hast du Angst?", fragte sie neckisch. „Für einen Kerl in knappen Laufshorts hast du das ziemlich gut gemacht."

Er konnte nicht anders... er lachte, ein hustendes, atemloses Lachen. „Solange du mir den Rücken freihältst, Alida... oder wie auch immer du heißen magst."

„Alida reicht für den Moment", sagte sie. „Ich will nicht, dass du ausrutschst und mich anders nennst. Wenn wir das überleben, werde ich dir meinen richtigen Namen sagen." Sie seufzte. „Ich hatte nicht vor, so schnell aus der Deckung zu kommen... aber ich denke, es vereinfacht die Dinge, wenn du weißt, dass wir beide auf dasselbe Ziel hinarbeiten."

„Wir brauchen keine Tarnung mehr", lächelte er reumütig, „also nehme ich an, dass du wieder in dein eigenes Zimmer ziehst."

„Sei nicht albern, Mo", grinste sie ihn an, als sie in Sichtweite des OQ kamen. „Wie gesagt ... ich mag dich. Jetzt lass uns duschen und an die Arbeit gehen."

„Ich mag dich auch, Alida", murmelte er und schüttelte den Kopf. „Ich mag dich auch."

7

„Habe ich schon erwähnt“, stöhnte Vinnie, „wie sehr ich den G-Schlaf hasse?“

„Ja“, murmelte Jock, setzte sich in seiner offenen Schlafkammer auf und rieb sich die Augen. „Sie haben in den letzten drei Jahren auf jeder Reise wie ein kleines Miststück darüber gejammert, Sir.“

„Wie lange seid ihr beide denn schon verheiratet?“ fragte Lt. Commander Villanueva trocken, als sie sich in ihrer Kammer gegenüber von ihnen streckte. Jock zog anerkennend eine Augenbraue hoch, als sie sich dehnte und das Tank-Top, das sie trug, interessant aussehen ließ. Es war noch feucht von der sauerstoffhaltigen biotischen Flüssigkeit, die sie eingeatmet hatten, um sich vor der erdrückenden Pseudobeschleunigung des Sternantriebs zu schützen.

„Seit der Grundausbildung“, grunzte Vinnie und rollte sich aus seiner Kammer. „Aber ich denke über eine Scheidung nach.“

„Aber was ist mit den Kindern, Schatz?“ sagte Jock klagend und kletterte selbst hinaus. „Sir.“

„Ich kann euch beide nirgendwo hinbringen.“ McKay schüttelte den Kopf und ging an ihnen vorbei in Richtung der Duschen. Sie flogen immer noch mit einer Warp-Analogie von einer Schwerkraft in das System ein, aber das würde bald enden und alle beeilten sich,

sich zu waschen, bevor die Pseudo-Schwerkraft weg war. „Das Shuttle startet in zwei Stunden, Vinnie“, erinnerte er ihn über die Schulter, während er sich ein Handtuch aus dem Spind holte.

„Ja, ja“, murmelte der ehemalige Marineunteroffizier, ließ sich in eine Liegestützposition neben seiner G-Schlafkammer fallen und machte schnell fünfzig Liegestütze, um das Kribbeln in seinen Muskeln zu vertreiben.

„Captain Mahoney“, fragte Lt. Commander Villanueva, als er auf die Beine kam, „Sie waren während der Schlacht um die Erde auf dem Flaggschiff des Protektorats.“

„Ja... ähm, ja, Ma'am“, antwortete Vinnie, rechnete schnell ihren Flottenrang aus und wandelte ihn in den Rang eines Majors der Marines/Intelligence um. Er biss sich auf sein gut einstudiertes „Was? Willst du ein Autogramm?", was zu seiner Standardantwort auf diese Frage geworden war.

„Du hast Antonov getroffen, nicht wahr?“

„So kann man es wohl nennen“, sagte er achselzuckend und wünschte sich, sie würde zum Punkt kommen, damit er duschen konnte. „Er hat uns meistens gesagt, was für Trottel wir sind, bis Colonel McKay genug davon hatte und die Schießerei begann.“

„Stimmt, er hat euch eine Falle gestellt“, erinnerte sie sich. „Beunruhigt dich das?“

„Du meinst, ob ich glaube, dass das hier auch eine Falle ist?“ Er dachte einen Moment lang darüber nach. „Könnte sein. Aber das ist eigentlich egal. Wir müssen immer noch tun, was wir tun, und ich bin mir nicht sicher, ob ich noch vorsichtiger sein kann, als ich ohnehin schon bin, und trotzdem meinen Job machen kann. Ich muss zugeben, Commander... nichts ist so gut, wie angeschossen zu werden, damit einem Augen am Hinterkopf wachsen. Wie dem auch sei", sagte er und schüttelte den Gedanken ab, “wir müssen einen ehemaligen Colonel des Protektorats abholen, der jetzt Rinderzüchter ist, also wenn Sie nichts dagegen haben, Ma'am.

„Nur zu, Captain“, stimmte sie mit einem dünnen Lächeln zu, „ich sollte mich lieber selbst frisch machen.“

„Ich glaube, sie mag dich“, flüsterte Jock Vinnie zu, als sie die Männerduschen betraten. „Sir.“

„Mein Gott, ich wünschte, du hättest deine Beförderung angenommen“, knurrte Vinnie. „Dann könnte ich dir genau sagen, was ich denke, ohne gegen die Vorschriften zu verstoßen, die den Missbrauch niedrigerer Ränge verbieten.“

„Was glaubst du denn, warum ich Sergeant geblieben bin?“ Jock ließ seine Gelenke knacken. „Sir.“

JASON MCKAY STIEG aus dem Shuttle und trat in einen kalten Wind, der unbarmherzig durch das grasbewachsene Tal und über den Landeplatz peitschte und die Kapuze seiner Jacke wild flattern ließ.

„Sollte es nicht Frühling sein?“ fragte er und blinzelte zum orangefarbenen Leuchten von Epsilon Eridani am strahlend blauen Himmel hinauf.

„Aber ja“, sagte Vinnie neben ihm. „Sie sollten dieses Drecksloch mal im Winter sehen, Sir... verbringen Sie mal ein paar Tage im Winter am Beacon Pass und Sie werden sich fragen, warum Loki als bewohnbar eingestuft wird.“

„So schlimm ist es nicht“, sagte Jock achselzuckend und starrte auf die hohen, zerklüfteten Berge in der Ferne jenseits der Hafenstadt. „Ich habe lieber die Kälte als die Hitze.“

„Da kommt unser Gefährt“, nickte McKay in Richtung eines kastenförmigen Geländewagens, der die unbefestigte Straße zwischen dem Beacon Pass und dem Landeplatz entlang rumpelte. Hinter den drei Männern verließ Captain Minishimis XO Commander Duncan mit ihrem Piloten Lt. Commander Villanueva die Laderampe. Duncan war, wie McKay sich erinnerte, nicht Minishimis üblicher Erster Offizier; Jack Durant war kurz vor Ende ihres letzten Urlaubs bei einem Kletterunfall schwer verletzt worden.

„Wir fahren mit Ihnen in die Stadt, Colonel“, sagte Duncan und setzte sich eine Mütze auf. Er war ein blasser Mann und seine Wangen waren bereits rot vom kalten Wind. Villanueva hielt dem Wetter stoisch stand, ihr kurzes, dunkles Haar wehte leicht wie die Grasfelder in der Ferne, ihr Gesicht war teilnahmslos. „Wenn es dir nichts ausmacht, uns auf dem Rückweg im Büro des Kolonialgouverneurs abzuholen."

„Kein Problem, Commander", versicherte McKay ihr. „Hoffentlich brauchen wir nicht zu lange. Aber ich denke, das hängt davon ab, wie vernünftig unser Freund Podbyrin sein will..."

„Bist du völlig verrückt?" rief Colonel D'mitry Grigor'yevich Podbyrin. Der Colonel war ein dünner, blasser Mann mit kahlgeschorenem Kopf und dunklen, eingefallenen Augen, der zuletzt der russischen Schutztruppe angehörte. Er sah aus, als wäre er im späten mittleren Alter, aber McKay wusste, dass er über hundertachtzig Jahre alt war und sein Leben durch Organtransplantationen auf der Heimatbasis des Protektorats verlängert wurde. Im Moment war sein blasses Gesicht rot, und die alten kaputten Blutgefäße in seiner Nase leuchteten wie Neonschilder. „Ich will dir mal was sagen, McKay", sagte er und zeigte dem jüngeren Mann mit dem Finger ins Gesicht, „hier ist es nicht leicht, seinen Lebensunterhalt zu verdienen." Er stapfte über die Veranda seiner Hütte und winkte mit der Hand zu den windgepeitschten Ebenen jenseits seines Gehöfts. „Im Winter kann ich mein Haus nicht ohne einen Thermoanzug verlassen, der die Luft vorwärmt, die ich atme. Eine normale Kuh würde in fünf Minuten sterben... nur diese Dinger können hier in der Kälte überleben." Er ruckte mit dem Kopf in Richtung einer Schar gentechnisch veränderter Rinder, die auf der anderen Seite eines Bretterzauns hinter seinem Haus zufrieden grasten. Sie waren eine im Labor gezüchtete Mischung aus amerikanischem Bison und Moschusochse, groß und widerspenstig, mit langem, zotteligem Fell und gepolsterten Hufen.

„Abgesehen von der Kälte muss ich die Tiere auch vor Raubtieren schützen... diesen verdammten Hafgygr, die aussehen wie aus einem Albtraum; und den Grabwürmern, die sich unter die Erde graben und Fallen für das Vieh aufstellen. Ich wäre schon mehr als einmal fast zum Wurmfutter geworden. Und das alles für eine Gewinnspanne, mit der ich kaum meinen Kredit zurückzahlen kann und die mir genug Handelskredite zum Leben gibt. Aber weißt du was... wenigstens lebe ich! Und jetzt willst du, dass ich dem General hinterherlaufe, um ihm die Chance zu geben, mit mir abzurechnen, weil ich ihn im Krieg verraten habe!"

„Du hast ihn nicht wirklich verraten, D'mitry", sagte McKay beschwichtigend. „Du warst mit Wahrheitsdrogen vollgepumpt."

„Ich habe ihn verraten, weil ich mich nicht umgebracht habe, bevor ihr mich gefangen genommen habt!" brüllte Podbyrin und hob frustriert die Hände. „So wird er es sehen, und er wird mich ausweiden lassen wie ein Weihnachtslamm! Mit meinen eigenen Eingeweiden erwürgt!"

„Was für eine Drama-Queen." murmelte Jock zu Vinnie. Die beiden standen weiter unten auf der Veranda, Jock lehnte lustlos am Geländer, außer Hörweite von McKay und dem Russen.

„Wenigstens hat sich sein Englisch verbessert", kommentierte Vinnie mit einem verlegenen Achselzucken.

„D'mitry", fuhr McKay fort, „Antonov wird nie erfahren, dass du da bist. Es ist ja nicht so, dass ich dich bitte, mit auf eine Infiltrationsmission zu kommen, ich will nur, dass du mir hilfst, ein Gefühl dafür zu bekommen, was er will.

„Und wer wird auf mein Vieh aufpassen, während ich weg bin?" verlangte Podbyrin. „Oder nimmst du einfach an, dass ich mir keine Sorgen machen muss, alles zu verlieren, was ich mir aufgebaut habe, weil du glaubst, dass die Chance, dass ich die Reise überlebe, so gering ist?"

„Wir werden auf dem Weg zum Hafen im Büro des Gouverneurs vorbeischauen", sagte McKay ihm. „Er wird dafür sorgen, dass drei seiner besten Leute deine Ranch bis zu deiner Rückkehr bewachen. Und", er hob die Hand, um weiteren Einwänden zuvorzukommen, "ich bin ermächtigt, dich auch für deine Zeit zu bezahlen... Du kannst entweder eine Zahlung in Höhe des Dreifachen deines Gewinns vom letzten Jahr annehmen, oder wir können dich, wenn du willst, in eine Kolonie deiner Wahl umsiedeln und dir dort ein

Gehöft oder ein Geschäft einrichten. Du musst dich auch nicht sofort entscheiden."

Das schien Podbyrin zu überraschen. Er runzelte nachdenklich die Stirn und hakte seine Daumen in seinen breiten Ledergürtel. „Egal wo?", fragte er.

„Egal wo außerhalb des Sonnensystems", sagte McKay.

„Ich muss darüber nachdenken", murmelte er, halb zu sich selbst. Er blickte zu McKay auf. „Gibst du mir dein Wort, dass ich beschützt werde?"

„Colonel Podbyrin", antwortete McKay, „ich sage dir eines: Ich werde dich nicht einmal bitten, das Schiff zu verlassen, es sei denn, es ist absolut notwendig. Ich möchte nur, dass du als Ansprechpartner zur Verfügung stehst."

Der Russe seufzte und sah sich in seinem Haus und auf seinem Land um, als würde er es nie wieder sehen. „Wie lange habe ich Zeit, mich vorzubereiten?"

D'MITRY PODBYRIN, so überlegte McKay, sah aus wie ein Verurteilter, als er angeschnallt in der Beschleunigungsliege des Shuttles saß, die Augen geradeaus auf das Schott starrend und sich nicht einmal die Mühe machte, auf die Kurve des unter ihnen vorbeiziehenden Planeten zu schauen. McKay spürte, wie sich Schuldgefühle in ihm regten... egal, wie sehr er sich über die Entbehrungen ärgerte, der Mann war hier zufrieden gewesen. Er schüttelte den Kopf. Es spielte keine Rolle. Antonovs letzter Invasionsversuch hatte Tausende von Menschenleben und Milliarden von Dollar gekostet. Wenn er Podbyrins Leben aufs Spiel setzen musste, um einen weiteren Angriff zu verhindern, würde er es tun.

„Colonel McKay", meldete sich Commander Villanueva über die Lautsprecher in der Kabine. „Da ist ein Anruf für Sie. Ich leite ihn an Ihre Verbindung weiter."

„Danke, Commander", sagte er, denn er wusste, dass der Overhead-Pickup seine Worte auffangen würde. Er zog seinen 'Link aus der Tasche, nahm den Ohrhörer aus der Halterung, setzte ihn ein und drückte auf den „Verbinden"-Knopf auf dem Bildschirm. „Hier ist McKay", sagte er.

„McKay, hier ist Minishimi", ertönte die Stimme des Captains in seinem Ohr. „Du musst deinem Piloten sagen, dass er einen neuen Kurs einschlagen soll."

„Warum denn das, Captain?" Er runzelte die Stirn. „Was ist hier los?"

„Wir haben einen unerwarteten Besucher", sagte sie und er konnte fast das Lächeln in ihrer Stimme hören. „Und er würde gerne mit dir reden..."

DER MANN, der in der Flaggenkabine der *RSS Sheridan* auf McKay wartete, war klein und drahtig, mit einer täuschenden Anmut in seinen Bewegungen und einer Ernsthaftigkeit in den Linien seiner hohen Stirn und seinem kurzen, schwarzen Haar. Jeder Zentimeter seines Büros und seiner Uniform war ein Tribut an die Einhaltung der Vorschriften, bis hin zum lehrbuchmäßigen Schnitt seines dünnen Schnurrbarts und den ordentlich zusammengerollten Laken seiner Koje.

„Admiral Patel", sagte McKay, richtete sich so weit wie möglich in der Schwerelosigkeit auf und salutierte.

„Rühren, McKay." Arvid Patel salutierte und lächelte. „Um Himmels willen, es ist ja nicht so, als ob ich dir noch überlegen wäre. Komm rein und mach die Tür zu."

„Sir", sagte McKay und schüttelte Patels ausgestreckte Hand, „es ist schön, Sie wiederzusehen, aber darf ich fragen ... wie Sie hierher gekommen sind? Soweit ich weiß, sollten Sie zu einer Konferenz mit dem Gouverneursrat von 82 Eridani nach Eden fliegen."

„Oh, das soll ich immer noch." Der kleinere Mann winkte abweisend mit einer Hand. „Aber sie gehen nirgendwohin und einer der Vorteile, wenn man der ranghöchste Offizier der Flotte ist, ist die Möglichkeit, dorthin zu gehen, wo ich denke, dass ich gebraucht werde. Wir hielten an der Station zum Auffüllen der Antimaterievorräte im Äußeren System, als ich einen verschlüsselten Bericht aus dem Büro des Präsidenten erhielt."

„Ah, dann wissen Sie es also schon, Sir", sagte McKay. Er fühlte sich etwas verärgert, obwohl er wusste, dass das irrational war. Präsident O'Keefe würde das auf keinen Fall vor Admiral Patel geheim halten. Aber der Geheimdienstoffizier in ihm hatte eine angeborene Abneigung dagegen, Geheimnisse weiterzugeben, außer an diejenigen, die es unbedingt wissen mussten.

„Ja, und ich bin auch nicht mehrere Lichtjahre weit geflogen, nur damit du sagen kannst: ‚Ich hab's dir ja gesagt'", sagte Patel mit einem Grinsen. Er und McKay hatten sich vor fünf Jahren ununterbrochen darüber gestritten, ob die Suche nach Antonov notwendig sei oder ob sie ihre Ressourcen darauf konzentrieren sollten, die Kolonien vor den Unruhen nach dem Krieg zu schützen. „Ich bin hergekommen, um dir dieses Schiff zur Verfügung zu stellen. Der Präsident hat nicht gesagt, dass ich es muss, aber er hat auch nicht gesagt, dass ich es nicht kann."

„Das freut mich sehr zu hören, Sir", seufzte McKay. „Ehrlich gesagt habe ich mir schon Sorgen gemacht, wie lange das mit nur einem Schiff dauern wird."

„Nun, ich habe gerade deine Fähigkeiten verdoppelt... wo sollen wir denn hin?"

„Die *Decatur* wird das System untersuchen, in dem der Angriff stattgefunden hat, und sich dann zum nächsten System auf der Liste der möglichen Orte bewegen, die ich Präsident O'Keefe gezeigt habe... Ich nehme an, er hat sie dir mitgeteilt?"

Patel nickte und rief mit den Bedienelementen auf seinem Schreibtisch ein Hologramm des fraglichen Sektors auf. McKay deutete mit einer Geste auf das System, das sie nach ihrer Untersuchung auf Peboan untersuchen würden. „Wenn du hier anfangen könntest-" Er zog das Bild zu dem System, das am weitesten von Peboan entfernt ist, „und dich zu uns zurückarbeitest, könnten wir uns am letzten Ort treffen und uns austauschen, sobald wir beide im System angekommen sind."

„Was ist, wenn wir sie entdecken?" Patel runzelte die Stirn. „Aktivitäten auf einem Planeten, Schiffe? Einerseits möchte ich nicht riskieren, sie zu verlieren, vor allem, wenn es sich um eine Truppe handelt, die klein genug ist, um sie zu überwältigen, aber andererseits geht es ja darum, Antonov zu finden, und wenn wir zu früh angreifen, könnten wir ihn noch tiefer in sein Loch scheuchen."

McKay dachte einen Moment über die Frage nach, bevor er antwortete und sich mit der Hand nachdenklich den Nacken rieb. „Das überlasse ich deinem Ermessen. Wir könnten seit Wochen unterwegs sein, wenn du etwas entdeckst. Ich denke, wenn du etwas siehst, wäre es klug, ein Leuchtfeuer mit einer Nachricht auszusenden, die bei der Ankunft der *Decatur* ausgelöst wird. Auf diese Weise haben wir, egal was passiert, wenigstens eine Ahnung davon, was los ist.

„Ein guter Gedanke", sagte Patel anerkennend. „Auch wenn es schön wäre, zu Joyce zu pendeln und sie persönlich zu begrüßen, denke ich, dass es für uns alle am besten ist, wenn wir uns so schnell wie möglich auf den Weg machen."

„Finde ich auch. Ich habe das Gefühl, dass Antonov diesen Angriff nur dann riskiert hätte, wenn etwas Wichtiges vor sich ginge und/oder unmittelbar bevorstünde."

„Dann sehen wir uns in ein paar Wochen wieder." Der Admiral bot seine Hand an. McKay schüttelte sie und war sehr erleichtert, dass der Mann ihm seine Hilfe anbot.

Es ist schön, Freunde zu haben, dachte er, als er die Kabine verließ.

8

Ariel Shamir fühlte sich nicht wohl. Er wusste, dass Alida Recht hatte, dass er weiter zur Arbeit gehen musste, als wäre nichts passiert, aber als er auf dem Rücksitz des offenen Geländewagens saß und seiner Klasse von Offiziersanwärtern folgte, die mit ihren Truppentransportern über die unbefestigten Wege des Übungsgeländes fuhren, fühlte er sich, als säße er im Fadenkreuz. Wer auch immer versucht hatte, ihn zu töten - und Alidas Leute wussten nach zwei Wochen Ermittlungen immer noch nicht, wer es gewesen war - konnte es jederzeit und überall wieder versuchen. Er hatte sich angewöhnt, im Einsatz eine Vollschutzweste zu tragen - „um die Last der Truppe zu teilen", wie er sagte, da die Anwärter in diesem Stadium der Ausbildung ebenfalls eine Schutzweste tragen mussten - und eine geladene Waffe mit sich zu führen, aber das schien niemand zu bemerken. Der einzige Unterschied war, dass er sich in der späten Nachmittagssonne den Arsch abschwitzte.

Noch frustrierender als die Anspannung war jedoch die Tatsache, dass Colonel Lee sich noch nicht wieder bei ihm gemeldet hatte. Aber er hatte eine Idee, wie er das ändern könnte...

Als sich die Sonne dem Horizont näherte, verließen die gepanzerten Fahrzeuge und die ihnen folgenden Rover und Lastwagen den

Weg und fuhren auf eine karge Lichtung. Die gepanzerten Truppentransporter bildeten einen Ring mit den ungepanzerten Lastwagen und Rovern in der Mitte, bevor die Offiziersanwärter ausstiegen, um über Nacht Kampfpositionen auszuheben: eine pro Fahrzeug. In den gepanzerten Fahrzeugen befanden sich jeweils neun Soldaten. Für den nächtlichen Halt würden drei die Kampfposition besetzen, drei die Waffen des Fahrzeugs und drei schliefen, in Schichten.

Ari lächelte dünn, als er sah, wie Sergeant Chen mit unverhohlener Vorfreude den zylindrischen Artilleriesimulator an seinem Gürtel betätigte. Bei Trainingsmissionen wie dieser war es üblich, zu testen, wie gut die Diensthabenden wach blieben, indem sie Artilleriesimulatoren auswarfen, während sich eine Patrouille außerhalb des Zauns befand, um zu sehen, ob die Wachhabenden ihre eigene Patrouille in Panik aufschreckten. Es war auch sehr unterhaltsam, dabei zuzusehen.

Ari streckte sich, als er aus seinem Rover stieg und spürte, wie sein Rücken vom langen Sitzen in den unbequemen Sitzen auf den unebenen Straßen verformt worden war.

„Sergeant Chen", wies er an, „sorgen Sie dafür, dass die Kandidaten heute Abend eine warme Mahlzeit bekommen. Wir wollen, dass sie um 03:00 Uhr schön schläfrig sind."

„Ja, Sir", sagte der Unteroffizier mit einem grausamen Lächeln und machte sich auf den Weg zum Fahrzeug des ernannten Truppführers.

Ari machte die Runde, während sich die Truppen einrichteten, und überprüfte die Qualität ihrer Kampfpositionen, die Platzierung der gepanzerten Fahrzeuge und den Wachwechselplan und übte konstruktive Kritik an den Offiziersanwärtern. Er stellte fest, dass sie sich viel besser entwickelten, als er zu Beginn seines Einsatzes gedacht hatte. Wenn Kages Reformen Bestand hatten, würde die Kolonialgarde in ein paar Jahren vielleicht nicht mehr so lächerlich sein.

Wenn das Attentat tatsächlich stattfindet, wird die Garde natürlich aufgelöst und jahrzehntelang geschmäht, dachte er grimmig. Vielleicht war es gar nicht so schwer zu verstehen, warum Kage das unbedingt verhindern wollte. Genug, um mit seinen Rivalen im Flottengeheimdienst zusammenzuarbeiten.

Als die Sonne hinter dem Horizont versank und alle satt waren, rollte Ari einen Schlafsack neben seinem Rover aus und legte sich hin, um ein paar Stunden Schlaf zu bekommen, bevor der Angriff kam. Er hatte sich gerade hingelegt, als er das vertraute Gefühl eines Trittes gegen seinen Stiefel spürte: die traditionelle, sichere Art, einen bewaffneten Mann im Feld zu wecken. Er öffnete die Augen und wartete, bis sie sich wieder normalisiert hatten, bevor er sprach.

„Captain Hassan Ali", sagte er leise und setzte sich auf. Unter seinem Schlafsack berührte seine Hand noch immer den Griff seiner ungeladenen Handfeuerwaffe. „Als ich die Nachricht schickte, ging ich davon aus, dass Sie sich nach unserer Rückkehr zur Basis bei mir melden würden.

Colonel Lees Helfer hockte sich neben ihn, anonym in der Dunkelheit der Nacht, in seiner grauen Schutzweste, eine schwarze Mütze über den Kopf gezogen. „Hier draußen gibt es weniger neugierige Augen und elektronische Ohren", antwortete er in gedämpftem, aber gesprächigem Ton. „Hast du Fortschritte bei der Rekrutierung der Kandidaten gemacht?"

„Ja, ich habe ein paar vielversprechende Kandidaten", antwortete Ari und lehnte sich an der Seite des Rovers zurück. „Der Kandidat Matienzo zum Beispiel. Sein Vater hat eine hohe Position im Rat für Unternehmensentwicklung des Südblocks... er hält nicht viel von der Politik der derzeitigen Regierung. Wir haben darüber gesprochen ... Ich denke, wir können auf ihn zählen, wenn ich ihn hier mit einbeziehen darf. Und er scheint sich zu einem sehr fähigen Soldaten zu entwickeln."

„Das ist gut zu hören. Aber ich nehme an, du hast mich nicht deswegen kontaktiert."

„Nein, habe ich nicht", seufzte Ari. „Das ist schwer zu sagen, Hassan Ali. Es geht um Alida... Leutnant Hudec. Wir sind uns ziemlich nahe gekommen..."

„Und ich bewundere deinen guten Geschmack und dein Glück, mein Freund", lächelte Ali. „Sie ist eine beeindruckende Frau."

„Ich habe ... in unserer gemeinsamen Zeit Dinge bemerkt. Sie hat Anrufe getätigt, die sie abrupt beendete, als ich den Raum betrat. Sie hat mich gedrängt, dich und Colonel Lee nach mehr Details über eure Pläne zu fragen. Das hat mich beunruhigt. Also habe ich eine DNA-Probe von ihr genommen. Ich hatte einige enge Freunde bei den Marines, und einer von ihnen arbeitet seit kurzem für den Flottengeheimdienst. Ich habe ihn kontaktiert und ihm ihren Namen nicht genannt ... Ich habe ihm einfach die DNA-Analyse geschickt und ihn gebeten, sie in ihrer Datenbank zu überprüfen."

„Das war ein verdammt hohes Risiko, Captain Al-Masri." Alis Stimme war kalt, bedrohlich und vor allem besorgt.

„Ihr Name ist nicht Alida Hudec", fuhr Ari fort, als hätte der Mann nicht gesprochen. „Und sie ist keine Infanterieoffizierin der Kolonialgarde." Er holte tief Luft. „Sie ist eigentlich Captain-Investigator Gisella Katona von der Guard Investigative Division."

„Das ist nicht möglich!" Ali kam auf die Beine und seine Stimme erhob sich instinktiv, bevor er sich besann und sich wieder hinhockte. „Wir haben Lieutenant Hudec gründlich überprüft", zischte er wütend.

„Das GID hat sie sehr gut abgesichert", gab Ari zu. „Aber mein Freund hat Zugang zu Akten, die noch geheimnisvoller sind als die, die eure Quellen benutzt haben. Ich kann dir keine Beweise dafür liefern ... mein Freund hat gezögert, auch nur so viel preiszugeben. Aber da du jetzt weißt, wonach du suchen musst, solltest du in der Lage sein, das selbst herauszufinden."

„Wenn du dich in dieser Sache irrst, Captain Al-Masri", sagte Ali düster, „könnte das dein Ende sein."

„Captain Ali", erwiderte Ari, „wenn ich Recht habe, könnte das unser aller Ende sein."

Hassan Ali nickte zögernd und schluckte schwer. Der Mann war ganz offensichtlich der Panik nahe, aber er gewann sichtlich die Kontrolle über sich zurück. „Tu nichts. Sag nichts. Ich werde mich so schnell wie möglich wieder mit dir in Verbindung setzen."

Mit diesen Worten stand Ali auf und ging schnell in die Dunkelheit, wahrscheinlich zu einem wartenden Fahrzeug, wie Ari vermutete.

Ari überlegte, ob er wieder einschlafen sollte, verwarf die Idee aber wieder. Seine Eingeweide fuhren Achterbahn und seine Gedanken brannten. Dies war ein verzweifeltes Spiel, das Alida leicht das Leben kosten konnte. Er wusste, dass dies die Risiken des Jobs waren, die er selbst schon ein Dutzend Mal eingegangen war... und doch hatte er dieses Mal irgendwie Angst... Angst davor, was mit ihr passieren könnte, Angst, dass sie ihm nicht verzeihen würde und Angst, dass er sich selbst nie verzeihen würde.

GLEN MULROONEY GLITT SAUBER durch das Wasser, seine Form war perfekt, sein Schwimmstil lehrbuchmäßig. Er schwamm, seit er laufen konnte, und nahm als Schüler an Wettkämpfen teil; es war für ihn so selbstverständlich wie das Atmen. Als Praktikant bei Senator Daniel O'Keefe war es schwierig gewesen, Zeit dafür zu finden, und als Berater von Präsident Daniel O'Keefe war seine Zeit noch mehr in Anspruch genommen worden, aber jetzt hatte er wenigstens den Vorteil, Mitglied im Capitol Athletic Club zu sein. Der Club, der nur wenige Gehminuten vom Büro des Präsidenten entfernt war, verfügte unter anderem über ein Hallenbad mit olympischen Maßen, und er empfand die Anstrengung als erfrischend und einfach.

Besonders gerne kam er spätabends, wenn Natalia und Valerie schon schliefen und der Club so wie jetzt fast leer war. Deshalb war er überrascht, als er einen flüchtigen Blick auf jemanden erhaschte, der auf dem Pooldeck lief, als er sich umdrehte, um Luft zu holen. Einen Moment lang spürte er eine eiskalte Panik in seinem Bauch, als er daran dachte, was Shannon Stark gesagt hatte, aber als er am Ende der Bahn innehielt, atmete er erleichtert aus.

Der Mann, der auf ihn zukam, war klein und pummelig, sein Gesicht unscheinbar, sein Haar und seine Kleidung so weit von Stil entfernt, dass er sich Mühe zu geben schien. Aber sein teigiges

Gesicht war ihm bekannt, und das reichte aus, um Glen zu beruhigen.

„Ozzie“, sagte er, stieg aus dem Wasser und schnappte sich sein Handtuch von der Wand. „Was machst du hier?“

„Ich bin ein Mitglied“, sagte der Mann achselzuckend. „Das spricht nicht gerade für das Niveau dieses Ortes, das kann ich dir sagen.“

Glen musste lachen. Oscar Fuentes war vieles, aber ‘sportlich’ gehörte nicht dazu. Der Mann kümmerte sich so wenig um sein Aussehen, dass er nicht einmal schummelte und sich ein anständiges Bodysculpting gönnte.

„Lach nicht, Blondie“, sagte Ozzie und zog eine Augenbraue hoch. „Das ist ein toller Ort, um Insiderinformationen zu bekommen... Die Leute reden etwas lockerer, wenn die Endorphine fließen. Außerdem sind in den Umkleidekabinen keine Überwachungskameras erlaubt, wegen der Datenschutzgesetze und so. Es gibt also niemanden, der sieht, mit wem sie geredet haben, und niemand hängt es ihnen an, wenn die Geschichte in den Nachrichten veröffentlicht wird.“

„Also“, fragte Glen, trocknete sich ab und verstaute seine Schutzbrille und die Ohrstöpsel in der Tasche, „bist du hier, um Informationen aus mir herauszuholen? Ich bin mir nicht sicher, ob ich lange genug trainiert habe, um so lässig mit meinen Worten zu sein...“

„Du brauchst eine Dusche“, antwortete Ozzie und runzelte grimmig die Stirn. „Lass uns in die Umkleidekabine gehen.“

Achselzuckend schnappte sich Glen seine Schwimmtasche und folgte dem Reporter aus dem Schwimmbecken und durch die verlassenen Gänge in die Männerumkleide.

„Ich muss dich warnen, Oz“, sagte er scherzhaft, „wenn das eine Anmache ist, fühle ich mich geschmeichelt, aber so bin ich nicht...“

„Halt mal kurz die Klappe, ja?“, schnauzte der kleine Mann und überraschte Glen. Ozzie schaute sich um und ging dann durch die Reihen der Spinde und Bänke, um sich zu vergewissern, dass sie alleine waren, bevor er zu Mulrooney zurückkam.

„Du hast mich gebeten, Vizepräsident Dominguez zu überprüfen“, sagte Ozzie und setzte sich auf eine der Bänke. „Nun, das habe ich getan. Ich habe das Mustererkennungssystem benutzt, das RHN entwickelt hat, um Dreck über Prominente und große Unternehmen auszugraben, und ich habe damit versucht, irgendetwas über Dominguez herauszufinden, das ihn angreifbar machen könnte.“

„Hat er also Verbindungen zu den Reaktionären im Südblock?“ fragte Glen, zog sich ein T-Shirt über und setzte sich dem Reporter gegenüber.

„Die einzigen Verbindungen, die er zum Südblock hat, sind seine Tante Rosaria in Caracas und irgendeine Schlampe aus Argentinien, die er seit drei Jahren nebenbei vögelt“, grunzte Ozzie abfällig.

„Was war dann so wichtig, dass du mich hier besuchen musstest?“ fragte Glen und runzelte genervt die Stirn.

Ozzie seufzte und ließ die Schultern hängen, während er seine Gedanken ordnete. „Du musst etwas über Dominguez verstehen. Xavier Rosario Dominguez... 58 Jahre alt, Doktor der modernen Geschichte in Harvard. Beeindruckende frühe Karriere und ein ziemlich ruhiges Privatleben. Eine Ehe, die nach fünf Jahren endete, keine Kinder. Seitdem gab es eine Reihe von Kurzzeitbeziehungen, und das ist ein Teil meines Arguments. Dominguez ist ein Dilettant. Nicht, was seine Karriere angeht, aber privat wechselt er von einer Frau zur anderen, von einem Freundeskreis zum anderen, von einem Hobby zum anderen. Er hat den schwarzen Gürtel in mehreren Kampfsportarten, ist Konzertpianist, wenn er sich die Mühe macht, zu spielen, Golfspieler, Dichter ... Du kannst es dir denken. Seit seine Ehe in die Brüche ging, als er 33 war, hatte er keine Beziehung mehr, die länger als drei Monate dauerte. Hobbys halten höchstens zwei oder drei Jahre.

„Bis vor fünf Jahren. Vor fünf Jahren, als er noch Senator war, meldete sich Dominguez freiwillig für eine Hilfsmission nach Aphrodite, um die Kolonie bei der Erholung von der Invasion des Protektorats zu unterstützen. Als er zurückkam... hat sich etwas verändert.“

„Was?“ fragte Glen.

„Nichts“, antwortete Ozzie. „Überhaupt nichts. Bevor er auf die Reise ging, hatte er mit dem Klettern begonnen. Seitdem ist er ein begeisterter Kletterer... er geht mindestens zweimal im Monat, wenn er kann. Vor seiner Abreise hatte er sich mit der oben erwähnten Angestellten aus Argentinien eingelassen... und auch drei Jahre später sind sie noch immer zusammen, aber sie sind nicht an die Öffentlichkeit gegangen und haben niemanden außer einander gevögelt, obwohl sie sich bei ihren Freunden über seine Unnachgiebigkeit beschwert hat. Bevor er auf die Reise ging, war er Stammgast beim wöchentlichen Pokerspiel in der Situation Room Lounge in Capital City geworden. Das ist er immer noch. Verstehst du, worauf ich hinaus will?"

„Das ist ein bisschen schwach, Oz." Glen schüttelte den Kopf. „Vielleicht weiß er jetzt, wo er echte Verantwortung trägt, Stabilität zu schätzen."

„So stabil, dass er sich nicht an seine Freundin binden will? Verantwortung? Verdammt, Mulrooney, er hat sich von einem Gipfeltreffen mit der Südamerikanischen Arbeiterpartei und der Regierungskonferenz der Südstaaten freigenommen, um Klettern zu gehen! Er ist nicht stabil oder verantwortungsbewusst... er ist wie eingefroren. Es ist genau so, als hätte ihm jemand gesagt: Verhalte dich genauso wie Xavier Dominguez, als er das letzte Mal auf der Erde gesehen wurde, bevor er nach Aphrodite reiste."

„Was willst du also sagen, Oz? Dass es nicht wirklich Dominguez ist? Dass jemand seinen Platz eingenommen hat? Weißt du, wie unmöglich das wäre? Ich kann dir gar nicht sagen, wie viele Identitätsnachweise es für den Vizepräsidenten der Republik gibt, aber wir reden hier von DNA, Alphawellen, kompletten biometrischen Daten ... das ist einfach unmöglich."

„Ich weiß nicht, was ich sage, Mulrooney", sagte Ozzie achselzuckend. „Aber du hast mir gesagt, ich soll ihn durch das Programm laufen lassen, und das habe ich getan. Das ist das Ergebnis. Du kannst damit machen, was du willst. Aber ich sage dir etwas, mein Freund: Diese Art von Suche kann nicht völlig unbemerkt bleiben. Man muss wissen, wonach man suchen muss, und man muss aktiv danach suchen, aber wenn sie das tun ... werden sie herausfinden, wer es war." Ozzie stand auf und zuckte mit den Schultern. „Du denkst vielleicht, dass das nichts ist und ich paranoid bin, aber ich fahre für eine Weile in Urlaub. Versuch nicht, mich zu finden."

Damit drehte sich der ältere Mann um und ging zügig aus der Umkleidekabine. Glen sah ihm mit einem verwirrten Lächeln hinterher.

Ozzie ist verrückt, dachte er und schüttelte den Kopf. *Das muss er sein.*

Und doch...

Er nahm sein Handy aus der Schwimmtasche und rief die Adresse auf, die Shannon Stark ihm in der Kabine gegeben hatte. Vielleicht war es verrückt, aber sie würde es trotzdem wissen wollen. „Major Stark", sprach er in den Link, „er hat sich die Sache angesehen. Es gibt Hinweise darauf, dass..."

Glen sah den Arm nicht, der sich um seinen Hals schlängelte, er sah die Keramikklinge nicht, die sich durch sein linkes Auge in sein Gehirn bohrte. Die Schwärze holte ihn ein, bevor er einen letzten Gedanken fassen konnte.

9

Als Jason McKay durch die Wälder ging, die von den Schatten der dreißig Meter hohen Bäume verdunkelt wurden, stellte er fest, dass die Videos, die er gesehen hatte, Peboan nicht gerecht wurden. Der Ort war in natura viel größer und einschüchternder. Die Luft war kühl und roch nach Ozon, was in den Aufnahmen nicht eingefangen wurde, und die weglosen Wälder vermittelten eine paranoide Vorahnung, die kein Video darstellen konnte. Zusammen mit dem leichten Unterschied in der Schwerkraft zur Erde und dem seltsamen Farbstich, den der blaue Primärstern allem verleihte, um einen daran zu erinnern, dass man sich auf einer fremden Welt befand, die Lichtjahre von zu Hause entfernt war, reichte das aus, um ihm die Nackenhaare aufzustellen.

„Ich glaube, dieser Ort gefällt mir nicht", sagte D'mitry Podbyrin leise, während seine Augen von einem Schatten zum anderen wanderten und seine Hände sich zu Fäusten ballten, als ob sie sich nach einer Waffe sehnten. Fast einen Kilometer hinter ihnen befanden sich die Ruinen des Spähstützpunkts, die von den Technikern auf noch nicht entdeckte Beweise untersucht wurden, aber McKay wollte sich ein Bild davon machen, wie die Eindringlinge sich dem Ort genähert hatten, also war er mit Jock, Vinnie und dem russischen Deserteur in den umliegenden Wald gegangen, um nach ihrem Landeplatz zu suchen.

„Es ist ein bisschen unheimlich“, sagte Jock achselzuckend, „aber alles in allem gefällt es mir besser, als da oben im Schiff herumzuliegen.“

„Wenigstens gibt es hier Schwerkraft“, stöhnte Podbyrin zustimmend. McKay war überrascht gewesen, als der Mann sich freiwillig bereit erklärt hatte, mit dem Landetrupp runterzugehen; anscheinend lag ihm die Schwerelosigkeit nach so vielen Jahren nicht mehr richtig im Magen. „Sind wir sicher, dass sie aus dieser Richtung kamen?“, fragte Podbyrin und schaute sich die Bäume an, die so dick wie Mammutbäume waren und deren Rinde tiefschwarz war. In seiner geliehenen Marineschutzweste und seiner Uniform sah er deplatziert aus.

„Nun, im Westen ist die Vorderseite des Außenpostens ziemlich offen“, erklärte McKay. „Ich bezweifle, dass sie ihr Kommen angekündigt haben, indem sie an der von den Spähern freigegebenen Landezone gelandet sind. Im Osten gibt es eine steile Klippe, die etwa hundert Meter über einem ziemlich steilen Canyon liegt. Im Süden gibt es Hügel aus Lavagestein... das ist eine Möglichkeit, aber eine genaue Landung auf diesen Hängen wäre schwierig gewesen. Ich tippe also darauf, dass sie aus dem Norden kamen. Irgendwo in dieser Richtung muss es eine Lichtung geben, auf der sie landen und dann hineinlaufen können.“

„Verdammt kalt hier draußen“, murmelte Vinnie und bewegte kurz seine behandschuhten Finger, bevor er wieder seinen Karabiner umklammerte. „Und was ist das hier? Der Sommer?“

„Fast“, bestätigte McKay. „Später Frühling, fast Sommer. Soviel ich gehört habe, wird es in dieser Gegend nicht viel wärmer als jetzt.“

„Ich fühle mich wie zu Hause“, sagte Podbyrin achselzuckend. McKay fragte sich unwillkürlich, ob er sein Zuhause auf Loki oder sein Zuhause im Russland des einundzwanzigsten Jahrhunderts meinte.

„Ich glaube nicht, dass sie es riskiert hätten, sich zu weit vom Außenposten zu entfernen“, überlegte McKay und kam auf das

Thema zurück. „Die Biomechs sind nicht sehr autonom und sie mussten sie wahrscheinlich im Dunkeln durch den Wald führen..."

„Ja", sagte Podbyrin und nickte zustimmend. „Drei, vier Kilometer, nicht mehr. Aber eure Leute, die den zerstörten Stützpunkt entdeckt haben, hätten sie nicht schon einen Landeplatz gefunden?"

„Sie hatten keine Zeit", informierte McKay ihn. „Es war später Herbst, als sie ankamen. Sie hatten gerade die Gewehrhülsen gefunden, als die ersten großen Stürme des Winters aufzogen und einen Meter Schnee mit sich brachten. Der Captain des Schiffes entschied, die Nachricht zur Erde zu schicken, anstatt das Wetter abzuwarten."

Sie schritten über den kahlen Boden, der durch die Tyrannei der Bäume von der Wärme des Sterns abgeschirmt war, und verstummten in der bedrückenden Stille des Waldes. Lange, wortlose Minuten vergingen. Das einzige Geräusch war das leise Knirschen von totem Laub unter ihren Stiefeln, und McKay begann, Zeit und Entfernung aus den Augen zu verlieren. Ein kurzer Blick auf seinen Link verriet ihm, dass sie schon fast drei Kilometer vom Außenposten entfernt waren und er überlegte, ob er noch weiter zu Fuß gehen sollte.

„Wartet", sagte Vinnie leise und hob eine Faust in die Luft, um sie aufzuhalten. Langsam hob er seinen Karabiner und deutete mit dem Lauf auf einen Punkt rechts von ihnen. „Auf drei Uhr, fünfzig Meter, am Boden."

McKay überflog die dunkle Form rechts vor ihnen und hätte sie fast für eine Wurzel oder einen Felsen gehalten, bevor er wieder zu ihr zurückkam und die nicht ganz richtige Farbe und die zu unregelmäßige Form bemerkte.

„Vinnie, Jock, bleibt hier und haltet Wache", befahl McKay. „Podbyrin, du kommst mit mir."

„Freut mich", murmelte der Russe und folgte ihm.

Als die beiden Männer sich dem Objekt näherten, wurden seine Linien klarer und seine Farbe deutlicher ... es war kugelförmig und von einem matten Grau mit Rost durchsetzt. McKay stieß es mit dem Lauf seines Karabiners an, drehte es um und entlarvte es als die zerbrochenen Überreste eines Kampfhelms.

„Das ist das Protektorat“, erklärte Podbyrin mit einem leichten Schwanken in der Stimme.

„Da hast du verdammt Recht“, murmelte McKay. Das Visier war weg, zersplittert, die Teile wurden von der Schneeschmelze vergraben und weggetragen, aber das Design des Helms war McKay nur allzu vertraut. Er winkte Jock und Vinnie nach vorne, die sich umdrehten, um den Helm zu untersuchen.

Jock fluchte leise. „Na, jetzt gibt es keinen Zweifel mehr“, murmelte er.

„Kommt schon“, sagte McKay. „Wir müssen noch herausfinden, wo sie gelandet sind.“

Als sie noch ein paar hundert Meter weiter durch den Wald gingen, bemerkte McKay, dass der Boden sanft anstieg und die Bäume lichter wurden, die Dunkelheit sich aufhellte und auf dem Waldboden kurze, verkümmerte Pflanzen wuchsen, die zwar kein Gras waren, aber auf den ersten Blick als solches hätten durchgehen können. Allmählich nahm die Steigung zu und er konnte sehen, dass sie auf den Kamm eines kleinen Hügels zusteuerten. Er hielt die anderen mit einer erhobenen Hand auf und kniete sich auf den weichen Lehm.

„Jock“, wies er ihn an. „Spähe die andere Seite des Hügels aus.“

Der große Mann nickte und bewegte sich langsam auf die Hügelkuppe zu. Er ging aus der Hocke in einen hohen Kriechgang über, wobei er sich mit Knien und Ellbogen bis zum Rand vorarbeitete, wo er auf den Bauch fiel und die letzten Meter kroch. Jock war, wie McKay feststellte, erstaunlich verstohlen für jemanden, der fast zwei Meter groß war und gut 110 Kilo wog. Nach einem langen Moment drehte er sich wieder zu ihnen um und winkte sie weiter. McKay führte Podbyrin den Hügel hinauf, während Vinnie ihnen den Rücken freihielt.

„Elf Uhr, einhundert Meter“, sagte Jock leise, als sie neben ihm zu Boden gingen.

McKay blickte hinunter in das Tal auf der anderen Seite des Hügels und sah einen schmalen, flachen Bach, der sich um einen weiteren Hügel schlängelte und in die Nähe führte. Die Bäume waren in der Nähe der Bergkuppe lichter geworden und in der Mitte des Tals, nicht weit vom Bach entfernt, befand sich eine Lichtung. Auf dieser Lichtung befand sich etwas, das auf den ersten Blick wie ein loser Erdhügel aussah... bis ein genauerer Blick seine wahre Beschaffenheit offenbarte. Hier und da war der von Schlammlawinen nach der Frühjahrsschmelze abgelagerte Dreck abgefallen und enthüllte das blanke Nickeleisen und kleine Stücke der grauen, knorrigen Oberfläche von Styropor: eine billige Low-Tech-Methode, um das Ding für Mikrowellensensoren unsichtbar zu machen. Ein einziger überlebender Fallschirmmantel peitschte wie ein Schwanz hinter dem Ding im Wind. Das riesige Sonnensegel, das es einst gesichert hatte, war längst zerrissen und von den Winterstürmen weggeweht worden.

Es war eine Abwurfkapsel des Protektorats, dieselbe Art, die Antonov fünf Jahre zuvor für die Invasion der Erde benutzt hatte.

McKay spürte, wie seine Kehle trocken wurde. Es war eine Sache, etwas auf rein intellektueller Ebene zu wissen, aber eine ganz andere, der Realität ins Auge zu sehen. Er schluckte hart und zwang sich, sich darauf zu konzentrieren, die Umgebung der Kapsel nach Bedrohungen abzusuchen.

„Sieht sauber aus", rief er. „Jock, bleib hier oben und gib uns Deckung."

Die drei Männer rutschten halb hinunter, McKay und Vinnie mit geübter Körperkontrolle und Podbyrin direkt auf seinem Hintern. Als McKay die Talsohle erreichte, hob er seinen Karabiner und hätte beinahe auf eine verschwommene Bewegung zu seiner Linken geschossen, hielt sich aber zurück, als er sah, dass es sich bei dem hellbraunen Blitz um eine Art Tier handelte... ein Pflanzenfresser, so wie es aussah, von der Größe einer Kuh, vierbeinig und mit zotteligem Fell bedeckt. Er stieß einen Atemzug aus, von dem er gar nicht wusste, dass er ihn angehalten hatte, als das Tier lautlos aus dem Tal galoppierte.

„Das hätte ein Abendessen sein können", sagte Vinnie leise und zuckte mit den Schultern. McKay schnaubte und war dankbar für Vinnies Respektlosigkeit.

„Ich mag mein Steak etwas weniger blutig“, murmelte er zurück.

Als sie sich der Kapsel näherten, sah McKay, dass es keine Spuren von Menschen und Biomech-Truppen des Protektorats gab. Die Schneeschmelze und der Regen hatten alles weggewischt und die einzigen Spuren stammten von den einheimischen Wildtieren. Er umkreiste das Landegerät langsam und vorsichtig, denn er fürchtete weniger eine aktuelle Bedrohung als vielmehr die Möglichkeit, etwas zu übersehen.

Als sie um die andere Seite herumgingen, konnten sie sehen, wo die Sprengbolzen die Kapsel in zwei Hälften geteilt hatten, um die Truppen im Inneren zu befreien, die Kanten waren gezackt und gebrochen. Der Boden im Inneren der Kapsel war mehrere Zentimeter tief mit Schlamm, Schmutz und Tierkot bedeckt... irgendetwas hatte die Kapsel im Winter offensichtlich als Höhle benutzt. McKay sah Haufen kleiner Knochen, die sich unter den Metallbänken angesammelt hatten, auf denen früher reihenweise Biomechs gesessen hatten und die jetzt bis auf noch mehr verkrusteten Dreck leer waren.

McKay seufzte und ließ die Schultern hängen. „Wir werden hier nichts Brauchbares finden. Es wird Zeit, dass die Labortechniker ihren Spaß haben.“ Er tippte auf ein Steuerelement an seinem 'Link'. „McKay an *Decatur*, Ende.“

„*Decatur* hier“, kam die Antwort vom Kommunikationsoffizier des Schiffes. „Over.“

„Finde heraus, wo ich mich befinde“, befahl McKay, „und schicke mir so schnell wie möglich ein Untersuchungsteam hierher. Wir haben die Abwurfkapsel des Protektorats gefunden.“

„Aye, Sir.“ McKay konnte hören, wie die Stimme der Frau leicht schwankte, als ihr die Realität der Situation bewusst wurde. „Captain Minishimi sagt, sie wird in ein paar Stunden starten.“

„Verstanden. McKay Ende.“

„Das fühlt sich falsch an.“ McKay drehte sich überrascht von Podbyrins leiser Erklärung um. Der Russe schüttelte nachdenklich den Kopf und starrte auf das Wrack der Rettungskapsel.

„Was?“ wollte McKay wissen.

„Auf diese Weise anzugreifen", verstärkte Podbyrin. „Das ist ein Risiko, oder? Es erregt Aufmerksamkeit. Der General hat die letzten fünf Jahre damit verbracht, Aufmerksamkeit zu vermeiden, indem er sich wieder aufgebaut hat, nimmt man an. Um das zu tun, musste es hier etwas sehr Wichtiges geben, das er wollte."

„Hier werden wir es nicht finden", sagte McKay achselzuckend. „Lasst uns zurück zum Außenposten gehen. Vielleicht hat dort jemand etwas aufgedeckt."

„Was wissen wir über diesen Planeten?" murmelte McKay vor sich hin und starrte auf die Globuskarte von Peboan, die über dem Tisch lag. Er hatte sich in den letzten zehn Minuten gegen den Tisch gelehnt und die Karte hatte ihm noch keine Geheimnisse verraten.

„Er ist ziemlich reich an Mineralien", sagte Vinnie achselzuckend, während er auf dem Boden des Außenpostens saß und sich gegen eine kahle Wand lehnte. Das Untersuchungsteam hatte ihnen die Erlaubnis erteilt, den Ort als Basis zu nutzen, nachdem sie ihn vor ein paar Stunden gescannt hatten, aber es gab immer noch nicht viel an Möbeln. „Öl, Erdgas, Uran, Gold..."

„Aber wir haben keine Anzeichen von Bergbau aus dem Orbit gesehen", sagte Jock. Der große Mann hockte an der gegenüberliegenden Wand und säuberte seinen abgewetzten Karabiner.

„D'mitry", fragte McKay den Russen, der sich neben Vinnie an die Wand lehnte, „hat Antonov jemals Asteroiden abgebaut oder hat er seine Ressourcen von Planeten geholt?"

„Wir hatten keine Ausrüstung, um an Asteroiden zu arbeiten", erklärte Podbyrin. „Wir hatten allgemein keine umfangreiche EVA-Ausrüstung, um lange Zeit im Vakuum zu arbeiten. Wir waren gezwungen, die Rohstoffe, die wir nicht von euren Frachtschiffen stehlen konnten, aus leicht zugänglichen Minen in der Nähe der Oberfläche bewohnbarer Planeten zu holen."

„Okay, wir haben keinen Grund zu der Annahme, dass sich das geändert hat", sagte McKay und nickte. „Es ist also möglich, dass er

Rohstoffe von diesem Planeten brauchte... aber wir haben den Ort, an dem er abgebaut hat, noch nicht gefunden. Fällt euch noch etwas ein, das diesen Ort für ihn wichtig macht?"

„Ort?" Jock wagte eine Theorie. „Er benutzt diese Tore, um im FTL zu reisen ... vielleicht ist dieses System eine Art Knotenpunkt und er musste etwas hierher bringen, ohne dass wir es sehen?"

McKay warf einen fragenden Blick auf Podbyrin, der bestätigend nickte. „Das ist möglich", sagte der Russe. „Es gab mehrere Systeme mit mehreren Toren."

„Nicht schlecht, Jock", sagte McKay und nickte nachdenklich. „Das scheint mir wahrscheinlicher zu sein als nur eine Minenanlage. Wenn er hier durch muss, um an sein Ziel zu kommen, wird er dieses System von den Streitkräften der Republik fernhalten wollen. Es könnte ihm das Risiko wert sein, diesen Außenposten auszuschalten." Seine Augen verengten sich und er nahm sein Funkgerät aus dem Gürtel. „*Decatur*, hier ist McKay, melde dich."

Eine Pause und dann: „Roger, McKay, hier ist *Decatur*, sprich weiter."

„Lass mich mit dem Captain sprechen", sagte McKay dem Kommunikationsoffizier. „Es ist dringend."

„Aye, Sir, warten Sie einen Moment."

„Minishimi hier", kam ihre Stimme nach einem Moment über die Verbindung. „Sprechen Sie, McKay."

„Captain", sagte McKay ruhig, aber bestimmt, „wir haben ein paar Dinge herausgefunden und ich habe Grund zu der Annahme, dass die Truppen des Protektorats immer noch in diesem System sind und es wahrscheinlich überwachen... wir könnten einer unmittelbaren Bedrohung ausgesetzt sein. Ich empfehle, den Orbit zu verlassen, am nächstgelegenen laGrangianischen Punkt eine taktische Position einzunehmen und sofort Kampfshuttlepatrouillen zu starten."

Hinter McKay kamen Vinnie und Podbyrin langsam auf die Beine, mit besorgten Gesichtern. Jock schien ungerührt, aber er begann leise, seinen Karabiner wieder zusammenzusetzen.

„Unsere aktiven Scans zeigen nichts an, McKay“, protestierte Minishimi über die Verbindung. „Sind Sie sich da sicher?“

„Captain“, McKay holte tief Luft und erinnerte sich daran, dass sie nicht seine Untergebene war, „unsere Arbeitshypothese ist, dass dies ein Knotenpunktsystem für ihre Wurmlochmatrix ist... und wenn das der Fall ist, werden sie es nicht unbewacht lassen. Ich habe das Gefühl, dass sich entweder bereits feindliche Schiffe im System befinden oder eine Art automatische Wache, die eine Nachrichtenboje durch das Tor schickt, sobald sie uns entdeckt hat. Wenn ich recht habe, könnte es Tage dauern, aber ich würde empfehlen, auf Nummer sicher zu gehen.

„Verstanden, McKay“, bestätigte Minishimi mit einem, wie er fand, leichten Widerwillen in der Stimme. „Wir starten Patrouillen, schalten die Antriebe ein und verlassen die Umlaufbahn. Sobald die Antriebe aktiviert sind, werden wir keinen Kontakt mehr haben, aber ich werde die Patrouillen anweisen, mit Ihnen in Verbindung zu bleiben. Sie haben gerade ein Shuttle auf dem Boden... möchten Sie, dass sie für eine mögliche Evakuierung dort bleiben?“

„Wenn es Ihnen recht ist, Captain, lassen wir Commander Villanuevas Shuttle für den Fall der Fälle hier.“

„Ich gebe ihnen Bescheid, und dann verlassen wir die Umlaufbahn. Wenn wir in vierundzwanzig Stunden nichts sehen, schalten wir das Eysselink-Feld ab und kontaktieren Sie.“

„Wir sprechen uns dann, Captain.“ McKay tippte eine neue Frequenz in seinen 'Link. „Lieutenant Dodd, hier ist McKay.“

„Dodd hier, Sir“, kam die Antwort.

„Lieutenant, wie ist die Lage der Marines auf dem Planeten?“ fragte McKay. Jock hatte seinen Karabiner wieder zusammengebaut, lud das Magazin, legte eine Patrone ein und stellte sich vor die offene Tür des Gebäudes.

„Sir, wir haben zwei Trupps am Boden“, meldete der junge Offizier knackig. „Der andere unterstützt das Untersuchungsteam dabei, seine Ausrüstung zu der von Ihnen entdeckten Protektoratskapsel zu bringen.“

„Ruf das Untersuchungsteam zurück“, befahl McKay. „Sie sollen sich beim Außenposten zurückmelden. Der Trupp soll eine Absperrung um die Gebäude des Außenpostens errichten und mir Bericht erstatten, wenn das erledigt ist. Wir sind hier vielleicht nicht allein, Dodd."

„Aye, Sir", sagte der Mann mit dringlicher Stimme, als er sich abmeldete.

„Glaubst du, sie werden hier angreifen?" fragte Podbyrin mit schwankender Stimme. Trotz der kühlen Temperaturen stand ein feiner Schweißfilm auf seiner Stirn.

„Jock", wandte sich McKay stattdessen an den großen Unteroffizier. „Bring Colonel Podbyrin zum Shuttle und..."

„Colonel McKay!" Eine Stimme... er dachte, es sei die Stimme von Commander Villanueva... kam über seinen Link. „Wir haben..."

Was auch immer sie sagen wollte, ging in einer donnernden Explosion unter, die den Staub von der Decke schüttelte und durch die Wälder um sie herum widerhallte.

„Bozhe moi!" fluchte Podbyrin und duckte sich instinktiv, als nach der Explosion in der Ferne Schüsse ertönten, erst vor ihnen und dann weiter entfernt hinter ihnen. Jock kauerte in der Tür und scannte die unmittelbare Umgebung, ohne etwas zu sehen.

Zu spät, knurrte McKay leise vor sich hin, und eine kalte Welle der Angst stieg in ihm auf, die er nicht mehr gespürt hatte, seit ihm vor sechs Jahren auf Aphrodite fast eine Rettungskapsel des Protektorats auf den Kopf gefallen wäre. *Ich war verdammt noch mal zu spät.*

10

„Also“, Colonel Lee schlug die Hände in den Schoß und sah aus, als würde er sich sehr bemühen, nicht in Panik zu geraten, „wir haben... wir haben Ihre Ergebnisse bestätigt.“ Wie ernst die Lage in seinen Augen war, zeigte sich daran, dass Ari, Lee und Hassan sich im Büro des Colonels trafen und nicht an einem inoffiziellen Ort. Der Colonel wackelte unruhig in seinem Stuhl, während Hassan Ali mürrisch neben ihm saß und aussah, als ob seine Welt zusammengebrochen wäre. „Wir haben an den richtigen Stellen tiefer gegraben, und es war da, wie du gesagt hast. Wir... wir haben jetzt ein ernstes Problem.“

Und du hast nur vier verdammte Tage gebraucht, dachte Ari und versuchte, ein Grinsen zu verbergen.

„Wir müssen sie töten“, knurrte Hassan und schlug mit der Faust auf die Armlehne seines Stuhls. „Ich werde es selbst tun, mit meinen eigenen Händen.“

„Davon abgesehen-“ Ari sprach zum ersten Mal, seit er das Büro betreten hatte. Seine Stimme war ruhig und bedächtig. „Was bedeutet das für unsere Pläne? Weiß sie genug, um uns aufzuhalten?“

„Die Schlampe weiß genug, um uns verhaften zu lassen!“ platzte

Hassan Ali heraus. „Im Gefängnis zu sein, würde uns mit ziemlicher Sicherheit aufhalten."

„Aber wir sind nicht im Knast, mein Freund", sagte Ari. „Das sagt uns, dass sie entweder noch mehr Beweise sammeln will oder, was wahrscheinlicher ist, dass sie, wie meine amerikanischen Freunde zu sagen pflegten, einen größeren Fisch an der Angel hat." Er blickte zu Colonel Lee. „Sie weiß, dass dieser Plan über Ihre Position hinausgeht, Sir, und das ist ihr Ziel. Sie weiß, wenn sie Sie und den Rest von uns hier verhaften, könnte der Plan immer noch weitergehen.

„Diese Sache geht nicht über meine Position hinaus", sagte Colonel Lee mürrisch, wobei seine Besorgnis kurzzeitig in Verärgerung umschlug. Dann seufzte er. „Aber sie ist trotzdem etwas komplexer..." Er warf einen Blick auf Hassan Ali, der demonstrativ mit den Schultern zuckte.

„Wenn das nicht beweist, dass man ihm vertrauen kann", sagte Hassan, „dann weiß ich nicht, was es sonst sein sollte."

„Ich werde die Garde bei dieser Operation anführen", versicherte Lee und blickte wieder zu Ari. „Aber es geht um mehr als nur die Garde... Wir können nicht hoffen, dass wir ohne die Unterstützung anderer Teile der Regierung und sogar des Privatsektors lange durchhalten. Hier geht es um mehr als das, was für uns Gardeoffiziere wichtig ist ... wenn es fertig ist, werden sich auch viele andere Dinge ändern."

Ari war einen Moment lang still. Das kam nicht unerwartet ... weder er noch Major Stark hatten jemals geglaubt, dass die Garde so etwas alleine durchziehen könnte.

„Die Frage, die sich mir stellt", begann Ari vorsichtig, „ist, ob wir das alles vorziehen können. Wenn wir jetzt beginnen können, bevor unsere Gegner bereit sind, könnte uns nicht einmal Alidas Infiltration im Weg stehen."

„Das ist leider nicht möglich", sagte Lee und schüttelte sichtlich frustriert den Kopf. „Wir könnten den Zeitpunkt des Aufstands vorverlegen, aber nicht die Ablenkung, die die Flottenschiffe von den Kolonien beschäftigen wird; und ohne diese Ablenkung wären unsere Streitkräfte durch orbitale Bombardements verwundbar und müssten gegen die Reaktionstrupps der Marine kämpfen. Das Signal wird gesendet, wenn die republikanische Regierung durch einen Orbitalangriff geköpft wird, und das wird erst geschehen, wenn die Flotte zur Erde zurückkehrt."

Ari nickte nachdenklich. „Ein solcher Angriff könnte nur mit der Beteiligung der Raumflotte durchgeführt werden. Ich kann nur vermuten, dass die Elemente, mit denen wir in der Flotte verbündet sind, die Zeit brauchen, um ihren Einfluss zu festigen." Er blickte zu Colonel Lee auf, dessen Augen sich warnend verengten. „Sir, ich will nicht respektlos sein, aber wie sicher sind Sie sich über die... Standhaftigkeit unserer Verbündeten? Können sie tun, was sie versprechen? Oder werden sie es zulassen, dass wir uns opfern, während sie entscheiden, ob es das wert ist?"

Ari bemerkte, dass Hassan Ali Lee einen Blick zuwarf, als würde er sagen: *„Das habe ich mich auch schon gefragt"*, aber der Mann schwieg. „Ich bin überzeugt, dass sie es durchziehen werden." sagte Lee. „Es ist in ihrem Interesse, mehr noch als in unserem. Die Multicorps brauchen billige Arbeitskräfte und die Flotte braucht eine Daseinsberechtigung. Wenn wir die Ordnung in den Kolonien nicht wiederherstellen, wird unsere gesamte Zivilisation zusammenbrechen und der Bauernpöbel wird in der Asche nach Nahrung suchen und sich nach den Tagen sehnen, in denen sie die Möglichkeit hatten, diese Welt zu verlassen."

„Sie sind ein weitsichtiger Mann", sagte Ari, der einen tiefen Respekt empfand. „Ich kann nur hoffen, dass unsere Verbündeten auch so weitsichtig sind. Trotzdem frage ich mich ... wie haben sie die Wurmlochtore überhaupt gefunden? Bei den Marines wird schon seit Jahren über die Suche nach dem Tor im Asteroidengürtel geredet, aber es ist nie etwas dabei herausgekommen."

„Ha!" Ali schnaubte spöttisch. „Und in wessen Interesse lag es, diese Entdeckung geheim zu halten? Im Interesse der Multicorps natürlich. Mit Hilfe der Flotte kontrollieren sie alle Zugänge zu den Sternenkolonien. Wenn die Menschen die Wurmlochtore benutzen könnten, könnte sich jeder, der sich ein Shuttle leisten kann, in den Kolonien niederlassen und wo bliebe dann ihr Monopol?"

Ari war sich nicht sicher, ob er die Logik von Hassans Behauptung glaubte, aber er nickte trotzdem.

„Also“, sagte er, „sind wir gezwungen zu warten... was uns zu der Frage zurückbringt: Was soll mit der Ermittlerin geschehen? Wenn wir sie töten, werden ihre Vorgesetzten wissen, dass wir ihnen auf der Spur sind, und uns wahrscheinlich sofort verfolgen.“

„Was können wir sonst tun?“ forderte Hassan Ali und warf frustriert die Hände hoch.

„Sie ist auf der Suche nach der nächsten Ebene dieser Verschwörung“, erinnerte ihn Ari. „Wenn wir sie weiter hinhalten und sie glauben lassen, dass sie in greifbarer Nähe ist...“

„Ah“, sagte Lee mit einem Lächeln, „ich verstehe, worauf du hinaus willst, Captain Al-Masri. Wir können sie mit falschen Informationen füttern und sie und ihre Leute auf eine wilde Jagd nach einem Vorgesetzten schicken, den ich nicht habe.

„Und hoffentlich“, fügte Ari hinzu, „können wir das lange genug aufrechterhalten, damit sie nicht rechtzeitig kommen, um uns aufzuhalten.“

„Glaubst du, das wird funktionieren?“ fragte ihn Hassan Ali in einem zweifelnden Ton.

„Sie denkt, dass ich ihr vertraue“, sagte Ari. „Aber wenn Sie mit diesem Plan nicht einverstanden sind, Colonel Lee, bin ich bereit, sie selbst zu töten.“

Lee beäugte ihn ein wenig misstrauisch. „Du bist mit ihr liiert... könntest du sie wirklich töten?“

„Ich war mit Alida Hudec liiert“, korrigierte ihn Ari. „Alida Hudec gibt es nicht. Sie hat mich benutzt, und allein dafür wäre ich bereit, sie zu töten.“

Lee rieb sich das Kinn und schien sich mit seiner Situation wohler zu fühlen als er es getan hatte, als Ari das Büro betrat. „Nein, ich denke, wir werden unseren Lieutenant Hudec erst einmal hier behalten... wir werden ihre Vorgesetzten durch sie mit Desinformationen versorgen. Vielleicht lässt sich ja doch noch etwas aus der Sache herausholen. Captain Al Masri, kannst du die Fiktion deiner Beziehung zu ihr vorerst aufrechterhalten? Ich möchte ihr keinen Grund geben, zu denken, dass wir ihre wahre Identität vermuten."

„Ich werde tun, was ich für die Sache tun muss, Colonel Lee", sagte Ari pflichtbewusst und verbarg einen Seufzer der Erleichterung. „Wenn das unser Plan ist, sollte ich zurück in mein Büro gehen... wir sind in einer Stunde zum Training verabredet."

„Dann geh", sagte Lee mit einem Nicken. „Und du hast meinen Dank für deine Initiative. Du hast vielleicht gerade unsere Sache gerettet."

Und was noch wichtiger ist, dachte er, als er das Büro verließ: *Ich habe vielleicht Alidas Leben gerettet. Vorerst. Und jetzt muss ich Major Stark kontaktieren ... denn die Lage ist viel schlimmer, als wir dachten.*

~

SHANNON STARK ZÖGERTE vor der Bürotür und holte tief Luft, bevor sie die Hand zum Klopfen hob.

Es herrschte eine lange Stille, und sie überlegte, ob sie vielleicht gehen sollte, aber dann hörte sie ein leises „Herein", und die Tür glitt lautlos zur Seite.

Der Raum war dunkel, nur ein Hauch von Licht drang durch die Lücke in den Jalousien, die über den Fenstern zugezogen waren. Valerie O'Keefe-Mulrooney saß allein an ihrem Schreibtisch und starrte mit dunklen Augen in die Dunkelheit, die Spuren getrockneter Tränen waren auf ihrem Gesicht zu sehen. Shannon betrat das Büro und strich die Vorderseite ihrer Uniform glatt. Sie hatte sie auf der Beerdigung getragen und hatte keine Zeit gehabt, sie auszuziehen, bevor sie den Anruf von Valeries Sekretärin erhielt. Ihre Hände erstarrten, als sie die Feuchtigkeit an ihrer Hüfte spürte... Sie hatte Natalia bei der Trauerfeier umarmt und die Tränen des kleinen Mädchens verschmutzten noch immer ihre Uniform. Sie kämpfte dagegen an, nicht aufzuspringen, als die Tür hinter ihr zuglitt.

„Setz dich", sagte Valerie und nickte in Richtung des Stuhls vor dem Schreibtisch. Ihre Stimme war fest und unerschütterlich, ihr Ton so normal, als würde sie das Mittagessen bestellen ... und doch konnte Shannon eine kalte Wut in ihren Augen erkennen. „Die Polizei in der Hauptstadt hat mir gesagt, dass sie glauben, dass Glen getötet wurde, weil er Zeuge des Mordes an dem prominenten Skandalonkel Oscar Fuentes war. Sie glauben, dass der Mörder einen persönlichen Groll gegen Fuentes wegen einer seiner Geschichten hegte. Sie haben schon eine Liste von Verdächtigen... Leute, die Fuentes in Verlegenheit gebracht oder verletzt hat und die in der Gegend waren, aber kein Alibi haben." Sie warf Shannon einen eisigen Blick zu. „Glaubst du, das ist so passiert, Shannon?"

Shannon versuchte, unter dem Blick der Frau nicht zusammenzuzucken. „Sowohl Glen als auch Mr. Fuentes wurden an dem einzigen Ort in der Turnhalle getötet, an dem es keine Sicherheitskameras gab", antwortete Shannon und versuchte, ihren Tonfall so kühl und gemessen zu halten wie Valerie. „Sie wurden beide mit einem einzigen Stich durch das Auge und ins Gehirn getötet. Eine Wunde ... chirurgisch präzise, bevor das Opfer reagieren kann. So etwas lernt man nicht in einer kommerziellen Kampfsportschule oder beim regulären Militär. Das war ein professioneller Attentäter, und zwar ein erfahrener." Sie schloss kurz die Augen, öffnete sie dann wieder und begegnete Valeries Blick. „Glen sagte mir, dass er ein paar Journalisten bitten wollte, sich mit Vizepräsident Dominguez zu beschäftigen. Sie sollen herausfinden, ob mit ihm oder in seinem Umfeld etwas Merkwürdiges vor sich geht."

„Du willst mir also sagen, dass die Leute, die dahinterstecken, die gleichen sind, die meinen Vater umbringen wollen", sagte Valerie mit fester Stimme. Shannon wartete auf die Anschuldigung, von der sie sicher war, dass sie kommen würde, dass sie in einen Schreikrampf ausbrechen und den Schrei ausstoßen würde, der seit Tagen in ihrem Kopf widerhallte: Du hast ihn umgebracht!

Aber die ruhige Fassade blieb über der kalten Wut und Valerie sagte nichts. „Es ist schlimmer als das", sagte Shannon. Ihre Augen flackerten misstrauisch durch das Büro. Sie wusste, dass es sicher war, weil sie den Prozess selbst überwacht hatte, aber im Moment fühlte sie sich bei nichts sicher. „Wir haben die Garde untersucht und ich habe Berichte erhalten, die darauf hindeuten, dass die Gerüchte stimmen und dass es weit über die Kolonialgarde hinausgeht. Es gibt Elemente in der Flotte und in den Multicorps, die darin verwickelt sind ... Valerie, das ist nicht nur ein Attentatsversuch. Es ist ein Putsch. „

Für einen Moment brach Valeries Eiswand und ihre Augen weiteten sich vor Schock und Angst.

„Hast... hast du es meinem Vater erzählt?“

„Noch nicht“, gab Shannon zu. Sie schüttelte hoffnungslos den Kopf. „Ich weiß ehrlich gesagt nicht, was ich ihm sagen soll. Die einzigen Verschwörer, die wir benennen können, sind in den CeeGees und sie zu verhaften, würde nichts bringen. Es gibt zwar Unternehmensinteressen, aber fast alle Multicorps sind gegen die Auswanderungspolitik deines Vaters und wir können niemanden verhaften, nur weil er politisch nicht mit dem Präsidenten übereinstimmt. Verdammt", sagte sie, ‚angesichts der Möglichkeit von Verrätern innerhalb der Flotte kann ich mir nicht einmal bei meinen eigenen Leuten hundertprozentig sicher sein... außer bei Tom natürlich.‘

„Wenn das, was du sagst, wahr ist“, warf Valerie ein, deren Stimme immer noch etwas zittrig, aber jetzt nachdenklicher klang, „selbst wenn wir dieses Komplott auflösen, könnte es zu einem Bürgerkrieg kommen.“ Sie schaute scharf auf. „Aber was ist mit Antonov? Es kann kein Zufall sein, dass das zur gleichen Zeit passiert, in der Jason hinter ihm her ist.“

„Valerie, ich kann im Moment nicht sicher sein, dass Antonov hinter dem Angriff auf den Außenposten steckt. Das Ganze könnte ein abgekartetes Spiel sein... die Beweise könnten von den Verschwörern platziert worden sein, um unsere Aufmerksamkeit von ihren Plänen abzulenken.“

„Mein Gott“, hauchte Valerie und schüttelte den Kopf. „Was zum Teufel sollen wir denn tun, Shannon?“

„Es könnte schlimm werden, Valerie.“ Shannon griff nach Valeries Hand und drückte sie. „Nimm Natalia, geh zu deiner Hütte in Minnesota und bleib dort, bis es vorbei ist. Sie werden dich nicht belästigen. Selbst wenn...“ Shannon zuckte zusammen und zögerte, die Worte auszusprechen. „Selbst wenn wir die Sache verlieren, bezweifle ich, dass sie dort hinter dir her sein werden."

„Ich kann mich nicht einfach verstecken und hoffen, dass alles gut geht", protestierte Valerie. „Sie haben Glen getötet!"

„Und wenn du dich ihnen in den Weg stellst, Valerie, werden sie dich auch töten ... und Natalia wird beide Elternteile verloren haben."

Shannon konnte sehen, wie Wut, Trauer und Angst in Valeries Augen kämpften, um dann von Entschlossenheit abgelöst zu werden. „Ich bin eine Senatorin der Republik, Shannon. Ich liebe meine Tochter mehr als alles andere, und wenn ich sterben muss, um sicherzustellen, dass sie mit den gleichen Freiheiten aufwächst wie ich, dann ist das der Preis, den ich zahlen muss. Was sollen wir jetzt tun?"

Shannon dachte einen Moment lang über diese Frage nach. Was konnten sie tun? Sie hatten keine verwertbaren Informationen, nur Verdächtige und Vermutungen. Und wenn sie nach mehr suchten, würde ein Mörder auf sie angesetzt werden, so sicher wie sie wusste, dass einer geschickt worden war, um Glen zu töten...

Shannons Augen verengten sich. Es war ein großes Risiko, aber der einzige Weg, den sie sah, der funktionieren könnte. „Ich sage dir, was wir tun werden, Valerie. Wenn du die Sache wirklich durchziehen willst, dann müssen wir beenden, was Glen angefangen hat." Und Gott möge ihr verzeihen, wenn das nicht klappen sollte.

11

Mit reiner Willensanstrengung zog Jason McKay die Kontrolle zurück und zwang seinen Verstand zu arbeiten.

„Alle Mitarbeiter", rief McKay in seinen Link, „melden! Was ist hier los?" Ein Funkspruch knisterte in seinem Ohrhörer mit den gedämpften Geräuschen von Schüssen und Rufen, aber was auch immer gesagt wurde, war unverständlich. „Also gut", McKay blickte zu den anderen im Raum. „Vinnie, du und Jock geht in den Wald und sucht den Trupp mit dem Untersuchungsteam, bringt sie hierher zurück und errichtet einen Verteidigungsring, bis ihr von mir hört..."

Jock drehte sich um, als er hinter sich Schritte hörte, ließ aber seinen Karabiner sinken, als er sah, dass es zwei Unteroffiziere von der *Decatur* waren, deren graue Panzerwesten und Helme zeigten, dass sie beide zur Schiffssicherheit gehörten.

„Sir!" Der ältere der beiden - ein großer, stämmiger junger Mann mit olivfarbener Haut, die man durch die Gesichtsplatte seines Helms sehen konnte - rannte auf McKay zu und umklammerte nervös eine Maschinenpistole. „Wir wurden beauftragt, den Außenposten zu bewachen... Wissen Sie, was hier los ist?"

„Ihr zwei", McKay deutete mit dem Finger auf ihn und den kleineren, stämmigen Sergeant, „kommt mit mir... wir werden angegriffen und sind auf dem Weg zur Landezone, um sicherzustellen, dass das Shuttle gesichert ist. Podbyrin, du kommst auch mit mir, es sei denn, du willst lieber hier bleiben und dein Glück alleine versuchen."

„Nein, ich denke, ich komme mit." Der Russe schüttelte den Kopf, viel ruhiger, als McKay es erwartet hatte. „Ich nehme nicht an, dass du eine Ersatzwaffe hast..."

McKay wollte gerade nein sagen, als Jock ihn überraschte, indem er seine Zweitwaffe aus dem Holster zog und sie dem Russen reichte. „Erschieß niemanden, der wichtig ist", sagte der große Australier.

„Wir gehen, Sir", sagte Vinnie und gab Jock ein Zeichen, ihm zu folgen. Sobald sie den Bereich verlassen hatten, rannten die beiden in den Wald.

„Also gut, kommt mit", wies McKay Podbyrin und die beiden Wachleute an. „Ich gehe voran; Podbyrin, du bleibst zwischen den Beiden und wir alle halten einen Abstand von zehn Metern ein. Bleibt am Wegrand und haltet die Augen offen. Los!"

Er merkte, dass der ranghöchste Sicherheitsunteroffizier mit ihm streiten wollte, aber er war derjenige mit Kampferfahrung und Colonel hin oder her, er hatte das Sagen. Er wünschte sich nur, er hätte seinen Helm aus dem Shuttle mitgenommen; als er mit den anderen den Ort der Infiltration ausgekundschaftet hatte, aber er hielt es für wichtiger, alle seine Sinne einsetzen zu können und ein Gefühl für seine Umgebung zu bekommen.

Er wollte rennen, als sie den unbefestigten Weg zur Landezone zurückliefen, aber er hielt sich an einen vorsichtigen Trab, um die kleine Gruppe zusammenzuhalten und um nicht direkt in das feindliche Feuer zu laufen. Das Geschützfeuer schien intensiver zu werden, je näher sie der Landezone kamen, unterbrochen von Explosionen, die wie Granaten klangen. McKay warf einen kurzen Blick auf sein Funkgerät und sah, dass sie weniger als einen Kilometer von der Landezone entfernt waren... Er konnte bereits Rauch in die Luft steigen sehen und die dunkle Wolke begann gerade, die Bäume zu überragen.

In fünfhundert Metern Entfernung hörte er, wie Kugeln in die

Bäume um sie herum einschlugen, und er führte die Gruppe wortlos vom Weg ab, ging nach links in den Wald und erhöhte sein Tempo. Nach fünfzig Metern stießen sie auf eine Grube, in der ein großer Baum durch einen Sturm entwurzelt worden war und tonnenweise Erde mit sich gerissen hatte. Der tote Baum lag neben der Grube, sein verworrenes Wurzelgeflecht hing über die drei Meter tiefe Senke und verdeckte sie fast.

„Du", McKay zeigte auf den rangniedrigeren der beiden Wachmänner, „gehst mit Colonel Podbyrin in dieses Loch und bleibst hier, bis ich dich hole. Schießt nur, wenn der Feind euch sieht, und wenn er das tut, räumt ihr das Gebiet und geht zurück zum Außenposten."

„Aye, Sir", bestätigte der Mann. Podbyrin schien sich nicht wohl dabei zu fühlen, zurückgelassen zu werden, aber die Position war versteckt und gut zu verteidigen, und McKay wusste, dass er schnell handeln musste.

Nachdem die beiden Männer in das Loch hinuntergeklettert waren, führte McKay den anderen Wachmann in einem sanften Bogen um die dem Hauptweg gegenüberliegende Seite der Landezone und erhöhte sein Tempo, als der Kampfeslärm näher kam. Während sie über Wurzeln und Lianen rannten, konnte McKay durch den dichten Schleier aus Bäumen und Gestrüpp hindurch Bewegungen erkennen: Gestalten in getarnten Rüstungen, die Waffen abfeuerten, aber zu weit entfernt waren, um weitere Details zu erkennen.

Noch mehr Bäume, noch dichter, verdeckten die Lichtung der Landezone vor seiner Sicht, ein Dunst aus dickem, dunklem Rauch, der humanoide Gestalten in Schatten verwandelte und den Lärm der Schüsse zu dämpfen schien. McKay fühlte sich wie in einem Albtraum: Er rannte durch eine nicht enden wollende Schlacht, konnte aber keinen der Kämpfer klar sehen oder selbst einen Schuss abgeben ... und dann, als hätten sie eine Schwelle überschritten, waren er und der Wachmann plötzlich mitten im Kampf. McKay stolperte fast über den Rücken eines Marineschützen, der hinter einem toten Baum kauerte und mit seinem Karabiner an der Schulter kontrollierte Schüsse auf eine Gruppe von drei Gestalten abfeuerte, die fünfzig Meter vor ihm am Rande der Lichtung teilweise im Rauch verborgen waren.

McKay ließ sich neben dem Marine auf die Knie fallen und feuerte mit seinem eigenen Karabiner weiter, während der Sicherheitsmann links neben ihm stand und mit seiner Maschinenpistole aus der Hüfte schoss, wobei er das HUD-Display in seinem Helm mit dem Visier der Waffe verband, um zu zielen. Das feindliche Trio ging zu Boden und McKay klopfte dem Marine auf die Schulter und rief: „Auf den Boden!

Ihre Panzerung kam ihm bekannt vor, groß und klobig im Vergleich zu dem, was er und die Marines trugen, getarnt in Braun, Grün und Grau, wo sie nicht durchlöchert und mit Blut befleckt war. Die Soldaten waren über zwei Meter groß, mit breiter Brust, aber die Rüstung ließ sie noch imposanter erscheinen. Sie war über hundert Jahre alt und wurde immer wieder in Nanotech-Replikatoren kopiert, die von längst verstorbenen Außerirdischen auf einer unbekannten Welt gebaut worden waren. Mit dem Lauf seines Karabiners schob McKay den Helm von einem der niedergeschlagenen humanoiden Gestalten und enthüllte das Gesicht, das ihn in den letzten fünf Jahren in seinen Albträumen heimgesucht hatte.

Die Haut war so blassblau, dass sie ihn an ein Zyanose-Opfer erinnerte, die Nase lag flach im Gesicht und die Stirn wurde von einem schweren, knöchernen Kamm geschützt. Doch es waren die Augen, die ihn wirklich entsetzten. Sie waren schwarz und leblos, wie die eines Hais, seelenlos und tod. Er musste sich daran erinnern, dass das Ding aus menschlicher DNS gebaut war, aber irgendwie schien das seinen Schrecken eher noch zu verstärken als zu verringern.

„Sir!“ Der Marine packte ihn am Arm. „Sir, wir sollten uns auf den Weg machen!“

„Wo ist der Rest deines Trupps, Corporal?“ fragte McKay ihn.

„Das Letzte, was ich gesehen habe, war, dass sie sich mit ein paar Ihrer Spezialeinheiten zum Shuttle zurückzogen, Sir. Ich wurde mit ein paar anderen Marines abgeschnitten und musste fliehen.“

„Dann lasst sie uns finden. Folgt mir, ihr beiden.“ Bevor der

Marine widersprechen konnte, rannte McKay im Sprint zurück zur Lichtung, der Corporal und der Wachmann folgten ihm.

Lauter als die Kakophonie der Schlacht, lauter als das Krachen der Kugeln, die auf ihrem Weg die Schallmauer durchbrachen, konnte McKay das keuchende Rasseln seines eigenen Atems in seinen Ohren hören und er wusste, dass er die Anstrengung hätte spüren müssen, aber er ritt auf einer Welle von Adrenalin und purer, unverfälschter Angst und fühlte nichts. Irgendwo in den Tiefen seines Bewusstseins schrie der Teil von ihm, der sich an die beiden Male erinnerte, als er angeschossen worden war, dass er in Deckung gehen sollte, aber sein Körper hätte genauso gut eine Maschine sein können.

Zwei Biomechs des Protektorats tauchten aus dem Rauch zu seiner Linken auf, nur wenige Meter vor ihm, und feuerten ihre Gewehre, während sie seinen Weg kreuzten und auf jemanden zu seiner Rechten schossen, den er durch den Dunst nicht erkennen konnte. Ohne langsamer zu werden, feuerte McKay einen Schuss ab, der die beiden massigen Gestalten durchtrennte und das Genick der ersten durchschlug, bevor er die Gesichtsplatte der zweiten in einem Schwall aus Blut und zerbrochenem Plastik durchschlug. Die Biomechs brachen zusammen und fielen zu Boden, aber McKay war bereits an ihnen vorbeigeeilt und suchte nach dem nächsten Ziel, denn auf dem Schlachtfeld stehen zu bleiben, bedeutete den Tod.

McKay stürmte durch einen dichten, schwarzen Strudel aus Rauch. Vor ihm zeichnete sich eine glühende Hitzewand ab. Eines der Angriffsfahrzeuge der Marines verbrannte in einer Flammenwolke, die die Gegend einhüllte. Er wusste nicht, was es in Brand gesetzt haben könnte, aber alle Möglichkeiten schienen sehr, sehr schlecht für seine aktuelle Situation zu sein.

Der Marine Corporal und der Wachmann kamen hinter ihm an, und McKay drehte sich um und winkte sie zum Anhalten... und hob seinen Karabiner, als er zwei weitere rennende Gestalten aus dem Dunst hinter ihnen kommen sah. Sein Finger ruhte auf dem Abzug, als er sah, dass es sich um zwei Marines handelte: einen mageren, schmerzhaft jungen Gefreiten und einen weiblichen Sergeant.

„Mein Gott, Bill“, keuchte der Sergeant vor Erschöpfung, „wo zum Teufel bist du hin?“

„Ich wurde von den Bastards abgeschnitten, Sergeant Manuel“, erklärte Bill, der Marine Corporal. „Ich dachte, ihr wärt tot!“

„Genug mit der Familienzusammenführung“, unterbrach McKay. „Ihr seid jetzt alle bei mir. Der Wind weht in diese Richtung." Er deutete hinter sie. „Sobald wir uns von dem Angriffswagen entfernt haben, werden wir den Rauch schnell verlieren, also bleibt unten und sucht euch Deckung.“

Auf ihr Nicken hin umkreiste er das brennende Wrack und tauchte aus dem Rauch ins Freie, wo ihm sofort mehrere Dinge bewusst wurden. Das Protektorat benutzte hauptsächlich Dinge, die sie am Ende des 21. Jahrhunderts mitgebracht hatten, als sie durch das Wurmloch im Asteroidengürtel geflogen waren und in der Umlaufbahn um die zerstörte Heimatwelt der Außerirdischen aufgetaucht waren. Diese und andere Dinge, die sie von republikanischen Fracht- oder Kolonieschiffen erbeutet hatten, konnten sie in der außerirdischen Replikationsfabrik, die sie entdeckt hatten, weiterverarbeiten. Aber es gab etwas, das sie selbst gebaut hatten, mit Entwürfen aus der Zeit vor dem Chinesisch-Russischen Krieg und ausgeschlachteten Teilen. Die Marines, die ihnen zum ersten Mal begegnet waren, hatten sie „Hoppers“ genannt, weil die gepanzerten Geschützfahrzeuge auf straußenähnlichen Beinen hüpften, um über unwegsames Gelände zu kommen.

Einer der Hoppers lag hundert Meter von dem Angriffsfahrzeug entfernt auf dem Boden und brannte ebenso heftig, sein Cockpit und seine Waffentürme waren eine zerschmetterte Ruine. Für McKay war es klar, dass der Hopper das Angriffsfahrzeug mit einer Rakete abgeschossen hatte, bevor er selbst zerstört wurde.

Hinter dem zerstörten Hopper konnte McKay endlich das Shuttle sehen und war erstaunt, dass es noch intakt war. Das Raumschiff mit den Delta-Flügeln war für den Kampf ausgelegt und schwer gepanzert, aber es hätte einen Raketeneinschlag des Hoppers nicht überleben können... Es war reines Glück, dass das Angriffsfahrzeug der Marines den Hopper ausgeschaltet hatte, bevor er die Chance hatte, das Shuttle zu zerstören. Er konnte sehen, dass das Shuttle dicht verschlossen war, die Fracht- und die Einstiegsrampe eingefahren waren, aber es gab keine anderen Anzeichen dafür, dass es startbereit war. Mindestens ein Dutzend Leichen lagen um das Shuttle verstreut, die meisten von ihnen Biomechs des Protektorats, und um das Shuttle herum tobte immer noch der Kampf.

Ein Trupp von etwa zwanzig Biomechs hatte sich um die Abdeckung des zerstörten Hoppers versammelt, ohne auf die Flammen zu achten, die noch immer an den zerfetzten Turbinen leckten, und feuerte unablässig auf das massive, schwere Triebwerk des Shuttles. Der Rest der republikanischen Streitkräfte kauerte dahinter und feuerte zurück, aber in kontrollierten Salven, um Munition zu sparen.

Und etwa dreißig Meter hinter dem Hopper lag ein umgestürzter Lastenheber - ein kompakter, ferngesteuerter Gabelstapler. Jemand muss ihn benutzt haben, um Ausrüstung aus dem Shuttle zu entladen, als der Angriff kam, und in der Schlacht wurde er auf die Seite gestoßen und teilweise im Dreck begraben. Ohne zu zögern sprintete McKay geradewegs auf die Deckung des Ladestaplers zu. Seine Beine brannten, als er alles daran setzte, die fünfzig oder sechzig Meter offenen Bodens zu überqueren. Der dünne Gefreite überholte ihn, als würde er stillstehen, und ging hinter dem Lader in Position, bevor McKay die Hälfte der Strecke zurückgelegt hatte. Er notierte sich gedanklich, dass er sich dafür schämen würde, wenn er die Zeit dazu hätte.

Als alle fünf hinter dem Lader in Deckung waren, packte McKay Sergeant Manuel am Arm und zog sie so nah zu sich heran, dass sie ihn über den Lärm der ununterbrochenen Schießerei hinweg hören konnte. „Hast du Granaten?“ Fragte er sie.

„Gefreiter Toma und ich haben Gewehrgranaten, Sir!“ antwortete sie und klopfte auf eine Tasche an ihrer Brust.

„Ladet sie“, wies er sie an. „Auf mein Signal hin werft ihr sie auf die Position der Biomechs ab und gebt uns dann Deckung. Er deutete auf den Corporal und den Sicherheitsunteroffizier. „Ihr zwei folgt mir.“

Er beobachtete, wie Manuel und Toma die Raketengranaten in die Abschussvorrichtungen unter den Gewehrläufen luden und dann um das Ende des Laderaums herumgingen, um sie auszurichten. „Feuer!"

Die Granaten verließen die Abschussvorrichtungen mit einem Schwall kalten Gases, dann zündeten die eingebauten Raketenmotoren, die sie in einem Wimpernschlag über dreißig Meter weit in die Biomech-Truppen des Protektorats schleuderten. Schrapnell prallte musikalisch vom Gehäuse des Laders ab und ein Sprühregen aus Dreck und Trümmern bedeckte sie noch dreißig Meter weiter.

Das letzte Schrapnell prallte noch ab, als McKay „Los!" rief und hinter dem Lader hervorstürmte, dicht gefolgt von dem Marine und dem Sicherheitsbeamten. Die Granaten hatten bei den Biomech-Angreifern ihren Tribut gefordert und vier von ihnen in Einzelteile zerlegt und einige andere außer Gefecht gesetzt, also konzentrierte McKay sein Feuer auf die noch Stehenden, vor allem auf diejenigen, die sich der neuen Bedrohung entgegenstellten.

Während er rannte, hielt er seinen Karabiner an die Schulter und schoss einem Biomech nach dem anderen kontrolliert in den Nacken und in den Kopf. Er hoffte inständig, dass die anderen dasselbe taten und dass seine Leute im Shuttle die Ablenkung nutzen würden, um anzugreifen.

Wenn nicht, wird dies der kürzeste Gegenangriff in der Geschichte der Republik sein, dachte er, als er das verdrehte, verkohlte rechte Bein des abgestürzten Hoppers berührte und dabei fast über einen toten Biomech-Soldaten stolperte. Er konnte sehen, wie die verbleibenden Biomechs des Protektorats aus ihrer Deckung auftauchten und sich der neuen Bedrohung zuwandten; er schoss einen von ihnen mit einer Salve nieder, die sein Magazin leerte, und musste sich dann hinter den Hocker ducken.

Er konnte hören, wie die Kugeln des 9-mm-Gewehrs des Protektorats am Metall des Beins des Hoppers abprallten, als er das leere Magazin aus seinem Karabiner fallen ließ und ein neues aus seinem Brustbeutel fischte. Instinktive Bewegungen, die er im Training tausende Male wiederholt hatte; seine Hände zitterten nicht einmal.

Was dann kam, war schwieriger: Die Kugeln prallten immer noch über ihm ab, so dass es unklug war, aufzustehen. Er schaute sich um und sah, wie Corporal Bill und der Security NCO fast Schulter an Schulter auf ihn zukamen und ununterbrochen feuerten; er überlegte, ob er sie anschreien sollte, damit sie ihm Deckung gaben, während er sich bewegte... und dann ging der Security Tech-Sergeant mit einem Schuss durchs Knie zu Boden.

„Verdammtes Arschloch!“ murmelte McKay leise vor sich hin.

Er zog seine Füße unter sich zusammen und sprang hinter dem Hopper hervor. Dabei ignorierte er die Kugeln, die um ihn herum im Dreck einschlugen, und rollte sich neben dem Tech Sergeant in die Hocke, der sich vor Schmerzen krümmte. Er entleerte sein frisches Magazin in Richtung des Feindes, warf den Karabiner weg, packte den Unteroffizier der Flotte am Rücken seiner gepanzerten Weste und zog ihn rückwärts in die Deckung des Hoppers. Er hatte den Mann fast in Sicherheit gebracht, als er spürte, wie ihm ein Vorschlaghammer in die Brust schlug und ihm mit einem gequälten Keuchen die Luft abging.

Irgendwie konnte er sich auf den Beinen halten und den verwundeten Tech Sergeant in Deckung bringen, bevor er neben ihm zusammenbrach und nach Luft rang. Er klopfte sich auf die Brust und fühlte ein paar Löcher in der Panzerung, konnte aber nicht sagen, ob die Kugeln bis zu seinem Fleisch durchgedrungen waren.

Verdammt, wir müssen einfach mal davon ausgehen, dass sie es nicht getan haben, sagte er sich.

Noch immer kämpfte er darum, Luft zu holen, drehte sich um und kramte in seinen Taschen nach einem Verband, riss ihn auf und wickelte ihn um das Bein des Verwundeten. Der Tech Sergeant entspannte sich, als der Verband ihm Schmerzmittel injizierte und die Wunde mit Gerinnungsmitteln überzog. Nachdem er sich vergewissert hatte, dass der Mann nicht in unmittelbarer Gefahr war, nahm McKay seinen Karabiner von der Schulter und lud ihn mühsam nach, dann rollte er sich auf die Knie und versuchte, sich wieder auf die Beine zu heben.

Er merkte sofort, dass sich die Dinge verändert hatten, seit er angeschossen worden war. Die Biomechs waren außer Gefecht gesetzt, und noch während er zusah, stürmten Sergeant Manuel und Pvt. Toma an ihm vorbei, um die zu erledigen, die sich noch bewegten. Die Kameraden, die aus dem Schutz des Fahrwerks des Shuttles geschossen hatten, hatten den abgestürzten Hopper eingekreist und rückten vorsichtig vor, angeführt von Sergeant Sean Watanabe, dem ranghöchsten Unteroffizier des Sondereinsatzteams nach Jock. Er war ein kleiner, stämmiger Mann mit offenem Gesicht und dunklem Haar, das er etwas länger trug als zu seiner Zeit bei der Marine; wie McKay trug er eine Schutzweste, aber keinen Helm.

„Geht es Ihnen gut, Sir?“ fragte Watanabe, als er zu McKay hinüberjoggte.

„Ich brauche nur eine saubere Unterhose“, schnaubte McKay. „Lagebericht, Watanabe.“

„Sie haben aus dem Wald angegriffen, als wir entladen haben, Colonel“, sagte der Sergeant.

„Während ich das Entladen beaufsichtigt habe“, warf Commander Villanueva ein, die hinter Watanabe auftauchte, eine Pistole in der rechten Hand, den linken Arm schlaff herabhängend und den Unterarm in einen blutgetränkten, intelligenten Verband gewickelt.

„Ja, Sir“, bestätigte Watanabe. „Die Besatzung war nicht an Bord, nur ein junger Soldat, der von der *Decatur* heruntergeschickt wurde, um beim Entladen zu helfen. Er hat das Shuttle offenbar fest verschlossen, um die Biomechs fernzuhalten. Der Hopper wollte das Shuttle abschießen, aber Gunny Dzvonik und einer ihrer Corporals sprangen in das Angriffsfahrzeug und schalteten es aus.“ Sein Gesicht wurde grimmig. „Dann sprengten ein paar Biomechs das Angriffsfahrzeug mit einer von der Besatzung abgefeuerten Rakete in die Luft, bevor wir sie erwischen konnten.“

„Die Biomechs operieren bei dieser Art von Organisation nicht ohne einen Controller“, unterbrach McKay. „Warte mal.“ Er holte seinen 'Link' heraus und gab Vinnies Frequenz ein. „Vinnie, hier ist McKay, hörst du mich?“

„Ich höre Sie, Sir“, kam die sofortige Antwort. „Wir haben das

Untersuchungsteam am Außenposten in Sicherheit gebracht und sind jetzt mit dem Trupp der Marines auf dem Weg zur Landezone.

„Die Landezone ist sicher, Vinnie", sagte McKay. „Aber wir haben den Biomech-Kontrolleur nicht geortet... Wenn sie nicht etwas Neues erfunden haben, haben sie keine große Reichweite, also werden sie in diesem Gebiet sein. Ich möchte, dass du mit den Marines das Gebiet zwischen dem Außenposten und hier abdeckst. Wir werden in der anderen Richtung suchen."

„Verstanden, Colonel", antwortete Vinnie. „Ich rufe, wenn ich etwas sehe. Ende."

McKay wandte sich wieder an Watanabe. „Gibt es Verluste?"

„Außer Dzvonik und Corporal Ash", sagte der Sergeant, „haben wir Leutnant Dodd, den Anführer des Trupps, verloren... er wollte zu dem Fahrzeug gelangen, um nach Überlebenden zu suchen, und wurde von einer zweiten Explosion erwischt. Ein paar Techniker der Flotte und Givens wurden getötet, als die ganze Sache losging. Der letzte Satz mit einem Seufzer. Givens gehörte zum Alpha-Team und war ein Freund von Watanabe gewesen. „Außerdem fehlen drei Mitglieder der Shuttle-Besatzung, es sei denn, sie sind an Bord und haben niemandem etwas gesagt. Wir haben fünf Verwundete, Sie nicht mitgerechnet; nichts Lebensbedrohliches, aber ein paar müssen wegen Verbrennungen und Knochenbrüchen behandelt werden."

„Commander Villanueva", wandte sich McKay an den Piloten. „Kümmere dich um denjenigen, der sich im Shuttle befindet, öffne es und lass die Sanitäter die Verwundeten an Bord bringen, dann schalte es ein und fliege los ... Ich will eine Patrouille, die sicherstellt, dass kein weiterer Feind im Anflug ist, und etwas Luftunterstützung."

„Aye, Sir", sagte sie, steckte ihre Pistole in den Halfter und holte ihren Link heraus, um das Shuttle zu rufen.

„Sean." McKay wandte sich wieder an Watanabe. „Organisiere die Marines und führe eine Suche in einem Radius von einem Kilometer durch. Wenn der Kontrolleur noch hier ist, will ich ihn gefangen nehmen, wenn möglich lebend. Wir..."

Seine Gedanken wurden von einem Schusswechsel in der Ferne,

in Richtung des Außenpostens, unterbrochen: das Stottern einer Maschinenpistole und das schnelle Dröhnen einer Handfeuerwaffe.

„Vinnie", meldete sich McKay über seinen 'Link'. „Bist du das?"

„Negativ", kam die sofortige Antwort. „Ich habe es aber gehört."

„Podbyrin", murmelte McKay. „Auf sechs Uhr, Sean!"

Ohne abzuwarten, ob der Unteroffizier ihm folgte, rannte McKay zurück in den Wald zu dem umgestürzten Baum und der Grube, wo er den Russen und den Wachmann zurückgelassen hatte. Diesmal war sein Adrenalinschub weg und er spürte die Erschöpfung und Müdigkeit der letzten halben Stunde ebenso wie den Schmerz in seiner geprellten Brust. Er hielt mit reiner Willenskraft durch, denn er wusste, dass er später dafür bezahlen würde.

Es schien doppelt so lange zu dauern, zurück zur Grube zu kommen, wie in die andere Richtung, und er blieb immer wieder an Wurzeln und Gestrüpp hängen, aber schließlich sah er den massiven, umgestürzten Baum vor sich, dessen nackte Wurzeln sich tot in die Luft krallten.

D'mitry Podbyrin saß leise schluchzend auf dem Boden, mit dem Rücken an den Baumstamm gelehnt, und hielt Jocks geliehene Pistole locker in der Hand. Der Tech Sergeant, den McKay zu seiner Bewachung abgestellt hatte, lag halb in der Grube und halb außerhalb, mit zertrümmertem Helm und blutverschmiertem Gesicht, die Maschinenpistole an seiner Seite. Vor der Grube lag ein großer, kräftig gebauter Russe in Protektoratskleidung, dessen Kopf durch mehrere Schüsse aus nächster Nähe halb zerfetzt war. Zu seinen Füßen lag ein Protektoratsgewehr und auf seinem Rücken trug er ein Übertragungsgerät mit einer kleinen Sendeanlage.

McKay blieb vor dem ehemaligen Colonel des Protektorats stehen und bemerkte am Rande, dass Watanabe sich auf die andere Seite der Grube begab, um nach dem Tech Sergeant zu sehen. „D'mitry", sagte er leise und beugte sich vor, um dem Mann eine Hand auf die Schulter zu legen. „Bist du in Ordnung? Bist du verletzt?"

„Sergei", antwortete Podbyrin, ohne aufzublicken. McKay blinzelte und fragte sich, ob der kleine Mann hysterisch war und dachte, er sei jemand anderes. „Leutnant Sergei Luzhkof", erklärte er. Er sah auf und blickte auf den toten russischen Offizier, mit Tränen in den Augen. „Er war... er war mein Freund."

„Ich weiß, D'mitry", sagte McKay und reichte ihm die Hand. „Aber wir müssen gehen."

Der Russe sah zu seiner Hand auf, seufzte tief und nahm sie, um sich auf die Füße ziehen zu lassen. „Ich hätte auf dem Schiff bleiben sollen", murmelte er halb zu sich selbst.

„Colonel McKay", hörte Jason über seine Verbindung.

Er drückte einen Knopf an seinem Ohrhörer und antwortete: „McKay hier."

„Sir, hier ist Commander Villanueva", meldete sich der Pilot. „Ich bin online und habe Kontakt mit den Kampfpatrouillen-Shuttles der *Decatur*. Es ist das Schiff, Sir ... es wird angegriffen."

12

Joyce Minishimi war seit acht Jahren Captain eines Raumschiffs, hatte zwei Jahre lang Patrouillen gegen die Piraten des Gürtels durchgeführt und war während des Krieges mit dem Protektorat Commander des Kreuzers *Bradley* gewesen. Sie befehligte ein Kriegsschiff, das über mehr Zerstörungskraft verfügte als jedes andere von Menschen gebaute Gerät. Und doch, so wurde ihr schlagartig klar, als sie die Sensorsymbole im Kommando-Holotank betrachtete, war sie noch nie beschossen worden. Die Gürtel-Schmuggler hatten immer beim ersten Anzeichen von Ärger die Flucht ergriffen, weil sie merkten, dass sie einem Kreuzer nicht überlegen waren; und während des Krieges hatten sie die Schiffe des Protektorats im Erdorbit aus dem Hinterhalt angegriffen und zerstört, bevor sie überhaupt merkten, dass sie angegriffen wurden.

All das sollte sich nun ändern. Auf dem Sensordisplay konnte sie drei feindliche Schiffe im Anflug sehen, deren Fusionsantriebe schwarz leuchteten, als sie die Umlaufbahn von Peboans Mond verließen. Bis vor weniger als einer Stunde waren sie dort versteckt gewesen, abgeschaltet und kalt; sie waren sofort aktiv geworden, nachdem sie McKays Warnung erhalten und das Antriebsfeld eingeschaltet hatte. Sie flüsterte ein Gebet des Dankes für diese Warnung und für die Einsicht, die McKay dazu veranlasst hatte, sie zu geben. Ohne das Antriebsfeld wäre die Decatur eine leichte Beute gewesen, anfällig für einen Überraschungsangriff. Ein Schuss aus einer Gauß-kanone aus der Mondumlaufbahn hätte ihr Schiff wie einen Apfel entkernt.

„Sie beschleunigen mit zwei G", verkündete der Taktische Offizier von seiner Station links neben ihr. Er war halb von holografischen Anzeigen umgeben und sie konnte ihn kaum sehen, aber Commander Gianeto war ein solider, zuverlässiger Offizier. Der traditionelle Teil von ihr vermisste das ältere System auf der *Bradley* mit den flachen Panels, auf denen sie ihm in die Augen sehen konnte, wenn sie Befehle gab. „Bei unserer derzeitigen Geschwindigkeit sind wir in zweiundzwanzig Minuten in direkter Schussweite."

„Wir haben immer noch eine Schwerkraft, Ma'am", erinnerte der Steuermann sie. „Wollen Sie die Beschleunigung erhöhen?" Leutnant Witten war auf seiner ersten Reise, erinnerte sie sich. Ein sehr intelligenter junger Mann, dem es aber an Erfahrung fehlte.

„Nein, ich denke, wir können erst einmal gemütlich bleiben", entschied Minishimi. „Taktik, alle drei von ihnen anvisieren und Shipbuster starten."

„Aye, Ma'am, ich starte die Shipbuster. Steuermann, Antriebsfeldabschaltung in zehn Sekunden."

„Zehn Sekunden bis zur Antriebsfeldabschaltung, aye", antwortete Helm.

Gianeto betätigte eine Reihe von Steuerelementen auf seinem Board und auf der Steuerbord-Waffenkapsel der *Decatur* öffneten sich drei Abschussöffnungen und drei tödliche Keilformen, jede so groß wie ein Angriffsshuttle, bewegten sich nach vorne in die Abschussrampen. „Die Raketen sind anvisiert und bereit zum Abschuss", verkündete der Taktiker. „Antriebsfeldabschaltung einleiten."

„Antriebsfeldabschaltung beginnt", sagte Witten und schaltete den Eysselink-Generator ab. Das gravimetrische Feld, das die Raumzeit hinter ihnen ausdehnte und vor ihnen zusammenzog, hörte auf und das Schiff befand sich plötzlich in der Schwerelosigkeit.

„Ich starte jetzt drei Shipbuster-Raketen“, erklärte Gianeto und berührte die drei Abschusssteuerungen gleichzeitig. Sie spürten, wie das Schiff schwankte, als die drei riesigen Raketen von den elektromagnetischen Abschussrampen aus der Waffenkapsel geschossen wurden und sich mehrere Kilometer von der Decatur entfernten, bevor ihre Fusionsantriebe an Bord zündeten. „Raketen raus, ihr könnt das Antriebsfeld neu initialisieren.“

„Antriebsfeld wird initialisiert“, sagte Witten und fütterte die Generatoren mit einem Rinnsal Antimaterie, um die Reaktion zu starten, die den Eysselink-Effekt auslöste. Er starrte konzentriert auf das Display und wartete darauf, dass die Wellen der verzerrten Raumzeit das Schiff wieder in ihren Schutz hüllten. „Feld initialisiert, einrasten auf eine analoge Beschleunigung.“

Joyce Minishimi atmete auf, als die scheinbare Schwerkraft zurückkehrte, ein Nebeneffekt des Aufbaus von Gravitations-Trägheitsenergie durch den Antrieb. Nichts konnte einem Schiff mit dem Antriebsfeld etwas anhaben, außer einem ausreichend starken Gravitationsfeld oder natürlich einem anderen Eysselink-Antrieb. Sie wusste, dass das Protektorat einige Schiffe mit Eysselink-Antrieb gestohlen hatte, aber sie konnte sich nicht vorstellen, wie sie die Antimaterie herstellen konnten, die sie als Treibstoff benötigten.

„Steuermann“, befahl Minishimi, „bringen Sie uns über die Mondumlaufbahn hinaus; ich will hundert Kilometer zwischen uns und dem nächsten ihrer Schiffe, wenn die Raketen einschlagen.“

„Aye, Captain“, bestätigte Witten und änderte ihren Kurs.

„Die Bogies leiten Gegenmaßnahmen ein“, verkündete Gianeto. Amüsiert und ungläubig schielte er auf die Anzeigen. „Verdammt, es sieht so aus, als würden sie mit eigenen Shipbustern auf unsere schießen!“

„Das macht auf eine russische Art und Weise Sinn“, überlegte Minishimi. „Wenn sie genug übrig haben...“

„Sollen wir noch einmal starten, Ma'am?“

„Noch nicht, Commander ... Es bringt nichts, gutes Geld mit schlechtem zu vergeuden. Lass uns abwarten, was passiert. Wie lange dauert es, bis ihre Raketen sie abfangen?“

„Nicht mehr lange, Ma'am", sagte er und überprüfte die Messwerte. „Zehn Minuten, vierundzwanzig Sekunden."

„Welchen Kurs verfolgen die feindlichen Schiffe?"

„Zwei von ihnen ändern den Kurs, um uns zu folgen, Ma'am. Eines trennt sich von den anderen und scheint in die Planetenumlaufbahn einzuschwenken."

„Steuermann", rief Minishimi eindringlich. „Sofortige Antriebsunterbrechung. Kommunikation, gib den Patrouillen-Shuttles und dem Landungstrupp die Nachricht, dass sie möglicherweise ein feindliches Raumschiff im Anflug haben. Taktische Abteilung: Zielt auf das Schiff, das auf den Planeten zusteuert, und feuert vier Schiffsbuster ab, um ihre Verteidigung zu überwältigen."

„Dann haben wir nur noch vier, Ma'am", erinnerte Gianeto sie, während ihre Offiziere sich beeilten zu gehorchen.

„Verstanden, Commander. Führen Sie den Befehl aus."

„Der Antrieb schaltet sich ab", sagte Witten laut und die scheinbare Schwerkraft verschwand, sodass sich im ganzen Schiff die Mägen drehten.

„Startpforten öffnen, Raketen gehen aus", verkündete Gianeto und übertönte damit die Stimme des Kommunikationsoffiziers auf der anderen Seite der Brücke, der versuchte, die Shuttles zu rufen. Von der taktischen Station ertönte ein Alarm, den Minishimi noch nie außerhalb einer Übung gehört hatte. „Ma'am, sie zielen mit einem Waffenlaser auf uns... Er hat eine extreme Reichweite und durchdringt die Schiffspanzerung nicht. Sieht aus, als wäre es eine Dauerstrichwaffe, wahrscheinlich ein Gaslaser mit Atomantrieb. Starten jetzt Raketen", fügte er hinzu und drückte auf die Steuerung. Sie alle spürten einen heftigen Ruck, als die vier Waffen aus dem Schiff geschleudert wurden. „Sie sind weg. Der Laser verursacht eine starke Erhitzung des vorderen Rumpfes, Ma'am."

„Kommunikation?" forderte Minishimi.

„Nachricht übermittelt", meldete Leutnant Higgs von ihrer Station.

„Antriebsfeld wird neu initialisiert", sagte Witten und atmete aus. „Nehme Kurs wieder auf."

„Die Raketenantriebe sind gezündet“, meldete Gianeto. „Der erste Flug nähert sich dem Ziel, und die Gegenmaßnahmen sind noch im Anflug.“

„Wir sind aus der Mondumlaufbahn heraus“, sagte Witten. „Das Antriebsfeld wird auf Station gehalten, negative G-Zündung folgt.“ Minishimi spürte, wie sie gegen ihre Sitzgurte stieß, als die Beschleunigung aufhörte und damit auch die falsche Schwerkraft. Ein Warnton ertönte und dann gab es einen kurzen, heftigen Stoß in die entgegengesetzte Richtung, der sie nach vorne gegen die Gurte drückte, während das Antriebsfeld sie für ein paar Minuten auf drei Schwerkraftstufen abbremste, um ihre Vorwärtsgeschwindigkeit zu verlangsamen, bevor sie sich wieder in der Schwerelosigkeit befanden.

Minishimi unterdrückte den Drang, auf ihrer Lippe zu kauen, während die Minuten verstrichen... Weltraumschlachten erforderten Geduld und starke Nerven. Sie hatte Letzteres und konnte Ersteres vortäuschen.

Es ist wie eine Kriegsspielübung, sagte sie sich. Bis auf den Teil, in dem drei Schiffe voller Russen versuchten, sie zu töten.

„Die Shipbusters nähern sich den Gegenmaßnahmen“, berichtete Gianeto schließlich. „Es sieht so aus, als würden die Raketen-KIs ein Ausweichmanöver versuchen, aber ich glaube nicht, dass sie genug Zeit haben ... Nein, die erste ist gerade explodiert. Mein Gott, das ist eine große Explosion! Das müssen zwanzig Megatonnen sein!“

„Commander“, mahnte sie leise.

„Tut mir leid, Ma'am“, entschuldigte er sich beschämt. „Aber da ist die zweite Detonation ... und jetzt die dritte. Die Sensoren sind durch den Blitz ziemlich geblendet, es wird eine Sekunde dauern...“ Er zögerte, dann schüttelte er enttäuscht den Kopf und runzelte die Stirn. „Verdammt, das habe ich schon befürchtet. Die erste Welle der Shipbuster ist Schlacke, Ma'am. Der zweite Flug ist noch im Ziel. Das Schiff, das auf den Planeten zusteuert, hat zwei Gegenmaßnahmen eingeleitet ... das könnte alles sein, was es hat. Die anderen beiden Schiffe sind immer noch auf dem Weg zu uns... Keines von ihnen startet mehr. Befehle, Ma'am?“

„Es hat keinen Sinn, noch mehr Shipbuster zu verschwenden", überlegte sie, „oder Zeit. Steuermann, Abfangkurs ... bring uns in Waffenreichweite, damit wir es hinter uns bringen können."

„Aye, Ma'am", sagte Witten, „initiiere eine G-Beschleunigung."

„Schätzungsweise fünf Minuten bis zur effektiven Reichweite der Gaußkanone", gab Gianeto nach einer kurzen Berechnung bekannt. „Zehn Minuten und fünfunddreißig Sekunden bis zur effektiven Laserreichweite."

„Taktik, plotte mir ein Zielpaket und lade die Kondensatoren auf", befahl sie.

„Kondensatoren aufladen, aye." Gianeto arbeitete an den Holotank-Steuerungen und zeichnete die Abschussmöglichkeiten für die sich nähernden Protektoratsschiffe auf. „Ma'am, das größere der beiden Schiffe geht in eine Blockadeposition für das andere."

„Nehmt zuerst den Anführer ins Visier, dann ... können wir uns danach um das hintere Schiff kümmern." Sie war nicht beunruhigt. Diese Taktik hätte bei einem konventionellen Raumschiff zu Problemen geführt, aber mit dem Eysselink-Antrieb waren sie manövrierfähig genug, um beide Schiffe anzugreifen.

„Die Schiffe sind in äußerster Sichtweite, Ma'am", informierte der Kommunikationsoffizier sie.

„Auf den Bildschirm", befahl sie. Die Sensoranzeige, die auf den holografischen Hauptbildschirm projiziert worden war, verschwand und wurde durch ein computergestütztes Bild der Raumschiffe des Protektorats ersetzt. Das Hauptschiff war eine Art umgebauter Frachttransporter, wahrscheinlich eine Raubkopie, dessen zweckmäßige Linien hinter einer behelfsmäßigen Panzerung verborgen waren und dessen Fusionsimpulstriebwerke wie ein Stern an der hinteren Antriebsglocke aufleuchteten. Dahinter lag ein kleineres, keilförmiges Schiff, das nicht zu erkennen war.

„Das Führungsschiff kommt in Reichweite", verkündete Gianeto einige Minuten später. „Ziele auf die Einsatzzentrale und die Waffen."

„Steuermann", schnappte Minishimi, „bereiten Sie sich darauf vor, das Antriebsfeld zu deaktivieren."

„Bereit, das Feld abzuschalten“, bestätigte Witten.

„Deaktiviere das Antriebsfeld jetzt.“

„Deaktiviere Antriebsfeld.“ Mehr Schwerelosigkeit und ihr Magen kribbelte.

„Eröffne das Feuer“, schnauzte Minishimi und versuchte, die Genugtuung aus ihrer Stimme zu halten.

„Gaußkanonen feuern“, bestätigte Gianeto und legte die Hand auf die Steuerung. Das Schiff vibrierte, als tonnenschwere Wolframgeschosse mit Tausenden von Metern pro Sekunde aus den Backbord- und Steuerbordkanonen geschossen wurden. „Sie feuern auch, Captain ... Gaußkanonen und Laser. Die Gausskanonen sind noch eine Minute entfernt, die Laser fangen an, die Panzerung am Bug zu schmelzen.“ Er verkniff sich einen Fluch. „Wir verlieren auch die Sensoren am Bug...“

„Sind unsere Kondensatoren aufgeladen?“ fragte Captain Minishimi.

„Aye, Captain, die Laser sind schussbereit.“

„Zielt auf ihre Laser und feuert alle Batterien ab!“

„Laser werden abgefeuert.“

Vier riesige Kondensatoren in den beiden Waffenkapseln, die vom Fusionsreaktor des Schiffes gespeist wurden, pulsierten durch Halbleiterstäbe und wurden von gravimetrischen Linsen mit Hilfe des Antriebsfeldgenerators des Schiffes gebündelt. Die Impulse waren im Vakuum des Weltraums unsichtbar, aber der Schiffscomputer simulierte sie mit karminroten Fäden, die das feindliche Schiff in seinen Waffenöffnungen trafen. Verdampfendes Metall blitzte auf und die entweichende Atmosphäre entzündete sich in glühenden Wolken, als die Waffenöffnungen auseinanderflogen.

„Gaußkanonen Feuer einstellen“, befahl Minishimi. „Aktiviere die Antriebsfelder neu.“

„Antriebsfelder aktiviert“, seufzte Witten erleichtert... die feindlichen Gaußgeschosse kamen immer näher.

„Gerade noch rechtzeitig“, wiederholte Gianeto die unausgesprochene Sorge des Steuermanns. „Eingehende Gaußgeschosse werden durch das Antriebsfeld abgelenkt. Unsere Geschosse sollten jetzt einschlagen...".

Noch während er sprach, konnte Minishimi sehen, wie die Wolframpfeile in die Bugpanzerung des Protektoratskriegsschiffs einschlugen, sie durchschlugen und eine Wolke aus verdampfter und zersplitterter Panzerung in eine Umlaufbahn um das beschleunigende Schiff schickten. Die riesigen Geschosse schlugen weiter ein, eines nach dem anderen, bis schließlich die Panzerung verschwunden war und sie tief in das Herz des Schiffes eindrangen, den Kernreaktor durchbohrten und den Fusionsimpulsantrieb zerstörten. Kraftlos und hilflos verlor der tote Rumpf seine Beschleunigung, hielt aber seinen Kurs.

„Die Gaußgeschosse haben gewirkt", berichtete Gianeto mit einem Anflug von wilder Freude. „Sie sind steuerunfähig... der aktuelle Kurs wird sie aus dem System bringen. Das nachfolgende Schiff beschleunigt immer noch, es sollte in ein paar Minuten an dem Wrack vorbei sein."

„Steuermann", befahl Minishimi, „dreh uns von hinten nach vorne... Ich will, dass unsere Waffenkapseln auf sie gerichtet sind, wenn wir vorbeifahren. Taktik, sind die Kondensatoren wieder aufgeladen?"

„Die Kondensatoren sind voll, Ma'am", berichtete Gianeto. „Wir sind bereit, sie mit allen Laserbatterien zu beschießen..." Er brach seinen Satz ab und starrte auf die Sensorenanzeige. „Sie passen den Kurs an, Ma'am... es sieht so aus, als würde sie versuchen, auf Kollisionskurs zu gehen!"

„Was?" Minishimi runzelte die Stirn. Das war selbst für einen Captain des Protektorats eine Riesendummheit. Das Eysselink-Feld verzerrte die Raumzeit um das Raumschiff ... derselbe Effekt, der die Gauss-Kanonen zur Seite geschoben hatte, würde ein feindliches Schiff in Stücke reißen, wenn es so nah herankäme. „Unterbrich deinen Feind nie, wenn er einen Fehler macht", sagte sie achselzuckend. „Halte den Kurs und bereite dich auf eine hohe Verzögerung vor... wir wollen maximalen Schaden anrichten, wenn das Antriebsfeld sie trifft."

„Vorbereitung auf Hochgeschwindigkeitsabbremsung, aye“, kam die Antwortet und Alarmsirenen ertönten.

„Was zum Teufel?“ platzte Gianeto heraus und starrte auf die Sensorenanzeige. „Captain, ich lese eine Eysselink-Antriebssignatur auf dem hinteren Schiff!

Joyce Minishimi spürte, wie ihr der Magen umkippte, ähnlich wie beim Übergang in die Schwerelosigkeit, als sich hundert Gedanken auf einmal in ihrem Gehirn abspielten und sich in weniger als einer Sekunde zu einer verblüffenden Erkenntnis verdichteten: Die Protektorate hatten zwar einen Star-Drive, aber nicht genug Antimaterie, um ihn für den Antrieb zu nutzen, also wollten sie damit einen Selbstmordversuch unternehmen und die Felder ineinander rammen, um sie zum Kollabieren zu bringen.

„Steuermann!“ rief Minishimi, die instinktiv versuchte, von ihrem Stuhl aufzustehen, aber von den Sicherheitsgurten zurückgehalten wurde. „Notverbrennung, 30 Grad bei sieben G, jetzt!“

Es blieb keine Zeit für Bestätigungen, keine Zeit für eine weitere Warnung. Witten befolgte den Befehl, als hätte er ihn selbst gedacht, und jeder auf dem Schiff spürte, wie sein Körper von der plötzlichen, brutalen Beschleunigung erdrückt wurde... aber nur für einen Moment, denn es war nicht ganz genug...

Auf dem Hauptbildschirm war eine schwankende Ungewissheit zu sehen, als sich die beiden Eysselink-Felder berührten, und dann fühlte sich Joyce Minishimi, als ob sie von innen nach außen gedreht worden wäre. Sie wusste, dass sie vor Qualen schrie, aber sie konnte nichts hören, nichts sehen und ihren Körper nicht spüren.

Fühlt es sich so an, wenn man stirbt? fragte sie sich.

Dann schnappte die Realität zurück wie ein Gummiband, das zu weit gedehnt worden war, und sie befand sich wieder in ihrer Beschleunigungsliege, zurück in der Schwerelosigkeit und überall schmerzte es. Sie hörte ein leises, gequältes Stöhnen von irgendwo auf der Brücke und erkannte schließlich, dass es von ihr kam. Die holografischen Anzeigen waren alle dunkel, die einzige Beleuchtung kam von den chemischen Geisterlichtern, die die Brücke in ein scharfes, schattenhaftes Relief tauchten. Die Brückenbesatzung lehnte sich schlaff gegen ihre Fesseln, nur ein oder zwei zeigten Anzeichen von Bewusstsein.

„Eng..." Sie versuchte zu sprechen, aber es kam nur ein kaum hörbares Röcheln heraus. Sie hustete und schüttelte den Kopf, was beides viel mehr Schmerzen verursachte, als sie gedacht hatte. „Maschinenraum!" rief sie so laut sie konnte. Nichts. Der Brückenoffizier im Maschinenraum war ein schlanker, zerbrechlich aussehender junger Lt. Commander namens Mehta, und soweit sie es in der Dunkelheit erkennen konnte, war er bewusstlos, sein Kopf räkelte sich.

Sie zwang ihre Hände zu arbeiten und drückte den Knopf auf dem Ohrhörer ihres Links. „Captain an Maschinenraum." Nichts. „Captain an Maschinenraum, ist jemand da?"

„Captain", antwortete eine raue Stimme. Sie erkannte kaum, dass es sich um Commander Prieta, den leitenden technischen Offizier, handelte. „Was ist passiert?"

„Sie hatten einen Eysselink-Antrieb", erklärte Minishimi. „Unsere Felder haben sich berührt."

„Ah", sagte er analytisch, als wäre es ein faszinierendes Experiment, das er im Labor durchgeführt hatte. „Das macht Sinn. Unsere Antriebsfeldprojektoren... soweit ich das beurteilen kann, ist jedes einzelne Relais verschlackt, Ma'am. Die Antimaterievorräte wurden automatisch ausgeworfen und unser Reaktor gespült und abgeschaltet. Wir haben jetzt nur noch die Notbatterien und die automatischen Schalter sind durchgebrannt. Warten Sie einen Moment, Ma'am." Eine lange Pause. „Das war's."

Die Brückenbeleuchtung kehrte zurück, ebenso wie einige der Sensoranzeigen.

„Taktik", sagte Minishimi. Sie sah, wie Gianeto den Kopf schüttelte und sich die Hände an die Stirn legte. „Commander Gianeto, ich brauche sofort einen taktischen Bericht."

„Ma'am, aye, ma'am", stotterte er und versuchte, seine Augen zu fokussieren. „Ungefähr die Hälfte unserer aktiven Sensoren sind nicht funktionsfähig... die gravimetrischen Scans zeigen nichts an."

„Die Antriebe sind ausgefallen und der Reaktor ist offline. Was kannst du sehen?“

„Ähm... ja, da sind sie. Das Schiff mit dem Eysselink-Antrieb ist noch intakt, soweit ich das beurteilen kann. Ich erkenne hier Reaktorsignaturen ... ich glaube, sie haben ein Spaltungskraftwerk in Betrieb. Und sie haben ihren Fusionsimpulsantrieb aktiviert. Sie fliegt auf uns zu, Ma'am.“

„Verdammt“, fluchte Witten. „Wie kann das Ding schon so schwer sein? Wir sind am Ende... Ich habe nur noch Manövriertriebwerke.“

„Weil es für diesen Angriff gebaut wurde, Mr. Witten“, sagte Minishimi mit grimmiger Bewunderung und schüttelte den Kopf. „Antonov hat uns gut reingelegt. Zeig es auf dem Bildschirm, Lt. Higgs.“ Der Hauptanzeigetank flackerte unruhig und dann erstarrte das Bild des seltsamen, keilförmigen feindlichen Raumschiffs mit dem Grün und Blau von Peboan dahinter. „Taktik, haben wir etwas, um auf sie zu schießen?“

„Keine Gauss-Kanonen ohne den Reaktor, keine Laser ohne das Eysselink-Feld, um sie zu fokussieren.“ Er schüttelte den Kopf. „Ich bin mir nicht einmal sicher, ob wir genug Energie haben, um die EM-Starter für die Raketen zu aktivieren, Ma'am. Wir können ein paar Gegenmaßnahmen einleiten, aber das war's dann auch schon.“

„Maschinenraum“, rief Minishimi in ihren 'Link. „Gibt es eine Chance, den Hilfsantrieb wieder in Gang zu bringen?“

„Ich arbeite daran, Ma'am“, meldete sich Prieta, immer noch unerschütterlich. „Wir müssen allerdings die Kondensatoren aufladen, und die Batterien sind langsam. Ich kann den Fusionsreaktor in einer weiteren...“ Er zögerte und überprüfte seine Zahlen. „...sagen wir, siebzehn Minuten. Dann noch ein paar Minuten, bis die Plasmaspulen aufgeladen sind. Weniger als eine halbe Stunde.“

„Oh, ich glaube nicht, dass wir so lange zu leben haben, Commander“, sagte Captain Minishimi. „Ich bin mir sicher, dass wir alle dankbar wären, wenn du die Dinge beschleunigen könntest.“

„Ich werde tun, was ich kann, Captain“, versicherte er ihr fröhlich.

„Ich glaube nicht, dass das Schiff Gauss-Kanonen hat, Captain“, sagte Gianeto nachdenklich. „Mit der Ausrüstung für den Eysselink-

Antrieb und dem Antimateriespeicher haben sie vielleicht keinen Platz für Waffenkapseln. Ich sehe nichts, was nach Gaußkanonen oder Lasern an der Hülle aussieht. Vielleicht haben sie Raketen oder..." Er schaute zu ihr zurück. „Vielleicht haben sie nochmal vor, uns zu rammen."

„Zeit?" Sie starrte auf die Anzeige.

„Nicht viel", antwortete er. „Aber als sich unsere Felder berührten, haben sie wohl unseren gesamten Schwung absorbiert und ihn als analoge Schwerkraftbelastung in das Gravitations-Trägheitsspektrum eingespeist. Das hat uns aus der Bahn geworfen. Dadurch trieben wir beide ziemlich langsam auf der gleichen langen Umlaufbahn um den Primärstern. Sie sollte in weniger als zwanzig Minuten die gleiche Geschwindigkeit haben wie wir."

„Das wäre Selbstmord für die gesamte Besatzung", protestierte Witten schwach.

„Nicht, wenn ihr Eysselink-Generator noch funktioniert", korrigierte ihn Minishimi. „Dann werden nur wir zerquetscht." War das nicht ein beschissenes Gefühl, auf der anderen Seite dieser Gleichung zu stehen? Nun, es brachte nichts, die Uhr ablaufen zu lassen, wenn noch Auswege auf dem Spielplan standen. „Steuermann, volle Manövriertriebwerke ... was immer wir noch haben. Richte uns auf eine energieärmere Umlaufbahn aus. Vielleicht können wir etwas Zeit gewinnen."

„Aye, Ma'am", antwortete Witten ohne Begeisterung. Sie spürten kaum den sanften Ruck, als die Manövriertriebwerke - Feststoffraketen, die von kleinen Isotopenreaktoren angetrieben werden - sie langsam aus dem Weg des feindlichen Schiffs schoben. Es war sinnlos, aber es war alles, was sie tun konnte...

„Was zum Teufel..." hauchte Gianeto und starrte ungläubig auf die Sensoranzeige. Minishimi öffnete den Mund, um ihn für sein Fluchen zu tadeln, als sie die monolithische Form eines republikanischen Raumschiffs auf dem Hauptbildschirm erscheinen sah, dessen Bild durch ein Eysselink-Antriebsfeld verzerrt wurde, als es bis auf hundert Kilometer an das Protektoratsschiff heranflog.

Der republikanische Kreuzer war in einem Wimpernschlag

verschwunden und das Schiff des Protektorats wurde in einer wilden Explosion aus Wasserstoff, spaltbarem Uran und Materie/Antimaterie in Stücke gerissen. Aber viele dieser Trümmerteile waren noch auf dem Weg zu ihnen...

„Taktik, schaffen wir es, die Umlaufbahn zu verlassen, bevor das, was von dem Schiff übrig ist, uns trifft?“ forderte sie schnell und riss Gianeto aus seiner verblüfften Sprachlosigkeit.

„Ähm... ja, Ma'am“, stotterte er. „Es hat immer noch mehr oder weniger denselben Kurs, aber es beschleunigt nicht mehr. Es wird über eine Stunde dauern, bis wir hier sind.“

„Wer zum Teufel war das?“ Witten fragte, was der Rest von ihnen dachte.

Minishimi lehnte sich entspannt gegen ihre Sitzgurte und lächelte das Lächeln von jemandem, dessen Todesurteil umgewandelt worden war. „Das war ein alter Freund“, sagte sie, „mit einem wunderbaren Sinn für Timing.“

13

„Das gefällt mir nicht“, sagte Ari zwischen keuchenden Atemzügen, während ihm der Schweiß von der Stirn rannte und in den Augen brannte.

„Was gefällt dir nicht?“ fragte Alida, deren Stimme und Atmung trotz ihres Tempos aufreizend gleichmäßig waren. „Die Tatsache, dass wir siebenundzwanzig Grad und achtzig Prozent Luftfeuchtigkeit haben und es noch nicht einmal dämmert, oder die Tatsache, dass ich dich in den Boden stampfe?“ Sie liefen täglich - zumindest solange sie in der Garnison und nicht im Feld waren - um denselben Weg, auf dem Ari Wochen zuvor angegriffen worden war, aber Ari konnte seine Gedanken nicht abschalten und so laufen, wie er es normalerweise tat. Er war besorgt und gestresst und die dunklen Bäume um sie herum schienen ihm eine verborgene Bedrohung zu sein.

.„Ich laufe direkt neben dir“, erinnerte er sie ein wenig mürrisch. „Und ich bin die Hitze gewohnt. Es gefällt mir nicht, wie lange das hier dauert. Es ist schon über zwei Wochen her, dass ich ihnen gesagt habe, dass du eine Ermittlerin bist, und dein Arsch hängt immer noch in der Luft.“

„Du denkst immer nur an meinen Arsch, was?“ Sie lachte.

Er warf ihr einen finsteren Blick zu. „Es ist charmant, dass du dir deinen Sinn für Humor bewahrt hast, meine Liebe, aber ich bin nicht ganz so zuversichtlich. Ich habe seit meiner letzten Mitteilung keine weiteren Anweisungen von meinem Commander erhalten. Es hat keinen Sinn, die Sache noch länger hinauszuzögern ... Wir haben nichts mehr von Lee zu erfahren, was er nicht schon verraten hat. Wir sollten sie jetzt ausschalten und so viel wie möglich von diesem Komplott vernichten."

„Es ist nicht unsere Aufgabe, nach dem Warum zu fragen, Kedves", sagte sie achselzuckend.

„Die andere Hälfte dieses Zitats gefällt mir nicht", grummelte er. „Es hat etwas mit unserem Tod zu tun, wenn ich mich recht erinnere. Was mich auch stört, ist, dass wir immer noch nicht wissen, wer die Typen angeheuert hat, die versucht haben, mich zu töten."

Bevor sie etwas erwidern konnte, verlangsamten sie beide ihren Schritt und starrten auf eine dunkle Gestalt, die am Rande der Bäume stand, gerade außerhalb der Reichweite der chemischen Lichtmasten, die den Weg säumten. Ari begann automatisch, den Wald um sie herum nach weiteren Bedrohungen abzusuchen und vertraute darauf, dass Alida denjenigen im Auge behalten würde, von dem sie bereits wussten. Sie öffnete bereits ihre Hüfttasche und legte ihre Hand um die kompakte Pistole darin...

„Ganz ruhig, Inspektorin", sagte der Mann, der aus dem Schatten trat und sich als General Kage zu erkennen gab.

„Sir", sagte sie und kam zum Stehen. „Ich bin ... überrascht, Sie hier draußen zu sehen."

„Nur so konnte ich mit euch beiden sprechen, ohne Verdacht zu erregen", sagte er und trat auf die beiden Beamten zu. In seiner dunklen Jogginghose und den Laufschuhen wirkte er fehl am Platz, seine Haltung war lässig.

„General", sagte Ari mit einem vorsichtigen Nicken.

„Es freut mich, Sie offiziell kennenzulernen, Captain Shamir", sagte Kage mit einem dünnen Lächeln. „Übrigens, wenn ich nicht wüsste, wer Sie sind, hätte ich Sie nie verdächtigt."

„Vielen Dank, Sir", erwiderte Ari. „Ich versichere Ihnen, dass ich das, was ich bei unserem Treffen gesagt habe, ernst gemeint habe."

„Und es waren sehr intelligente Vorschläge, Captain. Aber wir haben nicht viel Zeit und müssen dringendere Angelegenheiten besprechen."

„Ist etwas passiert, Sir?" fragte Alida.

„Nein, und genau das ist das Problem. Angesichts dessen, was Captain Shamir über das Ausmaß dieser Verschwörung herausgefunden hat, habe ich beschlossen, dass auch unsere Ermittlungen ausgeweitet werden müssen. Ich brauche Sie, um den nächsten Schritt auf dieser Leiter zu machen: Lee hat einen Kontakt zu demjenigen in der Flotte, in den Unternehmen oder in der Regierung, der ihn für diese Verschwörung rekrutiert hat. Sie müssen sich mit dieser Person treffen."

„Wie bekommen wir diese Informationen von Lee?" wollte Ari wissen.

„Ich habe außerdem beschlossen", fuhr Kage fort, als hätte er die Frage nicht gehört, „dass es keinen Sinn macht, ihn und Captain Ali als potenzielle Unruhestifter da draußen zu lassen, da wir fast alles wissen, was Lee weiß." Er warf Alida einen vielsagenden Blick zu. „Sie werden dieses Chaos aufräumen, und dann werden Sie mit allen Mitteln herausfinden, wer Colonel Lees Kontaktperson ist. Haben Sie verstanden, was ich sage, Inspektorin?"

„Vollkommen, Sir", antwortete sie mit grimmigem Mund.

„General", unterbrach Ari sie, „haben Sie nicht etwas vergessen?"

„Und was soll das sein, Captain Shamir?" Kage hob eine Augenbraue, anscheinend amüsiert über den Gedanken.

„Die Killer, die hinter mir her waren, Sir", sagte Ari. „Jemand hat sie angeheuert... jemand, der wusste, wer ich bin und dass ich hier gegen Lee ermittle."

„Die Männer, die dich angegriffen haben, waren Abschaum aus der Stadt", informierte ihn Kage. „Sie wurden angeheuert, weil sie entbehrlich waren und man sie nicht vermissen würde. Und sie wurden tatsächlich von jemandem angeheuert, der wusste, wer und wo Sie sind.“ Er lächelte noch einmal und Ari spürte, wie sich die Haare in seinem Nacken sträubten.

„Sie haben sie angeheuert“, wurde ihm plötzlich klar. Er schaute Alida an, seine Augen verengten sich und ein Film der Unwirklichkeit legte sich über ihn. „Sie haben sie angeheuert, damit ich Alida vertraue, als sie mich vor ihnen ‚gerettet‘ hat. Damit ich mit ihr zusammenarbeite und Ihnen bei dieser Untersuchung helfe.“

„Was?“ rief Alida aus und schaute zwischen den beiden hin und her. „General, ist das wahr?“

„Du brauchst dich nicht zu verstellen, Alida“, sagte Ari mit Wut in der Stimme. „Ich würde die Operation zu diesem Zeitpunkt kaum aufgeben, selbst wenn ich die Erlaubnis dazu hätte.“

„Captain Shamir“, sagte Kage leise, aber bestimmt. „Ja, ich habe diese Männer tatsächlich angeheuert. Ich musste herausfinden, wie gut Sie sind... wenn eine Gruppe von Straßenjungs Sie töten kann, dann sind Sie für mich nicht von Nutzen. Und es hat gut funktioniert, dass Ihre „Alida“ rechtzeitig kam, um zu helfen. Aber sie war nicht über meine Taktik informiert ... Ich beschloss, dass ich ihr nicht trauen konnte, dass sie Sie in Gefahr bringen würde. Ich habe beobachtet, dass sie bereits Gefühle für Sie entwickelt hat.“

„Ari“, sagte sie kopfschüttelnd, „du musst mir glauben, dass ich nichts davon wusste und dich nicht allein gehen lassen hätte, wenn ich es gewusst hätte.“

„Genug“, schnauzte General Kage ungeduldig. „Ihr könnt diesen Streit der Liebenden in eurer eigenen Zeit austragen. Ich muss wissen, Captain Shamir, ob ich auf Sie zählen kann, dass Sie uns bei der Durchführung der Aktion helfen. Ich kann nicht einfach Gardetruppen einmarschieren lassen, um den Colonel und Captain Ali zu verhaften ... das würde uns zu sehr schaden. Das muss in aller Stille geschehen, und ihr beide müsst es tun.“

„Ich bin dabei“, bestätigte Ari, sein Mund war hart und sein Gesicht versteinert.

„Und Sie werden nicht zögern, das zu tun, was getan werden muss?“

„Unfälle passieren“, antwortete er mit einem Schulterzucken.

Kage schnaubte anerkennend und wandte sich dann wieder an Alida. „Wenn Sie die Informationen haben, können Sie sich wieder bei mir melden."

Ohne ein weiteres Wort drehte er sich um und verschwand wieder in den Schatten. Alida blickte von der plötzlich leeren Dunkelheit zu dem Zweifel in den Augen ihres Geliebten. „Bitte glaube mir, Kedves."

„Ich kenne nicht einmal deinen richtigen Namen", antwortete er und lächelte traurig. „Es gibt keine Alida Hudec... Ich nenne dich mit dem Namen von jemandem, den es nicht gibt."

„Mein Name ist...", begann sie, aber er legte ihr sanft einen Finger auf die Lippen.

„Warte. Wir haben zuerst etwas zu erledigen. Wenn wir getan haben, was wir tun müssen, wenn ich weiß, dass ich mit dem spreche, der du bist und nicht mit dem, den du vorgeben musst, zu sein, dann wirst du mir deinen Namen sagen und wir werden wahrhaftig sprechen."

Sie dachte einen Moment lang schweigend darüber nach, dann packte sie seinen Finger und bog ihn schnell und schmerzhaft zurück. Erschrocken ging Ari auf die Knie, mit offenem Mund, als würde er gleich vor Schmerz aufschreien.

„Zum Teufel damit, Ariel Shamir", sagte sie energisch und senkte ihr Gesicht, um ihm in die Augen zu sehen. „Ich kann dich nicht zum Reden bringen, aber ich werde dich zum Zuhören bringen. Wenn wir in Erfüllung unserer Pflicht sterben, dann wirst du mit dem Wissen sterben, dass ich Roza Kovach heiße, dass ich dir die Wahrheit über meine Entführung als Teenager, über meine Eltern und über Pithapuram erzählt habe. Und du wirst wissen, dass ich dir die Wahrheit sage, wenn ich dir sage, dass ich dich liebe." Sie ließ seinen Finger los und stieß ihn weg, so dass er auf dem Rücken zu Boden ging. Er starrte sie mit offenem Mund an. „Beweg deinen Arsch, Captain. Wie du sagst", drehte sie sich um und joggte den Weg hinunter, ‚wir haben zu tun.'

Valerie O'Keefe-Mulrooney fühlte sich seltsam entspannt, als sie darauf wartete, dass jemand versuchte, sie zu töten. Die Altstadt war ein sehr guter Ort, um zu sterben, falls es dazu kommen sollte, entschied sie. Widerwillig verließ sie ihr Fahrzeug, als ob es irgendwie Sicherheit bedeuten würde, und blickte hinauf zu den zerbröckelnden Überresten dessen, was einmal eine Stadt im Zentrum der Welt gewesen war: *New York*. Millionen von Menschen hatten dort gelebt und gearbeitet, Geschäfte und Häuser waren in jeden Quadratzentimeter gezwängt worden. Sie alle hatten gedacht, dass es für immer so weitergehen würde. Und dann hatte sich alles geändert.

Die Bomben hatten die alten Vereinigten Staaten nicht direkt getroffen... die meisten waren auf China und das russische Protektorat gerichtet gewesen. Aber sie waren so nah dran, so entsetzlich nah dran, die Zivilisation zu zerstören und die gesamte Menschheit ins Paläolithikum zurückzuwerfen. Es hatte Unruhen gegeben, Städte waren abgebrannt und Menschen verhungert. Truppen patrouillierten auf den Straßen.

Wenn sie auf die schattigen, leeren Straßen blickte, die jetzt von Gras und Bäumen überwuchert waren, konnte sie spüren, wie die Geister dieser Menschen in den Ruinen herumspukten. Sie versuchte sich vorzustellen, wie es dort gewesen war, aber es war ihr einfach zu fremd. Sie war froh, dass sie es nicht gesehen hatte, und sie wollte nicht, dass es in ihrer Welt geschah... in der Welt ihrer Tochter. Das war es wert zu sterben, um es zu verhindern.

Sie zog ihre Jacke enger um sich, um sich vor der Kälte zu schützen; der Himmel war grau und es lag das Gefühl von baldigem Schnee in der Luft. Die alte Stadt schien hier unten viel realer zu sein. Sie war schon so oft an ihr vorbeigeflogen und hatte sich nie vorstellen können, wie es sein würde, zwischen den Gebäuden zu laufen. Sie war zwar nicht für die Öffentlichkeit gesperrt, aber es kamen nur sehr wenige Menschen hierher. Nur sehr wenige Menschen wagten sich überhaupt außerhalb der Megalopole, dachte sie traurig. Wenn alles wieder zusammenbrechen würde, würden diese Menschen alle sterben.

Sie erschrak leicht, als sie hörte, wie sich das andere Fahrzeug auf dem schmalen, kaum gepflegten Weg näherte, aber sie zwang sich, sich zu entspannen. Sie hatte damit gerechnet; deshalb war sie ja hier. Die Frau, die aus dem Fahrzeug stieg, war ihr von verschiedenen politischen und prominenten Veranstaltungen bekannt: Sie war selbst für dieses geheime Treffen exquisit gekleidet, blond, groß und statuenhaft, und sie mischte sich ungehindert unter die Glitzerwelt von Capital City. Val wusste, dass sie eine Veteranin war, die schon seit Jahrzehnten im Geschäft war, obwohl sie so jung aussah.

„Guten Tag, Senatorin“, sagte Amanda Sanchez und reichte ihr die Hand.

„Nennen Sie mich Valerie“,sagte sie, als sie ihre Hand schüttelte, „denn wir sind Verschwörer.“

„Dann bin ich Amanda“, sagte die andere Frau. „Es tut mir so leid, was mit deinem Mann passiert ist, Valerie.“

„Danke, Amanda, aber ich denke, ich kann sein Andenken am besten ehren, wenn ich die Arbeit fortsetze, die ihn umgebracht hat.“

„Du glaubst wirklich, dass jemand Glen ermordet hat, um diese Information zu unterdrücken?“ Amanda runzelte die Stirn. „Das ist so schwer zu glauben.“

„Ich weiß, Amanda“, sagte Val und unterdrückte den Drang, die Frau wegen ihrer Unvernunft anzuschnauzen. „Aber wenn ich mich irre, bin ich nur eine trauernde Witwe mit einer paranoiden Fantasie, und es ist nichts Schlimmes passiert. Wenn ich aber recht habe...“

„Ja, ich verstehe, was du meinst. Nun, ich habe die Informationen, nach denen du gefragt hast ... Ich konnte auf Ozzie Fuentes' letzten Log-in in das System seines Netzwerks zugreifen und habe gerade die Ergebnisse mit seinen Zugangsdaten neu berechnen lassen.“

„Hast du die Ergebnisse gelesen?“

„Ja, das habe ich“, sagte Amanda und holte ein kleines Tablet aus ihrer Tasche. Sie schaute es an und schüttelte den Kopf. „Aber es ist ziemlich dürftig, Valerie... Im Grunde genommen analysiert das Programm, das sie haben, Verhaltensmuster im Laufe der Zeit, um zu versuchen, versteckte Variablen zu erkennen. Aus irgendeinem Grund hatte Ozzie den Vizepräsidenten Dominguez im Visier.“

Sag es mir einfach, du Schlampe! schrie Val sie im Geiste an. Stattdessen schlug sie ihre Hände fest vor sich zusammen und fragte höflich: „Hat das Programm etwas gefunden?“

„Wie gesagt, es ist ziemlich dürftig... Es hat nur herausgefunden, dass Dominguez bis vor fünf Jahren eine Art Dilettant war, bis er in seinen Gewohnheiten statisch wurde.“

„Was meinst du mit ‚statisch‘?“

„Nun“, sie blickte auf das Tablet und versuchte sich zu erinnern, „er war nie länger als ein paar Monate mit einer Frau zusammen, aber mit seiner jetzigen Freundin ist er seit fünf Jahren zusammen. Früher wechselte er von einem leidenschaftlichen Hobby zum nächsten - Schach, Kampfsport, du weißt schon - aber seit fünf Jahren ist er ein begeisterter Kletterer. Früher wechselte er von einem Freundeskreis zum nächsten, aber seit fünf Jahren ist er mit derselben Gruppe von Leuten eng befreundet... du verstehst schon.“

Valerie zog die Stirn in Falten. Das war faszinierend, aber da musste noch mehr sein. „Ist vor fünf Jahren irgendetwas passiert? Bevor es diese Veränderungen gab?“

„Ähm ...“ Amanda blätterte durch das Dokument auf dem Tablet. „Ja, tatsächlich.“ Sie klang überrascht. „Kurz nach dem Krieg reiste er nach Aphrodite zu einer Konferenz. Als er zurückkam, bemerkte das Programm die Unstimmigkeiten.“

Valerie spürte, wie sich ihr die Nackenhaare aufstellten, aber sie war sich nicht sicher, warum. Die ganze Sache hatte etwas Surreales an sich... etwas, das sie nicht genau zuordnen konnte. Aber deshalb war sie ja auch nicht hier.

„Danke für deine Hilfe, Amanda“, sagte sie und streckte ihre Hand nach dem Tablet aus. Die Journalistin reichte es ihr mit einer Spur von Widerwillen. „Vertrau mir“, sagte Valerie, als sie das Zögern bemerkte, „wenn ich etwas herausfinden kann, werde ich dich kontaktieren und deinem Netz erlauben, diese Geschichte als erstes zu veröffentlichen.“

„Valerie!“ Eine Stimme brummte eindringlich in ihr Ohr. „Runter!“

Ohne nachzudenken, packte Valerie Amanda und zerrte sie

hinter ihrem Fahrzeug auf den Boden, gerade als etwas durch die Luft flog, wo kurz zuvor noch ihr Kopf gewesen war...

Shannon Stark seufzte erleichtert auf, als sie sah, wie Valeries Fahrzeug am Ende des Weges anhielt. Seit fast sieben Stunden, seit dem Morgengrauen, lag sie regungslos in einem Versteck im vierten Stock des zerstörten Wohnhauses, und das Auto der Senatorin war die erste Bewegung, die sie gesehen hatte. Das war enttäuschend, denn sie hatte gehofft, denjenigen, der den Anschlag verüben wollte, lange vor Valerie zu sehen. Sie würde sich nie verzeihen, wenn sie zulassen würde, dass Valerie etwas zustößt... nicht nachdem Glen bei dem Versuch, ihr zu helfen, gestorben war. Ganz zu schweigen davon, was Jason davon halten würde: Er und Valerie hatten vor sechs Jahren eine kurze Beziehung, als sie während eines Einmarsches des Protektorats allein in den Wüsten von Aphrodite gestrandet waren. Es war schon lange vorbei, aber sie wusste, dass sie ihm immer noch etwas bedeutete.

Als Shannon das zweite Fahrzeug herankommen sah, griff sie reflexartig nach dem Gewehr, das neben ihr im Versteck lag, obwohl sie es erwartet hatte. Sie erkannte Sanchez, die Journalistin, aus der Akte, die sie eingezogen hatte, als Valerie sie wegen Fuentes kontaktiert hatte. Die beiden hatten für dasselbe Nachrichtennetz gearbeitet, obwohl Sanchez in der Nahrungskette viel weiter oben stand. Shannon untersuchte ihr Auto gründlich mit den Wärmescannern in ihrem Fernglas, konnte aber nichts Ungewöhnliches entdecken. Das hatte sie auch nicht erwartet: Sanchez war eine solide Bürgerin mit einem umfangreichen Hintergrund.

Das war Vizepräsident Dominguez natürlich auch...

„Major Stark", hörte sie einen Ruf über den Ohrhörer ihres Links. „Überprüfen Sie das Gebäude auf elf Uhr, fünfter Stock, auf Thermik."

„Verstanden", murmelte sie. Sie drehte sich nach links und ließ ihr Fernglas über das teilweise niedergebrannte Hotel auf der anderen Straßenseite gleiten.

Dort. Durch eines der Fenster konnte sie eine Gestalt sehen, die sich auf der Wärmebildkamera kaum bewegte und wegen der Winterkälte, die sich in Beton und Stahl festgesetzt hatte, besser sichtbar war, als sie es am frühen Nachmittag normalerweise gewesen wäre. Das bedeutete, dass derjenige, um den es sich handelte, unter einer Art Wärmemaske verborgen war und diese nur abgenommen hatte, weil er bereit war zu schießen...

„Geh da rauf, Tom!", sagte sie eindringlich, schnappte sich ihr Gewehr und richtete es auf das Hotelfenster. „Valerie! Runter!"

Sie hob das Zielfernrohr an ihr Auge und fluchte, als sie die heiße Gaswolke aus dem Fenster kommen sah, die anzeigte, dass der Attentäter geschossen hatte. Shannon stellte den Wählhebel auf Vollautomatik und drückte den Abzug, wobei sie die Zähne gegen den scharfen Rückstoß zusammenbiss. Da ihr Gewehr einen Schalldämpfer hatte, hörte sie den Einschlag erst, als ein Dutzend 8-mm-Geschosse den verfallenden Beton des Hotels durchschlugen und den Schützen mit Staub und Betonbrocken bewarfen. Durch ihr Wärmebildfernrohr konnte sie sehen, wie er vor Schmerz und Überraschung aus seinem Versteck zurückwich und ihr so eine bessere Sicht und ein besseres Ziel bot. Sie atmete tief durch, richtete das Zielfernrohr auf das rechte Bein des Schützen und betätigte den Abzug. Eine einzelne Patrone hustete durch ihren Schalldämpfer, der Wolfram-Penetrator wurde von einer Masse hülsenlosen Hyperexplosivpulvers von der Größe ihres Mittelfingers angetrieben und durchschlug die Betonwand, um sich in das rechte Knie des Attentäters zu bohren.

Der Schütze krümmte sich vor Schmerzen und ein rotes und gelbes Licht erschien in ihrem Wärmebildschirm, als er sich in seinem Versteck hin und her wälzte und versuchte, aus der Schusslinie zu kommen.

„Er ist lahm, Tom", sagte sie. „Nimm ihn jetzt."

Es kam keine Antwort, aber sie konnte sehen, wie sich eine rotgelbe Gestalt die Treppe hinauf in den Raum des Schützen bewegte, sich dann durch die Türöffnung duckte und eine Waffe in die ausgestreckten Hände nahm. Der Attentäter auf dem Boden zuckte einmal zusammen und wurde dann schlaff.

„Er liegt am Boden, Ma'am", sagte Tom Crossman und sie konnte sehen, wie er den Bewusstlosen umdrehte und ihm Fesseln an die Handgelenke legte. „Ich bringe ihn nach unten."

„Verstanden. Gute Arbeit."

Shannon schnappte sich ihr Gewehr und ihr Fernglas, kletterte auf die Füße und verließ die Wohnung, wobei sie darauf achtete, die klaffenden Löcher im Boden zu vermeiden. Sie verließ das jahrhundertealte Gebäude durch eine Seitentür und musste einen Meter hinunter auf die Straße springen, weil die Treppe zu verkommen war.

„Jason macht sich auf die Suche nach dem Protektorat, Dutzende von Lichtjahren entfernt", murmelte sie vor sich hin, während sie zu Valerie joggte, „und ich gerate in ein verdammtes Feuergefecht. War ja klar."

Valerie half Amanda auf die Beine, als Shannon auf sie zukam, und sie konnte sehen, dass die Journalistin aschfahl war und vor Angst zitterte. „Alles in Ordnung?" fragte sie und legte eine stützende Hand auf die Schulter der Journalistin.

Amanda blickte auf und sah, dass die Frau in Kampfausrüstung und Schutzweste gekleidet war und ein Scharfschützengewehr trug, woraufhin sie erschrocken zusammenzuckte.

„Es ist alles in Ordnung, Amanda", versicherte Valerie ihr. „Sie ist eine Freundin... das ist Major Shannon Stark."

Amanda blinzelte und sah Shannon mit großen Augen an. „*Die* Shannon Stark?"

Shannon seufzte. Während Valerie Amanda aufklärte, drehte sich Stark um und sah, wie Tom Crossman und Sergeant Miller, einer ihrer vertrauenswürdigsten Unteroffiziere für Sondereinsätze, einen bewusstlosen Mann auf einer Klapptrage trugen. Sie ging zu ihnen hinüber und untersuchte den Attentäter.

Er war ein kräftig gebauter Mann mittleren Alters, der mit seinem buschigen Schnurrbart und den schulterlangen Haaren den Eindruck erweckte, er sei ein ehemaliger Soldat, wahrscheinlich ein

Auftragskiller. Er trug eine schlichte schwarze Dienstkleidung und eine Kampfweste, zusammen mit einem frischen, schicken Verband um sein rechtes Knie. Er war immer noch regungslos, da er von einem ziemlich starken Stoß aus dem Elektrodart-Shooter getroffen wurde, den Tom an seiner rechten Hüfte trug. Das Gewehr schoss mit Druckluft Pfeile ab, die kleine Generatoren enthielten, die so stark waren, dass sie jemanden für Stunden bewusstlos machen konnten.

„Das war ein guter Schuss, Ma'am", grinste Crossman. „Es wurde nicht einmal die Arterie verletzt. Er wird in ein paar Tagen so gut wie neu sein."

„Gut. Bringt ihn in den Flitter und sichert ihn." Sie schaute Valerie an und beide tauschten ein grimmiges Lächeln aus. „Er hat eine Menge Fragen zu beantworten."

14

Jason McKay beobachtete mit einem raubtierhaften Blick, wie der geschwärzte und rissige Rumpf auf dem Hauptbildschirm der *Sheridan* vorbeizog. Es hatte einiger kniffliger Manöver bedurft, aber schließlich hatte der große Kreuzer die Umlaufbahn des außer Gefecht gesetzten Feuerschiffs des Protektorats erreicht. In den Tagen seit der Raumschlacht war es in eine Umlaufbahn geraten, die es schließlich um den Hauptstern des Systems schleudern und in den interstellaren Raum schicken würde. Und da es das einzige Schiff des Protektorats war, das die Schlacht auch nur teilweise intakt überstanden hatte, wollte McKay unbedingt sehen, was sie bergen konnten.

Er konnte sehen, wie sich ihr Shuttle an die Oberfläche des umgebauten Piratenfrachters schmiegte wie ein Putzerfisch an einen Blauwal, aber die Männer selbst waren nicht zu sehen.

„Der Entertrupp ist durch die Luftschleuse durchgebrannt", verkündete der Kommunikationsoffizier der Sheridan. „Sie senden jetzt eine Videoübertragung."

„Schalten Sie auf den Bildschirm um, Lieutenant", befahl Admiral Patel. Er war in seiner Kommandoposition festgeschnallt, aber McKay musste sich an einem Griff festhalten, der neben ihm am

Schott befestigt war. Das war zwar nicht bequem, aber irgendwie fühlte er sich dort wohler als in seinem eigenen Sitz.

Das Bild auf dem Bildschirm wechselte abrupt von der Außenaufnahme zu einem abgedunkelten, klaustrophobischen Korridor im Inneren des Schiffes. Von der Helmkamera aus konnten sie die anderen Marines und Flottentechniker des Entertrupps sehen, die alle in massiv gepanzerte Vakuumanzüge gekleidet waren und die Marines rucksackgespeisten Laser umgeschnallt hatten, die nur in der Schwerelosigkeit praktisch waren.

„Immer noch keine Anzeichen von Überlebenden?" fragte McKay.

„Nein, Sir", sagte die taktische Offizierin und überprüfte ihre Sensoranzeigen. „Wir haben einige Stellen, die noch Hilfsenergie und wahrscheinlich Lebenserhaltung haben, aber keine Versuche, zu manövrieren oder zu kommunizieren."

„Es ist schon Tage her", sagte Patel. „Wenn irgendjemand die Schlacht überlebt hat, müsste er inzwischen mit einem Landegerät oder einer Rettungskapsel rausgekommen sein."

„Da haben Sie wahrscheinlich recht, Sir", gab McKay achselzuckend zu. „Aber ein lebender Gefangener zum Verhören wäre schön."

„Ihr Spione", beklagte sich Patel und schüttelte den Kopf. „Ihr wollt immer noch ne Extrawurst."

Jason musste darüber schmunzeln. Vor ein paar Tagen hatte er sich noch glücklich geschätzt, dass er noch lebte und nicht auf absehbare Zeit auf Peboan gestrandet war. Es war eine knappe Sache gewesen. Das Schiff des Protektorats, das sich abgespalten hatte, um sie aus dem Orbit anzugreifen, war so nah gewesen, dass er die Explosion vom Boden aus sehen konnte, als Captain Minishimis Shipbuster es einholten. Zu diesem Zeitpunkt war er sich sicher gewesen, dass die Explosion die Zerstörung der *Decatur* war, und er hatte einen schrecklichen Rückblick auf den Angriff des Protektorats auf Aphrodite, bis die Übertragung der Patrouillen-Shuttles ihnen sagte, was wirklich passiert war.

Der Blick auf die Helmkamera änderte sich, als die Gruppe in einen breiteren Korridor einbog, der abrupt in einem Haufen verkohlten, verbogenen Metalls und einem Blick auf die Sterne endete.

„Die Hauptbrücke ist kaputt", kam die Stimme des Leiters des Untersuchungsteams durch die Übertragung. McKay hatte ihn schon vor dem Start des Shuttles kennengelernt... er war ein kompetenter junger Lt. Commander namens Landers. „Wir gehen zum Hilfskontrollraum und sehen, was wir dort finden."

„Wissen Sie, Admiral", sagte McKay, der immer noch auf das Bild auf dem Bildschirm starrte, „wir waren in den letzten Tagen ziemlich beschäftigt mit den Aufräumarbeiten auf Peboan und der Reparatur der *Decatur*, so dass ich noch keine Gelegenheit hatte, Sie zu fragen: Wie zum Teufel sind Sie Wochen vor dem Zeitplan hier gelandet, als wir Sie brauchten?"

„Du solltest dankbar sein, dass ich nicht noch mehr Zeit mit dieser sinnlosen Suche verschwendet habe", schnaubte Patel. „Im ersten System fanden wir ein bewohnbares System mit gut zugänglichen Mineralienvorkommen, aber keinen Hinweis auf Aktivitäten des Protektorats. Mein XO und ich dachten uns: Warum sollte Antonov die Entdeckung von Rohstoffen auf Peboan riskieren, wenn es viele andere Orte gibt, wo er sie bekommen könnte?" Der Admiral schüttelte den Kopf. „Das ergab keinen Sinn. Also beschlossen wir, dass es nur dann Sinn machte, wenn es etwas Einzigartiges oder zumindest Seltenes auf Peboan oder im dortigen Sternensystem gab, also ordnete ich an, mit maximaler Geschwindigkeit in das System zurückzufliegen. Ich brachte uns im Kometenhalo auf Unterlichtgeschwindigkeit und begann, uns langsam nach innen vorzuarbeiten. Wir haben euch nicht kontaktiert, weil ich das Gefühl hatte, dass das, was dieses System so wichtig macht, bedeuten könnte, dass die Protektorate noch irgendwo in der Nähe sind, und ich wollte unsere Anwesenheit nicht publik machen."

„Nun, Sie sind schlauer als ich, Admiral", gab McKay reumütig zu. „Ich habe bis etwa fünf Minuten vor dem Angriff gebraucht, um herauszufinden, warum dieser Ort für Antonov wichtig ist."

„Oh?“ Patel blickte neugierig herüber. „Weißt du, was er mit dem Planeten vorhat?“

„Ich glaube schon, Sir. Es ist nur eine Vermutung, aber es fühlt sich richtig an. Podbyrin hat mir erzählt, dass das Netzwerk von Wurmloch-Sprungtoren, das sie benutzen, mehrere Systeme mit mehreren Toren enthält - eine Art Transportknotenpunkt. Meine Vermutung ist, dass dies einer dieser Knotenpunkte ist. Antonov braucht dieses System, um seine Schiffe dorthin zu bringen, wo sie hinwollen, also wird er es nicht kampflos aufgeben.“

„Nicht schlecht“, urteilte Patel. „Egal, ob du damit Recht hast oder nicht, wir müssen diesen Ort langfristig im Auge behalten.“

„Der Hilfskontrollraum ist intakt“, berichtete Landers schließlich. Auf dem Bildschirm sahen sie die in kyrillischer Schrift beschriftete Tür zum Kontrollraum und durch das Fenster in der Tür eine altmodisch aussehende Reihe von Anzeigen und Bedienelementen, die noch von der Notstromversorgung beleuchtet wurden. „Wir werden versuchen, und durchzubrennen... Scheiße!“

Landers' Ausruf galt einem Gesicht, das plötzlich im Fenster auftauchte. Es war dunkelhaarig und hatte wilde Augen, einen buschigen Bart und rissige, spröde Lippen. Er sagte etwas, aber sie konnten ihn nicht hören, da er hinter den dicken Transplas stand und sie sich in einem Vakuum befanden.

„Wir haben einen Überlebenden, Sheridan“, berichtete Landers unnötigerweise.

„Richten Sie eine provisorische Luftschleuse ein und holen Sie ihn da raus, Commander“, befahl Patel schnell. „Bringen Sie ihn in eine Rettungsblase und holen Sie ihn so schnell wie möglich hierher. Aber seien Sie vorsichtig, wenn Sie die Tür öffnen... sie könnte mit einer Sprengfalle versehen sein.“

„Verstanden, Sir“, bestätigte Landers und drehte sich um, um den Befehl zum Einrichten der provisorischen Luftschleuse zu geben.

Patel grinste McKay an. „Na bitte, Colonel ... Sie wollten einen lebenden Gefangenen. Jetzt bekommst du einen.“

„Aye, Sir“, sagte McKay und versuchte, seine Aufregung zu

zügeln. „Sir, Podbyrin ist wieder auf der *Decatur*. Ich brauche ihn hier, wenn ich den Kerl verhöre. Er könnte ihn kennen."

„Auf jeden Fall, Colonel, wir werden ein Shuttle für ihn schicken." Patel hob amüsiert eine Augenbraue. „Du und Podbyrin und ein Verhör in meiner Arrestzelle ... das wird wie in alten Zeiten sein. Hoffentlich müssen wir ihn dieses Mal nicht unter Drogen setzen."

„KENNST DU IHN?"

D'mitry Podbyrin starrte auf den Bildschirm, der mit einer Kamera in der Sicherheitszelle verbunden war, und auf das Bild des Protektoratsmitarbeiters, der mit Gurten an Handgelenken, Brust und Waden auf einer gepolsterten Liege festgeschnallt war. Der Mann sah jetzt viel gesünder aus als beim ersten Mal, als McKay ihn gesehen hatte. Er war stark dehydriert und hatte seit Tagen nichts mehr gegessen, ganz zu schweigen von den ersten Anzeichen von Anoxie und Unterkühlung, als die Lebenserhaltungssysteme im Hilfskontrollraum auszufallen begannen.

Nach ein paar Tagen auf der Krankenstation war der russische Offizier wach und viel weniger dankbar, als er es kurz nach seiner Rettung gewesen war.

„Ich...", begann Podbyrin, schloss dann den Mund und schüttelte den Kopf. „Ich bin mir nicht sicher. Ich glaube, ich habe ihn schon einmal gesehen, aber ich kenne ihn nicht und kann mich nicht an seinen Namen erinnern." Er zuckte mit den Schultern. „Du musst verstehen, dass es selbst am Anfang Hunderte von Männern und Frauen gab, Soldaten und Offiziere. Und es gab natürlich auch einige Geburten im Laufe der Jahre."

Die Augen des alten Mannes verfinsterten sich leicht, so wie sie es taten, wenn er an die langen Jahrzehnte seines Lebens zurückdachte; McKay hatte das schon einmal gesehen, als er den Colonel nach dem Krieg befragt hatte. „Wir hatten nicht so viele Frauen... es war vielleicht drei zu eins. Und der Planet, den wir gefunden haben... die Hintergrundstrahlung dort war hoch. Einige der Frauen wurden unfruchtbar, und die, die schwanger wurden, hatten manchmal Fehlgeburten. Als wir auf anderen Welten Siedlungen errichten konnten, gab es nur noch wenige Frauen, die ein Kind austragen konnten, und nur noch wenige Männer, die in der Lage waren, ein Kind zu zeugen. Trotzdem wurden... werden wohl jedes Jahr einige geboren. Es gibt also wahrscheinlich mindestens ein paar tausend Erwachsene, selbst nach dem Krieg, und einige waren immer an anderen Orten, während ich auf Novoye Rodina war. Vielleicht habe ich diesen Mann irgendwann einmal gesehen, aber ich kann mich nicht an ihn erinnern."

„Verdammt", sagte McKay milde. „Na ja, es war nur so ein Gedanke." Er schwieg einen Moment und dachte über die Situation nach. „Okay, dann ist es wahrscheinlich besser, wenn du nicht im Raum bist. Du kennst ihn zwar nicht, aber er weiß wahrscheinlich über dich Bescheid, wenn Antonov dich für seine Niederlage verantwortlich macht. Du überwachst das Gespräch von hier aus ... du kannst über meinen Ohrhörer mit mir sprechen und mir Ratschläge geben. Ist das für dich in Ordnung?"

„Es ist besser, wenn ich nicht dabei bin", stimmte Podbyrin zu und starrte immer noch auf den russischen Offizier auf dem Bildschirm. McKay konnte eine tiefe Traurigkeit in den Augen des Mannes sehen und eine Müdigkeit in seiner Stimme hören. Sie war da, seit Podbyrin gezwungen worden war, den russischen Offizier auf Peboan zu töten. Er konnte es nicht mit Sicherheit sagen, aber aufgrund der letzten Jahre, in denen er gelernt hatte, Menschen zu lesen, vermutete McKay, dass es die endgültige Erkenntnis des alten Mannes war, dass er nie wieder nach Hause zurückkehren konnte.

McKay ließ ihn im Sicherheitsbüro zurück und trat auf den Korridor hinaus. Die Sicherheitsabteilung in den neuen Kreuzern wie der Sheridan befand sich in der Rotationstrommel, die ihnen eine falsche Schwerkraft verlieh, auch wenn sie nicht beschleunigten. McKay war sich nicht sicher, warum sie dort eingebaut worden war, aber im Moment wusste er es zu schätzen.

Die Wache vor dem Haftraum öffnete ihm die Tür und McKay trat ein, wobei er versuchte, lässig, geschäftsmäßig und unbeteiligt zu wirken. Der Gefangene warf ihm einen verstohlenen Blick zu, blickte dann aber geradeaus und versuchte, ihm nicht in die Augen zu sehen. Der Mann schwitzte und fühlte sich unwohl... Der Raum war warm und feucht und das nicht ohne Grund.

„Kak tebya zovut?“ fragte McKay ihn auf Russisch. *Wie heißt du?* Er hatte die Sprache in den letzten Jahren ziemlich fließend gelernt, nur für den Fall, dass sie jemals wieder auf das Protektorat stoßen würden.

Der Russe öffnete den Mund, schloss ihn und öffnete ihn wieder, während er sichtlich mit sich selbst rang, ob er antworten sollte. Nach einem Moment zuckte er mit den Schultern. „Konstantin.“

„Hallo, Konstantin“, lächelte McKay, als er auf Russisch fortfuhr und sich dem Mann gegenüber setzte. „Ich bin Jason. Wirst du gut behandelt?“

„Ja“, sagte der Mann achselzuckend... oder zumindest so, wie er es mit einem Gurt über der Brust und an die Stuhllehnen gefesselten Handgelenken noch konnte. „Sie haben mir Essen und Wasser gegeben. Und neue Kleidung", fügte er hinzu und warf einen Blick auf den dunkelblauen Arbeitsoverall, den er trug.

„Gut“, sagte McKay. „Ich will ehrlich zu dir sein, Konstantin. Ich bin mit dir hier drin, weil wir wissen wollen, warum deine Schiffe und deine Truppen uns angegriffen haben. Nach dem Krieg, nachdem euer General Antonov versucht hat, die Erde zu erobern und verloren hat, haben wir euch in Ruhe gelassen, oder?“

„Ihr konntet uns nicht finden!“, schnaubte Konstantin. „Der General kam zurück und erzählte uns, wie er von diesem elenden Bastard Podbyrin verraten wurde, aber dass er es geschafft hatte, seinem Verrat zu entkommen und euch alle mit dem Daumen im Arsch zurückzulassen!“

„Ich fürchte, General Antonov hat dich angelogen, Konstantin“, sagte McKay sanft. „Er wurde nicht verraten. Wir haben Colonel Podbyrins Schiff zufällig gekapert, als es durch das Wurmloch im Asteroidengürtel kam, und wir haben ihn mit Wahrheitsdrogen verhört. Er hatte gar keine Wahl. Und General Antonov konnte entkommen, weil er weglief, während seine Offiziere abgeschlachtet und seine Schiffe zerstört wurden. Weißt du, woher ich das weiß,

Konstantin?“ Als der Mann den Kopf schüttelte, fuhr McKay fort. „Weil ich während dieser Schlacht auf seinem Flaggschiff war. Ich war mit meinem Trupp und zwei Trupps republikanischer Marines unterwegs. Wir kämpften gegen eure Offiziere auf der Brücke des Schiffes, Lieutenant Dubronov und Matviyenko und die anderen...“ Konstantins Augen weiteten sich bei den Namen... er kannte die Männer. „Euer General konnte nur deshalb entkommen, weil wir damit beschäftigt waren, sie zu töten und das Schiff zu deaktivieren. Er hat sogar seine geklonte Spielzeugfrau gegen uns kämpfen lassen, um sich selbst zu retten... Sie hat einen Sergeant angelockt und ihn und sich selbst dann mit einer Granate getötet.“

Bei der Erwähnung der geklonten Frau, die Antonov sich als Gefährtin gehalten hatte, blieb Konstantin der Mund offen stehen. Der Kerl muss schlecht im Pokern sein, dachte McKay.

„Also, Konstantin, ich kenne deinen General. Ich weiß, wie er andere einsetzt, um seine Drecksarbeit zu erledigen, während er in Sicherheit bleibt und von hinten anführt. Und das sind wir. Du und ich, Soldaten an vorderster Front - du auf einem Angriffsschiff, ich auf dem Planeten im Kampf gegen deine biomechanischen Klontruppen. Und dein General ist nirgendwo zu finden. Du wirst mir alles erzählen, was du über die Wurmlöcher weißt und wie sie benutzt werden, Konstantin; und du wirst mir alles erzählen, was du über Antonovs Pläne weißt und warum dieses System für ihn wichtig ist.“ Der Russe begann zu protestieren, aber McKay hielt eine Hand hoch. „Entweder sagst du es mir, weil du begreifst, dass General Antonov ein feiger, böser Mann ist, der dein Volk in den Tod führen wird, so wie er sein ganzes Volk auf der Erde und fast die ganze Welt in den Tod geführt hat... oder du sagst es mir, weil wir dich mit psychoaktiven Drogen vollpumpen werden und du keine andere Wahl haben wirst.“

„Warum macht ihr euch die Mühe, mir das zu erzählen?“ wollte Konstantin wissen. „Warum gibst du mir nicht einfach die Drogen?“

McKay seufzte mit trauriger Resignation. „Weil, Konstantin, ich dir die Wahl lassen wollte. Die Drogen werden dich nicht verletzen ... du wirst dich nicht einmal daran erinnern, dass du gesprochen hast.

Aber danach wirst du das Gefühl haben, dass dir etwas weggenommen wurde, etwas, das du nicht zurückbekommst. Du scheinst ein anständiger Mann zu sein. Ich würde dir lieber erst die Chance geben, freiwillig mit mir zu reden."

„Selbst wenn ich dir glauben würde", sagte Konstantin leise, mit wenig Überzeugung und einer großen Portion Hoffnungslosigkeit, „könnte ich nicht reden. Ihr werdet verlieren und der General würde mich Stück für Stück auseinandernehmen und in die Replikationsbottiche stecken lassen."

„Warum sollten wir verlieren?" fragte McKay. „Letztes Mal hatte er einen viel größeren Vorteil und hat trotzdem verloren. Er hat fast alles verloren. Wenn wir wüssten, wie eure Sprungtore funktionieren, hätten wir ihn bereits gefangen genommen. Jetzt, wo wir auf ihn vorbereitet sind, wie kann er da gewinnen?"

Konstantin schaute ihm in die Augen und McKay konnte eine sehr reale Angst in dem Blick des Mannes erkennen. „Du denkst, dass General Antonov verrückt ist, und du hast mehr Recht, als du je wissen könntest, Jason. Aber er ist auch ein Genie... Du bist ein kluger Mann, das sehe ich, aber er ist schlauer. Was auch immer du dir ausgedacht hast, um ihn zu besiegen, du kannst mir glauben, er ist vor dir darauf gekommen."

„Das mag sein, Konstantin." McKay spürte, wie sich sein Magen verkrampfte, aber er versuchte sein Bestes, es nicht zu zeigen. „Aber Tatsache ist, dass dein Schicksal jetzt an das unsere gebunden ist. Wenn wir verlieren, wirst du wahrscheinlich sterben."

„Das hat bei mir nicht funktioniert und wird bei ihm auch nicht funktionieren", erklang Podbyrins Stimme in seinem Ohr. „Der Tod in einer Schlacht, die vielleicht kommt, ist nicht so beängstigend, wie von einem Monster in Stücke gerissen zu werden."

„Aber ich glaube nicht, dass du ein Mann bist, der Angst vor dem Tod hat", fuhr McKay fort, als hätte er das schon immer vorgehabt. „Wie lange lebst du schon mit der Bedrohung durch den Tod? Über ein Jahrhundert? Jeden Tag fragst du dich, ob du der Nächste bist, den Antonov opfert, um seinen Wahnsinn zu nähren? Bist du mit dem General den ganzen Weg von der Erde nach Nowoje Rodina gereist?“

„Ja“, antwortete der Russe leise und blickte an McKay vorbei auf eine Heimat, die er vor Jahrzehnten verloren hatte. „Ich war Antriebstechniker bei der ersten Asteroiden-Bergbauexpedition.“

McKay spürte, wie ein Kribbeln des Unglaubens seine Kopfhaut hinauffuhr.

Heilige Scheiße!

„Bozhemoi“, hauchte Podbyrin. „McKay, wenn er auf dem Minenschiff war, war er vielleicht dabei, als sie das Wurmloch zum ersten Mal auslösten! Ich dachte, die Männer wären alle getötet worden!“

„Also“, fuhr McKay fort, „für dich muss es besonders schwer gewesen sein... Ich bin sicher, du hattest jahre- oder jahrzehntelang Angst, dass General Antonov dich umbringen lassen würde, nur weil du etwas über die Sprungtore wissen könntest.“

„Ich... Ich wurde wochenlang eingesperrt und von der internen Sicherheit verhört. Sie sagten mir, ich würde wegen Verrats hingerichtet werden. Ich überzeugte sie schließlich, dass ich nichts wusste, dass ich ein einfacher Techniker ohne Ausbildung in theoretischer Physik war. Danach meldete ich mich freiwillig für jeden Job, der mich vom General wegbringen würde. Ich verbrachte Jahre als Besatzung eines Frachtschiffs unserer ersten Bergbaukolonie. Als sich die Gelegenheit bot, Teil der Sicherheitsgarnison hier zu werden, habe ich sie ergriffen. Ich bin seit über zehn Jahren hier draußen. Einmal im Monat hatte ich Urlaub, aber nicht in Novoye Rodina. Ich würde zu einer der Bergbaukolonien gehen und lange genug auf dem Planeten bleiben, um gesund zu bleiben... man braucht die Schwerkraft, weißt du? Und dann wieder hier draußen. Zehn Jahre lang.“

„Dieser Mann ist selbst nach meinen Maßstäben nicht ganz richtig im Kopf“, sagte Podbyrin, „Und die, wie ich in den letzten Jahren festgestellt habe, sind etwas lax.“

Du bist nicht hilfreich, dachte Jason angestrengt und wünschte, er könnte es ihm irgendwie sagen.

„Konstantin, so musst du nicht mehr leben. Wenn du uns hilfst, Antonov zu besiegen, kannst du leben, wo immer du willst ... du kannst ein Haus auf einer unserer Welten haben und du musst nie wieder arbeiten, wenn du nicht willst. Und wenn du reisen willst, können wir dir einen Platz auf einem Schiff besorgen."

„Du kannst ihn nicht schlagen", sagte Konstantin mürrisch.

„Na gut, sagen wir, wir schaffen es nicht", sagte McKay achselzuckend. „Wir können dich umoperieren und dein Aussehen, deine Größe und deine Stimmlage völlig verändern. Du kannst eine neue Sprache lernen und in unseren Datenbanken eine neue Identität erhalten. Selbst wenn er gewinnt, bist du immer noch besser dran als vorher, denn selbst wenn Antonov uns alle beherrscht, wird er nicht wissen, wer du bist und wo du zu finden bist."

„Das könnt ihr tun?" Zum ersten Mal gab es einen Anflug von Hoffnung in den Augen des Mannes.

„Innerhalb einer Woche", sagte McKay ihm. „Vier Tage davon sind für die Erholung von der Operation. Du wirst umstrukturiert und wir setzen dich als anonymen Farmer oder Ladenbesitzer oder Minentechniker auf einer Koloniewelt ab und das Schlimmste, was passieren kann, wenn wir verlieren, ist, dass du für einen neuen Chef arbeitest, der dich nicht von Adam kennt. Und wenn wir gewinnen, bekommst du ein garantiertes Einkommen für den Rest deines Lebens ... und du wirst ein Held sein. Berühmt, wenn es das ist, was du willst." Er zuckte mit den Schultern. „Oder immer noch anonym, wenn dir das lieber ist. Aber dieses Mal ist es deine Entscheidung."

„Und wenn ich immer noch nein sage?" fragte Konstantin mit nachdenklichem Gesicht.

„Dann nehmen wir die Drogen und du sagst es uns trotzdem, aber es dauert viel länger und du musst die ganze Zeit in Fesseln verbringen. Und danach verbringst du die absehbare Zukunft in einem Gefangenenlager. Wenn wir den Krieg gewinnen, kommst du vielleicht auf eine abgelegene Kolonie und frierst dir den Arsch ab."

„Das war gemein, McKay", murmelte Podbyrin säuerlich.

„Wenn wir verlieren ... nun, dann wird Antonov wissen, wo du bist und wer du bist, und er wird wissen, dass wir Informationen von dir haben."

Der Russe schwieg einen langen Moment, sein Gesicht glich dem eines Mannes, der vor einem Todesurteil stand. „Also gut. Ich werde dir helfen. Ich... Ich weiß, wie die Sprungtore ausgelöst werden. Ich kenne die genaue Position vieler von ihnen, einschließlich desjenigen im solaren Asteroidengürtel und der drei in diesem System.“

Danke, Gott! McKay atmete erleichtert auf. Er hatte fünf Jahre auf diesen Moment gewartet. Er wandte sich an den Sicherheitsbeamten. „Nimm ihm die Fesseln ab.“ Nachdem der Russe befreit war, streckte McKay eine Hand aus und der andere Mann stand langsam und zögerlich auf und schüttelte sie. „Ich bin Colonel Jason McKay vom Geheimdienst der Republikanischen Raumflotte.“

„Lieutenant Konstantin Wjatscheslawowitsch Mironow“, sagte der russische Offizier steif. „Ingenieur...“ Er hielt inne und lächelte langsam. „Ehemals technischer Offizier in der Protektoratsraumtruppe.“

„Konstantin Wjatscheslawowitsch-“ McKay erwiderte das Lächeln, „es ist mir eine wahre Freude, Sie kennenzulernen...“

15

Ari lag auf der Motorhaube des Geländewagens und schaute in die Sterne. Es war fast ein Uhr nachts, und die Ausbildungskompanie hatte sich kurz vor der Dämmerung in eine Verteidigungsstellung eingegraben, aber er hatte nicht versucht zu schlafen. Die Nacht war ruhig und warm, das einzige Geräusch war das leise Schnarchen eines der Ausbildungsunteroffiziere aus seinem Schlafsack: Heute Nacht gab es keine Artilleriesimulationen. Theoretisch waren die Auszubildenden zu 50 Prozent gesichert, was in der Praxis bedeutete, dass die Hälfte der Leute, die eigentlich Wache halten sollten, etwa die Hälfte der Zeit wach waren. In einer anderen Nacht würde er vielleicht die Umgebung ablaufen und nach ihnen sehen. Heute Nacht wollte er, dass sie schlafen.

Er hörte die Schritte hinter sich, aber er stand nicht auf. „Ich wünsche dir eine gute Nacht, Hassan Ali", sagte er leise. „Salaam alaikum."

„Bin ich jetzt so berechenbar, Mohammed?" Er konnte das reumütige Kichern in der Stimme des Mannes hören, als er entdeckt wurde. „Alaikum salaam. Ich habe deine Nachricht erhalten... du sagtest, es sei wichtig."

Ari erhob sich wortlos und rutschte von der Motorhaube des Fahrzeugs, um sich dem Guard Captain zu stellen. Hassan Ali trug eine Feldrüstung, den Helm unter dem Arm, das Gewehr über der anderen Schulter, und versuchte, sich unter die anderen Truppen zu mischen.

„Es gibt etwas, das du sehen musst“, sagte Ari, trat an ihm vorbei und signalisierte ihm, ihm zu folgen. „Es ist nicht weit.“

Hassan Ali folgte ihm und setzte seinen Helm auf, um das Nachtsichtgerät zu benutzen, während sie durch die Verteidigungslinien, vorbei an schlafenden Wachen und auf die offenen Felder um das Lager herum gingen. Einen halben Kilometer hinter den Linien befand sich eine Ansammlung von hohen Ombu'-Büschen, die in der mondlosen Nacht wie eine undurchdringliche Mauer aufragten. Ari führte den Guard Captain durch eine Lücke in den baumartigen Büschen auf eine kleine, kahle Lichtung.

Alida Hudec lag regungslos auf dem Boden, Hände und Füße gefesselt und ein Streifen Klebeband um ihren Mund gewickelt.

„Was zum Teufel ist passiert?“ fragte Hassan Ali und schaute zwischen Ari und der Frau hin und her.

Ari seufzte und fuhr sich mit einer Hand durch die Haare. „Sie kam heute Abend nach dem Essen zu mir und bat darum, mit mir hier draußen zu sprechen. Sie sagte mir, dass sie eine verdeckte Ermittlerin sei und meine Hilfe brauche... dass sie mich mag und nicht will, dass ich verhaftet werde. Sie sagte mir, dass sie heute Abend ihre Leute rufen würde, um dich, Colonel Lee und seine Angestellten zu verhaften, und dass ich auch verhaftet würde, wenn ich nicht zustimmen würde, ihr zu helfen. Also habe ich natürlich zugestimmt... dann habe ich sie überwältigt und gefesselt. Du musst den Colonel alarmieren.“

„Verdammt“, zischte Ali, nahm seinen Helm ab und warf ihn wütend auf den Boden. „Ich dachte, wir hätten mehr Zeit!“

„Shit happens, wie meine amerikanischen Freunde sagen“, sagte Ari achselzuckend. „Entweder hat sie herausgefunden, dass Lee der größte Fisch in diesem Teich ist, oder ihre Vorgesetzten wurden ungeduldig. Wie auch immer, ich habe uns etwas Zeit verschafft - sie hatte noch nicht den Befehl gegeben, dass sie anrücken und die Verhaftungen vornehmen sollten. Aber ich gehe davon aus, dass die GIS ihre Kräfte schicken wird, wenn sie nicht innerhalb eines Tages von ihr hören. Hast du eine Möglichkeit, Colonel Lee eine sichere Nachricht zukommen zu lassen?“

„Natürlich“, sagte Ali ungeduldig. „Es gibt eine Adresse ... einen anonymen Account. Ich hinterlasse ihm dort einfach eine verschlüsselte Nachricht und er kann sie an jedem öffentlichen Terminal abrufen.“

„Du musst ihn dazu bringen, uns an einem abgelegenen und ruhigen Ort zu treffen“, wies Ari an. „Wir können sie dorthin bringen und herausfinden, wie viel sie weiß und wie viel Zeit wir haben, dann kann er eine Entscheidung über unseren nächsten Schritt treffen. Und wir müssen das jetzt tun, vor Sonnenaufgang, solange wir sie noch unbemerkt von hier wegbringen können. Und wir brauchen ein Fahrzeug, das uns hier abholen kann, mit einem Fahrer, der seinen Mund hält.“

„Ähm ...“ Ali zögerte und war mit der Situation überfordert. „Ah... ja, lass mich den Colonel kontaktieren.“ Er holte seinen Link heraus und gab ihm eine Netzadresse, dann nahm er seine Nachricht auf. „Schachliebhaber sucht gleiches Spiel, von Angesicht zu Angesicht, am 5. April um drei Uhr nachmittags im Stadtpark.“ Er schaute zu Ari auf. „Ich habe ihn gerade gebeten, mich in zwei Stunden bei den alten Abrissbunkern zu treffen. Dort geht niemand mehr hin... Sie haben vor einem Jahr einen neuen Schießstand eröffnet.“

„Gut.“ Ari klopfte dem Mann beruhigend auf den Arm. „Jetzt besorg uns ein Fahrzeug und lass uns von hier verschwinden. Es gefällt mir gar nicht, hier draußen vor jedem Satelliten im Orbit zu stehen und sie gefesselt vor mir auf dem Boden zu haben.“

Als Ali sich umdrehte und wegging, um seinen Fahrer anzurufen, blickte Ari auf die Frau hinunter, die er als Alida kannte. Ihre Augen öffneten sich für den Bruchteil einer Sekunde, zwinkerten ihm zu und schlossen sich dann wieder. Er musste sich ein Lächeln verkneifen.

Roza. Ein sehr schöner Name.

. . .

Der alte Schießplatz war eine unheimliche Mondlandschaft aus Kratern, ohne Leben oder Anzeichen von Leben, außer der einen unbefestigten Straße, die dorthin führte, und dem verlassenen Bunker in seinem Zentrum. Der einzige Eingang befand sich im hinteren Teil des Bunkers, ein offener Eingang, der von einer meterdicken Betonwand abgeschirmt wurde, die nur 70 Zentimeter entfernt klaustrophobische Wache hielt.

Das einzige Licht im Inneren des Bunkers kam von alten, halb verbrauchten chemischen Geisterlichtern, also hatten Ari und Captain Ali ein paar Laternen aus dem Utility Rover geholt, bevor der Guard Captain seinen Fahrer mit dem Fahrzeug weggeschickt und ihr gesagt hatte, sie solle mindestens einen Kilometer entfernt parken und auf seinen Anruf warten. Die Laternen wurden auf beiden Seiten der gefesselten und geknebelten Roza Kovach aufgestellt, die ihre vorgetäuschte Bewusstlosigkeit aufgegeben hatte und die beiden mit erschreckender Ernsthaftigkeit wütend anblickte.

„Der Colonel sollte schon längst hier sein", ärgerte sich Ali und lief auf dem schmutzigen Zementboden hin und her. „Es sind schon fast drei Stunden vergangen. Es wird bald dämmern!"

Ari schüttelte den Kopf, als er sich auf die in die Wand eingelassene Betonbank setzte und Ali dabei beobachtete, wie er eine Furche in den Boden zog. „Um Himmels willen, entspann dich", murmelte er. „Der Colonel hatte sicher noch etwas zu erledigen, und wir sind hier am Arsch der Welt. Er wird schon kommen, wenn er kommt."

Innerlich war er jedoch genauso besorgt wie Ali. Das war ihre beste Chance, sie beide zusammen aus dem Hauptquartier und vor neugierigen Blicken zu entfernen. Wenn Lee sich erschreckte und nicht auftauchte, würde das die Sache noch viel schwieriger machen.

„Ist das ein Fahrzeug?" Alis Kopf schnellte herum. Ohne auf eine Bestätigung zu warten, stürmte er die kurze Treppe hinauf und schaute den schmalen Feldweg hinunter. „Da kommt ein Rover die Straße hinauf", rief er zu Ari hinunter. „Ich glaube, das ist der Colonel. Ja, er ist es... er hat Captain Fillon bei sich und es sieht auch nach

Major Sobawale aus.“ Ari hatte ihre Namen schon einmal gehört, sie aber noch nie getroffen: Sie waren andere Teilnehmer der Verschwörung und ebenfalls mit der Rekrutierung von Auszubildenden beauftragt. „Deshalb hat es wohl so lange gedauert, sie zusammenzubringen, ohne Aufmerksamkeit zu erregen.“

„Wenn du jemals das Militär verlässt, Captain Ali“, kommentierte Ari trocken, „solltest du dir einen Job als Sportansager suchen.“

Ari bemühte sich, Roza nicht anzusehen - es fiel ihm immer noch schwer, nicht an sie als Alida zu denken - als Colonel Lee mit den anderen Offizieren im Schlepptau die Treppe herunterkam. Captain Fillon war ein großer, schlaksiger Mann mit heller Haut und roten Stoppeln auf dem kahlgeschorenen Kopf, während Sobawale klein und muskulös war und die ebenholzfarbene Haut eines Afrikaners hatte. Beide trugen ihre Felddienstkleidung und Seitenwaffen, genau wie Colonel Lee. Lee runzelte die Stirn, als er die Frau gefesselt auf dem Boden sitzen sah, und schaute zwischen Ari und Captain Ali hin und her.

„So“, sagte er, „wie ich sehe, haben uns die Ereignisse in die Hände gespielt.“

„Wir haben Stunden“, sagte Ari. „Höchstens einen Tag, bevor die GIS anrückt. Die Frage ist, ob wir fliehen und uns mit den Rekruten, die wir bereits haben, irgendwo verschanzen, oder ob wir uns hier zur Wehr setzen.“

„Wenn wir hier gegen sie kämpfen“, antwortete Lee kopfschüttelnd, „gehen wir das Risiko ein, einen Angriff der Marines zu provozieren, bevor wir bereit sind. Timing ist alles.“

„Dann müssen wir fliehen“, sagte Ali. „Wenn wir einen sicheren Ort finden, an dem wir unsere Truppen versammeln können, können wir abwarten... Sie haben nicht genug Schiffe oder Männer, um jeden Offizier in jeder Waffenkammer der Kolonien zu verhaften. Solange wir unsere Streitkräfte im Spiel halten können, können wir es noch schaffen.“

„Sie sind optimistischer als ich, Captain“, sagte Major Sobawale mürrisch. „Ohne Zugang zu den Auszubildenden hier können wir keine ausreichend große Truppe aufstellen, um Buenos Aires einzunehmen. Wir haben nur etwa hundert Leute, auf die wir zählen können, um mit uns zu kommen. Unsere gesamte Truppe würde nicht mehr als dreihundert Mann umfassen."

„Aber wir können mehr Unterstützung von den örtlichen Milizen und Polizeikräften rekrutieren", erinnerte ihn Fillon, der optimistischer klang, als er aussah: Sein langes, pferdeartiges Gesicht schien ein ständiges Stirnrunzeln zu haben. „Gegen die Flottenmarines werden sie nicht viel ausrichten können, aber sie könnten den Pöbel in Schach halten, während wir uns den stärkeren Kräften stellen. Und bald wird das keine Rolle mehr spielen - die Marines werden sich um andere Dinge kümmern müssen.

„Sir", warf Ari ein und wandte sich an Colonel Lee, „wissen Sie, wie viel Zeit wir noch haben, bis der Orbitalschlag erfolgt und wir unsere Operation starten können?"

„Ich bin mir nicht ganz sicher", gab Lee zu und sah aus, als hätte er in etwas Saures gebissen. „Ich habe schon seit Wochen nichts mehr von meinen Verbündeten gehört."

„Gibt es eine Möglichkeit, sie zu kontaktieren, Sir? Wir können so eine Entscheidung nicht treffen, ohne zu wissen, wie lange wir durchhalten müssen."

„Er hat Recht, Colonel", sagte Ali mit einem eifrigen Nicken. „Wenn es nur noch Tage sind, könnten wir hier ausharren und vielleicht Geiseln nehmen." Er nickte Roza als Beispiel zu.

„Man hat mir eine Adresse für den Notfall gegeben", gab der Colonel mit einem zögerlichen Nicken zu. „Das ist sicherlich ein guter Grund."

Ari erlaubte sich ein Lächeln. „Wenn das so ist, Colonel", sagte er, „dann sollten Sie sich etwas anhören, was mir unser Leutnant Hudec gesagt hat, bevor ich sie gefangen genommen habe." Er ging zu der Frau hinüber und zog sie an den Schultern auf die Beine. „Du solltest es von ihren eigenen Lippen hören", erklärte er, riss ihr das Klebeband vom Mund und ging dann hinter sie, um ihre Arme festzuhalten.

Roza riss ihren Kiefer hoch und sah den Colonel mit wütenden Augen an.

„Sag es ihm, Frau!" schnauzte Ari und zerrte an ihren Handgelenken.

Roza atmete tief ein und ließ einen Teil des Atems wieder aus. „Colonel Lee Jun-hwan", sagte sie förmlich, „ich bin Captain-Investigator Roza Kovach vom Guard Investigative Service, bevollmächtigt durch einen persönlichen Haftbefehl von General Kage, und ich muss Ihnen mitteilen, dass Sie und alle anderen in diesem Raum verhaftet sind. Wenn Sie sich der Verhaftung widersetzen, bin ich befugt, tödliche Gewalt anzuwenden."

Lee starrte sie einen Moment lang verwirrt und ungläubig an, dann begann er zu lachen. Es war ein hohes, überraschend mädchenhaftes Kichern, das fast unfreiwillig wirkte, und Ali und die anderen schlossen sich ihm schnell an. Ari gluckste anerkennend.

„Das war's?" fragte Lee, immer noch lachend. „Das ist alles, was du zu sagen hattest? Nun, lass mich dir sagen, Gisela Katona oder Roza Kovach oder wie auch immer du wirklich heißt ... ich widersetze mich ganz sicher der Verhaftung!" Er schaute sich bei den anderen Beamten um. „Was ist mit Ihnen, meine Herren? Wollt ihr euch ergeben oder Widerstand leisten?"

„Ich denke, wir werden Widerstand leisten, Sir", sagte Ali und gluckste.

Roza zuckte mit den Schultern. „Ich habe es versucht", sagte sie.

Das Aufschlagen von Plastik auf Beton, als die Handschellen mit den Reißverschlüssen von ihren Handgelenken fielen, bemerkte niemand wegen des Gelächters, aber sie bemerkten es, als das Band um ihre Knöchel bei dem geringsten Druck riss und sie in eine ausbalancierte Schussposition fiel und die kompakte Handfeuerwaffe hob, die Ari ihr in die Hand gedrückt hatte, als er hinter ihr stand.

„Waffe!" schrie Lee und kramte an seiner Hüfte nach seiner eigenen Pistole, die er im Halfter trug. „Sie hat eine..."

Er kam nicht mehr zu Wort, denn Ari packte ihn an der Kehle und am Handgelenk seiner Waffenhand und warf ihn zu Boden. Lees Atem verließ ihn mit einem explosiven „Zischen" und seine Augen rollten zurück in seinen Kopf.

Roza beachtete ihn nicht. Es war zu dunkel und zu nah, um ein Visier zu benutzen; stattdessen hielt sie die 10mm in einer offensiven Haltung, ihre Arme bildeten ein Dreieck mit ihrem Oberkörper, die Waffe an der Spitze, und richtete ihren ganzen Körper auf Major Sobawale. Der Major war schneller als die anderen... seine Dienstpistole hatte ihr Holster schon verlassen, bevor sie ihn erschoss. Zwei Schüsse durch die Brust und dann eine Verschiebung nach oben und ein dritter in seine Stirn. Die dreifache Explosion der Waffe hallte wie eine Trommel durch den geschlossenen Bunker und schockierte die anderen.

Roza konnte sich nicht einmal daran erinnern, es gehört zu haben. Sie registrierte nur am Rande, wie Sobawales Körper zur Seite fiel, und hörte nicht, wie Hassan Ali vor Angst und Abscheu schrie, als er plötzlich das Blut und Hirngewebe des Majors im Gesicht hatte. Sie konzentrierte sich auf Captain Fillon, der versuchte, zur Tür zu rennen, während er gleichzeitig mit zitternden Händen versuchte, seine Pistole aus dem Holster zu ziehen. Schließlich riss er die Pistole heraus und schwenkte sie einhändig, während er mit einem Seitwärtsschritt auf die Tür zuging.

Ein Stroboskopeffekt aus Mündungsknallern erhellte den Bunker, aber die Kugeln trafen nicht einmal annähernd das Ziel; die Keramikgeschosse zerschellten harmlos an den Betonwänden und der Decke, während sich die Splitter des Tantal-Penetrators in den Felsen vergruben. Roza ließ sich Zeit und blendete die Angst sowie die Geräusche und Blitze der Schüsse aus, als sie ihm zwei Kugeln in die Brust und eine dritte in den Kopf verpasste. Fillon sackte mit dem Rücken gegen die Wand neben der Tür und rutschte den Boden hinunter, den er mit einer roten Blutspur bedeckte.

Hassan Ali schrie immer noch, als Ari hinter ihm auftauchte, ihm seine Pistole aus dem Halfter riss und sie ihm in die Schläfe rammte. Der Guard Captain ging stöhnend zu Boden und griff sich an den Kopf. Ari trat ihm mit dem Knie auf den Rücken und drückte ihn auf den Boden, während er ihm eine Handschelle mit Reißverschluss um die Handgelenke und eine weitere um die Knöchel legte. Er ließ ihn dort liegen und ging zurück zu Colonel Lee, der immer noch kaum bei Bewusstsein war und nach Luft rang; weitere provisorische Handschellen sicherten auch ihn. Ari kam auf die Beine und stürmte aus dem Bunker, Alis Waffe in der linken Hand, während er mit der rechten seine eigene zog.

Es hatte einen Fahrer gegeben, wie er befürchtet hatte. Es war eine Frau, eine von Lees vertrauten Unteroffizieren - er glaubte sich zu erinnern, dass er sie als Sergeant Paakannen bezeichnet hatte. Sie rannte auf den Bunker zu, ein Gewehr in der Hand. Ari hatte keine Zeit zum Nachdenken, aber sein Körper reagierte so, wie es ihm beigebracht worden war. Als Sergeant Paakannen ihr Gewehr an die Schulter hob, wich er zur Seite und nutzte den Schutzschild des Bunkers als Deckung, so dass er nur ein Auge und seine Waffenhand entblößte. Sie trug eine Rüstung, aber keinen Helm; zweifellos hatte sie sich im Auto entspannt und war herausgestürmt, ohne sich um den Helm zu kümmern. Damit blieb ein Ziel für eine Handfeuerwaffe angreifbar.

Aris 10mm ruckte zweimal kurz hintereinander in seiner Hand und Sergeant Paakannens Kopf fiel in einer Gischt aus Blut, Knochen und Hirn zurück. Sie fiel mit dem Gesicht voran zu Boden und strampelte mit den Füßen ein letztes Mal, bevor sie regungslos liegen blieb.

Ari blieb einen langen Moment in seiner Deckung und vergewisserte sich, dass niemand sonst in der Dunkelheit unterwegs war, bevor er hervortrat und der toten Frau das Gewehr aus den Händen riss. Er warf es sich über die Schulter, packte sie an einem Arm und zerrte sie durch die Tür zum Bunker, ließ ihren Körper die Treppe hinunterfallen und neben Captain Fillon zum Liegen kommen.

Roza gab ihm ein Nicken. „Setz die beiden auf", befahl sie und deutete auf Colonel Lee und Captain Ali.

„Ja, Ma'am", grunzte er und warf das Gewehr und die beiden Pistolen, die er eingesammelt hatte, zur Seite.

Lee hatte es geschafft, wieder zu Atem zu kommen und schimpfte lauthals auf Koreanisch, als Ari ihn am Kragen seiner Uniformjacke quer durch den Raum zu der Betonbank zerrte. Ari ging nicht auf die Schimpftirade ein, sondern setzte den Offizier einfach auf die Bank und ging dann zurück zu Ali. Der Captain räkelte sich noch immer von dem Schlag auf den Kopf: Ari schätzte, dass der Mann wahrscheinlich zumindest eine leichte Gehirnerschütterung hatte. Jedenfalls sagte er kein Wort und wehrte sich nicht dagegen, neben den Colonel geschoben zu werden.

„Colonel Lee“, sagte Ari, „darf ich mich vorstellen? Ich bin Captain Ariel Shamir vom Geheimdienst der Republikanischen Raumflotte. Ich war früher beim Flottenmarinekorps.“

„Du...“ Lee stotterte und fasste sich. „Du warst während des Krieges auf dem Flaggschiff des Protektorats...“

„Ja“, sagte Ari trocken. „Ich erzähle dir das, weil ich möchte, dass du weißt, mit wem du es zu tun hast. Diese Frau", er deutete auf Roza, “hat den ausdrücklichen Befehl von General Kage, dich verschwinden zu lassen. Du bist eine Schande für die neue Kolonialgarde, die er aufzubauen versucht. Sie ist durchaus bereit, dich zu töten, um dich loszuwerden. Ich bin die einzige Hoffnung, die du hast. Ich habe die Befugnis und die Möglichkeit, dich an einem bequemen Ort verschwinden zu lassen. Und ich bin bereit, das zu tun, wenn du mir deine Kontakte in dieser Verschwörung verrätst. Ich will wissen, wer von der Raumflotte und wer von den Multicorps mit dir unter einer Decke steckt.“

„Du hast mich“, sagte Lee trotzig, „aber diese Sache wird auch ohne mich weitergehen. Es wird sich immer noch herumsprechen ... die Kolonien werden uns gehören!“ Ari unterbrach seine Tirade mit einer schnellen, scharfen Ohrfeige.

„Damit eins klar ist, Colonel“, schnauzte Ari, „wir brauchen deine verdammte Kooperation nicht, um das durchzuziehen.“ Er schaute zu Roza, die eine kleine Spritze aus einer Oberschenkeltasche zog und sie hochhielt. „Damit wirst du in Sekundenschnelle wie ein Baby plappern. Du wirst uns alles sagen, was du weißt. Wenn wir dein Gesicht brauchen, werden wir eine Computersimulation verwenden. Wenn wir dich brauchen, um jemanden persönlich zu treffen, kann ich mein Gesicht umoperieren lassen", *schon wieder,* stöhnte er innerlich, “und ich werde du sein. Das Einzige, was du uns zu bieten hast, ist, dass du uns Zeit und Ärger ersparst, und dafür geben wir dir dein Leben und einen bequemen Ort, an dem du es in Anonymität leben kannst.“ Er packte Lees Kiefer mit der Hand und riss ihn nach vorne, um ihm in die Augen zu sehen. Wenn du beschließt, dass deine „Ehre“ zu kostbar ist, um uns diesen Gefallen zu tun, dann wird meine liebe Roza hier die Wahrheitsdroge einsetzen. Du wirst uns sagen, was wir hören wollen, und wenn du fertig bist, wird Roza ihrem Befehl folgen und dir eine Kugel ins Gehirn jagen. Du und die anderen", er ruckte mit dem Kopf in Richtung der Leichen, die um den Bunkereingang herum lagen, ‚werdet bei einem Trainingsunfall sterben.‘

„Ich...“ Lee schluckte schwer. „Ich glaube nicht, dass du mich kaltblütig töten würdest...“

Kaum hatte er die Worte ausgesprochen, feuerte Rozas Waffe nur wenige Zentimeter vor seinem Gesicht und Captain Ali zuckte zurück und brach gegen die Bank, wobei sein halber Schädel weggeblasen wurde. Lee schrie auf, als Blut in sein Gesicht spritzte und ihn blendete.

Ari warf Roza einen verärgerten Blick zu. „Das war extrem laut“, sagte er klagend und wischte sich Blutstropfen von seiner taktischen Weste. Ruhig drehte er sich wieder zu Lee um und gab ihm eine Ohrfeige, damit er aufhörte zu schreien. „Colonel, glaub mir, wenn ich sage, dass Roza dich töten will. Es wurde ihr befohlen. General Kage will dich tot sehen. Du hast nur deshalb eine Chance, diesen Bunker lebend zu verlassen, weil ich hier bin. Ari warf einen Blick auf seinen 'Link'. „Das Aufräumteam wird in weniger als einer Stunde hier sein. Du hast eine Minute, um dich zu entscheiden.“

„Schon gut, schon gut“, sagte Lee, der vor lauter Hyperventilieren kaum sprechen konnte. „Ich werde tun, was immer du willst, ich werde es tun!“

„Gut.“ sagte Ari mit einem Lächeln. „Roza, lass uns anfangen.“

Ohne ein Wort zu sagen, zog sie die Sicherheitskappe von der Spritze und stach die Nadel durch Lees Hose in seinen Oberschenkel, was dem Mann ein Keuchen entlockte.

„Was tust du da?“ fragte Lee mit panischer Stimme. „Ich sagte, ich würde kooperieren!“

„Und das wirst du auch und ich werde mein Wort halten, dich am

Leben zu lassen.“ Ari nickte dem Colonel zu, als der ältere Mann anfing, mit den Augen zu blinzeln und in eine Trance zu fallen. „Das heißt nicht, dass wir dir vertrauen.“

„Also, Colonel Lee“, begann Roza, „Du wirst uns sagen, wer dein Kontaktmann ist und wie wir mit ihm in Verbindung treten können…“

16

„Na, ist das nicht ein Déjà-vu?“ kommentierte McKay mit einem Augenzwinkern und sah Admiral Patel, Captain Minishimi und ihre Angestellten sowie die überlebenden Marineoffiziere Vinnie Mahoney, Commander Villanueva und Konstantin Mironov am Tisch sitzen. Sie hatten sich in dem geräumigen Konferenzraum der *Sheridan* versammelt, der sich in der Schwerkrafttrommel des Schiffes befand, um ihre nächsten Schritte zu besprechen.

Patel und Minishimi lachten bei dem Gedanken: Das letzte Mal, dass sie und McKay in einer solchen Situation zusammengesessen hatten, war während des Krieges, als die Reste der Flotte im Asteroidengürtel versammelt waren und die Truppen des Protektorats die Kontrolle über die Erde übernommen hatten.

„Wenigstens ist die Lage diesmal nicht ganz so schlimm wie damals“, sagte Minishimi. „Wir stehen vor ihrer Haustür und nicht umgekehrt.“

„Die Frage ist“, sagte McKay, „wie geht es jetzt weiter? Meiner Meinung nach haben wir zwei Prioritäten: Wir müssen die Informationen, die Konstantin uns gegeben hat, an das Flottenhauptquartier weitergeben, aber wir müssen diese Informationen auch weiterverfolgen, bevor Antonov eine Chance hat zu reagieren.“

„Wir haben auch ein Problem mit dem Treibstoff“, meldete sich Minishimi zu Wort. „Die *Decatur* hat ihre Antimaterie abgelassen und wir konnten nicht viel davon zurückgewinnen. Wenn wir die Vorräte der *Sheridan* gleichmäßig verteilen, haben wir für beide Schiffe nicht genug, um in den Kampf zu ziehen, falls nötig. Verdammt, wir haben nicht mal viel Spielraum für Fehler, um beide Schiffe zurück zur Erde zu bringen. Ich weiß nicht, ob wir das durchziehen können, es sei denn, du willst die *Decatur* hier lassen.“

„Dazu habe ich eine Idee, Captain“, sagte McKay. „Was wäre, wenn die Decatur keine Antimaterie bräuchte, um zur Erde zurückzukehren?“

Patel sah zwischen McKay und Mironov hin und her. „Ihr könnt das Schiff über die Wurmlöcher zur Erde zurückbringen?“

„Natürlich“, sagte Mironov achselzuckend, sein Englisch stockte. „Der Weg von hier zur Erde ist einfach ... nur ein paar Sprünge und die Systeme werden normalerweise nicht überwacht. Man braucht allerdings einen Weg, um eine Fusionsexplosion auszulösen... das ist notwendig, um das Tor zu öffnen und zu erweitern, verstehst du? Du brauchst das... das, wie heißt es doch gleich? Der Ausbruch von elektromagnetischer Energie, die an der richtigen Stelle gebündelt wird, öffnet den Weg.“

„Kennst du die genaue Menge?“ fragte Minishimi.

„Ja, natürlich, das ist mein Job“, erklärte er. „Weißt du, es könnte sogar möglich sein, diese gravimetrische Fokussierungstechnologie dafür zu nutzen... wir könnten es versuchen.“

„Hmmm...“ Admiral Patel überlegte. „Lass uns das tun, aber mit diesem Schiff. Ich stelle mir das so vor: Mr. Mironov hier zeigt Captain Minishimis Ingenieurscrew, wie man durch die Wurmlöcher navigiert und gibt ihr die Koordinaten für die Tore, die sie zurück zur Erde bringen. Aber er kommt mit uns und wir kundschaften aus, was wir erreichen können, indem wir die Torpositionen nutzen, die er sich gemerkt hat, und einen Weg finden, das Eysselink-Feld zu nutzen, um die Tore zu öffnen.“

„Ich glaube, ich weiß, worauf Sie hinauswollen, Sir“, sagte McKay mit einer Spur von Aufregung in der Stimme. „Wenn wir Novoye

Rodina tatsächlich finden können, könnte Captain Minishimi bei unserer Rückkehr die Flotte versammeln und abmarschbereit machen."

„Und wenn sie sich in Bewegung setzen, Colonel", bestätigte Patel, „werden sie es in wenigen Tagen schaffen, anstatt in Wochen oder Monaten, wenn sie Antonovs Wurmlochmatrix gegen ihn verwenden." Er schaute sich am Tisch um. „Kommentare? Ergänzungen? Einwände?"

„Sir", meldete sich Commander Villanueva zu Wort, „werden meine Leute mit Ihnen oder mit der *Decatur* fliegen?"

Patel dachte einen Moment lang über die Frage nach und knackte unbewusst mit den Fingerknöcheln. „Wenn Captain Minishimi keine Einwände hat", antwortete er schließlich, „möchte ich Ihr Geschwader bei mir behalten, Commander. Wir bändigen den Löwen sozusagen in seiner Höhle. Die zusätzliche Feuerkraft könnte sich als nützlich erweisen."

„Ich habe nichts dagegen", sagte Minishimi und hob zustimmend die Handflächen nach oben. „Wir haben immer noch unsere Landegeräte; das sollte für die Reise zurück zur Erde reichen."

McKay sah, wie Commander Villanueva zufrieden grinste. „Danke, Sir, Ma'am", sagte sie. Dann sah er, wie sie schnell - so schnell, dass er es fast übersehen hätte - zu Vinnie schaute und wie dieser ihr heimlich zuzwinkerte.

Verdammt, dachte er amüsiert, das hatte er nicht kommen sehen. Aber er hätte sich Tom Crossman nie als Familienvater vorstellen können, und doch war er immer noch mit dem Hausmädchen verheiratet, das er vor sechs Jahren auf Aphrodite in der Villa des Gouverneurs kennengelernt hatte.

In den ersten Monaten, in denen er Vinnie und Jock kannte, hätte er schwören können, dass sie ein Paar waren... Er erinnerte sich daran, wie sehr sie gelacht hatten, als er sie endlich danach gefragt hatte. Und wie sehr Shannon gelacht hatte, als er es ihr erzählt hatte.

„Außerdem", fuhr Patel fort, „möchte ich, dass die Marineinfanterie-Trupps bei uns sind, und natürlich Ihr Sondereinsatzkommando, Captain Mahoney."

„Hurra, Sir“, sagte Vinnie und beeindruckte McKay damit, dass er es schaffte, nicht ironisch zu klingen und gleichzeitig cool und übermütig zu sein.

„Mr. Mironov“, sagte Admiral Patel zu dem Russen, „wie lange werden Sie brauchen, um der technischen Crew der *Decatur* beizubringen, wie man die Tore benutzt?“

Als McKay den zweifelnden Blick in Mironovs Augen sah, wiederholte er die Frage leise auf Russisch und lächelte verständnisvoll. „Nicht mehr als ... vielleicht einen Tag, vielleicht zwei, um die Fusionsauslöser zusammenzubauen, Admiral.“

„Ausgezeichnet. Captain", sagte er zu Joyce Minishimi, “bereiten Sie Ihre Mannschaft darauf vor, in 72 Stunden zur Erde zu starten. Ich schicke meinen Chefingenieur und meinen Navigationsoffizier rüber, die einspringen, während Mr. Mironov Ihren Leuten alles erklärt ... das sollte etwas Zeit sparen. Commander Villanueva, sorgen Sie dafür, dass Ihre Shuttles, Ihre Ausrüstung und Ihr Personal auf die *Sheridan* gebracht werden. Ich überlasse es Ihnen auch, sich mit den Marines und den Spezialeinheiten in Verbindung zu setzen, um sie ebenfalls hierher zu verlegen, wenn es Ihnen nichts ausmacht.“

„Mit Vergnügen, Sir“, versicherte sie ihm.

„Captain Minishimi“, sagte Patel, „wenn Sie Nachschub oder Personal brauchen, um Ihr Schiff startklar zu machen, lassen Sie es mich bitte wissen, und ich werde mich persönlich darum kümmern, dass Sie es sofort bekommen."

„Danke, Admiral“, antwortete sie mit einem Nicken. „Wir kriegen das schon hin.“

„Wenn es keine weiteren Fragen gibt“, er stand auf und die anderen folgten ihm, „ist die Sitzung beendet und Sie können sich Ihren Aufgaben widmen.“ Als McKay sich zum Gehen wandte, legte Patel ihm eine Hand auf den Arm. „Colonel, könnte ich Sie einen Moment allein sprechen?“

„Ja, Sir“, sagte McKay und trat zur Seite, als die anderen begannen, den Raum zu verlassen.

„Setzen Sie sich“, lud Patel ein, als der letzte von ihnen draußen war und die Tür geschlossen wurde, und setzte sich wieder an das Kopfende des Tisches. McKay setzte sich in die Ecke und wartete geduldig. Patel schaute ihm in die Augen und runzelte die Stirn. „Jason, ich muss es wissen: Vertraust du diesem Konstantin?"

„Bis zu einem gewissen Grad", antwortete McKay achselzuckend. „Wir haben ihm ein Beruhigungsmittel ins Abendessen gemischt und ihm dann die Wahrheitsdroge und ein Amnesiemittel gegeben. Unter der Droge hat er bestätigt, was er gesagt hat und dass er Antonov gegenüber nicht loyal ist. Er hat eine Scheißangst vor ihm." McKay sah unbehaglich aus. „Ich habe mich irgendwie schlecht dabei gefühlt, aber es geht um unser aller Leben und Millionen mehr ... und er erinnert sich an nichts davon. Ich denke, es wäre klug, die Wurmlöcher mit einem Shuttle zu überprüfen, bevor wir den Kreuzer durchbringen."

„Es ist dein Job, paranoid zu sein, Jason", kommentierte Patel mit einem anerkennenden Lachen. „Du brauchst kein schlechtes Gewissen zu haben."

„Ja. Um deine Frage zu beantworten: Ich vertraue Mironov so weit, dass ich bereit bin, seine Vertrauenswürdigkeit zu testen. Darüber hinaus... Nun, um den Effekt der Drogen zu umgehen, müsste er ziemlich stark hypnotisiert sein. Und obwohl ich Antonov einiges zutraue, müsste er schon ein verdammter Hellseher sein, um zu wissen, dass dieser Typ gefangen genommen wird."

„Ich nehme an, du hast Recht", räumte Patel ein. „Im Moment haben wir keine andere Wahl. Entweder wir vertrauen ihm oder wir machen uns direkt auf den Weg zur Erde ... oder wir lassen die *Decatur* hier und hoffen, dass wir sie irgendwann mit Treibstoff versorgen können. Keine der beiden Optionen gefällt mir, und da ich der Admiral bin, gefallen sie auch keinem von euch."

McKay lachte. „Das hätten sie sowieso nicht getan, Admiral. Aber ich werde ein Auge auf ihn haben."

„Wir haben fünf Jahre darauf gewartet, Jason", sagte der Admiral seufzend und lehnte sich in seinem Stuhl zurück. „Lass es uns nicht vermasseln."

„Assault One, hier ist *Decatur*“, hörte Esmeralda Villanueva über die Cockpitlautsprecher. „Das Fusionsgerät ist platziert und der Countdown hat begonnen. Sie können mit der Verbrennung beginnen.“

„Roger, *Decatur*“, antwortete sie in ihrem professionellen, knappen Ton. „Ich beginne jetzt mit der Verbrennung eines Gees.“ Sie drückte auf die Steuerung und wurde durch die Beschleunigung des Bor-Antriebs des Shuttles zurück in ihre Beschleunigungsliege gedrückt. „Assault One wird den Ereignishorizont in 32,5 Minuten durchqueren.“

„Verstanden, Assault One, Zündung in genau 30 Minuten.“

„Mein Gott“, sagte Vinnie leise von dem Sitz rechts hinten zwischen ihr und dem Kopiloten. „Das ist verdammt knapp, wenn man hinter einer explodierenden Fusionsbombe fliegt.“

„Ground pounders“, murmelte der Copilot und kicherte. Vinnie starrte ihn an. Es handelte sich um einen jungen Lieutenant namens Orton, der so eingebildet war, wie man es von einem Shuttle-Piloten erwarten würde, und dessen blondes Haar nur einen Millimeter länger war als vorgeschrieben. Es war schon schlimm genug, dass Vinnie sich fehl am Platz und eingeengt fühlte, weil er den gleichen gepanzerten Raumanzug wie die beiden Piloten trug, dessen Helm an der Seite seiner Beschleunigungsliege befestigt war.

„In einem Vakuum gibt es keine Schockwelle“, erinnerte ihn Villanueva. „Das Einzige, worüber wir uns Sorgen machen müssen, ist die Strahlung, und das ist eine sehr ‚saubere‘ Bombe. Außerdem sind wir hier drin ziemlich gut abgeschirmt.“

„Wissen Sie“, kommentierte Lt. Orton, „ich weiß, warum sie hier sind.“ Er nickte in Richtung des Trios von Waffentechnikern, die drei der sechs Beschleunigungsliegen im Passagierraum hinter dem Cockpit besetzten. „Sie müssen die Bombe platzieren, um uns wieder durch das Wurmloch zu bringen. Aber warum sind Sie hier, Captain Mahoney?“

„Ich möchte Sie etwas fragen, Leutnant Orton“, sagte Vinnie.

„Nehmen wir an, das Ganze ist eine Falle und wenn wir auf der anderen Seite ankommen, warten dort eine Menge Kriegsschiffe des Protektorats auf uns... was wollen Sie dann tun?“

„Gegen sie kämpfen“, antwortete Orton und sah ihn an, als wäre das eine dumme Frage.

„Wenn sie eure Antriebe und Waffen ausgeschaltet haben, Leutnant Orton, muss jemand diesen Schalter betätigen.“ Vinnie fischte einen kleinen Fernauslöser aus seiner Tasche und zeigte ihn dem Kopiloten, „und die Fusionsbombe da hinten in die Luft jagen, bevor die Protektorate uns in die Finger bekommen und herausfinden, was wir wissen.“ Er lächelte. „Deshalb bin ich hier.“ Was er ihm nicht sagte, war, dass er sich vor allem wegen Esmeralda freiwillig für diesen Job gemeldet hatte. *Du hast es nicht leicht, Vinnie Boy*, musste er sich eingestehen.

Mit finsterer Miene wandte sich der jüngere Mann wieder dem Bildschirm zu, auf dem das Sternenfeld mit einer Computerkarte überlagert wurde. Die Zwillingsschiffe *Decatur* und *Sheridan* hingen im Gravitationsschatten des größten Gasriesen des Systems, im Gleichgewicht zwischen der Anziehungskraft des Planeten von der Größe Saturns und seines größten Mondes, verborgen vor den passiven Sensoren, falls das ganze Experiment eine Falle des Protektorats war. Das Wurmloch wurde auf der Karte durch einen stilisierten Strudel dargestellt, der fast eine halbe Million Kilometer von dem Ort entfernt war, an dem sich die Sternenkreuzer versteckten, während ein blinkendes rotes Symbol daneben den manipulierten Fusionsauslöser darstellte.

„Was ich gerne wüsste“, fragte Villanueva, nachdem sie sich vergewissert hatte, dass die Kommunikation zwischen den Schiffen ausgeschaltet war, „ist, warum der russische Ingenieur nicht bei uns ist und seinen Arsch aufs Spiel setzt.“

„Wenn wir nicht zurückkommen“, antwortete Vinnie auf ihre rhetorische Frage, „wollen sie, dass er dafür geradesteht. Damit sie es wieder versuchen können.“

„Bist du nicht ein Quell von Sonnenschein und Fröhlichkeit?“, unterbrach Orton ihn.

Vinnie musste lachen. Vielleicht war der Kerl ja doch nicht so schlecht. „Verdammt, Lieutenant, warum glauben Sie, dass der militärische Ruhestand so großzügig ist?“

„Du siehst aus wie ein werdender Vater, McKay.“ kommentierte Patel leise, als die beiden auf der Brücke der *Sheridan* standen und die Videoübertragung aus dem Shuttle auf dem Hauptbildschirm betrachteten.

„Ich fühle mich wie eine werdende Mutter“, murmelte McKay, dessen Augen auf den Bildschirm gerichtet waren. Das Shuttle hatte sich umgedreht und bremste nun ab, um die Geschwindigkeit zu verringern, so dass sie mit einer kontrollierbareren Geschwindigkeit durch das Tor fliegen konnten. Mironov hatte ihnen gesagt, dass das Schiff seine Geschwindigkeit von vor dem Sprung beibehalten würde, wenn es das Wurmloch verließ, und sie wollten in der Lage sein, schnell wieder hindurchzukommen, falls es auf der anderen Seite eine Bedrohung gab.

„Ich bin sicher, dass es keine Probleme geben wird“, sagte Mironov, dem die Anspannung im Gesicht abzulesen war. Der Russe stand ein paar Meter vor der Kommando-Couch und hielt sich an einem Griff der taktischen Station fest. „Dieses Tor wird nicht oft benutzt. Es wäre sehr seltsam, wenn ein Schiff hierher käme.“

„Ich hoffe, du hast recht, Konstantin“, antwortete McKay auf Russisch. „Aber ich mache mir trotzdem Sorgen um meine Freunde.“ Der Russe schaute ihn seltsam an. „Was ist los? Ist mein Russisch nicht korrekt?“

„Nein, es ist perfekt“, sagte Konstantin und schüttelte den Kopf. „Es ist nur so, dass ich schon lange keine Freunde mehr hatte, um die ich mir Sorgen machen musste. Die einzigen Menschen, mit denen ich reden konnte, waren die Besatzungen der Patrouillen- und Frachtschiffe, und sie kamen selten zweimal zurück. Sie erzählten mir Dinge ... Dinge über den General und was er auf Novoye Rodina tat.

„Er ist ein Verrückter... er experimentiert an unseren eigenen

Leuten. Er hat versucht, mehr Wege zu finden, um die Replikatorbehälter als Waffe gegen euch einzusetzen. Sie sagten, er wollte Viren herstellen und intelligentere Soldaten erschaffen, als die,die ihr 'Biomechs' nennt. Ich habe sogar gehört, dass er einen Weg finden wollte, exakte Duplikate von Menschen herzustellen, damit er mehr als einen unserer wertvollsten Offiziere haben konnte.

McKay warf ihm einen scharfen Blick zu. „Mein Gott, hat er das je getan?"

„Ich habe gehört, nein", sagte Konstantin und schüttelte den Kopf. „Sie sagten mir, er könne die Körper duplizieren, aber sie wären wie Babys ... ohne Erinnerungen. Ich bete zu Gott, dass er nie einen Weg gefunden hat. Es sollte nie mehr als einen von ihm geben, oder?"

„Wenn es euch beiden nichts ausmacht", warf Patel ein. „Ich spreche kein Russisch."

„Tut mir leid, Admiral." McKay wechselte zurück ins Englische.

„Zwei Minuten bis zur Detonation", ertönte die Meldung von der taktischen Station der *Decatur* über die Brückenlautsprecher. „Angriff Eins wird voraussichtlich zwei Minuten und dreißig Sekunden später eintreten, genau in der Mitte des Fünf-Minuten-Fensters."

McKay zückte seinen 'Link und tippte eine private Nachricht an Colonel Podbyrin, der sich noch auf der *Decatur* befand - er hielt es für das Beste, dass Konstantin noch nichts von ihm erfuhr.

D'mitry, tippte er schnell, *Konstantin hat mir von Experimenten erzählt, bei denen Menschen dupliziert werden. Er sagte, sie entpuppten sich als Babys, ohne Erinnerungen. Schon mal davon gehört?*

Es dauerte fast eine Minute, bis er eine Antwort erhielt. *Ich habe Geschichten gehört. Habe aber nie selbst daran gearbeitet. Alles war abgeschottet.*

Haben sie es jemals geschafft, dass es funktioniert?

Ich weiß es nicht. Ich habe nie gehört, dass sie es vor dem Krieg versucht haben. Aber ich weiß es nicht.

Unzufrieden, aber gespannt auf den Wurmlochsprung, legte

McKay seinen Link weg und wandte sich wieder dem Bildschirm zu, während der Countdown weiterlief.

„Detonation in zehn Sekunden... neun, acht, sieben, sechs, fünf, vier, drei, zwei, eins... Detonation."

Im Bild der Außenkameras des Shuttles konnte er einen sonnenhellen Lichtblitz sehen, der viel zu nahe an dem kleinen Raumschiff vorbeiflog, ein Licht, das so hell war, dass es das Bild in einem Dunst aus reinem Weiß auslöschte, der fast sofort durch einen leeren Bildschirm ersetzt wurde.

„Der Fusionsausbruch unterbricht ihre Übertragung", erklärte die Stimme von der *Decatur*. „Die Sensoren sind auch überlastet... es wird nur ein paar Minuten dauern."

Das vordere optische Teleskop des Schiffes zeigte eine langsam schrumpfende weiße Kugel in der Ferne, aber nichts von dem Shuttle.

„Dreißig Sekunden bis zum planmäßigen Übergang", verkündete Decatur, „aber wir bekommen immer noch keine Videoübertragung von Assault One. Die gravimetrischen Sensoren zeigen eine Art Rauschen an."

„Das ist das Wurmloch", erklärte Konstantin. „Es verzerrt die lokale Raumzeit... alle elektromagnetischen und gravimetrischen Signale werden um es herum verzerrt."

„Das bedeutet, dass wir nicht feststellen können, ob sie es geschafft haben", sagte McKay und runzelte die Stirn. „Zumindest bis sie zurückkommen."

„Wunderbar", murmelte Patel.

„Die geplante Übergangszeit ist vorbei", sagte die Stimme von der *Decatur*. „Immer noch kein Signal, die Sensorenwerte sind immer noch unklar."

„Das Tor wird sich nach einer weiteren Minute von selbst schließen", sagte Mironov. „Wir wissen nicht, ob es von dem... was auch immer... der es gebaut hat, so entworfen wurde oder ob es ein physikalisches Gesetz ist, das wir noch nicht verstehen."

„Deine Leute dachten, dass die Wurmlöcher künstlich sind und nicht natürlich vorkommen?" fragte McKay ihn überrascht.

„Das sagen unsere Physiker", sagte Mironov achselzuckend. „Ich weiß nur, wie sie funktionieren, nicht so sehr warum."

„Die Störung ist weg", verkündete Decatur über die Lautsprecher. „Die Sensoren zeigen ... nichts an. Keine Spur von Assault One."

„Sie werden zurückkommen", sagte McKay zu Patel und nickte mit einer Zuversicht, die er sich nur wünschte zu spüren.

„VERDAMMT", sagte Vinnie milde und starrte auf den verdunkelten Bildschirm. „Heißt das, dass wir es nicht einmal zu sehen bekommen, wenn wir durch dieses Ding gehen?"

„Die Kameras wurden durch die Explosion überlastet", erklärte Villanueva. „Warte nur eine Sekunde."

Die Bildschirme wurden wieder aktiv und Vinnie sah ... nichts. Keine Sterne, keine Planeten, nur Schwärze.

„Warum zum Teufel sehen wir keine Sterne?", wollte Orton wissen.

„Das muss das Wurmloch sein", überlegte Villanueva. „Vielleicht verzerrt es die elektromagnetische Strahlung, so wie es der Eysselink-Antrieb tut."

„Tja, das ist scheiße", kommentierte Vinnie. „Wie lange dauert es, bis wir durch das Ding durch sind?"

Villanueva überprüfte die Anzeige. „Es sollte ungefähr..."

Unterbrechung.

„Scheiße!" riefen Vinnie und Orton fast gleichzeitig, und auch die Techniker hinter ihnen schimpften im Chor. Sie sahen sich im Cockpit des Shuttles um, als könnten sie nicht glauben, dass es noch da war.

„Ich glaube, ich habe gerade die Farbe Grün geschmeckt", sagte Esmeralda Villanueva und versuchte, das unbeschreiblich seltsame Gefühl, das sie gerade erlebt hatte, abzuschütteln.

„Das war so verdammt seltsam", sagte Orton und schüttelte den Kopf. „Ich hatte das Gefühl, ich wäre nicht da."

„Nun, jetzt bist du hier", sagte Vinnie und blickte auf ein neues Sternenfeld auf dem Bildschirm. „Wo immer das auch sein mag."

„Da ist das Primärfeld“, sagte Villanueva und zeigte mit dem Finger auf die Computerkarte, die sich langsam auf dem Bildschirm aufbaute, als die Sensoren wieder zum Leben erwachten. „Es ist ein roter Riese. Wir sind etwa neun AE von ihm entfernt... Es sieht so aus, als ob wir uns in der Umlaufbahn eines Gasriesen befinden. Gott weiß, wo in der Galaxie wir sind - die Wissenschaftler können sich unsere Scans ansehen, wenn wir zurück sind. Wie auch immer, wir kehren um.“ Sie berührte die Triebwerkskontrollen und sie hörten eine Reihe von „Knallen“, als die Manöverraketen das Schiff umdrehten und es dann wieder stabilisierten, so dass es in die Richtung des Tores zeigte, durch das sie gekommen waren.

„Die taktische Karte zeigt einen großen Haufen Nichts an“, verkündete Orton. „Nicht einmal eine verirrte Funkwelle. Ich schätze, der alte Russe hat die Wahrheit gesagt. Wir haben die Koordinaten des Tores in Bezug auf das Haupttor.“ Er drehte sich in seinem Stuhl um und wandte sich den Technikern zu. „Seid ihr bereit, die Bombe zu platzieren?“

„Aber ja“, antwortete die Frau, die das Team leitete, und schnallte sich von ihrem Sitz ab. „Lasst uns hier verschwinden.“

„Cal“, sagte Villanueva zu Orton, „geh mit ihnen zurück in den Frachtraum und hilf ihnen, das Ding aus der Schleuse zu holen, wenn du nichts dagegen hast.“

„Verstanden, Ma'am“, sagte er mit einem Nicken, riss seine eigenen Gurte ab und schnappte sich seinen Helm, bevor er sich auf den Weg zur Luke im Heckschott machte.

„Also“, wandte sich Villanueva an Vinnie, als Orton und die Techniker wieder im Laderaum waren, „bist du froh, dass du gekommen bist?“

Vinnie kratzte sich am Kopf. „Um ehrlich zu sein, war es ziemlich langweilig“, gab er zu, „abgesehen von der Sache mit den Farben und dem Nicht-Da-Sein. Aber die Gesellschaft ist nett", fügte er grinsend hinzu.

Sie betrachtete ihn mit einem zweifelnden Blick. „Erzähl mir nicht, dass du dich freiwillig für eine Mission gemeldet hast, die ein

Selbstmordkommando hätte sein können, nur damit du mit mir zusammen sein kannst."

„Du wirst es vielleicht nicht glauben, Esme", sagte er, „aber das wäre nicht einmal annähernd der dümmste Grund, warum ich mich freiwillig für eine mögliche Selbstmordmission gemeldet habe." Er löste seine Fesseln und schob sich so nah an sie heran, dass er mit dem Handrücken sanft über ihre Wange streichen konnte.

„Wie soll ein Mädchen so einem Spruch widerstehen?" Sie grinste, packte ihn am Hals und zog ihn zu einem Kuss. „Verdammte Anzüge", murmelte sie leise, als sich ihre Lippen trennten und sie mit dem Gesicht zueinander schwebten, nur Millimeter voneinander entfernt.

„Hey, wir haben noch eine Weile zusammen", versicherte er ihr. „Gott weiß, wie lange wir hier draußen sein werden, um das Protektorat auszukundschaften. Haben Staffelführer einen Anspruch auf eine Privatkabine oder muss ich Jock wieder aus dem Zimmer schmeißen?"

Daraufhin lachte sie aus voller Kehle, ein heiserer Ton, der Vinnie in den Wahnsinn trieb. „Ich denke, wir können uns schon einigen", sagte sie achselzuckend.

„Wenn ihr beide fertig seid", ertönte Cal Ortons Stimme über die Lautsprecher, „haben wir die Bombe in der Luftschleuse und sind bereit, ihre Manövriereinheit zu aktivieren."

Oh Scheiße", murmelte Villanueva und wurde rot, als ihr klar wurde, dass sie den Lautsprecher im Frachtraum vergessen hatte. „Verstanden, Cal... Setz das Ding in Bewegung, damit wir zurück zum Schiff kommen können."

Sie zuckte zusammen, schaltete den Tonabnehmer stumm und blickte Vinnie an, der unkontrolliert lachte. „Na klar", schimpfte sie und schob ihn zurück zu seinem Sitz. „Du musst nicht mit ihm arbeiten!"

Schließlich konnte sie nicht mehr anders und fing selbst an zu lachen.

Du hast es schwer, Mädchen, sagte sie sich. Überraschenderweise machte es ihr nicht viel aus.

17

Shannon Stark blickte von ihrem Buch auf, als sie hörte, wie sich der Mann bewegte. Der Attentäter war an das Bett gefesselt, das neben dem Stuhl, auf dem sie saß, das einzige Möbelstück in dem steingemauerten Raum war. Sie betrachtete den Mann mit einer unpersönlichen Kühle, als er aus seinem Drogenrausch erwachte und inzwischen gesünder aussah als vor einigen Tagen, als er zum ersten Mal in die Sicherheitseinrichtung gebracht worden war. Sein Knie war größtenteils verheilt und er wurde gesäubert und in frische Kleidung gehüllt. Und natürlich war er wie ein Schwamm ausgequetscht worden.

„Wo zum Teufel bin ich?" murmelte er schläfrig und blinzelte mit den Augen gegen das schwache Licht im Raum an. Seine Stimme war ein überraschend angenehmer Bariton mit einem deutlichen australischen Akzent.

„Irgendwo, wo dich niemand finden wird, Mr. Finley", sagte sie und legte ihr Tablet auf den Stuhl, während sie aufstand. „Wenn sie sich überhaupt die Mühe machen, zu suchen."

Er schielte zu ihr hinüber und verzog das Gesicht vor Konzentration. „Du bist Stark", sagte er. „Du hast mich ganz schön reingelegt...

Ich hätte wissen müssen, dass O'Keefe nicht so dumm ist, diesen Reporter in der Altstadt alleine zu treffen."

„Von jemandem mit deiner Ausbildung hätte ich mehr erwartet", mahnte sie. „Zehn Jahre im Fleet Marine Corps, mehrere Belobigungen, Beförderung zum Gunnery Sergeant ... und dann die Rückstufung zum Corporal und die generelle Entlassung wegen Angriffs auf einen Offizier."

„Lass mich dir etwas Zeit ersparen, Major Stark", unterbrach er sie, seufzte und schloss die Augen. „Ich merke doch, wie beschissen ich mich fühle, dass ihr mich im Griff hattet, also weißt du bereits alles, was ich weiß. Und du weißt, dass es verdammt nutzlos ist. Scheinkonten, keine Gesichter, keine Namen. Als Nächstes schlägst du mir also einen Deal vor: Du gibst mir eine neue Identität und tust so, als wüsstest du nicht, dass ich Mulrooney getötet habe, und ich gehe undercover für dich oder so einen Scheiß. Nun, spar dir den Atem. Ich bevorzuge ein Regierungsgefängnis."

„Daran haben wir gedacht", gab Shannon mit einem Nicken zu. „Hättest du gewusst, wie du jemanden persönlich treffen kannst, oder hätten wir geglaubt, dass du für deinen Auftraggeber wichtig genug bist, um dich zu töten, hätten wir dir das Angebot gemacht. Aber so wie die Dinge stehen, bist du für uns wertlos. Wir haben deinen 'Link, wir haben deine Konten, wir haben deine Adressen und deine Passwörter. Wir können diese Verbindungen auch ohne dich herstellen."

Er blickte verwirrt drein. „Warum redet ihr dann mit mir?"

„Ich war an der Reihe, Wache zu halten", erklärte sie, als sich die Tür zum Raum mit einem pneumatischen Zischen öffnete. Valerie O'Keefe-Mulrooney trat ein, ihr Gesichtsausdruck war so kalt, dass Stickstoff gefror. „Sie wollte, dass du wach bist."

Sie sah Shannon nicht an, sondern ging zum Bett hinüber und fixierte Finley mit ihren Augen. „Danke, dass du mich angerufen hast, Shannon", sagte sie leise. „Du kannst jetzt rausgehen."

Shannon nahm ihr Tablet in die Hand und ging wortlos durch die Tür, die sie hinter sich schloss, indem sie mit der Handfläche auf eine Platte an der Außenwand drückte.

Finley schnaubte amüsiert. „Willst du mich einschüchtern? Mich beschämen, damit ich dir helfen will?“

„Vor sechs Jahren“, sagte Valerie langsam und ruhig, als hätte er nicht gesprochen, „gab es einen Mann auf Aphrodite namens Huerta. Er war ein Mann, den ich für einen Freund und Verbündeten hielt, aber er benutzte mich als Spielfigur und versuchte schließlich, mich in einem kleinen Bauernhaus in der Wüste zu vergewaltigen.“ Val griff in ihre Handtasche und zog ein großes Messer mit breiter Klinge heraus. „Ich zeige Ihnen, was ich mit ihm gemacht habe, Mr. Finley.“

Draußen im Korridor der alten, verlassenen Notunterkunft hörte Shannon die Schreie. Sie lächelte grimmig und wartete, bis sie aufhörten.

JETZT, wo der Undercover-Teil seiner Mission vorbei war, vermisste Ariel Shamir sein altes Gesicht. Er hatte weder Zeit noch Gelegenheit gehabt, es vor dem Flug nach Houston wieder zu ändern, also musste er sein jetziges behalten, bis die Aktion vorbei war. Wenigstens, so dachte er, während er sich selbstbewusst das Kinn rieb, hatte er sich den verdammten, juckenden Bart abrasieren können.

„Hör auf zu zappeln, Kedves“, flüsterte Roza ihm zu, während sie so tat, als würde sie an ihrem Getränk nippen.

„Wenn das noch länger dauert“, antwortete er leise, „stehe ich verdammt noch mal auf und tanze.“

Sie saßen seit fast zwei Stunden an dem Ecktisch in der abgelegenen Bar am Rande des Greater Houston Development Complex und beobachteten Colonel Lee, der auf das Treffen mit seinem Kontaktmann wartete. Es war kurz vor Mitternacht. Lee sah noch unbehaglicher und ungeduldiger aus, als Ari sich fühlte: Der Colonel saß allein, unpassend gekleidet in fader Zivilkleidung, an einem Tisch nahe der Tür des Lokals. Er ignorierte die beiden eifrig und hob nur alle paar Minuten seinen Blick von seinem kaum angerührten Getränk, um verstohlen zur Tür zu schauen.

„Weißt du", kommentierte Ari, „für den Drahtzieher einer Verschwörung ist der gute Colonel ein bisschen überdreht."

„Ich frage mich langsam, ob dieser Typ überhaupt auftauchen wird", seufzte Roza. „Vielleicht hatten sie einen Insider in Lees Gruppe und wissen, dass alles zum Teufel gegangen ist."

Ari schüttelte den Kopf. „Wir warten noch ein paar Minuten ab, dann gebe ich Lee ein Zeichen, dass er zum Hotel zurückkehren soll."

Er konzentrierte sich auf die Nachrichten im Netz, die auf dem flackernden Holotank der Bar liefen. Er konnte den Ton nicht hören, aber das Video, das gezeigt wurde, zeigte Senatorin Valerie O'Keefe-Mulrooney - Archivmaterial einer Rede, die sie gehalten hatte - und dann einen Schnitt zu Präsident O'Keefe, der besorgt und alt aussah, und dann eine Archivaufnahme der Altstadt. Er runzelte die Stirn. Was zum Teufel sollte das alles?

Er wollte gerade die Nachrichten auf seinem Handy checken, als die Türen der Bar zischend aufgingen und Lee sich umsah, wie jedes Mal, wenn sie in den letzten zwei Stunden geöffnet wurde... aber dieses Mal war der Ausdruck auf seinem Gesicht eine Mischung aus Erleichterung und Besorgnis.

„Ich glaube, wir haben eine Gewinnerin", flüsterte Roza.

Die Frau war um die vierzig, schätzte Ari - das konnte man natürlich nicht an ihrem Aussehen erkennen, aber mit etwas Übung und Beobachtung konnte man sich ein gutes Bild davon machen, wie eine Person sich bewegte. Sie trug Zivilkleidung, aber die Art und Weise, wie sie sie trug, war so präzise und akkurat, dass Ari mit moralischer Gewissheit wusste, dass sie vor kurzem beim Militär war, wenn nicht sogar immer noch. Ihr dunkles Haar war in einem strengen Pony kurz geschnitten und ihr Gesicht sah aus, als wäre es in einem ewigen, strengen Stirnrunzeln erstarrt. Und bei Gott, er kannte sie!

Die Frau nahm neben Lee an der Bar Platz, sagte aber nicht sofort etwas. Sie zog ein Glas aus dem Spender und stellte es unter den Zapfhahn, dann tippte sie auf den Bildschirm, um sich ein Bier zu zapfen. Die Bar las ihre ID von ihrem 'Link und belastete ihr Konto automatisch

„Es gefällt mir nicht, dass du hier bist, Lee“, sagte sie schließlich, ohne den Colonel anzusehen, sondern so, als ob sie mit jemandem über ihren Link sprechen würde. „Das ist unnötig auffällig.“

„Daran lässt sich nichts ändern“, sagte Lee streng und nahm sich ein Beispiel an ihr und stellte keinen Augenkontakt her. „Es gibt Dinge, die ich dir auf keinem abhörbaren Weg sagen kann, und ich brauche Ratschläge, die man nicht von einem toten Punkt aus geben kann.“

„Nun hör schon auf damit, um Himmels willen“, brummte sie.

„Der Guard Investigative Service weiß von der ... Operation“, sagte er und leckte sich nervös über die Lippen. „Sie hatten einen Spitzel unter meinen Angestellten.“

„Das ist bedauerlich“, sagte sie barsch und hielt ihr Glas fest in der Hand.

Lee zuckte zusammen. „Sie wollte gerade eine Razzia anordnen und uns alle verhaften lassen, aber sie hat dem falschen Mann vertraut und kam nicht dazu, diesen Anruf zu tätigen. Das gibt uns Zeit, aber nicht viel. Ich muss wissen, ob die Sache unmittelbar bevorsteht. Wenn nicht, müssen wir uns so viele Rekruten wie möglich schnappen und ein sicheres Versteck suchen, bis wir mit unserem Teil der Sache weitermachen können. Wenn wir nicht mehr lange warten müssen, können wir dort ausharren, wo wir sind, vielleicht mit wertvollen Geiseln wie General Kage. Wir könnten sogar in die Stadt eindringen.“

Ari nickte langsam. Lee hatte sich gut geschlagen. Er hatte seine Zweifel gehabt.

„Ich bin nicht befugt, dir etwas über den Zeitplan zu sagen“, sagte die Frau und schüttelte den Kopf. „Und selbst wenn ich es könnte, wüsste ich es nicht.“

„Dann finde es heraus“, sagte Lee mit zusammengebissenen Zähnen. „Hol dir eine Genehmigung. Oder ich schwöre, ich werde ein Versteck finden, verschwinden und das wird das Letzte sein, was du von mir hörst. Ich werde keine Ablenkung für dich sein ... Ich werde keine guten Männer und Frauen opfern, um es deinen Bossen leichter zu machen. Wenn du mich wie einen wertvollen Verbündeten behandelst, wirst du einen wertvollen Verbündeten haben. Wenn du mich wie einen wegwerfbaren Lakaien behandelst, wirst du nichts haben."

„Beruhige dich, Lee", sagte sie beschwichtigend. Sie seufzte resigniert. „Gib mir zwei Stunden, dann überprüfst du die Nachrichten auf unserem Dead Drop. Es wird nur ein Wort sein: 'Gehen' oder 'Bleiben'. Wenn es 'gehen' heißt, dann haben wir mehr als zwei Wochen Zeit. Das ist alles, was ich tun kann." Sie wartete nicht auf eine Antwort, sondern leerte ihr Bier mit einem Schluck und stand auf. „Warte zehn Minuten, bevor du gehst", wies sie ihn an und ging auf die Tür zu.

„Hast du ihr ‚Link-Signal' erwischt?" fragte Ari Roza, als die Frau auf die dunkle Straße hinausging.

Roza prüfte das Tablet, das sie unter dem Tisch hielt. „Ja. Es ist natürlich gefälscht und anonym, aber es hat den Trojaner aufgenommen und sendet den Ping. Ich kann nicht sagen, wie lange es dauern wird, bis sie eine gesicherte Einrichtung betritt und man das Signal blockiert, aber im Moment haben wir sie."

„Es macht nichts, wenn wir den Ping verlieren", sagte er und grinste. „Ich weiß, wer sie ist."

Roza blickte erschrocken zu ihm auf. „Du weißt es?"

„Sie ist Helenne D'Annique", informierte er sie. „Sie war der Erste Offizier auf der *Patton*, dem Schiff von Admiral Patel während des Krieges. Ich war als Marinesoldat auf dem Schiff; sie kam mir immer wie eine eiserne Schlampe vor. Ich weiß nicht, wo sie in den letzten fünf Jahren war ... aber ich weiß, wie ich es herausfinden kann."

„Na, ist das nicht interessant?" überlegte Ari und rieb sich unbewusst das Kinn, während er auf den Bildschirm seines Tablets starrte. Seit dem Treffen in der Bar war mehr als eine Stunde vergangen und die drei hatten sich getrennt auf den Weg zurück zum Hotel gemacht, einem Arbeiterhotel in einem billigen Viertel der Stadt, das es mit anonymen Konten nicht so genau nahm. Ari saß in einem Sessel, während Lee und Roza sich um das Terminal am Schreibtisch drängten und den Dead Drop Account auf eine Nachricht hin beobachteten.

„Hast du etwas?“ fragte Roza und ging zum Stuhl, um ihm über die Schulter zu schauen.

„D'Annique hat kurz nach dem Krieg ihren Dienst quittiert“, antwortete er und fasste das Dossier des Flottengeheimdienstes über die Frau zusammen, das er gelesen hatte. „Sie lebte ein Jahr lang von ihren Ersparnissen und ihrer halben Rente, bis sie von einer kleinen Sicherheitsfirma hier in Houston eingestellt wurde... die ihr etwa das Zehnfache ihres Militärgehalts zahlt und zufälligerweise eine sehr, sehr indirekte Tochtergesellschaft des Republic Transportation Multicorps ist.“

„Szar“, fluchte Roza auf Ungarisch. „Das übersteigt meine Gehaltsklasse.“

„Ja“, stimmte Ari zu und seufzte. „Das wird kompliziert werden. Ich glaube, ich muss Major Stark anrufen und Verstärkung anfordern.“ Er drehte sich um und sah sie an. „Es sei denn, du hast ein paar GIS-Mitarbeiter, denen du vertraust?“

„Wir sind eine kleine Abteilung“, beklagte sie und schüttelte den Kopf. „Und so etwas machen wir nicht ... nun ja, nicht so, wie wir es gemacht haben. Es gibt eine Handvoll Undercover-Inspektoren wie mich, zwei Trupps für direkte Aktionen und das war's dann auch schon. Die meisten Inspektoren sind zu keiner Zeit auf dem Planeten.“

Die Türglocke des Hotelzimmers läutete und drei Köpfe drehten sich gleichzeitig um, wobei Ari und Roza Pistolen bereit hielten. Ari ging zu dem kleinen Bildschirm in der Wand neben der Tür und sah eine große, schlaksige Gestalt in einem geblümten Hemd und Touristenshorts auf dem Flur stehen, deren Gesichtszüge durch einen breitkrempigen Hut und eine Sonnenbrille verdeckt waren. Er schaute Roza an und schüttelte den Kopf. Sie erwiderte die Bewegung und ging auf die andere Seite der Tür, die Pistole im Anschlag, während Colonel Lee hinter dem Schreibtisch in Deckung ging. Ari drückte auf den Knopf der Gegensprechanlage.

„Ja?“, war alles, was er sagte.

„Mach die verdammte Tür auf, damit ich diesen blöden Hut abnehmen kann", sagte der Mann. Er beugte sich in die Kamera, nahm seine Brille ab, hob den Hut kurz an und setzte ihn dann wieder auf.

„Heilige Scheiße", hauchte Ari und lachte leise. Er steckte seine Pistole wieder ein und winkte Roza zurück, während er das Türschloss entriegelte und das Panel anfasste, um es zu öffnen. Der Mann schlüpfte schnell hinein, schloss die Tür hinter sich und nahm seinen Hut und seine Brille ab.

„Hey Captain Shamir", sagte Tom Crossman beiläufig, als er den Raum kurz durchsuchte. „Ich mag das neue Gesicht. Inspektor Kovach." Er nickte der Frau zu, die ihn neugierig anstarrte und ihre Waffe noch immer in der Hand hielt. Crossmans Blick blieb an Colonel Lee hängen, der langsam hinter dem Schreibtisch hervorkam. „Oh, da sind Sie ja, Colonel... Ich dachte schon, man hätte Ihre Leiche irgendwo entsorgt."

„Ich will Ihnen nicht zu nahe treten", sagte Roza, „aber wer zum Teufel sind Sie?"

„Er ist Sergeant Tom Crossman", erklärte Ari ihr.

„*Der* Tom Crossman?", fragte sie.

„Heiliger Bimbam", murmelte Tom und rollte mit den Augen. „Und das ist der Grund, warum ich nicht undercover arbeiten kann", sagte er und winkte ihr mit der Hand zu. Verdammter Mist. Ohne den Scheiß hier könnte ich nicht mal in die Öffentlichkeit gehen." Er gestikulierte auf den Hut und die Brille, die er auf das Bett geworfen hatte.

„Tom", unterbrach Ari, „so leid mir die Last des Ruhms auch tut und so froh ich auch bin, dich zu sehen... was machst du hier?"

„Ich stelle sicher, dass es sicher ist", antwortete er achselzuckend. Er berührte einen Knopf an seinem Link. „Bring sie rein", sagte er und betätigte die Türsteuerung.

Die Tür öffnete sich und Shannon Stark trat ein, flankiert von zwei von Toms neuen Absolventen: einer kompetent aussehenden, stämmigen Frau mit stacheligem schwarzem Haar und blasser Haut und einem großen, langbeinigen jungen Mann mit traurigen, dunklen Hundeaugen. Alle drei trugen legere Zivilkleidung, wenn auch nicht ganz so leger wie Tom Crossman.

„Ma'am." grüßte Ari sie, als sich die Tür hinter ihnen schloss.

„Ari, darf ich fragen, was zum Teufel du in Houston machst?" sagte Shannon ohne Vorrede. „Das letzte, was ich von dir gehört habe, war, dass du und Inspektor Kovach Colonel Lee verhaften wolltet." Sie warf dem Colonel der Kolonialgarde, der neben dem Schreibtisch stand, einen Blick zu. „Wie ich sehe, hat sich der Plan weiterentwickelt."

„Bevor ich darauf antworte, Ma'am", sagte er, „nur zu meinem eigenen Seelenfrieden: Wie haben Sie uns gefunden? Und warum seid hier? In dieser Stadt, meine ich... Ihr seid mir doch nicht hierher gefolgt, oder?"

„Wir gehen einer Spur nach", sagte sie. „Wir...", sie zuckte mit den Schultern. „Es ist uns gelungen, den Mann zu finden, der Glen Mulrooney getötet hat. Wir haben seinen Link gefunden, seine Konten, alles. Es war alles anonymisiert und verschlüsselt, aber unsere Netzwerktaucher konnten einen Teil seines Geldes zu einem Konto zurückverfolgen, von dem wir wissen, dass es mit einer Sicherheitsfirma hier in Houston verbunden ist, was wir aber nicht beweisen können.

Roza warf ihm einen Blick zu und er nickte.

„Wir waren in der Stadt, um die Sache weiterzuverfolgen", fuhr Shannon fort, „als dein ‚Link' in der Stadt auftauchte. Es ist ein anonymer Link, aber wir haben ihn ausgestellt und können ihn verfolgen. Hier sind wir also. Du bist dran."

„Ma'am, wir haben Colonel Lee rekrutiert... Ich habe ihm eine neue Identität für seine Kooperation angeboten. Da die Alternative nicht wünschenswert war, nahm er das Angebot an und hinterließ seinem Kontaktmann eine Nachricht, ihn hier zu treffen."

Erkenntnis trat in Shannons Augen. „A-ha. Und ich wette, dieser Kontakt arbeitet für eine Sicherheitsfirma mit Verbindungen zu Republic Transportation?"

„Ja, Ma'am", antwortete Ari. „Und es ist noch besser als das ... oder vielleicht noch schlimmer. Ich weiß, wer sie ist. Es ist Helenne D'Annique."

Shannon hob eine Augenbraue. „Die gleiche, die unter Admiral Patel Erste Offizierin auf der *Patton* war?"

„Sie ist vor etwa fünf Jahren ausgestiegen und hat ein Jahr später bei Lone Star Security angefangen", erzählte Ari. „Laut der Akte geschah es ziemlich plötzlich... sie kam von einer diplomatischen Mission nach Aphrodite zurück und hat einfach gekündigt."

Tom Crossman und Shannon Stark sahen auf und Crossmans Augen verengten sich.

„Lass mich die Akte sehen." Shannon streckte ihre Hand aus und Ari reichte ihr das Tablet. Sie schüttelte den Kopf, als sie es las. „Verdammter Mistkerl", murmelte sie. Sie sah zu Tom auf. „Es war derselbe Trip, auf dem auch Dominguez war."

„Dominguez?" wiederholte Roza. Ihre Augen weiteten sich. „Du meinst Vizepräsident Dominguez?"

„Oh, Scheiße", murmelte Ari und setzte sich schwer auf das Bett.

„Ich denke, es ist an der Zeit", sagte Shannon langsam und nachdenklich, „dass wir herausfinden, wer bei dieser Mission dabei war ... und was zum Teufel da draußen passiert ist."

„Was auch immer ihr vorhabt", meldete sich Colonel Lee vom Schreibtisch aus zu Wort, wo er auf den Monitor starrte, „ihr habt nicht viel Zeit dafür." Er blickte zu Ari und Roza mit dem Gesichtsausdruck eines Mannes, der einen Verkehrsunfall beobachtet, der sich vor ihm abspielt. „Die Nachricht wurde gesendet. Sie lautet 'Bleib'."

18

Jason McKay schüttelte seinen Kopf und versuchte, ihn von dem beißenden Geschmack von Gelb und dem süßen Geruch des Konzepts 'seitwärts' zu befreien und von dem verrückten Gefühl, dass er nicht existierte und doch gleichzeitig allgegenwärtig war. Er blickte zu Mironov, der neben ihm auf einer der Beschleunigungsliegen hinter Admiral Patels Station auf der Brücke der *Sheridan* festgeschnallt war. Der Russe summte teilnahmslos vor sich hin, als wäre er gerade mit der Schwebebahn durch die Stadt gefahren.

„Und daran hast du dich wirklich gewöhnt?" fragte McKay mit ungläubiger Stimme. Dies war der dritte Sprung, den das Schiff durch die Wurmlöcher gemacht hatte, und er schien dutzendmal schlimmer zu sein als der erste. Schlimmer noch, es standen noch viele weitere an: Mironov kannte viele der Tore, aber man hatte ihm nicht genug Informationen anvertraut, dass er wusste, welche Tore zum Hauptquartier des Protektorats auf Novoye Rodina führten. Deshalb bestand ihr Plan darin, die Wurmlochmatrix des Protektorats so weit wie möglich zu erforschen und zu hoffen, dass die Physiker eine Karte davon erstellen und vorhersagen konnten, wo sich die Tore befanden.

„Das Eysselink-Antriebsfeld ist aktiviert", verkündete der Steuermann des Schiffes und übertönte damit die Antwort, die Mironov vielleicht gegeben hätte. „Die Navigationssysteme analysieren die Sternenmuster... Wir sollten in einer Minute die beste Schätzung für unseren Standort haben."

„Die Sensoren laufen", meldete die taktische Abteilung, als der Bildschirm des Schiffes begann, eine Sensorprojektion über das neue Sternenfeld zu legen, das sie auf der anderen Seite des Sprungtores gefunden hatten. „Wir haben einen Stern der F-Klasse, der drei irdische Planeten, zwei mittelgroße Gasriesen und vielleicht einen Eisriesen in extremer Entfernung beherbergt. Wir befinden uns derzeit in einem kleinen Asteroidenfeld zwischen dem letzten der Erdplaneten und dem ersten Gasriesen. Keine gravimetrische Strahlung, keine Kontakte, keine Anzeichen von Bewohnern."

„Halten Sie aktive gravimetrische Scans aufrecht", befahl Patel. „Steuermann, Sie haben die Koordinaten für das nächste Tor; bringen Sie uns mit einer Beschleunigung von einem G dorthin." McKay sah den Admiral an und bewunderte ihn dafür, wie er das alles mit Fassung zu tragen schien. Als ob es etwas Alltägliches wäre, ein Multimillionen-Tonnen- und Multimilliarden-Dollar-Raumschiff als Experimentierfeld zu benutzen, um von Außerirdischen geschaffene Wurmlöcher mit Wellen verformter Raumzeit zu öffnen und dann außerhalb des verdammten Universums zu reisen.

„Mr. Mironov", Admiral Patel drehte sich in seinem Stuhl um und wandte sich an den Russen, „wie stehen die Chancen, dass wir in diesen Systemen auf militärische Kräfte des Protektorats stoßen? Sie haben uns gesagt, dass Antonov in einigen von ihnen Minenbasen und Abhörposten unterhält, aber dies ist unser zweiter Besuch ohne Anzeichen einer Besetzung."

„Das ist schwer zu sagen", antwortete Mironov, nachdem McKay die Frage leise für ihn übersetzt hatte. „Wir hatten nicht genug Schiffe, um sie in jedem System zu stationieren, sondern nur in wichtigen Knotenpunkten wie Peresechenie - so nannten wir das System, in dem ihr gegen uns gekämpft habt. Aber es gibt Patrouillen und manchmal Frachtschiffe, die Vorräte hinein und Mineralien herausbringen.

„Es ist also unwahrscheinlich, dass sie uns aus dem Hinterhalt auflauern, wenn wir das Tor durchqueren", vermutete Patel und nickte zufrieden.

„Das kommt darauf an", fügte Mironov schnell hinzu, als wolle er den Admiral nicht auf falsche Gedanken bringen. „Normalerweise nicht... aber wenn es einem der Schiffe in Peresechenie gelungen ist, vor der Schlacht eine Nachricht durch das Tor zu schicken, dann ist es möglich, dass ihr auf Widerstand stoßt."

„Selbst dann", sagte McKay, „wüssten sie nicht, dass wir durch die Wurmlöcher kommen können, also würden sie hier nicht nach uns suchen."

„Das stimmt", räumte Mironov mit einem Nicken ein. „Eure einzige Gefahr wäre, wenn..."

„Sir!" Lieutenant Commander Pirelli, der taktische Offizier, rief aus. „Wir empfangen einen gravimetrischen Energiestoß in etwa zwanzigtausend Kilometern Entfernung, der mit der Öffnung eines Wurmlochs übereinstimmt!"

„Der'mo", fluchte Mironov.

„Kampfstationen!", rief Patel. „Alle Mann sichern für die Notbeschleunigung! Steuermann, vier G Beschleunigung in Richtung der gravimetrischen Signatur. Taktik, ich will bei ihnen sein, bevor sie wissen, dass wir hier sind ... Zielt auf sie, sobald wir in Reichweite sind."

„Notbeschleunigung aktiviert", verkündete Leutnant Sweeny, der Steuermann, und McKay spürte, wie er von 310 Kilo seines eigenen Gewichts zurück in die Liege gedrückt wurde.

„Die Sensoren zeigen an, dass ein Schiff durchkommt", meldete Pirelli und stöhnte die Worte durch die Anstrengung der Beschleunigung heraus. „Ungefähr so groß wie eines ihrer umgebauten Frachtschiffe. Die Daten werden auf dem Bildschirm angezeigt." Der Schiffscomputer zeigte auf der taktischen Projektion auf dem Hauptbildschirm ein Symbol des feindlichen Schiffes und eine grafische Darstellung des Tors.

„Das..." Mironov rang nach Luft, sein Gesicht verzerrte sich vor

Schmerz. „Das ist kein Tor, von dem ich wusste." Er keuchte vor Anstrengung. „Ich weiß nicht, wohin es führt."

„Verstanden, Sir", bestätigte Sweeny. „Es ist viel weiter draußen als das, auf das wir vorher zusteuerten."

„Konstantin", fragte McKay und versuchte, sein Gehirn trotz des Drucks zum Arbeiten zu bringen, „was würde sie tun, wenn sie uns sehen? Kämpfen oder weglaufen?"

„Ein einsames Schiff wird fliehen", sagte Mironov. „Zurück zu einem Ort, an dem sie es melden können."

„Admiral", sagte McKay, „mein Rat ist, langsamer zu fliegen, sie uns sehen zu lassen ... einen Schuss abzugeben, der sie nicht tötet ... und ihnen dann zu folgen."

„Ich weiß, worauf du hinauswillst, McKay", unterbrach ihn Patel. „Steuermann, zurück auf ein G Beschleunigung."

„Ein G, aye", bestätigte Sweeny und McKay atmete tief durch, als die erdrückende Last von seiner Brust abfiel.

„Taktik", fuhr Patel fort, „zielt mit den Lasern auf die Kommunikationsantenne des Schiffs und feuert sofort auf maximaler Reichweite."

„Auf die Kommunikationsantennen zielen, aye", sagte Pirelli. „Sie haben uns immer noch nicht entdeckt... Sie haben ihren Fusionsimpulsantrieb aktiviert und beschleunigen mit einem G auf den Bereich unseres Eingangswurmlochs. Wir sollten in zehn Minuten in maximaler Laserreichweite sein, Sir."

„Gute Idee, Admiral", lobte McKay und nickte anerkennend. „Wenn ihre Langstreckenkommunikation ausgefallen ist, muss er uns direkt zu ihren Truppen führen."

„Sie haben mir die Sterne nicht wegen meines guten Aussehens gegeben, McKay", sagte Patel milde, den Blick immer noch auf die Sensorenanzeigen auf dem Hauptbildschirm gerichtet. Der Computer hatte anhand der Sensorenscans einen Avatar des feindlichen Schiffes erstellt: Es war ein kastenförmiger, zweckmäßiger Frachter, der entweder aus einem republikanischen Koloniesystem gestohlen oder von einem gestohlenen Schiff kopiert worden war, aber die verschiedenen Ausstülpungen und Erweiterungen verrieten, dass die Panzerung und die Waffenkapseln improvisiert waren.

„Offensichtlich nicht, Sir", kommentierte McKay trocken und beobachtete das Schiff, das auf sie zukam. „Schließlich bin ich noch kein General." Patel warf ihm einen Seitenblick zu, dann lachte er leise.

„Darüber würde ich mit dir diskutieren", sagte der Admiral lächelnd, „aber Major Stark ist ein sehr gutes Argument für dich."

„Shannon ist weit außerhalb meiner Liga, Sir", gab McKay zu, „woran sie mich jeden Tag erinnert."

„Oh, oh", meldete sich Pirelli zu Wort, „ich glaube, sie haben uns gesehen. Ihr Antrieb wurde gerade unterbrochen... sie machen eine Kehrtwende, glaube ich. Noch zwei Minuten bis zur Laserreichweite, und wenn der Antrieb im Weg ist, haben wir keine Chance auf einen Treffer."

„Alarm schlagen", befahl Patel, „sofortige Notbeschleunigung mit fünf G."

„Oh, wunderbar", murmelte McKay und bekam sofort keine Luft mehr.

Die Sekunden fühlten sich an wie Elefanten, die auf seiner Brust tanzten, bis er von irgendwo in der Ferne Pirelli krächzen hörte: „Schiff in Reichweite..."

„Antrieb deaktivieren", sagte Patel mit einer Stimme wie ein knurrender Hund. „Feuer!"

Das erdrückende Gewicht von fünf Gravitationsgraden der Beschleunigung wurde sofort aufgehoben, was ein kollektives Aufstöhnen bei der Brückenbesatzung auslöste, und er konnte die Computersimulation der Laserbatterien sehen, die durch den Raum zwischen ihnen und dem Protektoratsfrachter schossen, noch bevor Pirelli sagte: „Die Laser feuern jetzt."

Auf der Backbordseite des Protektoratsschiffs loderten Hitzefackeln auf, als die Laserpulse in das Schiff einschlugen, und dann wurden sie und das Schiff von einer Wasserstofffackel ausgelöscht, als der Fusionsimpulsantrieb des feindlichen Schiffs zündete.

„Antriebsfeld reaktiviert", verkündete Sweeny, als die Laser aufhörten zu feuern.

„Er fliegt zurück zum Wurmloch", sagte Pirelli. „Mit drei G kann er nicht lange durchhalten, es sei denn, er kann auf der anderen Seite auftanken."

„Er wird bald eine weitere Wende machen", sagte Patel voraus. „Sie müssen etwas Geschwindigkeit abbauen, um die Bombe zu platzieren und das Tor wieder zu öffnen."

„Sir", warf McKay ein, „sie werden misstrauisch, wenn wir sie zu leicht davonkommen lassen. Lassen Sie mich mit ihnen reden, Admiral."

„Kommunikation", wandte sich Patel an Lt. Junior Grade Mandel, „rufen Sie das feindliche Schiff, ein breites Signal und geben Sie Colonel McKay Bescheid."

„Aye, Sir", sagte Mandel. „Sie sind dran, Colonel", sagte er nach einem Moment.

„Hier spricht Colonel Jason McKay vom republikanischen Raumschiff *Sheridan*", sagte McKay auf Russisch. „Schalten Sie Ihre Geschwindigkeit ab und machen Sie sich bereit, geentert zu werden, sonst werden Sie zerstört." Er wandte sich an Leutnant Pirelli und wechselte leise ins Englische. „Wie lange dauert es, bis sie das Tor erreichen können?"

„Nicht weniger als fünf Minuten, Sir", antwortete sie.

„Sie haben fünf Minuten Zeit", sagte McKay wieder auf Russisch und nickte Leutnant JG Mandel zu, der die Verbindung beendete. McKay warf einen Blick auf Patel. „Jetzt werden sie denken, dass wir über sie gestolpert sind und versuchen, sie gefangen zu nehmen, und wir wissen einfach nicht, wo das Sprungtor ist."

Patel nickte verständnisvoll. „Und sie werden sich beglückwünschen, dass sie uns überlistet haben, während sie durchspringen." Er runzelte nachdenklich die Stirn. „Der nächste Teil wird knifflig. Wir dürfen nicht zu dicht hinter ihnen durch das Tor kommen, sonst merken sie, was wir vorhaben. Steuermann", wandte er sich an Sweeny, "sobald sie durch das Tor sind, bringen Sie uns in Sprungposition und übernehmen die Station. Wir werden dort ein paar Minuten warten."

„Sie haben gewendet und verlangsamen sich in Richtung Tor", meldete Pirelli.

„Wir bekommen eine Antwort", teilte Mandel mit. „Sie ist ein bisschen schwach... sie haben nur noch Kurzstreckenfunk."

„Auf den Bildschirm", teilte Patel ihm mit.

Das Bild auf dem Bildschirm flackerte unregelmäßig und wurde alle paar Sekunden zu einem Rauschen, aber solange es anhielt, konnte McKay das Bild eines großen, breitschultrigen Mannes mit einem wettergegerbten, faltigen Gesicht und struppigen grauen Haaren sehen, der die graue Uniform des Protektorats trug.

„Ich bin Captain Igor Medvedev", sagte der Mann auf Russisch, und seine tiefe Stimme klang seltsam mechanisch, als das Rauschen sie in Abständen unterbrach, „vom Protektoratsschiff Postavshchik." McKay übersetzte die Worte des Mannes für Admiral Patel. „Wir verlangsamen unsere Fahrt und werden in sechs Minuten Entergeschwindigkeit erreichen können. Wir ergeben uns und sind damit einverstanden, geentert zu werden. Bitte schießen Sie nicht auf uns."

„Für jemanden, der angeblich sein Schiff aufgibt, ist er aber cool drauf", kommentierte Patel trocken. McKay stimmte zu: Der Russe schwitzte nicht einmal. „Er ist davon überzeugt, dass er uns alle durchschaut hat..."

„Verbinden Sie mich mit ihm, Mr. Mandel", sagte McKay zu dem Kommunikationsoffizier. Auf Mandels Nicken hin antwortete er auf die Übertragung. „Sie haben sechs Minuten Zeit, Captain, aber weichen Sie nicht von Ihrem derzeitigen Kurs ab und versuchen Sie nicht zu fliehen. Wir melden uns wieder, wenn wir die gleiche Geschwindigkeit haben."

„Du solltest eine Karriere als Schauspieler in Betracht ziehen, McKay", sagte Patel, als der Kommunikationsoffizier die Verbindung unterbrach. „Steuermann, beschleunigen Sie uns mit einem G bis zum Wendepunkt und bremsen Sie dann ab, um die Geschwindigkeit anzugleichen ... aber passen Sie auf, dass wir nicht zu nah dran sind."

„Sie sind fast da“, sagte Pirelli und schaute auf die Sensoren. „Ja, ihr Antrieb ist abgeschaltet.“ Die Fusionsfackel hinter dem computergesteuerten Bild des Schiffes auf dem Bildschirm war verschwunden und sie konnten die winzigen Sterne der Manövriertriebwerke sehen, die nahe dem Heck des Schiffes zündeten. „Sie haben ihre Geschwindigkeit fast auf Entergeschwindigkeit verlangsamt. Ich vermute, dass sie gleich den Fusionsauslöser betätigen werden.“

„Wahrscheinlich haben sie ihn schon ausgelöst“, sagte McKay. „Sie haben nur noch ein paar Minuten Zeit.“

Auf dem Bildschirm blitzte eine Miniatursonne auf. „Und da ist sie“, sagte Pirelli mit einem Nicken.

„Antriebsfeld deaktivieren. Feuert die Laser ab", befahl Patel. „Zielt auf ihre Antriebe, aber verfehlt sie knapp.“

„Aye, Sir.“ Die junge Frau fuhr mit dem Finger über einen Kontrollbildschirm und tippte ihn dann an. Auf dem Bildschirm blitzte eine purpurne Linie auf, als der Computer den Laserimpuls simulierte, der genau vor den Antrieben des Protektoratsschiffs einschlug, wo die Panzerung am dicksten war, und tonnenweise davon in einer glühenden Gaswolke verdampfte.

Und dann war die Postavshchik weg. Das Nichts im Weltraum schien sich zu erweitern, dann kehrten die Sterne zurück.

„Sie sind durch“, sagte Pirelli überflüssigerweise.

„Station halten“, befahl Patel. „Mach die Emitter bereit, um das Tor auf meinen Befehl hin zu öffnen.“

„Ohne Gravimetriesensoren“, überlegte McKay, „werden sie uns kaum durchkommen sehen, vor allem, wenn sie eine Fusionsverbrennung durchführen. Die Frage ist, ob wir wollen, dass sie uns sehen, wenn wir durchkommen. Wenn sie uns von hinten kommen sehen, könnten sie sich einerseits erschrecken und direkt nach Hause laufen. Andererseits, wenn sie einen fähigen Captain haben, der Nerven hat, wird er erkennen, dass wir ihnen nach Hause folgen könnten, und er wird uns weiter davon wegbringen.“ Er schaute zu Mironov. „Konstantin? Was denkst du? Wie wird dieser Medwedew reagieren?“

„Ich habe einmal auf seinem Schiff gedient“, sagte Mironov achselzuckend. „Er ist schlau … aber ihm geht es mehr um seine Haut als um seine Pflicht. Er wird sich in Sicherheit bringen.“

„Steuermann“, entschied Patel, „geben Sie ihm dreißig Minuten Zeit, bevor Sie das Tor öffnen. So hat er Zeit, das Tor zu öffnen und zum nächsten zu gehen, bevor er uns kommen sieht.“

„Aye, Sir“, bestätigte Sweeny.

McKay spürte eine Vibration an seinem Gürtel und sah verärgert nach unten, um festzustellen, dass jemand ihn kontaktierte. Er setzte den Ohrhörer auf und antwortete: „McKay hier“.

Patel warf ihm einen verärgerten Blick zu, sagte aber nichts. Er wusste, dass der Admiral keine privaten Gespräche auf der Brücke mochte, aber der Admiral kannte ihn gut genug, um zu wissen, dass er den Anruf nicht angenommen hätte, wenn er nicht wichtig gewesen wäre.

„McKay, hier ist Podbyrin“, sagte der ehemalige Colonel des Protektorats über die Kommunikationsverbindung zu ihm. „Ich habe Mironov über die Monitore im Hilfskontrollraum beobachtet, wie du es verlangt hast.“

McKay vermied es eifrig, Mironov anzusehen, der immer noch auf der Beschleunigungsliege neben ihm angeschnallt war. „Ja, ich verstehe. Sprich weiter.“

„Etwas ist...“ Der Russe rang nach einer Formulierung. „Irgendetwas stimmt nicht mit ihm, McKay. Ich beobachte ihn und sehe, dass er zu... zu bequem ist. Das ist sehr unnatürlich für ihn; er sollte mehr fehl am Platz sein, mehr nervös. Stattdessen sieht er aus, als ob er im Urlaub wäre.“

„Mmm-hmm“, antwortete McKay zweideutig. „Was denkst du, woran das liegen könnte?“

„Ich kann mir nur zwei Gründe vorstellen. Entweder spielt er mit uns … oder er hat den Bogen überspannt und ist psychisch labil. Beides ist keine gute Sache.“

„Nun, ersteres ist schwer zu glauben, wenn man unsere Vorsichtsmaßnahmen bedenkt“, sagte McKay vorsichtig. „Was das Letztere angeht, haben wir keine andere Wahl, als damit umzugehen. Danke, dass du mir Bescheid gesagt hast, ich melde mich später wieder bei dir.“

Er beendete das Gespräch und entschuldigte sich bei Admiral Patel, aber sein Magen knurrte und sein Kopf pochte. Er wusste, dass Podbyrin Recht hatte und er selbst hatte dasselbe gedacht: Es war zu einfach. Aber Mironov konnte auf keinen Fall ein Spitzel sein, da war er sich sicher: Woher hätte Antonov wissen sollen, dass der Mann überleben und gefangen genommen werden würde? Damit blieb nur noch die Möglichkeit, dass der Mann völlig verrückt war, was McKay leider ohne weiteres glauben konnte.

Ich schätze, wir können nur hoffen, dass er verrückt ist, aber nicht dumm, dachte McKay. *Gott, ich wünschte, Shannon wäre hier. Sie kann Menschen viel besser einschätzen als ich.*

„In Ordnung“, verkündete Patel schließlich, „das war genug Zeit. Steuermann, öffne das Tor und bringen Sie uns hindurch. Ich will, dass das Antriebsfeld reaktiviert wird, sobald wir durch das Tor sind. Taktik, alarmieren Sie die Stationen.“

McKay hatte ein flaues Gefühl im Magen, als sich das Wurmloch ausdehnte. Wenn sie sich verschätzten, könnten sie mit ihren Schilden direkt in eine Fusionsrakete springen. Sie wären alle tot, bevor sie wüssten, was sie getroffen hat ... oder schlimmer noch, sie würden es kommen sehen und hätten keine Zeit, etwas dagegen zu tun. Der Gedanke an den Tod erschreckte ihn nicht so sehr, sondern frustrierte ihn eher. Es gab einfach noch zu viel zu tun, als dass er jetzt sterben wollte.

„Aktiviere den Plasmaantrieb“, sagte Sweeny. „Wir treten jetzt in das Wurmloch ein...“

Mein Gott... McKay war so besorgt darüber, was sie auf der anderen Seite des Tores finden würden, dass er vergessen hatte, wie sehr er es hasste, durch diese verdammten Dinger zu fliegen. Das Heulen der Alarmsirenen riss sein Gehirn zurück in die Realität und seine Augen rasten auf den Bildschirm. Noch bevor er die Worte des Taktischen Offiziers verstehen konnte, sah er, dass die *Sheridan* in ein Doppelsternsystem mit drei Gasriesen und zwei erdähnlichen Planeten gesprungen war, und er konnte auch die

Darstellung des Protektoratschiffes eine Lichtsekunde von ihnen entfernt sehen.

„Ich glaube, sie sind auf dem Weg zum nächsten Tor“, sagte Pirelli. „Sie scheint uns nicht gesehen zu haben.“

„Sorgen Sie dafür, dass sie es tun, Commander Pirelli“, befahl Patel mit einem raubtierhaften Grinsen. „Deaktivieren Sie das Antriebsfeld und zielen Sie mit der Gaußkanone auf die vorderen Waffenkapseln.“

„Aye, Sir, Waffenkapseln anvisieren und abfeuern.“

Das Schiff erbebte leicht, als zwei Wolframpfeile von der Größe eines Kleinwagens mit Tausenden von Metern pro Sekunde aus ihm herausschossen. Sie überquerten die Distanz zwischen den Schiffen in wenigen Minuten und trafen auf die bauchige Waffenkapsel, die aus dem Backbordbug des Schiffs ragte. Die Gondel wurde in einer glühenden Wolke aus brennendem Sauerstoff aus ihren Verankerungen gerissen und trieb mit der kinetischen Energie des Aufpralls davon.

„Waffenkapsel zerstört“, sagte Pirelli mit einem zufriedenen Nicken. „Es scheint keine großen Sekundärschäden zu geben ... der Rumpf ist noch intakt. Sie zünden immer noch ihren Antrieb; ich glaube, sie erhöhen die Beschleunigung.“

„Vielleicht ist ihr nächstes Tor noch weit entfernt", sagte Sweeney.

„Sie sind nie mehr als ein paar Lichtsekunden voneinander entfernt“, korrigierte ihn Mironov. „Sie werden, glaube ich, versuchen, den Übergang mit hoher Beschleunigung zu schaffen... Er ist, wie du sagst... Er hat eine Scheißangst.“

„Da ist er!“ sagte Pirelli und deutete auf den Bildschirm, wo die Explosion des Fusionsauslösers fast von der Antriebsflamme des Schiffes verschluckt wurde. Der Eingang des Wurmlochs hatte kaum Zeit, sich zu erweitern, bevor das Schiff des Protektorats hindurch war.

Sweeny blickte zu Admiral Patel. „Sollen wir warten oder ihm folgen, Sir?“

„Bleibt ihm auf den Fersen“, drängte Patel. „Öffnen Sie das

Wurmloch wieder und bringen Sie uns sofort hindurch, bevor er die Chance hat, sich etwas Schlaues auszudenken. Ich will, dass er nur eine Möglichkeit hat: weiter zu rennen."

„Aye, Sir", sagte Sweeny. „Ich öffne das Tor."

McKay versuchte, seine Atmung zu kontrollieren und sich diesmal zu entspannen, aber der Übergang war wie eine Achterbahnfahrt mit einem unendlich tiefen ersten Drop und er hatte immer noch das Gefühl, dass sich sein Körper von innen nach außen drehte. Er blinzelte heftig mit den Augen und hielt sich an den Armlehnen seiner Couch fest, um wieder zur Ruhe zu kommen. Er blickte auf den Bildschirm, der wieder aufflackerte, und sah, wie die Sterne auf den Bildschirm zurückkehrten und... war das die Antriebsröhre des Protektoratsschiffs?

Ach du Scheiße!

„Aktiviert den Antrieb!" Er schrie den Befehl zur gleichen Zeit wie Admiral Patel, doch dann zündete der Antrieb des Protektoratsschiffs; ein gebündelter Fusionsstrahl entzündete sich weniger als zehn Kilometer vor ihnen, und alles wurde weiß...

19

„Das ist er", sagte Ari zu Roza, als der Mann aus der Veteranenklinik herauskam. Er sah genauso aus wie auf dem Video, das sie sich in der Akte der Veteranenabteilung der Republik angesehen hatten: mittelgroß, fast schmerzhaft dünn, mit schulterlangen roten Haaren und einem spärlichen, halbherzigen Schnurrbart. Er ging mit einem desinteressierten Schlurfen, die Augen auf den Bürgersteig gerichtet, die Hände in den Taschen.

Ari und Roza erhoben sich von der Bank, auf der sie gewartet hatten, und folgten ihm, wobei sie einen Abstand von zwanzig Metern einhielten. Es fiel ihnen schwer, langsam genug zu gehen, um auf Distanz zu bleiben: Er schien es nicht eilig zu haben, irgendwo hinzukommen. Ari bemühte sich, seine Augen in Bewegung zu halten, um zu vermeiden, dass der Mann sich umdrehte und ihn dabei erwischte, wie er ihn anstarrte, und um ein Gefühl für ihre Umgebung zu bekommen.

Es war ein unanständig sonniger Nachmittag im Houstoner Komplex, ohne dass eine einzige Wolke am blauen Himmel zu sehen war. In den letzten Tagen hatte Ari eine tiefe Abneigung gegen die Millionenstadt entwickelt. Sie war zum Himmel hin offen und so krass kommerziell wie ein Einkaufszentrum; das Wetter war selbst im frühen Frühling unerbittlich schwül und das öffentliche Verkehrssystem war brutal ineffizient und schmutzig. Und sie würden wieder damit fahren müssen, um diesem Kerl zu folgen.

Die Gegend um die Veteranenklinik war eher schäbig: nicht gefährlich, aber einfach... apathisch war ein gutes Wort. Hier und da gab es Risse im Gehweg oder abblätternde Verkleidungen an den Gebäuden oder absterbende Sträucher, die nicht gepflegt wurden; Beweise für mangelnde Pflege im wahrsten Sinne des Wortes. In Capital City wurden solche Dinge ganz selbstverständlich repariert. In London waren sie eine Frage des Stolzes. In Paris wurden sie ignoriert, weil es eine Frage des Stils war.

Hier schien es so zu sein, dass sich niemand die Mühe machte, sie zu melden, oder dass es niemanden interessierte, sie zu reparieren.

Rissige Bürgersteige führten zu den rissigen und abblätternden Wänden der Straßenbahnstation, wo die Beschäftigten der Unterschicht von einem Job zum nächsten schlurften, in der Hoffnung, genug zu verdienen, um Steuerzahler zu werden und damit bei den Wahlen zur Republik wahlberechtigt zu sein. Den meisten Arbeitern war das egal, wusste Ari, sie zogen es vor, die Vorzüge eines bequemen Lebens zu genießen, das ihnen die Regierung bot, und diejenigen, die sich überhaupt Gedanken über Politik machten, begnügten sich damit, bei den lokalen und nationalen Wahlen wählen zu dürfen.

Wenn sie nicht arbeiten müssten, um ihre Sozialwohnungen zu behalten, würden die meisten von ihnen ihre Wohnungen gar nicht mehr verlassen, dachte Ari zynisch. Mit den Rohkostvorräten, die täglich an ihre Küchenmaschinen geliefert wurden, und der kostenlosen Unterhaltung, die sie 24 Stunden am Tag auf ihren Konsolen genießen konnten, gab es keinen Grund dazu. Es war eine Umgebung wie die in Tel Aviv, die Ari dazu gebracht hatte, sich bei den Marines zu melden. Er wollte etwas tun und nicht zu einem verdammten Pilz werden.

Aber er wollte nicht den ganzen Tag mit der verdammten Straßenbahn in Houston fahren. Sie beobachteten, wie der Rothaarige in ein Auto stieg, das in ein etwas gehobeneres Viertel fuhr, und schlüpften hinter ihm durch die Türen, kurz bevor sie sich schlossen.

Der Wagon war fast leer, nur die drei und ein älterer Mann saßen hinten und dieser hatte seinen Kopf mit geschlossenen Augen an die Wand gelehnt, um auf dem Heimweg ein Nickerchen zu machen. Der Rothaarige nahm in der Mitte des Wagens Platz und Roza setzte sich neben ihn, während Ari ihm gegenüber saß.

Der Rotschopf beäugte sie misstrauisch und schaute sich in dem fast leeren Wagon um, als er von der Station wegfuhr.

„Du bist Liam Bryant, nicht wahr?" fragte Ari den Mann und malte ein freundliches Lächeln auf sein Gesicht.

„Kenne ich dich?", fragte der Rothaarige verwirrt. Seine Stimme klang zögerlich und schüchtern, ohne eine Spur von Vertrauen.

„Wir haben einige gemeinsame Freunde." sagte Roza und klopfte ihm auf die Schulter. „Von der *Patton*."

„Das ist schon lange her..." begann Liam und wollte sich von seinem Platz erheben, doch Rozas überraschend fester Griff auf seiner Schulter zog ihn wieder zurück.

„Aber du gehst immer noch einmal pro Woche in die Klinik, nach all dieser Zeit", bemerkte Ari. „Selbst nachdem du ein ganzes Jahr in der Verhaltensabteilung des Richmond Veteran's Hospital verbracht hast. Du kannst von Glück reden, dass sie dich überhaupt rausgelassen haben, nachdem du die Sanitäter im Fleet Outprocessing Center angegriffen hast.

„Ich... hatte nur ein paar Anpassungsschwierigkeiten", sagte Liam und wandte sich von Aris Blick ab. „Das liegt jetzt alles hinter mir. Die Ärzte sagen, dass ich darüber hinweg bin und dass die Behandlungen gut funktioniert haben."

„Aber du und ich wissen, Liam", sagte Ari traurig, „dass das Problem nie das war, was du getan hast... das Problem war, was dir auf der *Patton* passiert ist, auf der Reise nach Aphrodite kurz nach dem Krieg."

„Nein!" rief Liam und versuchte erneut aufzustehen, wurde aber erneut zurückgestoßen, diesmal von Aris Hand auf seiner Brust. Roza untersuchte schnell den anderen Insassen des Wagens, aber er hatte sich nicht gerührt. Ari legte einen schweigenden Finger auf seine Lippen, sein Blick war eine eindeutige Warnung. „Das ist nie passiert", beharrte Liam, dessen Stimme immer noch schrill, aber leiser und lauter klang und dessen blasses Gesicht in den Wangen rot wurde. „Ich war... Ich war krank. Ich hatte Wahnvorstellungen. Sie... sie haben mich geheilt."

„Nein, Liam", erwiderte Roza leise. „Irgendetwas ist auf dieser Reise passiert. Was auch immer es war, dein Verstand hat versucht, es zu verdrängen und du bist in Wahnvorstellungen und Paranoia verfallen. Aber irgendetwas ist passiert. Wir wissen das, weil andere Leute, die auf dieser Mission waren, sich anders verhalten."

„Wer... wer seid ihr zwei?" fragte Liam mit Verwirrung und Angst in den Augen.

„Liam, wir sagen dir, wer wir sind und was los ist", bot Ari an, „wenn du mit uns kommst und ein paar Fragen beantwortest. Es wird nicht länger als ein paar Stunden dauern, und vielleicht wird es dir dann tatsächlich besser gehen. Aber es heißt jetzt oder nie. Derjenige, der dir das angetan hat, überwacht dich über deinen 'Link'.

Liam fummelte an seinem Gürtel nach dem Gerät und sah es alarmiert an. „Jetzt gleich?"

„Nein, nicht jetzt", versicherte ihm Roza, „denn im Moment", sie holte eine kleine schwarze Box aus ihrer Umhängetasche, „werden der 'Link und alle anderen elektronischen Überwachungen in diesem Auto gestört. Aber sobald du das Auto verlässt, wird derjenige, der dich überwacht, wissen, dass etwas passiert ist, weil du gestört wurdest. Und dann werden sie dich holen kommen."

„Wenn du mit uns kommst", versprach Ari, „werden wir dich beschützen. Und du wirst herausfinden, was mit dir passiert ist. Wenn du nicht mitkommst..." Er zuckte mit den Schultern. „Vielleicht verarschen wir dich, vielleicht ist es ein Schwindel... aber was hast du eigentlich zu verlieren? Du sitzt den ganzen Tag in deiner Wohnung und sprichst mit niemandem außer deinem Therapeuten, abgesehen von ein paar Stunden am Abend, wenn du zu den anonymen Terminals im Café am anderen Ende der Stadt gehst und die Verschwörungscommunities durchstöberst."

Liam riss die Augen auf und machte ein entsetztes Gesicht.

„Ja, das stimmt, *Wissensdurstiger*, dein Account ist nicht ganz so anonym, wie du dachtest“, sagte Ari mit einem Anflug von Spott. „Und wenn wir es wissen, weißt du auch, dass sie es wissen.“

„In Ordnung“, sagte Liam zittrig, „ich komme mit. Was soll ich tun?“

„Lass deinen 'Link hier in der Straßenbahn liegen“, wies Roza ihn an. Der Mann riss es eilig von seinem Hosenbund und warf es auf den Sitz. „Wenn wir die nächste Station erreichen, steigen wir aus. Beweg dich schnell und halte deinen Kopf unten.“

Die nächste Haltestelle kam bald, und die holografische Werbung an den Wänden der Straßenbahn wies sie darauf hin, dass sie von dort aus leicht zu mehreren preiswerten Restaurants und Geschäften für individuelle Anfertigungen gelangen konnten. Als sich die Türen öffneten, erhoben sich alle von ihren Sitzen und stiegen in eine kleine Menschenmenge aus, die darauf wartete, einsteigen zu können - die Menschenmenge nach der Mittagspause, schätzte Ari anhand der Uhrzeit. Roza legte die linke Hand führend auf Liams rechte Schulter, während sie sich durch die Menge schlängelten, mit Ari an der Spitze.

Roza spürte, wie sich Liams Schulter anspannte, und wusste, dass die Bewegung kommen würde: Es war der logische Ort, um es zu versuchen, mitten in einer Menschenmenge an einem öffentlichen Ort, wo sie nicht verfolgt werden konnten. Als Liam sich drehte, um den Schwung zu bekommen, mit dem er den Ellbogen gegen ihren Kopf schwingen wollte, hatte sie ihre Hand schon in der Umhängetasche, und als der Ellbogen zu schwingen begann, stoppte sie ihn mitten in der Bewegung, indem sie ihren linken Daumen in seinen Trizeps grub. Liam keuchte vor Schmerz und Überraschung und dann schnellte ihre rechte Hand nach oben und umschloss einen kleinen, zylindrischen Gegenstand, den man mit einem Stift hätte verwechseln können. Die Spitze stach unauffällig in die nackte Haut seines rechten Bizeps, und sofort taumelte der Mann leicht.

„Ari“, sagte Roza leise und stützte Liam, der fast zusammenbrach. Ari drehte sich um, sah den Gegenstand in ihrer Faust und Liams benommenen Gesichtsausdruck und bewegte sich auf die andere Seite des Rotschopfs, um ihm eine stützende Hand unter den Arm zu legen. „Liam“, sagte Roza, „du wirst jetzt ein guter Junge sein und genau das tun, was ich dir sage, nicht wahr?“

Liam stöhnte zustimmend und seine Augen wurden glasig.

„Guter Junge, Liam“, flüsterte Roza beruhigend. „Geh jetzt einfach, Liam... geh mit uns und du kannst dich bald ausruhen.“

Aris Augen suchten die Menge ab, aber niemand schenkte ihnen einen zweiten Blick, als sie den betäubten Liam durch die Station und auf den Bürgersteig führten. Sie gingen weg von den Restaurantreihen, vorbei an Straßenverkäufern, die Eis, Getränke und anonyme 'Links' verkauften, bis sie zu einem Flitterpad kamen, wo eine Handvoll Transportmittel geparkt waren. Die meisten waren leer, weil sie von Unternehmen auf dem Gelände abgestellt wurden, aber eines war besetzt, seine Turbinen heulten im Leerlauf und seine Türen waren offen.

Ari und Roza brachten Liam die Treppe hinauf in den Flitter, setzten ihn auf einen der freien Sitze und schnallten ihn an. Auf dem Pilotensitz drehte sich Tom Crossman um und bemerkte Liams verwirrten Gesichtsausdruck und seine wandernden Augen.

„Plan B, hm?“ kommentierte Crossman mit einem Grinsen. „Du schuldest mir zehn Mäuse, Captain.“

„Mach einfach die Türen zu und hol uns hier raus, Tom“, sagte Ari. „Ich will diesen Verlierer zurück in den Unterschlupf bringen, bevor die Drogen nachlassen.“

Ari lehnte sich in den Stuhl zurück, schnallte sich an und ließ sich mit einem tiefen Seufzer nieder. Er konnte Rozas Blick auf sich spüren und wusste, was sie dachte. Er dachte es auch. In den letzten Tagen hatte er kaum an etwas anderes denken können. Die *Patton*. Major Stark hatte recherchiert, nachdem Lee die Nachricht erhalten hatte. Arvid Patel war der Captain des Schiffes, Hellene D'Annique die Erste Offizierin, und unter den vielen angesehenen Passagieren waren der damalige Senator Xavier Dominguez und Colonel Hikaru Kage von der Kolonialgarde.

Sie alle wussten, was das bedeuten könnte, aber keiner von ihnen war bereit, darüber zu sprechen, am wenigsten Roza. Es hatte keinen Sinn, solange sie nicht herausfinden konnten, was auf dem Schiff passiert war. Sie hatten darüber nachgedacht, D'Annique zu holen, aber sie war zu bekannt - die Leute würden es merken, wenn sie verschwinden würde. Und dann hatten sie die medizinischen Akten eines Liam Bryant ausgegraben...

„Also“, sagte Shannon und beobachtete, wie Tom und Ari den gefühllosen Liam auf den Stuhl in der Mitte des weitgehend kahlen Raums schnallten, „das ist unser Mann.“

„Ja“, grunzte Ari und zog die Gurte über der Brust des Mannes fest. „Und er ist verrückter als ein Käfig voller Eichhörnchen. Ich hoffe, das ist keine Zeitverschwendung.“

„Wenn er nicht verrückt wäre“, betonte Shannon, „wäre er Zeitverschwendung. Gib ihm das Aufputschmittel, Ari.“

Ari nahm die Spritze von dem kleinen Tisch neben dem Stuhl und injizierte sie Liam vorsichtig in den Nacken, dann trat er vorsichtig zurück. Der Mann zuckte leicht zusammen, seine Augen weiteten sich und er begann, an seinen Fesseln zu reißen. Er keuchte vor Anstrengung und Angst und sah sich in blinder Panik im Raum um.

„Was zum Teufel ist hier los?“, fragte er laut. „Wo bin ich? Was zum Teufel macht ihr mit mir? Wer seid ihr?“

„Wenn ich diese Fragen in umgekehrter Reihenfolge beantworten darf“, meldete sich Shannon zu Wort und er starrte sie verwundert an, als würde er sie gerade erst bemerken. „Ich bin Major Shannon Stark vom Geheimdienst der Flotte.“ Er wollte gerade eine Frage formulieren, als sie ihn unterbrach. „Ja, diese Shannon Stark. Wir haben dich gefesselt, damit du dir nichts antust. Du bist an einem sicheren und privaten Ort außerhalb der Stadt. Wir haben gehofft, dass du uns helfen kannst, herauszufinden, was hier eigentlich los ist.“

Liam versuchte, ein Dutzend verschiedene Dinge auf einmal zu sagen, aber schließlich schaffte er es, eine Aussage hervorzubringen: „Euch helfen?“

„Mr. Bryant“, sagte sie, während sie vor seinem Stuhl auf und ab ging und die Hände hinter dem Rücken verschränkte, „vor fünf Jahren sind Sie mit dem Kreuzer *Patton* zu einer politischen Mission aufgebrochen, um die Schäden zu begutachten, die die Invasion des Protektorats in der Kolonie Aphrodite angerichtet hat. Einen Monat nach Ihrer Rückkehr auf die Erde hatten Sie einen psychotischen Anfall, haben mehrere Medizintechniker angegriffen und waren ein Jahr lang in einer Behandlungseinrichtung. Sie haben immer wieder behauptet, dass niemand außer Ihnen echt sei... dass sie alle Kopien seien."

„Ich hatte einige Probleme", sagte Liam hilflos. „Aber sie konnten mich behandeln... sie gaben mir einige Medikamente, die mir halfen, gesund zu werden."

„Ja, ich weiß, Mr. Bryant. Und niemand verlangt von Ihnen, dass Sie sich wieder so verhalten, wie Sie es früher getan haben. Aber die Sache ist die: Wir glauben, dass Ihre Psychose durch ein tatsächliches Ereignis während dieser Reise ausgelöst wurde. Andere Menschen, die auf dieser Mission waren, haben ... erhebliche Persönlichkeitsveränderungen gezeigt."

„Gab es eine Art chemische Kontamination?" fragte Liam mit Angst in den Augen.

„Wir wissen es nicht, Mr. Bryant", gab Shannon zu. „Aber nach dem, was wir gesehen haben, denken wir, dass es Absicht war, was auch immer es war. Sie müssen versuchen, sich daran zu erinnern, was auf dem Schiff passiert ist."

„Das kann ich nicht", sagte Liam und zerrte frustriert an den Riemen an seinen Handgelenken. „Ich habe mich in den letzten drei Jahren, seit den Behandlungen, an nichts mehr erinnern können."

„Ja, ich weiß; ich habe Ihre Unterlagen gelesen. Deshalb wollen wir eine Hypnose an Ihnen durchführen, um die Erinnerungen hervorzuholen." Sie nickte Roza zu, die auf den Flur hinausging und mit einem Wagen zurückkam, auf dem ein Interface-Helm und die dazugehörigen Geräte lagen.

„Nein", flehte Liam heiser und schüttelte den Kopf. Ari runzelte die Stirn, als er die Schweißperlen auf der Stirn des Mannes sah. „Nein, haltet das verdammte Ding von mir fern!"

„Mr. Bryant“, versuchte Shannon ihn zu beruhigen, „es besteht keine Gefahr. Es ist völlig ungefährlich. Sie haben es doch bestimmt schon mal benutzt, als man versucht hat, Ihre Gewalttätigkeit zu entschärfen?“ Sie warf Ari einen Blick zu, woraufhin er das Tablett zurückschob und wieder aus dem Zimmer ging.

„Bringt dieses verdammte Ding nicht noch einmal in meine Nähe!“ schrie Liam, der jetzt, wo die Maschine weiter weg war, von Angst zu Wut überging. Sein Gesicht war knallrot und er atmete angestrengt nach Luft. „Ich bringe euch um! Ich schwöre bei Gott, ich werde es tun!“

Shannon antwortete ihm nicht, sondern ging auf den Flur hinaus zu Ari, der das Tablet mit Liams Krankenakte geholt hatte. Der Flur war genauso spärlich und zweckmäßig wie der Raum: Der Unterschlupf war ein umgebautes Lagerhaus, das vom Flottengeheimdienst über mehrere Schichten von Scheinfirmen gemietet wurde.

„Es ist genau hier“, sagte Ari grimmig und hielt das Tablet hoch. „Ich musste etwas tiefer graben; es stand in den detaillierten Tagesberichten, nicht in der Gesamtübersicht. Anfangs versuchten sie, ihn mit einer Hypnosonde zu betäuben, aber er reagierte auf jeden Versuch heftig, so dass sie gezwungen waren, stattdessen Psychopharmaka einzusetzen. Allerdings gelang es ihnen nicht, seine tatsächlichen Erinnerungen an die Reise zu erreichen. Er wiederholte immer wieder die paranoide Fantasie, dass alle Menschen auf dem Planeten außer ihm Kopien, Fälschungen seien. Schließlich griffen sie zu Gedächtnisunterdrückungsmitteln, um die Fantasien loszuwerden.“

„Verdammt“, murmelte Shannon. „Die Hypnosonde wird nicht funktionieren, wenn er jedes Mal psychotisch wird, wenn wir es versuchen, und wenn wir sie nicht benutzen können, werden wir auch nicht an diese Erinnerungen herankommen: Er kann sich nicht einmal mehr an die Fantasien erinnern. Vielleicht ist er ja doch eine Zeitverschwendung.“

„Vielleicht gibt es doch noch einen Weg“, sagte Roza, die hinter ihnen auftauchte. „In der GIS haben wir bei unseren Ermittlungen vor Ort oft keinen Zugang zu einer vollständigen Hypnosemaschine, deshalb benutzen wir stattdessen ein Medikament. Es wurde vor über hundert Jahren entwickelt, um eine Krankheit namens Alzheimer zu bekämpfen, bevor die Genchirurgie dieser Krankheit ein Ende setzte. Es soll die Nervenbahnen zu den Gedächtniszentren wiederherstellen; in Verbindung mit Psychopharmaka kann es Menschen dazu bringen, sich an Dinge zu erinnern, die sie vergessen haben, und sie dazu zwingen, sie zu erzählen."

„Das klingt zu schön, um wahr zu sein", kommentierte Ari. „Was ist der Nachteil?"

„Ja, das ist das Problem", gab sie zu und zog eine Augenbraue hoch. „Die Droge an sich ist keine schlechte Sache. Höchstens, dass du dich eine Zeit lang sehr deutlich an Dinge aus der Vergangenheit erinnerst. Ich habe gehört, dass es aus diesem Grund einen Schwarzmarkt für die Droge gibt, wenn auch keinen großen. Aber wenn du Psychopharmaka dazu nimmst, besteht die Gefahr von Krampfanfällen und möglichen Hirnschäden. Wir haben diese Methode nicht bei Leuten angewandt, die wir mochten."

Shannon atmete tief ein und stieß einen schweren Seufzer aus. „Geh und sag Tom den Namen des Medikaments. Er kann es für uns besorgen. Sag ihm, er soll einen ausgebildeten Sanitäter mit einem tragbaren Kit mitbringen." Roza nickte und drehte sich zu Crossman um. Auf Aris Blick hin schüttelte Shannon den Kopf. „Ich weiß ... er hat es nicht verdient, aber es geht nicht nur um sein Wohlergehen sondern möglicherweise um Milliarden."

„Wir brechen auch eine ganze Reihe von Gesetzen und verstoßen gegen die Verfassung der Republik und der USA", erklärte Ari.

„Wenn wir das, was auf uns zukommt, nicht aufhalten", entgegnete Shannon, „wird das alles keine Rolle spielen. Ich übernehme die volle Verantwortung. Geh und sieh nach Bryant. Wenn er immer noch in Panik ist, gib ihm ein Beruhigungsmittel."

Ari nickte und ging zurück ins Zimmer. Shannon wartete, bis er weg war, dann fluchte sie leise und schlug mit der Faust gegen die nackte Wand aus Hartschaum.

Verdammt, Jason. Warum musstest du weggehen und mich mit dieser Scheiße allein lassen?

Weil er dir mehr vertraut als jedem anderen auf der Welt, antwortete sie sich selbst. *In jeder Welt. Das heißt, du darfst ihn nicht enttäuschen.*

„Liam“, wiederholte Shannon und schnippte mit den Fingern, „kannst du mich hören?“

Die Augen des Mannes waren unkonzentriert, sein Kopf ruckelte, sein Atem kam in ruckartigen Atemzügen. Die Sanitäterin des Sondereinsatzkommandos, die Tom mitgebracht hatte, sah besorgt aus, sagte aber nichts, als sie Liam einen leichten Klaps auf die Wange gab.

„Ich... höre dich“, antwortete Liam mit undeutlichen Worten.

„Liam, erzähl mir, was bei der Mission zu Aphrodite passiert ist“, forderte Shannon. „Sag mir, was auf der *Patton* passiert ist.“

„Bitte zwing mich nicht“, wimmerte Liam mitleidig. „Es... es tut weh.“

„Liam, wenn du es mir erzählst, wird der Schmerz vergehen“, versprach ihm Shannon, die sich wie ein Vollidiot fühlte. „Erzähl mir, was auf der *Patton* passiert ist.“

„Es war...“ Er zog eine Grimasse, als hätte er einen schlechten Geschmack im Mund. „Es war ein paar Monate nach dem Krieg, und wir brachten einige VIPs nach Aphrodite. Wir brachten auch ein paar Hilfsgüter mit... Kleinigkeiten wie Medikamente, ein paar tragbare Fabriken und ein paar Techniker, die ihre Solarstromsatelliten reparieren sollten. Es war schwierig, die Shuttles so umzurüsten, dass sie den ganzen Kram runterbringen konnten.“ Seine Stimme wurde leichter, als er sprach.

„Aphrodite war verdammt langweilig“, fuhr er fort. „Ich musste die ganze Zeit bei der Landefähre bleiben, und selbst wenn ich es nicht getan hätte, gab es nichts zu tun. Wir alle luden Vorräte ab oder bedienten die Bauschaumspender, bauten Behelfsunterkünfte und reparierten die Gebäude, die noch standen, während die Politiker und die hohen Tiere sich gegenseitig mit Reden bedachten. Ich konnte es kaum erwarten, von diesem verdammten Felsen runterzukommen.

„Nachdem wir einen Monat dort geblieben waren, sind wir losgeflogen. Aber... als wir bei der Antimaterie-Fabrik in der Nähe des Hauptsystems anhielten, stand dort ein Schiff. Jemand sagte mir, es sei ein Frachtschiff, das nach unserer Abreise geschickt wurde. Sie dachten, es sei zum Antimaterie-Satelliten gekommen, um für die Rückreise zur Erde aufzutanken, aber irgendetwas stimmte nicht mit ihm. Es bewegte sich nicht. Captain Patel schickte ein Arbeitsteam mit meinem Landegerät rüber. Sie mussten Anzüge tragen ... der Frachter stand nicht unter Druck. Wir hatten eine Verbindung mit ihnen durch ihre Kameras, aber als sie den Frachter betraten, wurde das Bild statisch... es gab eine Art Störung. Nach ein paar Minuten bekam ich eine Übertragung... nur per Stimme, aber sie sagten, sie hätten das Problem gefunden. Die KI hatte einen defekten Kühlkern und sie mussten sie zur Reparatur auf die *Patton* zurückbringen."

Liam wurde immer unruhiger, seine Augenbrauen zogen sich zusammen und seine Nasenlöcher weiteten sich, als er schwer atmete. „Sie kamen mit dem Ding zurück an Bord... Es war ziemlich groß, etwa zwei Meter lang und einen Meter breit. Sie blieben mit ihm im Laderaum und sagten, sie würden es stabilisieren. Ich... Ich kannte diese Jungs nicht, verstehst du? Ich hätte sie ohne ihre Anzüge kaum erkennen können und sie trugen die ganze Zeit Helme. Es war nicht meine Schuld!"

„Ist schon gut, Liam", sagte Shannon beruhigend. „Niemand gibt dir die Schuld. Los, erzähl uns den Rest."

„Wir... wir kamen zurück zum Schiff", fuhr er fort. „Sie brachten den Kern in die Andockbucht und setzten ihn auf einen Schlitten, um ihn durch die Frachtschleuse in den Maschinenraum des Schiffes zu bringen, damit sie ihn bearbeiten konnten. Ich schloss die Landefähre ab und ging zurück in den Bereitschaftsraum, um eine Auszeit zu nehmen... und dann... war ich auf dem Korridor, auf dem Weg zum Bereitschaftsraum, als ich etwas spürte. Es war wie ein Geräusch, aber kein Geräusch, es war zwischen meinen Zähnen, in meinem Bauch." Er zuckte zusammen, ballte die Fäuste und stemmte die Arme gegen die Gurte, die ihn festhielten. „Es tat weh... es fühlte sich an, als würde jeder Knochen in meinem Körper explodieren und dann nichts mehr. Es war nicht so, als würde ich einschlafen, eher so, als hätte jemand mein Licht ausgeschaltet.“ Er stöhnte leise und ein Rinnsal von Spucke lief an seinem Mund herunter.

„Als ich... als mein Gehirn wieder anging, war ich ganz woanders. Ich lag in einem Raum mit einem schmutzigen Boden und es herrschte Schwerkraft. Nicht irdisch normal, aber nah dran. Mit mir waren noch ein paar andere Typen da drin, die ich kannte. Sanchez von der Brückencrew, Gradkowski von der Wartung und Dalton von der Technik. Wir kamen alle zur gleichen Zeit zu uns. Dalton erzählte mir, was passiert war. Er sagte, dass der Arbeitstrupp, der von dem Frachter zurückkam, nicht zu uns gehörte. Er sagte, sie kamen in den Maschinenraum und haben alle vergast, aber bevor er rausging, hörte er sie russisch sprechen.“

„Oh, Scheiße“, murmelte Ari hinter ihr.

„Er vermutet, dass irgendetwas in dem gefälschten Kern war, das alle umgehauen hat. Er sagte Unterschall oder so etwas. Irgendetwas, das durch das Schiff geleitet werden kann, wo immer es eine Atmosphäre gibt. Ich weiß nicht, wo sie uns hingebracht haben oder wie lange wir bewusstlos waren... wir konnten es nicht feststellen. Alle unsere Verbindungen waren weg, wir hatten nichts bei uns - wir hatten sogar andere Kleidung an. Nach ein paar Stunden benutzten sie wieder dieses Was-auch-immer. Als ich wieder zu mir kam, war ich in einer Art Labor und an einen Stuhl gefesselt...“ Seine Stimme wurde immer angestrengter und sein Gesicht war schweißbedeckt.

„Sie... sie haben dieses Ding an mir benutzt“, sagte er mit zusammengebissenen Zähnen und ruckte mit dem Kopf in Richtung Tür, womit er offensichtlich die Hypnosonde meinte. „Es waren noch andere mit mir da drin, die sie vergessen ließen. Danach erinnere ich mich an nichts mehr, bis wir mit der Patton auf dem Weg zurück zur Erde waren, und da erinnerte sich niemand mehr an etwas.“ Er schüttelte den Kopf, sein Gesicht war schmerzverzerrt und seine Muskeln krampften gegen die Fesseln.

„Da ist noch etwas, Liam“, sagte Shannon und machte einen Schritt auf ihn zu. „Was ist es?“

„Nein... nein..." Die Worte waren ein gequältes Flehen. „Ich... sie... sie haben mir gesagt..."

„Wenn du es uns sagst, wird der Schmerz verschwinden", beharrte sie. „Es wird alles verschwinden..."

„Bevor...", er stöhnte die Worte aus, als wären sie Gift. „Bevor sie mit der Maschine angefangen haben... habe ich etwas gesehen. Diese Dinger... Wannen? Tanks? Ich weiß es nicht... Sie hatten eine Form, wie ich sie noch nie gesehen hatte. Sie sahen nicht aus, wie von Menschen gebaut. Ich weiß nicht, woher ich das wusste, ich wusste es einfach. Sie hatten jemanden in diesen Dingern... einen der Politiker. Dieser Senatorentyp. Sie haben ihn aus einem der Wannen geholt und er war wie betäubt oder so...und dann...haben sie..." Er stöhnte, als ob er körperliche Schmerzen hätte und kniff die Augen zusammen. „Und dann haben sie ihn nochmal rausgezogen. Es waren zwei von ihm!" Er schrie die Worte heraus und begann kathartisch zu schluchzen, Tränen liefen ihm über die Wangen. „Oh Gott, oh Gott", stöhnte er. „Dann legten sie mir die Maschine an und versuchten, mich alles vergessen zu lassen, aber Jesus Christus! Wie könnte man das vergessen? Wie könnte das jemand?"

„Doc?" Sie schaute zu dem Sanitäter. Der Mann hielt einen Moment lang ein Überwachungsgerät an Liams Schläfe, dann nickte er.

„Es geht ihm gut", sagte der Arzt. „Ich glaube nicht, dass er Schaden genommen hat, und er hat auch keinen Krampfanfall. Seine Gehirnströme sehen gut aus."

Shannon stieß einen erleichterten Seufzer aus und tätschelte Liams Schulter, während der Mann weiter schluchzte. „Ari, Doc, nehmen Sie ihm die Gurte ab, geben Sie ihm ein Beruhigungsmittel und bringen Sie ihn in einen der Warteräume. Sie bleiben bei ihm, Doc, und sorgen dafür, dass er nicht wieder durchdreht. Wenn er sich daran erinnert, was wirklich passiert ist, wird er hoffentlich seine Wahnvorstellungen loswerden."

„Was ist eigentlich passiert?" wiederholte Ari. „Ma'am, was zum Teufel ist wirklich passiert? Ist er..." Ari schüttelte ungläubig den Kopf. „Sagt er, was ich denke, dass er sagt?"

„Wenn du glaubst, dass er sagt, dass die *Patton* vor fünf Jahren vom Protektorat gekapert wurde“, sagte Shannon ruhig und sah ihm in die Augen, „und dass die gesamte Besatzung einer Gehirnwäsche unterzogen wurde und dass unser derzeitiger Vizepräsident irgendwie mit Hilfe außerirdischer Technologie kopiert wurde ... dann ja, dann sagt er das, was du glaubst, dass er sagt.“

„Also steckt das Protektorat hinter dem Putsch?“ fragte Tom Crossman mit großen Augen.

„Ich frage mich, ob die anderen Beteiligten wissen, inwieweit das Protektorat involviert ist“, überlegte Roza.

„Ma'am“, fragte Ari, als er anfing, Liams Fesseln abzunehmen, „was zum Teufel machen wir mit all dem?“

„Das ist nicht unsere Entscheidung, Ari“, sagte Shannon und rieb sich müde den Nacken. „Was wir jetzt tun müssen, ist, dem Präsidenten zu sagen, was wir wissen.“ Sie seufzte. „Und hoffen, dass wir ihm irgendetwas davon glaubhaft machen können.“

20

„Von hier draußen sieht es ziemlich übel aus“, funkte Esmeralda Villanueva und stupste sanft die Kontrollen ihres Shuttles an, um es langsam über die Nase der *Sheridan* schweben zu lassen. Der Bug des massiven Kreuzers war mit einem Meter Nickeleisen gepanzert, das von einem Asteroiden abgeschmolzen worden war... Nicht einmal die gerichtete Fusionsbombe des Hauptantriebs des Protektoratsschiffs hatte diese Panzerung durchdringen können, obwohl einige Zentimeter davon wieder aufgeschmolzen und verdampft waren.

Was die Explosion durchdrungen hatte, war die viel dünnere Panzerung über den gravimetrischen Emittern im Bug, die der Schlüssel zur Langstreckensensorik des Schiffs waren. Ohne sie konnte das Schiff immer noch seine Umgebung mit optischen, Radar- und Lidarsensoren scannen, aber wenn es über das Eysselink-Feld in den FTL ging, würde es blind fliegen.

„Seht ihr das, *Sheridan*?“, fragte sie und versuchte, das Shuttle so zu drehen, dass sie ein besseres Bild von den Schäden bekam.

„Klar und deutlich“, bestätigte Lt. Commander Devlin, der Offizier der Schadenskontrolle. „Assault One, schwenken Sie langsam um die Nase, dann können Sie zurück zur Andockbucht fliegen.“

Auf der Brücke der *Sheridan* schüttelte Devlin langsam den Kopf, als er die Bilder aus dem Shuttle betrachtete. „Ich glaube nicht, dass man diese Art von Schaden außerhalb eines Trockendocks reparieren kann, Admiral", sagte er mit grimmiger Endgültigkeit.

„Ich glaube, Sie haben Recht, Mr. Devlin", stimmte Patel zu und runzelte die Stirn. „Es hätte auch schlimmer kommen können."

McKay nickte stumm und unterdrückte ein Schaudern.

Was für ein Schlamassel, dachte er. Der zuständige Mitarbeiter hatte den Antrieb fast zur gleichen Zeit aktiviert, als er und Patel den Befehl geschrien hatten... aber es war eine halbe Sekunde zu spät gewesen. Der Schaden war bereits angerichtet. Und als das Eysselink-Feld auf die Antriebsplatten des feindlichen Schiffes traf, zerfetzte die daraus resultierende Explosion das Protektoratsschiff in Atome.

„Also", sagte McKay schließlich laut und hielt sich an einer Sicherheitsschiene hinter dem Admiral fest, „das Schiff des Protektorats ist hinüber, was bedeutet, dass wir ihnen nicht bis zum nächsten Tor folgen können. Selbst wenn wir herausfinden würden, wo wir sind, könnten wir unseren Eysselink-Antrieb nicht benutzen, um nach Hause zu kommen, weil wir ohne die Gravimetriesensoren nicht mit Hyperlichtgeschwindigkeit navigieren können: Wir könnten direkt in einen Planeten oder sogar einen Stern fliegen. Damit bleibt uns nur noch eine Möglichkeit: Wir müssen den Toren auf dem gleichen Weg zurück folgen, auf dem wir gekommen sind, bis wir das Peboan-System erreichen, und dann der Route folgen, die Mironov uns zur Erde gegeben hat."

Patel stieß einen Seufzer aus, und McKay kannte ihn gut genug, um zu wissen, dass ein anderer Mann geflucht hätte. Der Admiral sagte einen Moment lang nichts und starrte auf den Bildschirm. „Maschinenraum", rief Patel über den Intership-Kommunikator.

„Maschinenraum hier, Sir", antwortete Commander Kopecky, der leitende technische Offizier der Sheridan.

„Commander, können wir das Eysselink-Feld auch ohne die vorderen Emitter nutzen, um die Wurmlöcher zu öffnen?"

Kopecky antwortete nicht sofort und McKay konnte sich aus früheren Begegnungen vorstellen, wie der breitschultrige, buschig behaarte Tscheche in Gedanken versunken war und mit dem Mund zuckte, während er sich über das Problem ausließ. „Jaaaa“, der Mann sprach das Wort langsam aus, als ob er es in seinem Kopf zusammensetzen würde, „ich glaube, wir können es immer noch schaffen, Sir. Vielleicht können wir die gravimetrischen Linsenfelder für die Laserbatterien nutzen.“

„Es gibt keine Möglichkeit, die Linsenfelder als Ersatz für die Sensoremitter zu verwenden?“ fragte McKay neugierig.

„Hmmm... Wissen Sie, Colonel McKay, das ist nicht völlig unmöglich. Der Nachteil wäre, dass wir die Laser für die Dauer unserer Reise als Waffe verlieren würden ... und natürlich wäre die Reichweite etwas geringer: Die Linsenfeldemitter sind weder so groß wie die Sensoremitter noch so stark. Aber vielleicht können wir uns etwas einfallen lassen. Was sagst du, Conner?“ Er sprach mit Conner Devlin, dem Offizier der Schadenskontrolle, der sich noch auf der Brücke befand.

Devlin hatte einen besorgten Gesichtsausdruck, seine Augen waren nachdenklich und McKay dachte, er würde auf und ab gehen, wenn es Schwerkraft gäbe. „Es könnte klappen. Es wird einige Stunden Arbeit für die Besatzung erfordern... Ich denke, wir rechnen mit mindestens dreißig bis vierzig Stunden solider Arbeit, die Tests nicht mitgerechnet. Und wie Commander Kopecky sagte, würden wir die Laser verlieren.“

„Das ist eine verdammt gute Idee, McKay“, sagte Patel zu ihm. „Commander Kopecky, besprechen Sie sich mit Commander Devlin und arbeiten Sie einen detaillierten Plan für die Änderungen aus. Ich möchte, dass er mir in zwei Stunden in meinem Büro vorgelegt wird.“

„Darf ich in den Maschinenraum gehen, Sir?“, fragte Devlin.

„Natürlich, Mr. Devlin.“ Devlin stieß sich ab und ging auf den Korridor hinaus, während Patel sich an den Taktischen Offizier wandte. „Ms. Pirelli“, sagte er, „wir haben jetzt einige Erfahrung mit den Sprungtoren. Ich weiß, dass du sie mit den gravimetrischen Sensoren aufspüren kannst, wenn sie sich öffnen. Ich möchte, dass du dich mit dem leitenden Sensortechniker zusammentust und unsere Messwerte von vor der Öffnung der Tore vergleichst und herausfindest, ob es irgendeine Art von vorhersehbaren Messwerten gibt, die wir über die Eysselink-Scanner erhalten, wenn die Tore nicht geöffnet sind. Ich will den Bericht in drei Stunden in meinem Büro haben, ist das klar?“

„Aye, Sir“, sagte Pirelli selbstbewusster, als sie sich wahrscheinlich fühlte, wenn McKay das leichte Weiten ihrer Augen richtig einschätzte. Sie kehrte zu ihrer Station zurück und rief über ihren 'Link die Sensor-Station an.

„Ich glaube, ich weiß, worauf Sie hinauswollen, Sir“, sagte McKay nachdenklich, während er sich hinter die Schulter des Admirals hängte. „Es ist riskant, aber ich mag es.“

„Ich bin dankbar für Ihre Zustimmung, Colonel“, kommentierte Patel ironisch und zog eine Augenbraue hoch. „Mr. Mironov.“ Er wandte sich an den Russen, der das alles teilnahmslos hinnahm, als würde er einen Film sehen. „Sie sagten, Sie hätten versucht, sich von Novoye Rodina fernzuhalten, aber wenn wir Sie in die Nähe des Systems bringen, könnten Sie es erkennen?“

Mironov sah zu McKay, der seufzte und sich kurz mit dem Mann auf Russisch unterhielt.

„Ich glaube, ich kann es“, sagte Mironov zögernd. „Ich müsste das System sehen...“ Ein weiterer Austausch mit McKay. „...Spezifikationen, Positionen der Planeten. Ich müsste innerhalb von ein oder zwei Sprüngen sein, denke ich.“

„Mr. Mironov, ich möchte, dass Sie sich mit Mr. Sweeny zusammensetzen und ihm jedes Detail, an das Sie sich erinnern, über die Systeme in der Nähe von Novoye Rodina geben ... Colonel McKay, Sie können beim Übersetzen helfen, wenn Sie nichts dagegen haben. Erledige das in vier Stunden und bring es in mein Büro.

„Ich fange an, ein Muster zu erkennen“, sagte McKay grinsend.

„Nun, du bist der Chef des Geheimdienstes“, bemerkte Patel mit einem Augenzwinkern. „Ich möchte in sechs Stunden einen Aktionsplan vorlegen. Wenn wir die Laserfokusfelder aufbauen müssen, will ich, dass wir sofort losfahren können, sobald die Arbeit erledigt ist. Wir werden nicht nach Hause gehen, ohne den Standort von Novoye Rodina zu kennen, selbst wenn das bedeutet, dass wir blind durch jedes Sprungtor zwischen hier und der nächsten Galaxie fliegen müssen. Stimmst du mir zu?“

„Das letzte Wort des Präsidenten an mich in Bezug auf General Antonov“, sagte McKay, „war ‚Tötet diesen Hurensohn‘. Ich will nicht nach Hause gehen, bevor ich nicht wenigstens versucht habe, diesen Befehl auszuführen.“

„Ausgezeichnet. Dann lasst uns an die Arbeit gehen.“

VINCENT MAHONEY LÄCHELTE LEICHT, als er mit einem Finger über die Wölbung von Esmeralda Villanuevas Schulter fuhr. Ihre Haut war warm und leicht schweißnass; Kügelchen ihres Schweißes schwebten in dem Schlafnetz herum, das sie in ihrem Bett hielt.

„Weißt du“, sagte Vinnie leise, „ich hatte vor dieser Reise noch nie Sex in der Schwerelosigkeit.“

Esmeralda hob eine Augenbraue. „Und du warst ein Marine? Das kann ich nur schwer glauben.“

Er zuckte mit den Schultern. „Sich mit jemandem aus meinem Trupp einzulassen, erschien mir nicht klug. Und die Flottenmädchen... Nun, als ich es in die Trupps der Reaction Force schaffte, war ich bereits Unteroffizier und es schien mir nicht das richtige Beispiel zu sein.“

„Mein Gott, du bist ein richtiger Pfadfinder, nicht wahr?“ Sie lachte, ein Geräusch, an dem er sich nie satt hören würde.

„Wenn ich ein Pfadfinder wäre“, antwortete er, „würde ich mich nicht mit einem vorgesetzten Offizier verbrüdern.“ Er zuckte mit den Schultern. „Natürlich bin ich in meinem Alter vielleicht etwas milder geworden.“

„Und du verbrüderst dich sehr, sehr gut, wenn ich das sagen darf“, säuselte sie und beugte sich vor, um ihn zu küssen. „Ich bin einfach froh über die Pause. Es kommt mir vor, als wären wir schon seit Tagen auf den Stationen.“

„Wenn wir einen Weg finden, die Wurmlöcher aufzuspüren“, sagte Vinnie, „werden wir wahrscheinlich auf absehbare Zeit auf Kampfstationen sein.“

„Darf ich dich etwas total Dummes fragen, das du wahrscheinlich schon eine Million Mal beantworten musstest?"

„Du kannst mich alles fragen, außer dass ich dich in Ruhe lassen soll, Schatz", sagte Vinnie.

Sie schien zu zögern, aber schließlich schaffte sie es, es zu sagen. „Jeder hat den Film und die Nachrichten gesehen, und ich weiß, dass du dich der Parteilinie anschließen willst, aber sag mir ehrlich: Colonel McKay und Major Stark... waren sie wirklich so, du weißt schon..." Sie schüttelte den Kopf und suchte nach einem Wort.

„Heldenhaft?", ergänzte er und grinste. „Größer als das Leben?"

„Ja", lachte sie. „Ich denke schon. Du weißt ja, wie man es übertreiben kann."

Vinnie starrte einen Moment lang ins Leere und überlegte, wie er die Frage beantworten sollte. „Das Erste, was du verstehen musst", begann er, „ist, dass sie sehr unterschiedliche Menschen sind. Unterschiedliche Führungsstile, unterschiedliche Persönlichkeiten und manchmal auch unterschiedliche Prioritäten. Wie es dazu kam, dass sie so gut zusammenarbeiten und ein Paar wurden, ist mir immer noch ein Rätsel. Major Stark ist sehr berechnend, fast schon kalt. Sie ist bereit, ihr Leben zu riskieren, wenn es der beste Weg ist, die Mission zu erfüllen, aber sie weiß auch, dass man als Commander manchmal andere Menschen in Situationen bringen muss, die sie umbringen könnten, während man die Situation von hinten regelt.

„Der Colonel war wie ich bei den Marines und ist nie einer Tür begegnet, die er nicht aufbrechen wollte. Er geht mit gezogenen Waffen voran und ich glaube, er denkt, wenn er in eine Kugel beißt, sollten die Jungs, die hinter ihm kommen, gut genug ausgebildet sein, um zu übernehmen. Versteh mich nicht falsch", sagte er schnell, "er ist auch schlau und hat wirklich gute Instinkte, aber er hat auch große Eier und ein Gewissen, das es ihm nicht erlaubt, jemandem etwas zu befehlen, was er nicht selbst getan hat. Und was es noch toller macht, ist, dass ich ihn jetzt gut genug kenne, um zu wissen, dass er Angst hat, wenn er diesen Scheiß macht. Und er macht es trotzdem, und er macht es genauso gut wie jeder von uns Türstehern."

„Du hörst dich an, als würdest du ihn mögen“, kommentierte Esmeralda mit großem Interesse in ihren Augen.

„Darling'“, korrigierte er sie, „ich liebe den Mann, als wäre er meine eigene Familie. Mehr noch, denn viele in meiner Familie sind Mistkerle. Du hast mich gefragt, ob er und Major Stark Helden waren... das ist eine einfache Frage. Jeder im Krieg war ein Held. Ein Haufen Polizisten und Hausmeister des Republic Service Corps, die das Verteidigungssatellitenkontrollzentrum eingenommen haben, waren auf jeden Fall alle Helden. Und unser Team mit zwei Trupps Marines, die das Flaggschiff des Protektorats entern. Ari Shamir, der erkannte, dass er in eine Falle lief und einen Weg fand, uns daraus zu befreien, und Gunny Lambert, der uns alle vor einer Granate rettete, indem er sein Leben opferte - das waren Helden.

„Als wir auf Pallas waren und Admiral Patel und Captain Minishimi sich darüber stritten, was zu tun sei, erkannte Colonel McKay, dass jemand das Kommando übernehmen und eine Entscheidung treffen musste, und er hatte den Mut, es ihnen zu sagen. Und dann hatten die beiden die verdammte Frechheit, einen Captain - und zwar einen Geheimdienst-Captain, einen O-3, nicht einen Flotten-Captain O-6 - zu fragen, ob er die Sache übernehmen wollte, und er sagte ja. Dazu brauchte es schon etwas Mut. Ich kann mir nicht vorstellen, dass man dazu ja sagt, wenn man bei einem Fehler den ganzen verdammten Planeten verloren hat.“

„Wow“, murmelte Esmeralda. „Ich kann mir nicht vorstellen, dass Admiral Patel so etwas tut... die Verantwortung an einen Nachwuchsoffizier abgibt. Er wirkt so ... selbstbewusst.“

Vinnie runzelte die Stirn und legte den Kopf nachdenklich schief. „Weißt du, das ist wahr. Seitdem scheint er sehr selbstsicher zu sein. Besonders bei dieser Mission.“

„Vielleicht hat er beschlossen, dass er so sein muss, wenn er Admiral der Flotte werden will“, schlug sie vor.

„Ich kenne viele Männer, die so tun, als wären sie selbstbewusst, Darling. Bei den Marines gibt es viele von ihnen, und wir bekommen mehr als genug Rekruten für die Special Ops. Er ist wirklich selbstbewusst.“ Er winkte ab. „Menschen können sich ändern, denke ich.“

„Da bin ich mir sicher, corazon", sagte sie und knabberte an seinem Ohrläppchen, „aber wir haben nur noch ein paar Stunden Zeit und ich möchte sie nicht damit verschwenden, über den Admiral zu reden..."

„DAS IST ALLES, woran ich mich erinnern kann", schloss Konstantin Mironov, atmete aus und nahm einen Schluck aus der Wasserflasche, die mit einem Klebestreifen am Tisch befestigt war.

McKay übersetzte die letzten Anweisungen von Mironov an Leutnant Sweeny, der sie in das Navigationssystem im Hilfskontrollraum des Schiffes einspeiste, weit weg vom Lärm und der Hektik auf der Hauptbrücke.

„Okay, verstanden", sagte Sweeny, während er die virtuelle Vorlage anpasste und im Navigationscomputer speicherte. „Danke, Mr. Mironov." Der Steuermann nickte dem russischen Antriebstechniker zu. „Damit sollten wir zumindest wissen, ob wir ein oder zwei Sprünge von Novoye Rodina entfernt sind. Jetzt muss ich nur noch alles vorbereiten, um es dem Admiral in..." Er überprüfte seinen 'Link. „Himmel, in einer Stunde." Er blickte zu McKay auf. „Tut mir leid, Sir, aber ich muss daran arbeiten, wenn Sie mich entschuldigen würden?"

„Kein Problem, Lieutenant", versicherte ihm McKay. „Ich muss sowieso etwas essen gehen. Möchtest du etwas essen, Konstantin?"

„Ich esse nicht zu viel in dieser Schwerelosigkeit", sagte Mironov auf Englisch und machte ein säuerliches Gesicht.

„In der Schwerkrafttrommel gibt es eine Offiziersmesse", sagte McKay und stieß sich vom Arbeitstisch ab. „Komm, ich lade dich auf einen Sojaburger ein."

Ein paar Minuten später genossen sie beide das Essen unter normaler Schwerkraft, wenn auch nicht das Essen selbst.

„Das schmeckt scheiße", kommentierte Mironov, während er einen weiteren Bissen von seinem Burger nahm.

„Nun ja", bestätigte McKay achselzuckend. „Wir können geklonte Rindermuskeln in einer Fabrik züchten, aber auf einem Raumschiff gibt es nicht viel Platz für Gefrierschränke. Es gibt entweder frisches Soja oder rekonstituiertes Trockenfleisch. Glaub mir, das hier ist besser. Was habt ihr auf euren Schiffen gegessen?“ Er runzelte neugierig die Stirn.

„Meistens haben wir Scheiße gegessen“, gab Mironov zu, nachdem er einen Moment gebraucht hatte, um die richtigen Worte zu finden. „Aber ich wurde in meiner Zeit auf den Außenposten verwöhnt. Sie mussten sich selbst versorgen, also gab es Ställe mit Tieren.“

„Erdtiere?“ fragte McKay. „Woher habt ihr Erdtiere?“

Mironov sah aus, als fiele ihm die Antwort schwer, aber schließlich antwortete er. „Von den Kolonieschiffen, die General Antonov geplündert hat. Die geklonten Tierföten, die ihr eingefroren hattet. Er hat sie in den Nanobehältern auf Novoye Rodina vervielfältigt.“

McKay nickte nur und traute sich nicht, das zu kommentieren, ohne wütend zu werden. Zehntausende von Kolonisten waren von Antonov und seinen Klontruppen vor dem Krieg und während der Invasion auf Aphrodite ermordet worden.

„Also, Konstantin“, wechselte er das Thema. „Hast du ... hattest du Familie? Auf der Erde?“

Der Russe schüttelte den Kopf. „Nicht lebend. Meine Eltern und meine Schwester sind vor langer Zeit im Krieg mit China gefallen. Ich war nicht verheiratet... obwohl es da dieses eine Mädchen gab...“

„Erzähl mir von ihr“, drängte McKay.

„Sie war wunderschön“, sagte Mironov mit einem traurigen Lächeln. „Sie hatte dieses lange, blonde Haar, in dem ich mich einfach verlieren konnte.“ Er zuckte mit den Schultern. „Aber jetzt ist sie schon lange weg. Und ich bin allein.“

„Ist sie auch im Krieg gestorben?“ fragte McKay fürsorglich.

Konstantin warf ihm einen Blick zu, der ihm das Blut in den Adern gefrieren ließ. „Ja, sie ist im Krieg gestorben, Colonel McKay.“

„Tut mir leid“, sagte McKay und hielt eine Hand hoch. „Ich wollte nicht ein wundes Thema aufmachen, Konstantin.“

„Nein“, beharrte Mironov, „das ist schon in Ordnung. Manchmal übermannen mich die Erinnerungen... Wenn man so lange lebt, ist das Gehirn nicht dafür gemacht, weißt du? Die alten Erinnerungen scheinen manchmal aktueller zu sein als die neuen, weißt du? Als ich an sie dachte, an Jewgenia, kam die alte Wut zurück, als wären wir immer noch im Krieg."

Wir? dachte McKay.

„Du warst im Krieg mit den Chinesen", erinnerte McKay ihn leise, „nicht mit Amerika."

„Sie waren Handlanger der Amerikaner", sagte er mit der Miene eines Mannes, der diesen Satz schon einmal gehört hatte. „Aber das spielt keine Rolle. Es ist schon lange her."

„Ja, das ist es", sagte McKay mit neutraler Stimme. Heilige Scheiße, dachte er und schützte sein Gesicht sorgfältig, D'mitry hat Recht: Der Typ ist überdreht. Ich muss mit Patel darüber reden... „Nun", fuhr McKay laut fort und machte eine Show, indem er seinen 'Link' überprüfte, „der Admiral hat inzwischen alle seine Konsultationen gehabt, also sollte ich besser in sein Büro gehen und sehen, ob er meinen Beitrag braucht. Du kannst hier bleiben und weiter essen, wenn du willst. Es gibt auch einen Fitnessraum, einen Simulationsraum und ein ViR-Theater. Wenn du die Warnsirene hörst, bedeutet das, dass wir wieder in Alarmbereitschaft gehen und die Trommeldrehung gleich aufhört, also halte dich an etwas fest."

„Ich verstehe", sagte Mironov. „Ich werde zu Ende essen und dann in mein Quartier zurückgehen." Er zuckte mit den Schultern. „Ich brauche keine Unterhaltung. Nach all den Jahren brauche ich kaum noch etwas."

„Komm."

Auf die Einladung über den Außenlautsprecher hin drückte McKay das Türschild zum Büro/Kabine des Admirals auf und ging hinein. Patel war allein in der Flaggenkabine, angeschnallt in seinem Stuhl, damit er die Anzeigen und holografischen Projektionen auf dem Schreibtisch besser sehen konnte. Er blickte zu McKay auf und winkte ihn herüber,

„So, hier ist es, McKay", sagte er und deutete auf die Daten. „Alles, was wir wissen und was wir tun können."

„Haben Sie den Befehl gegeben, Sir?"

„Ja, das habe ich", antwortete Patel und starrte immer noch auf die Anzeigen. „Ich hasse es, die Laser zu verlieren, aber noch mehr hasse ich es, unseren FTL-Antrieb zu verlieren." Er tippte mit dem Finger auf eine Projektion, die über der Oberfläche der Schreibtischplatte schwebte. „Pirelli hat es geschafft, McKay. Sie ist ein verdammt guter Offizier. Sie wird bald Captain sein."

„Sie hat einen Weg gefunden, die Wurmlöcher zu entdecken?" fragte McKay und seine Stimme klang aufgeregt, als er sich der Projektion näherte. Er konnte nicht viel damit anfangen: Es waren hauptsächlich mathematische Symbole.

„Das hat sie bestimmt", sagte Patel mit einem Nicken. „Oh, man muss schon ziemlich nah dran sein - ihre gravimetrische Signatur ist gering, wenn sie nicht geöffnet sind - aber sie glaubt, dass sie das andere Tor in diesem System bereits gefunden hat. Sobald die Laser-Fokusfeldprojektoren umgebaut sind, werden wir es durchfliegen. Er wandte den Blick vom Schreibtisch ab und bemerkte McKays Blick. „Wenn das passiert, bringe ich dich, dein Team, die Trupps der Marines und alles nicht benötigte Personal in die Shuttles und Lander."

„Sir?" McKay runzelte die Stirn.

„Wir stürzen uns blindlings in ein Gebiet, das sich als Feindesland herausstellen könnte. Ich spiele hier russisches Roulette mit einem Raumschiff voller guter Leute. Wir wissen, dass sie die Rammschiffe mit Eysselink-Feldgeneratoren ausgestattet haben ... wenn sie uns mit einem von ihnen treffen, haben wir keine befreundeten Truppen, die uns Deckung geben, während wir Reparaturen durchführen. Wenn das passiert, starte ich alle Shuttles und Landungsboote und alle Rettungskapseln, die wir rechtzeitig verladen können. Wenn wir in Reichweite eines Planeten sind, fliegt ihn an. Du übernimmst dann das Kommando." Auf McKays zweifelnden Blick hin nickte er. „Ich weiß, es ist eine Verzweiflungstat, aber was wir vorhaben, ist eine Verzweiflungstat. Außerdem", fügte er mit einem respektlosen Grinsen hinzu, “wenn irgendjemand einen Weg findet, das durchzuziehen, dann bist du es, McKay. Du bist der größte Glückspilz, den ich je getroffen habe.“

„Deine Lippen zu Gottes Ohren, Sir“, sagte McKay mit einem nervösen Lachen. „Aber ich wollte dir noch etwas sagen. Es geht um Mironov ... Admiral, ich glaube, er ist geistig nicht stabil.“ Er seufzte. „Um ehrlich zu sein, ich glaube, er ist total durchgeknallt.“

„Meinst du, das beeinträchtigt die Zuverlässigkeit der Daten, die er uns geliefert hat?“ fragte Patel und verschränkte seine Finger vor sich, während er McKay genau betrachtete.

„Das glaube ich nicht. Er versucht nicht, uns zu täuschen ... Ich glaube nur, dass sein Bezug zur Realität sehr schwach ist. Soweit ich das beurteilen kann, scheint er alles, was um ihn herum passiert, für kaum realer zu halten als eine ViR-Simulation.“

„Du musst ihn im Auge behalten, McKay, aber im Moment denke ich, dass er uns alles gegeben hat, was wir von ihm bekommen können, und wir müssen uns um Antonov kümmern. Sag deinen Leuten, sie sollen schlafen und etwas zu essen bekommen. Wir brechen in sechsunddreißig Stunden durch das Tor auf.“

21

Die Holzdielen knarrten unter Daniel O'Keefes Schuhen, als er aus der Hintertür der Hütte trat und seine Jacke gegen die Kälte in der Luft anlegte. Der Frühling im Norden Minnesotas war kälter als der Winter in Capital City.

Ich werde weich, dachte er mit einer Spur von Bitterkeit. Früher war er an die Kälte gewöhnt, er mochte sie sogar. Die meiste Zeit seiner Jugend hatte er im Haus seiner Familie außerhalb von Calgary verbracht, und hier war es nicht kälter als dort. Aber er hatte zu viel Zeit seines Lebens in der Hauptstadt verbracht, erst als Senator und dann als Präsident, und jetzt brauchte er eine Jacke, wo er früher Shorts und ein kurzärmeliges Hemd getragen hatte. Alt und weich.

Er setzte sich in den gepolsterten Liegestuhl auf der hinteren Veranda der Hütte und starrte in den Nachthimmel. Die Sterne waren hier draußen, weit weg von den Städten, unglaublich klar; unzählige Hunderttausende von ihnen erstreckten sich über dem Himmel in einer atemberaubenden Sistine-Chapel-Decke, gemalt von einem weltumspannenden göttlichen Michelangelo. Als junger Mann war O'Keefe ein modischer Atheist gewesen, aber je älter er wurde, desto mehr tendierte er zu einem Jefferson'schen Deismus. Er konnte sich immer noch keine persönliche Gottheit vorstellen, die sich in die alltäglichen Angelegenheiten der Menschen - oder anderer Wesen - einmischt, aber er konnte sich sehr wohl einen Uhrmachergott vorstellen, der das Universum in Bewegung setzt und sich dann zurücklehnt, um zu beobachten.

Im Moment wünschte er sich, er könnte an einen persönlicheren Gott glauben... denn er wollte unbedingt beten. Sein Schwiegersohn, ein Mann, dem er mehr als allen anderen vertraut hatte, ein Mann, von dem er sich vorstellte, dass er eines Tages das Amt bekleiden könnte, das er jetzt innehatte, war durch eine sinnlose Gewalttat ums Leben gekommen, die er immer noch nicht begreifen konnte. Seine Tochter, die Person, die ihm am meisten bedeutete und die er sich auch als Präsidentin vorstellen konnte, war seit über einer Woche verschwunden.

Wie zum Teufel, so wütete er innerlich, nicht zum ersten Mal, konnte die Tochter des Präsidenten, eine Senatorin der Republik, in der heutigen Zeit verschwinden?

Ihr Auto war verlassen in der Altstadt gefunden worden. Die Frau, mit der sie sich dort treffen wollte, war ebenfalls verschwunden und die Sicherheitsteams, die die Gegend abgesucht hatten, hatten nichts gefunden ... außer einem unerklärlichen Blutfleck in einem nahe gelegenen Gebäude. Die Presse hatte nicht aufgehört, ihn und alle, die mit seiner Regierung in Verbindung standen, zu verfolgen und seine Versuche, sie zu finden, zu behindern...

Und dann hatte Shannon Stark ihn gestern über eine sehr, sehr sichere und private Verbindung, von der angeblich nur er und Jason McKay wussten, kontaktiert und ihm gesagt, er solle einen Weg zu Glen und Valeries Ferienhütte finden und Natalia mitbringen.

Er hatte niemandem gesagt, warum er hier war, sondern nur, dass er eine Pause von dem Druck brauchte, den das Verschwinden seiner Tochter und der Mord an seinem Schwiegersohn ausübten. Seine Angestellten waren über den Gedanken, die Hauptstadt zu verlassen, während eine Wirtschaftskrise drohte und das Biomech-Gesetz im Senat diskutiert wurde, regelrecht entrüstet, und die Agenten des Präsidialsicherheitsdienstes hatten bei dem Gedanken an einen außerplanmäßigen Besuch an einem so ungeschützten Ort fast einen Anfall bekommen.

Aber er hatte ein Machtwort gesprochen und jetzt war er hier. Auf dem Gelände der Hütte gab es weder Agenten noch Angestellte, sondern nur eine Sicherheitsabsperrung an den Hauptverkehrsstraßen im Umkreis von zwanzig Kilometern und eine komplette Luftabriegelung. Natalia schlief drinnen... endlich. Bei der Erinnerung an ihre hilflosen Schreie nach ihrer Mutter und ihrem Vater, an ihr Schluchzen, als sie sich im Bett ihrer Mutter in den Schlaf geweint hatte, krampfte sich sein Magen zusammen. Er hatte selbst gegen das Schluchzen angekämpft, als er sich daran erinnerte, wie Valerie die ganze Nacht geweint hatte, als ihre Mutter vor so vielen Jahren bei einem Terroranschlag in Europa getötet worden war.

Sein Handy surrte in seiner Tasche, er zog den Knopf heraus und steckte ihn in sein Ohr.

„O'Keefe", schnappte er.

„Mr. President", hörte er die Stimme von Agent Havelock, seinem Sicherheitschef. „Ein Flitzer nähert sich der Absperrung. Er ist auf eine Vermietungsfirma in Houston registriert. Wir haben ihn angefunkt und der Fahrer hat nur gesagt, dass du Besuch erwartest."

„Lasst ihn durch", befahl O'Keefe sofort. „Und Havelock, ich will keine Aufzeichnungen darüber, dass er jemals hier war."

„Ja, Sir", sagte der Mann mit einem resignierten Seufzer.

O'Keefe unterbrach die Verbindung und erhob sich aus dem Stuhl. Er konnte das Heulen der Turbinen hören, als der Flitter über den See kam, aber er konnte ihn nicht sehen: Er fuhr ohne Licht und es war heute Nacht kein Mond. Er hatte den vagen Eindruck, dass etwas Dunkles vor den Sternen vorbeizog, und ein Wind zerrte an seinen Haaren und ließ die Blätter an den Bäumen rund um den See rascheln.

Dann konnte er die Gestalt des Flugzeugs erkennen, einen schwarzen Schatten, der sich über sein Blickfeld legte, als es auf der Wiese hinter der Veranda landete, das Gebläse summte, als es langsamer wurde, und die Turbine heulte auf. Er zwang sich, nicht zu rennen, als er sich dem Fahrzeug näherte, selbst als sich die Klapptüren öffneten und Licht aus dem Inneren drang, das die Silhouette der Passagiere erhellte, als sie herauskletterten.

Aber als das Licht auf das Gesicht einer Person fiel und er sah, dass es Valerie war, konnte er sich nicht zurückhalten: Er rannte über die Wiese und zog sie in seine Arme, wobei er halb schluchzte, als er sie festhielt.

„Oh mein Gott, Schatz, ich bin so froh, dass du lebst! Als sie dein Auto gefunden haben...“

„Es tut mir leid, Daddy“, sagte sie beruhigend. „Es tut mir so leid, dass ich dir das alles zugemutet habe.“

O'Keefe hielt sie auf Armeslänge und musterte sie von oben bis unten. „Geht es dir gut? Wurdest du verletzt? Was wolltest du überhaupt in der alten Stadt?“

„Mir geht's gut, Daddy“, versicherte sie ihm. „Wir sollten reingehen: Wir müssen reden.“

Zum ersten Mal blickte O'Keefe nicht nur auf Valerie, sondern auch auf Shannon, die die Türen des Flitters versiegelte. „Sag mir, dass du meine Tochter nicht in deinen Mantel-und-Degen-Scheiß verwickelt hast, Stark“, zischte er.

Shannon zuckte zusammen und zögerte.

„Daddy“, unterbrach ihn Valerie und legte ihm eine Hand auf den Arm, „nicht. Ich habe sie angerufen. Ich habe die Umstände von Glens Tod nicht akzeptiert und wollte der Sache auf den Grund gehen, aber ich wusste, dass es gefährlich sein würde. Sie hat mich in Sicherheit gebracht.“

O'Keefes Gesichtsausdruck wurde weicher und Bedauern zeigte sich in seinem Gesicht. „Es tut mir leid, Major Stark“, sagte er und schüttelte den Kopf. „Es waren einfach ein paar sehr ... stressige Tage.“

„Ich fürchte, es wird noch viel schlimmer werden, Herr Präsident“, sagte sie ihm. „Lass uns reingehen... wir haben viel zu besprechen.“

. . .

VON DER GEGENÜBERLIEGENDEN Seite des Schreibtisches aus beobachtete Shannon, wie die Augen des Präsidenten immer größer wurden, als er sich ein Video nach dem anderen ansah und schließlich die Videoaufzeichnung von Liams Zeugenaussage.

„Gott im Himmel“, hauchte O'Keefe. Er blickte zu Shannon und dann ungläubig zwischen ihr und Valerie hin und her. „Das kann doch nicht wahr sein... Ich kann nicht glauben...“ Er zauderte und versuchte, etwas Vernünftiges zu sagen. „Welche Beweise haben wir für all das?“

„Nun, Sir“, zählte Shannon auf ihrem Finger auf, „wir haben Zeugenaussagen aus erster Hand, dass die Meuterei der Kolonialgarde echt ist, und wir haben Augenzeugenberichte, dass sie über die Lone Star Security, wo Hellene D'Annique arbeitet, mit dem Multicorps verbunden ist. Colonel Lee hat von D'Annique erfahren, dass ein Attentat auf dich verübt werden soll, und zwar durch einen Orbitalschlag, der zeitlich mit der Rückkehr der Decatur zusammenfallen soll - wir glauben, dass er die Decatur gemeint hat. Wir wissen auch, dass der Söldner, der Glen Mulrooney ermordet und versucht hat, Valerie zu töten, von einer Strohfirma angeheuert wurde, die Verbindungen zu Lone Star Security hat, und wir wissen, dass er erst angeheuert wurde, nachdem Glen seinen Freund, den Journalisten, gebeten hatte, den Hintergrund von Vizepräsident Dominguez zu untersuchen.“

Sie schüttelte den Kopf. „Was den Rest angeht... wir haben nur Mr. Bryants Aussage unter dem chemischen Verhör, um zu sagen, dass Antonov an dieser Sache beteiligt war oder dass diese Geschichte über...“ Sie suchte nach einem Wort. „...Vervielfältigung, nehme ich an, wahr ist. Ermittler Kovach bürgt für die Richtigkeit der Informationen, die durch die Kombination von Drogen gewonnen werden, aber es gibt keine psycho-medizinische Studie, die bestätigt, dass diese Erinnerungen echt sind und keine Fantasie. Trotzdem, Sir", betonte sie eindringlich, “ist auf der Reise nach Aphrodite etwas passiert. Bryant war dabei und hat sofort psychische Probleme entwickelt. D'Annique war dabei und hat sofort die Flotte verlassen und arbeitet jetzt gegen Ihre Regierung. Und Vizepräsident Dominguez war dabei und ist, wie wir wissen, zumindest am Rande in all das verwickelt.

„Einmal ist Zufall“, zitierte sie, „zweimal ist es Zufall, dreimal ist es feindliche Aktion.“

„Wenn Antonov nicht dahinter steckt“, sagte Valerie nachdenklich, „hat sich jemand viel Mühe gegeben, uns glauben zu machen, er sei es. Wenn der Angriff auf den Außenposten inszeniert wurde, um Jason oder dich, Shannon, abzulenken und einen Teil der Flotte aus dem Weg zu räumen ... dann müssen einige der höchsten Offiziere der republikanischen Raumflotte daran beteiligt sein.“

„Mein Gott“, murmelte O'Keefe und vergrub sein Gesicht für einen Moment in seinen Händen. Als er wieder aufblickte, waren seine Augen gequält und sein Gesicht blass. „Entweder verschwört sich ein großer Teil des Militärs und der Multicorps in einem ausgeklügelten Komplott, um mich zu ermorden und unsere gewählte Regierung zu stürzen, oder Antonov hat Zugang zu einer Technologie, die Menschen duplizieren kann, und hat uns eine Kopie des Vizepräsidenten untergeschoben und der gesamten Besatzung eines Raumschiffs eine Gehirnwäsche verpasst, einschließlich Admiral Patel und möglicherweise General Kage.“ Er lachte ein wenig wahnsinnig. „Ich kann ehrlich gesagt nicht sagen, welche dieser Möglichkeiten ich schlimmer finde.“

Immer noch kichernd stand er vom Schreibtisch auf und ging zur Bar an der gegenüberliegenden Wand, holte eine Flasche Scotch heraus und schenkte sich ein hohes Glas ein. Er trank die Hälfte in einem Zug hinunter, schloss dann die Augen und atmete tief durch, um sich zu beruhigen. „Früher tat mir Greg Jameson leid, weißt du“, fuhr er fort, füllte sein eigenes Glas nach und schenkte jedem von ihnen eins ein. „Er musste die Invasion von Antonov, die Gefangenschaft, den Beinahe-Tod, den Krieg ... und natürlich die wirtschaftlichen Folgen ertragen.“ Er stellte die Gläser vor den beiden Frauen am Schreibtisch ab, holte dann sein eigenes und setzte sich wieder zu ihnen. „Früher fand ich es nicht fair, dass das alles auf ihn abgewälzt wurde. Jetzt...“ Er schüttelte den Kopf. „Jetzt wünschte ich, dieser

Mistkerl wäre wieder im Amt, damit er sich darum kümmern könnte."

Valerie nahm ihr Glas in die Hand und trank einen großen Schluck daraus. „Daddy", sagte sie, „wir... du musst eine Entscheidung treffen. Wir müssen etwas tun und du musst derjenige sein, der diese Entscheidung trifft."

O'Keefe warf Shannon einen Blick zu. „Du bist doch nicht ohne Ideen hierher gekommen, Stark."

„Ja, Sir", bestätigte sie und nahm einen langen Schluck aus ihrem eigenen Glas. Der Scotch war alt und mild. „Die naheliegendste Maßnahme ist, D'Annique zum Verhör zu holen und ihre Spur zu verfolgen."

„Ich nehme an, das hat neben den verfassungsrechtlichen und rechtlichen Problemen auch einen Nachteil", sagte O'Keefe trocken, „denn das hat dich bisher nicht aufgehalten."

„Der Nachteil ist, dass ihr Verschwinden bemerkt werden würde", erklärte Shannon. „Das würde ihren Vorgesetzten Zeit geben, unterzutauchen. Soweit wir wissen, hat derjenige, der in der Flotte und im Multicorps dahintersteckt, keinen Grund zu glauben, dass wir über die Meuterei der Garde hinaus Teil ihres Plans sind. Wenn wir uns D'Annique schnappen, werden sie es mit Sicherheit wissen, und was auch immer wir von ihr erfahren haben, reicht vielleicht nicht aus, um alle Verbindungen herzustellen."

„Ich verstehe. Was sind also die Alternativen?"

„Nun", sagte sie zögernd, „es gibt eine, die mir sehr zusagt, aber ich bezweifle, dass ich dich dazu bringen kann, sie zu akzeptieren."

Er sah sie an und lächelte spitzbübisch. „Du willst Xavier Dominguez in den Schwitzkasten nehmen, stimmt's, Major Stark?"

Shannon gluckste trotz ihrer selbst. „Ja, Sir, das will ich wirklich. Er ist der Schlüssel zu all dem. Ohne ihn wird nichts funktionieren. Wenn wir ihn aus dem Spiel nehmen, können wir die Bedrohung vollständig beseitigen."

„Das macht durchaus Sinn", gab O'Keefe zu. „Das Problem ist nur, dass wir keine rechtliche Grundlage dafür haben und dass wir den Vizepräsidenten nicht einfach verschwinden lassen können, ohne dass er mehr Fragen aufwirft, als ich beantworten kann, und trotzdem Präsident bleibt. Nein, wenn es nicht gerade zu einem Bürgerkrieg kommt, glaube ich nicht, dass eine Entführung des Vizepräsidenten zur Debatte steht."

„Dann gibt es nur eine andere Möglichkeit, Sir", sagte Shannon ihm. „Wir beobachten D'Annique weiter und hoffen, dass sie uns zu jemand Größerem führt... und wir warten darauf, dass die andere Seite zuschlägt und hoffen, dass wir dich lebendig durchbringen können, wenn es soweit ist."

O'Keefe ließ sich in seinem Sitz zurücksinken und rieb sich müde den Hinterkopf. „Wenn das nicht Antonov ist", begann er unsicher, „wenn es nur ein hausgemachter Putschversuch ist... Ich frage mich, ob ich mich selbst an Dominguez wenden und versuchen sollte, einen Deal zu machen."

„Mr. President?" Shannons Augen wurden groß.

„Daddy, du kannst mit diesen Leuten nicht verhandeln!" rief Valerie aus. „Sie haben Glen ermordet!"

„Hören Sie, Major Stark, Valerie", O'Keefe hob seine Hände mit den Handflächen nach oben und machte eine hilflose Geste, „ich bin mir nicht sicher, ob Ihnen beiden klar ist, in welch prekärer Lage sich unsere Wirtschaft gerade befindet. Einen weiteren Krieg kann sie nicht verkraften, schon gar nicht einen bitteren und blutigen Bürgerkrieg. Die Wirtschaft wird zusammenbrechen, die republikanische Regierung wird kollabieren und ein Möchtegern-Kriegsherr nach dem anderen wird versuchen, das zu übernehmen, was noch übrig ist. Millionen von unschuldigen Menschen werden sterben, vielleicht sogar mehrere zehn Millionen. Atomwaffen, kinetische Tötungswaffen aus dem Weltraum, biologische Waffen ... wenn es zu einem langwierigen Bürgerkrieg kommt, kann und wird jede dieser Waffen eingesetzt werden."

„Was für einen Deal würdest du vorschlagen?" fragte Shannon leise, während sich in ihren Augen die Räder drehten.

O'Keefe zuckte mit den Schultern. „Was auch immer nötig wäre. Ich würde zurücktreten und Dominguez friedlich die Macht übernehmen lassen."

„Er wird wieder mit der Zwangsauswanderung beginnen“, erinnerte ihn Valerie. „Schlimmer als zuvor, denn er steckt in den Taschen des Multicorps. Und ich bezweifle, dass er sich zurücklehnen und die Wählerinnen und Wähler entscheiden lassen wird, ob er im Amt bleibt, wenn die Wahlen anstehen. Du würdest die ganze Welt - und viele andere - der Diktatur ausliefern, Daddy.“

„Und wenn du die Wahl hast zwischen dem und Tod, Chaos, Hunger und möglicherweise dem Ende unserer Zivilisation, Schatz? Was glaubst du, was diejenigen, die gezwungen sind, in die Kolonien zu gehen, wählen würden: Tod oder Exil?“

„Sie sollten das Recht haben, das selbst zu entscheiden!“, beharrte sie und beugte sich über den Schreibtisch zu ihm.

„Ja, das sollten sie, mein Schatz“, stimmte er zu. „Aber wenn ich sie nicht anders beschützen kann...“

„Herr Präsident“, unterbrach Shannon ihn, „ich glaube, wir greifen hier zu weit vor. Wir wissen nicht, ob Antonov und seine Truppen nicht doch involviert sind, und wenn sie es sind, haben wir keine andere Wahl, als zurückzutreten. Antonov wird die Republik zerschlagen und eine Diktatur mit ihm an der Spitze errichten, und ich denke, wir sind uns beide einig, dass das nicht besser ist als ein Krieg, oder?“

„Ja“, stimmte O'Keefe widerstrebend zu. „Wenn es Antonov ist, haben wir keine andere Wahl als zu kämpfen.“

„Nun, Sir“, sagte sie sanft, „Sie haben uns gesagt, dass wir den Vizepräsidenten nicht verhören können. Ich bin mir nicht sicher, ob D'Annique es wissen würde, selbst wenn wir sie ergreifen würden. Wir werden also nicht wissen, ob es Antonov ist oder nicht, bis die Verschwörer ihren Zug machen, oder?“

O'Keefe lächelte bewundernd. „McKay erinnert mich immer daran, dass Sie das Gehirn der Operation sind, Major Stark. Mein nobles Opfer ist also auf Eis gelegt. Es scheint, als hätten wir keine andere Wahl, als abzuwarten.“

„Moment mal“, sagte Valerie und verengte die Augen in Gedanken. „Weißt du, Daddy, vielleicht solltest du doch mit Dominguez reden.“

„Val?" Shannon warf der anderen Frau einen fragenden Blick zu.

„Du hattest Recht, Shannon, wir können nicht aufgeben. Und Daddy, du hast recht, wir können den Vizepräsidenten nicht entführen und verhören." Val grinste wie ein Hai, der gerade Blut gerochen hat. „Aber es gibt keinen Grund, dass Dominguez wissen muss, dass er verhört wird..."

~

Xavier Dominguez machte eine gute Figur, das musste sich Roza Kovach eingestehen, als sie beobachtete, wie der Mann aus dem Flitter trat, der von Sicherheitsbeamten flankiert wurde. Er war groß und schlank und wirkte unter seinem perfekt geschnittenen italienischen Anzug wie ein Peitschenhieb. Sein Gesicht war schlank und geformt und seine dunklen Augen zeigten genau den richtigen Hauch von Mitgefühl und Sympathie für einen Politiker... oder einen Verkäufer. Nicht dass es einen großen Unterschied zwischen den beiden Berufen gäbe, dachte sie zynisch.

Aber in diesem Moment konnte sie in den Augen des Verkäufers einen Hauch des Ärgers erkennen, den er empfinden musste, als er aus der Hauptstadt zum Familiensitz von Präsident O'Keefe außerhalb von Calgary gerufen wurde. Das Anwesen war groß und gepflegt, das Haus ein mehrstöckiges Tudorhaus, das vor über hundert Jahren erbaut wurde und auf eine malerische Art und Weise hübsch ist. Roza war natürlich noch nie dort gewesen, aber in den letzten zwei Tagen der Vorbereitung hatte sie sich sehr gut eingearbeitet. Trotzdem fühlte sie sich in dem teuren Designer-Businessanzug, den Major Stark ihr aufgedrängt hatte, völlig fehl am Platz.

„Guten Tag, Herr Vizepräsident", begrüßte sie ihn, als er sich der hinteren Terrasse des Hauses näherte, an deren Rand die Sicherheitsbeamten ihre Positionen eingenommen hatten. „Ich bin Rachel Kosar von Präsident O'Keefes Büro in Calgary. Er wartet in seinem Büro auf dich, wenn du mir bitte folgen würdest..."

. . .

„Er ist drinnen", sagte Ari Shannon und beobachtete Dominguez über einen Sicherheitsmonitor in einem kleinen Büro in einer entfernten Ecke des Hauses. Früher war es ein Gästezimmer gewesen, aber nach zwei Tagen hektischer Arbeit war es mit Überwachungsgeräten und anderen Hightech-Geräten vollgestopft, die Tom Crossman aus dem Trainingszentrum für Sondereinsätze mitgebracht hatte.

„Überprüfe seine biometrischen Werte", sagte sie ihm und schritt in dem kleinen Raum hinter ihm auf und ab. Sie schien, so dachte Ari, so nervös zu sein, wie er sie noch nie gesehen hatte, und er konnte es ihr nicht verdenken. Das war extrem riskant, nicht nur für ihr Leben und ihre Karriere, sondern auch für die Zukunft der... ja, der Menschheit, wurde ihm klar.

„Ich nehme seine Biowerte auf", bestätigte Ari. Er verzog den Mund, nachdem er die Worte gesagt hatte: Sein Gesicht war immer noch wund. Er hatte die Zeit, die er brauchte, um die Ausrüstung zu installieren, genutzt, um einen Chirurgen aufzusuchen, der ihm sein altes Gesicht wiedergab, und es heilte immer noch.

Als er sah, wie Roza den Vizepräsidenten durch das Haus führte, dachte er daran, wie sie reagiert hatte, als er von der Operation zurückgekommen war. „Wir haben eine seltsame Beziehung, mein Schatz", hatte sie gesagt. „Ich habe das Gefühl, ich betrüge dich... mit dir!"

Er konnte sein Spiegelbild auf einem inaktiven Monitor am Rande des Bildschirms sehen und es kam ihm fast zu seltsam vor, sein eigenes Gesicht wiederzusehen. Aber er hatte beschlossen, dass er im Angesicht einer drohenden Katastrophe lieber mit seinem eigenen Gesicht als mit einem geliehenen herausgehen würde.

„Herr Präsident", hörte er Roza sagen, als sie an die Bürotür klopfte. Sie war aus echtem Holz, mit einem Messingknauf, ohne Gegensprechanlage oder sonstige Elektronik.

„Herein", sagte O'Keefe mit gedämpfter Stimme, die kaum durch die Tür zu hören war.

Roza stieß die Tür auf und gab Dominguez ein Zeichen, einzutreten, dann zog sie sich schnell zurück und schloss die Tür hinter sich.

. . .

O'Keefe saß an seinem antiken Eichenschreibtisch, lehnte sich in einem bequemen Stuhl zurück, stützte seine Cowboystiefel auf die Schreibtischplatte und verschränkte die Hände vor der Brust. Er machte keine Anstalten, aufzustehen.

„Nimm Platz, Xavier“, sagte O'Keefe zu seinem Vizepräsidenten und winkte auf den sehr teuren lederbezogenen Stuhl auf der anderen Seite des Schreibtischs.

„Daniel“, begann Dominguez, ließ sich in den Stuhl sinken und sah ausgesprochen unbehaglich aus, „die Lage ist im Moment nicht gut. Du hast hier in Calgary nichts zu suchen, und wir beide schon gar nicht. Was zum Teufel ist hier los?“

O'Keefe schwang seine Beine vom Schreibtisch, griff dahinter nach einem niedrigen Regal und holte eine halbleere Flasche Bourbon und zwei Gläser heraus. Er schüttete zwei Finger in jedes davon und stellte eines vor Dominguez.

„Trink einen mit mir, Xavier“, sagte er und nahm eines der Gläser in die Hand.

„Daniel, ich will keinen Drink“, sagte der andere Mann und schüttelte den Kopf. „Ich will wissen, warum du dich hier in Kanada versteckst und ich will definitiv wissen, warum du mich hierher geschleppt hast. Die Presse stürzt sich darauf, das weißt du doch, oder? Ich weiß, dass du dir Sorgen um deine Tochter machst, aber die Polizei tut alles, was sie kann, um sie zu finden. Ich bin mir sicher, dass es ihr gut gehen wird.“

„Xavier, ich bitte dich als Freund: Trink einen Schluck mit mir im Gedenken an meinen Schwiegersohn.

Dominguez seufzte, dann nahm er das Glas in die Hand. „Also gut, Daniel“, sagte er, stieß mit dem anderen Mann an und trank den Bourbon mit einem kaum verhohlenen Blick des Widerwillens herunter.

. . .

„Schließen wir die Bio-Anzeigen an?“ Shannon fragte Ari im Ersatzbüro, ihr Blick war auf einen Monitor gerichtet, der Dominguez' Lebenszeichen anzeigte, eine Spektralanalyse seiner Atmung und Hauttemperatur.

„Wir haben das Signal von seinem Implantat gestört“, bestätigte Ari. „Ich übertrage die Schleife von vorhin erneut.“

Der Präsident, der Vizepräsident und der Mehrheitsführer des Senats waren als einzige Amtsträger der Republik mit Gesundheitsmonitor-Implantaten ausgestattet, die ihre biologischen Werte an den Sicherheitsdienst übermittelten, damit sie im Falle eines gesundheitlichen Notfalls sofort behandelt werden konnten. Um dies zu verhindern, wurde das kleine Büro mit so vielen Geräten ausgestattet. Noch mehr war auf dem Dachboden und im Keller des Hauses versteckt, und Ari hoffte inständig, dass keiner der Sicherheitsbeamten darüber stolperte...

„Also gut, Daniel“, sagte Xavier entschlossen und stellte sein Glas auf den Schreibtisch. „Sag mir, warum ich hier bin, oder ich gehe sofort.“

„Ich verspreche, das werde ich“, sagte O'Keefe. „Und ich verspreche dir, Xavier, es ist wichtig. In letzter Zeit sind Dinge passiert, von denen ich nie geglaubt hätte, dass sie passieren könnten. Zum Beispiel der Mord an Glen.“

„Ja“, sagte Dominguez langsam. O'Keefe schaute den anderen Mann genau an, sah, dass er unregelmäßig mit den Augen blinzelte und sich etwas schwerer in seinem Stuhl zurücklehnte... „Ja, das verstehe ich, Daniel“, sagte Xavier, und seine Stimme klang etwas weicher und langsamer als zuvor. „Aber wir müssen an die ganze Republik denken. Gott", er rieb sich die Augen, “ich habe gar nicht gemerkt, wie müde ich war. Ich hätte nicht so viel trinken sollen.“

„Xavier“, fuhr O'Keefe fort, „ich habe eine Untersuchung angestellt. Ich habe herausgefunden, wer Glen Mulrooney getötet hat und warum.“

Xaviers Kopf ruckte hoch und seine Augen versuchten, sich auf

O'Keefe zu konzentrieren, aber es gelang ihm nicht. „Ich dachte... ich dachte, das Ziel war der Journalist."

„Sie waren beide das Ziel", korrigierte ihn O'Keefe. „Glen hatte Fuentes gebeten, jemanden zu überprüfen. Sie wurden umgebracht, damit er nicht erfährt, was er herausgefunden hat."

„Wer?" O'Keefe konnte sehen, dass Dominguez mehr sagen wollte, sich aber nicht traute, es zu tun.

„Du, Xavier", sagte O'Keefe zu ihm. „Sie haben gegen dich ermittelt. Und was mit dir auf der Mission nach Aphrodite vor fünf Jahren, kurz nach dem Krieg, passiert ist."

Dominguez' Augen weiteten sich, seine Selbstbeherrschung war durch die Drogen beeinträchtigt, die das Glas, aus dem er den Bourbon getrunken hatte, innen beschichtet hatten. „Mein Gott, Daniel, das kannst du nicht wissen!" Er schüttelte den Kopf und versuchte, sich aus dem Stuhl zu heben, aber irgendwie fehlte ihm die Kraft dazu. „Sie werden dich umbringen, wenn sie herausfinden, dass du es weißt."

„Sie haben sowieso vor, mich zu töten, Xavier", erinnerte ihn O'Keefe. „Und wenn sie es tun, glaubst du, dass es einfach sein wird? Dass das Militär und die Regierung dir folgen werden, weil du der Vizepräsident bist?"

„Sie sagten, es gäbe keine andere Wahl", stimmte Dominguez zu und seine Augen schienen über das, was er sagte, entsetzt zu sein. „Sie werden einen Anführer suchen und ich werde da sein, um sie zu führen."

„Und wer sind ‚sie', Xavier?" verlangte O'Keefe. „Wer hat dir all diese Versprechen gemacht? Wer ist dein Kontakt?"

„Ein Lobbyist der Republic Mineral Resources Multicorp", sagte Dominguez ihm. „Ein Typ namens Fourcade."

„Wie schockierend", murmelte O'Keefe trocken. „Und wer ist laut Mr. Fourcade noch an der Sache beteiligt?"

Dominguez schüttelte den Kopf. „Er sagt, es ist besser, wenn ich es nicht weiß. Je weniger Leute davon wissen, desto besser. Verdammt, ich musste nicht einmal etwas tun. Ich hätte nur warten müssen, bis du stirbst, dann hätte ich das Amt übernommen und wir hätten den Schaden, den du mit deiner Auswanderungspolitik angerichtet hast, wieder rückgängig machen können."

„Du hast diese Politik auch unterstützt, Xavier", knurrte O'Keefe ihn an und lehnte sich über den Schreibtisch. „Du wurdest als Senator gewählt, weil du sie unterstützt hast! Wann hast du deine Meinung darüber geändert?"

„Ich...", Dominguez' Gesicht wurde schlaff und er sah aus, als würde er gleich in Ohnmacht fallen, doch dann schüttelte er sich. „Ich kann mich nicht erinnern, jemals so gefühlt zu haben. Ich weiß, dass ich es tat. Ich habe die Wahlprotokolle und die Reden gesehen. Ich weiß, dass es so war... aber ich kann mich nicht erinnern, warum."

„Was ist auf der Reise nach Aphrodite passiert, Xavier?" fragte O'Keefe und stützte sich mit den Ellbogen auf dem Schreibtisch ab, während er den Mann studierte, als könnte er die Wahrheit herausfinden, wenn er ihn nur genau genug beobachtete.

„Ich weiß es nicht", antwortete Dominguez.

„Was ist auf der Reise nach Aphrodite passiert?" wiederholte O'Keefe und schlug mit der Faust auf den Schreibtisch.

„Ich weiß es nicht", beharrte Dominguez mürrisch. „Ich kann mich an nichts erinnern. Ich habe nur diese seltsame... Kluft in meiner Erinnerung. Als ob alles, was vor der Reise passiert ist, irgendwie... gedämpft ist. Nicht real, oder weniger real. Als hätte ich mein ganzes Leben lang geschlafen und wäre erst nach dieser Reise aufgewacht. Fourcade sagte, dass auf der Reise auch etwas passiert ist. Er sagte, es sei der Schlüssel zu dem, was wir tun werden, aber er wollte es mir nicht sagen. Ich glaube, er traut mir nicht."

„Warum vertraust du ihm dann?" wollte O'Keefe wissen. „Warum lässt du dich darauf ein?"

Dominguez blinzelte und sein Gesicht zeigte eine gewisse Überraschung. „Es ist mir nie in den Sinn gekommen, dass ich es nicht tun sollte", gab er zu. „Es schien ... richtig zu sein. Als ob ich darauf gewartet hätte."

O'Keefe schaute nach oben, wo er wusste, dass sich der Videoempfänger befand. „Ist das genug?"

„Nein“, sagte Shannon über den Kopfhörer, „aber das ist alles, was wir bekommen werden. Mach schon und lass ihn los.“

Der Präsident seufzte frustriert und wandte sich wieder an Dominguez. „Xavier, ich werde dir gleich noch einen Drink geben. Nachdem du ihn getrunken hast, gehst du in mein Gästezimmer und machst ein Nickerchen. Wenn du aufwachst, wirst du dich daran erinnern, dass wir uns darüber unterhalten haben, wie besorgt ich um Valerie war und dass ich dachte, du solltest meine geplante Rede vor dem Senat nächste Woche halten.“

„Ich kann nicht!“ rief Dominguez aus und überraschte O'Keefe.

„Du kannst was nicht, Xavier?“

„Ich kann diese Rede nicht halten... Ich werde nicht einmal in die Nähe des Senats kommen! Mir wurde befohlen, es nicht zu tun.“ Er zögerte. „Er wollte mir nicht sagen, warum... aber ich habe nachgedacht und ich glaube, dass sie dich genau dann umbringen wollen.“

Ari starrte eine Sekunde lang auf den Bildschirm, dann sah er Shannon an, die vor Schreck wie erstarrt war.

„Oh Scheiße“, murmelte er.

22

„Willkommen an Bord, Colonel“, sagte Esmeralda Villanueva zu Jason McKay, als er das Cockpit des Shuttles betrat, sich auf den Sitz hinter der Station setzte und sich neben Vinnie und Jock anschnallte.

„Danke, Commander“, sagte er zu ihr. „Sag mal, kannst du deinen Hauptviewer mit dem auf der Brücke verbinden?“

„Kein Problem, Sir“, versicherte sie ihm und stellte den Bildschirm so ein, dass er die taktischen Daten der Brücke anzeigte, zusammen mit einem Avatar des Wurmlochs, das sie durchqueren wollten.

„Wir sind in Reichweite des Tores, Sir“, hörten sie Pirellis klare Stimme über die Sprechanlage.

„Wo sind unsere ansässigen Russen?“ Vinnie beugte sich vor und fragte.

„In ihren Kabinen eingesperrt und an die Beschleunigungssofas geschnallt“, antwortete McKay.

„Der beste Platz für sie“, murmelte Jock.

„Aktiviere die Emitter“, befahl Patel von der Brücke aus. „Steuermann, macht die Impulsantriebe bereit.“

„Jetzt geht es wieder los“, sagte Vinnie leise.

„Wenigstens jagen wir diesmal nicht dem Arsch eines Fusionsantriebs hinterher", überlegte Jock.

Die Sterne vor ihnen verschwanden, als sich das Wurmloch öffnete, und die *Sheridan* schoss unter dem Druck der Plasmaantriebe vorwärts. McKay presste seinen Kiefer zusammen und umklammerte fest die Arme seiner Beschleunigungsliege, um sich auf den Übergang vorzubereiten, aber es schien nicht zu helfen. Die Realität verließ ihn und ließ ihn für einen flüchtigen Moment, der die ganze Ewigkeit dauerte und doch keine Zeit war, nackt vor dem zurück, was jenseits lag und was der menschliche Verstand nicht wahrnehmen konnte.

Und dann waren sie fertig. „Oh Mann", stöhnte Jock, „der Donnerstag riecht furchtbar."

McKay ließ den Atem aus, den er seit Lichtjahren angehalten hatte, und versuchte, seinen Blick auf den Bildschirm zu richten, auf dem bereits ein kleiner, heller Primärstern und ein nahe gelegener Gasriese zu sehen waren. Ein Alarm ertönte, als Bedrohungssymbole auf dem Bildschirm auftauchten und Pirellis Stimme über die Lautsprecher ertönte. „Wir haben mehrere Bogies innerhalb von drei Lichtsekunden... wir werden mit aktivem Radar und Lidar gescannt."

„Antriebsfeld reaktiviert", verkündete Sweeny.

„Commander Pirelli", meldete sich Patel zu Wort, „wie weit sind wir mit der Analyse des Systems?"

„Sensorabtastung läuft", informierte sie ihn. „Die Kondensatoren der Gaußkanonen sind geladen und bereit. Zwei der Drehgestelle beschleunigen in unsere Richtung."

Während sie sprach, konnte McKay sehen, wie der Bildschirm die Details des Systems ausfüllte. Er fügte Details zu dem Gasriesen hinzu und fügte drei große Monde zu seiner Umlaufbahn hinzu, von denen zwei mit den blauen und grünen Farben bewohnbarer Welten markiert waren ... und dann fügte er ein weiteres Sprungtor hinzu, das weniger als eine Lichtsekunde von dem entfernt war, aus dem sie gerade herausgekommen waren.

„Wir haben das nächste Wurmloch gefunden", sagte Pirelli. „Ich scanne noch nach Mr. Mironovs Parametern."

„Steuermann“, befahl Patel ruhig, „fliege zu diesem Tor, Beschleunigung ein G analog.“

„Aye, Sir“, bestätigte Sweeny und im Shuttle spürten sie den Druck ihres normalen Erdgewichts, der sie in ihre Liegen drückte.

„Admiral“, meldete Pirelli, und in ihrer Stimme schwang Aufregung mit, „wir haben es ... das ist eines der Systeme, von denen Mr. Mironov uns erzählt hat! Wenn er Recht hat, sollten wir zwei Sprünge von Novoye Rodina entfernt sein!“

„Ausgezeichnet, Commander. Gibt es irgendwelche Anzeichen für die mit Eysselink ausgerüsteten Rammschiffe?“

„Negativ, Sir“, teilte Pirelli ihm mit. „Unsere gravimetrischen Sensoren haben nur eine Reichweite von etwa fünf Lichtsekunden mit den schwächeren Emittern. Die beiden Schiffe, die auf uns zukommen, haben einen konventionellen Fusionsimpulsantrieb. Wir sollten am nächsten Tor sein, bevor sie uns abfangen.“

„Admiral Patel“, sprach McKay über seinen Link, der mit den Lautsprechern auf der Brücke verbunden war.

„Ja, Colonel McKay?“ Patel sah auf, als er unterbrochen wurde.

„Sir, so nahe an ihrem Heimatsystem müssen wir davon ausgehen, dass sie über die Tore kommunizieren. Von hier an werden sie auf uns warten.“

„Verstanden“, versicherte Patel ihm. Er warf einen Blick auf Sweeny. „Ich nehme an, wir wissen nicht, was passieren würde, wenn wir das Wurmloch mit aktiviertem Eysselink-Feld durchqueren?“

„Das kann ich Ihnen nicht genau sagen, ohne ein paar Experimente zu machen, Sir“, sagte der Offizier tonlos, „aber meine Vermutung wäre: Schlechte Dinge.“

„Versuchen Sie nicht, mich mit Ihren Fachbegriffen zu blenden, junger Mann“, antwortete Patel trocken. „Also gut... für den Fall, dass sich unsere Computer schneller von dem Übergang erholen als wir, erstellen Sie ein Unterprogramm, das den Antrieb aktiviert, sobald wir das Loch verlassen haben.“

„Wird gemacht, Sir“, sagte Sweeny und begann, in den Computer zu murmeln, während seine Hände Befehle auf der vor ihm projizierten ViR-Tafel nachzeichneten.

„Wenn diese verdammten Rammen auf der anderen Seite auf uns warten“, sagte Vinnie zu McKay, Jock und Villanueva, „dann ist es egal, ob unsere Antriebe aktiviert sind oder nicht.“

„Deshalb sind wir im Shuttle, Vinnie“, erinnerte McKay ihn teilnahmslos und tat sein Bestes, um Zuversicht auszustrahlen, obwohl er sie nicht spürte.

Die Minuten vergingen unerträglich langsam, während die Schiffe des Protektorats immer näher kamen, bis sich kleinere Symbole von den größeren abspalteten und direkt vor ihnen herbrausten.

„Die Protektoratsschiffe haben Shipbuster-Raketen abgefeuert“, verkündete Pirelli. „Sie beschleunigen mit zehn G. Wir sollten in der Lage sein, vor ihnen am Tor zu sein, aber es wird knapp werden.“

„Erhöhe auf eineinhalb G Beschleunigung“, befahl Patel.

McKays Brust schmerzte, als er in seine Beschleunigungsliege zurückgedrückt wurde, aber das Schiff begann, den entgegenkommenden Raketen etwas voraus zu sein.

„Wir nähern uns der Wende“, warnte Sweeny. „Wir müssen anfangen abzubremsen.“

„Negativ“, schnauzte Patel. „Öffne das Tor, dann schalte das Feld ab ... wir fahren mit Höchstgeschwindigkeit durch!“

„Aye, Sir“, bestätigte Sweeny mit Zweifeln in der Stimme. „Wir bereiten uns darauf vor, das Tor zu öffnen.“

„Das ist eine Möglichkeit, einen Hinterhalt zu vermeiden“, grunzte Vinnie. „Wir werden mit relativistischer Geschwindigkeit aus dem Tor kommen.“

„Stell dich auf eine starke Verlangsamung ein, wenn wir durch das Tor kommen“, warnte Patel.

„Es gibt nichts, was wir mehr lieben als negative Gs“, sagte Jock fröhlich im Shuttle.

„Aktiviere die Emitter“, verkündete Sweeny.

„Das Tor öffnet sich“, sagte Pirelli. „Übergang in zehn Sekunden.“

Ein weiteres Abrutschen in den Kaninchenbau der Unwirklichkeit endete mit einem hirnzersetzenden Ruck, der Lichtjahre weit weg war, und als McKay wieder zu sich kam, war der Bildschirm ein weißes Meer und die Alarme ertönten.

„...waren Fusionsminen", sagte Pirelli. „Wir sind gerade mit einem Viertel der Lichtgeschwindigkeit durch ein Minenfeld um den Torausgang geschossen! Der Computer hat das Antriebsfeld rechtzeitig aktiviert ... wir sind okay!"

„Notbremsung mit hoher Geschwindigkeit", befahl Patel. „Dann bring uns zum letzten Tor!"

Der Alarm für die Notbremsung ertönte und McKay zog seine Gurte fester, als das Schiff unter den Manövriertriebwerken umkippte und sich auf die Abbremsung vorbereitete.

„Wir haben mindestens vier Bogies im Bereich des Tors", berichtete Pirelli. „Wir können keine weiteren Details erkennen, bis wir näher dran sind."

McKay bemerkte gerade, wie sich die Details auf dem Bildschirm füllten: ein roter Zwerg, umgeben von Asteroidenschichten, und etwas, das wie ein kalter Gasriese aussah, jenseits der Felder; als der Schub einsetzte und er in seinen Sitz gequetscht und fast bis zur Bewusstlosigkeit von einer Abbremsung im Wert von fünf Gravitäten gequetscht wurde - der Eysselink-Antrieb, der den Raum hinter ihnen wie eine kosmische Schiffsschraube ausdehnte, und die Energie, die sich im Gravitations-Trägheitsspektrum aufbaute, bis sie gezwungen war, als Gravitation analog zur Beschleunigung oder Abbremsung in den vierdimensionalen Raum zurückzufließen.

Der Eysselink-Antrieb machte Sternenreisen möglich, aber die verdammte Rückkopplung machte die G-Tanks für lange Reisen notwendig und machte das taktische Manövrieren zu einem Albtraum. McKay hatte gehört, dass sie an einer neuronalen Schnittstelle arbeiteten, die es ermöglichen sollte, das Schiff in den G-Tanks zu steuern, aber die Vorstellung, wach zu sein und dabei Flüssigkeit zu atmen, machte ihm eine Heidenangst.

Andererseits erschien ihm das Atmen von Flüssigkeit aus einem weit entfernten Teil seines Gehirns, der während der brutalen Verlangsamung irgendwie bei Bewusstsein blieb, nicht so schlimm wie gar nicht zu atmen.

Endlich, nach einer stundenlangen Tortur, endete der Schub und seine Sicht kehrte zurück, zusammen mit einem quälenden Pochen in seinem Kopf.

„Wendevorgang wird durchgeführt“, meldete Sweeny. „Wir bereiten uns auf die Beschleunigung zurück zum nächsten Tor vor. Sollte etwa fünf Minuten bei eineinhalb G dauern.“

„Taktisch“, befahl Patel, „sobald wir die Wende erreicht haben, will ich, dass drei Area-Denial-Raketen in Abständen von tausend Kilometern kurz vor dem Tor abgefeuert und zur Explosion gebracht werden. Und zwar so schnell wie möglich... Ich will, dass unser Antriebsfeld so schnell wie möglich wieder aufgebaut wird.“

„Aye, Sir, ich bereite den Start jetzt vor.“

„Area-Denial-Raketen?“ Jock murmelte eine Frage zu Vinnie, die McKay kaum hörte. Vinnie warf ihm einen bösen Blick zu und Jock zuckte entschuldigend mit den Schultern. „Ja, Captain Sir, ich habe genug damit zu tun, die neuen Infanteriewaffen im Auge zu behalten!“

„Sie sind klein“, sagte Vinnie und seufzte wie ein Lehrer, der einem langsamen Schüler eine Lektion erteilt, „sie werden aus den Spulen der Gaußkanone abgefeuert und haben dann einen schnell abbrennenden Feststoffkernspaltantrieb, der sie den Rest des Weges trägt. Sie haben einen kleinen Fusionssprengkopf, der von Laserstäben umgeben ist. Wenn der Sprengkopf explodiert, beschießen die Stäbe die unmittelbare Umgebung mit Gammastrahlenlasern. Er versucht, die Minen zu beseitigen, bevor wir durch das Tor fahren.“

„ADMs starten“, verkündete Pirelli und ein Ausschnitt des Hauptbildschirms zeigte Dutzende von kleinen Raketen, die so schnell aus den Waffenkapseln schossen, dass sie kaum zu sehen waren. „Das sind die letzten, Admiral.“

„Steuermann, bringen Sie uns mit eineinhalb G zum Wurmloch“, befahl Patel.

Im Vergleich zu der hohen Schwerkraftverzögerung, die sie gerade erlebt hatten, schienen anderthalb Schwerkraftstufen sanft zu sein, und McKay konnte seine Aufmerksamkeit auf die Bildschirmanzeige lenken. Sechs feindliche Schiffe befanden sich im System, vier von ihnen waren um das Tor herum angeordnet, das sie nach Novoye Rodina führen sollte. Zwei der vier beschleunigten, um die *Sheridan* abzufangen, das Flackern der Fusionsimpulsantriebe an ihren Schwänzen.

„Admiral", sagte Pirelli scharf, „eines der Schiffe, die auf uns zukommen, ist ein Stampfer. Er verfolgt das Feuerzeug... dieselbe Taktik, die sie bei der *Decatur* angewendet haben."

„Werden die AD-Raketen sie treffen, bevor sie uns erreichen?

„Die ersten beiden Wellen sind an ihrer Position vorbei..." berichtete Pirelli und überprüfte eine Sensoranzeige. „Die dritte... ist in Reichweite und detoniert jetzt."

Eine Reihe von Blitzen auf dem Bildschirm simulierte, dass die Sprengköpfe weniger als eine Lichtsekunde von der *Sheridan* entfernt explodierten, wobei ein Lichtkranz um jede Detonation die Zündung der Gammastrahlenlaser um jeden Sprengkopf herum anzeigte.

„Sieht nach positiven Treffern für die beiden Schiffe aus", sagte Pirelli. „Über die Schäden bin ich mir noch nicht sicher."

Ohne Vorwarnung wurde das führende Schiff, ein umgebauter Piratenfrachter, in einer riesigen Fusionsexplosion verbrannt, die sich zu einer glühenden, kugelförmigen Gas- und Trümmerwolke ausbreitete. Ein kurzer Jubel brach auf der Brücke aus. „Wir haben sie!" rief Pirelli aus. „Die Greifer müssen ihre Wasserstofftreibstoffvorräte entzündet haben!"

„Was ist mit dem Stampfer?" fragte Patel.

„Das kann ich noch nicht sagen, Sir", informierte ihn Pirelli. „Die Explosion verdeckt sie ... nein, warte! Ich empfange jetzt ihre Eysselink-Signatur... sie hat ihr Antriebsfeld aktiviert."

„Kommen Sie, Admiral, verdienen Sie sich Ihren Lohn", zischte Vinnie. McKay warf ihm einen Blick zu. Er hatte noch nie erlebt, dass Vinnie im Angesicht der Gefahr Nerven zeigte, aber der Mann schien verunsichert. McKay konnte das nachempfinden. Es ist eine Sache, den Kopf und die Nerven im Zaum zu halten, wenn die Kugeln fliegen und das Adrenalin fließt; es ist eine ganz andere Sache, wenn man dasitzt und wartet, während simulierte Symbole auf einem Bildschirm über Leben und Tod aus Tausenden von Kilometern Entfernung entscheiden.

„Niemand hat Erfahrung im Kampf eines Eysselink-Antriebsschiffs gegen ein anderes“, überlegte Villanueva vom Pilotensitz aus. Sie wandte sich an Vinnie. „Was würdest du tun?“

„Langfristig“, sagte er nach kurzem Überlegen, „würde ich eine Shipbuster-Rakete mit einem Eysselink-Antrieb entwickeln. Kurzfristig… würde ich versuchen, die gravimetrischen Sensoremitter zu nutzen, um ihr Antriebsfeld zu destabilisieren.“ Er zuckte mit den Schultern. „Das kann nicht schaden.“ McKay riss den Kopf herum und sein Mund stand fast offen.

„Admiral“, meldete McKay über seine Verbindung zu den Brückenlautsprechern, „Vinnie hat eine Idee. Wäre es möglich, unsere gravimetrischen Emitter zu benutzen, um das Antriebsfeld des Rammbocks zu destabilisieren?“ Vinnie schaute ihn mit großen Augen an, als wolle er ihn zum Schweigen bringen.

„Pirelli?“ Patel richtete die Frage an seinen Taktischen Offizier.

„Theoretisch ist es möglich“, gab sie zu. „Ich weiß nicht, welche Reichweite wir hätten oder wie viel Schaden wir mit den neu konfigurierten Laserfokusfeldern anrichten könnten…“

„Pirelli, ich möchte, dass du Folgendes tust“, sagte Patel mit einer Intensität, die aus der Inspiration geboren wurde. „Auf mein Signal hin deaktivierst du unser Antriebsfeld, zielst mit den Emittern auf sie, beschießt sie mit zwei Salven Gauss-Kanonen und reaktivierst dann das Feld.“

„Aye, Sir“, bestätigte Pirelli. „Steuermann, mach dich bereit, das Antriebsfeld zu deaktivieren.“

„Ich bin bereit, wenn du es bist, Angie“, sagte Sweeny mit einem Grinsen. Sie warf ihm einen scharfen Blick zu, lächelte dann aber zurück.

„Bogie ist bei der derzeitigen Beschleunigung zwei Minuten unterwegs“, verkündete Pirelli. „Ich schätze, es dauert noch eine Minute, bis unsere Emitter ihre Wirkung entfalten.“

„Mein Gott, Sir“, sagte Vinnie im Shuttle leise zu McKay. „Du lässt mich ganz schön im Regen stehen, wenn das nicht funktioniert.“

„Aber wenn es funktioniert, wirst du der Held des Tages sein, Vinnie", konterte McKay und grinste breit. „Übrigens, wenn wir zurückkommen - vorausgesetzt, wir überleben das hier - ist es wohl an der Zeit, dich zum Major Mahoney zu machen." Er schaute zwischen Vinnie und Villanueva hin und her und grinste immer noch. „Dann könnt ihr euch ohne schlechtes Gewissen verabreden."

Villanueva hielt sich den Mund zu, um ein sprudelndes Lachen zu unterdrücken, aber Jock versuchte es gar nicht erst; er lachte so laut, bis Vinnie ihm mit rotem Gesicht einen Ellbogen in die Rippen stieß. „Hör auf zu grölen, du verdammter australischer Esel", sagte er, „oder ich befördere dich zum Lieutenant, nur damit ich dich wieder zum Sergeant befördern kann."

„Der Rammbock ist in einer Minute draußen", sagte Pirelli. „Ich bin bereit, sie mit den Emittern zu treffen, Sir."

„Schalte das Antriebsfeld aus", sagte Patel zu Sweeny. „Taktisch, aktiviere die Emitter und eröffne das Feuer mit den Gaußkanonen."

„Aye, Sir, wir feuern jetzt."

Auf dem Bildschirm simulierte der Computer die Strahlen gerichteter gravimetrischer Energie als schimmernde Linien, die die Sheridan mit dem Rammschiff verbanden ... und dort, wo sie sich berührten, flackerte der blaue Halo, der das Eysselink-Feld des Schiffs darstellte, bis er ganz erlosch. Dann durchbohrten die Ströme der Wolfram-Penetratoren aus den Beschleunigerspulen des Schiffes das wehrlose Schiff wie einen Apfel und durchschlugen seine leichte Hüllenpanzerung, als wäre sie gar nicht vorhanden.

Brennender Sauerstoff schoss aus den riesigen Löchern im Rumpf des Rammschiffs, als die Geschossströme die Länge des Schiffes hinunterliefen und schließlich die Antriebskapseln durchschlugen...

„Reaktivieren Sie das Antriebsfeld jetzt!" Patel lehnte sich in seinem Stuhl nach vorne und wusste, was jetzt kommen würde.

Sweeny hatte gerade die Steuerelemente betätigt und hatte noch nicht einmal Zeit gehabt, die Bestätigung auszusprechen, als die Eindämmungsfelder des Rammschiffs versagten und der Antimaterietreibstoff das blanke Metall der Speicherfeldprojektoren berührte.

Es gab ein grelles Licht, als hätte sich ein Stern vor ihnen im Weltraum entzündet, und die optischen Bildschirme schalteten sich aus, weil ihre Filter überlastet waren; dann waren sie an der Feuersbrunst vorbei und steuerten auf das Ausgangstor zu.

Patel lehnte sich mit einem erleichterten Ausatmen in seinem Stuhl zurück, das durch den Jubel der Brückenbesatzung unhörbar wurde. Sweeny und Pirelli nickten sich gratulierend zu und grinsten beide triumphierend.

„Meine Grüße an Captain Mahoney“, sagte Patel mit einem leicht nach oben gezogenen Mundwinkel. „Vielleicht können wir euch doch alle an Bord behalten.“

Valenzuela schenkte Vinnie ein Grinsen und Jock klopfte ihm auf die Schulter, dann versuchte er, einen entschuldigenden Blick vorzutäuschen. „Oh, tut mir leid, Sir... Ich hätte Ihre erhabene Persönlichkeit nicht anfassen dürfen.“

„Eine Minute bis zum Tor, wenn Sie nicht abbremsen wollen, Admiral“, sagte Sweeny.

„Ich denke, wir werden auch dieses Mal schnell fahren, Steuermann“, sagte Patel und schüttelte den Kopf. „Pirelli, sobald das Tor aktiviert ist, will ich, dass eine ganze Reihe von Area Denial-Raketen hindurchgeschossen wird ... aber sie müssen explodieren, bevor wir dort ankommen.“

„Verstanden, Sir. Ich empfehle, dass wir jetzt auf eine halbe G Beschleunigung runtergehen.“

„Tun Sie das, Steuermann.“

Nachdem er so lange mit mehr als einer Schwerkraftbeschleunigung geboostet hatte, hatte McKay das Gefühl, dass er davonschweben würde, als der Schub auf ein halbes G sank.

„Aktiviere jetzt die Emitter“, sagte Sweeny. „Das Tor öffnet sich.“

„Raketen starten“, sagte Pirelli, als zwei Dutzend Waffen aus den elektromagnetischen Spulen schossen und durch das Wurmloch verschwanden.

„Toreintritt in dreißig Sekunden“, sagte Sweeny.

„Hier werden wir herausfinden, ob du ein Major wirst“, sagte Jock nebenbei zu Vinnie.

„Oh, süße Mutter", flüsterte Cal Orton vom Copilotensitz aus und bekreuzigte sich.

Die Dunkelheit verschlang die *Sheridan* erneut, und als das Licht zurückkehrte, war es ebenfalls alles verzehrend: Die Kugeln der Fusionsexplosionen erleuchteten den Raum um sie herum. Und mittendrin kamen zwei Kriegsschiffe auf sie zu, so nah, dass sie sie nur optisch erkennen konnten...

Dann wurde das Antriebsfeld hochgefahren und ein Chor von Stimmen rief Statusberichte, bis Patel schreien musste: „Ruhe an Deck!" und alle verstummten und die Brücke in eine unnatürliche Stille versetzten.

„Taktisch!" Patel schaute zu Pirelli.

„Die AD-Raketen haben mehrere Minen gezündet", berichtete sie schnell. „Wir haben zwei Drehgestelle in einem Umkreis von hundert Kilometern. Ich glaube, wir haben ein Gauss-Geschoss auf den Bug abgefeuert, aber es hat die Panzerung nicht durchdrungen. Das Antriebsfeld ist in Ordnung, aber die Sensoren registrieren mindestens ein Rammschiff innerhalb von zwei Lichtsekunden. Der Hauptstern hier ist ein G5-Hauptreihenstern, es gibt drei irdische Planeten und einen großen Gasriesen mit fünf Monden - wir sind etwa zwei Lichtsekunden von dem Gasriesen entfernt. Es passt zu Mironovs Beschreibung des Systems, in dem sich Novoye Rodina befindet."

„Steuermann", sagte Patel und wandte sich an Sweeny.

„Wir überprüfen Sternmuster und Konstellationen und sollten in ein paar Minuten einen Standort haben. Ich erkenne auch mehrere Gates in unmittelbarer Nähe."

„Beschleunige auf 1,5 Gravitationspunkte. Bring uns näher an Novoye Rodina heran", befahl Patel. „Ich will einen Überflug in optischer Reichweite machen, um Details zu bekommen. Halte uns aber vor den Rammschiffen."

„Wir beschleunigen auf 1,5 g, aye", wiederholte Sweeny und ließ einen Finger über eine holografische Projektion gleiten, um das Eysselink-Feld mit Energie zu versorgen. „Wir nehmen Kurs auf einen Vorbeiflug an Novoye Rodina."

Der Bildschirm zeigte, dass die Protektoratsschiffe langsam zurückfielen, während die Sheridan beschleunigte. McKay wusste, dass die Protektoratsschiffe wahrscheinlich zwei oder drei G schaffen würden, aber sie konnten das nicht lange durchhalten.

„Die Bogies feuern Shipbuster auf uns ab, Sir“, berichtete Pirelli. „Vier ... nein, sechs. Sie beschleunigen mit zehn Gravitationskräften. Sie müssen wissen, dass sie uns nicht verletzen können, wenn das Antriebsfeld eingeschaltet ist, Sir.“

„Sie wissen vielleicht, dass wir sie mit eingeschaltetem Feld nicht verletzen können, Commander“, erinnerte Patel sie. „Außerdem ist es für uns schwieriger, einen Angriff zu starten, wenn eine ganze Reihe von Shipbusters darauf wartet, dass unser Feld ausfällt.“

Als das Schiff abdrehte, um auf die Heimatwelt des Protektorats zuzusteuern, konnte McKay den Gasriesen auf den optischen Kameras des Bildschirms sehen. In einem matten Orange hatte er einen deutlich sichtbaren Ring, und während er ihn beobachtete, zog ein felsiger, asteroider Mond über sein gesprenkeltes Gesicht.

„Viele der Tore scheinen sich in der Nähe der Umlaufbahnen von Gasriesen zu befinden“, sagte er zu Patel über seinen Link. „Das muss irgendwie von Bedeutung sein.“

„Eine bequeme Energie- und Materialquelle“, spekulierte der Admiral. „Oder vielleicht hat die große Schwerkraftquelle etwas damit zu tun. Die Wissenschaftler können es herausfinden, wenn sich der Staub gelegt hat.“

McKay musste darüber lächeln: Patel hatte am MIT einen Master in theoretischer Physik gemacht, bevor er auf die Offiziersanwärterschule der Flotte ging. Die meisten Raumschiffkapitäne hatten einen wissenschaftlichen Hintergrund, aber McKay wusste zufällig, dass Patel nur noch eine Dissertation von seinem Doktortitel entfernt war - und wahrscheinlich auch nur noch eine Dissertation entfernt bleiben würde, bis er in den Ruhestand ging und Zeit für die Forschung hatte.

Angenommen, wir leben lange genug, damit er in Rente gehen kann, musste McKay sich daran erinnern. Er wünschte sich sehnlichst, er wäre auf der Brücke; im Shuttle-Cockpit fühlte er sich unglaublich klaustrophobisch. Er wusste, dass es rein psychologisch war, weil er jederzeit in direktem Kontakt mit der Brücke stand, aber er fühlte sich auch hier unten in der Shuttlerampe isoliert, weit weg von dem Ort, an dem die Entscheidungen getroffen wurden.

„Admiral“, sagte Commander Sweeny, „wir haben den Bericht der Sternenanalyse. Wir wissen, wo wir sind: 59 Arietis... und das ist weit weg von zu Hause, Sir. Wir sind 210 Lichtjahre von der Erde entfernt.“

McKay stieß einen leisen Pfiff aus. Er rechnete aus, dass sie mit dem Eysselink-Antrieb über zwei Jahre brauchen würden, um nach Hause zu kommen ... wenn sie genug Antimaterie hätten, was sie nicht hatten.

„Das war's dann wohl“, murmelte Patel halb zu sich selbst, der offenbar die gleiche Rechnung im Kopf hatte. „Wir nehmen die Wurmlöcher oder wir kommen nicht nach Hause.“

„Ja, Sir“, stimmte Sweeny zu. „Bei unserer derzeitigen Beschleunigung brauchen wir 40 Stunden, um die optische Reichweite von Novoye Rodina zu erreichen, Sir.“

„Geben Sie uns noch ... sagen wir vier Stunden, Mr. Sweeny, und gehen Sie dann auf eine G-Beschleunigung herunter. Die Schiffe, die uns verfolgen, werden bis dahin nur noch wenig Treibstoff haben und ihre derzeitige Beschleunigung nicht mehr aufrechterhalten können. McKay, wenn wir auf ein g abbremsen, werde ich alle aus den Shuttles und Landefahrzeugen entlassen, bis wir näher an den Planeten herankommen. Es hat keinen Sinn, dort zwei Tage lang zu hocken.“ Patel grinste. „Und ich weiß, wie sehr du es vermisst, hinter meinem Kommandosessel zu stehen und mich mit dem Ellbogen anzustoßen...“

„Etwas beschäftigt mich, D'mitry“, sagte McKay zu Podbyrin, als sie sich im Quartier des Russen über einem Schachbrett gegenüberstanden. Sie waren vor Stunden aus den Shuttles entlassen worden und McKay hatte beschlossen, dem Mann einen Besuch abzustatten, solange er noch konnte, da er ihn nicht persönlich besuchen konnte, während er auf Mironov aufpasste.

„Ist es die Tatsache, dass ich dir deinen Turm wegnehmen werde?“ fragte Podbyrin und wartete mit erwartungsvollen Fingern darauf, dass McKay seinen Zug beendet.

McKay runzelte die Stirn, als er erkannte, in welche Falle er gelockt worden war. „Nein, aber das ist lästig. Was mich stört, D'mitry, sind die vielen Schiffe des Protektorats, auf die wir treffen.“

„Nun, ihr seid Novoye Rodina immer näher gekommen“, sagte Podbyrin achselzuckend. „Habt ihr nicht damit gerechnet, dass ihr auf dem Weg dorthin auf Truppen des Protektorats treffen würdet?“

„Er kann nicht all diese Schiffe in den letzten paar Jahren gebaut haben“, überlegte McKay. „Die meisten von ihnen waren Raubfrachter, sogar Schiffe im System, die er in den letzten Jahrzehnten erbeutet haben muss - Schiffe, von denen wir dachten, die Gürtelpiraten hätten sie sich geschnappt. Wenn er sie also hatte, warum hat er sie nicht benutzt, als er die Erde angegriffen hat?“

„Die Antwort darauf ist einfach, McKay“, sagte Podbyrin. „Je mehr Schiffe er mit zur Erde brachte, desto größer war die Chance, dass eines von ihnen meuterte und sich ergeben würde. General Antonov ist, wie du vielleicht schon gemerkt hast, kein vertrauensvoller Mann. Es ist eine Sache, ein paar Schiffe in einem isolierten System zurückzulassen, wenn die Kapitäne die Koordinaten der Wurmlöcher, die zur Erde führen, nicht kennen. Es ist eine andere, ihnen das Gelobte Land zu zeigen und zu erwarten, dass sie Fusionsbomben darauf abwerfen, wenn dein Plan nicht funktioniert.“

„Die Männer, die er mit zur Erde brachte, waren also seine vertrauenswürdigsten Offiziere“, überlegte McKay. „Und sie sind alle gestorben. Ich frage mich, wie er seitdem die Kontrolle behalten konnte?“

„Durch Angst und Einschüchterung, da bin ich mir sicher“, antwortete der russische Offizier mit einem Schnauben. „Wie immer. Und wer würde sich nicht einschüchtern lassen? Er hat immer noch seine Wissenschaftler, und die kontrollieren die Biomechs. Der Mann kann Menschen erschaffen... und wenn einige von ihnen so gut aussehen wie Yevgenia, dann kann man sich die Loyalität vieler Männer mit dieser Art von Belohnung erkaufen.“

„Yevgenia?" McKay runzelte die Stirn. Er hatte den Namen schon einmal gehört, konnte sich aber nicht erinnern, woher.

„Ja, das war sein Sexspielzeug ... das blonde Ding auf seinem Schiff. Du hast mir erzählt, dass sie deinen Sergeant mit einer Granate getötet hat. Er hat sie nach seiner Frau benannt... sie ist im Krieg mit den Chinesen gestorben, zusammen mit dem Rest seiner überlebenden Familie."

„Wo habe ich diesen Namen schon mal gehört?" ärgerte sich McKay und rieb sich nachdenklich das Kinn. Er war sich sicher, dass er nie gewusst hatte, dass die Biomech-Frau einen Namen hatte...

„Yevgenia..." Er zischte das Wort. „Seine Frau. Seine Familie... sie sind im Krieg gestorben." Seine Augen wurden groß. „Oh, verdammte Scheiße!" Er drückte auf seinen 'Link und rief die Schiffssicherheit an. „Hier ist Colonel McKay, wo ist Mr. Mironov gerade?"

„Er klagte über Magenschmerzen, Sir", kam die Antwort, „deshalb haben wir jemanden geschickt, der ihn zur Krankenstation begleitet. Ich sehe mal nach dem Mann, den ich mit ihm geschickt habe." Es gab eine Pause, die McKay viel zu lang erschien. „Äh, Sir ... Kowalski antwortet nicht auf seine Verbindung. Lassen Sie mich die Monitore überprüfen, während ich die Krankenstation kontaktiere." Weitere Augenblicke vergingen, aber McKay stand bereits auf und ging zur Kabinentür. „Sir, Mironov hat sich nicht auf der Krankenstation gemeldet... Ich konnte ihn noch nicht finden."

„Wir haben ihm einen Transponder injiziert, als er gefangen genommen wurde", schnauzte McKay und trat auf den Korridor hinaus. „Er ist in der Datei deines Systems... Finde ihn jetzt!" Er blickte den Korridor in beide Richtungen und versuchte zu entscheiden, welcher Weg sinnvoller war: Shuttlerampe in der einen, Maschinenraum und Lebenserhaltung in der anderen Richtung.

„Der Transpondercode ist in der Datei, Sir", bestätigte der Sicherheitsoffizier. „Aber er antwortet nicht. Er ist zurzeit nicht aktiv."

„Sende sofort einen schiffsweiten Alarm aus", befahl McKay. „Mach es zu einem persönlichen Alarm, über alle Verbindungen ... alle Verbindungen außer Kowalskis. Ich will, dass er sofort gefunden wird. Und ich will, dass der Maschinenraum und die Shuttlerampen abgeriegelt werden; niemand außer mir und meinen Leuten kommt rein, nicht einmal die Sicherheitsleute, verstanden?“

„Ja, Sir, Colonel“, antwortete der Sicherheitsoffizier schnell. „Ich mache es jetzt.“

Er entschied sich für den Maschinenraum und rannte den Korridor entlang. „Vinnie, Jock“, rief er über seinen Link, „Mironov ist im Wind... sofort in den Maschinenraum!“ Ohne auf eine Antwort zu warten, drückte er erneut auf die Ruftaste seines Links. „Admiral Patel, hier ist McKay.“

„McKay“, ertönte die Stimme des Admirals in seinem Ohr. „Ich habe gerade den Alarm gehört... Was zum Teufel ist hier los?“

„Mironow wird vermisst, Sir, und vielleicht liege ich völlig daneben, Sir, aber... ich weiß nicht, wie es möglich ist, aber ich glaube, Mironow ist irgendwie Antonow.“

„Was?“ McKay zuckte zusammen, als der Ausruf des Admirals in seinem Ohr ertönte.

„Wie gesagt, Admiral, ich bin vielleicht verrückt, aber ich denke, wir sollten ihn jetzt finden und ich habe angeordnet, dass der Maschinenraum und die Shuttlerampe abgeriegelt werden, bis wir...“

„Colonel McKay“, meldete sich eine andere Stimme in der Leitung. „Hier ist Lieutenant James vom Sicherheitsdienst, Sir. Der Maschinenraum antwortet nicht. Ich habe den Sicherheitsdienst losgeschickt, um ihn abzuschließen, aber...“

McKay bog um eine Ecke und steuerte auf die Liftstation zu, als die normale Erdanziehungskraft, für die eine Beschleunigung von einem G gesorgt hatte, abrupt abbrach und ihn hilflos zur Decke schweben ließ. McKay stieß einen überraschten Aufschrei aus, bedeckte seinen Kopf mit den Armen und schlug mit der Schulter auf; zum Glück waren die Decken und Wände gut gepolstert.

„McKay!“ schrie Patel. „Wir haben die Beschleunigung verloren! Das Antriebsfeld ist ausgefallen!“

„Ja, Sir“, grunzte McKay, stieß sich von der Wand ab und ging zu den Notschächten neben der Station - er wollte nicht im Aufzug festsitzen, wenn der Strom plötzlich ausfiel. „Das habe ich schon gemerkt.“

„Es ist schlimmer als das“, sagte Patel nach einer kurzen Pause. Die Stimme des Admirals war so nah an der Panik, wie er sie noch nie gehört hatte. „McKay ... irgendwie hat er es geschafft, unsere Antimaterievorräte auszuwerfen. Die Plasmaantriebe zünden nicht ... wir sind tot im Weltraum. Und McKay, die Shipbuster sind immer noch im Anflug.“

McKay schloss für einen Moment die Augen und dachte an Shannon.

„Aye, Sir“, bestätigte er. „Ich bin dran.“

23

Captain Joyce Minishimi musste gegen den Drang ankämpfen, auszuspucken, als der beißende Geschmack von „Sideways“ in ihrem Mund zurückblieb. „Taktische Abteilung“, sagte sie und blinzelte mit den Augen, um sich zu konzentrieren, „Bericht“.

Lt. Commander Gianeto schüttelte den Kopf, sein dunkles Haar peitschte hin und her wie ein Hund, der das Wasser abschütteln will. „Ähm...“, stotterte er und versuchte, sein Gehirn nach dem Übergang durch das Sprungtor wieder zum Laufen zu bringen. „Ma'am, wir haben einen Stern der K-Klasse. Zwei Gasriesen... Wir befinden uns in der Umlaufbahn des näheren, aber er ist noch ein gutes Stück entfernt. Sieht aus wie ein paar terrestrische Planeten in der Nähe und das ist auch schon alles, was wir an optischen Informationen bekommen, da wir keine Gravimetrie haben. Er wartete darauf, dass weitere Sensoren online gingen und die Lücken füllten. „Wir lesen keine aktiven Scans, noch keine offensichtlichen Anzeichen von Bewohnern. Der Spektrometrie zufolge sind die Erden nicht bewohnbar, zumindest nicht für uns.“

„Steuermann, wie weit sind wir vom nächsten Tor entfernt?“ fragte Minishimi.

„Es ist nicht mehr weit - weniger als 50.000 Kilometer, Captain“, sagte Leutnant Witten, der sich scheinbar vollständig von der Umstellung erholt hatte. Manche Leute, so überlegte Minishimi, schienen überhaupt kein Problem damit zu haben, während andere bis zu einer halben Stunde brauchten, um sich wieder aufzurappeln. Witten schien unerschütterlich, mit kantigem Kiefer und blondem Kurzhaarschnitt. „Darf ich Kurs darauf nehmen?"

„Auf jeden Fall, Mr. Witten", antwortete sie. Sie hatten die *Sheridan* erst vor ein paar Tagen verlassen, aber sie hatten bereits drei Wurmlöcher durchquert - ein langsamer und mühsamer Prozess, bei dem sie nur von ihrem Plasmaantrieb angetrieben wurden. Wenigstens hatten sie einen Weg gefunden, das elektromagnetische Startsystem für die Raketen zu nutzen, um den Sprengkopf zu platzieren und das Tor zu öffnen: Das war viel schneller, als die Bombe von einem Lander platzieren zu lassen.

Es gab einen leichten Stoß, als Witten die Manövriertriebwerke zündete und die Nase des Schiffes um neunzig Grad drehte.

„Wir beschleunigen mit einer halben G", verkündete Witten.

Minishimi fühlte sich durch die Plasmaantriebe in ihren Sitz gepresst, während sich das Schiff schwerfällig vorwärts bewegte. Sie fand das Gefühl frustrierend: Ohne ihren Eysselink-Antrieb fühlte sich die *Decatur* so reaktionsschnell wie eine Schnecke an. Sie hatte gehofft, dass einer der Sprünge sie durch ein republikanisches Koloniesystem führen würde, in dem sie mehr Antimaterie sammeln konnten, aber bisher waren sie ihr alle fremd und den Schiffscomputern unbekannt, und nicht ein einziger hatte eine bewohnbare Welt enthalten.

„Lade den Fusionsauslöser in die Raketenwerfer", sagte Gianeto zu ihr. „Wir können ihn kurz vor dem Umsatz starten."

„Deine Entscheidung, Commander."

„Übergabe in zehn Sekunden", informierte Witten ihn. „Plasmaantrieb abschalten."

„Ich starte die Auslösevorrichtung", sagte Gianeto, als die Beschleunigung nachließ und sie alle gegen ihre Fesseln schwebten. „Detonation in zehn Minuten."

„Führe Umsatz aus." Witten gab einen Befehl und die Manövriertriebwerke drehten das Schiff so, dass es mit seiner riesigen Triebwerksglocke auf das immer noch geschlossene Wurmloch zeigte. „Verlangsamung beginnt."

„Ma'am", Gianeto runzelte die Stirn, als die Halb-G-Verbrennung ihnen wieder die Illusion von Schwerkraft verschaffte. „Ich fange etwas auf."

„Was ist es, Mr. Gianeto?"

„Ich bin mir nicht sicher, Ma'am, aber ich habe ein Lidar-Signal auf einem der Monde des Gasriesen. Irgendetwas reflektierte mehr als der Hintergrund, nur für eine Sekunde."

„Ist es ein Bogie, Commander?" Sie lehnte sich in ihrem Kommandosessel besorgt nach vorne.

„Das kann ich nicht mit Sicherheit sagen", gab er zu. „Es besteht die Möglichkeit eines Vulkanausbruchs oder anderer Ausgasungen. Wir sind zu weit weg, um es genau zu sehen."

„Behalte es mit den hinteren Sensoren im Auge, auch wenn wir umkehren", ermahnte sie ihn. „Ich würde es Antonov zutrauen, dass er jemanden hier draußen hat."

„Abbremsung abgeschlossen, Wende durchgeführt. Übergabe in fünf Minuten bei dieser Geschwindigkeit."

„Zündung des Geräts in drei Minuten", meldete sich Gianeto zu Wort. „Immer noch nichts von den Sensoren."

„Dann können wir nichts tun", überlegte Minishimi. „Wir haben nicht den Treibstoff, um in diesem System herumzubrennen und darauf zu warten, dass sie sich zeigt."

„Der Fusionsauslöser hat gezündet." Die Durchsage wurde von einer leeren weißen Fläche auf dem Bildschirm begleitet, die zu einer schrumpfenden weißen Lichtkugel vor ihnen verblasste. „Die Sensoren zeigen an, dass das Wurmloch offen und stabil ist."

„Halbes G für zehn Sekunden", befahl Minishimi.

„Halbes G, aye", bestätigte Witten. „Die überarbeitete Übergangszeit beträgt dreißig Sekunden."

Joyce Minishimi hatte keine Lust, auch nur eine Minute länger als nötig in diesem System zu warten. Irgendetwas an diesem Sensorkontakt ließ ihr die Haare im Nacken zu Berge stehen.

Gianetos Augen blickten auf eine Anzeige und weiteten sich dann. „Captain, da ist..." Seine Erklärung wurde durch das vorübergehende Erlöschen des Universums unterbrochen.

„Verdammt!" fluchte Gianeto, als er wieder sprechen konnte. „Ma'am, es war ein Raumschiff ... Ich habe es gesehen, kurz bevor wir gesprungen sind!"

„Verstanden, Commander Gianeto", bestätigte sie. „Berichten Sie."

„Aye, Ma'am", sagte er, beruhigte sich und blickte auf den Bildschirm, wo die optischen Sensoren ein Bild für sie zusammenstellten. „Wir haben ein Doppelsternsystem... heilige Scheiße! Ma'am, wir sind im Sirius-System, da bin ich mir sicher!"

„Verdammt", murmelte Minishimi. „So nah an zu Hause und doch so weit weg." Sirius war nur achteinhalb Lichtjahre von der Erde entfernt, aber es gab keine bewohnbaren Planeten, nichts, was sich für Geld abbauen ließ, und keine Präsenz der Republik.

„Keine Bogies auf Radar, Lidar oder Sicht", sagte Gianeto. „Keine aktiven Scans entdeckt."

„Steuermann?"

„Wir sind eine Lichtsekunde vom Heimattor entfernt, Ma'am", meldete Witten. „Kurs setzen?"

„Tun Sie es, Mr. Witten", befahl sie ihm. „Ein G Beschleunigung. Mr. Gianeto, behalte unser Eingangstor im Auge ... Ich will nicht, dass uns das Schiff, das du gesehen hast, überrumpelt. Wenn er aus dem Tor kommt, musst du einen Shipbuster auf ihn abfeuern, bevor du mir sagst, dass er da ist."

„Aye, Ma'am."

„Vier Stunden bis zum Tor bei einem G, Captain", meldete Witten, „einschließlich der Verzögerung."

„Schonen Sie die Pferde nicht, Mr. Witten", ermahnte ihn Minishimi. „Ich weiß, dass der Reaktortreibstoff knapp wird, aber wenn wir erst einmal im Sonnensystem sind, können wir in aller Ruhe auftanken."

„Captain, hier spricht Commander Duncan", ertönte die Stimme des Ersten Offiziers über den Ohrhörer ihrer Verbindung. Minishimi hob eine Augenbraue. Ihr Erster Offizier war im Hilfskontrollraum postiert - einer Ersatzbrücke für den Fall, dass die Hauptbrücke zerstört wurde - und sie konnte sich nicht vorstellen, warum er sie privat über ihren Link und nicht über die Sprechanlage des Schiffes kontaktieren sollte.

„Ja?", antwortete sie, wobei sie absichtlich nicht seinen Namen nannte, falls es einen Grund für den privaten Kontakt gab.

„Ma'am, es gibt ein Problem... Ich möchte so schnell wie möglich mit Ihnen hier in der Hilfskontrolle sprechen."

Sie runzelte die Stirn. „Ich bin gleich da." Ich hoffe, es ist wichtig, aber ihr Tonfall verriet es. Sie beendete das Gespräch, schnallte sich von ihrem Sitz ab und sah zu Gianeto hinüber. „Commander Gianeto, Sie haben die Brücke."

„Ich habe die Brücke, aye, Ma'am", bestätigte er förmlich.

Minishimi verließ zügig die Brücke, die dicken Vakuumtüren schlossen sich hinter ihr mit einem zischenden Zischen und einem dumpfen Aufprall, und machte sich dann auf den Weg zur Liftstation. In der Schwerelosigkeit waren ihr die Zugangsröhren eigentlich lieber, aber bei einer Beschleunigung von einem g waren sie keine Option.

Der Hilfskontrollraum befand sich am anderen Ende des bewohnbaren Teils des Schiffes, direkt vor dem Maschinenraum, und Minishimi brauchte gut zehn Minuten, um ihn zu erreichen. Auf dem Weg dorthin begegnete sie nur wenigen Menschen - fast alle waren auf ihren Posten, auf ihren Stationen - und das Schiff kam ihr unheimlich vor, als sie durch die stillen Korridore ging.

Die Vakuumluke zur Hilfsbrücke war geschlossen, aber ein Druck auf die Platte daneben öffnete sie und sie trat ein. Die Hilfsbrücke war etwas kleiner als die Hauptbrücke und fühlte sich für sie irgendwie isolierter an, die Bildschirme waren kleiner und dunkler. Commander Phillip Duncan war allein im Raum, er stand hinter der Kommunikationsstation und hatte einen besorgten Blick auf seinem hageren, blassen Gesicht.

„Wo ist der Rest der Besatzung?" fragte Minishimi scharf und warf einen Blick auf die leeren Stationen, die eigentlich von den

Nachwuchsoffizieren für Kommunikation, Taktik und Steuerung besetzt werden sollten.

„Im Moment sind sie in ihren Quartieren", sagte er grimmig. „Irgendwann wird einer von ihnen in der Brigg landen."

„Was ist los, Commander?", fragte sie und musste sich daran erinnern, ihn nicht „Jack" zu nennen. Jack Durant war ihr üblicher XO und es war seltsam, ihn nicht auf der Reise dabei zu haben.

„Bevor wir umgestiegen sind", sagte er mit Wut in der Stimme, „habe ich eine Diagnose der Kommunikationsstation durchgeführt, weil der Computer in den täglichen Berichten immer wieder einen Fehlercode ausgab. Ich fand heraus, dass jemand einen Wurm in den Kommunikationscomputer geladen hatte. Er wurde entwickelt, um die Desorientierung auszunutzen, die wir jedes Mal spüren, wenn wir durch die Wurmlöcher gehen. Unmittelbar nach jedem Übergang sendet er ein automatisches Breitbandsignal aus, das unseren Standort und unsere Identität bekannt gibt. Dann löscht es sich selbst aus dem Logbuch, damit es nicht von der Hauptkommunikationsstation aufgefangen wird."

Minishimi atmete zischend aus und fühlte sich, als hätte sie gerade einen Schlag in den Bauch bekommen. „Wir haben einen Verräter an Bord", sagte sie und fasste das Undenkbare in Worte. „Ist es Lt. Rojas?" Rojas war der Junior-Kommunikationsoffizier, der für diese Station auf der Hilfsbrücke vorgesehen war.

„Das glaube ich nicht", sagte Duncan und schüttelte den Kopf, wobei sein langes, pferdeartiges Gesicht noch länger zu werden schien. „Sie müsste schon verdammt dumm sein, um den Wurm auf ihrer eigenen Station einzugeben, Ma'am. Aber es muss einer von der Hilfsbrückencrew sein, und ich glaube, ich habe eine Idee, wer. Sehen Sie sich das an, Ma'am." Er winkte mit der Anzeige auf dem holografischen Display des Kommunikationspults und Minishimi ging zur Station hinüber. Duncan trat einen Schritt zurück, um sie näher heranzulassen.

„Was sehe ich da, Commander?" fragte sie und blickte auf den Diagnosebericht.

„Genau hier, Ma'am", beugte er sich vor und tippte mit dem

Finger auf eine der Zeilen. „Ich bin mir nicht sicher, aber für mich sieht das wie ein Unterprogramm aus, das den Fusionsreaktor abschaltet."

„Mein Gott!" rief sie aus und schielte genauer auf die Anzeige.

Sie war so sehr auf die Anzeige konzentriert, dass sie gar nicht bemerkte, wie sich Duncans Arm um ihren Hals schlängelte und das Messer in seiner anderen Hand bereits auf ihr linkes Auge zusteuerte.

Joyce Minishimi reagierte mit ihren durch lange Jahre als Athletin geschärften Reflexen und griff nach der herabfallenden Hand, bevor die Klinge ihr Gesicht erreichte. Instinktiv wusste sie, dass sie mit Duncans roher Kraft nicht mithalten konnte. Anstatt den Arm wegzuschieben, lenkte sie ihn um und zog ihn nach unten, wobei sie die dunkle Keramikklinge in den Unterarm des Ersten Offiziers rammte, der über ihrer Kehle lag.

Duncan brüllte eine unzusammenhängende Mischung aus Schmerz und Wut und rammte sein Knie in Minishimis Rücken, so dass sie mit dem Gesicht gegen die Kommunikationskonsole stürzte und nach hinten taumelte.

„Verdammte Schlampe!" Er knirschte mit den Zähnen und zog die Klinge aus seinem Arm. Er stöhnte auf, als er hörte und spürte, wie sie über den Knochen schabte.

Minishimi schmeckte Blut, als sie sich auf der Station ausbreitete, halb verdeckt von holografischen Projektionen, aber ihr Gehirn schrie sie an, die Schmerzen in ihrem Rücken und die dumpfen Schmerzen ihrer gebrochenen Nase zu ignorieren. Sie drehte sich halb um und sah, wie Duncan mit erhobenem Messer in der linken Hand auf sie zustürmte. Sie schlug mit der rechten Ferse zu und erwischte den Mann an seinem vorderen Standbein, wobei sie spürte, wie sich seine Kniescheibe auskugelte.

Duncan schrie auf, stürmte aber weiter auf sie zu, während das Messer nach unten sank. Minishimi versuchte verzweifelt, sich zu bewegen, aber sie war halb umgedreht und schaffte es nur, sich leicht zur Seite zu bewegen und die Klinge in die rechte Seite ihrer Brust zu bekommen. Der Schock legte sich wie eine Nebelbank über Joyce

Minishimi und sie registrierte es kaum, als Duncan das Messer losließ und zurück auf das Deck sank, wobei er sich an sein schrecklich verrenktes Knie klammerte. Langsam und dumpf spürte sie, wie sie von der Konsole rutschte und hart auf dem Rücken landete, wobei sie verzweifelt versuchte zu atmen und dabei das Blut in ihrem Hals schmeckte.

Aus der Ferne erkannte sie, dass das Messer in ihre Lunge gestochen hatte und diese kollabiert war... sie war dabei, in ihrem eigenen Blut zu ertrinken. Sie wusste, dass sie sich bewegen sollte, dass sie versuchen musste, sich selbst zu retten, aber alles schien verschwommen und weit weg zu sein, als ob sie nicht wirklich da wäre.

Dann sah sie, wie Duncan sich mit einem Bein und einem Arm vom Boden abhob. Einen Moment lang dachte sie, er wolle sie erledigen, aber dann sah sie, wie er sich an der Kommunikationskonsole festkrallte und ihr wurde klar, dass er es zu Ende bringen wollte: Er wollte das Unterprogramm ausführen, das er ihr so arrogant gezeigt hatte, und den Reaktor des Schiffes abschalten, so dass sie hilflos waren.

Sie schöpfte aus den tiefsten Reserven, die sie hatte, tiefer als die, die sie die letzten hundert Meter des Hokkaido-Marathons sprinten ließen, und griff mit der linken Hand an ihre Brust, um den Griff des Messers zu greifen, das aus ihrem Fleisch ragte, und riss es dann mit einem Ruck los, der schlimmer schmerzte als die Klinge, die aus ihrer Lunge glitt.

Sie wollte einen Schrei ausstoßen, aber stattdessen schluckte sie ihn hinunter, schluckte Blut, während sie den Husten bekämpfte, der sich aus ihrer Kehle herauskämpfte, und schaffte es, sich umzudrehen und ein Knie unter sich zu bekommen.

Nur noch eine Sache, dachte sie mit verbissener Entschlossenheit. Ich muss nur noch eine Sache tun.

Duncan lehnte an dem Terminal und versuchte, die Steuerung mit einer Hand zu bedienen. Er war fast blind vor Schmerzen und bemerkte nicht, wie sie sich vom Boden erhob, das Messer in der rechten Hand nach unten gerichtet. Mit der letzten Kraft, die sie noch hatte, hob sie das Messer über ihren Kopf und rammte die Spitze in Duncans Nacken, um sein Rückenmark zu durchtrennen.

Duncan wurde schlaff und fiel wie eine Marionette, deren Fäden durchtrennt wurden; und dann fiel auch sie und brach fast auf ihm zusammen, als das Blut ihre Kehle füllte und alles plötzlich dunkel wurde...

COMMANDER GIANETO RISS den Kopf herum, als der Sensoralarm ertönte, und seine Augen weiteten sich, als er die holografische Anzeige nach vorne zog und sie vergrößerte, um einen besseren Blick auf das Drehgestell zu werfen.

„Captain Minishimi", rief er über die Sprechanlage des Schiffes, „bitte kehren Sie auf die Brücke zurück, ein Bogie verlässt das Sprungtor! Captain Minishimi, bitte kehren Sie auf die Brücke zurück."

„Verdammt", murmelte Witten und sein sonst so stoisches Gesicht war irritiert. „Auch fast zu Hause..."

Gianeto klinkte sich in Minishimis Verbindung ein und rief sie erneut. „Captain, hier ist Gianeto, ein Schiff des Protektorats ist durch das Tor gekommen... es beschleunigt mit zwei G." Stille. „Captain? Bist du da? Kannst du mich hören?" Er wandte sich an Lt. Higgs an der Kommunikationskonsole. „Lieutenant, stellen Sie bitte die Verbindung zu Captain Minishimi her."

Higgs überprüfte ihre Konsole und zeigte den Ping-Standort der Kommunikationsverbindung an. „Sie ist noch im Hilfskontrollraum", sagte sie.

„Sicherheitsdienst", rief Gianeto über seinen Link. „Hier spricht Gianeto. Der Captain ist auf der Hilfsbrücke und ich kann sie weder über die Sprechanlage noch über ihren Link erreichen. Hast du Sichtkontakt zu den Kameras da drinnen?"

„Negativ, Sir", antwortete Lieutenant Marvez, der leitende Sicherheitsoffizier. „Die Kameras wurden per Kommandoüberbrückung deaktiviert. Entweder der Captain oder Commander Duncan hat das getan, Sir."

„Schicken Sie jemanden auf die Hilfsbrücke und holen Sie den Captain sofort hierher... wir haben ein feindliches Schiff im System!"

„Aye, Sir", bestätigte Marvez. „Ich werde selbst gehen."

„Commander Duncan", rief Gianeto über die Verbindung des Ersten Offiziers. „Commander Duncan, hören Sie mich?" Wieder: nichts. „Verdammt!" Gianeto wandte sich an den Steueroffizier. „Witten, wird ihr Schiff in Waffenreichweite sein, bevor wir das Tor erreichen?"

Witten überprüfte seine Instrumente, bevor er antwortete. „Es wird knapp, aber wir sollten es schaffen, bevor es in Reichweite von Laser- oder kinetischen Energiewaffen ist. Bei Shipbusters sieht es anders aus."

„Wir haben Gegenmaßnahmen für Raketen", überlegte Gianeto. „Aber nur für den Fall, dass der Captain wieder auf der Brücke ist, bereiten Sie uns auf eine Hochgeschwindigkeitsbeschleunigung vor."

„Aye, Commander, wird gemacht."

Gianeto erinnerte sich daran, was Captain Minishimi ihm gesagt hatte, und drückte auf die Steuerung, um eine Shipbuster-Rakete auf das Drehgestell zu schießen. Das Schiff schlingerte merklich, als sich das im Grunde unbemannte Intersystem-Raumschiff mit Hilfe des elektromagnetischen Raketenwerfers von der Waffenbucht löste. Als es weit genug entfernt war, zündete der Fusionsantrieb und es flog mit zehn Gravitationsgraden auf das Drehgestell zu. „Ein Shipbuster entfernt", verkündete Gianeto, meist aus Gewohnheit. „Mal sehen, ob das was bringt." Er schaltete die Sprechanlage auf Sicherheit um. „Leutnant Marvez, was gibt es Neues?"

„Wir sind gleich da, Sir", keuchte Marvez, und das Zittern in seiner Stimme verriet Gianeto, dass er sprintete. „An der Tür ... die Vakuumluke ist versiegelt, ich habe die Sicherheitsfunktion aktiviert." Gianeto konnte hören, wie sich die Tür zischend öffnete. „Heiliger Strohsack!" rief Marvez aus. „Oh mein Gott! Sir, es sind Commander Duncan und Captain Minishimi! Sie wurden erstochen... Ich glaube, sie sind beide tot!"

„Was zum Teufel?" Gianeto explodierte. „Marvez, bring die

beiden sofort in die Krankenstation ... und schick ein paar deiner Leute in den Hilfskontrollraum, um herauszufinden, was passiert ist!"

„Mach ich, Commander!"

Gianeto holte tief Luft und wandte sich an Witten und Higgs. „Ihr beide müsst bezeugen, dass ich offiziell das Kommando übernehme."

„Bezeugt", bestätigten beide, ihre Stimmen waren ungläubig und der Schock stand ihnen in den Augen. Witten murmelte leise: „Besser du als ich." Gianeto warf ihm einen bösen Blick zu, dann blickte er bei einem Alarmsignal wieder auf seine Tafel.

„Das feindliche Schiff startet Gegenmaßnahmen", stellte Gianeto fest und überprüfte die Sensorwerte. „Es wird eine Weile dauern, bis wir wissen, wer diese Schlacht gewinnt."

„Wir haben mehr als drei Stunden Zeit, um uns die Show anzusehen", erinnerte Witten ihn.

„Negativ", sagte Gianeto und schüttelte entschieden den Kopf. „Wir bremsen nicht ab, Mr. Witten." Gianeto tippte die Steuerung für die Waffensektion ein. „Commander Chappelle, hier spricht Gianeto... Ich bin der amtierende Captain. Du musst den Fusionsauslöser für das Tor an einem Shipbuster anbringen. Und das muss in einer Stunde geschehen."

„Ähh..." Chappelle stotterte. „Aye, Sir, wir können das machen."

„Melde dich, wenn es fertig ist." Gianeto wandte sich wieder an Witten. „Wir fliegen mit einem G weiter, bis der Captain und Commander Duncan in der Krankenstation sind, dann gehen wir auf zwei G. Wir werden das Tor in weniger als zwei Stunden durchqueren, Francis... so weit darunter, wie wir es schaffen können. Wir werden den Shipbuster in einer Stunde auslösen ... bei zehn G kann er das Tor rechtzeitig erreichen, um es für uns zu öffnen, selbst wenn wir so nah dran sind."

„Aye, Captain", sagte Witten, und es lag keine Ironie in seinem Ton.

„Oh Scheiße!" rief Gianeto und übertönte fast den Alarm der taktischen Sensoren, als zwei Warnsymbole auf dem Display erschienen. „Wir haben zwei weitere Bogies, die zwischen uns und dem Tor aktiv sind. Sie müssen dort mit abgeschalteter Energie gesessen und auf uns gewartet haben.“ Fluchend drückte Gianeto einen Regler. „Ich habe gerade unsere letzten beiden Shipbuster gestartet, abgesehen von dem, mit dem wir das Tor öffnen werden.“ Er schnaubte. „Zur Hölle damit, ich schieße auch noch Area Denial Raketen ab... vielleicht können wir ihre Raketenabwehrsysteme überlasten.“

„Warum haben sie noch nicht auf uns geschossen?“ fragte sich Witten.

„Das habe ich mich auch schon gefragt“, gab Gianeto zu. „Aber ich war zu beschäftigt, um geschenkten Gäulen ins Maul zu schauen.“

„Jemand hat den Captain und Commander Duncan erstochen“, gab Higgs zu bedenken. „Vielleicht sollten sie uns sabotieren. Sie könnten damit rechnen, dass wir nicht in der Lage sind zu kämpfen.“

„Das ist ein verdammt guter Punkt, Lieutenant“, sagte Gianeto. „Und ich denke, es ist ein ziemlich guter Hinweis darauf, dass wir es mit einem Verräter zu tun haben. Aber wenn er oder sie Captain Minishimi und Commander Duncan angegriffen hat, warum haben sie es nicht zu Ende gebracht und das Schiff lahmgelegt?“

„Commander Gianeto!“ Die Stimme von Leutnant Marvez ertönte über Gianetos 'Link'. „Wir sind in der Krankenstation. Commander Duncan ist tot, nicht wiederzubeleben, aber sie haben den Captain wieder zum Atmen gebracht; der Arzt sagt, sie wird es schaffen.“

„Gott sei Dank“, hauchte Gianeto. „Gibt es einen Hinweis darauf, wer ihnen das angetan hat?“

„Sir, sie haben es sich gegenseitig angetan! Der Link des Captains wurde gestört, aber er zeichnete immer noch in seinem Bordspeicher auf - ich habe es gerade auf mein Tablet geladen, während die Ärzte an ihr arbeiteten. Commander Duncan lockte den Captain auf die Hilfsbrücke, dann griff er sie an. Er wollte das Schiff lahmlegen, aber sie schaffte es, ihn vorher zu töten.“

„Mein Gott!“ rief Higgs von der Kommunikationsstation aus, ihre grauen Augen weiteten sich vor Unglauben. „Commander Duncan? Aber er ist doch seit fünfzehn Jahren in der Raumflotte!“

Witten schüttelte den Kopf. „Scheiße, wenn sie erwarten, dass wir jeden Moment tot sind und das nicht passiert, werden sie bald das Feuer eröffnen.“

„Lösen Sie den Alarm aus und beschleunigen Sie auf zwei G, Mr. Witten“, befahl Gianeto und sein Gesicht wurde grimmig. „Maschinenraum“, rief er, als auch schon die Beschleunigungssirenen ertönten.

„Prieta hier, Commander“, antwortete der Chefingenieur. Wenn das Chaos und die Alarme der letzten Minuten Prieta beunruhigt hatten, zeigte er das nicht durch sein ruhiges Verhalten.

„Wir haben ein wenig Antimaterie aus dem Peboan-System geborgen, Commander Prieta... wie lange wird unser Eysselink-Feld aktiv bleiben, wenn wir es benutzen?“

„Ein paar Minuten, Commander Gianeto“, schätzt Prieta. „Fünf, vielleicht zehn, wenn wir die Beschleunigung nicht um ein paar G überschreiten.“

„Was hast du vor, Larry?“ platzte Witten heraus und zog eine Grimasse, als ihm klar wurde, dass er gegen das Protokoll verstoßen hatte, als er Gianetos Vornamen in dieser Situation benutzte. Gianeto lächelte nur.

„Ich denke, Francis, dass es einen Weg geben könnte, wie wir doch noch lebend durch das Tor kommen.“

24

Der Notaufstiegsschacht war aus blankem Metall, etwa einen Meter breit und mit einer einzigen Plastikschiene versehen, die über die gesamte Länge der Röhre verlief und die der leicht klaustrophobische McKay leidenschaftlich hasste, aber er stürzte sich trotzdem kopfüber in die Röhre.

„Vinnie, sprich mit mir“, rief er, während er sich mit immer höherer Geschwindigkeit durch die Röhre zog.

„So weit bin ich noch nicht, Sir“, antwortete Vinnie mit angespannter Stimme. „Ich bin in den Zugangsschächten und komme aus der Shuttlerampe.“

„Verdammt. Ich werde vor dir da sein. Jock?“

„Bin in zwei Minuten da, Sir“, antwortete der Australier.

„Leutnant James“, rief McKay noch einmal den Sicherheitsdienst, dann musste er seine Beine einziehen und einen Aufprall gegen die Wand an seiner Hüfte abfangen, als er um eine Kurve in der Röhre fuhr. „Wie ist der Lagebericht?“ Konnte er schließlich fragen.

„Sir“, antwortete James mit einem Hauch von Panik in der Stimme, „wir haben jetzt Sicherheitspersonal vor Ort, aber Mironov hat eine Waffe - ich weiß nicht, woher er sie hat, vielleicht von Kowalski - und er hat die Maschinenmannschaft als Geisel genommen. Die Luke ist verschlossen; wir könnten sie öffnen, aber er droht damit, alle in der Sektion zu töten, wenn wir das tun."

„Opfer?"

„Unbekannt, Sir. Wir müssen davon ausgehen, dass Kowalski außer Gefecht ist, aber die Kommunikation im Maschinenraum ist ausgefallen und Mironov hat alle Verbindungen gekappt."

„Verdammt noch mal", murmelte McKay und nahm wieder Fahrt auf. „Womit war Kowalski bewaffnet, James?"

„Eigentlich sollte er nur eine Betäubungswaffe haben, Sir, aber Sergeant Carson berichtet, dass Mironov eine Pistole hat."

„Gibt es sonst noch etwas, das ich wissen sollte?" fragte McKay sarkastisch. „Vielleicht hat er noch einen unentdeckten Fusionssprengkopf mitgenommen?"

„Es tut mir leid, Sir", hörte er, wie James in der Stimme des Mannes zusammenzuckte. „Ich werde herausfinden, wie er ihn bekommen hat..."

„Später, James", unterbrach McKay ihn. „Arbeite daran, Augen in den Raum zu bekommen. Er hat die Monitore nicht physisch ausgeschaltet ... er hatte keine Zeit dazu. Setz den Befehl außer Kraft, den er benutzt hat, und besorg mir ein Video."

„Ja, Sir, Colonel."

Schließlich erreichte McKay den Ausgang zum Maschinendeck und öffnete die Luke manuell - alles in den Notschächten war manuell, außer den Drucktoren, die die Räume im Falle einer Dekompression abriegeln. Der Maschinenraum befand sich im hinteren Teil des Schiffes, dem letzten druckbeaufschlagten Raum vor den Strahlungsschilden und den metallischen Wasserstofftanklagern, die ihn vom Fusionsreaktor und den Antimateriebehältern trennten.

Die Station und die Notzugangsschächte befanden sich in einem Vorraum, der den Maschinenraum vom Rest des Schiffes trennte, da der Maschinenraum Schleusen enthielt, durch die man sich im Notfall anziehen und am Reaktor arbeiten konnte. Der Vorraum konnte durch eine meterdicke Schleusentür vom Rest des Schiffes abgeschottet werden, aber im Moment war nur die dünnere Vakuumluke geschlossen und ein kleines Fenster in der Tür der einzige Einblick in den Maschinenraum.

Ein halbes Dutzend gepanzerter Sicherheitskräfte stand unsicher im Korridor vor der Luke und wurde von einem Tech-Sergeant angeführt, der offensichtlich noch nie mit solchen Umständen konfrontiert worden war. McKay stieß sich vom Rand der Zugangsröhre ab und blieb dann an der Wand neben der Luke stehen, inmitten der Sicherheitsleute.

„Gibt es eine Möglichkeit, mit ihm zu kommunizieren?“ fragte McKay den Sergeant.

„Die Gegensprechanlage sollte noch funktionieren, Sir“, sagte der Sergeant und winkte auf ein Panel an der Wand neben der Tür.

„Gut.“ Er berührte seine Verbindung und rief den Sicherheitsdienst. „Leutnant James, halten Sie sich bereit, die Luke auf mein Kommando zu öffnen.

„Ja, Sir, Colonel“, antwortete James.

„Antonow“, sagte McKay und drückte auf die Lautsprechersteuerung. „Hier ist McKay.“

Es gab eine lange Pause und McKay dachte, dass es vielleicht schon zu spät war, aber dann gab der Lautsprecher ein kratzendes Zischen von sich, als ihn jemand in der Technikabteilung aktivierte. „Du hast es also herausgefunden, McKay.“ Die Stimme war die von Mironov, aber die Art und Weise, der Tonfall ... sie waren McKay von historischen Aufnahmen und aus der kurzen Zeit, die er mit Sergei Antonov verbracht hatte, sehr vertraut. „Du bist intelligenter, als ich es dir zugetraut habe. Obwohl das nicht allzu schwer sein dürfte.“

„Ich glaube, ich weiß ziemlich genau, was hier vor sich geht, General“, antwortete McKay und ignorierte den Widerhaken. „Du hast mir selbst den Hinweis gegeben. Das 'Gerücht', das du über die Duplizierung von Menschen mit der außerirdischen Technologie gehört hast. Als ich herausfand, dass du es warst, dachte ich zuerst, du hättest dich umoperieren lassen und dein Aussehen verändert. Aber du würdest niemals ein so großes Risiko mit deinem Leben eingehen ... es sei denn, du hättest mehr als ein Leben zu riskieren.

Du hast dich selbst kopiert und einen Weg gefunden, der Kopie deine Erinnerungen zu geben."

„Und das ist noch nicht das Ende, oder, Colonel?" Antonovs Stimme war spielerisch, spöttisch.

„Nein", stimmte McKay grimmig zu. „Du konntest nicht wissen, dass wir dich auf dem Schiff gefangen nehmen würden... also gibt es vermutlich mehrere Kopien von dir. Vielleicht eine in jedem System? Sogar eine auf jedem Schiff?" Er erinnerte sich an sein Gespräch mit Podbyrin über die Frage, warum Antonov bei der Invasion nicht mehr Schiffe eingesetzt hatte. „Nur in den letzten paar Jahren, nehme ich an, um sicherzustellen, dass deine Schiffskapitäne nicht auf dumme Gedanken kommen. Und du hast dir sogar die Mühe gemacht, jedem von ihnen eine Hypnose zu verpassen, damit sie sich gegen chemische Verhöre wehren. „

„Na, du bist ja ein ganz Schlauer", kicherte Mironov/Antonov. „Und wissen Sie, was das Wunderbare daran ist, praktisch unsterblich zu sein, Colonel McKay? Dass es mir sogar egal ist, dass dieser Körper atomisiert wird, wenn meine Schiffe und Raketen ihn einholen."

„Aber Sie wissen, dass ich es weiß, General. Sie wissen, dass ich diese Tür öffnen und versuchen muss, die Dinge wieder in Ordnung zu bringen, oder? Die Frage ist also: Würdest du lieber ein paar technische Offiziere töten, bevor ich dir eine Kugel verpasse, oder würdest du dich lieber ergeben und zusehen, wie wir vergeblich versuchen, hier lebend rauszukommen?"

McKay blickte auf, als der Security Sergeant - auf seinem Namensschild stand „Aubrey" - auf ihn zukam. McKay schaltete den Tonabnehmer für den Türlautsprecher aus und ging zu dem Mann hinüber.

„Sir", sagte Aubrey und hielt sein Tablet hoch, „wir haben die visuelle Übertragung wiederhergestellt."

McKay nahm ihm das Tablet ab und sah, dass Mironov/Antonov an der hinteren Wand der Kammer stand, einen Arm um den Hals einer Ingenieurin gelegt und ihr eine Waffe - eine echte Schusswaffe, keine Betäubungswaffe - an den Kopf gehalten hatte. Die anderen schwebten hilflos, an Händen und Füßen mit Klebeband gesichert und mit Streifen davon über ihren Mündern.

„Das ist ein faszinierendes Argument, McKay“, gab der Russe zu und grinste so, dass McKay den unwiderstehlichen Drang verspürte, es mit einem Schlag wegzuwischen. „Aber ich glaube, du machst es dir damit viel zu einfach.“

„Wie wäre es dann damit?“ schlug McKay vor, wobei seine Stimme trotz der wilden Grimasse auf seinem Gesicht leicht klang. „Du gehst von den Geiseln weg und ich komme allein durch die Tür. Du hast die Chance, auf mich zu schießen, und wir beenden, was wir auf der Brücke deines Flaggschiffs begonnen haben.“

„McKay“, hörte er eine Stimme in seinem Ohr aus dem 'Link. „Es ist Patel. Lenke ihn ab. Wir haben Shuttles gestartet, um die Antimateriekanister zu bergen; hoffentlich können wir sie wieder an Bord bringen, bevor ihre integrierten Batterien den Strom für die Eindämmungsfelder verbrauchen.“

„Ah, McKay“, lachte Antonov. „Du weißt, wie du mein Herz erreichst. Ich sage Ihnen was, Colonel, ich werde es tun. Du kannst reinkommen ... nur du, mit leeren Händen. Ich bleibe, wo ich bin, und nehme eine Geisel mit, nur um sicherzugehen, dass es nur du bist. Du wirst die Tür hinter dir schließen und ich werde sie versiegeln, und dann können wir reden.“

„Tun Sie das nicht, Sir“, flüsterte Vinnie hinter ihm. McKay schreckte auf; er hatte nicht bemerkt, dass Mahoney hinter ihm aufgetaucht war, während er mit Antonov sprach. „Er wird sie sowieso töten.“

„Natürlich wird er das“, stimmte McKay zu und schaltete den Lautsprecher stumm. „Aber so komme ich wenigstens rein.“ Er zog seine 10mm aus dem Gürtelholster und überprüfte die Ladung. „Und mit leeren Händen gehe ich auch nicht rein.“ Er drückte wieder auf die Lautsprecherkontrolle. „In Ordnung, Sergei, ich bin mit deinen Bedingungen einverstanden. Ich komme rein, allein.“

„Ich erwarte dich mit angehaltenem Atem, Towarisch.“

„Wir machen Folgendes“, sagte McKay, als Jock mit einem Karabiner im Arm hinter Vinnie auftauchte - er hatte auf dem Weg einen

Zwischenstopp in der Waffenkammer des Schiffes eingelegt, wie es scheint. „Wenn sich die Tür öffnet, stehen wir an der Wand dort drüben.“ Er deutete auf den Teil des Schotts gegenüber der Vakuumluke. „Sergeant Aubrey, du hältst die Tür offen, damit Mironov sie nicht schließen kann. Jock und Vinnie, ihr beide folgt mir auf zwei und wenn ich es nicht schon getan habe, schaltet ihr ihn aus, egal wie viele Leute ihr dafür durchschießen müsst. Haben wir uns verstanden?“

„Verstanden, Sir“, bestätigte Jock. Vinnie sah aus, als wolle er streiten, aber er wusste, dass das nichts bringt, also ging er einfach zur Wand gegenüber der Tür hinüber.

„Sind Sie bereit, Sergeant?“ fragte McKay den Sicherheitsunteroffizier, als er sich in Position begab.

„Ja, Sir“, bestätigte Aubrey mit einem Nicken und schaute auf sein Tablet. „Er steht immer noch an der hinteren Wand. Sie ist etwa zehn Meter von der Luke entfernt, Sir.“

„Das muss eine Falle sein“, murmelte Vinnie mit einem säuerlichen Gesichtsausdruck.

„Das muss nicht sein“, sagte Jock mit einer Stimme, die so ruhig und sachlich klang, als ob es sich um eine Übung handelte. „Wir sind von feindlichen Schiffen umzingelt, mitten in ihrem Heimatsystem, unsere Antimaterie wird ausgestoßen und unser Reaktor ist abgeschaltet. Was kümmert es ihn, ob er jetzt stirbt oder wenn wir in die Luft fliegen?“

„Öffne die Tür“, befahl McKay zähneknirschend und stützte sich mit den Füßen an der Wand ab.

Sergeant Aubrey berührte einen Regler und die Vakuumluke glitt auf, dann sprang McKay von der Wand weg und schwebte zur Tür. Er hatte Zeit zu denken: „Ich wünschte, ich hätte vor unserer Abreise mehr Kampftraining in der Schwerelosigkeit absolviert“, und schon war er durch die Luke geschwebt, die 10mm in gleichschenkliger Haltung vor die Brust gehalten.

McKay hatte gehört, wie andere, die im Kampfeinsatz waren, über das Gefühl sprachen, dass die Zeit für sie langsamer wurde: Tachypsychie nannte man diese Erfahrung. Sie konnten jede

Sekunde eines Feuergefechts bis ins kleinste Detail beschreiben, sahen jede Bewegung, die sie gemacht hatten, in ihrem Kopf. McKay hatte mehr Gefechte mitgemacht als die meisten Marineoffiziere, geschweige denn Geheimdienstoffiziere, aber er konnte sich kaum an eine Sekunde eines Feuergefechts erinnern, das er je erlebt hatte. Die einzigen Erinnerungen, die er hatte, waren Blutspritzer und Angstgefühle, die in Panik umzuschlagen drohten, obwohl Albträume manchmal mehr Details enthüllten.

Das hier war nicht anders. Es ging so schnell, dass er nicht einmal bewusst wahrnahm, was geschah, als es passierte. Er schrie „Antonov!", um den Mann abzulenken, damit die Waffe auf ihn statt auf die Geisel gerichtet wurde, aber er konnte nicht sagen, ob es funktionierte. Er konnte das schadenfrohe Grinsen auf Antonovs unbekanntem Gesicht nicht mehr sehen, als der Russe zu schießen begann, und er konnte sich nicht mehr an die panischen Tränen auf dem Gesicht des Ingenieurlehrlings erinnern, den der Doppelgänger als menschliches Schutzschild benutzte. Alles, woran er sich erinnerte, war die Silhouette eines menschlichen Kopfes im elektronischen Visier seiner Pistole und der Rückstoß der 10 mm, der ihn rückwärts in die Ecke des Raums trieb.

Er sah einen Blutschleier, der sich von den ineinander verschlungenen Gestalten von Antonov und dem Ingenieurlehrling abzeichnete, aber bevor er feststellen konnte, von wem das Blut stammte, war er aus dem Blickfeld verschwunden und hinter einem Spind verschwunden. Er konnte sehen, wie Vinnie und Jock hinter ihm in den Raum sprangen, aber auch sie waren schnell aus dem Blickfeld verschwunden. Er machte eine Rolle in der Luft, stützte sich mit den Füßen an der Wand ab und drückte sich zurück in den offenen Teil des Maschinenraums.

Jock war bereits dabei, das Band von Chefingenieur Kopecky abzuschneiden, während Vinnie den angehenden Ingenieur von Mironovs Körper wegzog.

„Hier ist alles klar!" rief Vinnie dem Sicherheitsdienst außerhalb des Raums zu. „Holt uns sofort Sanitäter!"

Als McKay näher kam, konnte er sehen, dass Antonov... Mironov...

wer auch immer es war, tot war, ein Einschussloch in der Stirn, der hintere Teil seines Schädels zertrümmert und nach außen gesprengt, eine Wolke aus Gehirn, Knochensplittern und Blut hing über seinem Körper, einiges davon war bereits auf die Wand und die Geisel, die er festgehalten hatte, gespritzt.

„Gibt es Opfer?“ fragte er, während er seine Pistole wieder in den Lauf steckte und versuchte, seine Atmung wieder unter Kontrolle zu bringen.

„Sie hat zwei Schüsse in die Brust bekommen“, berichtete Vinnie grimmig und drehte die angehende Ingenieurin um, die Antonov als Schutzschild benutzt hatte. Ihr Gesicht war blass, ihre Augen waren offen, aber sie konnte nichts sehen, und aus zwei klaffenden Löchern in ihrer oberen Brust schäumte sauerstoffreiches Blut, das den roten Nebel in der Luft verstärkte. Die Sanitäter waren auf dem Weg und noch während er zusah, kamen zwei der Sicherheitskräfte herbei, um die Wunden zu verbinden, aber sie war eindeutig tot.

„ Mein Gott", stöhnte McKay und fühlte sich, als hätte man ihm in den Magen getreten. „Ich dachte, er schießt auf mich.“

Die junge Frau war schmächtig, ihre braunen Haare waren schulterlang und fielen ihr in das hagere Gesicht mit der Habichtsnase. Und sie war seinetwegen gestorben. Aber er hatte keine andere Wahl gehabt... so wie er jetzt keine andere Wahl hatte, als für die Sicherheit des Schiffes zu sorgen.

„Commander Kopecky“, wandte sich McKay an den Chefingenieur, der endlich von dem Band befreit war, mit dem seine Hand- und Fußgelenke gefesselt waren. „Können Sie den Fusionsreaktor wieder in Gang bringen?“

Kopecky riss sich das Klebeband vom Mund und fluchte auf Tschechisch, als es einen Teil seines kurz geschnittenen Bartes mitriss. Seine Augen waren auf den Körper des angehenden Ingenieurs gerichtet, als er sprach, aber sein Ton war professionell. „Ja, es ist nicht einmal gespült ... er wusste nicht, wie. Er hat einfach die Stromzufuhr unterbrochen. Gib mir einen Moment.“

Der Ingenieur stieß sich vom Boden ab und stieß gegen die Hauptkommandostation, seine Hände flogen über die Bedienelemente. „Brücke“, rief er über die Sprechanlage, „die Reaktorenergie ist wiederhergestellt: Der Plasmaantrieb ist online.“

„Schön, Ihre Stimme zu hören, Commander“, antwortete Patel. „Wir werden mit dem Plasmaantrieb warten, bis die Shuttles zurück sind... Wir haben einige der Antimaterie-Speicherbehälter geborgen, und um ehrlich zu sein, ohne sie haben wir keine Chance, die Shipbuster mit konventioneller Energie zu überholen.“

„Aye, Sir“, antwortete Kopecky. Dann schloss er die Augen, holte tief Luft und sah aus, als würde er zusammenbrechen, wenn die Schwerkraft nicht wäre. „Ihr Name war Mary Boudinot, Colonel“, sagte er leise, ohne die tote Frau anzuschauen. „Sie war gerade mal 23 Jahre alt und kam gerade mal sechs Monate von der Akademie. Dies war ihre erste Kreuzfahrt.“

„Es tut mir leid, Commander...“ begann McKay, aber Kopecky unterbrach ihn.

„Es muss Ihnen nicht leid tun, Colonel“, sagte er traurig und schüttelte den Kopf. „Du hast getan, was getan werden musste. Aber Fähnrich Boudinot... sie hat gewissermaßen ihr Leben für uns gegeben, weißt du? Und ich denke, wir sollten versuchen, uns an sie zu erinnern.“

„Ich werde sie nicht vergessen, Commander“, versicherte ihm McKay grimmig. In meinen Albträumen. Jahrelang. „Vinnie“, sagte er zum Captain, der den Sicherheitskräften half, die anderen Maschinisten zu befreien, „ich gehe jetzt auf die Brücke. Wenn hier alles gesichert ist, möchte ich, dass du mit Lt. James herausfindest, woher Mironov die Waffe hatte und ob er Hilfe hatte.“

„Ja, Sir“, sagte Vinnie, den Blick immer noch auf Mironovs Leiche gerichtet. „Sir, glauben Sie wirklich, dass dieser Typ eine Art Kopie von Antonov war?“

„Ja, das glaube ich, Vinnie“, sagte McKay. „Er war entweder eine Art Duplikat oder er wurde einer Gehirnwäsche unterzogen, damit er das glaubt. Ich wurde reingelegt", erklärte er verbittert. „Es hat das Mädchen das Leben gekostet und jetzt könnte es uns alle das Leben kosten.“

„Verdammt, Boss, ich erwarte nicht, dass du das verantworten kannst", sagte Vinnie und schüttelte den Kopf. „Du konntest nicht wissen, dass das überhaupt möglich ist."

„Es ist mein Job, das zu wissen", sagte McKay knapp und verließ den Raum in Richtung Station.

McKay machte sich nicht die Mühe, Patel über seinen 'Link zu kontaktieren, als er mit dem Lift zurück zur Brücke fuhr. Der Admiral hatte wahrscheinlich schon alle Hände voll zu tun und er brauchte die Ruhe.

Das ist eine verdammte Katastrophe, dachte er und schloss die Augen. Sie waren über 200 Lichtjahre von zu Hause entfernt, im Heimatsystem des Feindes, umgeben von Schiffen des Protektorats, kampfunfähig gemacht und jetzt konnten sie nicht einmal sicher sein, dass sie den Weg nach Hause kannten, selbst wenn sie entkommen würden. Und wenn sie die Wurmlochmatrix nicht benutzten, kamen sie nicht nach Hause.

Und schlimmer noch, was war mit der *Decatur*? Sie hatten sich darauf verlassen, dass Mironov sie nach Hause bringen würde, aber jetzt... soweit sie wussten, könnte er sie zu einer Festung des Protektorats geführt haben. Sie könnten bereits tot sein. Er wusste, dass Antonov sie mit dem Geheimnis, wie man durch die Wurmlöcher navigiert, niemals sicher zur Erde zurückkehren lassen würde.

Als er auf der Brücke ankam, war McKay tief betrübt und sauer, dass er einen Weg finden musste, das vor Patel zu verbergen. Er hätte sich keine Sorgen machen müssen: Auf der Brücke herrschte so viel Betrieb, dass der Admiral ihn kaum bemerkte, als er eintrat und hinter dem Kommandosessel Platz nahm.

Ein Blick auf den Hauptbildschirm verriet ihm, warum: Die Shipbuster-Raketen waren nur noch wenige Minuten entfernt, so nah, dass man sie auf den optischen Kameras sehen konnte. Schwarze Keile jagten die *Sheridan* wie Wölfe, eingerahmt vom sternhellen Schein der Fusionsantriebe; und es waren so viele...

„Die Gegenmaßnahmen sind fast da", verkündete Pirelli ruhig und ließ ihren Blick zwischen den Anzeigen auf ihrer Station und dem Kamerabild auf dem Bildschirm hin und her huschen. „Zehn Sekunden."

„Schadenskontrolle“, schnappte Patel, „wie sieht es mit den Kanistern aus?“

„Wir haben zehn der fünfzehn ausgeworfenen Kanister geborgen“, sagte Devlin über die Sprechanlage. „Die anderen sind zu weit weg, um sie rechtzeitig zu erreichen. Die Shuttles beladen gerade die ersten drei... noch fünf Minuten.“

„Ladet sie ein und bringt die Shuttles in die Bucht“, befahl Patel. „Den Rest können wir intern umladen und durch die Serviceschleusen des Maschinenraums laden.“

„Aye, Sir.“

Patel warf Pirelli einen fragenden Blick zu.

„Zwölf Minuten und drei Sekunden, bis die Shipbusters uns treffen, Sir“, sagte sie ihm. „Die Gegenmaßnahmen sind im Ziel.“ Auf dem Bildschirm gab es kleine Sternenexplosionen, die die dunklen Keile der drohenden Zerstörung erhellten, und dann zwei riesige, kugelförmige Fusionssprengungen, die den Bildschirm auslöschten. Pirelli grinste und überprüfte ihre Anzeigen. „Zwei der Shipbuster sind vorzeitig explodiert“, verkündete sie. „Zwei weitere haben ihren Fusionsantrieb verloren ... die Explosion hat sie vom Kurs abgebracht, sie sollten uns verfehlen. Zwei weitere verfolgen uns noch und beschleunigen weiter.“

„Eröffnen Sie das Feuer mit den Gauss-Kanonen, Commander Pirelli ... vielleicht haben wir ja Glück. Commander Devlin", meldete sich Patel wieder bei der Schadenskontrolle. „Ich muss wissen, wann die Shuttles sicher in der Bucht sind! Commander Kopecky", rief er in den Maschinenraum, ‚sagen Sie mir, wann der Eysselink-Antrieb wieder online ist.‘ Er blickte zurück und bemerkte McKay zum ersten Mal. „Das wird ungemütlich eng, Colonel. Danke, dass du dich um Mironov gekümmert hast, bevor er noch mehr Schaden anrichten konnte.“

„Er hat genug getan“, sagte McKay mit flacher Stimme und blickte auf den Bildschirm.

Patel warf ihm einen Blick zu, hielt sich aber mit einem Kommentar zurück.

„Die Antimateriekanister sind gesichert, Admiral“, berichtete

Commander Devlin. „Die Shuttles fahren jetzt in die Andockbucht ein ... nur noch ein paar Minuten."

„Wenn sie nicht in den nächsten fünf Minuten drin sind, Mr. Devlin, sind Sie gefeuert", sagte Patel scherzhaft.

„Verstanden, Sir", sagte Devlin mit grimmigem Humor in seiner Stimme.

McKay beobachtete die herannahenden Raketen und verspürte weniger Angst als vielmehr ein lähmendes Schuldgefühl. Das wäre anders gewesen, wenn es für ihn etwas zu tun gegeben hätte, irgendeine Pflicht, die er erfüllen musste, aber da er nur dastehen und zusehen konnte, hatte er den Luxus, innezuhalten und sich schuldig zu fühlen. Hätte Shannon ihn durchschaut? fragte er sich. Wäre sie misstrauischer gewesen?

„McKay," Patel schaute zu ihm. „Du solltest dich vielleicht anschnallen."

„Ja, Sir." Er ging zu den Beschleunigungssesseln hinter dem Kommandosessel und schnallte sich an, ohne den Blick vom Bildschirm und den herannahenden Raketen zu nehmen.

„Eine von ihnen wurde von Gaußgeschossen getroffen", berichtete Pirelli, „aber sie ist noch im Ziel. Zwei Minuten."

„Admiral", rief Commander Kopecky aus dem Maschinenraum, „die Antimaterieinjektoren sind angeschlossen, das Feld ist bereit, auf Ihren Befehl hin hochzufahren."

„Ausgezeichnet, Commander, warten Sie auf meinen Befehl." Er schaltete zur Schadenskontrolle um. „Commander Devlin, die Shuttles?"

„Sie sind alle in der Bucht, Sir", berichtete Devlin. „Wir sind noch dabei, sie an den Andockschleusen zu befestigen - wenn wir beschleunigen, könnten sie sich lösen und großen Schaden anrichten, aber du kannst das Feld aktivieren."

„Mr. Sweeny", sagte Patel mit einem erleichterten Seufzer in der Stimme, „aktivieren Sie das Antriebsfeld, halten Sie nur die Station."

„Aye, Sir", sagte Sweeny mit dem Grinsen eines Verurteilten, der gerade begnadigt wurde, „nur Station halten."

Das Bild auf den Außenkameras veränderte sich, als sich das

Antriebsfeld von den Emittern in den Gondeln auf beiden Seiten des Rumpfes auszubreiten begann. Die Raumzeit verformte sich und die Wellen prallten auf die entgegenkommenden Raketen, die sie in Fusionsfeuer auflösten.

„Die Shipbusters sind auf dem Feld detoniert“, verkündete Pirelli. „Die Sensoren sind wieder online. Oh, verdammt", sagte sie leise. „Sir, wir haben zwei Rammschiffe, die sich mit 20g nähern. Sie benutzen Eysselink-Antriebe.“

„Sie müssen den Großteil ihrer geraubten Antimaterie hier in ihrem Heimatsystem aufbewahren“, vermutete McKay.

„Sie müssen auch von einem Computer gesteuert werden“, schlussfolgerte Patel. „Die Besatzung muss sich im G-Schlaf befinden.“

„Wenn sie eine Besatzung haben“, konterte McKay und erinnerte sich an Vinnies Idee von vorhin. „Es wäre genauso einfach, dem Computer ein Ziel zu geben und zu sagen: ‚Triff das‘, und sie dann gehen zu lassen. Shipbusters mit Eysselink-Antrieb.“

„Das ist beunruhigend innovativ von ihm“, grummelte Patel.

„Sie werden uns in weniger als einer Stunde abfangen“, sagte sie. „Sir“, sagte sie zögernd zu Admiral Patel, „ich glaube nicht, dass wir die Emitter benutzen können, um ihre Felder zu destabilisieren, wie wir es vorher getan haben. Sie kommen zu schnell... wir werden keine Zeit haben, sie anzuvisieren.“

Sweeny atmete mit aufgeblähten Wangen aus und blickte von der Anzeige seiner Station auf. „Admiral, wenn wir sie abhängen wollen, müssen wir in die Tanks gehen.“

„Commander Devlin“, Patel drückte die Anzeige auf seiner Kommandokonsole für die Schadenskontrolle, „wie ist der Status der Antimaterie-Kanister, die wir mit den Shuttles hergebracht haben?“

„Auf dem Weg zum Maschinenraum, Sir“, sagte Devlin.

„Schließe ihn ab und schicke deine Leute zu den G-Tanks“, befahl Patel. „Maschinenraum“, wechselte er den Kanal. „Wenn die Antimateriekanister ankommen, müssen sie sofort hochgefahren und verriegelt werden. Wir werden innerhalb einer Stunde in den G-Tanks sein.“

„Wird gemacht, Sir“, antwortete Kopecky.

„Mr. Sweeny“, sagte Patel zum Steuermann, „ich brauche ein Unterprogramm, um das Schiff durch das letzte Tor zu bringen, durch das wir gekommen sind, ohne uns aus dem G-Schlaf zu reißen. Du und Ms. Pirelli verbindet es mit den Emittern, um das Tor zu öffnen, schaltet das Antriebsfeld aus, feuert eine Reihe von Area Denial-Raketen ab und schießt uns dann mit den Plasmaantrieben durch, bevor ihr das Eysselink-Feld reaktiviert und uns wieder aufweckt. Korrektur: Nur die Brückencrew soll aufgeweckt werden. Wenn die Rammen uns dann immer noch verfolgen, können wir das Gleiche mit dem nächsten Tor machen und schnell wieder in die Tanks zurückkehren.“

„Aye, Sir“, sagten der Steuermann und der taktische Offizier im Chor.

„Wir gehen den Weg zurück, den wir gekommen sind, Admiral?“ bemerkte McKay.

„Wir wissen, dass wir auf diese Weise zumindest nach Peboan zurückkehren können“, sagte Patel mit einem energischen Nicken. „Ich traue Mironovs Worten nicht, was den Weg von hier zurück zur Erde angeht. Leutnant Mandel", sagte Patel zum Kommunikationsoffizier, ‚geben Sie einen schiffsweiten Alarm aus: Das gesamte Personal soll sich in vierzig Minuten bei den G-Tanks melden.‘

„Ich schätze, wir bekommen keinen Beobachtungsflug auf Novoye Rodina“, sagte McKay wehmütig, als die Alarmsirenen überall auf der *Sheridan* zu ertönen begannen.

„Nein“, stimmte Patel zu. „Aber vielleicht war ich zu gierig, es trotzdem zu versuchen ... zumindest wissen wir jetzt, wo sie ist.“

„Warum hätte er das riskieren sollen?“ überlegte McKay und schüttelte den Kopf. „Mironov... Antonov, wer oder was auch immer er war. Warum sollte er riskieren, uns hierher zu bringen? Sicher, er wollte uns sabotieren, aber er konnte nicht sicher sein, dass es ihm gelingen würde. Und wenn er, wie sich herausstellte, scheiterte, würde er riskieren, uns mit dem Standort seiner Heimatbasis nach Hause zu lassen.“

„Das kann ich natürlich nicht mit Sicherheit sagen“, versuchte

Patel zu antworten, „aber ich glaube, dass es etwas Persönliches war, weil du auf dem Schiff warst; er dachte wahrscheinlich, dass er hier, wo seine Kräfte am stärksten sind, eine bessere Chance hätte, dich zu töten und das Schiff zu zerstören. Und das hätte er auch fast geschafft." Der Admiral zuckte mit den Schultern. „Wir sind noch nicht über den Berg, McKay. Geh zu den G-Tanks und sorge dafür, dass deine Leute in Sicherheit sind. Ich komme mit der Brückencrew runter, sobald sie das Programm beendet haben."

„Aye, Sir", McKay schnallte sich ab und verließ die Brücke. „Wir sehen uns auf der anderen Seite."

25

Daniel O'Keefe setzte sein bestes Politikerlächeln auf, als er aufstand, um Kevin Fourcade die Hand zu schütteln. Svetlana Zakharova schloss die Bürotür hinter ihnen und versuchte vergeblich, einen missmutigen Blick zu verbergen.

„Danke, dass Sie so kurzfristig gekommen sind, Mr. Fourcade“, sagte O'Keefe, während er sich über den Schreibtisch beugte und die Hand des Mannes drückte. „Bitte, setzen Sie sich.“

„Ich danke Ihnen, Herr Präsident“, sagte der Lobbyist. „Glauben Sie mir, es ist mir eine Ehre, hierher gerufen zu werden, vor allem nach allem, was passiert ist. Sir, Sie haben mein tiefstes Beileid zum Tod Ihres Schwiegersohns. Ich hoffe, dass es Fortschritte bei der Suche nach Ihrer Tochter, der Senatorin, gegeben hat...“

O'Keefe betrachtete das gut geschnittene Gesicht des Fourcade und war beeindruckt von der Art und Weise, wie der Mann es schaffte, aufrichtige Besorgnis vorzutäuschen. Vielleicht machte er sich ja auch Sorgen um Valeries Verbleib, da seine Leute noch nichts von ihrem angeheuerten Attentäter gehört hatten.

„Der Ermittlungsdienst geht einigen vielversprechenden Hinweisen nach“, sagte er zu Fourcade und wechselte damit geschickt vom freundlichen Politiker zum besorgten Elternteil. „Wir sind zuversichtlich, dass sie bald gefunden wird." Er holte tief Luft und tat so, als würde er sich und seine Gedanken sammeln. „Aber ich fürchte, dass ich die Staatsgeschäfte wegen meiner persönlichen Familientragödien zu lange vernachlässigt habe. Es gibt Dinge, um die man sich kümmern muss, und die Zukunft unserer Wirtschaft ist eines davon."

O'Keefe lehnte sich zurück, schlug die Hände vor sich auf dem Schreibtisch zusammen und schürzte die Lippen ernsthaft. „Mr. Fourcade, ich habe viel über unser letztes Treffen nachgedacht. Finanzministerin Zakharova und ich haben diese Fragen ausführlich mit unseren wissenschaftlichen und wirtschaftlichen Beratern besprochen; es ist nicht übertrieben zu sagen, dass wir uns darüber den Kopf zerbrochen haben. Unter meinen Beratern herrscht immer noch große Uneinigkeit, aber als Präsident muss ich in der Frage der Biomech-Forschung öffentlich Stellung beziehen."

Fourcade nickte und seufzte theatralisch, seine Hände formten eine resignierte, halbseitige Haltung. „Sir, ich weiß, dass Sie einige persönliche Erfahrungen haben, die dieses Thema schwierig machen, aber..."

„Ich habe beschlossen, den Gesetzesentwurf zu unterstützen", unterbrach ihn O'Keefe und musste sich ein Lachen verkneifen, als sich der Gesichtsausdruck des Mannes vor lauter Schreck verzog. Von all den Dingen, die Kevin Fourcade von diesem Treffen erwartet hatte, gehörte das eindeutig nicht dazu.

„Nun, ich...", der Lobbyist rang nach Worten und seine Hände waren immer noch in der Mitte der Bewegung eingefroren. „Sir, das ist... sehr gut zu hören."

Svetlana Zakharova war offensichtlich anderer Meinung, denn sie saß immer noch finster dreinblickend neben Fourcade. O'Keefe hatte versucht, ihr seinen Standpunkt zu erklären, wurde aber durch die Tatsache daran gehindert, dass er nicht wirklich daran glaubte. Schließlich hatte er ihr gesagt, sie könne seine Position akzeptieren oder er könne ihren Rücktritt annehmen.

„Ich werde brutal ehrlich zu Ihnen sein, Mr. Fourcade", gab O'Keefe zu. „Persönlich finde ich die Vorstellung, dass wir diese

Dinger als billige Arbeitskräfte einsetzen, immer noch abstoßend und beängstigend. Aber mir ist klar geworden, dass wir vor nichts anderem als geschmacklosen Aussichten stehen." Bei diesem Teil war es einfacher, aufrichtig zu klingen, denn er war offensichtlich wahr. „Wir können entweder wieder politische Unzufriedene in die Schuldknechtschaft schicken oder uns von den Sternen zurückziehen und einen wirtschaftlichen Zusammenbruch erleben, der der Krise nach dem Chinesisch-Russischen Krieg in nichts nachsteht." Er schüttelte den Kopf. „Oder wir können mit dem Biomech-Gesetz einen Sprung ins Ungewisse wagen. Es gibt nur eine Möglichkeit, die meine Verantwortung gegenüber den Bürgern der Republik, denen ich diene, nicht außer Kraft setzt, und damit habe ich mich abgefunden."

„Ich respektiere Ihre Hingabe an die Republik, Sir", sagte Fourcade, nachdem er sich wieder gefangen hatte. „Wann hattest du vor, diese Position öffentlich zu machen?"

„Nun, deshalb wollte ich persönlich mit Ihnen sprechen, Herr Fourcade. Ich hatte an eine Art Zeremonie gedacht ... Ich möchte diese Entscheidung, die unsere Wirtschaft auf Jahrzehnte hinaus beeinflussen wird, in einem angemessenen Rahmen bekannt geben. Und es sollte sofort geschehen. Deshalb habe ich beschlossen, meine Rede vor dem Senat auf diesen Mittwoch zu verschieben und stattdessen eine Live-Pressekonferenz mit den Führungskräften des Multicorps Executive Council in dessen Hauptquartier im Greater Houston Development Complex abzuhalten."

Diesmal war es noch schwieriger. O'Keefe spürte, wie sich seine Mundwinkel nach oben zogen und musste husten, um das Lachen zu unterdrücken, das in ihm aufstieg, als sich Fourcades Augen weiteten.

„Sir, das ist... sehr kurzfristig", stammelte er. „Ich bin mir nicht sicher, ob wir in so kurzer Zeit etwas Passendes für den Anlass zusammenstellen können..."

„Verkauf dich nicht unter Wert, Kevin", sagte O'Keefe und wischte seine Bedenken beiseite. „Mein Pressesekretär wird sich mit dir abstimmen. Ich bin sicher, wir können die Details ausarbeiten." Er lehnte sich nach vorne, die Hände flach auf dem Schreibtisch, sein Gesichtsausdruck unnachgiebig. „Außerdem", sagte er in einem Ton, der keinen Widerspruch duldete, und seine Augen waren voller Überzeugung, „bei der Macht, die mir von den Bürgern der Republik verliehen wurde, bestehe ich darauf."

„Weißt du", kommentierte Ari leise, „das war verdammt genial, entschuldige meine Ausdrucksweise."

„Das war es wirklich", stimmte Shannon zu und verzog den Mund zu einem schiefen Lächeln. „Ich wünschte, ich wäre selbst darauf gekommen, aber es war Vals Idee. Sie ist elegant, einfach und hat das Potenzial, die Pläne derjenigen, die dahinter stecken, komplett zu durchkreuzen."

Die beiden saßen in einem kleinen, unbesetzten Büro in der Nähe des Kapitols und beobachteten die Sitzung der Präsidentin.

„Wir haben eine positive Verbindung mit Fourcades ‚Link'", berichtete Ari und überprüfte die Anzeige des Überwachungsgeräts auf dem Klapptisch vor ihm. „Er hat eine ernstzunehmende Sicherheitssoftware installiert, aber wir haben sie umgangen." Er zuckte mit den Schultern. „Das hoffe ich. Sonst sind wir so gut getarnt, dass wir es nicht einmal merken."

„Er hat das Büro verlassen", bemerkte Shannon. „Er wird bald den Anruf tätigen."

„Und jetzt kommt's", bemerkte Ari. „Er ruft gerade das Büro des Exekutivrats an." Er überprüfte die Angaben. „Die Nummer ist nur ein Vermittlungssystem."

„Fourcade", sprach der Lobbyist in seine Verbindung, „ich rufe für den Direktor an." Aris Mund formte einen leisen Pfiff. Brendan Riordan, der Direktor des Exekutivrats des Multicorps, war einer der drei wichtigsten Männer in der Republik.

„Ja, Sir", antwortete das Vermittlungsprogramm mit einer fröhlichen Frauenstimme. „Einen Moment."

Die Warteschleife war sehr kurz, was Shannon angesichts von Riordans Status beeindruckend fand.

„Kevin“, antwortete Riordans Stimme mit einem Basso profundo, als würden Felsbrocken an einem Berghang zerschellen. „Was kann ich für dich tun?“

„Sir“, sagte Fourcade mit respektvoller, aber angespannter Stimme, „Präsident O'Keefe hat seine Meinung über 1143B geändert. Er hat beschlossen, sich für das Projekt einzusetzen.“

„Nun“, sagte Riordan abwartend und seine tiefe Stimme hob eine Oktave an, „das ist doch ... interessant, oder?“

„Es wird noch interessanter. Er will diese Position am Mittwochabend öffentlich machen ... und statt während seiner geplanten Rede vor dem Senat plant er eine Pressekonferenz im Hauptquartier in Houston ... und er möchte, dass du und der Rest des Exekutivrats daran teilnehmen.“

„Ich bin sicher, du hast ihm gesagt, dass das nicht möglich ist, wenn man bedenkt, wie wenig Vorwarnung...“

„Sir, er akzeptiert kein Nein als Antwort“, unterbrach Fourcade. „Er hat gesagt, dass er sich notfalls auf das Notstandsgesetz 2.104 berufen und eine Sitzung des Senats und des Rates in Houston einberufen wird.“

„Nun denn“, sagte Riordan nach kurzem Überlegen, „ich nehme an, wir müssen ein paar Anrufe tätigen, nicht wahr? Einige Dinge müssen verschoben werden.“

„Ja, Sir“, antwortete Fourcade und klang dabei noch besorgter, „aber es gibt Veranstaltungen, die im Voraus geplant sind, und es könnte schwierig sein, die Terminänderungen so rechtzeitig zu kommunizieren, dass sie auch durchführbar sind.“

„Kevin“, polterte Riordan mit einem unmissverständlichen Ton der Endgültigkeit, „das ist dein Problem.“

Die Verbindung wurde unterbrochen, aber Shannon und Ari konnten Fourcade über die offene Verbindung „Verdammt noch mal“ murmeln hören.

„Die Sache wird immer komplizierter“, kommentierte Shannon. Sie blickte zu Ari auf. „Beobachte weiter seine Kommunikation. Ich schicke Tom zur Hilfe.“

„Und was für einen Unfug werden Sie anstellen, Ma'am?“ fragte Ari mit einem Grinsen.

„Captain Shamir“, sagte sie ihm, „ich glaube, dass Valerie O'Keefe schon lange genug vermisst wird.“

COMMANDER LARRY GIANETO umarmte das Elend der Zwei-Gramm-Beschleunigung und versuchte, seinen Herzschlag und seine Atmung zu verlangsamen und mit dem Rhythmus des mühsamen Hebens und Fallens seines zu schweren Brustkorbs mitzugehen, während er seine Augen auf den Bildschirm und die Bedrohungssymbole vor und hinter ihnen richtete.

„Shipbuster ist dreißig Sekunden von dem Drehgestell hinter uns entfernt“, stieß er hervor. „Die Gegenmaßnahmen wurden ausgelöst, aber es ist immer noch im Ziel.“ Ein paar angespannte Sekunden vergingen, dann verschmolzen die Symbole für den Shipbuster und das Schiff des Protektorats, das sie verfolgte, auf dem Bildschirm. „Der Sprengkopf hat nicht gezündet“, sagte er und überprüfte die Scanner. „Er muss durch die Gegenmaßnahmen beschädigt worden sein. Aber ich erhalte Trümmeranzeigen ... und Wärmefackeln. Sein Antrieb ist auch tot! Er muss auf das Schiff gestoßen sein! Auch ohne Fusionssprengkopf konnte der Shipbuster ein ungeschütztes Schiff schwer beschädigen oder sogar zerstören; er war Hunderte von Tonnen schwer und beschleunigte mit über zehn Gravitationskräften. „Jetzt müssen wir uns nur noch um die Jungs vor uns kümmern. Es kann nicht mehr lange dauern.“

Dann sah er das schwache Lidar-Rückprallen in dem Raum zwischen ihnen und den beiden Protektoratsschiffen vor ihnen. „Da ist es ... Gaußgeschosse kommen auf uns zu. Sie könnten auf die Shipbuster schießen, aber sie werden uns in zehn Minuten treffen. Die Shipbusters sind noch im Anflug und fünf Minuten entfernt.“

„Ist das etwa Gewohnheit?“ fragte Leutnant Francis Witten und verzog das Gesicht zu einer Grimasse, die den Versuch eines Grinsens darstellen sollte. „Ich meine, du bist der amtierende Captain, also führst du quasi Selbstgespräche, richtig?“

Gianeto warf ihm einen bösen Blick zu. „Wenn mir etwas zustößt“, sagte er, „müssen du und Higgs die Situation kennen. Hat man dir das nicht in der Brückenoffiziersschule beigebracht?“

„Ich kann mich nicht erinnern“, gab Witten zu. „Ich hatte noch nie einen Captain, der bei einer Messerstecherei verletzt wurde.“

„Das weiß ich zu schätzen“, kommentierte Leutnant Higgs von der Kommunikationsstation. „Es ist auch schwer, meine Station und den Bildschirm im Auge zu behalten.“

„Da sind ihre Gegenmaßnahmen“, meldete Gianeto, während simulierte Explosionen auf dem Bildschirm aufleuchteten und Daten anzeigten, die zu weit entfernt waren, um von den optischen Kameras erfasst zu werden. „Und ... ja, darauf habe ich gewartet. Sie haben jeweils zwei Shipbuster abgefeuert.“

„Ich schätze, sie haben herausgefunden, dass Duncan nicht in der Lage ist, uns zu sabotieren“, sagte Higgs.

„Schade, dass die Ärzte ihn nicht retten konnten“, kommentierte Witten. „Es wäre schön gewesen, ihn zu befragen und herauszufinden, wie das Protektorat an ihn herankam.“ Er runzelte die Stirn und sah zu der Kommunikationsoffizierin hinüber. „Hey Janice“, sagte er, „kannst du seine Daten abrufen?“

„Was öffentlich zugänglich ist“, sagte sie mit einem halben Schulterzucken. „Er wurde in Kapstadt, Südafrika, geboren und schloss die Flottenakademie als Zehnter seiner Klasse ab. Er begann als Taktischer Offizier auf der Patton - damals nannte man sie noch 'Waffenoffiziere' - bis das Schiff vor fünf Jahren von einer Reise zur Aphrodite zurückkehrte, dann bewarb er sich an der Kommandoschule und schloss als Klassenbester ab. Kurz darauf wurde er zum Commander befördert und diente auf der Bradley, bevor er das letzte Jahr als Angestellter im Flottenhauptquartier verbrachte. Ich weiß, dass er sich freiwillig für diese Mission gemeldet hat, als Commander Durant sich beim Klettern das Rückgrat gebrochen hat, eine Woche bevor wir aufbrechen sollten. Sie keuchte ein wenig, als sie endete, weil sie während der 2g-Verbrennung so viel reden musste.

„War das nicht praktisch?", schnaubte Witten.

„Mir gefällt nicht, wie das klingt", sagte Higgs.

„Wir haben im Moment dringendere Sorgen", erinnerte Gianeto sie. „Vier Shipbuster und ein ganzer Haufen großer Metallgeschosse sind nur ein paar Minuten entfernt."

Plötzlich wurde auf den optischen Bildschirmen eine heftige, weiße Kugel sichtbar. „Das war einer unserer Shipbuster", verkündete Gianeto mit Aufregung in der Stimme. „Die Detonation auf dem anderen Schiff war negativ ... die Gegenmaßnahmen oder die Gaußgeschosse müssen es ausgeschaltet haben. Ha! Wir haben einen von ihnen!" Das Bedrohungssymbol auf der rechten Seite des Bildschirms flackerte auf.

„Nur noch einer zwischen uns und dem Tor", sagte Witten hoffnungsvoll.

„Dreißig Sekunden bis zum Einschlag der Gaußgeschosse", sagte Gianeto. „Maschinenraum, Antimaterie-Reaktor einschalten. Francis, schalte den Plasmabrenner aus und aktiviere den Eysselink-Antrieb."

Der Druck von zwei Schwerkräften fiel von ihrer Brust ab, als sich der Plasmaantrieb abschaltete und Gianeto einen gewaltigen Atemzug einatmete, um sich nicht zu übergeben.

„Das Antriebsfeld ist aufgebaut", teilte Witten ihm mit. „Station wird gehalten." Er überprüfte eine Anzeige. „Wir können den Status der Station noch eine Weile halten, aber wir gehen nirgendwo hin."

„Wir haben die Gaußgeschosse abgewehrt", sagte Gianeto und starrte auf den taktischen Bildschirm. „Die Shipbusters sind nur noch Sekunden entfernt. Das feindliche Schiff beschleunigt immer noch..." Er zog ein wildes Grinsen auf. „Drei G Beschleunigung, Rammkurs!"

Im ganzen Schiff ertönten Alarmsignale und Gianeto stählte sich, bevor das Gewicht eines ganzen Planeten auf ihn niederging und ihn in das Gel seiner Beschleunigungsliege drückte. Er konnte einen kurzen Blick auf die Shipbuster auf dem Bildschirm erhaschen, als sie beim Aufprall auf das Antriebsfeld auseinandergerissen wurden, aber dann waren sie vorbei und das Schiff des Protektorats tauchte vor ihnen auf, dessen Manöverraketen aufflackerten, während es verzweifelt versuchte, den Kurs zu ändern.

„Commander Gianeto", hörte er undeutlich über das Dröhnen in seinen Ohren, „das ist Commander Prieta." Prietas Stimme klang, als wäre er auf dem Grund eines Brunnens. „Die Antimaterie wird nur noch ein paar Sekunden halten..."

Gott, Gianeto betete im Stillen, nur lange genug...

Ein weißes Licht erfüllte die Brücke, dann verschwand der Druck und Gianeto fragte sich für einen kurzen Moment, ob es sich so anfühlte, tot zu sein...

Dann wurde sein Kopf wieder klar, er atmete tief durch und schaute auf das Display seiner Station, wo er die Lidar- und Radarmessungen der Überreste des Protektoratsschiffs sah.

„Großer Gott", murmelte Witten. „Das war verdammt knapp, oder?"

„Commander Gianeto", rief Prieta aus dem Maschinenraum, „wir haben die letzten Antimaterievorräte aufgebraucht."

„Das ist in Ordnung, Mr. Prieta", sagte Gianeto und atmete erleichtert aus. „Es hat gerade lange genug gedauert. Waffen, startet den modifizierten Shipbuster und öffnet das Tor, bevor etwas anderes auftaucht. Francis, gib uns ein halbes G mit dem Plasmaantrieb und flieg uns zum Tor."

„Aye, Sir", grinste Witten ihn an.

„Krankenstation, hier ist Gianeto", rief der taktische Offizier. „Wie geht es dem Captain?"

„Stabil, Sir", kam die Antwort. „Sie war in einem Schwebetank, also hat die Beschleunigung ihr nichts ausgemacht." Der medizinische Offizier gluckste. „Der Rest von uns ist allerdings ein bisschen angeschlagen."

„Commander Gianeto", ihr Gespräch wurde von einem Anruf des Sicherheitsdienstes unterbrochen. „Hier ist Lt. Marvez. Wir waren dabei, Commander Duncans Kabine und seine persönlichen Sachen zu sichern und sind bei der Notbeschleunigung irgendwie da drin hängen geblieben. Wir empfangen etwas über Commander Duncans Verbindung. Ich glaube, das sollten Sie hören, Sir."

„Stellen Sie es auf die Brücke durch“, befahl Gianeto.

Am anderen Ende der Übertragung gab es ein Zögern. „Äh ... Sir, das ist ... nun ja, sehr heikel. Vielleicht möchten Sie es unter vier Augen hören.“

Gianeto zögerte, dann schaute er zu Higgs und Witten, den einzigen anderen Personen auf der Brücke. „Nein, Lieutenant“, entschied er. „Stellen Sie es einfach durch.“

„Ja, Sir“, stimmte Marvez widerwillig zu.

Es gab eine Pause, dann begann die kratzige, statische Aufnahme zu laufen. „Die Situation hat sich geändert, Duncan“, sagte die männliche Stimme ohne Vorrede. „O'Keefe hat seinen Zeitplan geändert, sodass das ursprüngliche Zielgebiet nicht mehr erreichbar ist. Du und die Unterstützungsschiffe sollten im Sirius-System warten, bis wir euch ein neues Zielgebiet und einen neuen Angriffsplan geben können, dann könnt ihr durch das Tor gehen und mit dem ursprünglichen Plan weitermachen. Ende der Nachricht.“

Die Aufnahme wurde abgeschaltet und durch Marvez' Stimme ersetzt. „Es wiederholt sich ständig, aber das ist der Kern der Sache.“

„Higgs“, schnauzte Gianeto und warf ihr einen bösen Blick zu.

„Ich bin schon dran!“ versicherte sie ihm und wandte sich wieder ihrer Station zu, während ihre Finger über das Display fuhren. „Sir, das kommt nicht über eine interne Verbindung, da bin ich mir sicher. Aber das System empfängt diese Übertragung nicht...“

„Ich bin sicher, weil Commander Duncan es so programmiert hat“, sagte Gianeto grimmig und seine Augen füllten sich mit mörderischer Wut. „Verdammt, wenn der Skipper es nicht schon getan hätte, würde ich den verdammten Verräter selbst umbringen. Geh in die Subroutinen, Janice, und finde heraus, was er getan hat.“ Er schaute zu Witten hinüber. „Francis, sobald wir durch das Tor sind, tötest du die Laufwerke. Wir werden so lange schweigen, bis ich etwas anderes sage.“

„Was zum Teufel ist hier los?“ murmelte Witten und schüttelte den Kopf. „Hat da gerade jemand mit Commander Duncan über ein Attentat auf den verdammten Präsidenten gesprochen?“

„Was hier los ist“, antwortete Gianeto und starrte auf etwas, das

Lichtjahre hinter dem Hauptbildschirm lag, „ist, dass wir nicht nur gegen das Protektorat kämpfen. Hier passiert noch etwas anderes."

„Ich habe es", sagte Higgs und schob sich eine verirrte blonde Haarsträhne aus den Augen. „Das Signal kam von einem Punkt, der weniger als 30.000 Kilometer vom Wurmloch entfernt ist. Ich schicke die Koordinaten an deine Station."

Gianeto überprüfte die Sensoranzeige und stellte das Lidar so ein, dass es das von ihr angegebene Gebiet abdeckte. „Ja, es ist da. Es ist klein ... es kann nicht viel größer als zwei oder drei Meter sein.

„Es muss ein Relais sein", sagte Higgs, „für Signale, die durch das Wurmloch kommen."

„Dann kommt es aus dem Sonnensystem", sagte Witten. „Jemand in der Heimat will uns benutzen, um Präsident O'Keefe zu töten!"

„Nicht nur wir", korrigierte ihn Gianeto. „Denk dran, sie sagten ‚die Unterstützungsschiffe'. Das sind die drei Schiffe des Protektorats, die wir gerade zerstört haben. Jemand von uns arbeitet mit Antonov zusammen."

„Was sollen wir tun?" fragte Higgs mit leiser Stimme, ihr Gesicht war blass.

„Das Tor ist offen", verkündete Gianeto, den Blick immer noch auf den Hauptbildschirm gerichtet. „In zwei Minuten sind wir durch. Sobald wir durch sind, schalten wir ab, gehen in die Dunkelheit und warten, bis der Skipper aufwacht. Die Luft hier oben ist zu dünn, als dass ein O-4 diesen Anruf tätigen könnte. Außerdem", überlegte er, ‚wüsste ich nicht, wen ich warnen sollte.' Er begegnete ihren verlorenen, überwältigten Blicken mit seinem eigenen. „Wem können wir noch trauen?"

26

„Wo zum Teufel sind wir jetzt?“ fragte sich Jock Gregory, als er sich im G-Tank aufsetzte und sich die biotische Flüssigkeit aus den Augen wischte.

Vincent Mahoney fragte sich das Gleiche. Er schüttelte seinen verwirrten Kopf, setzte sich aufrecht hin und warf einen Blick auf das Panel am Schott der G-Schlafkammer, aber Jason McKay beantwortete die Frage, bevor er sie stellen konnte.

„Wir sind seit sechsundvierzig Stunden unter Wasser“, sagte McKay vom nächsten Tank aus. „Das bedeutet, dass wir durch mindestens zwei Tore gegangen sind, vielleicht auch mehr.“

„Sind wir schon da, Daddy?“ murmelte Vinnie und stemmte sich aus seiner sargähnlichen Kammer.

„Nur noch ein kleines Stück“, erwiderte McKay automatisch, stieg vorsichtig aus und ging steif zu den Duschen.

„Wir leben noch“, bemerkte Esmeralda Villanueva, als sie zu Vinnie hinüberging und ihre Hand gegen seine drückte. „Ich habe mich schon gefragt, als wir dieses Mal in die Tanks gingen, ob wir wieder herauskommen würden.“

„Ah ja“, sagte Jock, als er zu den Duschen ging, „auch ich habe mich gefragt, als ich die abweisende Kammer des todesähnlichen

Schlafs betrat, ob ich dein Gesicht jemals wiedersehen würde, mein lieber Captain Mahoney. Sir."

Vinnie warf Jock einen finsteren Blick zu, aber Esmeraldas schallendes Lachen unterbrach seine Antwort.

„Er erinnert mich an meinen jüngeren Bruder", sagte sie liebevoll und schüttelte den Kopf.

„Er erinnert mich an einen Hund, den wir mal hatten", brummte Vinnie, „der hat immer auf den Boden geschissen." Er seufzte. „Ich muss los, Esme: Ich muss mich noch mit Lt. James treffen. Wir hatten noch keine Zeit, herauszufinden, woher Mironov die Waffe hat."

„Dann sehen wir uns, wenn sich die Gelegenheit ergibt", sagte sie mit einem wehmütigen Lächeln und streifte im Vorbeigehen mit ihrem Bein seins.

Vinnie spürte, wie ein elektrisches Kribbeln seinen Rücken hinauflief, und er schloss für einen Moment die Augen und atmete tief durch, bevor er in den Duschraum der Männer ging.

Es war keine halbe Stunde später, als McKay die Brücke betrat. Patel und die Brückenbesatzung waren natürlich schon da, da sie zuerst geweckt worden waren, und der Bildschirm zeigte ihm ein vertrautes Bild von einem der Systeme, die sie auf ihrem Weg nach Novoye Rodina umrundet hatten.

„Wie lange hat es gedauert, bis wir sie abgehängt haben, Admiral?" fragte McKay, als er sich hinter den Kommandosessel stellte.

„Ich bin mir nicht hundertprozentig sicher, dass wir sie abgehängt haben, McKay", antwortete Patel grimmig. „Aber beim zweiten Sprung hatten sie ihre Beschleunigung auf fünf G reduziert und nach dem dritten Sprung schien ihnen die Antimaterie ausgegangen zu sein. Das heißt aber nicht, dass sie nicht trotzdem mit konventionellen Triebwerken weiterfliegen könnten. Aber bisher gibt es keine Spur von feindlichen Aktivitäten in diesem System. Wir haben ein paar Stunden Transitzeit bis zum nächsten Tor."

„Ich hatte gehofft, wir hätten etwas Zeit, um zu besprechen, was wir dem Präsidenten empfehlen, wenn wir zurückkommen, Sir."

„Natürlich", stimmte Patel achselzuckend zu. „Commander Pirelli, du übernimmst die Brücke. Sag dem Ersten Offizier, dass ich in meiner Kabine sein werde."

„Aye, Sir", bestätigte Pirelli, während McKay Patel zu den Fahrstühlen folgte.

„Okay, Sir", sagte Leutnant James, „diese Waffe", er winkte und deutete auf die Flottenwaffe in dem durchsichtigen Plastikschrank, der in eine Wand der Sicherheitsstation eingebaut war, „ist definitiv eine von unseren. Sie stammt aus der Waffenkammer der Sheridan. Aber", sagte er eindringlich, "sie wurde nie offiziell abgemeldet. Laut den Computeraufzeichnungen hat der Transponder der Pistole den Tresor der Waffenkammer nie verlassen."

„Wie ist das denn möglich, Lieutenant?", wollte Vinnie wissen. Die beiden waren allein auf der Station der Sicherheitskräfte: Vinnie hatte keine Zuschauer für diese Untersuchung gewollt.

„Der Transponder wurde physisch aus der Waffe entfernt." James deutete auf die Rückseite des Pistolengriffs, wo Vinnie bei genauerem Hinsehen einen kleinen Hohlraum erkennen konnte. „Ich habe ihn von der Waffenabteilung überprüfen lassen... er liegt immer noch im Tresorraum. Sie war hinter einer anderen Handfeuerwaffe versteckt."

„Im Tresorraum muss es Sicherheitskameras geben", vermutete Vinnie. „Dann könnten wir sehen, wer sie entfernt hat."

„Natürlich, Sir", stimmte James zu. „Wenn wir wüssten, wann sie es getan haben. Kein unbefugtes Personal war in der Waffenkammer und die letzte vollständige visuelle Bestandsaufnahme war, bevor wir das Sonnensystem verlassen haben. Selbst wenn ich mich auf die Zeit seit Mironovs Ankunft an Bord beschränke, sind das tagelange Aufnahmen, die wir uns fast in Echtzeit ansehen müssten, um sicher zu sein, was getan wurde."

„Ich sag dir was, Leutnant James", sagte Vinnie, „stell stattdessen eine Liste aller Personen zusammen, die auf dieser Reise die Waffenkammer betreten haben. Markiere diejenigen, die seit Mironovs Ankunft an Bord eingetreten sind."

„Kein Problem, Sir." James sprach den Befehl in den Audioempfang des Computers und die Liste erschien auf dem Display der Konsole der Sicherheitsstation.

„Also gut", fuhr Vinnie fort, „ich möchte, dass du eine Liste mit allen Personen erstellst, die sich in Mironovs Kabine aufgehalten haben, seit er an Bord gekommen ist, und sie mit den Personen abgleichst, die in der Waffenkammer waren."

„Aber Captain Mahoney", sagte James stirnrunzelnd, „wer auch immer die Waffe genommen hat, hätte sie auch irgendwo verstecken und Mironov sie später holen lassen können. Wäre das nicht sicherer gewesen?"

„Ja, das wäre es", gab Vinnie zu, „aber irgendwo müssen wir ja anfangen, also fügen wir das einfach zur Liste hinzu. Denn wenn das nicht funktioniert, James, wirst du persönlich jede Sekunde des Filmmaterials von Mironov durchforsten, bis wir wissen, woher er die Waffe hat."

„Ja, Sir", bestätigte James mürrisch. „Also gut, hier ist die Liste. Es sind nicht viele: nur ich, Colonel McKay, der Admiral, der Erste Offizier Commander Nunez und... ich glaube, Security Tech Morales. Das war's."

„Finde jetzt heraus, wer von ihnen die Waffenkammer besucht hat, seit Mironov auf dem Schiff ist, aber bevor er sein Zimmer aufsuchte."

James leitete die Frage an den Computer weiter und sah sich die Ergebnisse an. „Das wären nur ich, Colonel McKay und der Admiral."

„Zeig das Video von euch dreien, als ihr in seinem Zimmer wart, nachdem ihr die Waffenkammer besucht habt. So viel kann es nicht sein."

„Ich rufe zuerst meins auf", entschied James. „Ich war nur kurz da, als wir ihm die Hütte gegeben haben und dann noch einmal, als wir ihn vor dem Kampf dorthin gebracht haben."

Das Video wurde auf dem holografischen Bildschirm abgespielt und zeigte, wie James seine Pflicht tat: Er überprüfte die Kabine, bevor Mironov sie betrat, setzte den Mann vor dem Kampf ab und versiegelte die Tür.

„Ich schätze, Sie sind aus dem Schneider, Lieutenant." Vinnie schenkte ihm ein kleines Grinsen. Natürlich hättest du als Sicherheitschef die Aufnahmen fälschen können. Aber wie ich James schon sagte, irgendwo muss man ja anfangen.

„Und jetzt zu deinem Colonel McKay", fuhr James fort. Vinnie überlegte, ob er ihm sagen sollte, dass er sich nicht einmischen sollte - er würde eher glauben, dass er selbst Mironov die Waffe gegeben hatte, als dass er den Colonel für den Täter halten würde -, aber er beschloss, dass das nicht fair wäre, da der Mann bereits Aufnahmen von sich selbst gezeigt hatte.

McKay hatte natürlich viel mehr Zeit mit Mironov verbracht, und sie mussten die Aufnahmen vorspulen, was McKay ein wenig absurd aussehen ließ, dachte Vinnie mit vager Belustigung. Aber wie er schon wusste, gab es keine Anzeichen dafür, dass der Colonel dem Russen eine Waffe gab.

James seufzte. „Nur noch der Admiral, was eine riesige Zeitverschwendung ist. Dann werde ich hier stundenlang sitzen und zusehen, wie dieser verrückte Russe mit sich selbst spielt."

Noch während James das Video des Admirals aufrief, nickte Vinnie zustimmend mit dem Mann. Es musste einen Weg geben, das Material zu verkleinern. Das Problem war, dass James Recht hatte: Mironov hätte die Waffe fast überall auf dem Schiff abholen können. Derjenige, der sie gestohlen hatte, hätte ihm nur eine Nachricht hinterlassen müssen. Sie waren wieder am Anfang.

„Ich sehe keinen großen Diskussionsbedarf, McKay", gab Patel zu, als er sich hinter seinen Schreibtisch setzte und McKay auf einen Stuhl winkte. „Wir müssen die Flotte des Protektorats ausschalten und ihre Fähigkeit, Krieg zu führen, zerstören."

„Das ist ein Manöver, Admiral“, argumentierte McKay, „nicht das Hauptziel.“

„Und was ist dann das Hauptziel?“ fragte Patel und hob eine Augenbraue.

McKay breitete die Hände aus, als ob die Antwort auf der Hand liegen würde. „Sir, unser Ziel sollte sein, die außerirdische Technologie, die sie auf Novoye Rodina gefunden haben, entweder zu erbeuten oder zu zerstören. Ohne sie sind ihre Möglichkeiten, Krieg gegen uns zu führen, wie Sie sagen, unglaublich begrenzt: nicht viel stärker als die Gürtelpiraten.“

„Das stimmt“, gab der Admiral zu und nickte anerkennend. „Aber was hat das mit unserer Strategie zu tun oder mit dem, was wir dem Präsidenten vorschlagen werden?“

„Ein Frontalangriff wird kostspielig, Sir. Teurer, als wir angesichts der aktuellen wirtschaftlichen Lage wahrscheinlich tragen können. Wir müssen sie ablenken und einen gezielten Angriff auf Novoye Rodina starten. Wenn möglich, sichern wir es, aber ich bezweifle, dass das so einfach sein wird. Ich denke, der einfachste Plan mit den besten Erfolgsaussichten ist es, Atombomben zu platzieren und ihre Produktionsstätte auszuschalten.“

„Das klingt ziemlich riskant“, sagte Patel und zog die Stirn in Falten. „Warum nicht einfach mit Raketen ausschalten?“

„Antonov hatte viel Zeit, eine Weltraumverteidigung aufzubauen“, erklärte McKay. „Ich denke, er würde nicht mit einem kleinen Einfall rechnen, vor allem nicht, wenn er durch einen großen Angriff aus dem Weltraum verdeckt wird.“

Patel lächelte wissend. „Und ich nehme an, dass du diese Operation persönlich leiten wirst, oder?“

„Unerledigte Angelegenheiten, Sir“, antwortete McKay mit einem Achselzucken.

„Colonel“, ertönte Vinnies Stimme über den Ohrhörer in seinem Link. „Ich weiß, dass du in Admiral Patels Büro bist, aber antworte nicht auf diesen Anruf. Tu so, als würdest du immer noch mit ihm reden, Sir.“

McKay war noch nie ein guter Pokerspieler gewesen, aber er

versuchte trotzdem, sein bestes Pokerface aufzusetzen und so zu tun, als ob er die Übertragung nicht gehört hätte. Patel kicherte leise und schüttelte den Kopf.

„McKay, jemand muss mit dir ein Gespräch über deine berufliche Entwicklung führen", sagte er. „Du bist jetzt Colonel... O-6s leiten normalerweise keine Kommandoaktionen. Solltest du so etwas nicht an Captain Mahoney delegieren?"

„Es gibt für uns alle genug zu tun, Sir, da bin ich mir sicher", antwortete er und versuchte, nicht abgelenkt zu klingen.

„Sir", sagte Vinnie schnell, „wir haben einige der Sicherheitsvideos aus Mironovs Kabine überprüft. Admiral Patel war am Tag, bevor Mironov die Technik übernommen hat, dort drin - allein, niemand sonst. Wir können nicht hundertprozentig sicher sein, weil der Winkel schlecht ist, aber wir sind ziemlich sicher, dass wir gerade gesehen haben, wie der Admiral die Pistole in die Kabine, in den Kleiderschrank, gelegt hat."

Es kostete Jason McKay jedes Quäntchen Willenskraft und Selbstbeherrschung, um in diesem Moment die Fassung zu bewahren, und er wusste, dass sein Gesicht etwas verraten hatte.

„Stimmt etwas nicht, McKay?", fragte der Admiral.

McKays Verstand arbeitete auf Hochtouren und doch wusste er, dass er nicht schnell genug arbeiten konnte, um die Sache zu durchdenken, also folgte er wie so oft seinem Bauchgefühl. „Tut mir leid, Sir, ich habe gerade einen Anruf von Vinnie aus der Sicherheitsabteilung erhalten. Er sagt, es gibt etwas, das wir beide uns ansehen sollten, wenn es Ihnen nichts ausmacht. Er sagt, es sei wichtig und es wäre ihm lieber, wenn wir es persönlich sehen würden."

Patels Augenbraue hob sich, aber er zuckte zustimmend mit den Schultern. „Na gut, gehen wir, solange wir noch Zeit haben."

Von der Kabine des Admirals bis zur Sicherheitsstation war es nicht weit, aber Jason McKay kam es wie Kilometer vor, während er fieberhaft über die Möglichkeiten nachdachte. Warum zum Teufel sollte Admiral Patel eine Waffe in Mironovs Zimmer legen? Es machte absolut keinen Sinn; wenn der Admiral ein Verräter war, warum hätte er sich dann so sehr für die Rettung des Schiffes eingesetzt, nachdem Mironov - er fand es immer noch unangenehm und verwirrend, den Mann als Antonov-Sabotage zu bezeichnen? Aber welchen anderen Grund konnte es geben, dass er dem Russen half?

Das Einzige, was er nicht abschütteln konnte, egal wie viele Szenarien sich in seinem Kopf abspielten, war die Überzeugung, dass sein Freund Arvid Patel auf keinen Fall ein Verräter war; dass der Mann, an dessen Seite er vor sechs Jahren gekämpft hatte, auf keinen Fall für das Protektorat arbeitete.

Er hoffte inständig, dass er Recht hatte, denn wenn er sich irrte, konnte Patel ihn und alle anderen, die das Video gesehen hatten, ganz einfach einsperren und dann alles löschen.

Die Tür zur Sicherheitskontrolle war geschlossen und versiegelt, aber Patels Handfläche auf dem Türschild öffnete sie und sie traten ein, um Vinnie und Leutnant James an der Konsole sitzen zu sehen. Beide Männer sprangen auf, als die Offiziere eintraten.

„Admiral", sagte Vinnie mit einem Gesichtsausdruck wie ein Kind, das seine Eltern beim Sex erwischt hat.

„In Ordnung", sagte Patel und winkte ungeduldig mit der Hand. „Was wollten wir sehen?"

„Nun, ähm, Sir", sagte Vinnie zögernd, „Leutnant James und ich haben uns das Videomaterial aus Mironovs Zimmer angesehen und wir... wir glauben, wir haben herausgefunden, wer ihm die Waffe untergeschoben hat..."

„Hervorragend, zeig es uns."

Leutnant James sah Vinnie mit blassem Gesicht an. Vinnie zuckte hilflos mit den Schultern und drückte auf den Regler, um das Video zu zeigen. Während Patel sich das Playback ansah, teilte McKay seine Aufmerksamkeit zwischen dem Video und Patel auf. Der Admiral reagierte zunächst nicht, als er sich selbst in der Kabine sah, aber dann wurden seine Augen groß, als er bemerkte, dass Mironov nicht in der Kabine war.

„Wann wurde das aufgenommen?", fragte er heiser.

„Am Tag bevor Mironov die Geiseln im Maschinenraum entführte", antwortete Vinnie leise und zeigte auf den Datums- und Zeitstempel, der in einer Ecke des Bildes zu sehen war.

Zum ersten Mal, seit McKay den Admiral getroffen hatte, schien Patel sprachlos zu sein. „Aber das...“, stotterte er schließlich mit schlaffem Gesicht. „Das ist doch nicht möglich!“

Dann sah er, wie er unter seiner Uniformjacke in den Gürtel griff, etwas Dunkles und Metallisches herauszog und es schnell zwischen den Kleiderstapeln im Wandschrank versteckte. Als er sich im Video umdrehte, war sein Gesicht ausdruckslos, der Mund zu einer harten Linie verzogen, aber seine Augen starrten auf etwas, das tausend Kilometer entfernt war. Dann verließ er die Kabine.

Patel schaute sich mit offenem Mund bei den anderen Beamten um. „Meine Herren“, sagte er langsam und vorsichtig, „ich kann mir das nicht erklären.“

„Vinnie“, fragte McKay, „gibt es noch andere verdächtige Interaktionen zwischen dem Admiral und Mr. Mironov, die von den Sicherheitskameras aufgezeichnet wurden?“

„Es gab eine Sache, die wir gefunden haben“, bestätigte Vinnie, „als wir uns jedes Mal angesehen haben, wenn sie zusammen waren, seit Mironov an Bord kam.“ Er nickte Lt. James zu, der die Aufnahmen aufrief.

„Das ist vom selben Tag“, ergänzte Vinnie.

Das Video zeigt, wie der Admiral die Cafeteria betritt, zum Automaten geht und sich eine Tasse Kaffee holt. Mironov saß an einem Tisch in der Nähe und erhob sich, als er den Admiral eintreten sah. Er trat dicht hinter den Offizier und als dieser nach einer Tasse griff, hielt er inne.

„Lodka“, flüsterte der Russe. Auf dem Video sahen die Augen des Admirals genauso distanziert aus wie in Mironovs Kabine. „Besorg mir eine Handfeuerwaffe. Bring sie in meine Kabine.“

Dann drehte er sich um und war verschwunden. Admiral Patel ließ seine Kaffeetasse auf dem Tresen stehen und verließ die Messe, ohne seine Miene zu verändern.

„Du gehst von dort direkt in die Waffenkammer“, sprach Lt. James schließlich. „Du hast den diensthabenden Wachmann gebeten, eine Besorgung zu machen, dann hast du den Transponder entfernt und die Pistole mitgenommen. Ein paar Stunden später hast du sie in Mironovs Kabine zurückgelassen. Sir.“

„Lodka“, wiederholte McKay und rieb sich mit der Hand über das Kinn. „Das ist Russisch für ‚Boot‘. Was zum Teufel bedeutet das?“

Patel starrte immer noch auf das Videobild, sein Gesicht war eine Mischung aus Wut, Unglauben und absolutem Entsetzen. „Hypnoprobe mich“, knurrte er plötzlich.

„Sir?“ McKay sah erschrocken zu ihm auf.

„McKay, ich kann mich an nichts davon erinnern! Ich erinnere mich sogar aktiv daran, es nicht getan zu haben!“ Er warf seine Hände hilflos hoch. „Ich kann es mir nicht erklären und ich werde mich nicht einfach in eine Zelle stecken, bis ich weiß, wie es passiert ist. Bring mich in die Krankenstation und nimm eine Hypnosonde, McKay, und finde heraus, was mit mir passiert ist!“

McKay schaute seinem alten Freund in die Augen und sah die Verzweiflung und Angst im Gesicht des Mannes. „Aye, Sir.“ Es könnte, so dachte er traurig, der letzte Befehl sein, den Patel je gab.

„Ich kann es einfach nicht glauben“, wiederholte Commander Estefan Nunez und schüttelte den Kopf.

McKay warf ihm einen Seitenblick zu, als sie beide darauf warteten, dass der medizinische Offizier des Schiffes die Hypnosonde fertig einrichtete. Nunez war ein kleiner, breit gebauter Mann Anfang vierzig, sein Gesicht war hager, sein dunkles Haar kurz geschnitten und streng gelockt. Jetzt, wo er den Admiral angeschnallt vor der Maschine sitzen sah, sah er aus, als hätte er einen Schlag abbekommen, und McKay kannte dieses Gefühl gut.

„Reiß dich zusammen, Steve“, sagte Patel und starrte etwas ängstlich auf die Speichersonde. „Egal, was wir herausfinden, du wirst das Kommando haben, bis wir wieder zu Hause sind. Wen wirst du zu deinem stellvertretenden XO machen? Ich weiß, dass Pirelli dienstälter ist, aber sie ist eine verdammt gute taktische Offizierin, also solltest du sie vielleicht auf der Brücke behalten, falls wir wieder kämpfen müssen.“

„Dann wahrscheinlich Sweeny", entschied Nunez, schluckte schwer und versuchte, sich zu beruhigen. „Ich werde Gent von der Hilfsbrücke holen, um das Steuer zu übernehmen.

„Und hör auf jeden Fall auf McKay", wies Patel ihn an. „Er hat nicht immer Recht, aber es lohnt sich, auf ihn zu hören."

„Wir sind so weit", verkündete der medizinische Offizier und schwang das Visier der Hypnosonde über Patels Augen. Sie holte einen Injektor aus einem Tablett und setzte ihn an seinem entblößten Arm an. „Sobald wir die Sonde aktiviert haben, kannst du deine Fragen stellen, aber du musst in dieses Mikrofon sprechen", sagte sie und zeigte auf ein kleines Mikrofon an der Seite des Geräts, „und sie müssen genau sein. Wenn es sich um etwas handelt, das er nicht bewusst wahrnehmen kann, wird er dir nicht helfen können, deine Fragen zu beantworten."

„Ich verstehe, Dr. Walters", sagte McKay und lächelte dünn. „Das ist nicht mein erstes Rodeo."

Walters schien ein wenig zu erröten, als sie sich daran erinnerte, mit wem sie sprach. „Ja, Sir", sagte sie. „Ich aktiviere jetzt die Sonde."

Patel räkelte sich leicht, als die Drogen wirkten, aber als die Lichtmuster im Visier der Hypnosonde zu pulsieren begannen, versteifte er sich leicht.

„Admiral Patel", sagte McKay leise in das Mikrofon, „warum hast du Mironov die Waffe gegeben?"

„Ich erinnere mich nicht", antwortete Patel, seine Stimme war fest und klar, aber mit einem automatischen Ton, als ob er von einem Skript ablesen würde.

McKay runzelte die Stirn. „Was bedeutet das Wort ‚lodka' für dich?"

„Du hast gesagt, es heißt ‚Boot' auf Russisch."

„Wann hast du das Wort zum ersten Mal gehört?" drängte McKay ihn.

Der Admiral hielt inne und sprach einen langen Moment lang nicht. „Ich weiß es nicht mehr."

McKay warf einen Blick auf den medizinischen Offizier, der

verwirrt die Stirn runzelte. „Aber du hast das Wort diese Woche schon einmal gehört?"

„Ich erinnere mich nicht." Diesmal kam die Antwort schneller.

McKay griff nach unten, schaltete das Mikrofon aus und lehnte sich mit nachdenklicher Miene an die Wand.

„Er verdrängt die Erinnerung", überlegte McKay.

„Wie ist das möglich?" fragte Dr. Walters. „Ich habe noch nie gehört, dass jemand die Hypnosonde bekämpfen kann."

„Es ist möglich", sagte er ihr, „aber es ist nicht einfach. Es erfordert eine intensive Konditionierung durch Experten."

„Würde das nicht einige Zeit in Anspruch nehmen?" fragte Nunez ihn. „Wann wäre das passiert?"

„Gibt es einen Weg, es zu überwinden?" Dr. Walters warf ein, bevor er dem XO antworten konnte.

„Ich weiß nicht, wann es passiert wäre", sagte McKay dem XO, „aber ja, es hätte mindestens Tage gedauert." Er wandte sich an den medizinischen Offizier. „Es gibt Möglichkeiten, aber es ist riskant und um ehrlich zu sein, habe ich es noch nie ausprobiert, sondern nur von einem Kollegen davon gehört." Er zögerte und wog den verzweifelten Wunsch von Admiral Patel, die Wahrheit zu erfahren, gegen das Risiko für die Gesundheit seines Freundes ab. „Habt ihr Neuronomin in eurem medizinischen Lager?"

Walters zog eine Augenbraue hoch. „Ich bin mir nicht sicher ... den Namen habe ich seit dem Medizinstudium nicht mehr gehört." Sie zog ein kleines Tablet aus ihrer Tasche und rief eine Liste auf. „Bei Gott, wir haben ein wenig davon."

„Injiziere dem Admiral zehn Kubikzentimeter davon", wies er sie an.

Sie sah ihn zweifelnd an, ging dann aber zurück zu den Medikamentenschränken und tippte den Namen in die Konsole ein. Ein motorisiertes Entnahmesystem förderte eine Ampulle des Medikaments zu einem Spendertablett, aus dem Walters die Ampulle herauszog und in einen Injektor einführte. Sie hielt mit dem Injektor in der Nähe von Patels Arm inne.

„Colonel“, sagte sie, „ich weiß nicht, wie sich das auf die Psychopharmaka auswirken wird...“

„Ich weiß es“, sagte er ernsthaft. „Und das ist nicht gut. Bereite dich auf die Behandlung von Krampfanfällen und Hirnblutungen vor.“

„Mein Gott, Sir!“, rief sie aus und ihre Augen weiteten sich. „Sind Sie sicher, dass wir das tun sollten?“

„Der Admiral hat es so gewollt“, erklärte McKay ihr. Er schaute zu Nunez. „Aber es ist deine Entscheidung, Commander ... du hast jetzt das Kommando.“

Nunez' Augen verengten sich und McKay konnte fast sehen, wie die Debatte im Kopf des Mannes ablief. Dann fasste er sichtlich einen Entschluss. „Geben Sie dem Admiral das Medikament, Dr. Walters“, sagte er leise, aber bestimmt. „Ich übernehme die Verantwortung für die Folgen.“

Die medizinische Offizierin schüttelte immer noch zweifelnd den Kopf, als sie den Kopf des Injektors an Patels Arm ansetzte und den Aktivierungsknopf drückte. Das Medikament zischte in die Venen des Offiziers und die Ärztin trat zurück und beobachtete den Admiral mit einem besorgten Blick. Einen Moment lang zeigte Patel keine Wirkung, doch dann begann er gegen seine Fesseln zu zucken, seine Muskeln spannten sich an, die Venen in seinem Hals traten hervor und das einzige Geräusch, das von seinen Lippen kam, war ein angestrengtes Stöhnen, während seine Atmung schwer und rau wurde.

„Hat er einen Krampfanfall?“ fragte Nunez mit besorgter Miene.

„Ein leichter“, bestätigte die medizinische Offizierin und verzog den Mund zu einem grimmigen Ausdruck. Sie holte einen weiteren Injektor hervor und setzte ihn schnell ein. Der Admiral entspannte sich, sein Kopf hing nach vorne gegen das Visier und seine Atmung verlangsamte sich auf einen gleichmäßigen Rhythmus. Dr. Walters schob ein kleines MRT-Gerät an den Stuhl des Admirals heran und machte eine schnelle Messung. „Keine Blutungen“, sagte sie mit einem erleichterten Seufzer. „Ich glaube, es geht ihm gut. Stellen Sie ruhig Ihre Fragen, Sir.“

„Admiral Patel“, sprach McKay wieder in das Mikrofon, „wann

haben Sie das Wort ‚Lodka' zum ersten Mal gehört und was bedeutet es?"

„Ich habe es zum ersten Mal vor fünf Jahren gehört", erklärte der Admiral mit ruhiger, schläfriger Stimme, „als mein Schiff im Tau Ceti-System von Truppen des Protektorats geentert wurde, kurz nach unserer Hilfsmission auf Aphrodite."

„Was zum Teufel?" murmelte Nunez, während Dr. Walters' Mund vor Schock offen stand. McKay konnte sich gerade noch zurückhalten, einen Fluch zu murmeln, weil er wusste, dass er vom Mikrofon der Hypnosonde aufgefangen werden würde.

„Das Wort ‚Lodka' sollte der Auslöser sein", fuhr Patel fort, ohne auf die Reaktionen der anderen zu achten. „Ich wurde angewiesen, dass ich, wenn ich es das nächste Mal höre, Anweisungen erhalte, die ich befolgen muss, als wären es Befehle des Präsidenten, und dass ich dann alles vergessen soll, was mit dem Ereignis zu tun hat."

„Wurden dir noch andere Anweisungen gegeben?" fragte McKay vorsichtig und zwang sein Gehirn, trotz des Schocks zu arbeiten.

„Ja", sagte Patel in einem gleichmäßigen Tonfall. „Ich sollte vergessen, dass das Schiff gekapert worden war, und mich stattdessen an einen Fehler in der Antimateriekammer erinnern, der unsere Rückkehr verzögerte. Und ich sollte sicherstellen, dass ich bei der Mission dabei bin, wenn die Republik die Heimatwelt des Protektorats finden sollte. Vor allem, wenn du dabei sein solltest, McKay - ich sollte ein Auge auf dich haben, falls du jemals in die Nähe der Protektoratswelt kommen solltest.

„War Antonov da?" verlangte McKay. „Hast du ihn gesehen?"

„Nein, ich habe ihn nicht gesehen", gab Patel zu. „Ich habe nur die Biomech-Soldaten gesehen, die uns bewacht haben, und die Ärzte, die uns alle hypnotisiert haben."

„Wer war auf dem Schiff?" fragte McKay, und eine schwache Erinnerung an die Mission kam mit einem schleichenden Gefühl des Grauens zurück. „Wer war außer der regulären Besatzung noch auf dieser Mission?"

„Colonel Kage war dabei; er ist jetzt General. Ein unangenehmer, aggressiver Mistkerl, aber intelligent." McKay spürte, wie sich die

Härchen auf seinen Armen sträubten. Kage. Warum bin ich nicht überrascht? „Und dieser Senator ... Xavier Dominguez. Er war auch da."

McKay erstarrte, kaltes Feuer floss durch seine Adern. Er schaute sich nicht um, aber wenn er es getan hätte, hätte er Dr. Walters und Commander Nunez gesehen, die seinen verblüfften Gesichtsausdruck widerspiegelten.

„Vize..." Er hustete und räusperte sich von dem Kloß, der sich plötzlich in seinem Hals gebildet hatte. „Vizepräsident Xavier Dominguez?" Fragte er.

„Ja, das ist er. Er wurde später zum Vizepräsidenten von Daniel O'Keefe gewählt. Er schien aufrichtig zu sein; ein netter Mann. Vielleicht ein bisschen zu glatt, aber schließlich ist er ein Politiker."

McKay versuchte, seine Hand am Zittern zu hindern, streckte sie aus, schaltete das Mikrofon aus und drehte sich zu Nunez um. „Commander", sagte er mit eiserner Disziplin, um seine Stimme ruhig zu halten, „ich werde mir die Passagierliste von dieser Mission ansehen. Wenn wir weitere Besatzungsmitglieder finden, die an der Mission teilgenommen haben, empfehle ich, dass sie für den Rest der Reise in ihren Quartieren bleiben."

„Natürlich", sagte Nunez und winkte ungeduldig ab. „Aber Colonel ... wir haben größere Probleme als das! Der verdammte Vizepräsident! Wir müssen nach Hause... wir müssen den Leuten davon erzählen!"

„Wenn sie es nicht schon wissen, Commander", sagte McKay mit einem grimmigen Nicken. „Wenn sie es nicht schon wissen..."

27

Shannon Stark schlief unruhig in der ungewohnten Liege. Sie konnte es sich nicht bequem machen und auch ihr Bewusstsein nicht abschalten. Das war ungewöhnlich und frustrierend für sie. Bisher war sie immer in der Lage gewesen, Schlaf zu finden, wann immer er verfügbar war, sogar angeschnallt auf einer Beschleunigungsliege. Aber hier, in der spärlich eingerichteten Geheimdienstunterkunft in Houston, konnte sie einfach nicht alles ausblenden, was passierte.

Sie wusste, dass Ari und Roza im Zimmer nebenan waren, Val und ihre Tochter am Ende des Flurs und dass die Agenten, die Tom ihr zugeteilt hatte, Wache hielten, einige drinnen in der Nähe der Eingangstür und andere, die heimlich draußen patrouillierten. Trotzdem fühlte sie sich so allein, wie seit dem Krieg nicht mehr.

Verdammt, dachte sie und rückte ihre Kissen wieder zurecht, wie bin ich nur wieder in diese Lage geraten? War es nicht genug, einmal die Welt retten zu müssen?

Theoretisch hätte sie die ganze Sache dem Republic Investigative Service übergeben sollen, der für die Strafverfolgung im Inland zuständig ist, aber die waren ein Witz, notorisch ineffizient und unfähig, und da der Vizepräsident korrumpiert war und das Geld des

Multicorps-Exekutivrats hinter dem Plan stand, konnte sie niemandem sonst vertrauen.

Bis jetzt schien es nicht real zu sein, irgendwie... es hatte die kognitiv plausible Bestreitbarkeit, im Schatten zu stehen, unsichtbar für den Rest der Welt. Aber am Mittwoch würde sich das alles ändern und sie war sich nicht sicher, ob sie auf die Konsequenzen vorbereitet war.

Sie versuchte, alles zu verdrängen und den nötigen Schlaf mit einem alten Mantra herbeizuführen, das sie als Kind benutzt hatte, indem sie „Stille, Dunkelheit" in ihrem Kopf wiederholte, bis es alle anderen Gedanken übertönte. Schließlich spürte sie, wie sie in die dunkle Umarmung des Schlafs gezogen wurde ... und dann piepste ihr 'Link'. Leise fluchend schob sie den Ohrstöpsel an seinen Platz.

„Stark", antwortete sie abrupt und versuchte, nicht vor Frustration zusammenzubrechen.

„Ma'am, hier ist Lt. Franks", verkündete die Stimme in ihrem Ohr mit einem Hauch von Aufregung in seiner sonst so ruhigen Stimme. „Wir haben vor etwa zehn Minuten eine Impulsnachricht von irgendwo im Gürtel empfangen. Es ist die *Decatur*, Ma'am ... sie sind zurück!"

„Jason... Ich meine, der Colonel ist zurück?" Shannon richtete sich im Bett auf, Erleichterung durchflutete sie plötzlich und unterstrich einen Schmerz tief in ihrem Inneren, den sie bei all den anderen Ereignissen kaum bemerkt hatte.

„Ich weiß es nicht, Ma'am", sagte Franks zu ihr. „Es ist verschlüsselt und nur für dich bestimmt. Ich schicke es auf dein Tablet."

Ohne ein weiteres Wort trennte sie die Verbindung und griff nach ihrem Tablet auf dem Bett.

„Bitte sei okay", murmelte sie eindringlich in einem halben Gebet.

Die Nachricht war biometrisch verschlüsselt und sie drückte gehorsam ihren Finger auf eine Öffnung an der Seite, wo eine kleine Nadel einstach und eine DNA-Probe aus ihrem Blut entnahm. Ein paar Minuten vergingen, während ein Fortschrittsbalken den Status der Entschlüsselung anzeigte, dann sah sie ein Bild von Joyce Minishimi. Die Frau lag in einem Bett in der Krankenstation in der Schwerelosigkeit und wurde von gepolsterten Gurten über Brust und Hüfte gehalten. Sie sah hager und blass aus und Shannon kämpfte gegen das aufkommende Gefühl des Unheils an.

„Colonel Stark“, sagte Minishimi etwas heiser, als ob sie nicht richtig einatmen könnte, „hier ist Captain Minishimi. Wir sind im Asteroidengürtel. Wir sind intakt, aber wir haben keine Antimaterie mehr. Wie wir hierher gekommen sind... Nun, ich hoffe, du sitzt...“

„Jetzt weiß ich wirklich nicht mehr, was los ist“, gab Shannon müde zu und fuhr sich mit den Händen über das Gesicht, die Ellbogen auf dem Küchentisch des Unterschlupfs.

„Ich war schon fast bereit zu glauben, dass das Protektorat nichts damit zu tun hat“, sagte Valerie, die Shannon gegenüber saß, und nickte. Die junge Senatorin sah erschöpft aus, ihr normalerweise gestyltes Haar hing schlaff herunter und sie hatte Augenringe. Sie hatte ihre Tochter in ihrem Zimmer schlafen lassen, als Shannon sie geweckt hatte.

„Wenigstens wissen wir, dass es dem Boss gut geht“, warf Ari ein. Er und Roza strahlten nach dem Sex zerknittert, aber zufrieden, aber geschäftsmäßig, als sie sich die aufgezeichnete Nachricht mit den anderen angesehen hatten. „Er segelt in die Zähne des Feindes“, ergänzte er achselzuckend, „aber er war noch am Leben, als sie ihn verließ. Und er hat auch Admiral Patel dabei.“

„Admiral Patel“, sagte Shannon und nickte grimmig, „der auch an Bord der Patton war, als sie gekapert wurde.“

„Du glaubst, Admiral Patel wurde... kopiert?“ fragte Ari sie mit zusammengekniffenen Augen. „Aber sie sagte, dass er ihr Schiff gerettet und Raumschiffe des Protektorats zerstört hat... warum sollte er das tun, wenn er auf ihrer Seite ist?“

„Ich hoffe, er ist es nicht“, sagte Shannon ernsthaft. „Aber Commander Duncan zeigte keine Anzeichen dafür, dass er kopiert oder einer Gehirnwäsche unterzogen worden war, bis er versuchte, die *Decatur* zu zerstören und Captain Minishimi zu töten. Wir können nichts als selbstverständlich ansehen." Sie runzelte die Stirn. „Das Schlimmste ist, dass Jason nicht einmal weiß, dass es eine Möglichkeit ist... er denkt immer noch, dass es sich um eine rein externe Bedrohung handelt."

„Wenn Antonov involviert ist", sagte Roza nachdenklich, „stellt sich mir die Frage, wie er und Fourcade - oder wer auch immer Fourcade vertritt - in Kontakt gekommen sind. Es ist ja nicht so, dass sie sich zufällig in einer Bar getroffen haben."

„Ich glaube, die wichtigere Frage ist, was Antonov davon hat, wenn er sich mit Fourcade und seinen Leuten verbündet", erwiderte Shannon. Es ist ja nicht so, dass die Multicorps ihm den Planeten überlassen würden... und ich weiß nicht, ob er sich mit weniger zufrieden geben würde."

„Er kann nicht alle von ihnen ersetzt haben", meinte Ari kopfschüttelnd. „Wenn er damit durchkäme, müsste er nicht so raffiniert sein. Also müssen sie ihm etwas zu bieten haben. Aber du hast recht, Ma'am, ich weiß nicht, was. Das war einfacher, als es noch ein hausgemachter Aufstand war."

„Uns fehlt hier ein Teil des Puzzles", erklärte Valerie.

„Oder mehrere Teile", räumte Shannon ein, „aber wir können uns nicht zurücklehnen und darauf warten, dass sie sich zusammenfügen. Der Feind wird nicht auf seinem Hintern sitzen bleiben, und wir können das auch nicht. Sie tippte einen Code in ihren 'Link'. „Franks, hier ist Stark. Das Gebiet, aus dem der Funkspruch kam ... Was haben wir da draußen, das in den nächsten 48 Stunden eine Ladung Antimaterie in Treibstoffqualität liefern kann?"

Sie wartete auf eine Antwort und nickte dann zufrieden mit sich selbst. „Ausgezeichnet. Schick sie sofort da raus und Franks, niemand darf davon wissen. Mach es klar und sorge dafür, dass es erledigt wird. Außerdem muss ein Tightbeam-Impuls an die *Decatur* gesendet werden, um sie zu informieren, dass das Tanken bevorsteht. Und sag ihnen, sie sollen ein Relais in der Nähe des Wurmlochs aufstellen, damit sie alle Übertragungen zum Sirius abfangen und mit Duncans Link entschlüsseln können. Sobald sie aufgetankt sind, sollen sie warten und weitere Anweisungen abwarten. Erledigt das sofort." Sie trennte die Verbindung und atmete erleichtert aus. „Na, das ist doch schon mal was. Verdammt, ich wünschte, ich hätte mehr Einblick in die Politik des Multicorps: Vielleicht könnte ich dann besser herausfinden, wer dahintersteckt. Das Problem ist, dass jeder, den ich fragen könnte, darin verwickelt sein könnte."

„Es gibt jemanden, den wir fragen könnten", schlug Valerie leise vor und ein kleines Grinsen erhellte ihre müde Miene. „Jemanden, dem wir vertrauen können und der das Multicorps in- und auswendig kennt." Sie zuckte mit den Schultern. „Das einzig Schwierige wird sein, herauszufinden, wie wir ihn kontaktieren können, ohne zu viel Aufmerksamkeit zu erregen..."

SHANNON LEHNTE sich müde gegen das Fenster des Flyers, ihre Augen waren schmale Schlitze in der späten Morgensonne und sie blickte ab und zu nach unten, wenn die weiten, fast ungebrochenen Ebenen von Oklahoma von den sich schnell bewegenden Punkten der Gabelbockantilopen oder den schwerfälligen Massen der Elefantenherden unterbrochen wurden. Einmal war sie sich sicher, dass sie ein Löwenrudel durch das hohe Gras am Rande einer Bisonherde schleichen sah.

„Ich war noch nie im Reservat", sagte Ari vom Pilotensitz aus und warf einen Blick auf Major Stark. „Ich wollte es mir schon immer mal anschauen."

„Meine Eltern haben mich hierher gebracht, als ich zwölf war", sagte Shannon, deren Stimme in ihren Ohren rau und heiser klang. Sie hatte schon seit Tagen nicht mehr richtig geschlafen. „Ein Jahr lang wollte ich Parkrangerin oder Wildtierbiologin werden."

„Meine Familie hatte nie das Geld, um uns alle so weit zu bringen", sagte Ari wehmütig, „mit fünf Kindern, und meine Eltern waren keine Steuerzahler oder so."

„Vielleicht solltest du mal Urlaub machen, Ari", schlug sie vor. „Ich persönlich habe vor, einen zu machen, wenn das alles vorbei ist, vorausgesetzt, wir überleben es und werden nicht vom Protektorat erobert oder von einer neuen Regierung in eine Sternenkolonie verbannt."

„Das habe ich schon immer an Ihnen gemocht, Ma'am", sagte Ari mit einem Grinsen. „Du bist so optimistisch und fröhlich."

Das flache Grasland und die sanften Hügel des Great Rewilding Preserve, das sich über Millionen von Hektar der amerikanischen Great Plains erstreckte, wichen allmählich den Ansammlungen von Stütz- und Kontrollgebäuden und Wohnquartieren, die sich am Rande des Parks erstreckten, und dann der Infrastruktur, die den Stadtrand von Oklahoma City ausmachte.

„Da ist es." Shannon nickte zu einer langen Zaunlinie, die entlang einer alten, rissigen und vernachlässigten Straße verlief: „Wenn wir dieser Zaunlinie folgen, führt sie uns zum Ranchhaus."

„Wenn ich mit diesem Ding im Handbetrieb fliege, kommt es mir vor, als wäre ich auf einer Kolonialwelt", sagte Ari, „und nicht mitten in den Vereinigten Staaten."

„Wir können auch wieder auf Satellitensteuerung umschalten, wenn du willst", antwortete Shannon trocken. „Dann könnten wir ins republikanische HoloNet gehen und dem ganzen System verkünden, was wir vorhaben, nur um dem Ganzen die Krone aufzusetzen."

„Nun, wenn Sie es so ausdrücken, Ma'am..." Er gluckste. „Ich sehe das Haus. Wir sollten in einer Minute da sein."

Ari verfolgte den Verlauf eines Feldwegs, der von der Hauptstraße abzweigte, und folgte ihm bis zum Kamm eines niedrigen Hügels, wo sich ein einstöckiges Ranchhaus gemütlich im trockenen, braunen Gras des Sommers ausbreitete, so wie es das seit den frühen 1900er Jahren tat. Er landete den Flyer auf der Seite des Hauses, zwischen dem Haus und einer viel neueren Garage, nicht weit von einem robust aussehenden Geländewagen, der sich sowohl für die unbefestigten Straßen als auch für das hügelige Grasland eignete.

Shannon war gerade dabei, sich abzuschnallen, als Ari die Turbinen abschaltete, und als sie aufblickte, konnte sie die einsame Gestalt sehen, die ihnen aus der Seitentür des Hauses entgegenkam. Er war groß und kräftig gebaut, mit Anfang 70 immer noch einschüchternd, obwohl er in seinem kurzärmeligen Hemd, den

Jeans und den Stiefeln seltsam unpassend zu ihr aussah. Seine Haut hatte die Farbe von Café-aux-lait, sein Haar war kurz geschnitten und dicht gelockt, aber nicht grau, und sein Gesicht war wie aus einem Granitfelsen gemeißelt. Er blieb ein paar Meter von dem Flyer entfernt stehen und wartete darauf, dass Shannon und Ari aus dem Fahrzeug kletterten.

„Willkommen in meinem zweiten Zuhause, Major Stark“, sagte er mit einem dünnen Lächeln, seine Stimme ein moduliertes Erdbeben.

„Danke, dass Sie zugestimmt haben, uns zu treffen, Mr. President“, sagte Shannon und reichte ihm die Hand.

Gregory Jameson, der ehemalige Präsident der Republik, nahm ihre Hand in seine und schüttelte sie herzlich.

„Nach der Methode, mit der du mich kontaktiert hast, nehme ich an, dass es sich nicht um einen privaten Besuch handelt.

„Nein, Sir“, gab sie zu, „leider ist es geschäftlich.“ Sie winkte Ari mit einer Hand zu. „Sie erinnern sich an Captain Shamir, Sir.“

„Ja, ein sehr fähiger Marine“, erklärte Jameson. „Und in den letzten Jahren auch ein ziemlich guter Geheimdienstler, wie ich höre.“ Shannon glaubte tatsächlich, Ari erröten zu sehen.

„Ich danke Ihnen, Sir“, sagte er. „Es ist mir eine Ehre, dich wiederzusehen.“

„Kommt rein“, lud Jameson sie ein und winkte an der offenen Seitentür. „Meine Frau ist wegen einer Konferenz wieder in Capital City, also bin ich heute allein.

„Wie geht es Janice, Sir?“ fragte Shannon höflich, als sie das Haus betraten. Sie hatte die Frau nur einmal getroffen, kurz nach der Hochzeit vor fünf Jahren, und konnte sich an nichts mehr von ihr erinnern.

„Es geht ihr gut“, sagte Jameson und schloss die Tür hinter ihnen. Die Seitentür führte in die altmodische Küche des Hauses, die Shannon sich gut vorstellen konnte, wie sie vor dreihundert Jahren ausgesehen hatte, mit einem Holzofen und einem Eiskasten anstelle der modernen Lebensmittelaufbewahrungs- und -verarbeitungsgeräte, die es heute gibt.

Ein schläfriger englischer Schäferhund paddelte vom Wohnzimmer in die Küche und schob seinen Kopf unter Jamesons Hand. Er hielt inne, um sich hinzuknien und dem Hund liebevoll die Ohren zu kraulen, bevor er sich wieder an die beiden Beamten wandte.

„Bitte setzt euch", wies Jameson auf den Küchentisch. „Kann ich einem von euch etwas zu trinken bringen?"

Shannon wollte reflexartig nein sagen, aber als sie den Kaffee roch, änderte sie ihre Meinung. „Ich hätte gerne eine Tasse Kaffee, Sir", sagte sie. „Ich fühle mich, als hätte ich eine Woche lang nicht geschlafen."

„Sie, Captain Shamir?" fragte Jameson, als er an den Tresen trat und eine Tasse für Shannon holte.

„Mir geht es gut, Sir", versicherte ihm Ari und schüttelte den Kopf.

Jameson setzte sich ihnen gegenüber und der Schäferhund ließ sich zufrieden zwischen seinen Füßen auf dem Boden unter dem Tisch nieder. „Also, wie kann ich Ihnen diesmal helfen, die Welt zu retten, Major Stark?"

Sie nahm einen vorsichtigen Schluck aus der Tasse, die er ihr gereicht hatte, bevor sie antwortete. „Sir", begann sie, „wir sind zu Ihnen gekommen, weil wir ein Problem mit dem Exekutivrat haben und wir wissen, dass Sie dort einige Verbindungen haben, seit..."

„Seit ich die Wahl verloren habe und mir einen richtigen Job suchen musste", beendete Jameson ihre Frage und ein Lächeln umspielte seine Lippen. „Ja, ich habe in den letzten Jahren Lobbyarbeit für Brendan Riordan gemacht, sowohl für den Rat als auch für Republic Transportation. Was hat Brendan jetzt gemacht?" Er schüttelte reumütig den Kopf und stützte sich mit den Ellbogen auf den Tisch. „Ich weiß, dass er mit Daniels Auswanderungsreformen nicht zufrieden war... versucht er wieder, die Kolonialgouverneure zu bestechen?"

„Nicht ganz, Sir", antwortete sie vorsichtig. „Er ist..."

„Er versucht, den Mittelsmann auszuschalten, könnte man sagen", warf Ari ein und erntete einen bösen Blick von Shannon.

„Wir haben Grund zu der Annahme", sagte Shannon, „dass

Direktor Riordan an einem Putschversuch gegen Präsident O'Keefe beteiligt ist."

„Was?" Jamesons Augen weiteten sich und er zuckte zusammen, was den Hund aufschrecken ließ, der neugierig zu ihm aufblickte. „Ist das dein Ernst?"

„Das ist noch nicht das Schlimmste, Mr. President", fuhr sie fort. „Der Putschversuch könnte ein Bündnis mit Antonov und dem Protektorat beinhalten."

„Vielleicht", sagte der ehemalige Präsident langsam, „solltest du noch einmal ganz von vorne anfangen."

„Ja, Sir", sagte sie. „Du musst verstehen, dass es sich hier um eine äußerst heikle Angelegenheit handelt, die du nicht ohne Genehmigung weitergeben darfst. Ehrlich gesagt, kann ich dir das alles nur erzählen, weil wir verzweifelt sind und Präsident O'Keefe mir die ganze Sache in den Schoß gelegt hat."

„Bring deiner Oma das Eierlutschen bei, Major", kommentierte Jameson trocken und sie musste lachen. Jameson war dafür bekannt, dass er sich als Präsident nicht in die Karten schauen ließ.

„Es fing vor ein paar Wochen an, Sir, als..."

Eine halbe Stunde später war ihre Kaffeetasse leer und Jameson lehnte sich mit fassungslosem Gesichtsausdruck in seinem Stuhl zurück. Die Schäferhündin hatte ihren Kopf auf seinen Oberschenkel gelegt und er streichelte sie reflexartig. Shannon hatte ihm den größten Teil der Geschichte erzählt, aber das Schicksal von Glens Mörder hatte sie ausgelassen und auch die Tatsache, dass der *Decatur* zurückgekehrt war, hatte sie mehr aus Bauchgefühl und natürlicher Paranoia heraus weggelassen.

„Wenn irgendjemand", sagte er langsam und leise, „und ich meine irgendjemand anderes als du oder Colonel McKay, mir diese Geschichte erzählt hätte, hätte ich ihn aus meinem Haus gelacht. Leider glaube ich dir. Mein Gott", stöhnte er leise und rieb sich die Augen. „Wie konnte es nur so weit kommen? Was hat sich Riordan nur dabei gedacht, mit Antonov zusammenzuarbeiten?"

„Eigentlich, Sir", sagte Shannon, „habe ich mich das Gegenteil gefragt: Warum sollte Antonov mit dem Rat zusammenarbeiten? Was könnten sie ihm bieten?“

„Vielleicht ist es so einfach wie das Versprechen, ihn in Ruhe zu lassen?“ überlegte Jameson. „Immerhin weiß er, dass wir seit fünf Jahren versuchen, ihn zu jagen.“

„Antonov würde sich damit niemals zufrieden geben“, widersprach Shannon. „Er hat über ein Jahrhundert lang davon geträumt und geplant, die Erde zu übernehmen, er würde sich nicht damit zufrieden geben, in einer außerirdischen Hölle zu herrschen.“

„Das heißt aber nicht, dass er sie nicht in dem Glauben gelassen hat, dass er das will“, sagte Ari nachdenklich. „Wenn sie verzweifelt genug oder gierig genug sind, könnten sie ihm das abkaufen.“

„Wahrscheinlich sind sie beides“, bestätigte Jameson grimmig. „Die Dinge laufen schlecht, wie ihr sicher beide wisst. Es ist noch nicht bis zum Rat durchgedrungen, aber das wird sich ändern und das wissen sie. Die Hälfte der Zeit, die ich in der Hauptstadt verbringe, verbringe ich damit, die Senatoren dazu zu bringen, der Realität ins Auge zu sehen: Die Wirtschaft der Republik und unsere Regierung sind ein Kartenhaus und stehen kurz vor dem Zusammenbruch.“

„Verdammt, noch ein Sonnenstrahl“, murmelte Ari. Auf Shannons abwehrenden Blick hin hob er hilflos die Hände. „Tut mir leid, Ma'am, Mr. President, aber jeder, den wir treffen, sagt uns das Gleiche und ich frage mich, warum es so weit gekommen ist, wenn doch jeder zu wissen scheint, dass es passieren wird.“

„Das ist eine berechtigte Frage“, gab Jameson zu. „Das habe ich mich seit der Wahl auch oft gefragt. Vor der Invasion haben wir unsere Grenzen erweitert und jede bewohnbare Welt kolonisiert, einfach weil wir so überrascht und erfreut waren, dass es bewohnbare Planeten in unserer Nähe gab. Also haben wir uns Gründe ausgedacht, um dort zu sein: Wir haben nach Öl gebohrt und exotische Tiere und Pflanzen gefunden und wir haben unsere politischen Hetzer weit weg von zu Hause abgeladen und sie als billige Arbeitskräfte eingesetzt.

„Aber das war nicht nachhaltig. Wir steckten Geld in die Antimaterieproduktionsanlagen und bauten Raumschiffe mit Eysselink-Antrieb, ohne genug Rendite zu machen, um unsere Investitionen zu decken. Irgendwann wäre es sowieso zusammengebrochen ... aber der Krieg hat die Dinge um Jahre beschleunigt." Er seufzte schwer. „Ich fürchte, wir werden die Kolonien bald aufgeben müssen ... zumindest werden wir nicht in der Lage sein, sie mit Nachschub zu versorgen. Diejenigen, die bleiben, werden für Jahre auf sich allein gestellt sein."

„Deshalb ist es umso wichtiger, dass wir die Bedrohung durch Antonov jetzt loswerden", erklärte Shannon. „Sonst kann er die Kolonien ausplündern und wir werden ihn nicht aufhalten können."

„Eigentlich könnte Antonov der Schlüssel zur Rettung der Kolonien sein", sagte Jameson, wobei sich ein wenig Aufregung in seine Stimme einschlich. „Überleg mal: Wenn wir uns Zugang zu der Wurmlochmatrix verschaffen könnten, die Antonov kontrolliert, könnten wir die Kolonien erreichen, ohne teure Raumschiffe mit Eysselink-Antrieb zu benutzen. Jeder, der sich einen Transport innerhalb des Systems leisten kann, könnte zu den Sternen reisen. Der Bergbau in den Sternenkolonien wäre praktisch und erschwinglich. Aber nur, wenn wir die Bedrohung durch Antonov loswerden ... sonst könnte er Schiffe, die durch die Tore kommen, in einen Hinterhalt locken und den Handel zu gefährlich machen."

„Das könnte erklären, warum der Rat so verzweifelt ist, mit ihm zu verhandeln", vermutete Shannon. „Sie glauben, dass sie mit ihm verhandeln können, um ihre Unternehmen zu retten. Aber warum glauben sie, dass er kooperieren würde?"

„Ich kenne Brendan Riordan seit über zwanzig Jahren", erklärte Jameson. „Der Mann ist vieles, aber er ist niemandes Narr. Wenn er in die Sache verwickelt ist, glaubt er wohl, dass er Antonov mit einem Trick in Schach halten kann.

„Hier brauchen wir Ihre Hilfe, Sir", sagte Shannon. „Wir wussten, wann, wo und wie die Beteiligten das Attentat auf Präsident O'Keefe verüben würden, aber die Dinge haben sich geändert. Wir sind ziemlich sicher, dass sie keinen Anschlag verüben werden, während er in Houston vor dem Rat spricht, aber das bedeutet, dass wir nicht wissen, wann sie es versuchen werden. Wir brauchen Sie, um herauszufinden, wer außer Fourcade und Riordan noch in die Sache verwickelt ist und was ihr nächster Schritt sein könnte.

„Ich werde mein Bestes tun, um herauszufinden, was ich kann“, versprach Jameson. Er rieb sich nachdenklich die Knöchel seiner rechten Hand. „Wenn sie verwirrt sind und ihre Pläne im Fluss sind, könnte es ein guter Zeitpunkt sein, um auf sie zuzugehen. Immerhin", er grinste, “bin ich ein alter Freund.‘

28

„Du wirst verlieren“, erklärte Podbyrin.

McKay schreckte auf und sah plötzlich zu dem Mann auf, als würde er erst jetzt merken, wo er war.

„Was?“

„Dieses Spiel“, erklärte Podbyrin und nickte auf das Schachbrett zwischen ihnen. „Schach Matt in drei Zügen. Du bist heute abgelenkt.“

„Ach du meine Güte, D'mitry“, grinste McKay schief, „was könnte mich denn ablenken?“

„Du sollst dich doch ausruhen“, erinnerte ihn der Russe. „Deshalb sind wir doch hier, oder?“

„Ich habe zehn Stunden lang geschlafen“, murmelte McKay und schaute säuerlich auf das Schachbrett, um zu sehen, dass Podbyrin nicht übertrieben hatte. Er kippte seinen König um und sie begannen, die Figuren zurückzusetzen.

„Wie ich dich kenne, McKay, hast du dir wahrscheinlich in deinen verdammten Träumen Sorgen gemacht“, sagte Podbyrin mit einem Schnauben. Dann zuckte er mit den Schultern. „Ich gebe zu, dass es mich auch nervös macht, hier in der Umlaufbahn dieses

Felsens zu sitzen. Das Tor ist nicht so weit weg ... wenn sie durchkommen, werden sie uns hier sehen."

„Wir hatten keine große Wahl. Wir mussten ein Dutzend beschädigte Relais reparieren und die Antimateriekanister, die wir in Novoye Rodina geborgen hatten, wieder an das Antriebssystem anschließen. Und wir waren drei Tage lang in Alarmbereitschaft - die Crew brauchte die Auszeit." McKay zuckte mit den Schultern. „Außerdem sind bereits zwei Schiffe des Protektorats durch das Tor gekommen, und sie sind einfach durchgefahren, ohne uns zu sehen."

„Der'mo!" spuckte Podbyrin. „Und niemand hat sich die Mühe gemacht, das zu erwähnen?"

„Die diensthabenden Besatzungen waren in Alarmbereitschaft. Commander Nunez wollte die anderen nicht unnötig aufwecken." Er runzelte die Stirn. „Außerdem wollten wir nicht, dass andere Schläfer des Protektorats auf die Idee kommen, an Bord zu sein."

„Ich habe darüber nachgedacht", sagte der Russe und trommelte mit seinen Fingern auf dem Schachbrett, während er über seinen ersten Zug nachdachte. „Das scheint nicht etwas zu sein, was General Antonov tun würde."

„Hm?" McKay schaute ihn neugierig an. „Ich habe den Mann kennengelernt und ich würde sagen, dass er nicht allzu viel auf dem Kasten hat."

„Nein, mein Freund", sagte Podbyrin kichernd, während er vorsichtig einen Bauern vorschob. „Ich meinte nicht, dass es zu böse für ihn ist, sondern dass es zu raffiniert ist." Er winkte demonstrativ mit einer Hand. „Der General kann brillant und kühn sein, aber im Grunde seines Herzens ist er ein direkter Mensch, der nicht über solche Feinheiten verfügt. Wenn er das wäre, hätten wir, das heißt das Protektorat, den Krieg gewonnen, und zwar beide Kriege: den ersten mit den Chinesen und den zweiten gegen eure Republik. Ich habe an dieser Biowaffe gearbeitet, als die Invasion stattfand. Wenn er geduldig gewesen wäre, wenn er auch nur ein paar Monate gewartet hätte, hätten wir sie vielleicht fertig gehabt. Dann hätte er das einzige Mittel dagegen kontrollieren und die ganze Erde als Geisel nehmen können."

McKay spürte ein Kribbeln im Nacken, als er diesen Mann so ruhig über den möglichen Tod von Millionen von Menschen sprechen hörte, und er erinnerte sich wieder daran, dass Podbyrin, nur weil er sein Verbündeter war, nichts an der Tatsache änderte, dass er einst ein gefährlicher Fanatiker gewesen war.

„Aber er hatte seinen Plan und es war derjenige, der am schnellsten und einfachsten umgesetzt werden konnte. Und er hatte wenig Geduld für jeden, der ihm sagte, dass er sich irrte... es ging so weit, dass niemand derjenige sein wollte, der ihm schlechte Nachrichten überbrachte. Hätte General Antonov die *Patton*, einen eurer Sternenkreuzer, gekapert, hätte er sie nie wieder zurückgegeben. Ihm fehlt die Geduld, auf die unmittelbare Belohnung für etwas Langfristiges zu verzichten."

McKays Augen starrten durch das Schachbrett, während er darüber nachdachte, was Podbyrin gesagt hatte. „Weißt du, D'mitry, du hast recht, das ist ein etwas komplizierter und riskanter Plan für ihn. Warum hätte er die Patton nicht behalten sollen, als er sie hatte?" Er blickte zu dem Russen auf. „Gibt es einen Berater, auf den er mehr gehört hätte, nachdem er bei der Invasion der Erde besiegt wurde?"

„Auf keinen Fall!" Podbyrins Antwort war ein höhnisches Lachen. „Nachdem wir den Krieg mit China verloren hatten, gab er allen die Schuld, nur nicht sich selbst! Vor allem euch Amerikanern gab er die Schuld, obwohl ihr im Krieg keinen einzigen Schuss abgegeben habt. Nein, es würde mich nicht wundern, wenn er mir die Schuld für das Scheitern der Invasion geben würde ... und um fair zu sein, war es meine Schuld, dass ich gefangen genommen wurde, anstatt mich umzubringen."

„Was, wenn er es nicht von der Erde zurückgeschafft hat?" schlug McKay fast widerwillig vor. „Gibt es jemand anderen mit mehr Geduld und Weitsicht, der die Sache übernommen hätte?"

Podbyrin dachte einen Moment lang darüber nach, bevor er den Kopf schüttelte. „Nein", antwortete er schließlich. „Der General ermutigte seine Offiziere nicht zur Initiative. Sie hatten einen Plan und hielten sich daran oder starben. Wenn jemand die Führung übernahm, dauerte es lange, bis er nach seiner Rückkehr aufgab.

Wenige Monate nach dem Krieg... nein, keiner von ihnen hätte die Initiative und die Intelligenz, sich diesen Plan so schnell einfallen zu lassen."

„Na toll", sagte McKay mürrisch und schob einen seiner Bauern vor. „Als ob ich nicht schon genug zum Nachdenken hätte. Ich spiele mit jemandem Schach und kann seine Seite des Brettes nicht sehen." Er schnaubte ein Lachen. „Die Hälfte der Zeit habe ich das Gefühl, dass ich meine eigene Seite des Brettes nicht sehen kann."

„General Antonov war nie ein guter Schachspieler", sagte Podbyrin und machte einen weiteren Zug. „Ich habe ihn jedes Mal geschlagen. Das machte ihn stinksauer, aber er spielte weiter mit mir, immer in der Zuversicht, dass er es beim nächsten Mal richtig machen würde." Er blickte auf und fing McKays Blick ein. „Mir kommt es so vor, als würdest du nicht nur mit dem General Schach spielen. Es gibt hier noch einen anderen Spieler, der weiter voraus denkt."

„Wenn du Recht hast, dann segeln wir nicht in einen sicheren Hafen nach Hause", sagte McKay leise und rückte einen Springer vor.

„Woher weißt du das?" fragte Podbyrin, dessen Stimme einen scharfen, plötzlich besorgten Ton annahm.

McKay zuckte mit den Schultern und wirkte übernatürlich ruhig. „Soweit wir wissen, gibt es da draußen nur zwei Mächte, die Zugang zur Raumfahrt haben: die Republik und das Protektorat. Jemand hat die Patton gekapert, und wer auch immer es war, hatte Zugang zur Raumfahrt. Wenn du Recht hast und Antonov nicht dahinter steckt oder es zumindest nicht geplant hat, wer bleibt dann noch übrig?"

„Jemand auf der Erde", stellte Podbyrin fest und stöhnte halb. „Bozhemoi." Er runzelte verwirrt die Stirn. „Aber es müssen doch Truppen des Protektorats gewesen sein, die das Schiff eingenommen haben ... Euer Admiral sagte, er habe dort Biomech-Truppen gesehen."

„Es muss das Protektorat gewesen sein", stimmte McKay mit einem Nicken zu. „Aber du sagst mir, dass es nicht Antonov gewesen sein kann und auch sonst niemand aus seinem Offizierskorps. Und dann ist da noch Mironov, der mit Sicherheit dachte, er sei Antonovs

Doppelgänger, und ich kann dir sagen, dass er sich so verhalten hat, als wäre er Antonov."

„Es war also Antonov, aber ich sehe nicht, wie er es sein könnte", überlegte Podbyrin und nahm sich einen Moment Zeit, um einen Turm zu bewegen. „Das... das ist ein interessantes Problem. Hast du eine Idee?"

„D'mitry, im Moment habe ich nur Ideen. Ich habe Fakten, die auf hundert verschiedene Arten zusammenpassen könnten, und alle sind ziemlich schlecht." Er bewegte wieder einen seiner Springer und lehnte sich dann in seinem Stuhl zurück. „Aber je länger ich darüber nachdenke, desto sicherer bin ich, dass der Zeitpunkt kein Zufall ist. Zu Hause sieht es schlecht aus: Viele Leute mit viel Geld und Macht stehen kurz davor, alles zu verlieren, und ich glaube nicht, dass sie das kampflos hinnehmen werden, selbst wenn sie es mit dem Teufel zu tun bekommen."

„Was willst du tun, McKay?" fragte Podbyrin, als er mit seinem Turm einen Springer schlug.

„Ich habe vor, Shannon zu vertrauen", sagte er dem Russen und grinste reumütig. „Sie ist eine viel bessere Schachspielerin als ich."

~

Charlie Klesko wischte sich mit dem Handrücken den Schweiß von seinem rasierten Kopf und fluchte leise über die Luftfeuchtigkeit in Houston und die Reflexion der späten Nachmittagssonne auf dem Marmorfliesenboden des Commerce Square. Seine dunklen Augen huschten von einer Seite zur anderen, von den anderen Sicherheitsbeamten, die an verschiedenen Schlüsselpositionen auf dem Platz postiert waren, zu den Touristen- und Gafferscharen, die durch den Platz schlenderten, zu der Gruppe von republikanischen HoloNet-Reportern und den verschiedenen Indie-Netrag-Dilettanten, die auf ihren Rockschößen ritten.

Er fühlte sich unwohl und das lag nicht nur an der Hitze. Er hatte seit der Jameson-Administration nicht mehr für die Präsidialsicherheit gearbeitet und wäre auch nie auf die Idee gekommen, wieder dort zu arbeiten, wenn Präsident O'Keefe ihn nicht persönlich darum gebeten hätte ... und ihm persönlich erklärt hätte, warum. Er hatte die Zeit der Invasion des Protektorats mit dem damaligen Senator O'Keefe, seiner Tochter und ihrem Verlobten sowie Shannon Stark in einem geheimen Bunker verbracht. Er war bei dem Angriff verwundet worden, als die Truppen des Protektorats Präsident Jameson gefangen nahmen und die meisten amtierenden Senatoren abschlachteten. Shannon Stark und die anderen hatten ihm das Leben gerettet, und so hatte er widerwillig zugesagt, als Stark und der Präsident ihm von der Bedrohung erzählten und ihn baten, die Sicherheit zu übernehmen.

„Die Sitzung ist vorbei“, berichtete Amelia Moriarty aus dem Inneren des glänzenden, weiß verkleideten Konzerntempels, der das Hauptquartier des Exekutivrats war und über dem Platz thronte wie der drohende Tod. „Sie kommen alle raus.“

„Verstanden“, antwortete Klesko in sein Mikrofon, zog sein Tablet aus der Jackentasche und rief das Bildmaterial der Sicherheitskameras im Inneren auf. Präsident O'Keefe und seine Finanzberater führten eine Gruppe von Multicorps-CEOs durch die Hallen des palastartigen Gebäudes und steuerten auf den Vordereingang und den geräumigen Innenhof zu. „Team Zwei“, funkte Klesko leise, „bereitet euch auf die Übergabe an den äußeren Sicherheitsdienst vor.“

„Ich bereite mich auf die Übergabe vor“, antwortete Brian Wing, der für das Außenteam zuständige Agent. „Alle Einheiten in Position. Berichte der Luft- und Bodenüberwachung sind klar.“

Klesko überprüfte die Uhrzeit und den Fortschritt der Präsidentenparty auf seinem Tablet und steckte es dann wieder in seine Tasche. „Hier ist One-Alpha, wir gehen auf die zweite Position. One-Bravo, du übernimmst das Kommando, bis ich zurückkomme; ich muss etwas überprüfen.“

„One-Bravo hat das Kommando“, bestätigte Sandra Keiser vor dem Büro des Hauptquartiers.

Klesko ging schnell über den Platz und bemühte sich, nicht so nervös auszusehen, wie er sich fühlte.

. . .

DANIEL O'KEEFE BEOBACHTETE die Gesichter um ihn herum mit versteckter Belustigung, während er lässig durch die gut ausgestatteten Hallen der Ratsbüros schritt. Svetlana Zakharova bemühte sich um ein neutrales, professionelles Auftreten und scheiterte kläglich: Der Gedanke an einen Kompromiss in dieser Angelegenheit empörte sie und nur eiserne Selbstbeherrschung hielt sie davon ab, dies jedes Mal zu sagen, wenn sie alleine waren. Kevin Fourcade war genauso frustriert, wenn auch aus anderen Gründen, und er konnte es nur schlecht verbergen: Er sah aus wie ein Mann, den man mit Honig beschmiert und neben einem Ameisenhaufen festgebunden hat und der nur darauf wartet, den ersten Bissen zu spüren.

Brendan Riordan... das war eine andere Geschichte. Riordan war ein kräftiger Mann, kaum ein Meter siebzig groß, breit an Schultern und Brust, mit einer blonden Haarmähne, die den Eindruck einer wilden Masse erweckte, aber in Wirklichkeit sorgfältig gestylt war. Jedes Detail des Mannes war sorgfältig kontrolliert und war es schon immer gewesen. O'Keefe kannte ihn schon seit Jahren, und nur deshalb konnte er erkennen, dass hinter der perfekten Buddha-Ruhe des Direktors eine so heftige Wut steckte, dass er fast spüren konnte, wie sie von ihm ausstrahlte. Er wusste, dass er benutzt wurde, und das machte ihn wütend, auch wenn er nicht wusste, warum das so war.

Wenn du glaubst, dass du jetzt sauer bist, Brendan, dachte O'Keefe mit einem unterdrückten Lächeln, dann warte nur ab.

Der Präsident folgte seinem Medienberater durch den Vordereingang des Büros und stellte nicht zum ersten Mal fest, dass das Hauptquartier des Rates so üppig dekoriert war wie einige der alten Paläste in Europa, die er bereist hatte. Das war Riordans Werk, das wusste er. Der Direktor hatte das Auftreten und den Stil eines Königshauses und O'Keefe war sich immer noch nicht sicher, ob er sich das nur eingebildet hatte oder ob der Mann einfach so war. Natürlich, wenn man lange genug vorgibt, etwas zu sein...

Als er durch den Ausgang aus der Klimaanlage trat, fühlte sich

O'Keefe, als wäre er in einen Ofen getreten; er begann sofort zu schwitzen und musste den Impuls unterdrücken, sich über die Stirn zu wischen. Vor den Kameras durfte man nicht nervös aussehen. Er hatte gewusst, dass die Presse wegen der Ankündigung in Scharen kommen würde: Er hatte die Nachricht von seiner Unterstützung des Biomech-Gesetzes durchsickern lassen, um sich dessen zu versichern. Das republikanische HoloNet war natürlich dabei, aber er hatte auch dafür gesorgt, dass die Unabhängigen anwesend waren: Je mehr Quellen darüber berichteten, desto unwahrscheinlicher war es, dass die Sache unter den Teppich gekehrt werden würde.

Die Gruppe stieg auf die Marmorbühne am Rande des Commerce Square und blickte auf die versammelten Reporter herab - im wahrsten Sinne des Wortes. Leslie Arbocus, sein Medienberater, trat nach vorne und setzte sein aufrichtigstes Lächeln auf sein Plastikgesicht.

„Danke, dass Sie alle heute Nachmittag gekommen sind", sagte er mit seiner perfekt modulierten Stimme, die wie geschaffen für öffentliche Reden zu sein scheint. „Bevor der Präsident spricht, möchte ich Brendan Riordan, dem Direktor des Exekutivrats der Multilateralen Unternehmensinteressen, erlauben, ein paar Worte zu sagen."

„Danke, Mr. Arbocus", grummelte Riordan. Die Fernsehsender mussten seine Stimme vor der Ausstrahlung neu modulieren, sonst hätte sie fast unverständlich geklungen. „Dies ist ein historisches Ereignis für die Republik. Wir stehen kurz davor, das, was für uns ein Alptraum war, eine Waffe, die noch vor wenigen Jahren auf grausame Weise gegen uns eingesetzt wurde, in einen der größten technologischen Segnungen in der Geschichte der Menschheit zu verwandeln. Diese Technologie wird nicht nur der Landwirtschaft und dem Bergbau helfen, sondern auch dem Transport- und Energiesektor erhebliche wirtschaftliche Vorteile bringen. Berufe, die bisher mit dem Risiko von Leib und Leben unausgebildeter, schlecht bezahlter menschlicher Arbeitskräfte verbunden waren, werden nun von Biomechs übernommen. Aufgaben, die heute von Robotern erledigt werden, die teuer in der Herstellung, im Transport und in der Wartung sind, werden stattdessen von Biomechs übernommen, die relativ billig in der Herstellung und leicht austauschbar sind.“

Er drehte sich um und lächelte O'Keefe freundlich an. „Ich weiß, dass Präsident O'Keefe persönliche Vorbehalte gegen den Einsatz dieser Technologie hatte, weil er befürchtete, dass sie missbraucht werden könnte, aber ich glaube, dass wir in Zusammenarbeit mit der Regierung der Republik Sicherheitsvorkehrungen treffen können, die solchen Missbrauch verhindern. Ich möchte meinem guten Freund, Präsident Daniel O'Keefe, dafür danken, dass er die Bedürfnisse der Republik über seine persönlichen Gefühle gestellt und zugestimmt hat, dieses Gesetz zu unterstützen.“

Er drehte sich um und reichte O'Keefe die Hand, der lächelte und schüttelte sie mit aller vorgetäuschten Aufrichtigkeit, die er aufbringen konnte.

„Vielen Dank, Brendan“, sagte O'Keefe und trat in den Mittelpunkt des Geschehens. „Dies ist in der Tat ein bedeutsamer Tag für die Republik ... und, um die Zeremonie nicht zu unterbrechen, auch für mich persönlich. Ich bin mir sicher, dass es niemanden gibt, der heute zuschaut, der nicht weiß, dass meine Tochter Valerie verschwunden ist und wie sehr mich das in letzter Zeit belastet hat. Nun, ich freue mich, verkünden zu können, dass mein persönlicher Albtraum ein Ende gefunden hat. Meine Tochter, eure Senatorin, Valerie O'Keefe-Mulrooney, ist zu mir zurückgekehrt.“

Ein schockiertes Raunen ging durch die versammelte Presse, die Führungskräfte der Unternehmen und sogar seine eigenen Angestellten, als Agent Klesko Valerie auf das Podium führte. Sie trug eine legere Bluse und einen Rock, als wäre sie gerade von einem Tagesausflug ins Museum zurückgekehrt, und hatte ihr Haar zu einem konservativen Dutt gebunden. Sie lächelte selig, als sie ihren Vater umarmte, und wandte sich dann an die Presse.

„Guten Tag. Ich möchte die Bekanntgabe der Unterstützung des Präsidenten für das Biomech-Gesetz nicht herunterspielen, aber wir waren beide der Meinung, dass es wichtig ist, die Nachricht, dass ich sicher und zurückgekehrt bin, so schnell wie möglich zu verbreiten, um meine Wählerinnen und Wähler zu beruhigen.“

„Wo warst du?“ Die Frage kam von der RHN-Reporterin, was eine große Abweichung vom Protokoll für diese Art von Veranstaltung war; aber das war auch Valeries plötzliches Auftauchen.

„Ich musste untertauchen, weil dieselben Leute, die meinen Mann Glen Mulrooney ermordet haben, auch versucht haben, mich zu töten.“

Diese Aussage löste einen Sturm von Fragen der versammelten Presse und ein ungläubiges Gemurmel der verschiedenen Schaulustigen sowie der Angestellten des Präsidenten und einiger auf dem Podium versammelter Führungskräfte aus. Allerdings nicht von Fourcade oder Riordan, wie O'Keefe feststellte.

„Bitte, wenn ihr euch alle einen Moment beruhigen würdet“, sagte O'Keefe mit erhobener Stimme und winkte beschwichtigend mit den Händen, „werde ich euch erklären, was passiert ist. Ich habe den Mord an meinem Schwiegersohn Glen Mulrooney untersuchen lassen, und diese Ermittlungen haben zu der Geschichte geführt, an der Oscar Fuentes zu der Zeit gearbeitet hat und für die Glen eine Quelle war. Herr Fuentes hatte zusammen mit Glen herausgefunden, dass in den Regierungen vieler Staaten des Südblocks subversive Elemente am Werk waren, die versuchten, eine Meuterei unter den Truppen der Kolonialgarde sowohl hier als auch in den Kolonien anzuzetteln, um gegen die Auswanderungsreformen zu protestieren, die meine Regierung eingeleitet hatte.

„Valerie traf sich mit einem Journalistenkollegen des verstorbenen Mr. Fuentes, um herauszufinden, wie weit diese Verschwörung ging, als derselbe Attentäter versuchte, sie beide zu töten. Glücklicherweise wurde sie von Major Shannon Stark und einem Team von militärischen Leibwächtern bewacht und es gelang ihnen, den Mann zu töten, einen Söldner, der wegen Verhaltensauffälligkeiten aus den Marines entlassen worden war. Er wurde von Scheinkonten bezahlt und über anonyme 'Links' kontaktiert, so dass es sich als schwierig erwiesen hat, herauszufinden, wer ihn angeheuert hat, aber die Ermittlungen laufen.“

„Ich wollte nicht riskieren, dass ein weiterer Anschlag auf mein Leben meiner Tochter schadet“, übernahm Valerie den Part ihres

Vaters, „also bin ich für eine Weile untergetaucht, um sicherzugehen, dass es keine anderen Möchtegern-Attentäter gibt, die möglicherweise mit dem Toten zusammengearbeitet haben. Da unsere Ermittlungen keinen Hinweis darauf ergaben, dass er einen Partner hatte, beschlossen wir, dass es für mich sicher war, aus dem Versteck zu kommen."

„Der Versuch, eine Meuterei anzuzetteln, wurde niedergeschlagen", schaltete sich O'Keefe ein, „aber die Ermittlungen laufen noch, deshalb können wir zum jetzigen Zeitpunkt keine weiteren Details bekannt geben. Ich werde weitere Ankündigungen machen, sobald wir mehr Fakten in dieser Angelegenheit herausgefunden haben. Im Moment bin ich einfach nur sehr froh, dass meine Tochter in Sicherheit ist."

Es hagelte Fragen von Seiten der Presse, aber O'Keefe winkte ab und gab seinem Medienberater ein Zeichen, sich einzumischen, während er und Valerie die Bühne verließen, umgeben von Kleskos Schutzteam. O'Keefe drehte sich nicht um, aber er spürte, wie Riordans Augen sich in seinen Rücken bohrten, als er ging. Es ging nicht so sehr darum, dass er die Ankündigung vereitelt hatte, obwohl das ein netter Nebeneffekt war, und es ging auch nicht darum, dass er enthüllt hatte, dass er bereits von der Meuterei der Kolonialgarde wusste. Nein, was den Druck in dem Miniaturvulkan, den er als Brendan Riordan kannte, in die Höhe trieb, war das Wissen, dass, wenn O'Keefe der Presse verriet, dass er über die Kolonialgarde Bescheid wusste, es ziemlich sicher war, dass er noch viel mehr wusste, was er nicht preisgab.

„Das ist gut gelaufen", kommentierte Ari, während er beobachtete, wie die Newsnets ein Update nach dem anderen auf dem Display seines Tablets anzeigten.

Er, Roza und Shannon saßen im Unterschlupf in Houston zusammen und verfolgten die Ankündigung des Präsidenten auf dem winzigen Entertainment Center in einer Ecke des Wohnzimmers. Roza saß neben ihm auf der Couch und runzelte die Stirn.

„Vielleicht“, sagte sie zweifelnd. „Allerdings kommt die Kolonialgarde jetzt mit einem blauen Auge davon, was General Kage und ich eigentlich vermeiden wollten.“

„Nicht das blaue Auge, das sie gehabt hätten, wenn Colonel Lee Erfolg gehabt hätte“, erinnerte Shannon sie, die unruhig wie ein eingesperrter Tiger durch den Raum schritt. „Wir werden alle ein blaues Auge bekommen, wenn die Geschichte von Patton herauskommt.“ Sie hielt in ihrer Bewegung inne und warf Roza einen Blick zu. „Übrigens, Roza, hast du mit ihm Kontakt gehabt, seit wir von der Patton erfahren haben?“

Die GIS-Agentin sah aus, als sei ihr die Frage unangenehm, aber sie nickte. „Ich melde mich alle paar Tage über eine sichere Verbindung bei ihm, wie er es angeordnet hat.“

„Wie... vollständig sind deine Berichte?“ fragte Ari sie und sein Gesichtsausdruck wirkte ein wenig alarmiert.

„Er ist mein Commander“, erklärte sie ihm und schüttelte den Kopf. „Und ohne ihn wüsstest du von all dem nichts.“

„Das ist wahr“, gab Shannon zu. „Aber da er bei der Entführung der Patton unbestreitbar unter Hypnose gestanden hat, könnte es riskant sein, ihm zu vertrauen. Vielleicht hat er seine Handlungen nicht ganz unter Kontrolle.“

„Das ist möglich“, sagte Roza, „aber seine Reaktion auf die Nachricht von der Entführung war, ich zitiere: 'Ich verstehe. Nun, ich werde mich darum kümmern.'“

Shannon schnaubte ein Lachen. „Gut, der Zug ist abgefahren, ob du willst oder nicht. Wenn General Kage uns verraten will, können wir im Moment wenig dagegen tun, also können wir ihm genauso gut vertrauen.“ Sie ging vor dem Holotank des Entertainment Centers auf und ab und starrte einen Moment lang auf ein eingefrorenes Bild von Brendan Riordans Gesicht. „Jetzt kommt der Teil, der mich nervös macht.“ Sie nickte Ari zu. „Schick die Nachricht an Präsident Jameson. Es ist so weit.“

Gregory Jameson fühlte sich manchmal wie ein verwöhnter Spross der privilegierten Klasse, wenn er an seine Ranch in Oklahoma und die Wohnungen dachte, die er und seine Frau in Capital City und San Francisco hatten. Als er auf der Veranda von Brendan Riordans Sommervilla in Jackson Hole saß und den Sonnenuntergang über den Grand Tetons beobachtete, fühlte er sich nicht mehr so. Vielmehr fühlte er sich wie ein armer Cousin, der mit dem Hut in der Hand zu Besuch kam.

Er nahm einen Schluck von dem exquisit gealterten Scotch, den ihm der Butler gebracht hatte, und lächelte in sich hinein, als ihm klar wurde, dass Riordan genau dieses Gefühl beabsichtigt hatte, als er diesen Ort für das Treffen ausgewählt hatte.

„Greg!“ Er hörte den Mann, bevor er ihn sah: Brendan Riordan war der einzige Mann, den er je getroffen hatte und dessen Stimme seine eigene im Vergleich dazu mädchenhaft klingen ließ. Er erhob sich, um den Direktor zu begrüßen, der ihn um gut zwanzig Zentimeter überragte, obwohl sie etwa gleich breit und breit waren. „Vielen Dank, dass du den ganzen Weg hierher gekommen bist!“

„Ich habe dich angerufen, Brendan“, sagte Jameson achselzuckend, während er die Hand des anderen Mannes schüttelte und versuchte, ihm in die Augen zu sehen, ohne auf ihn herabzusehen. Riordan war ebenso wie er leger gekleidet, doch jeder, der ihn beobachtete, hätte erraten können, dass beide Männer sich in einem Geschäftsanzug wohler fühlten als in einer Bluejeans.

„Das hast du“, bestätigte Riordan, winkte ihn zurück in seinen Stuhl und nahm ihm gegenüber Platz. „Verdammt, Greg, es ist schon zu lange her. Ich glaube, ich hatte damals keine Gelegenheit, es dir zu sagen, aber es war eine Schande, dass du die Wahl verloren hast. Dieser Mistkerl O'Keefe ist dir wirklich in den Rücken gefallen, nachdem er von Zusammenarbeit und Wiederaufbau nach dem Krieg geredet hat.“

„Danke, Brendan, ich weiß den Gedanken zu schätzen.“ Er hielt inne und nahm noch einen Schluck, während der Butler Riordan schweigend einen Cocktail servierte und dann schnell und reibungslos zurück ins Haus ging. „Um ehrlich zu sein, habe ich dich genau deshalb angerufen."

„Wie das?" fragte Riordan beiläufig und beobachtete Jameson über den Glasrand hinweg, als er einen Schluck Single Malt Scotch nahm.

„Die Dinge laufen ziemlich schnell aus dem Ruder, Brendan. Das liegt zum Teil an den Folgen des Krieges, zum Teil an der Art und Weise, wie die Dinge gelaufen sind, aber ein Teil davon ist O'Keefe zuzuschreiben und er bekommt so oder so die Schuld dafür." Er nickte, als er das Haus verließ. „Du warst in Houston... Ich habe es gesehen. Wir stehen vor einem Bürgerkrieg."

„So weit wird es nicht kommen", sagte Brendan mit einem abfälligen Schnauben. „O'Keefe verbreitet nur Angst und versucht, die Sympathien der Öffentlichkeit auf seine Seite zu ziehen."

„Brendan, wir kennen uns schon seit dem College", erinnerte Jameson ihn. „Verarsch mich nicht. Ich bin nicht hergekommen, um O'Keefes Geschichte zu überprüfen, sondern weil ich sie bereits überprüft habe und weiß, dass sie wahr ist. Und er hat nicht die besten Teile davon erzählt."

Riordan stellte sein Glas auf dem Tisch zwischen ihnen ab und betrachtete Jameson kalt. „Greg, du solltest sehr vorsichtig sein, wie du hier vorgehst. Dies ist kein Ort, an dem man leichtfertig handeln sollte."

„Glaubst du, ich erzähle dir Dinge, die andere Leute nicht wissen, Brendan?" Jameson antwortete mit ruhiger Zuversicht. „Glaubst du, dass sie verschwinden, wenn du mir drohst? Das hat nicht funktioniert, als du Glen Mulrooney ermordet hast, und es wird auch jetzt nicht funktionieren."

„Verdammt noch mal, ich habe Mulrooney nicht ermorden lassen!" explodierte Riordan und schlug mit der Handfläche auf den Tisch, so dass sein Getränk zu Boden fiel. „Dieser verdammte Idiot Fourcade..." Er verschluckte den Rest dessen, was er sagen wollte, und ballte die Hände zu Fäusten in seinem Schoß, als er versuchte, sich zu beherrschen. „Ich habe Kevin nur gesagt, er solle herausfinden, was Mulrooney wusste und versuchen, die undichten Stellen zu stopfen. Ich wollte alle schädlichen Informationen auslöschen, aber der dumme Mistkerl hat diesen Söldner angeheuert..."

„Finley. Gute Hilfe ist schwer zu finden", sagte Jameson mitfühlend.

Der Manager dachte einen Moment über seine Worte nach, bevor er fortfuhr.

„Na gut, du weißt es also", sagte Riordan und sein Gesicht sah aus, als hätte er gerade in etwas Saures gebissen. „Aber wie viel weißt du und woher weißt du es?"

„Darüber hinaus weiß ich, dass du und Fourcade mit den Meuterern der Kolonialgarde über Dritte zusammengearbeitet habt, und ich weiß, dass ihr Flottenpersonal und ehemalige Militärs an der Sache arbeiten lasst. Aber am wichtigsten ist, Brendan, dass du Zugang zu den Wurmlöchern hast und mit Antonov zusammenarbeitest."

Riordans Gesicht wurde blass und Jameson dachte, wenn der Mann sich nicht schon hingesetzt hätte, wäre er ohnmächtig geworden. „Wo zum Teufel hast du das gehört?"

„Du hättest Colonel Lee wirklich nicht trauen sollen", antwortete Jameson. „Oder sollte ich sagen, Fourcade hätte Hellene D'Annique nicht trauen sollen, die wiederum Colonel Lee nicht hätte trauen sollen."

„Mein Gott", murmelte Riordan, der sich von seinem Stuhl erhob und mit vor Entsetzen glasigen Augen über die Veranda schritt. „Wenn du es weißt, Greg, dann..."

„Dann weiß es O'Keefe", bestätigte Jameson und nickte. „Und was noch wichtiger für dich ist: Shannon Stark weiß es, Brendan. Und du weißt, was sie tun wird, wenn sie dich in die Finger bekommt." Er seufzte. „Du weißt, dass ich mich mit der pragmatischen Realität abgefunden habe, dass wir die erzwungene Auswanderung brauchen, um unsere Gesellschaft und unsere Wirtschaft in den Kolonien am Laufen zu halten, so sehr ich sie auch verabscheue. O'Keefe meint es gut, aber er treibt die Republik in den Ruin und wir werden uns vielleicht nicht mehr erholen. Er blickte Riordan scharf an. „Aber

Herrgott, Brendan ... du arbeitest mit Antonov? Er ist ein verdammter Wahnsinniger!"

„Verdammt, Greg, ich arbeite nicht mit Antonov zusammen!" wütete Riordan und ballte die Fäuste an seiner Seite. „Ich bin doch nicht blöd! Antonov arbeitet für mich!"

„Was?" platzte Jameson heraus. „Was zum Teufel meinst du damit, dass er für dich arbeitet?"

Der Manager holte tief Luft und schüttelte sich, als wolle er die Wut aus seinem Körper vertreiben. „Ich fürchte, dieses Gespräch wird nicht fortgesetzt, bis du mich überzeugt hast, warum ich dir mehr erzählen sollte, als du bereits weißt."

Jameson schüttelte den Kopf. Er richtete sich von seinem Stuhl auf und stellte sich zu seiner vollen Größe auf, sodass er Riordan überragte. „Weil ich, mein alter Freund", er sprach jedes Wort mit Bestimmtheit und Präzision aus, „das Einzige bin, was zwischen dir und der totalen Katastrophe steht. Egal, wie gut du glaubst, die Sache im Griff zu haben, es wird nicht so laufen, wie du es dir erhofft hast."

„Da bist du dir ganz sicher, was?" Riordan spöttelte. „Ich hätte nicht gedacht, dass du O'Keefe so viel zutraust."

„Das hat nichts mit O'Keefe zu tun ... du denkst, du hast das Militär in der Tasche, aber das stimmt nicht. Du hast nicht einmal die Kolonialgarde: Kage wusste die ganze Zeit über deinen Plan Bescheid und er wollte ihn nicht zulassen. Aber das Wichtigste ist: Wer auch immer dein Joker in der Flotte ist, ob Patel oder wer auch immer, weder die Flotte noch die Marines werden sich hinter Dominguez stellen."

Riordan sah so aus, als wollte er Jameson fragen, woher er von Dominguez wusste, aber er unterdrückte den Impuls.

„Was glaubst du, hinter wen werden sie sich stellen, Greg?" Fragte er stattdessen.

„Ich denke, das ist verdammt offensichtlich", sagte Jameson und grinste breit. „Sie werden sich hinter denselben Mann stellen, der sie durch den letzten Konflikt mit dem Protektorat geführt hat. Deshalb bin ich hier, Brendan. Ich will, dass du mich wieder zum Präsidenten machst."

29

„Ich glaube, das ist ein Fehler“, wiederholte Kevin Fourcade und verschränkte mürrisch die Arme vor der Brust. Er blickte immer wieder zum verdunkelten Fenster, als ob er durch die Plastikbarriere sehen könnte.

„Ja, Kevin“, knirschte Riordan mit angespannter Geduld. „Das sagst du immer wieder. Verzeih mir, wenn ich dein Urteil nicht vorbehaltlos akzeptiere, wenn man bedenkt, wie du in letzter Zeit Entscheidungen getroffen hast.“

„Das ist ein unglaublich komplizierter Plan, Brendan“, konterte Fourcade klagend. „Irgendwo musste es ja schiefgehen... du musst dir etwas Spielraum lassen.“

„Genau, Kevin, und das hier ist ein Paradebeispiel für Spielraum. Wir haben die Chance bekommen, unsere Position zu verbessern. Dominguez war sowieso nur eine Notlösung, ein Knochen, den man den Leuten hinwerfen konnte, um sie glauben zu lassen, alles sei in Ordnung. Mit Greg auf unserer Seite", er ruckte mit dem Kopf zur Tür ihres Abteils - Jameson befand sich auf der anderen Seite, gesichert zwischen zwei bewaffneten Wachen - “können wir auf eine sofortige Wahl drängen und mit Jameson als Aushängeschild das

Militär auf unsere Seite bringen. Wir könnten sogar McKay und Stark dazu bringen, ihn zu unterstützen." Er zuckte mit den Schultern. „Wenn sie überleben."

„Ich bin nicht dagegen, Jameson einzubeziehen", stellte Fourcade klar. „Ich sehe nur keinen Grund, ihn in den Bunker zu bringen."

„Es ist notwendig", sagte Riordan. „Er braucht die Gewissheit, dass wir die Situation mit der Antonov unter Kontrolle haben." Er schnaubte reumütig. „Verdammt, das würde ich auch gerne wissen..."

JAMESON STIEG aus dem VTOL-Flyer aus und betrat eine geschlossene Kammer. Er zögerte am unteren Ende der Einstiegsrampe und blickte nach oben, als er die nun geschlossenen Hangartore über sich sah. Er hob eine Augenbraue und lächelte Brendan Riordan und Kevin Fourcade an, als sie ihm am Ende der Rampe entgegenkamen. Der Hangar war geräumig, gut beleuchtet und größtenteils leer. Es gab Platz für ein Dutzend Flitter oder vielleicht drei weitere der kleinen VTOL-Jets, wie der, mit dem sie geflogen waren, aber ihr Fahrzeug teilte sich den großen Raum mit einem einzigen Flitter mit Luftkanälen, der fast hundert Meter entfernt geparkt war. Die Wände waren aus nacktem, unverputztem Beton und wirkten auf Jameson wie alt.

„Gründlich", kommentierte er, offensichtlich beeindruckt.

„Wir wollen nicht, dass jemand zufällig darüber stolpert", sagte Fourcade mit gereizter Abwehrhaltung.

„Folgt mir", sagte Riordan und führte die Gruppe aus dem Hangar. Die beiden Wachen, die Jameson während des Fluges bewacht hatten, folgten ihm schweigend, die Hände immer noch mit kompakten Maschinenpistolen gefüllt.

Jameson beäugte sie mit versteckter Belustigung, während sie gingen. „Weißt du, Brendan, ich muss wohl gefährlich aussehen, aber ich schwöre dir, ich habe in meinem ganzen Leben erst drei Menschen getötet und nur einen davon mit meinen bloßen Händen."

„Es mag ein bisschen paranoid erscheinen", gab Riordan zu,

„aber andererseits planen wir den Sturz der Regierung, also ist Paranoia vielleicht doch ganz vernünftig.“

„Touché“, gab Jameson zu.

Der Ausgang des Hangars war eine große Doppeltür, die in einen breiten Gang führte, der breit genug war, dass Power-Loader Paletten mit Vorräten zu den Lagerräumen transportieren konnten, und an dessen Ende sich ein Lastenaufzug befand. Riordan drückte seine Handfläche gegen ein biometrisches Schild, das viel neuer zu sein schien als der Aufzug selbst, und die Türen öffneten sich mit einem leisen Knarren von Metall, was Jameson in seiner Einschätzung des Alters der Anlage bestätigte. Riordan drückte den letzten Knopf auf einem Panel mit mehr als zwei Dutzend Auswahlmöglichkeiten für die Stockwerke, und die Kabine setzte sich ruckartig in Bewegung. Die Fahrt schien eine Ewigkeit zu dauern und Jameson kämpfte gegen den Drang an, die Zeit auf seinem 'Link' zu überprüfen; es war ihm vor dem Flug abgenommen worden und dann hatte er sich einem kompletten Scan unterziehen müssen, um sicherzustellen, dass er keine implantierten Peilsender bei sich trug.

„In welchem Level der Hölle steigen wir aus?“, fragte er trocken. Riordan grinste, antwortete aber nicht. Er sagte nicht einmal etwas, als der Aufzug ein paar Minuten später anhielt und sie am Ende eines kahlen Flurs mit unmarkierten Türen ausspuckte; er stieg einfach aus und führte sie mit sicherem Schritt hinunter.

Er hat hier schon viel Zeit verbracht, stellte Jameson fest.

Der Korridor teilte sich am Ende in ein T und Riordan bog ohne zu zögern nach rechts ab. Jameson fing an, Menschen zu sehen: zivil gekleidet, ohne Ausweis, der ihre Absicht verriet, die Riordan bis auf ein gelegentliches Nicken im Vorbeigehen ignorierten, um ihre Handflächen auf die Sicherheitsschilder neben den ebenso anonymen Türen zu drücken, und die diese geheimnisvollen Räume zu einem unbekannten Zweck betraten. Schließlich erreichten sie eine Tür, die viel neuer zu sein schien als die anderen. Sie war breit genug, um einen Power-Loader durchzulassen, und dick und funktionslos, ohne ein einziges Schild. Jameson fragte sich einen Moment lang, wie Riordan sie öffnen würde, aber nur wenige Augenblicke nachdem sie an der Tür angekommen waren, glitt sie langsam zur Seite. Dahinter, in einem kleinen Vorraum, wartete eine schäbige Frau mittleren Alters mit mausbraunem Haar und Kleidung, die aussah, als hätte man darin geschlafen. Sie begrüßte ihn mit einem gezwungenen Lächeln und schüttelte ihm mit gespielter Wärme die Hand.

„Direktor Riordan", sagte sie, „schön, dass Sie so schnell zurück sind."

„Du bist eine schlechte Lügnerin, Maggie", warf Riordan ein und schüttelte amüsiert den Kopf. „Keine Sorge, es ist keine weitere Inspektion, nur eine VIP-Tour. Dr. Cochrane, ich nehme an, Sie erinnern sich an den ehemaligen Präsidenten Jameson."

Die Frau schien Jameson zum ersten Mal zu bemerken und Überraschung zeichnete sich auf ihrem klumpigen Gesicht ab. „Mr. President!", rief sie aus und streckte die Hand aus. „Es ist mir eine große Ehre, Sie kennenzulernen!" Sie schaute Riordan zweifelnd an, als Jameson ihr die Hand schüttelte.

„Präsident Jameson ist ein neuer Mitarbeiter für unser kleines Unternehmen", erklärte Riordan ihr. „Er wollte sich nur vergewissern, dass wir die Dinge im Griff haben, wenn es um unseren russischen Aktivposten geht."

„Ah", sagte sie und nickte verständnisvoll. „Gut, dann hier entlang, Herr Präsident."

DER RAUM WAR HALB ZELLE, halb Wohnung, eingeschlossen hinter einer transparenten, luftdichten Wand von der drei Meter hohen Decke bis zum Boden. Für ein Gefängnis schien er gut ausgestattet zu sein: Neben einem Bett und einem Liegestuhl gab es ein Fitnessgerät und ein voll ausgestattetes Unterhaltungscenter. Eine teilweise geöffnete Tür in der Ecke führte zu einem kleinen, privaten Bad - ein wirklich privates Bad: Jameson war sich sicher, dass es ebenfalls überwacht wurde, obwohl sich im Moment außer der Gruppe und dem Arzt niemand in der Kammer aufhielt.

In der Mitte der Zelle stand ein hochgewachsener, breitschultriger Mann mit einem Gesicht wie von einer römischen Münze: eine gerundete Nase, tiefliegende dunkle Augen und Wangenknochen wie aus einem Berg gemeißelt. Ein buschiger, grauer Schnurrbart vervollständigte das Bild, an das sich Jameson sowohl aus dem Geschichtsunterricht als auch aus den Videos, die er von der Invasion gesehen hatte, sehr gut erinnern konnte.

„Ich erinnere mich an dich", sagte Sergej Pawlowitsch Antonov langsam und starrte Jameson aufmerksam an, wobei er eine Hand leicht mit der Handfläche nach außen gegen das transparente Gehäuse stützte. Seine Stimme wurde durch irgendein System in der Zelle verstärkt, denn Jameson konnte ihn trotz der dazwischenliegenden Wand problemlos hören. „Die Geisel."

„Ja, nun... sieh mal an, wer da spricht", erwiderte Jameson und zog ironisch eine Augenbraue hoch. Er warf einen Blick zur Seite auf Riordan. „Und du hast ihn tatsächlich seit dem Krieg hier?"

„Sein Schiff hat den Asteroidengürtel nie verlassen", bestätigte Riordan mit einem selbstzufriedenen Nicken. „Nach dem, was wir im chemischen Verhör erfahren haben, musste er den Kurs ändern, um einem Patrouillenschiff der Flotte auszuweichen, und ihm ging der Treibstoff aus. Wahrscheinlich wäre er direkt aus dem Sonnensystem getrieben, wenn ein paar Gürtel-Piraten ihn nicht bemerkt hätten. Sie hatten ihn auf den Berichten aus dem System gesehen und brachten ihn zu einer der Minenstationen des Konzerns, weil sie dachten, wir wären an einem Handel interessiert." Er grinste. „Wir haben ihn für einhundert Tonnen Sojaprotein an Land gezogen."

„Genial", sagte Jameson mit Bewunderung in der Stimme, während er den ehemaligen Diktator anstarrte. „Und dann hast du ihn ausgequetscht wie eine Grapefruit, bis du den Schlüssel zum Wurmlochnetzwerk bekommen hast. Aber wie bist du mit den anderen umgegangen? Ich kann mir nicht vorstellen, dass sie alle aufgegeben haben, nur weil du Antonov hattest."

„Das ist ja das Schöne daran", konnte sich Riordan ein Lachen nicht verkneifen. „Sie wissen es nicht einmal. Wir haben ihn Nachrichten für sie aufzeichnen lassen ... sie glauben, dass er immer noch das Kommando hat und sie von einem abgelegenen Ort aus leitet, wo er vor 'amerikanischen Spionen' sicher ist. Er hat ihnen von den großartigen Verbündeten erzählt, die er hier gefunden hat... das sind wir. Und wie gute Verbündete, die wir sind, haben wir ihnen ein paar zusätzliche Schiffe zur Verfügung gestellt, die sie nutzen können, wie auch immer wir sie anweisen... unsere eigene, geheime, fertige Flotte."

„Damit habt ihr genau den Buhmann, den ihr braucht, um fast alles zu rechtfertigen", schloss Jameson für ihn. „Und ich nehme an, du hast eine Möglichkeit, die Vorteile, die du ihnen verschafft hast, zu neutralisieren, wenn sie zu lästig werden."

„Natürlich", bestätigte Riordan. „Wie ich dir schon gesagt habe: Ich bin ehrgeizig, nicht dumm."

„Ich habe genug gesehen und gehört, um mich zu überzeugen", sagte Jameson. „O'Keefe muss weg und du hast einen Plan, wie du ihn loswerden kannst. Was du brauchst, ist ein Zugang zum Militär und den kann ich dir geben. Shannon Stark vertraut mir; ich bin sicher, dass ich sie von deiner Spur abbringen und die Sache retten kann."

Während des gesamten Gesprächs zwischen ihm und Riordan warf Jameson einen Seitenblick auf Antonov - vor allem, weil ihm der Mann unheimlich war - und aus irgendeinem Grund lächelte der Russe breit. Das störte ihn aus irgendeinem Grund sehr, den er nicht genau benennen konnte.

„Es ist toll, dich an Bord zu haben, Greg", schwärmte Riordan und drückte energisch seine Hand. „Ich muss zugeben, dass mich Dominguez bei dieser ganzen Aktion immer gestört hat... der Mann ist für meinen Geschmack zu kauzig. Ihn einzuschleusen war immer Kevins Idee." Er warf Fourcade einen finsteren Blick zu.

„Er war bereit", protestierte Fourcade, „und den Vizepräsidenten bei uns zu haben, ist besser als nichts!"

Jameson runzelte leicht die Stirn und schaute zwischen den beiden hin und her, korrigierte seinen Gesichtsausdruck aber schnell wieder. Er schloss den Mund bei der Frage, die er gerade stellen wollte, und gab seinem Instinkt nach, dass er damit mehr Informationen preisgeben würde, als er gewinnen könnte.

„Meine Herren“, sagte er stattdessen und schlug einen versöhnlichen Ton an, „lasst uns keine Zeit mit gegenseitigen Beschuldigungen verschwenden. Wir arbeiten alle auf ein gemeinsames Ziel hin: die Republik, wie wir sie kennen, zu erhalten. Vizepräsident Dominguez wird seine Aufgabe erfüllen, genau wie ich, und wir sollten darüber nachdenken, wie wir unsere Vorteile am besten nutzen können.“

„Du hast wie immer völlig Recht, Greg“, lenkte Riordan ein. „Wir müssen uns darauf konzentrieren, O'Keefe loszuwerden, bevor er noch mehr Schaden anrichtet.“

„Bevor er einen Bürgerkrieg anzettelt, um uns zu stoppen“, ergänzte Jameson für ihn. „Wenn es dazu kommt, werden wir alles verlieren.“

Hinter ihnen lachte Antonov laut und lang.

„Riordan weiß es nicht“, sagte Shannon nachdenklich und starrte auf die Anzeige ihres Tablets. Sie, Ari und Roza saßen um den Tisch im Unterschlupf in Houston und hörten sich eine Aufzeichnung des Gesprächs im Bunker an. Sie hatten Jameson nicht abhören können, aber sie hatten immer noch den Trojaner auf Fourcades 'Link'... und da sie wussten, wann das Treffen stattfand, hatten sie den Rekorder des Geräts aktiviert und später eine Datenübertragung mit der Tondatei über das Internet veranlasst.

„Er weiß was nicht?“ fragte Ari verwirrt. Er und Roza waren von der Enthüllung, dass Antonov auf der Erde war und vom Exekutivrat gefangen gehalten wurde, schockiert gewesen, aber Shannon hatte es überraschenderweise gelassen hingenommen.

Stark blickte vom Tablet auf, ein grimmiges Funkeln in ihren Augen. „Er weiß nichts von der Patton“, erklärte sie. „Er weiß nicht, dass Dominguez deshalb kooperiert. Aber Fourcade weiß es, und er teilt diese Information nicht mit seinem Chef.“

Ari erinnerte sich plötzlich an Dominguez' Aussagen, als er im Haus von Präsident O'Keefe unter Drogen gesetzt worden war und gesagt hatte, dass Fourcade von der Patton wusste. „Sie haben Recht, Ma'am!", rief er aus. „Aber welches Spiel spielt er?"

Rozas Gesicht wurde einen Moment lang nachdenklich, dann griff sie nach dem Tablet und tippte eine Anfrage ein. Die Erkenntnis dämmerte auf ihrem Gesicht und sie drehte das Tablet wieder um, damit sie die Anzeige sehen konnten. „Das ist der Dienstplan der Patton."

„Heilige Scheiße", sagte Ari. „Wir hätten nie gedacht, dass wir dort nach ihm suchen würden."

„Kevin Fourcade war auf der Patton", hauchte Shannon.

Roza nickte entschlossen. „Er hat für das Bergbau-Multikorps gearbeitet und die Schäden an den Anlagen auf Aphrodite überprüft. Wir haben nicht auf die Listen der Mitarbeiter des Unternehmens geachtet, die sich auf dem Schiff befanden."

„Ihr wisst, was das bedeutet", sagte Ari zu Roza und Shannon. „Riordan denkt, dass er die Antonov leitet..."

„Aber Antonov ist der Chef von Riordan", beendete Shannon für ihn. Sie nahm ihren 'Link und tippte eine Nachricht ein. „Ich muss mit dem Präsidenten sprechen."

~

„Heilige Mutter Gottes", hauchte Nunez leise und flüsterte unbewusst, als ob die Protektoratsschiffe auf dem Bildschirm ihn aus tausenden von Kilometern Entfernung hören könnten.

„Wo zum Teufel kommen die denn alle her?" fragte Pirelli und schüttelte den Kopf.

Auf der taktischen Anzeige konnte sie sehen, wie ein Schiff nach dem anderen das Wurmloch verließ, durch das sie in das System eingedrungen waren, und sich dann wie auf einem Fließband zu einem der anderen Tore des Systems bewegte. Hinter ihnen blinkte das Primärlicht des Systems grell, während im Vordergrund die braune, blaue und jetzt größtenteils weiße Oberfläche von Peboan in ihrem fernen Licht und der spärlichen Wärme schimmerte.

„Ich nehme an, sie kommen aus Novoye Rodina“, antwortete McKay, der sich an die Reling hinter ihrer Brückenstation hängte, um über ihre Schulter auf die Anzeigen zu schauen. „Jetzt wissen wir wohl, warum sie so hart gekämpft haben, um uns von hier fernzuhalten.“

„Gott sei Dank waren wir hier, bevor sie anfingen durchzukommen“, kommentierte Nunez und bekreuzigte sich. „Und dass wir das Gebiet verlassen konnten, bevor sie uns entdeckt haben.“

Die Sheridan war vor Stunden im System angekommen und der Konvoi der Protektoratsschiffe hatte seitdem nicht aufgehört. Es waren Dutzende von ihnen und sie kamen immer noch durch und ein Ende war nicht in Sicht.

„Damit haben wir aber immer noch ein großes Problem“, erinnerte McKay ihn. „Sie sind auf dem Weg zur Erde, alles andere macht keinen Sinn. Und wenn wir denselben Weg nehmen, müssen wir uns durch sie durchkämpfen.“

Nunez schaute ihn scharf an. „Colonel, wir haben weder die Antimaterie noch die Raketen für diese Art von Kampf übrig.

„Das ist das große Problem, Commander“, antwortete McKay trocken. „Wir haben nur eine echte Wahl, und die ist beschissen.“

„Wir müssen mit unserem Eysselink-Antrieb zur Erde zurückfliegen“, stellte Nunez mit düsterer Resignation in der Stimme fest, „und das wird fast sechs Wochen dauern.“

„Wenn die feindlichen Schiffe auch auf die Erde zusteuern“, wandte Pirelli ein, „könnten sie schon lange vorher dort sein.“

McKay sah sie mit angespannter Geduld an. „Ja, Commander Pirelli, deshalb habe ich ja auch gesagt, dass es scheiße ist.“ Er schüttelte den Kopf. „Wir müssen einfach hoffen, dass die Decatur es geschafft hat.“

„Es hat keinen Sinn, es aufzuschieben“, entschied Nunez; McKay fand, dass der Mann dankbar klang, dass ihm die Entscheidung abgenommen wurde. Er wandte sich an den Steueroffizier. „Leutnant Sweeny, geben Sie uns den schnellsten und direktesten Kurs zurück zum Sonnensystem vor.

„Wir müssen mindestens zweimal an den Stationen tanken, Sir“, sagte der Steuermannsoffizier, nachdem er kurz nachgerechnet hatte. „Das sind 41 Tage und 10 Stunden Reisezeit."

„Dann verliere keine Zeit ... lass uns mit einer Schwerkraftbeschleunigung aus dem System fliegen, bis wir die Tanks erreichen. Leutnant Mandel", wandte sich Nunez an die Kommunikationsstation. „Schlage Alarm. Alle Stationen für maximale Beschleunigung sichern, das gesamte Personal innerhalb einer Stunde in die G-Schlaf-Tanks."

Der Beschleunigungsalarm ertönte und McKay hielt sich mit geübtem Instinkt an der Sicherheitsschiene fest, als die Beschleunigung sie mit einem Schwerkraftanalogon auf den Brückenboden brachte. „Wenn Sie mich nicht brauchen, Commander", sagte er, „sorge ich dafür, dass meine Leute bereit sind, in die Tanks zu gehen."

„Was glauben Sie, was wir vorfinden werden, wenn wir nach Hause kommen, Colonel?" fragte Nunez ihn leise, bevor er weggehen konnte.

McKay drehte sich um und kämpfte gegen einen kurzen Anflug von Ärger an. Woher zum Teufel sollte er wissen, was sie vorfinden würden? Dann wurde ihm klar, dass Nunez zwar ungefähr so alt war wie er, aber der Mann hatte im Krieg nicht gekämpft und wahrscheinlich auch seitdem keine Gelegenheit dazu gehabt. Und jetzt wurde er in einer Situation, die er sich nie hätte vorstellen können, zum Commander des Flaggschiffs der Flotte ernannt...

„Commander", sagte er nach kurzem Überlegen, „das kann man nicht mit Sicherheit sagen, aber ich denke, wir müssen darauf vorbereitet sein, in einen totalen Krieg zu segeln. Außerdem müssen wir mit offenen Karten spielen: Wenn das Protektorat Vizepräsident Dominguez so erwischt hat wie Admiral Patel, wissen wir vielleicht nicht einmal, wer auf unserer Seite ist." Er sah, wie Pirelli bei seinen Worten den Kopf schüttelte, und verfluchte sich selbst: Es wäre vielleicht nicht klug gewesen, das schon jetzt mit der Crew zu teilen. Wenigstens war der Rest der Brückenbesatzung für das leise Gespräch nicht in Hörweite.

„Ich kann dieses Schiff bekämpfen, Sir", sagte Nunez mit noch gedämpfterer Stimme. „Ich bin dafür ausgebildet worden und ich glaube, ich kann es schaffen. Aber diese... Mantel-und-Degen-Geschichte, Sir, ich weiß es nicht. Admirale werden als Politiker ausgebildet, ich bin nur ein Seemann."

„Mach dir nichts draus, Commander", sagte McKay und legte mehr Selbstvertrauen in sein Grinsen und seine Stimme, als er tatsächlich fühlte. „Deshalb bin ich ja hier."

30

Shannon Stark trat von der Rampe des Landegeräts in die Dunkelheit. Die Dunkelheit verschluckte sie, und das HUD ihres Helms schaltete vergeblich von Infrarot auf Wärmebild um und wieder zurück, bevor es sich auf ein Computer-Kartenprogramm einstellte, das ihr Ziel zehn Kilometer tiefer und über 200 Kilometer nördlich anzeigte. Sie hörte nur das langsame Rauschen ihres eigenen Atems und spürte nichts durch ihren versiegelten Helm und ihre Rüstung, selbst als sie mit Endgeschwindigkeit durch den kalten Nachthimmel fiel und ihre Arme und Beine in einer stabilen X-Position ausbreitete.

„Bericht", sagte sie knapp in ihr Helmmikrofon, und der Befehl wurde über eine Laser-Sichtantenne, die an ihrem Rucksack befestigt war, hinter sie geleitet.

„Charlie Gulf Two deployed and nominal", antwortete eine männliche Stimme auf ihr Kommando, die leicht zitterte, während sie versuchte, ruhig zu klingen.

„Charlie Gulf Three deployed and nominal", antwortete eine weibliche Stimme auf die letzte Silbe und klang dabei sehr aufgeregt.

Zehn weitere Frauen wiederholten die Worte, bis sie schließlich die Stimme von Tom Crossman erkannte, der das Schlusslicht bildete. „Charlie Gulf One-Four einsatzbereit und nominell“, meldete der ranghöchste Unteroffizier. „Alle Elemente sind einsatzbereit und nominal.“

„Flügel ausfahren“, befahl Shannon und tippte auf einen Regler an ihrem linken Unterarm. Papierdünne Polymerflügel schwangen aus ihrem Rucksack und drückten sie in den Himmel, wo sie sofort nach Luft schnappten. „Booster abfeuern.“ Ein Tippen auf ein zweites Steuerelement und sie spürte das Dröhnen der kompakten Düsentriebwerke, die aus ihrem Flugrucksack ragten, und den plötzlichen Druck auf die Gurte, mit denen sie in ihrem Gurtzeug befestigt war, als sie anfing, vorwärts zu beschleunigen.

Das HUD ihres Helms zeigte die Transpondersignale der restlichen Einheit an und sie konnte sehen, wie sie sich hinter ihr in Formation begaben, wobei ihre Flugcomputer für die Ziellandezone vorprogrammiert waren. Nachdem sie das erledigt hatte, überprüfte sie kurz ihre Ausrüstung: Ihr Karabiner und ihr Sturmgepäck waren an ihrer Brust festgeschnallt, so dass das Fluggepäck nicht im Weg war, und sie vergewisserte sich schnell, dass alles während des Sprungs an seinem Platz geblieben war.

Sie versuchte, den Plan in ihrem Kopf durchzugehen, um sicherzugehen, dass er keine Schwachstelle aufwies, aber sie schaffte es nicht, weil sie die offensichtliche Tatsache nicht übersehen konnte, dass diese ganze Operation total im Arsch war. Die ganze Situation war im Arsch, und das schon seit dem Treffen mit Präsident O'Keefe vor zwei Tagen...

„Jetzt wissen wir es also.“ Daniel O'Keefes Worte hatten die grimmige Endgültigkeit eines Todesurteils, dachte Shannon. Sie befanden sich in seinem Privatbüro in der Executive Mansion in Capital City, weit weg von der hektischen, schmutzigen Gefahr des Houstoner Komplexes, aber Shannon spürte die kommende Bedrohung genauso ernsthaft.

„Ja, Sir“, bestätigte sie und lehnte sich auf dem Stuhl gegenüber dem Schreibtisch zurück, die Hände im Schoß gefaltet. Auch sie trug nach Tagen im Mufti wieder eine Ausgehuniform. „Antonov hat das Sagen, sogar von einer Gefängniszelle in einem Bunker aus. Das ist nicht nur ein hausgemachter Putsch."

„Aber Brendan weiß das nicht", sinnierte O'Keefe und lehnte sich vor, die Augen auf einen Gedanken außerhalb der Bürowände gerichtet. „Ich frage mich, was er tun würde, wenn ich es ihm sagen würde?"

„Sir?" fragte Shannon, die Augen weiteten sich. „Wollen Sie damit sagen, dass Sie das tatsächlich tun?"

„Ich ziehe es in Erwägung", gab er zu. „Der Mann ist kein Psychopath. Er ist zwar ehrgeizig bis zum Wahnsinn, aber er ist nicht dumm. Wenn er weiß, dass man mit ihm spielt, wird er vielleicht kooperieren. Vor allem, wenn ich ihm Immunität vor Strafverfolgung gewähre."

„Das kannst du nicht tun, Daddy!" protestierte Valerie und erhob sich von ihrem Platz, den sie lässig auf der Schreibtischkante des Präsidenten eingenommen hatte. „Er ist für Glens Tod verantwortlich!"

Shannon lief ein leichter Schauer über den Rücken, als sie sich vorstellte, wie Valerie Riordan ein Messer in den Leib stieß, so wie sie es mit dem Auftragskiller in Houston getan hatte.

„Er hat den Mord an Glen nicht angeordnet, Süße", betonte O'Keefe. „Das war Fourcade, und ich schlage nicht vor, dass wir ihn laufen lassen. Aber was auch immer Brendan Riordan verbrochen hat, ich bin nicht bereit zuzulassen, dass sich die Republik selbst zerstört, nur damit er für seine Sünden bezahlt." Er griff nach Valeries Hand und sah ihr in die Augen. „Ich habe Glen geliebt wie einen Sohn, Val, das weißt du... aber das werde ich nicht tun, nicht einmal für ihn."

„Sir", unterbrach Shannon vorsichtig, „das Problem ist, was ist, wenn er dir nicht glaubt? Wenn du ihn verschreckst, könnte er Antonov verlegen lassen und dann könnten wir ihn komplett aus den Augen verlieren."

„Was schlagen Sie dann vor, Major Stark?" fragte O'Keefe sie.

„Wir sollten den Bunker stürmen und Antonov ergreifen",

erklärte sie. „Wir können ihn verhören und alles herausfinden, was wir wissen müssen."

„Das hat Riordan schon versucht", sagte O'Keefe. „Sieh dir an, was es ihm gebracht hat."

„Wenn Fourcade einer Gehirnwäsche unterzogen oder sogar durch Antonov ersetzt wurde", konterte Shannon, „haben sie ihn vielleicht gar nicht verhört."

„Wenn ihr den Bunker angreift, könnten sie ihn genauso gut töten oder den ganzen Ort in die Luft jagen", gab der Präsident zu bedenken. „Oder schlimmer noch, der Angriff könnte entdeckt werden und sie könnten ihn wegbringen. Mir scheint, dass beide Wege ernsthafte Risiken bergen, und uns wird wohl kaum eine risikofreie Option einfallen." Er grinste sardonisch. „Es sei denn, du möchtest einen Orbitalangriff auf das Gelände anordnen."

„Ich habe darüber nachgedacht", sagte Shannon ernst. „Aber es bringt uns viel mehr, wenn wir herausfinden, was sie planen, und dafür brauchen wir Antonov lebend. Fourcade auch."

O'Keefe schüttelte den Kopf und kicherte leise. „Mittlerweile sollte ich es wohl besser wissen, dass ich solche Witze nicht machen sollte, wenn es um Sie geht, Major." Er runzelte die Stirn. „Du brauchst eine Beförderung, weißt du. Du hast es hier in Capital City mit ernstzunehmenden Leuten zu tun; du solltest zumindest Lt. Colonel sein." Er blinzelte sie zweifelnd an. „Kann ich das tun, ohne durch den Senat zu gehen? Ich weiß es ehrlich gesagt nicht mehr."

Shannon musste sich ein frustriertes Seufzen verkneifen. „Sir, ich glaube, Sie können als Präsident jede Beförderung bis zum Flottenadmiral oder zum Commander General der Marines ohne Zustimmung des Senats vornehmen. Aber ich muss zugeben, Sir, mein Rang ist im Moment nicht das Wichtigste für mich."

„Ich weiß, dass er Ihnen nicht wichtig ist, Major", lächelte er sie nachsichtig an. „Aber wenn du es mit Leuten wie Brendan Riordan und Xavier Dominguez zu tun hast, sind Äußerlichkeiten und Etiketten wichtig. Wenn du dieses Büro verlässt, wirst du ein vollwertiger Colonel sein und McKay ein General, auch wenn er es noch nicht weiß."

„Das ist sehr nett von Ihnen, Herr Präsident", sagte Shannon und bemühte sich, ihre Zähne nicht zusammenzubeißen. „Ich bin mir sicher, dass du mehr über die Wirkung solcher Dinge in der politischen Arena weißt als ich." Sie unterbrach sich, als ihr eine Idee kam. „Sir, wie wäre es damit: Sie rufen Riordan an und bitten ihn, zu einem privaten Treffen zu kommen - sagen Sie ihm, dass es vielleicht um das Biomech-Gesetz geht. Wenn er kommt, versuchst du, ihn dazu zu bringen, die Wahrheit über Antonov zu sagen. Wenn er in der Sache nicht ehrlich ist, können wir ihn sofort in Gewahrsam nehmen. Wenn er sich nicht mit dir trifft, dann verfolgen wir seine Bewegungen und starten die Razzia."

„Das klingt vernünftig", warf Valerie ein. „Weißt du schon, wo sich der Bunker befindet?"

„Ungefähr", sagte Shannon ihr. „Wir haben einen Trojaner auf Fourcades ‚Link'. Das Signal wurde einige Stunden lang blockiert, aber wir kamen nah genug heran, um es auf einen alten Testbereich der US-Luftwaffe von vor etwa 250 Jahren einzugrenzen. Die Aufzeichnungen, die wir gefunden haben, zeigen, dass es auf dem Gelände in der Wüste einen Notbunker gab. Wir glauben, dass Riordan ihn blind gekauft und wieder aufgebaut hat. Das passt zu dem, was uns Präsident Jameson erzählt hat."

„In Ordnung, Major... Colonel", korrigierte sich O'Keefe. „Stell das Team für die Razzia zusammen. Ich werde mich sofort mit Riordan in Verbindung setzen und wir sollten bald herausfinden, ob wir sie einsetzen müssen."

RIORDAN HATTE HERZLICH und enthusiastisch zugestimmt, sich später am Tag mit Präsident O'Keefe zu treffen, um die Umsetzung der Biomech-Forschung zu besprechen. Dann bestieg er einen privaten VTOL-Jet und flog in die südwestliche Wüste. Sie war zu der Zeit mit Tom Crossman in Westkanada, um das Einsatzkommando zusammenzustellen, als sie den Anruf von Valerie über eine sichere Verbindung erhielt.

„In einer Stunde sind wir startklar", sagte sie der Senatorin und nickte Tom zu, der das Büro verließ, um das Team auf den Transport zu schicken.

„Shannon, da ist noch etwas anderes“, hatte Valerie zögernd fortgesetzt. „Daddy beruft für morgen früh eine Sondersitzung des Senats ein, die zeitlich mit deinem Angriff zusammenfällt. Er wird ihnen sagen, was los ist, alles. Er sagt, er kann es nicht länger geheim halten, es steht zu viel auf dem Spiel.“

„Oh, verdammt gut“, seufzte Shannon. Sie schüttelte den Kopf. „Nun, Valerie, das ist seine Entscheidung. Ich bin da anderer Meinung, aber das macht meinen Job nicht schwieriger.“ Sie schnaubte humorlos. „Ehrlich gesagt, bin ich mir nicht sicher, ob mein Job noch schwieriger sein könnte.“

„Das könnte uns in einen Bürgerkrieg stürzen“, sagte Valerie, ihre Stimme war distanziert und traurig.

„Das ist wahrscheinlich genau das, was Antonov will. Aber immer eine Krise nach der anderen. Ich melde mich bei dir, wenn wir das Ziel erreicht haben.“

Ein paar Minuten später, als sie ihr Sturmgepäck und ihre Waffe für den Flug vorbereitete, erhielt sie einen Anruf von Jameson, den sie schon halb erwartet hatte.

„Major Stark“, sagte er und seine Bassstimme klang seltsam blechern in ihrem Ohrhörer, „ich habe gerade eine Nachricht von Riordan erhalten. Er sagt, er glaubt, dass Präsident O'Keefe ihn verhaften lassen will und ist auf dem Weg zum Bunker.“

„Ja, dessen sind wir uns bewusst, Herr Präsident“, sagte sie und versuchte, trotz ihrer Angst und der drängenden Zeit höflich zu klingen. Sie dachte gar nicht daran, ihn bezüglich ihres Ranges zu korrigieren. „Wenn du ihn erreichen kannst, versuch ihm zu versichern, dass du mit mir gesprochen hast und wir nicht vorhaben, ihn zu verhaften.“

„Ich nehme an, das bedeutet, dass du jetzt auf dem Weg bist“, konnte sie das Grinsen in der Stimme des Mannes hören.

„Dazu kann ich offiziell nichts sagen, Sir“, sagte sie und grinste vor sich hin. „Aber eins kann ich dir sagen: Präsident O'Keefe ist dabei, die Sache öffentlich zu machen.“

„Oh je", Jamesons Ton wurde grimmig. „Er ist der Präsident, aber das scheint mir eine außerordentlich schlechte Idee zu sein."

„Er hat mich auch nicht nach meiner Meinung gefragt, Sir, aber wenn er die Sache dem Senat vorlegt, könnten Riordan und Fourcade herausfinden, auf wessen Seite du stehst. Du solltest dich eine Weile zurückhalten."

„Major Stark, wenn seine Seite gewinnt, weiß ich nicht, ob es auf diesem Planeten einen Ort gibt, der tief genug ist, um mich zu verstecken.

SHANNON SPÜRTE, wie die Düsen ihres Rucksacks mit einem hustenden Sprudeln versiegten, und sie überprüfte ihre HUD-Anzeige, um festzustellen, dass sie nur noch 20 Kilometer vom Ziel entfernt waren. Sie hatte zu lange damit verbracht, sich selbst zu bemitleiden und die Flugzeit aus den Augen verloren.

„Charlie Gulf One Bingo Fuel", funkte sie. „Eine Minute bis zur Öffnung des Fallschirms."

Der Rest der Einheit meldete den Status zurück und Tom bildete das Schlusslicht. Sie musste lachen, als sie daran dachte, wie sehr sie dem Mann vertraute: Vor sechs Jahren, als sie gemeinsam unter Jason McKay eingeteilt worden waren, hatte sie Crossman für einen unzuverlässigen Versager gehalten, dessen einzige Pluspunkte seine furchtlose Einstellung und seine virtuosen Kampfsportfähigkeiten waren.

Sie schüttelte die Gedanken ab, bevor sie sie wieder ablenken konnte, prüfte ihr HUD und hielt ihre Hand auf den Fallschirmring. „Zehn Sekunden", verkündete sie. „Fünf... ziehen!"

Shannon wurde von dem sich ausdehnenden Fallschirm nach oben gezogen und fiel mit quälend langsamer Geschwindigkeit in die Senkrechte. Jedes Mitglied ihrer Einheit trug einen Tarnkappenpanzer, der den Herzschlag und die Wärmesignatur verdeckte und Radar- und Lidarsensoren absorbierte... Theoretisch konnten sie nur von einem Mark I Human Eyeball entdeckt werden. Trotzdem fühlte sie sich, als würde sie eine riesige Zielscheibe auf der Brust tragen und schreien: „Schieß auf mich!"

Das sollte nicht so schwierig sein, sagte sie sich wieder. Sie wussten nicht, dass sie kommen würde, sie wussten nicht einmal, dass sie von dem Bunker wusste, also sollte die Überraschung perfekt sein. Die Landefähre würde sie aus der Luft decken und abtransportieren, sobald sie sich die Mittel beschafft hatten, und sie wären in weniger als einer Stunde wieder weg... wenn alles nach Plan verlief.

Und wann ist das schon mal passiert?

Auf ihrem HUD leuchtete eine Höhenwarnung auf, als sich der Boden rasch zu ihren Füßen erhob. Auf ihrem Thermo- und Infrarotdisplay wurden plötzlich Details sichtbar, als in der mondlosen Nacht Felsen und Gestrüpp auftauchten. In letzter Sekunde zog sie an den Griffen des Fallschirms nach unten, woraufhin sich der Schirm stark aufblähte und Shannon leicht auf den Fußballen aufsetzte.

„Charlie Gulf One ist unten", verkündete sie und zog den Schnellverschluss an ihrem Flugrucksack. Es fühlte sich an, als befände sie sich wieder im freien Fall, als das Flügelpaket und die Triebwerke von ihren Schultern fielen und schwer auf den Boden hinter ihr krachten, während der Fallschirm sich automatisch in das Paket zurückzog. Sie kniete sich neben das Flugsystem und begann, ihr Sturmgepäck und ihren Karabiner von den Halterungen zu befreien, mit denen sie an ihrer Brust befestigt waren. Sie legte sich den Rucksack auf den Rücken und stellte sicher, dass der Karabiner schussbereit war, dann legte sie sich in die Bauchlage, während sie die Antworten der anderen Soldaten hörte.

Sie waren allesamt Profis, die Besten, die das First Special Operations Command zu bieten hatte, und jeder von ihnen nahm eine Position an der Absperrung ein. Sie hielten Wache, bis Tom Crossman schließlich neben Shannon auftauchte und ihr auf die Schulter klopfte, als er sich neben sie kniete.

„Wir sind bereit zum Ausrücken", sagte er ihr mit ruhiger und gelassener Stimme, als wäre dies eine Wochenendübung. Sie konnte sein Gesicht durch das abgedunkelte Visier seines Helms nicht sehen, aber sie wusste, dass er wahrscheinlich lächelte.

„EM-Stille ab hier", befahl sie. „Haltet die Formation eng zusammen... Ich mache mir mehr Sorgen um die Entdeckung als um die Trennung."

„Ja, Ma'am", bestätigte er und übermittelte die Befehle, indem er die Helme berührte und auf den Anzugkompressor verzichtete.

Ihr Anführer, ein Techniker zweiter Klasse namens Von Paleske, ging als Erster los, Shannon direkt hinter ihm und Tom Crossman im Schlepptau. Shannon überließ es ihm, nach Bedrohungen Ausschau zu halten, während sie nach Kameras oder seismischen Geräten suchte, die Schritte aufspüren konnten. Es war ein schwieriges Unterfangen - sie durften nicht riskieren, entdeckt zu werden, aber die Zeit drängte: Sie mussten über zehn Kilometer zurücklegen und vor Sonnenaufgang drinnen sein, damit die Satelliten sie nicht aufspüren konnten.

Die Nacht war ziemlich kühl, aber Shannon spürte, wie sie unter ihrer Rüstung zu schwitzen begann, als sie halb über den gepackten Sand und den nackten Sandstein der Hochwüstenebene lief, halb joggte. Sie befanden sich im Südosten Utahs, am Rande eines kleinen Stücks Privatland inmitten des riesigen Southwest Heritage Preserve, und selbst im Sommer waren die nächtlichen Temperaturen gemäßigt, aber der Stealth-Rüstung fehlten die angetriebenen Kühlsysteme anderer moderner Körperpanzer: Die thermische Signatur solcher Systeme war zu sichtbar.

Shannon saugte Wasser aus dem Reservoir ihres Rucksacks, als ihr Weg über sanfte Hügel aus kahlem Sandstein führte, die einen tückischen Untergrund boten und ihre Aufmerksamkeit von der Suche nach den Sensoren ablenkten. Wenigstens, sagte sie sich, hatten sie die verbesserte Sicht der Kampfhelme. Sie hätte es gehasst, diesen Weg nachts nur mit ihren bloßen Augen zu gehen. Es dauerte über eine Stunde vorsichtigen, mühsamen und anstrengenden Stapfens, bis die glitschigen Felshügel einer Ebene aus Gestrüpp und Sand wichen und sie ihr Tempo erhöhen konnten.

Sie waren fast oben auf den alten Gebäuden, bevor Shannon sie sah: Sie waren tot und zerfallen, das neueste von ihnen war über ein Jahrhundert alt. Shannon schaute auf den Boden unter ihren Füßen und sah zum ersten Mal, dass der Sand nicht aus natürlichen Felsen, sondern aus kaputtem und bröckelndem Pflaster bestand. Sie winkte Crossman nach vorne und berührte ihren Helm an seinem.

„Wir sind am Rande der alten Militärbasis“, sagte sie und deutete auf das sich abzeichnende Skelett eines alten Verwaltungsgebäudes, von dem nur noch Teile von Betonblöcken und nackter Bewehrung stehen. „Den alten Karten zufolge müssen wir dieser Straße folgen“, sagte sie achselzuckend, „oder zumindest dem, was von ihr übrig ist, etwa anderthalb Kilometer östlich um den Stützpunkt herum. Halte die Augen offen: Ich glaube nicht, dass sie den Notausgangstunnel kennen, aber vielleicht wissen sie es.“

„Wenn sie es wissen“, gab Crossman zu bedenken, „dann haben sie uns schon gesehen und wir sind FUBAR.“ Sie konnte das Grinsen in seiner Stimme hören. „Also können wir genauso gut davon ausgehen, dass sie es nicht wissen.“

Shannon klopfte Tom auf die Schulter, dann drehte sie sich um und gab dem Anführer ein Zeichen, hinauszugehen.

~

Larry Gianeto betrat vorsichtig die Krankenstation des Schiffes und versuchte, leise zu sein. Die Lichter im Inneren waren ausgeschaltet: Es war die vorgesehene Schlafzeit und er wollte den Captain nicht wecken...

„Komm rein, Larry“, hörte er ihre Stimme aus dem abgedunkelten Bett an der gegenüberliegenden Wand. „Ich konnte nicht schlafen.“

Mit der Berührung einer Fingerspitze auf einem Regler ging ein sanftes Licht über ihrem Bett an. Gianeto lächelte, als er zu ihr hinüberging. „Sie sehen schon besser aus, Captain“, sagte er ihr ehrlich. Sie war nicht mehr so blass wie noch vor ein paar Tagen und sah nicht mehr so aus, als würde eine steife Brise sie umwehen. Ihr lockerer, grauer Arztkittel verdeckte sie, aber er wusste aus den

Berichten des Arztes, dass ihre Wunden geschlossen waren und mit Hilfe von biotechnisch hergestellten Bakterien schnell heilten, obwohl es noch ein paar Tage dauern würde, bis sie sich von dem Trauma und dem massiven Blutverlust genug erholt hatte, um wieder in den Dienst zu gehen.

„Danke“, gluckste sie und setzte sich vorsichtig auf. „Die Schwerkraft hilft.“ Sie hatten die Wohntrommel hochgedreht, als sie sich an ihrem Beobachtungspunkt niedergelassen hatten, und sie sah ohne die Gurte, die sie am Bett festhielten, weniger gebrechlich aus.

„Ich wollte gerade... ähm, ein bisschen auftanken, Ma'am“, erzählte er ihr, „und da dachte ich, ich schau mal nach, wie es Ihnen geht.“

„Wie läuft es mit dem Tanken?“, fragte sie ihn.

„Gut“, sagte er ihr. „Wir haben es dort abgeholt, wo der Roboterfrachter es abgesetzt hat, und der Maschinenraum hat die Kanister in die Antriebskammer geladen. Wir sind startklar.“

„Irgendetwas stört dich, Larry“, sagte sie mit fester Stimme. „Komm schon, raus damit ... Ich bin auf dem Weg der Besserung, ich habe nicht die Energie, es aus dir herauszuholen.“

„Oh, es ist nichts Wichtiges, Ma'am“, versicherte Gianeto ihr. „Es ist nur so, dass... jetzt, wo wir aufgetankt haben, sollten wir etwas tun. Es ist so viel los, auf der Erde und da draußen", er winkte mit der Hand und zeigte auf den Rumpf und das Wurmloch außerhalb, ‚und wir sitzen nur hier.‘

„Major Stark wollte, dass wir das tun“, erinnerte ihn Minishimi. „Ich glaube, wir sind ihre Notlösung, wenn es schlecht läuft, um ehrlich zu sein. Sie will es nicht offen aussprechen, aber... wenn es zu einem Bürgerkrieg kommt, können wir eine Menge Schaden anrichten und sie weiß, dass sie uns vertrauen kann.“

„Glauben Sie wirklich, dass es dazu kommen wird, Ma'am?“, fragte er sie leise, mit einem Hauch von Elend in der Stimme.

Sie schob einen Finger unter den Saum ihres Kleides und berührte die hellrosa Stelle auf ihrer Brust, in die das Messer eingedrungen war. „So weit ist es schon gekommen, Larry. Hoffentlich können wir verhindern, dass es sich auf einen ganzen Planeten ausweitet."

Gianeto erstarrte, und seine Hand wanderte instinktiv zu seinem Ohrhörer.

„Was ist los?" fragte Minishimi scharf und kämpfte gegen den Drang an, aus dem Bett zu springen.

„Etwas hat gerade das Tor durchquert, Ma'am", sagte er ihr, während er dem Bericht von der Brücke lauschte. „Zwei der Eysselink-Antriebsrampenschiffe. Sie kamen bei etwa einem Viertel Licht heraus, haben dann ihre Antriebe getroffen und sind mit 200 Schwerkraft hinausgezogen!" Seine Augen wurden groß. „Captain, sie fliegen auf die Erde zu, und bei dieser Beschleunigung..."

„Selbst wenn wir alle in die G-Tanks bekommen, werden wir sie nicht rechtzeitig einholen", sagte Minishimi. Sie schnappte sich ihren Link vom Tisch neben dem Bett. „Kommunikation", sagte sie, „gib mir eine sichere Verbindung zum Flottenhauptquartier." Ihre Augen trafen sich mit denen von Gianeto. „Wir müssen sie warnen."

31

Der Tunnel war eng, nicht mehr als einen Meter breit und zwei Meter hoch, und so dunkel wie ein Grab. Selbst mit den Infrarotscheinwerfern und der Nachtsichtoptik in ihrem Helm konnte Shannon kaum zwei Meter vor sich sehen, und was sie sehen konnte, war nichts als kahle, in den Fels gehauene Wände und schmale Stufen, die ständig nach unten führten. Shannon wusste, dass die Sonne bald aufgehen musste und ein Teil ihres Unterbewusstseins nörgelte an ihr herum, obwohl sie wusste, dass es keinen Unterschied mehr machte. Sie waren unter der Erde und ihr Ziel war unter der Erde und die Tageszeit draußen war nicht mehr wichtig. Wenn sie sich nur dazu zwingen könnte, das wirklich zu glauben...

Sie unterdrückte ein Seufzen. Wenigstens hatten sie keinen Hinweis darauf gefunden, dass der Tunnel überwacht wurde, und der Eingang sah aus, als wäre er seit Jahrzehnten nicht mehr benutzt worden: Sie hatten fast eine halbe Stunde gebraucht, um ihn aus dem Schutt zu graben, und dann noch einige Minuten, um die verrostete und verbogene Metalltür mit einem tragbaren Plasmabrenner aus den Angeln zu heben. Sie war so erleichtert gewesen, als sie endlich nach innen gekracht war und sie in Deckung gehen konnten, aber jetzt begannen die Zweifel sie einzuengen wie die Wände des Tunnels.

Schließlich endete die Treppe und sie befanden sich wieder auf ebenem Boden, der aber genauso eng und dunkel war. Vor ihr hob Von Paleske eine Faust, um einen Sicherheitsstopp zu signalisieren. Normalerweise bedeutete das, dass der Rest der Einheit auf die Knie ging und in alle Richtungen Ausschau hielt, aber in der beengten Dunkelheit blieben alle an Ort und Stelle, während Shannon auf den Mann zuging und die Helme berührte, damit sie ohne Funkgerät sprechen konnten.

„Wir kommen dem Ausgang ziemlich nahe, Ma'am“, sagte er ihr leise. „Noch dreißig Meter laut Plan.“

„Bleib hier“, wies sie ihn an, dann drängte sie sich an dem Mann vorbei und ging den Tunnel hinunter, wobei ihr Infrarotscheinwerfer allmählich ein abruptes Ende des Ganges offenbarte.

Am Ende des Tunnels gab es zwar kein Licht, aber eine Tür. Sie war zwar nicht so verbogen und zerdrückt wie die Eingangstür und auch nicht so verrostet, aber sie trug immer noch den unverkennbaren Stempel des Alters. Sie ließ ihren Karabiner aus dem Riemen hängen und zog einen Handsensor aus ihrem Gürtel, den sie ein paar Zentimeter an die Metalloberfläche der Tür hielt und von oben nach unten und dann um den Rahmen herumführte.

Die Sensoren zeigten nichts an, was darauf hindeutete, dass die Tür überwacht wurde. Sie runzelte die Stirn und verstaute das Gerät wieder. Es bestand immer noch die Möglichkeit, dass die Tür visuell überwacht wurde, was ihre Sensoren nicht erkennen konnten ... aber sie waren ja nicht den ganzen Weg gekommen, um den Schwanz einzuziehen und abzuhauen. Sie schnallte ihren Karabiner ab und winkte Von Paleske nach vorne.

Der Tech-2 holte einen tragbaren Schneidbrenner aus seinem Rucksack und machte sich an die Arbeit. Er stellte den Plasmaschneider auf niedrige Stufe und richtete den weißglühenden Strahl ionisierten Gases auf den Schließmechanismus der Tür. Shannon sah teilnahmslos zu, wie der Brenner langsam den alten, rostigen Riegel durchtrennte, während sie sich Szenarien durch den Kopf gehen ließ, damit nichts, was auf der anderen Seite der Tür stand, sie überraschen konnte. Den Tod fürchtete sie nicht, aber ein Scheitern war ein Schrecken, der nicht in Frage kam.

Von Paleske schaltete die Taschenlampe aus und steckte sie in seinen Rucksack, dann hielt er sein Gewehr bereit und nickte Shannon zu, sein Blick war ruhig und sachlich. Sie griff nach dem rostigen Griff der schweren, uralten Tür und zog versuchsweise daran; er rührte sich nicht. Der Riegel war durchtrennt, aber die Scharniere hielten stand, eingefroren durch fast zwei Jahrhunderte der Untätigkeit. Shannon hängte ihr Gewehr wieder um und packte den Griff mit beiden Händen, drückte einen Stiefel gegen die Wand und riss kräftig daran. Die Scharniere quietschten so laut, dass Shannon sicher war, dass man das Geräusch aus dem Orbit hören konnte, aber schließlich schwang die Tür auf und von Paleske duckte sich hinein, dicht gefolgt von Sergeant Morales, dem nächsten in der Reihe hinter ihm.

Shannon kauerte mit dem Rücken an der Wand vor der offenen Tür und wartete stundenlang, bis Von Paleske endlich aus der dunklen Kammer auftauchte und „Entwarnung" gab. Shannon winkte ihn zurück ins Haus, drehte sich um und gab dem Rest des Teams ein Zeichen, ihr zu folgen, als sie durch die Tür trat.

Sie kam aus dem Tunnel heraus und sah einen kleinen Lagerraum vor sich. In einer Ecke stapelten sich uralte, von der Zeit verformte Plastikwannen, die etwa ein Viertel des Raums einnahmen. Sie scannte den Raum sorgfältig mit Infrarot- und Wärmebildkameras und sah sonst nichts Besonderes: keine aktive Elektronik, keine Sensoren, keine Monitore, nur die Tür, aus der sie gekommen war, und eine weitere gegenüber. Sergeant Morales hatte sich bereits neben der anderen Tür postiert und scannte sie immer noch mit ihrem eigenen Handsensor auf elektronische Signaturen. Nach einem Moment drehte sie sich zu Shannon um und signalisierte ihr, dass sie nichts entdecken konnte.

Shannon spürte eine Berührung an ihrem Arm und schaute sich um, um Tom Crossman neben ihr stehen zu sehen. Er beugte sich vor, um die Helme zu berühren. „Ich lasse Reynolds hier am Tunneleingang zurück, damit er uns den Rücken freihält", sagte er ihr. Sie wusste, dass sie eine ferngesteuerte Drohne zurücklassen konnten, um dasselbe zu tun, aber das hätte das Risiko mit sich gebracht, dass das Kontrollsignal für die Maschine entdeckt wird. Es war besser, die Dinge auf die altmodische Weise zu erledigen, bis sie die Anlage gesichert hatten.

„Behalte jemanden an den EM-Sensoren, der nach Energieleitungen sucht", sagte sie ihm. Sie brauchte ihm nicht zu sagen, warum: Sie hatten keine detaillierten Pläne für den Teil des Bunkers, den Riordan umgebaut hatte, also mussten sie versuchen, anhand des Stromverbrauchs zu erahnen, in welche Richtung sie gehen mussten. Er grunzte bestätigend und wies den Anführer an.

Als alle in Position waren, legte Morales ihre Hand auf den Riegel der Tür und warf von Paleske einen fragenden Blick zu. Er gestikulierte zustimmend und sie zog die Tür langsam auf, so dass er hindurchschlüpfen konnte; sie folgte ihm nach draußen, während Crossman an der Wand neben der Öffnung wartete. Nach einem Moment lehnte sich Morales wieder hinein und winkte den anderen, ihm zu folgen.

Der Gang draußen bestand immer noch aus den alten steinernen Gängen des alten Bunkers und Shannon begann sich zu fragen, ob sie wirklich am richtigen Ort waren... bis sie dem Korridor um eine Kurve nach rechts folgten und er abrupt in einer ausgesprochen modernen, hermetisch versiegelten Barriere aus undurchsichtigem grauem Polymer endete. Shannon spürte einen kurzen Schauer über den Rücken laufen und war sich sicher, dass sie von den Sensoren an der Tür entdeckt worden waren... aber ein kurzer Blick zu Sergeant Morales und ein horizontaler Schnitt ihrer Hand in die Luft verrieten ihr, dass es keine aktiven elektromagnetischen Signale gab.

Shannon hielt einen Moment inne und erinnerte sich daran, dass es immer Zeit zum Nachdenken gab. Es gab kein EM-Signal und die Tür hatte keine offensichtliche Tastatur oder Klinke. Vielleicht war es gar keine Tür, sondern eine einfache Dichtung für die Klimaregelung des Bunkers. Sie hatten zwei Möglichkeiten: die Tür aufsprengen und hineinstürmen oder das Risiko eingehen, dass die andere Seite nicht direkt überwacht wurde und langsam und leise durchbrennen.

Beinahe hätte sie von Paleske zugewunken, damit er mit dem Schneidbrenner nach vorne kommt, aber sie hielt in der Bewegung inne. Sie spürte ein Kribbeln in der Mitte ihres Rückens, ein seltsames Gefühl im Bauch. Sie drehte sich um und gab Tom ein Zeichen, nach vorne zu kommen, dann berührte sie seine Helme.

„Ladungen anbringen", befahl sie. „Wir sprengen diese Tür. Ich will, dass die Leute auf beiden Seiten bereit sind, Granaten einzuwerfen."

„Blendgranaten?", fragte er.

„Splittergranaten", korrigierte sie ihn. „Ich habe ein komisches Gefühl bei der Sache, Tom. Sobald wir drin sind, stürmen wir durch alles, was sich uns in den Weg stellt, bis wir Antonov erreichen."

Er setzte sich in Bewegung, um die Befehle weiterzugeben, und Shannon atmete tief durch und schloss für einen Herzschlag die Augen, während sie im Stillen betete, dass sie die richtige Entscheidung getroffen hatte. Die Staffel stellte sich in einem Stapel um die Tür herum auf, während Morales und Von Paleske die Sprengladungen anbrachten und die beiden anderen, Jurgensen und Wellington, die der Tür am nächsten waren, Splittergranaten aus ihren Brusttaschen zogen.

Innerhalb von Sekunden waren alle bereit und Tom warf Shannon einen fragenden Blick zu. Sie zeigte den Daumen nach oben und ging mit dem Karabiner in der Hand an die Seite des Stapels. Auf der anderen Seite der Tür streckte Sergeant Morales ihre Hand aus und zählte leise mit: drei Finger, zwei Finger, einer ... dann drückte sie auf den Knopf des Fernzünders und senkte den Kopf.

Die Sprengladungen explodierten mit einem dumpfen Knall, den Shannon in ihrer Brust spürte, der die Wände erzittern ließ und das Klappern der zerstörten Tür im Gang dahinter übertönte. Rauch waberte durch den Raum und verdeckte Shannons Sicht, als Jurgensen und Wellington ihre Granaten sofort durch das klaffende Loch warfen, wo die Barriere gewesen war, und sich wieder zurückduckten. Die Explosionen der Splitterwaffen waren wie ein Paukenschlag im Vergleich zum Trommelwirbel des Türknallers, aber für Shannon klangen sie lauter und härter, und das blecherne Echo der Splitter prallte in den Raum zurück wie schiefe Töne von einem Klavier.

Tom klopfte Von Paleske auf die Schulter, und der Anführer schwang sich um den zerklüfteten Rand des Lochs, das die Sprengladungen verursacht hatten, und führte sie in den aufgewühlten Rauch dahinter. Shannons Helm schaltete automatisch auf Wärme- und Infrarotsensoren um und integrierte die Szene nahtlos in eine visuelle Darstellung: Jenseits der Barriere bestanden die Wände nicht mehr aus nacktem Fels, sondern waren mit modernen Polymeren ausgekleidet und wurden von leuchtenden Panels in der Decke erhellt - einige davon waren rissig und zerbrochen, funkelten oder waren dunkel von der Wucht der Explosionen.

Ein paar Meter hinter dem Durchbruch lag eine Leiche auf dem Boden, gekleidet in eine unscheinbare dunkle Rüstung, ein Gewehr neben den ausgestreckten Händen auf dem Boden. Ein Polymersplitter von der Tür war durch die Wucht der Explosion durch die hintere Panzerplatte getrieben worden und der ballistische Stoff, der die Panzereinsätze zusammenhielt, war von den Granaten zerfetzt worden. Um den Körper herum sammelte sich Blut, allerdings nicht so viel, wie Shannon erwartet hätte. Sie wollte gerade einem aus dem Trupp befehlen, den Mann zu untersuchen - sie nahm an, dass es sich aufgrund der breiten Schultern und der Körpergröße von fast zwei Metern um einen Mann handelte -, doch dann ging er auf die Knie und griff mit unnatürlichen, ruckartigen Bewegungen nach dem Gewehr, das er gerade noch in der Hand hielt.

Shannon handelte ohne nachzudenken... das Gewehr war ihr am nächsten. Sie kickte die Waffe weg, drehte sich dann auf dem Fußballen und rammte dem Mann einen Absatz in die Brust. Blut spritzte, als er sich wegdrehte und Shannon stolperte nach hinten; sie fühlte sich, als hätte sie gegen eine Ziegelmauer getreten. Crossman trat neben sie, richtete seinen Karabiner aus und feuerte eine Salve ab. Drei Kugeln aus 8 mm Wolframkern-Keramikmantel schlugen in das zersplitterte Visier des Helms ein, wobei eine den Rand des Helms erwischte und ihn vom Kopf riss.

Shannon erstarrte, der Atem blieb ihr im Hals stecken und ihre Augen weiteten sich. Das Gesicht unter dem Helm war zerstört und blutig vom Einschlag der Gewehrkugeln, aber es war auch ganz offensichtlich nicht das Gesicht eines Menschen. Hinter schweren, knochigen Brauen starrten die schwarzen Augen eines Biomechs hervor, die im Tod genauso kalt und leblos waren wie im Leben. Auch Tom zögerte, bis Shannon ihm eine Hand auf die Schulter klopfte.

„Geh einfach!“, forderte sie ihn eindringlich auf. Er ging den Flur entlang, Shannon und der Rest der Gruppe folgten ihm.

Shannon biss die Zähne zusammen und fluchte in der Abgeschiedenheit ihres Helms vor sich hin. Sie hatten diese verdammten Dinger hier, auf der Erde ... sie produzierten sie bereits. Wie viele hatten sie noch? Eine Armee? Waren sie alle hier oder hatte Riordan sie bereits in Capital City, um seinen Putschversuch zu unterstützen? Sie verspürte einen überwältigenden Drang zu fliehen, sie alle aus dem Komplex zu holen und einen Orbitalangriff zu starten, aber sie kämpfte dagegen an: Es hatte sich nichts geändert. Sie brauchten Antonov immer noch lebend, und das war ihre einzige Chance, ihn zu erwischen.

Als sie sich im Trab durch den Komplex bewegten, ertönte kein akustischer Alarm, aber sie wusste, dass das bedeutungslos war: Sie mussten davon ausgehen, dass der Ort in Alarmbereitschaft war. Tom ließ sich hinter ihr zurückfallen, um die Nachhut zu bewachen, und sie bewegte sich vorwärts, bis sie kurz hinter Von Paleske und Morales am vorderen Ende der Einheit auftauchte. Die Gänge waren breit und trotzdem fühlte sie sich zunehmend klaustrophobisch, weil sie paranoid war, dass der Feind durch die weißen Türen brechen würde, die den Korridor säumten. Doch diese Türen blieben geschlossen und sie machten sich nicht die Mühe, sie zu untersuchen: Ihr Plan war es, direkt auf die Arrestzelle zuzugehen.

Sie kamen an eine Gabelung im Korridor und Shannon winkte Von Paleske nach links, sowohl aus Instinkt als auch aufgrund einer überlagerten Computerberechnung, die auf den Daten von Fourcades Link basierte. Kaum waren sie um die Ecke gebogen, hielt Von Paleske kurz an und Shannon und Sergeant Morales rannten ihm fast in den Rücken. Shannon konnte nur einen kurzen Blick auf drei große, schwarz gekleidete Gestalten werfen, die dreißig Meter entfernt den Korridor hinunterliefen, bevor ein Kugelhagel in die Wand hinter ihnen einschlug und Von Paleske zusammensackte.

Shannon stürzte um die Ecke zurück, packte Von Paleske am Gurt und zog ihn mit sich zurück. Erst als er hinter der Deckung war, bemerkte er, dass Sergeant Morales die andere Seite der Panzerweste des Mannes festhielt. Tom Crossman und Sergeant Jurgensen rückten schnell von hinten an und lehnten sich aus der Deckung heraus, um das Feuer zu erwidern. Der Sanitäter schob sich neben Von Paleske und Shannon rollte aus dem Weg, um ihm Zugang zu dem Verwundeten zu verschaffen, dann kletterte sie auf die Beine und gesellte sich zu Crossman und Jurgensen an der Ecke.

Tom Crossman versteckte sich hinter seiner Deckung, um die Magazine zu wechseln, also ging Shannon in die Hocke und stürzte sich in den Korridor, um ihren Karabiner an die Schulter zu halten. Einer der drei Biomech-Soldaten lag am Boden, aber die beiden anderen hielten stand, ohne jeglichen Selbsterhaltungstrieb. Shannons Waffenzielgerät verband sich automatisch mit dem Fadenkreuz in ihrem Helm, und sie richtete das Fadenkreuz auf die Visierscheibe des Biomechs auf der rechten Seite aus und drückte den Abzug. Der Karabiner ruckte leicht gegen ihre Schulter und eine dreifache Salve durchschlug das zähe Polymer über dem Gesicht des Biomechs, so dass das Blut zwischen den verstreuten Polymersplittern herausspritzte, als der künstliche Humanoide nach vorne kollabierte.

Der letzte Biomech fiel nur wenige Augenblicke später, als Crossman und Jurgensen ihr Feuer auf ihn konzentrierten, und genauso plötzlich, wie die Kakophonie begonnen hatte, endete sie mit einem schallenden Echo und dann mit Totenstille. Shannon sprang auf und ging zu dem Sanitäter hinüber, der neben dem liegenden von Paleske kniete und einen eleganten Verband um seinen linken Oberschenkel wickelte.

„Wie geht es ihm?“, fragte sie über den externen Lautsprecher an ihrem Helm.

„Es geht mir gut, Ma'am“, antwortete von Paleske selbst. „Ich schaffe es schon.“

„Er hat ein paar Treffer in die Brust abbekommen“, sagte der Sanitäter zu Shannon und ignorierte die Proteste des Mannes, „aber die Rüstung hat sie aufgehalten ... er hat ein paar üble Prellungen, vielleicht ein oder zwei gebrochene Rippen. Aber er hat einen Durchschuss am Bein, der seinen linken Oberschenkelknochen gestreift haben könnte. Der clevere Verband sollte die Blutung stoppen, aber er wird eine Weile nirgendwo hinlaufen können.“

„Gunnar“, sagte sie zu Von Paleske und legte dem Verwundeten eine Hand auf die Schulter, „ich will, dass du zum Tunneleingang zurückgehst und Reynolds sagst, dass wir es mit Biomechs zu tun haben. Sorg dafür, dass er das dem Landegerät mitteilt und dass die Besatzung des Landegeräts weiß, dass alles, was versucht, aus dieser Anlage herauszufliegen, abgeschossen werden muss, ohne Fragen zu stellen.“

„Ja, Ma'am“, antwortete Gunnar von Paleske mit einem resignierten Seufzer. Shannon und der Sanitäter halfen ihm auf die Beine und er humpelte langsam den Weg zurück, den sie gekommen waren.

„Ausrücken!“ befahl Shannon den anderen.

„Morales, du übernimmst die Führung“, befahl Tom Crossman dem Junior Sergeant.

Jetzt sind wir nur noch zwölf, dachte Shannon, und die Sorge nagte an ihr. Ob das reichen würde, um gegen Gott weiß wie viele Biomechs anzutreten?

Morales führte sie den linken Korridor entlang, vorbei an den ausgestreckten und bewegungslosen Gestalten der Biomechs, und bewegte sich dabei noch schneller als zuvor: Sie wusste genau wie Shannon, dass es das Beste war, so schnell wie möglich zum Ziel zu kommen und zu verschwinden. Der lange Korridor war von offenen Türen gesäumt, wie Shannon sah, als sie hindurchjoggten, allesamt Wohnräume für das Installationspersonal und alle leer. Shannon fragte sich, ob sie evakuiert worden waren, bevor Riordan beschloss, zu fliehen, oder ob sie irgendwo anders in der Anlage aufgehalten wurden, nachdem die Explosion die Tür durchbrochen hatte und ein stiller Alarm ausgelöst worden war.

Shannon zog im Laufen eine Gewehrgranate aus ihrer taktischen Weste und schob sie in den Werfer unter dem Lauf ihres Karabiners; sie nickte, als sie sah, dass Morales dasselbe tat. Als sie die Ecke erreichten, ging sie in die Hocke und streckte ihren Karabiner um die Ecke, um mit Hilfe der Verbindung zwischen ihrem Zielfernrohr und dem Fadenkreuz ihres Helms nach Feinden zu suchen.

„Alles klar", verkündete sie, erhob sich aus ihrer Hocke und kletterte um die Ecke. Shannon folgte ihr und sah, dass der Gang nur zwanzig Meter weiter in einer Sicherheitstür endete, die bis auf einen ID-Scanner leer war.

„Brecht sie auf", befahl Shannon Morales knapp und winkte den Rest der Einheit nach vorne und in Position. „Vier Fragmente im Inneren, sobald es unten ist", sagte sie zu Crossman. Sie zuckte zusammen, als ihr bewusst wurde, dass die vermissten Personen auf der anderen Seite der Tür sein könnten, aber sie wischte den Gedanken beiseite: Diese Leute wussten genau, was sie taten und welche Konsequenzen das haben könnte.

Morales nahm ihren Rucksack ab und holte die restlichen Sprengladungen heraus. Sie zog die Schutzfolie von jedem Block ab, um den starken Klebstoff freizulegen, und klebte jeden Block an einen wichtigen Punkt der Tür.

„Fertig", verkündete sie, schlüpfte in ihren Rucksack und trat von der Tür zurück. Tom Crossman, die Sergeants Jurgensen und Wellington und Tech-2 Martinelli holten ihre Granaten heraus, machten sie scharf und warteten neben der Tür, während die anderen sich aufstellten und bereit machten, hineinzustürmen.

„Spreng sie", befahl Shannon, die ihren Karabiner fester umklammerte, während sie von der Tür wegschaute, um ihr Visier vor Splittern zu schützen.

In der knappen Sekunde, bevor Morales den Schalter betätigte, um den Sprengstoff zu zünden, schien alles in Shannons Sicht scharf zu werden, bis hin zu den Staubmotten, die unter den Panels der Deckenbeleuchtung in der Luft tanzten, und dem antiseptischen Weiß der Polymerauskleidungen, die den alten Stein der Wände überzogen.

„Sprengung!" verkündete Morales und drückte ihren Daumen auf die Steuerung.

Eine Welle des Gegendrucks drückte Shannon gegen die Wand und sie konnte spüren, wie die Kunststoffverkleidung wie ein Trommelfell vibrierte. Sie machte einen Schritt nach vorne, um das Gleichgewicht zu halten, und drehte sich rechtzeitig um, um zu sehen, wie Tom und die anderen drei Unteroffiziere Granaten durch den rauchgefüllten Spalt warfen, wo die Tür gewesen war. Die Granaten explodierten so dicht beieinander, dass sie wie eine einzige, gewaltige Explosion klangen, und das Licht, das durch den Rauchdunst schien, verdunkelte sich, als Panels aus der Decke gesprengt wurden.

Morales und Martinelli bewegten sich vorwärts, um den rauchverhangenen Raum zu betreten, als ein Schuss durch die Öffnung fiel, der nur knapp an ihnen vorbeiging und sie beide in Deckung gehen ließ. Shannon winkelte ihren Karabiner an der Kante des zerklüfteten Lochs an, in dem sich die Tür befunden hatte, und nutzte ihre Wärmesensoren, um durch den dichten Rauch und Staub zu sehen: Mindestens ein halbes Dutzend Gestalten lag zusammengebrochen auf dem Boden, aber vier weitere standen noch, und die Hitze ihrer Waffen glühte weiß, als sie feuerten.

„Tom!" Shannon funkte über ihr Helmradio, um über die Schießerei hinweg gehört zu werden. „Vier Biomechs, zwischen eins und drei Uhr! Mit mir auf zwei!" Der Unteroffizier ging am Rand der Tür in Stellung, den Karabiner im Anschlag. „Eins...zwei!"

Sie und Crossman lehnten sich hinaus und der Unteroffizier feuerte drei schnelle Schüsse mit voller Kraft auf die beiden Biomech-Soldaten auf der rechten Seite ab, während Shannon ihre Gewehrgranate auf die beiden anderen feuerte. Sie waren nur etwa zehn Meter entfernt, aber der integrierte Ballistikcomputer der Granate berücksichtigte die Entfernung, und als sie den Biomech-

Soldaten in die Brust traf, nutzte sie interne Ablenkungen, um die Explosion nach vorne und zur Seite zu lenken.

Die Granate explodierte mit einer gewaltigen Wucht, die den Biomech in Fleischbrocken und blutige Panzerung zerfetzte; die seitlichen Plasmastrahlen brannten faustgroße Löcher in den Hals und die Brust des Nebenmannes, die ihn von den Füßen rissen und in die beiden anderen Soldaten schleuderten. Alle drei fielen auf einen Haufen und Crossman leerte sein Magazin in sie hinein und schoss eine Salve nach der anderen in die Gesichtsplatten ihrer Helme, bis sie sich nicht mehr bewegten,

Die Feuerkontrollsysteme sprühten einen Nebel aus chemischem Schaum in den Raum, der den Rauch, der immer noch durch die Luft waberte, noch mehr vernebelte, bis sich ein Notventilator aktivierte und die Mischung aus weißer chemischer Wolke und schwarzem Rauch in zwei große Ventilatoren in den Wänden strömte. Als sich die Luft lichtete, wurden Shannon gleich mehrere Dinge bewusst: Erstens war der Raum derselbe, in dem Jameson gesehen hatte, wie sie Antonov festgehalten hatten. Die durchsichtigen Zellenwände halbierten die Kammer; die andere Hälfte war mit Überwachungs- und Kontrollstationen gefüllt, von denen viele durch die Granaten in verkohlte und zerbrochene Stücke gesprengt worden waren.

Das Zweite, was ihr auffiel, war, dass Antonov hinter der durchsichtigen Wand stand; Schatten spielten über sein zerklüftetes Gesicht im flackernden Licht der wenigen überlebenden Panels an der Decke, die Arme verschränkt, während er sie mit etwas betrachtete, von dem sie schwören konnte, dass es amüsant war. Und sie sah auch, dass er nicht allein war: In der Zelle saßen neben ihm ein halbes Dutzend Biomech-Soldaten, die ihre Waffen auf den ehemaligen Diktator des russischen Protektorats gerichtet hatten, und daneben Kevin Fourcade und Brendan Riordan. Fourcade wirkte teilnahmslos, als sähe er einen Film, sein Gesicht war fade und ausdruckslos, während Riordans Gesicht vor Wut, Frustration und Angst errötet war. In seiner großen rechten Hand befand sich eine Pistole, mit der er zwischen Antonov und der allgemeinen Richtung von Shannon und ihren Truppen hin und her zielte, aber diese Hand zitterte.

Langsam und fast beiläufig erhob sich Shannon aus ihrer Deckung und trat durch die Türöffnung, den Karabiner quer über der Brust. Aus dem Augenwinkel konnte sie sehen, wie Tom Crossman sich zu ihr gesellte, aber sie gab ihm ein Zeichen, auf der anderen Seite der Tür zu bleiben.

„Das ist Colonel Shannon Stark vom Geheimdienst der Flotte", verkündete sie und verstärkte ihre Stimme über die externen Lautsprecher ihres Helms. „Wir sind hier, um General Antonov in Gewahrsam zu nehmen."

Riordans Mund verzog sich zu einem grimmigen Grinsen und er sagte zu Fourcade: „Nun, Kevin, ich muss mich wohl bei dir entschuldigen: Jameson war ein Spitzel." Die Bemerkung wurde von der Gegensprechanlage in der Zelle aufgefangen und war über Lautsprecher in der Decke außerhalb der Zelle zu hören.

„Eigentlich, Direktor Riordan", korrigierte Shannon ihn, „haben wir diesen Ort gefunden, indem wir Mr. Fourcades ‚Link' verfolgt haben." Sie grinste leicht, als Fourcade daraufhin zusammenzuzucken schien und Riordans Gesicht errötete. „Aber das ist nicht wichtig ... wir wollen nur Antonov. Wir wissen, was du getan hast, aber wir stehen vor einem Bürgerkrieg und einem drohenden Angriff des Protektorats und Antonov steckt dahinter. Wenn du ihn auslieferst und mit uns kooperierst, wirst du nicht angeklagt und deine Rolle in dieser Sache muss nie öffentlich gemacht werden."

„Was zum Teufel meinst du damit, Antonov steckt dahinter?" verlangte Riordan, sein Griff um die Pistole wurde fester. „Er sitzt seit dem verdammten Krieg hier in einer Zelle!"

„Ja, das hat er... aber Kevin Fourcade nicht. Gleich nach dem Krieg reiste er zusammen mit dem jetzigen Vizepräsidenten Dominguez auf der Patton nach Aphrodite. Das Schiff wurde von den Streitkräften des Protektorats gekapert und zu ihrer Heimatwelt zurückgebracht, wo alle an Bord einer systematischen Gehirnwäsche unterzogen wurden. Die meisten sollten nur vergessen, was passiert war, aber einige wurden zu aktiven Schläfern für das Protektorat." Sie erwähnte absichtlich nicht die Duplikation von Dominguez... das hätte nur Verwirrung gestiftet und Riordan noch ungläubiger gemacht. „Darunter auch Herr Fourcade hier, der seitdem Antonovs Befehle befolgt."

Fourcades Augen weiteten sich und selbst Antonov schien überrascht zu sein, wie viel sie wusste: Der Mann schlug seine Hände zu einem sarkastischen Applaus zusammen, den Riordan nicht bemerkte.

„Ich bin kein verdammtes Kind, Stark!" brüllte Riordan und knallte den Kolben seiner Waffe gegen die durchsichtige Polymerwand. „Komm mir nicht mit Märchen! Du und deine Leute werden die Waffen runternehmen und mich hier rausfliegen lassen, und du wirst alle, die du draußen hast, anrufen und ihnen sagen, dass sie mich gehen lassen sollen. Und wenn du das nicht tust, Colonel Stark, werde ich das hier benutzen", er hielt ein kleines Steuergerät in seiner linken Hand, "um die Sprengladungen zu zünden, die ich in die Wände dieses Ortes eingebaut habe, und ein paar tausend Tonnen Gestein auf uns alle herabregnen zu lassen. Und glaubt nicht, dass ihr mich vorher erreichen könnt... Diese Zellenwände sind zehn Zentimeter dick. Ihr habt nicht genug Sprengstoff, um sie zu durchdringen."

Shannon hielt einen Moment inne, nahm ihren Helm ab, trat näher an die Zelle heran und sah Riordan in die Augen. „Also", sagte sie mit einem Hauch von Belustigung in der Stimme, „lass mich das klarstellen, Riordan. Du drohst damit, Selbstmord zu begehen, um uns zu töten, nur um nicht erwischt zu werden?" Das halbe Grinsen verschwand und wurde durch kalte Wut ersetzt. „Du Mistkerl, du wurdest bereits erwischt! Du wirst diese verdammte Höhle, die du gebaut hast, nicht lebend verlassen, es sei denn, du kommst mit mir. Wir hätten Antonov und Fourcade gerne lebendig, um sie zu verhören, aber wenn sie - und auch du - tot sind, müssen wir uns wenigstens keine Sorgen machen, dass sie noch mehr Schaden anrichten."

Sie trat noch einen Schritt näher, so dass ihre Nase fast die Oberfläche der Zellenwand berührte. „Hör mir zu, Riordan... Präsident O'Keefe will dich nicht haben. Er weiß, dass es alles nur noch schlimmer machen würde, wenn du an die Öffentlichkeit gehst." Das war natürlich eine Lüge - sie wusste, dass O'Keefe noch am selben Morgen an die Öffentlichkeit gehen wollte, aber das konnte Riordan noch nicht wissen. „Es geht um mehr als deinen Coup. Du wurdest benutzt: Antonov spielt dich mit Fourcades Hilfe aus, um zu beenden, was er im Krieg begonnen hat. Glaub mir, Riordan, wenn ich sage, dass ich dir gerne eine Kugel in den Kopf jagen würde. Du bist ein verdammter Verräter, soweit es mich betrifft. Aber ich befolge Befehle und mir wurde befohlen, dir die Chance zur Kooperation zu geben. Also entscheide dich: Stirb hier mit mir oder lebe und verrate deinen Putsch, damit du alles behältst, was du hast."

Riordan runzelte die Stirn, als er sie anstarrte und versuchte herauszufinden, ob sie die Wahrheit sagte. Mit Zweifeln in den Augen blickte er zu Fourcade zurück. „Kevin, sag mir, dass das nicht..."

„Genug von dieser Scheiße", sagte Antonov schließlich und verlor sichtlich die Geduld. Er drehte sich zu Fourcade um und nickte. Riordans Gesicht zeigte plötzlichen Alarm und er versuchte, seine Pistole zu zücken, aber Fourcade hatte bereits einen kleinen Elektroschocker gezogen und bevor Riordan reagieren konnte, feuerte er.

Shannon wich instinktiv nach vorne aus, stieß aber gegen die undurchdringliche Polymerbarriere und presste ihre Wange dagegen, während sie beobachtete, wie die elektrische Ladung durch Riordans Körper floss. Der muskulöse Manager zuckte krampfhaft, sein Gesicht verzerrte sich zu einer Maske hilfloser Agonie, bis Fourcade den Abzug losließ und Riordans Augen sich in seinem Kopf verdrehten, er gegen die Wand sackte und bewusstlos zu Boden fiel.

Shannon trat einen Schritt von der Wand zurück und beobachtete, wie Antonov sich vorbeugte und den Zünder und die Handfeuerwaffe dort aufhob, wo Riordan sie fallen gelassen hatte. Als sie ihn zum ersten Mal aus der Nähe sah, bemerkte Shannon, dass in seinen Augen eine psychotische Intelligenz glühte, wie ein alter Dämon, der hinter einem in Stein gemeißelten Gesicht hervorstarrte. Der Russe hielt inne, als er Riordans reglose Gestalt verhöhnte, und spuckte dem Mann zur Seite.

„Das ist schon viel besser, findest du nicht?“, sagte er in leicht akzentuiertem Englisch und lächelte Shannon breit an. „Ich wünschte nur, ich könnte den Mudak töten.“ Arschloch, sie wusste, was das bedeutete.

„Warum hast du es nicht getan?“, fragte sie ihn und versuchte, ruhiger und zuversichtlicher zu klingen, als sie sich fühlte, während sie aufmerksam beobachtete, wie er den Fernzünder lässig in seiner Handfläche auf und ab bewegte.

„Weil ich den Dummkopf vielleicht noch brauche“, gab Antonov freimütig zu, „und ich bin ein Mann, der sich gerne alle Optionen offen hält, meine Liebe.“

„Welche Optionen haben Sie, General Antonov?“, fragte sie ihn und wedelte mit einer Hand. „Egal, ob du oder Riordan hier unten das Sagen haben, der einzige Weg, hier lebend rauszukommen, ist mit mir.“

„Wissen Sie, Colonel Stark“, meinte Antonov fast launisch, „ich glaube, Sie haben recht.“

Shannon spürte, wie ihr ein Kribbeln der Angst über den Rücken lief, und noch bevor sie hörte, wie sich die Tür öffnete, war sie in Bewegung, stieß sich von der Zelle ab und stürmte zum Eingang, wo Tom und die anderen warteten. Irgendein Teil ihres Verstandes bemerkte, dass sie ihren Helm fallen gelassen hatte, aber die meiste Aufmerksamkeit galt dem Haupteingang der Kammer, der gegenüber der Tür lag, durch die sie gesprengt worden waren. Die Tür hatte sich geöffnet und gepanzerte Biomech-Soldaten strömten zu zweit hindurch... Sie schienen kein Ende nehmen zu wollen.

Shannon öffnete den Mund, um Crossman und den anderen zu sagen, dass sie fliehen sollten, als ihre Sicht plötzlich weiß wurde und sie spürte, wie ihre Muskeln außer Kontrolle gerieten; sie spürte, wie sie fiel, wie der Boden auf ihre Schulter schlug, aber sie konnte sich nicht erklären, warum das geschah. Nach einer gefühlten Ewigkeit hörten ihre Muskeln auf zu krampfen und ihre Sicht klärte sich soweit, dass sie ein verschwommenes, verzerrtes Doppelbild der Biomech-Soldaten sehen konnte, die durch den Raum stürmten und ihre Waffen mit einem Geräusch abfeuerten, das wie ein Presslufthammer in ihrem Kopf widerhallte.

In ihrem Gehirn herrschte immer noch ein dichter Nebel, aber sie war sich ziemlich sicher, dass sie eine Gestalt in grauer Tarnkleidung durch die aufgerissene Tür stürmen sah, die versuchte, sie zu erreichen ... und mit dem Gesicht voran zu Boden ging, als eine Salve von Schüssen in sie einschlug. Der Mann rutschte über den Boden, hinterließ eine Blutspur und kam nur einen Meter vor Shannon zum Stehen. Kurz bevor sie von der Schwärze verschluckt wurde, sah sie durch das Visier des Helms das Gesicht von Tom Crossman, seine Augen geschlossen, den Mund vor Schmerz verzogen. Dann glitt sie in einem bitteren Schleier des Versagens in die Bewusstlosigkeit.

32

First Lieutenant Drew Franks, Geheimdienst der Republikanischen Raumflotte, betrachtete die Wände seines Büros mit Widerwillen und fühlte sich wie ein eingesperrtes Tier. Neben seinem Schreibtisch hing das Foto seines Akademie-Abschlusses, ein Hologramm eines blonden jungen Mannes, der nur ein paar Jahre jünger war, aber einen Optimismus und Enthusiasmus in seinem sommersprossigen Gesicht und seinen grünen Augen hatte, den er nicht mehr spürte. Nach seinem Abschluss hatte er sich sehr um eine Stelle beim Geheimdienst bemüht - nach dem Krieg wollte jeder zum Geheimdienst. Er hatte sich vorgestellt, ein Team für verdeckte Operationen zu leiten oder terroristische Zellen zu infiltrieren...

Stattdessen wurde er zum Laufburschen von Colonel McKay. Nicht, dass er die Arbeit für den Colonel nicht mochte: Der Mann war eine Legende und ein großartiger Chef. Er erwartete Kompetenz und Effizienz, aber er war weder ein Zuchtmeister noch ein Quälgeist, der die Vorschriften in den Wind schlug. Er und Major Stark waren beide unglaublich. Aber er war nicht zum Geheimdienst der Flotte gekommen, um eine bessere Sekretärin zu sein, und das war jetzt noch schlimmer, bei all dem, was vor sich ging.

Und als McKays Adjutant wusste er genau, was vor sich ging.

Der Colonel kämpfte am anderen Ende der Galaxie gegen das Protektorat, während Major Stark ein Nest von verräterischen Konzernmanagern ausräumte und vielleicht selbst hinter Antonov her war. In der Zwischenzeit saß er hier in einem Büro im Flottenhauptquartier fest und die einzige Aufregung, auf die er sich freuen konnte, war, wenn Antonov diese Station in die Luft jagte, so wie er im Krieg die alte Station im Flottenhauptquartier in die Luft gejagt hatte.

Ein Ton aus seinem 'Link' unterbrach seine Gedanken.

„Colonel McKays Büro", antwortete er, „Lieutenant Franks am Apparat."

„Leutnant Franks", die Stimme in seinem Ohr war ihm vertraut, „hier ist Captain Portevent von der Kommunikationsabteilung. Wir haben einen dringenden Anruf von der Decatur... Ich schicke die Akte jetzt in dein Büro. Sie sagte, dass Major Stark das sofort hören muss."

„Danke, Captain", sagte er, schaute auf sein Terminal und sah, dass die verschlüsselte Nachricht auf seinem Display erschien. „Verstanden."

Franks drückte auf den Knopf, um die Sicherheitsschleusen des Büros zu aktivieren, gab dann Major Starks Identitätscode ein und spielte die Nachricht ab.

Ein Hologramm von Captain Minishimi erschien über dem Schreibtisch - Franks war schockiert, wie blass und gezeichnet sie aussah, aber noch mehr beunruhigt über das Entsetzen in ihren Augen.

„Major Stark", sagte der Captain mit einem schnellen, dringlichen Tonfall, „zwei Rammschiffe des Protektorats mit Eysselink-Antrieb sind vor wenigen Minuten aus dem Wurmloch aufgetaucht und mit einer Beschleunigung von 200 Gravitationspunkten ins System geflogen. Sie fliegen direkt auf die Erde zu und wir haben keine Chance, sie rechtzeitig abzufangen. Major, wenn sie die Erde erreichen, werden sie mit fast zwanzig Prozent der Lichtgeschwindigkeit unterwegs sein ... Ich weiß nicht, was ihr Ziel ist, aber ich befürchte, dass sie einen Kamikaze-Angriff starten und Millionen

Menschen töten werden, wenn sie irgendwo in der Nähe eines Bevölkerungszentrums aufschlagen.

„Sie werden ihre Eysselink-Felder abschalten müssen, sobald sie die Schwerkraft der Erde erreichen, aber bis dahin wird es nicht mehr möglich sein, sie aufzuhalten. Selbst wenn du sie mit einem Shipbuster triffst, würde ihr Plasmafeld mit zwanzig Prozent Lichtgeschwindigkeit auf den Planeten treffen und eine riesige Strahlungswelle auslösen. Die einzige Möglichkeit, sie zu stoppen, ist, ihnen ein Eysselink-Antriebsfeld in den Weg zu stellen und sie von ihrem Kurs abzubringen, und dafür hast du weniger als drei Stunden Zeit.

Captain Minishimi atmete tief ein und zuckte dabei zusammen. „Wir sind in Alarmbereitschaft und können uns sofort ins System begeben, wenn du es befiehlst. Bitte meldet euch so schnell wie möglich mit euren Befehlen.“ Sie schüttelte den Kopf. „Viel Glück, Major.“

„Oh Scheiße“, murmelte Franks, als er die Aufzeichnung abschaltete. Drei verdammte Stunden...

Franks versuchte, sich zu beeilen, ohne zu fummeln, und rief die sichere Kommunikationsleitung auf seinem Display auf, zögerte dann aber... Major Stark hatte den Befehl gegeben, sie während der Operation nicht zu kontaktieren. Schnell suchte er die Kennung des Landefahrzeugs, das ihre Operation unterstützte, und tippte die Nummer ein.

„Charlie Gulf Niner Niner“, funkte Franks, „hier ist Sierra Hotel Bravo“. Sein Blick wanderte zu den Kontaktcodes auf dem Display. „Sierra Hotel Bravo authentifiziert ‚Georgetown Alibi‘. Hast du verstanden? Over.“

„Hier ist Charlie Gulf Niner Niner“, kam sofort die Antwort, eine männliche Stimme, die Franks schon einmal gehört hatte. „Los. Over.“

„Ich habe eine Nachricht mit Priorität eins für Charlie Gulf One“, sagte Franks zu dem Mann. „Ich wiederhole, das ist Priorität eins, sehr dringend. Over.“

„Charlie Gulf One ist nicht erreichbar“, teilte ihm der Mann mit. „Wir haben von Charlie Gulf Ten die Meldung erhalten, dass

Biomechs vor Ort sind und die Operation länger dauern könnte als erwartet.“ Es gab eine Pause, bevor der Mann zögernd fortfuhr. „Es ist schon zu lange her, Sierra Hotel Bravo. Ich mache mir Sorgen. Bitte um Rat. Ende.“

Franks' Augen wurden glasig. Bitte um Rat? dachte er ungläubig. Ich bin ein verdammter Oberleutnant!

„Warte eins, Charlie Gulf Niner Niner“, sagte er und unterbrach die Verbindung.

Die Rammschiffe ... die hatten Priorität. Das würde Major Stark auch sagen. Drei verdammte Stunden...

„Oh Scheiße!“, rief er aus, als er sich plötzlich an etwas anderes erinnerte. „Der Präsident!“

Während er versuchte, ein halbes Dutzend Dinge gleichzeitig zu tun, murmelte ein Teil seines Verstandes: „Noch vor fünf Minuten habe ich mich beschwert, dass mir langweilig ist...

DANIEL O'KEEFE LIEF IM VORZIMMER, das nur wenige Schritte vom Senat entfernt war, unruhig umher und wartete ungeduldig darauf, dass er vorgestellt wurde. Er warf einen Blick auf die Monitore an der Wand und sah die Hunderte, die sich im Publikum versammelt hatten, um seine Rede zu hören. Der gesamte Senat war anwesend, einschließlich Valerie, sowie mehrere hochrangige Militäroffiziere - allerdings nicht General Kage, wie er feststellte - und einige Führungskräfte der Multicorps. Sie warteten, einige ungeduldig, andere neugierig auf seine Rede. Sie wussten, dass er über die gescheiterte Meuterei der Kolonialgarde sprechen würde, aber keiner hatte eine Ahnung, worüber er sonst noch sprechen wollte.

„Sir“, Charlie Klesko trat durch die Tür in den Vorraum und sah immer noch ein wenig unbehaglich aus in seiner neuen Rolle als Schutzbeauftragter des Präsidenten. „Sie sind bereit.“

O'Keefe schenkte dem Mann ein dankbares Lächeln. „Danke, Charlie“, sagte er. „Keine Sorge ... du wirst mich nicht mehr lange babysitten müssen.“

„Sir", sagte Klesko mit ernster Ernsthaftigkeit, „es ist eine Ehre und ein Privileg, für Sie zu arbeiten, egal, was Sie für nötig halten."

O'Keefe klopfte dem Schutzagenten im Vorbeigehen auf die Schulter, dann stand er auf dem Rednerpodest des Senats der Republik. Er hatte das Gebäude besichtigt, das diesem nachempfunden war, das Repräsentantenhaus der Vereinigten Staaten in Washington, D.C., und er dachte einen Moment lang darüber nach, dass diesem Saal irgendwie das Gefühl von Geschichte und Schwere fehlte, das das ältere Gebäude besaß. Es hatte etwas Neues an sich, ein Gefühl der Vergänglichkeit, das er nicht abschütteln konnte.

Es gab ein wenig höflichen Applaus, aber die meisten der Hunderte von Versammelten waren gedämpft und erwartungsvoll, als er das Podium betrat. O'Keefe versuchte, sich auf ein Gesicht oder eine kleine Gruppe zu konzentrieren, um seine Worte persönlicher wirken zu lassen, aber er stellte zu seiner Überraschung fest, dass ihm das nicht gelang. Die Gesichter verschmolzen in einem Dunst von Gedanken, die er nicht unterdrücken konnte.

Wir müssen es eben auf die harte Tour machen, dachte er grimmig.

„Guten Morgen", sagte er, wobei er seine Stimme verstärkte und sie auch an den Link der einzelnen Personen übertrug. Er unterdrückte sein übliches Rednerlächeln: Es würde unter diesen Umständen unaufrichtig und kindisch wirken. „Danke, dass ihr so kurzfristig zu mir gekommen seid. Ich weiß, dass ihr alle besorgt und neugierig seid, warum ich diese Sondersitzung des Senats einberufen habe, also werde ich gleich zur Sache kommen. Auf der Pressekonferenz in Houston habe ich über den vereitelten Versuch einiger reaktionärer Elemente in der Kolonialgarde gesprochen, eine Meuterei anzuzetteln, und darüber, wie die Ermordung meines Schwiegersohns damit zusammenhängt. Nun, wie du dir sicher denken kannst, steckt mehr hinter dieser Geschichte, als ich bisher mitteilen konnte.

„Die versuchte Meuterei war nur ein kleiner Teil eines größeren Komplotts, das noch nicht abgeschlossen ist. Was ich dir jetzt erzähle, wirst du kaum glauben können, aber ich werde dem Senat und der Presse Beweise vorlegen, die das belegen. Teile des Multicorps-Exekutivrats, organisiert von einem Lobbyisten namens Kevin Fourcade, haben sich verschworen, um einen Staatsstreich gegen die republikanische Regierung zu planen." Daraufhin gab es erstauntes Gemurmel... allerdings nicht so viel, wie wenn er Brendan Riordans Namen erwähnt hätte, was er ernsthaft in Erwägung gezogen hatte. Aber er hoffte immer noch, den Exekutivdirektor umstimmen zu können, und dafür musste er ihm etwas versprechen können, das seinem alten Leben ähnelte.

„Wir sammeln immer noch Informationen... Wir wissen nicht, wie weit die Verschwörung reicht, aber wir haben eindeutige Beweise dafür, dass Fourcade plante, uns mit der Meuterei der Kolonialgarde abzulenken und dann einen scheinbaren Angriff von Sergej Antonows Protektorat zu inszenieren, der zu meiner Ermordung und meiner Ersetzung durch Vizepräsident Dominguez führen sollte, von dem sie hofften, dass er ihren Forderungen gegenüber aufgeschlossener wäre."

Jetzt gab es einen riesigen Aufruhr und einige Leute erhoben sich von ihren Sitzen und schrien ihm Fragen und Forderungen entgegen - ein schwerer Verstoß gegen die Regeln des Senats, aber das war ein ungewöhnlicher Umstand und er winkte den Sergeant-at-Arms ab, als die Frau aufstand, um den Anstand wieder herzustellen. Stattdessen gab er seinem Angestellten ein Zeichen, die Lautstärke zu erhöhen, und als er wieder sprach, durchbrach er das Chaos.

„Vizepräsident Dominguez konnte heute Morgen nicht hier sein", fuhr er fort. In Wahrheit war Dominguez nirgends zu finden: Er war seinem Schutzauftrag entgangen und seine biologischen Sensoren waren inaktiv. „Wir haben jedoch keine Beweise dafür, dass er in irgendeiner Weise in die Sache verwickelt ist. Jedenfalls keine Beweise, die vor Gericht Bestand haben würden.

„Wie ich schon sagte, ist diese Bedrohung noch nicht ausgestanden, und es gab einige, die meinten, ich solle sie noch nicht öffentlich machen, aber ich wurde mit dem Versprechen gewählt, die Regierung der Republik für die Menschen transparenter zu machen. Es gibt einige Wahlversprechen, die ich nicht einhalten konnte - über den Zustand unserer Wirtschaft muss ich keinem von euch etwas erzählen - aber dieses kann und werde ich einhalten. Die Zeit wird zeigen, ob ich damit die richtige Entscheidung getroffen habe, aber ich muss an die Stärke und den Mut der Bürgerinnen und Bürger der Republik glauben."

Die Menge hatte sich bei seinen Worten beruhigt und er nutzte die Gelegenheit, um tief durchzuatmen und seine Gedanken zu sammeln ... doch bevor er wieder sprechen konnte, sprintete Charlie Klesko die Stufen des Podiums hinauf und kam auf ihn zu, mit grimmigem und konzentriertem Blick. Instinktiv berührte Daniel O'Keefe den Schalter, um sein Mikrofon stumm zu schalten.

„Sir", zischte er und packte O'Keefes Arm, „wir müssen Sie in Sicherheit bringen. Es sind zwei Protektoratsschiffe mit Eysselink-Antrieb im Anflug. Sie sind wahrscheinlich unbemannt und fliegen mit relativistischer Geschwindigkeit auf die Erde zu: Alles, was sie treffen, wird in einem Radius von etwa zehn Kilometern aufhören zu existieren. Sie werden in etwas mehr als zwei Stunden hier sein und wir brauchen jede Minute davon, um dich aus der Stadt zu bringen."

„Jesus Christus!" O'Keefe zischte ungläubig. Sein Verstand wollte sich abschalten, aber er zwang ihn zum Handeln. Zwei Stunden ... in dieser Zeit konnte man unmöglich die ganze Stadt evakuieren, nicht einmal annähernd. Es gab zwar Notunterkünfte, aber würden sie ausreichen? Und konnte er aus der Hauptstadt fliegen und ihre Bürger dem drohenden Tod überlassen? Er packte Klesko an der Schulter und sah ihm in die Augen. „Charlie, bring meine Tochter und meine Enkelin aus der Stadt."

„Sir!" rief Klesko und protestierte auf seinen Lippen.

„Charlie, tu es einfach", sagte O'Keefe fest. „Das ist ein Befehl. Bring sie sofort hier raus."

„Ja, Sir", stieß Klesko zwischen den Zähnen hervor und rannte die Treppe hinunter ins Publikum.

O'Keefe blickte zurück in die Menge und hörte ihr unruhiges Grollen. Er sah, wie sich die Mehrheitsführerin des Senats von ihrem Platz erhob und mit gebieterisch schwingenden Armen auf das Podium zuging. Er drückte auf den Regler, um seinen Tonabnehmer wieder einzuschalten.

„Meine Damen und Herren“, sagte er und sprach langsam, um Klesko Zeit zu geben, Valerie aus dem Publikum zu holen, „ich habe soeben beunruhigende Informationen erhalten.“ Er hob eine Hand, um Senator Chorney aufzuhalten, und forderte die Mehrheitsführerin auf, zu bleiben, wo sie war. „Zwei nicht identifizierte Raumschiffe mit Eysselink-Antrieb bewegen sich von dem Gebiet des Asteroidengürtels, in dem wir das Wurmloch des Protektorats vermuten, auf die Erde zu. Sie beschleunigen mit 200 Gravitationskräften auf uns zu und zeigen keine Anzeichen einer Verlangsamung.“

Er ließ seinen Blick über die Menge schweifen und sah, wie Klesko Valerie aus einem Seitenausgang in den Saal drängte. Die Leute erhoben sich zögernd von ihren Plätzen, alarmiert, aber unsicher, was sie tun sollten. „Diese beiden Schiffe sind wahrscheinlich unbemannt und reisen mit fast 20 Prozent der Lichtgeschwindigkeit. Sie werden in zwei Stunden ankommen, und wenn sie auf ein bewohntes Gebiet treffen, könnten Millionen von Menschen sterben. Capital City ist ein logisches Ziel für diese Schiffe, auch wenn wir noch nicht wissen, wo sie aufschlagen werden. Es gibt keine Möglichkeit, diese Stadt zu evakuieren, geschweige denn jede andere Stadt, die ein Ziel sein könnte.“ Er blickte direkt in die nächste Nachrichtenkamera, die ihn aufnahm. „Ich fordere alle Bürgerinnen und Bürger auf, sich geordnet und sicher in die nächstgelegene Notunterkunft zu begeben, und ich weise hiermit das gesamte Personal des Republic Service Corps an, sich bei den Notunterkünften zu melden, um diejenigen zu unterstützen, die dort Schutz suchen. Wenn irgendjemand hier seine persönlichen Ressourcen nutzen möchte, um vor der Bedrohung zu evakuieren, werde ich sein Handeln nicht verurteilen, aber ich habe vor, in Capital City zu bleiben und das Schicksal seiner Bürger zu teilen. Wenn ihr mich jetzt entschuldigen würdet, ich muss unsere Verteidigung gegen diese Bedrohung koordinieren.“

Ohne eine weitere Erklärung drehte sich O'Keefe um und verließ das Podium, wobei er seine Angestellte an der Schulter packte, als er an ihr vorbeiging. Er hatte Swetlana Sacharowa nach Glens Tod auf diesen Posten befördert, nicht so sehr, weil sie dafür besonders qualifiziert war, sondern vor allem, weil er ihr mehr vertraute als jedem anderen in seiner Verwaltung.

„Ich brauche hier einen Bereitschaftsraum, und zwar sofort", sagte er ihr und wies auf den Vorraum, wo er auf den Beginn der Rede gewartet hatte. „Stellen Sie eine Verbindung zum Flottenhauptquartier her und holen Sie mir General Rietveld und Flottencaptain Di Ndinge aus dem Publikum. Ich muss wissen, was wir in dieser Sache tun können."

„Sir", unterbrach ihn Zakharova, „ich habe gerade einen Anruf von Lieutenant Franks vom Flottenhauptquartier erhalten. Er hat eine Idee, braucht aber Ihre sofortige Freigabe dafür und sagt, er habe keine Zeit für Erklärungen."

O'Keefe hielt mitten im Schritt inne, ein schiefes Grinsen breitete sich auf seinem Gesicht aus, fast unwillkürlich. „Verdammt, der Apfel fällt nicht weit vom Stamm", sagte er kopfschüttelnd. „Sag ihm, dass er meine Erlaubnis hat, alles zu tun, was er glaubt, um die Schiffe aufzuhalten, ohne Fragen zu stellen. Aber Gott steh ihm bei, wenn es nicht klappt..."

CAPTAIN TOMAS PEREZ schwitzte und er hasste sich dafür. Erst vor drei Monaten war er zum Captain befördert und ihm das Kommando über die Bradley übertragen worden, und fast die ganze Zeit über lag das Schiff im Trockendock und wurde umgerüstet. Er hatte nur die Hälfte seiner Besatzung an Bord und musste erst noch seinen Ersten Offizier kennenlernen ... und jetzt war das Schiff in Alarmbereitschaft versetzt worden und sollte in weniger als einer Stunde den Antrieb hochfahren und das Dock im Flottenhauptquartier verlassen, was völlig unmöglich war. In den letzten zehn Minuten war er zweimal im Maschinenraum gewesen und es sah so aus, als ob sie endlich bereit wären...

„Perez befahl dem Steuermann, einem kurzhaarigen, stämmigen, asiatisch aussehenden jungen Mann mit dem unwahrscheinlichen Namen Bevins... zumindest hoffte Perez, dass das sein Name war, denn er hatte ihn in der letzten halben Stunde schon zweimal so genannt, und er hatte keine Zeit, seinen Link zu konsultieren, um sicherzugehen.

„Sir", sagte der Kommunikationsoffizier von seiner Position auf der anderen Seite der Brücke, „wir haben einen Nachrichtenoffizier, der über die Nabelschnur an Bord kommt, einen Lieutenant Franks. Er sagt, dass er mit uns gehen muss und dass es dringend ist."

„Wenn er da ist, sollen sie sofort die Verbindung zur Nabelschnur trennen", sagte der Captain verärgert über die Verzögerung.

„Die Nabelschnur ist frei", verkündete Helm und überprüfte die Sensoren. „Ich trenne jetzt die Verbindung."

„Direktionale Schubdüsen", befahl Perez. „Bringt uns auf eine sichere Distanz und schaltet dann den Plasmaantrieb ein."

Es gab das vertraute „Peng, Peng"-Geräusch der Manöverraketen, die den massiven, monolithischen Kreuzer sanft von der Nabe der sich langsam drehenden Trommel des Flottenhauptquartiers wegdrückten.

„Lieutenant", wandte sich Perez an den Kommandooffizier - Reno war sein Name, ein kauziger Oberleutnant, der gerade ein Jahr an der Akademie studiert hatte - „setzen Sie sich mit dem Kommando in Verbindung und finden Sie heraus, wo genau wir hinmüssen."

„Da kann ich Ihnen helfen, Sir." Perez drehte sich bei der unbekannten Stimme um und sah einen sommersprossigen jungen Mann in einer schwarzen Geheimdienstuniform, der aus dem Brückeneingang trat und auf der Rückenlehne der Beschleunigungscouch hinter der Station des Captains zum Stehen kam. „Ich bin Leutnant Franks vom Flottennachrichtendienst", sagte er und salutierte unbeholfen, während er sich in die Liege hievte und anschnallte. „Tut mir leid, dass ich auf Ihrer Brücke störe, Sir, aber wir haben kaum Zeit und Sie sind im Moment das einzige Schiff mit Eysselink-Antrieb in der Erde-Mond-Region."

Er atmete tief durch und schien selbst ein wenig erschöpft von der Situation zu sein. „Zwei Schiffe des Protektorats sind auf dem Weg zur Erde... Sie sind noch etwas mehr als eine Stunde entfernt und fliegen mit gestohlenen Eysselink-Antrieben fast ein Viertel

Lichtgeschwindigkeit. Das bedeutet, dass keine unserer Verteidigungsanlagen sie erreichen kann. Wahrscheinlich sind sie unbemannt, und selbst wenn sie eine Besatzung haben, sind sie wahrscheinlich auf einer Selbstmordmission - wir glauben, dass sie als relativistische kinetische Tötungsfahrzeuge eingesetzt werden und versuchen, ihre Ziele auf der Erde mit einem guten Prozentsatz der Lichtgeschwindigkeit zu treffen, was alles, was sie treffen, in einen etwa zehn Kilometer breiten Krater verwandelt."

Perez wollte einen Ausruf loslassen, hielt sich dann aber zurück, als er merkte, dass das nicht professionell wäre. „Und wie sollen wir sie dann aufhalten?" Fragte er stattdessen.

„Die einzige Möglichkeit, ein Schiff mit aktiviertem Antriebsfeld zu stoppen, ist, es mit einem anderen Antriebsfeld zu treffen", antwortete Franks und schüttelte reumütig den Kopf. „Leider kann das drastische Folgen haben. Wir müssen also einige Vorbereitungen treffen, denn wir müssen es zweimal tun ... und wir müssen diese Schiffe abfangen, bevor sie den Punkt erreichen, an dem sie ihre Antriebsfelder ausschalten, denn wenn wir das nicht tun, ist es egal, was wir tun, selbst ihre Asche wird mit relativistischer Geschwindigkeit reisen und die Strahlungswelle, die sie verursachen würde, würde immer noch Millionen töten." Der junge Lieutenant grinste. „Aber kein Druck."

33

Shannon Stark wachte langsam und schmerzhaft auf, mit einem metallischen Geschmack im Mund und einem pochenden Puls in ihrem Kopf. Sie zuckte und schlug in halbbewusster Panik um sich, aber sie konnte sich nicht bewegen: Irgendetwas hielt ihre Hand- und Fußgelenke und sogar ihren Kopf fest. Ihre Augen fühlten sich wie verklebt an, aber Shannon schaffte es, sie zu öffnen und die verschwommene Realität wegzublinzeln.

Sie saß aufrecht in einem gepolsterten Stuhl und starrte in die Linsen einer Maschine, die sie nur allzu gut kannte: eine Hypnosonde. Sie ragte vor ihr auf, unheimlich in ihrer sterilen Plastik- und Metallhülle, die von dieser Seite noch viel furchterregender war als von der anderen. Sie kämpfte darum, ihre Atmung und ihren Herzschlag zu kontrollieren und ihren Verstand zu zwingen, zu arbeiten. Sie war von einem Elektroschocker getroffen worden, der vermutlich als Sicherheitssystem in den Raum eingebaut war. Die ganze Sache war eine Falle gewesen...

„Ah, Dobroe utro, Colonel Stark", hörte sie Antonovs Stimme von ihrer rechten Seite und direkt hinter ihr. Guten Morgen. Sie war also noch nicht sehr lange weg gewesen. Sie versuchte, sich umzudrehen, um den Mann zu sehen, aber er war zu weit hinter ihr und sie konnte nur die kahle Wand des Raumes sehen, in dem sie sich befand.

„Warum...“, versuchte sie zu sprechen, aber ihr Mund fühlte sich an, als wäre er mit Watte gestopft. Antonov kam in ihr Blickfeld und hielt ihr einen Becher mit Wasser hin. Sie überlegte, ob sie sich wehren sollte, aber das wäre sinnlos, dachte sie im Stillen. Sie nippte an dem Wasser und seufzte leicht erleichtert.

„Ich glaube“, sagte Antonov fröhlich, „du wolltest mich gerade fragen, warum ich dich nicht getötet habe, oder?“

„Ja“, sagte sie leise. Antonov ging hinter ihr und zu ihrer Linken herum. Sie versuchte, ihm zu folgen, aber der Gurt um ihre Stirn schränkte ihre Bewegung ein.

„Ich habe dich am Leben gelassen“, informierte er sie, „weil ich, wie du gesagt hast, nicht ohne dich gehen kann. Da ich keine Zeit für etwas Unterhaltsameres habe", kicherte er und sie kämpfte gegen einen instinktiven Schauer an, als sein schwieliger Finger eine Linie über ihre linke Wange zog, „...und glaub mir, meine Liebe, ich kann mir viel unterhaltsamere Wege vorstellen, eine schöne Frau nach meinem Willen zu beugen...ich werde gezwungen sein, die antiseptischere Option zu nutzen, diese Mashina.‘

„Das wird nicht funktionieren“, sagte sie ihm mit fester Stimme. „Um die Sonde ohne Drogen an mir anzuwenden, müsste ich es freiwillig tun ... und wenn du mich betäubst, werde ich mich nicht schnell genug erholen, um meine Luftabwehr zu rufen, bevor sie Alarm schlagen und diesen Ort abriegeln.“

„Das habe ich in der Tat in Betracht gezogen, Colonel“, versicherte er ihr mit so selbstbewusster und fröhlicher Stimme wie immer. Er ging hinter ihr zurück und sie spürte einen Anflug von Panik, als ihr Stuhl zu wackeln begann, aber dann merkte sie, dass er ihn drehte, damit sie weiter nach links sehen konnte.

Als sie sich langsam umdrehte, konnte sie sehen, dass sie sich in einer Art medizinischem Labor oder einer Klinik befand, die mit einer ziemlich ausgeklügelten Ausrüstung ausgestattet war; drehte sie sich noch ein bisschen weiter, konnte sie sehen, dass ein paar Meter links von ihr eine fahrbare Trage aufgerollt war und dass jemand darauf lag. Sie erkannte die Stiefel, die zu dem Tarnanzug gehörten, den ihr Team getragen hatte, und spürte, wie ihr das Herz in die Kehle stieg.

Ein weiterer Ruck an der Seite ihres Stuhls und sie konnte sehen, dass der Soldat halb getrocknete Blutspritzer auf den Stiefeln und ein paar schicke Verbände am rechten Bein, am Knie und an der Hüfte hatte. Ein Stück weiter links sah sie eine zerknitterte Frau in zerknitterter Kleidung, die sie nach Jamesons Beschreibung als Dr. Maggie Cochrane erkannte. Cochrane stand hinter der Trage und sah äußerst unbehaglich aus, mit einem Gesicht, das eine Mischung aus Abscheu und Entsetzen zu sein schien. Neben ihr und etwas hinter ihr, mit dem Rücken zur Wand, standen zwei gepanzerte Biomechs, die ihre Waffen auf sie und den Soldaten auf der Trage gerichtet hatten und nicht bewegten.

Eine letzte Drehung des Stuhls und sie sah, dass der Mann auf dem Tisch Tom Crossman war.

„Ich kenne diesen Mann", sagte Antonov, lehnte sich nah an sie heran und flüsterte verschwörerisch. Shannon fiel es schwer, sich auf seine Worte zu konzentrieren, als sie Toms Gesicht abtastete und sah, dass er bewusstlos war, aber noch atmete. Seine Haut war durch den Blutverlust blass und schweißbedeckt. Sie konnte einen weiteren intelligenten Verband an seinem Hals und einen weiteren an seinem Arm sehen. „Er war vor fünf Jahren auf meinem Schiff."

„Dein Gedächtnis ist beeindruckend", sagte sie in einem neutralen Ton und versuchte, sich ihre Gefühle nicht anmerken zu lassen. Alles, woran sie denken konnte, waren Toms Kinder...

„Mein Gedächtnis ist nicht mehr das, was es einmal war", entgegnete Antonov. „Die Gefahren eines Lebens über zwei Jahrhunderte. Aber ich habe den Film gesehen."

Shannon unterdrückte ein bitteres Lachen. Tom hasste diesen verdammten Film...

„Also, wir werden Folgendes tun, moi dorogoi", fuhr er fort. Meine Liebe. „Du wirst dich der Hypnosonde widerstandslos unterwerfen und ich werde dem sehr kompetenten Dr. Cochrane hier erlauben, deinen Freund zu behandeln. Wenn wir diesen Ort verlassen, werden wir sie hier lassen und dein Mann wird überleben. Die Alternative... nun, wenn du dich weigerst, werde ich den guten Doktor deine genialen Verbände abreißen lassen und deinen Mann zu vollem Bewusstsein bringen und dann werden wir sehen, wie viel Blut er noch in sich hat." Ein Schnauben. „Nicht alles auf einmal, natürlich."

„Wo sind die anderen von meinen Leuten?" fragte sie mit einer Stimme, die aus einem Computer stammen könnte.

„Es tut mir leid, dir das sagen zu müssen", sagte Antonov und seine gespielte Bestürzung klang genauso fröhlich, „aber ich fürchte, dass Sergeant Crossman der einzige Überlebende war."

Shannon schloss für einen Moment die Augen und ihr Mund verzog sich zu einer harten Linie. „In Ordnung", sagte sie leise.

„Was?" Antonov sagte leicht überrascht. „Keine klischeehaften Fragen, wie du mir vertrauen kannst?"

„Ich weiß, dass ich dir verdammt noch mal nicht trauen kann", stieß sie zwischen zusammengebissenen Zähnen hervor. „Aber ich habe kaum eine andere Wahl."

„Ah, ich liebe pragmatische Frauen", lachte er und zog ihren Stuhl zurück, bis sie wieder vor der Hypnosonde stand. Er rückte auf die andere Seite der Maschine und sie konnte ihn wieder sehen: das Genie und den Wahnsinn in seinen Augen, den grausamen Humor in seinem selbstgefälligen, arroganten Lächeln. Er griff nach der Hypnosonde und betätigte einen Regler, um sie zu aktivieren. „Und jetzt ... entspann dich einfach ..."

„Wenigstens versuchen sie keine Ausweichmanöver", murmelte Leutnant Franks und starrte auf den Hauptbildschirm. Die beiden Eysselink-Rammschiffe waren auf den gravimetrischen Sensoren wie glühende Kometen zu sehen, die sich ein paar Lichtsekunden vor dem anderen aufgereiht hatten: Sie mussten getrennt bleiben, um die gleiche Art von Antriebsfeldverschränkung zu vermeiden, die er und Perez gegen sie einsetzen wollten.

„Bei ihrer derzeitigen Geschwindigkeit“, berichtete der Taktische Offizier, Leutnant Wolford, dessen Atmung durch die Beschleunigung von zwei G etwas erschwert wurde, „ist das vordere Schiff vierzig Minuten vom Aufprall auf der Erde und zehn Minuten vom Rendezvous mit der Bradley entfernt. Das hintere Schiff ist etwa zehn Minuten hinter ihm.“

„Maschinenraum“, sprach Perez mit angestrengter Stimme in die Sprechanlage, „wie läuft es mit den Modifikationen?“

„So gut wie fertig, Sir“, antwortete die technische Offizierin mit unwahrscheinlich fröhlicher Stimme. „Es handelt sich hauptsächlich um Softwareanpassungen und ein paar Schaltkreisumgehungen ... Nun, mehr Zeit haben wir nicht. Ich kann nicht sagen, ob es funktionieren wird oder nicht... Jedes Experiment, das mit sich kreuzenden Antriebsfeldern gemacht wurde, hat zu einer ziemlich spektakulären gegenseitigen Zerstörung geführt.“

Perez' Augen weiteten sich und er warf Franks einen bösen Blick zu.

Franks breitete seine Hände aus. „Commander Prieta, der Chefingenieur der Decatur schwört, dass es klappen wird.

„Ich habe die Vektoren für die Feldüberschneidung eingezeichnet“, verkündete Bevins, der Steuermann. „Das wird richtig knifflig, Captain...“

„Programmieren Sie einfach die Vektoren, Lieutenant“, sagte Perez kurz und bündig. „Es gibt keine zweite Option und auch keine zweite Chance.“ Er wandte sich an Lt. Franks. „Sagen Sie mal, Lieutenant, das hätten Sie uns doch auch über Funk sagen können... warum sind Sie selbst an Bord gekommen?“

Franks zuckte ausdrucksvoll mit den Schultern. „Sir, ich habe viele Nachrichten aus Decatur verfolgt und dadurch eine Vorstellung davon bekommen, wie diese Rammschiffe funktionieren ... Ich dachte mir, es wäre besser, wenn ich an Bord bin, für den Fall, dass ich bei etwas helfen kann.“ Er grinste. „Und um ehrlich zu sein, Sir, habe ich die letzten zwei Jahre an einem Schreibtisch gesessen und die Nachrichten einer verdeckten Operation nach der anderen weitergeleitet. Ich wollte nicht auf meinem Hintern sitzen, während das Protektorat die Erde angreift."

Perez gluckste leise. „Du erinnerst mich an Colonel McKay ... als er noch Captain war."

„Du hast mit dem Colonel gedient?" fragte Franks erstaunt.

„Ich war während des Krieges der stellvertretende Waffenoffizier auf der Patton", sagte er mit einem verständlichen Stolz in der Stimme. „Ich habe die Rakete abgefeuert, die Antonovs Flaggschiff zerstört hat."

Franks begann zu lächeln, aber es gefror auf seinem Gesicht, als ihm eine Erkenntnis wie ein eiskalter Wasserstrahl durch den Kopf ging.

„Das ist großartig, Sir", sagte er mit so viel Enthusiasmus, wie er vortäuschen konnte. „Bist du nach dem Krieg auf der Patton geblieben?"

„Nur bis wir von einer Versorgungsmission nach Aphrodite zurückkamen", bestätigte der Captain Franks' schlimmste Befürchtungen. „Danach wurde ich befördert und ging zur Offiziersausbildung."

Oh, Scheiße, stöhnte Franks in seinem Kopf und ließ sich durch die hohe Schwerkraft tiefer in die Beschleunigungsliege zwingen. Was zur Hölle soll ich jetzt tun?

„Zwei Minuten bis zum Abfangen", verkündete der Rudergänger. „Ich habe die Vektoren programmiert ... wir sind in der Röhre. Wir beschleunigen auf eine Schwerkraft."

Der Druck auf Franks' Brust ließ auf ein normales Maß nach, aber er bemerkte es kaum: Er war darauf konzentriert, Perez zu beobachten. Als die Sekunden verstrichen, sah er, wie dem Captain Schweißperlen über die Stirn liefen und wie sich das Gesicht des Mannes von angestrengter Konzentration zu quälender Unentschlossenheit wandelte, als der Moment des Abfangens näher rückte.

Tief in seinem Inneren war er davon überzeugt, dass der Captain durch die Konditionierung, die er auf der unglückseligen Reise der Patton nach Aphrodite erfahren hatte, unter Druck gesetzt wurde und dass der Mann in letzter Sekunde zusammenbrechen und das

Manöver abbrechen würde. Er wusste nicht, ob er paranoid war, aber er wusste, was Shannon Stark oder Jason McKay dazu sagen würden: Die Frage war nie, ob man paranoid war, sondern nur, ob man paranoid genug war.

„Captain", sagte er entschlossen und lehnte sich in seinem Sitz vor.

Perez' Gesicht drehte sich zu ihm um, wie ein in die Enge getriebenes Tier, das die Flucht ergreift.

„Captain Perez", wiederholte er und versuchte, seine Stimme ruhig, aber bestimmt zu halten. „Sie haben von Präsident O'Keefe die Erlaubnis erhalten, mir dieses Schiff für diese Mission zur Verfügung zu stellen, richtig?"

In seinem peripheren Blickfeld konnte Franks sehen, wie die Offiziere der taktischen Abteilung und des Steuermanns neugierige Blicke auf das Geschehen warfen, obwohl sie versuchten, sich auf ihre Stationen zu konzentrieren.

Die Augen des Captains flackerten hin und her, aber er nickte ruckartig. „Ja, aber..."

„Captain", betonte Franks den Rang und beugte sich noch näher vor, wobei eine Hand seine Fesseln löste und die andere auf die Schulter des Mannes fiel. „Du hast selbst gesagt, dass wir keine zweite Option haben und keine zweite Chance bekommen werden. Stimmt's?"

„Ja, das stimmt", gab Perez leise zu, nickte, begann aber leicht zu zittern und der Schweiß rann ihm über das Gesicht. „Aber irgendetwas stimmt nicht, ich spüre..."

„Captain", zischte Franks so leise, dass es niemand sonst hören konnte, direkt in das Ohr des Mannes, „die republikanische Raumflottenvorschrift 304.3 besagt, dass jeder Geheimdienstoffizier im Dienst immer eine geladene Seitenwaffe tragen muss. Wenn du versuchst, dich dem Befehl zum Abfangen der beiden Schiffe zu widersetzen, werde ich meine Waffe ziehen und dir eine Kugel in den Kopf jagen."

Perez' Augen weiteten sich und er wollte den Mund öffnen, aber Franks schüttelte den Kopf und legte einen Finger an seine Lippen, um zu schweigen. „Captain Perez, ich weiß, dass du in Panik bist und glaubst, dass du das verhindern musst, aber ich verspreche dir, das wird sich legen, wenn du es einfach geschehen lässt und deine Befehle ausführst. Halte einfach für die nächsten dreißig Sekunden den Mund, dann wird alles gut."

Oh Gott, dachte Franks und betete halb, dass ich den Kerl nicht umbringen muss...

„Zehn Sekunden!" rief Helm und Franks riss den Kopf herum und fletschte die Zähne, als er das erste der Rammschiffe auf dem Bildschirm sah, das unvorstellbar groß war.

Instinktiv zog er sich in seinen Sitz zurück und begann, seine Gurte zu straffen...

„Fünf Sekunden!" rief Bevins. „Vier..."

Franks starrte auf den Bildschirm, aber aus dem Augenwinkel sah er, wie Captain Perez an seinen eigenen Sicherheitsgurten zerrte. „Captain!", rief er aus. „Nein!"

„...zwei, eins, Aufprall!"

Franks hatte während eines Sommerurlaubs an der Akademie einmal Bungee-Jumping von einer Brücke in Oregon gemacht. Es hatte ihn zu Tode erschreckt und er hatte sich geschworen, es nie wieder zu tun, aber jetzt fühlte er sich, als würde er noch einmal fallen, aber nicht in eine Flussschlucht, sondern in die Löcher zwischen den Teilen der Raumzeit; für immer fallen, bis das Bungee-Seil der Realität ihn zurückschnappte und ihn mit erschreckender Gewalt in seinen Sitz knallte.

Seine Sicht schwamm in einem Meer aus Rauch und flackernden Lichtern, und seine Ohren waren erfüllt von dem verzerrten Klang mehrerer Alarme, während sein Magen durch die plötzliche Rückkehr der Schwerelosigkeit Saltos schlug. Er schlug mit der Faust gegen die Armlehne seiner Beschleunigungscouch und zwang sein Gehirn, sich zu konzentrieren.

Der Bildschirm flackerte durch einen Rauchschleier, der von kurzgeschlossenen Relais an der Kommunikationsstation über die Brücke zog, und überall, wo er hinsah, trieben die Mitglieder der Brückenbesatzung gegen ihre Fesseln an... bis auf Captain Perez. Er hatte es geschafft, seine Fesseln kurz vor dem Aufprall zu lösen, und Franks vermutete, dass er durch den Peitscheneffekt gegen den Rumpf geschleudert wurde. Er schwebte über der Steuerstation, sein Nacken war in einem unnatürlichen Winkel eingeklemmt und aus seiner Nase und seinem Mund liefen Blutklumpen. Seine Augen waren offen und er starrte Franks leblos an, was dem jungen Mann einen kalten Schauer über den Rücken jagte.

„Oh, du Mistkerl..." Franks stöhnte. Das bedeutet, dass ich das tun muss... „Taktisch!", schrie er heiser.

Er sah, wie Wolford den Kopf schüttelte, um sich zu befreien, und er wusste, dass der Mann zu lange brauchen würde. Er zog die Notentriegelung an seinen Fesseln, stieß sich ab und stürmte auf die taktische Station zu. Zu Franks' großer Erleichterung flackerte die Kontrollanzeige noch zweimal, bevor sie sich wieder stabilisierte - die Relaisschalter, die sie angebracht hatten, verhinderten, dass die Rückkopplung, die durch die Überlastung des Antriebsfeldes verursacht wurde, das Schiff zum Stillstand brachte. Er zog jedes einzelne der Shipbuster-Raketensymbole in den Startordner und stach dann auf das Symbol ein.

Das Schiff erbebte, als sich die Raketen eine nach der anderen lösten und von den elektromagnetischen Abschussrampen nach außen beschleunigt wurden, bevor ihre Fusionsantriebe zündeten und sie in die Luft schickten. Es waren insgesamt sechs, aber er sah mit einiger Verärgerung, dass nur vier gestartet waren: Eine der Abschussrampen war ausgefallen, beschädigt durch die Rückkopplung, die der Schnittpunkt des Antriebsfeldes verursacht hatte. Zwei der Raketen rollten davon und steuerten auf das treibende Rammschiff zu, das sie abgefangen hatten, während die anderen beiden ihre Antriebe abschalteten und geduldig warteten, so wie sie es programmiert hatten.

„Steuermann!" rief er und Bevins sah ihn an. Seine Augen wurden klar, als sich der Rauch auf der Brücke zu lichten begann, der von dem nun funktionierenden Lüftungssystem abgesaugt wurde. „Reaktiviere jetzt das Antriebsfeld! Bring uns auf Kurs, um das zweite Schiff abzufangen!"

„Mein Gott!“ brüllte Bevins und zuckte reflexartig gegen seinen Sicherheitsgurt, als er entsetzt auf den über ihnen schwebenden Körper von Captain Perez starrte. „Was zum Teufel ist passiert?“

„Er ist tot!“ schrie Franks, packte den Mann an der Schulter und riss sich nach vorne, um ihm in die Augen sehen zu können. Bevins' teigiges Gesicht war blass und er war kurz davor zu hyperventilieren. „Jetzt aktiviere das verdammte Antriebsfeld, oder das Schiff wird an uns vorbeifliegen, in Capital City einschlagen und alle Bewohner töten! Hast du mich verstanden?“

Schwer schluckend nickte Bevins und machte sich an die Arbeit an seinem stotternden Steuerpult. Während er das tat, kamen die anderen auf der Brücke langsam aus dem Schock der Feldkollision heraus und er konnte einen Chor von Flüchen und Ausrufen hören, als sie Perez' Körper sahen. Franks, der selbst einen Fluch murmelte, packte Perez am Knöchel, verankerte sich auf der Steuerstation und zog den Körper des Mannes zurück zur Hilfsbeschleunigungsliege und schnallte ihn fest.

„Captain Perez!“ Franks hörte die Stimme über die Sprechanlage in der Station des Captains und glaubte, den Chefingenieur zu erkennen.

„Verdammt noch mal“, zischte er, zog sich in den Stuhl des Captains und schnallte sich an. Ich komme so was von vor ein Kriegsgericht.

Er suchte nach der Sprechanlage, während Wolford und der Kommunikationsoffizier ihn ungläubig anstarrten. Er ignorierte sie, als er die richtige Steuerung fand. „Hier spricht Leutnant Franks... Captain Perez ist nicht verfügbar, geben Sie mir Ihren Statusbericht.“

„Nun, Lieutenant, die Hauptenergierelais sind schwer beschädigt und wir mussten auf die Hilfsenergie umschalten. Die Änderungen, die wir vorgenommen haben, haben jedoch verhindert, dass der Reaktor kippt, und die Antimaterieeindämmung ist immer noch stabil.“

„Wir brauchen den Antrieb jetzt sofort, Commander“, sagte Franks. „Wir müssen noch das zweite Schiff des Protektorats ausschalten und haben nur“, er prüfte den Countdown auf dem

Display an seinem linken Arm, „acht Minuten, um in Position zu gehen."

„Die Antriebe sind bereit, Lieutenant", informierte ihn der Ingenieur. „Aber ich muss dir sagen, dass die Hilfsstromrelais überlastet werden, wenn wir das Schiff abfangen, und der Reaktor wird durchbrennen. Wir werden eine Weile ohne Strom und Antrieb sein, wenn das funktioniert."

„Commander", wies Franks ihn an, „kontaktieren Sie den XO im Hilfskontrollraum und geben Sie ihm ein kurzes Update. Sag ihm, dass Captain Perez außer Gefecht gesetzt ist und er auf die Brücke kommen und das Kommando übernehmen soll, sobald wir das zweite Schiff abgefangen haben. Aber nicht vorher... Bis dahin ist es nicht sicher, sich zu bewegen. Franks unterbrach die Verbindung, ohne auf eine Antwort zu warten. „Leutnant Wolford, wie ist der Status des ersten Schiffes?"

„Es bewegt sich immer noch nicht", berichtete der taktische Offizier. „Die Shipbusters sind noch eine Minute entfernt. Ich kann keinen Raketenbeschuss erkennen."

„Das Antriebsfeld ist aufgebaut", verkündete Bevins. „Bereite dich auf eine Beschleunigung von zwei Schwerkräften vor."

Franks spürte den Druck, der ihn zurück in den Sitz des Captains drückte, und versuchte, das Pitter-Geräusch von Perez' Blut nicht zu bemerken, das auf das Deck regnete und teilweise direkt auf seine Füße traf. Er konzentrierte sich darauf, das Symbol für die Patton auf dem taktischen Display zu beobachten, das nach vorne sprang und auf Abfangkurs zum zweiten Schiff ging.

„Wir sind in der Röhre", sagte Bevins nach einem Moment. „Drei Minuten bei der aktuellen Geschwindigkeit. Ich gehe zurück auf eine Beschleunigung von einem G."

Franks wandte sich an die Kommunikationsstation und versuchte, sich an den Namen des Mannes zu erinnern, was ihm nicht gelang. „Commo", sagte er stattdessen, „sag allen, sie sollen sich für den Aufprall sichern."

Der Kommunikationsoffizier blickte kurz zu ihm und dann zu Captain Perez' Leiche, bevor er sich wieder seiner Station zuwandte, um die Warnung auszusprechen. Franks bemühte sich, den Mann nicht anzuschauen; der Körper war in den Sitz gesunken, hing schlaff an den Gurten und der Kopf schien sich immer wieder zu ihm umzudrehen... Er hatte noch nie gesehen, wie jemand getötet wurde, und irgendwie hatte er sich das nicht so vorgestellt.

Er schüttelte den Kopf und zwang sich, auf das entgegenkommende Schiff des Protektorats zu starren. Es tauchte vor ihnen auf dem Bildschirm auf, keilförmig und funktionslos, ohne jegliche Waffenöffnungen.

„Wir haben eine Detonation auf dem ersten Schiff!" meldete Wolford aufgeregt. „Beide Raketen haben es getroffen, es ist weg!"

„Hat es nie versucht, seine konventionellen Antriebe zu benutzen?" fragte Franks, dankbar für die Ablenkung.

„Nein, es hat sich nur treiben lassen", bestätigte Wolford.

„Dann sind sie wahrscheinlich unbemannt", schlussfolgerte Franks. „Und anscheinend ist ihre KI nicht so schlau ... oder sie wurde durch die Feldkollision zerstört. Wenn wir das schaffen, können sich unsere Shipbuster um den Kerl kümmern, egal ob wir dabei sind oder nicht."

„Nun", schnaubte Bevins, ohne ihn anzusehen, „sind Sie nicht Lieutenant Sunshine?"

„Tut mir leid, Sir", sagte Franks mit einem nervösen Lachen. „Meine Aufgabe ist es, die Erde zu retten; es ist eure Aufgabe, das Schiff zu retten."

„Dreißig Sekunden bis zum Einschlag", sagte Bevins mit klinisch neutraler Stimme, als traue er sich selbst nicht, etwas anderes zu sagen.

Als das Bild des zweiten Rammschiffs auf dem Bildschirm immer größer wurde, lehnte sich Franks im Sitz des Captains zurück, schloss kurz die Augen und fragte sich, ob er etwas bereuen würde.

Er hat es nie zu einer der Sternenkolonien geschafft, stellte er fest und hakte das auf einem imaginären Zähler ab.

„Zwanzig Sekunden."

Er hat Lara nie aus der Kommunikation abgefragt. In seinem

Gedächtnis tauchte ein Bild der kecken, dunkelhaarigen Lieutenant auf, die ihr Koboldlächeln lächelte, und er grinste.

„Fünfzehn Sekunden."

Ich wünschte, ich wäre bei Brians Hochzeit dabei gewesen.

„Zehn", stimmte Bevins an, „neun, acht..."

Nicht übel, Franks zuckte innerlich mit den Schultern. Natürlich bedauere ich am meisten, dass ich nicht lange genug leben werde, um noch mehr zu bedauern...

Er öffnete die Augen und spürte einen Anflug von Angst, als er das riesige Rammschiff auf dem Bildschirm sah, das so erschreckend nah auf sie zukam... Dinge im Weltraum sollten sich nicht so nahe sein, dachte er absurderweise. Das war unnatürlich.

„...Einschlag!" rief Bevins und seine Stimme zitterte vor Angst, die er nicht ganz verbergen konnte.

Das Universum drehte sich um Franks und er fühlte sich, als würde auch er für eine unendliche Ewigkeit gespindelt und gedehnt... und dann schnappte er mit einer unglaublichen Gewalt zurück und alles wurde dunkel.

34

„Charlie Gulf Niner-niner“, sprach Shannon Stark ruhig in ihren Helmpickup, „hier ist Charlie Gulf One, hörst du mich? Over.“

Es gab eine Pause und dann ein statisches Knistern. „Roger, Charlie Gulf One, hier ist Charlie Gulf Niner-niner, wie ist deine Lage? Over?“

„Wir haben das Ziel gesichert, Niner-niner, und sind bereit zur Abholung, over.“

„Gut zu hören, Ma'am.“ Die Stimme von CG99 hörte sich erleichtert an. „Gibt es Verletzte?“

Shannon öffnete den Mund, schloss ihn dann aber wieder und schluckte die Antwort herunter, die sie geben wollte, aber nicht konnte. „Negativ. Wir haben vier, die wir am Ausgang des Hangaraufzugs abholen müssen... folge einfach meinem Peilsignal. Die Ladung besteht aus mir und drei Priority Targets. Der Rest der Einheit bleibt hier, um den Komplex zu sichern. Ende.“

„Verstanden, Charlie Gulf One, ich bin auf dem Weg, Ende.“

„Wir werden auf dich warten. Charlie Gulf One, Ende.“

Shannon schaute zu Sergej Pawlowitsch Antonow hinüber, der sie mit verschränkten Armen beobachtete, die Augen gegen die

Morgensonne blinzelnd, während der warme Wind von New Mexico an seinem grauen Bart zerrte, und der aussah wie Moses in der Wüste.

„Sehr gut gemacht, Colonel Stark", sagte er freundlich. „Ich frage mich... da du jetzt Colonel bist, ist mein alter Freund Jason McKay ein General?"

„Ja, das ist er", antwortete Stark, ihre Stimme ruhig und neutral, ohne einen Hauch von Gefühl. „Der Präsident hat uns beide gestern befördert."

Antonov lachte und schaute zu Fourcade hinüber. Der aalglatte Lobbyist grinste selbst, während er eine Waffe auf Brendan Riordan richtete, der wieder bei Bewusstsein war, aber mit Handschellen gefesselt und mit einem Sack über den Kopf gezogen war. „Ich frage mich, Kevin, ob General McKay von seiner Beförderung erfahren wird."

„Ich nehme an, das hängt davon ab, wie du über die Existenz eines Lebens nach dem Tod denkst, General Antonov", sagte Fourcade kichernd.

„Weißt du", überlegte Antonov und fuhr sich nachdenklich mit den Fingern durch den Bart, „es ist sehr schön hier draußen." Er nickte zu den rot gefärbten Hügeln in der Ferne. „Ich werde mir hier eine Ranch bauen lassen müssen, wenn ich einmal über diese Welt herrsche."

„Da ist das Flugzeug, Sir", sagte Fourcade und blickte nach Norden.

Antonov folgte seinem Blick und sah die schwarze Gestalt im unmöglichen Blau des klaren Wüstenhimmels, die sich im Anflug um eine Reihe niedriger Hügel wölbte. „Zeit für ein bisschen Maskirova", sagte Antonov und legte seine Hände vor sich. Shannon umwickelte seine Handgelenke mit dem Plastikband einer flexiblen Manschette, dann tat sie dasselbe für Fourcade, nahm seine Waffe und steckte sie in ihren Gürtel.

„Denken Sie daran, Colonel Stark." Antonov sagte ihr leise, als das Landegerät näher kam und seine tödlichen, kantigen Linien klar zu erkennen waren: „Sobald wir auf dem Landegerät sind, lässt du den Piloten direkt zu den Koordinaten fliegen, die ich dir gegeben habe. Kein unnötiges Gerede, kein Funkverkehr, egal welcher Art. Hast du das verstanden?"

„Natürlich, General", sagte sie in demselben ruhigen Ton, den Blick auf das Landegerät gerichtet. Das Angriffsschiff senkte sich auf einer Säule aus überhitzter Luft, die durch seinen Reaktor und durch rotierende Kanäle an seinem Bauch geleitet wurde.

Ein roter Sandsturm peitschte auf sie ein, als das Landegerät zum Stehen kam. Fourcade und Antonov wandten sich ab, um ihre Augen vor der Explosion zu schützen, während Shannon teilnahmslos von ihrem Helm aus zusah und Riordan in betäubtem Schweigen unter seiner Kapuze stand. Das Landegerät landete auf schweren, einziehbaren Kufen, das Dröhnen der Düsen ging in ein hohes Heulen über, als die Turbinen abdrehten und sich eine Einstiegsrampe aus dem gewölbten Bauch des Landegeräts senkte.

Eine einsame Gestalt trat die Rampe hinunter, bekleidet mit der Standardkampfausrüstung des Geheimdienstes, ohne Namensschild oder Einheitsbezeichnung und mit einem Spiegelhelm, die Arme voll mit einem kurzläufigen Karabiner. Der Soldat kam auf sie zu, als sie alle zum Landeplatz marschierten. Riordan schlurfte unsicher mit Shannons Hand auf seinem Arm.

„Ich kümmere mich um die Gefangenen", verkündete Shannon, bevor der Geheimdienstler sie erreichen konnte. „Sag dem Piloten, er soll auf absolute Funkstille gehen und uns sofort in die Luft bringen."

„Ja, Ma'am", sagte eine weibliche Stimme über den Außenlautsprecher des Helms, und der Soldat drehte sich um und trottete die Rampe wieder hoch.

Das Wimmern der Turbinen wurde lauter, als der Pilot sie mit Strom versorgte, und der Staub um das Flugzeug begann zu blühen, während Shannon die drei Männer die Rampe hinaufführte, raus aus dem immer heißer werdenden Wüstenmorgen und rein in den Schatten der Klimakontrolle. Shannon hielt inne, als sie in den Passagier- und Frachtraum traten, und betätigte die Steuerung, um die Rampe anzuheben. Der Lander sprang in die Luft, bevor die Rampe halb geschlossen war, und ließ eine Staubwolke in den Frachtraum wehen, bevor er den Boden berührte.

Shannon führte Antonov und die anderen in eine Reihe von Sitzen, die an der Wand des Laderaums angebracht waren, schnallte sie an und ging dann eine kurze Treppe hinauf in das Cockpit des Landers. Die Soldatin, die ihnen begegnet war, saß auf dem Kopilotenplatz, also ließ sich Shannon auf den Kommandositz hinter ihnen fallen, nahm ihren Helm ab und hielt ihn in ihrem Schoß.

Mit ausdrucksloser Miene beugte sie sich vor und tippte ein Ziel in die Navigationskonsole ein. „Diese Koordinaten. Bring uns so schnell wie möglich dorthin."

„Es gibt dringende Kommunikationsanfragen von Präsident O'Keefe an Sie, Ma'am", begann die Soldatin.

„Funkstille für den Moment", sagte Shannon streng. „Sag mir Bescheid, wenn wir in der Nähe sind."

Mit diesen Worten erhob sie sich von ihrem Sitz, ging zurück in den Fahrgastraum und blieb vor Antonovs Sitz stehen. „Wir sind auf dem Weg", teilte sie ihm mit.

„Ausgezeichnet", sagte der Russe leise. „Wenn wir ankommen, begleitest du uns zu unserem Fahrzeug, dann steigst du wieder in das Landegerät und fliegst nach Capital City."

Shannon blinzelte, blieb aber stumm. Antonov lachte, ein unangenehm rauer und abschreckender Laut. „Du dachtest, ich würde dich umbringen. Nein, meine Liebe ... du bist viel zu wertvoll, um dich so schnell zu entledigen. Ich habe eine sehr große Aufgabe für dich, prekrasnaya zhenshchina." Schöne Frau. „Du wirst dem Narren, den du Präsident nennst, eine Nachricht von mir überbringen..."

~

Ari Shamir stöhnte, als er die zwei Meter von der schwebenden Landefähre zu Boden fiel und den Aufprall mit den Knien abfederte, während er in die Hocke ging. Schnell löste er sich aus dem Schatten des Flugzeugs und entfernte sich dreißig Meter von der Staubwolke, die das Landegerät aufgewirbelt hatte, um dann in Bauchlage die Gegend nach Bedrohungen abzusuchen, während er darauf wartete, dass der Rest des Teams ausstieg.

Die Mittagssonne brannte ihm auf den Rücken, als er dort lag, und überforderte die Kühlsysteme in seinem Marine-Körperpanzer und die Polarisation seines Helmvisiers. Er fing an zu schwitzen, als ihm eine Hand auf die Schulter klopfte und er sich umdrehte, um Rozas Augen durch das Visier ihres Helms zu sehen. Sie gab ihm einen Daumen hoch, und er rappelte sich auf und winkte mit der Hand, damit der Rest der Einheit sich ihm anschloss.

Es waren insgesamt ein Dutzend Marinesoldaten, die er und Roza von ihren Schreibtischtätigkeiten in den Flottenbüros in Capital City abgezogen hatten, als Leutnant Franks sie vor ein paar Stunden anrief. Er hatte verstreute Berichte über einen Raketenangriff auf Capital City gehört, über Evakuierungen in die Notunterkünfte, über Gefechte im Orbit ... aber im Moment war alles ein chaotisches Getöse mit einem sehr niedrigen Signal-Rausch-Verhältnis und das Einzige, was er mit Sicherheit wusste, war, dass Colonel Stark überfällig war und Franks meinte, dass jemand die Situation überprüfen müsse.

Er versuchte, die Sorge über das, was da draußen passierte, zu verdrängen und sich auf das zu konzentrieren, was direkt vor ihm lag: den Eingang zum unterirdischen Hangar von Riordans Bunker. Die riesigen Hangartore waren geschlossen und gut getarnt, rostbraun gefärbt wie die Erde und mit Felsbrocken bedeckt, aber seitlich davon befand sich der Eingang zu einem Tunnel, von dem aus eine Treppe nach unten führte. Der Eingang war offen gelassen worden, als hätte sich jemand in Eile auf den Weg gemacht und sich nicht darum gekümmert, welche Spuren er hinterlässt.

Ari näherte sich der Öffnung, einem Ring aus schwerem, dunklem Metall, der in den Sandstein eingelassen war, und nutzte dann die Videoverbindung zwischen dem optischen Visier seines Karabiners und dem Fadenkreuz in seinem Helm, um das Innere zu überprüfen. Der Schacht war leer, die Stufen halb mit Sand bedeckt, der während der Zeit, in der der Eingang offen gestanden hatte, hineingeweht worden war. Er zuckte mit den Schultern und ging die Stufen hinunter. Es könnte eine Falle sein, aber sie würden nicht herausfinden, was passiert war, wenn sie auf der Oberfläche saßen und auf eine Offenbarung warteten.

Die Stille beim Abstieg war ohrenbetäubend, so dass das Geräusch seines eigenen Atems in seinem Helm unglaublich laut in seinen Ohren klang. Alles, was er durch die externen Tonabnehmer hören konnte, war das leise Scharren seiner Fußsohlen auf den mit Sand bedeckten Steinstufen. Die Treppe führte gut fünfzig Meter hinunter zum Haupthangar, wo ein VTOL-Flugzeug einsam auf dem nackten Beton ruhte, ohne dass ein Mensch zu sehen war, weder auf dem Sicht- noch auf dem Wärmebild.

Ein schneller Scan zeigte, dass es nur einen Weg aus dem Hangar in den Komplex gab: eine große Doppeltür, die offen stand und einen kurzen Korridor freigab, der in einem Lastenaufzug endete. Ari führte die Gruppe durch den großen Hangar, während Roza die Nachhut bildete und die Marines einen guten taktischen Abstand einhielten, obwohl sie die meiste Zeit ihrer Karriere an Schreibtischen verbracht hatten. Als sie den Korridor erreichten, wies Roza sie per Handzeichen an, in der Nähe der Korridoröffnung Stellung zu beziehen, dann gesellte sie sich zu Ari an die Aufzugstür.

„Scheiße", stöhnte Ari, als er die Kontrollplatte untersuchte. „Das ist ein biometrischer Scanner. Das wird ein bisschen dauern." Er zog ein kleines Computermodul aus einer Gürteltasche, berührte einen Regler und klebte ihn auf die Vorderseite der Scannerplatte. „Ehrlich gesagt gefällt mir der Gedanke nicht, den Aufzug zu benutzen, aber es würde Stunden dauern, durch den Eingang zu kommen, den Colonel Starks Team benutzt hat."

„Ich glaube, das Überraschungsmoment spielt keine Rolle mehr, Kedves", antwortete sie. „So wie es hier aussieht, sind wir, wie man so schön sagt, einen Tag zu spät und einen Dollar zu wenig."

Ari wollte gerade zustimmen, als die Anzeige des Aufzugs plötzlich aufleuchtete und anzeigte, dass eine Kabine zum Hangar hochfuhr. Sein Kopf schwenkte für den Bruchteil einer Sekunde zwischen der Anzeige und Roza hin und her, bevor er sich an die Marinesoldaten wandte.

„Ihr zwei", er deutete mit dem Finger auf zwei der Soldaten am Ende des Ganges, „haltet uns den Rücken frei. Der Rest von euch verteilt sich und deckt den Aufzug!"

Die Marines richteten ihre Waffen auf die breiten Doppeltüren des Aufzugs und Ari und Roza stellten sich in die Ecke, um ihnen ein freies Schussfeld zu geben.

„Denkt daran", sagte Ari schnell, „der letzte Bericht, den wir hatten, war, dass da unten Biomechs sind, also zielt auf den Kopf."

Kaum hatte er die Worte ausgesprochen, öffnete sich die Tür mit einem knirschenden Quietschen von altem Metall und Ari hob seinen Karabiner an die Schulter und legte seine Fingerspitze auf den Abzug.

„Nicht schießen!", rief eine männliche Stimme laut. „Wir sind Freunde!"

Aris Augen verengten sich, dann weiteten sie sich, als die Türen ganz aufglitten. Im Aufzug befanden sich drei Männer in Tarnkleidung des Geheimdienstes, von denen einer auf einer Trage lag und von einer vierten Person versorgt wurde: einer kleinen, klobigen Frau mit einem teigigen Gesicht, das noch blasser wurde, als sie auf die Gewehrläufe starrte, die auf sie gerichtet waren.

„Nehmt die Hände auf den Kopf", schnauzte Ari, als er sich den Vieren vorsichtig näherte. „Keine Bewegung!"

„Ich bin Reynolds", sagte der Mann, der am nächsten dran war, und hob die Arme. Seine Stimme klang blechern über die externen Lautsprecher des Helms: „Fleet Intelligence Special Operations." Er deutete auf den anderen gepanzerten Mann, der einen blutverschmierten Verband um sein Bein trug und sich mit den Armen über dem Kopf abmühte, aufrecht zu bleiben. „Das ist von Paleske... wir gehörten zu Colonel Starks Überfallkommando."

„Raus aus dem Aufzug und runter auf den Boden", befahl Ari und winkte mit seinem Karabiner, „alle drei".

„Das ist Tom Crossman", sagte Roza mit fester Stimme und deutete auf die Gestalt auf der Bahre. Ari ließ seinen Blick, der zwischen den beiden gepanzerten Gestalten und dem Zivilisten hin und her gescannt war, auf den Körper auf dem Krankenbett fallen und fluchte leise, als er den bewusstlosen Mann erkannte.

Verdammt, dachte er, wir haben keine Zeit für so etwas.

„Nehmt eure Helme ab", befahl er den beiden Männern, als sie aus dem Aufzug traten. Reynolds tat dies sofort, zog den Vollvisierhelm ab und ließ ihn auf den Boden fallen. Ari hatte den Mann noch nie getroffen, aber er erkannte das Gesicht des jungen Unteroffiziers aus den Akten, die er eingesehen hatte. Von Paleske brauchte einen Moment länger und musste sich gegen die Fahrstuhltür lehnen, um den Helm abzunehmen.

Ari warf dem Mann einen Blick zu und nickte dann Roza zu. „Sie sind die, die sie vorgeben zu sein." Er wandte sich wieder an die beiden Männer und nahm seinen eigenen Helm ab.

„Captain Shamir, Gott sei Dank..." Von Paleske seufzte. Er war dem jungen Mann schon einmal begegnet, wenn auch nur kurz, während des Trudelns in den letzten paar Wochen.

„Wir sollten uns jetzt noch nicht bedanken", murmelte Ari. „Wer ist sie?" Er nickte in Richtung der Zivilistin. „Und was zum Teufel ist hier passiert?"

„Ich bin Dr. Maggie Cochrane", stammelte die Frau. „Ich arbeite für Mr. Riordan..."

„Sie war für die Gesunderhaltung der Antonov zuständig", warf Reynolds ein. „Captain, ich habe den Hintereingang bewacht und von Paleske kam zu meiner Position zurück, nachdem er angeschossen wurde... Wir konnten niemanden außer dem Lander kontaktieren, weil wir zu weit unter der Erde waren."

„Hör auf, Zeit zu verschwenden, verdammt!" Ari zuckte fast zusammen, als er die heisere, mühsame Stimme hörte, die von der Bahre kam. Tom Crossman zwang sich in eine sitzende Position und winkte Dr. Cochranes Einwände ab.

Er sah aus wie die Hölle, dachte Ari: Seine Rüstung war aufgeschlitzt und seine Einsatzkleidung war zerrissen und auf der ganzen rechten Seite seines Körpers mit Blut verschmiert. An seinem rechten Oberschenkel und seiner Hüfte, seinem rechten Arm und der rechten Seite seines Halses klebten schicke Verbände, und eine Infusion in seinem linken Arm war mit einer Pumpe und einem Reservoir auf der Trage verbunden, die seine Venen mit einem Blutersatzstoff versorgten. Sein Gesicht war gespenstisch blass und sein Haar war schweißverfilzt, aber seine Augen waren wach.

„Captain", sagte er, holte tief Luft und zuckte zusammen, weil sein Nacken schmerzte, „Antonov hat auf uns gewartet... es war eine Falle. Der Ort war voll von Biomechs..."

Ari blickte sich unwillkürlich besorgt um. „Wo sind sie jetzt?"

Crossman schüttelte ungeduldig den Kopf. „Sie sind unten im Wartebereich..."

„Sie stehen einfach nur da", unterbrach Reynolds, „und bewegen sich nicht, als ob sie auf Befehle warten würden. Sie haben sich nicht einmal bewegt, als ich und von Paleske endlich reingegangen sind."

„Sie haben sich nicht mehr bewegt, seit Antonov weg ist", knurrte Crossman und warf dem rangniedrigeren Unteroffizier einen Blick zu, der ihn zum Schweigen brachte. „Captain, der Raum, in dem Antonov festgehalten wurde, war mit Betäubungsgewehren ausgestattet. Alle anderen sind tot, aber der russische Psycho hat Major... ich meine Colonel Stark gefangen genommen." Selbst unter diesen Umständen hatte Toms Gesicht einen Hauch von Grinsen über die Beförderung. „Sie dachten, ich sei bewusstlos, und ich habe sie in dem Glauben gelassen, aber ich war wach. Er hatte mich da drin... er sagte ihr, dass er Fourcade mich aufschlitzen lassen würde, wenn sie nicht einwilligt."

„Wozu?" fragte Ari ungeduldig und fühlte, wie sich ein Loch in seinen Eingeweiden auftat.

„Eine Hypnosonde", antwortete Crossman grimmig. „Sir ... er hat ihr eine Gehirnwäsche verpasst. Er hat sie benutzt, um in das Landegerät zu gelangen und zu entkommen. Er hat ihr versprochen, dass er mich zurücklässt und mich vom Doc hier verarzten lässt, wenn sie sich nicht gegen ihn wehrt und es länger dauert." Auf Crossmans Gesicht war ein Schmerz zu sehen, der nicht nur von seinen Wunden herrührte. „Du musst sie aufspüren, denn Gott weiß, was er ihr antun wird, wenn er sie nicht mehr braucht..."

Ari schluckte schwer und sah zwischen Tom und Roza hin und her.

„Heilige Scheiße", platzte er mit großen Augen heraus. „Mir ist gerade klar geworden, dass ich keine Ahnung habe, wen ich anrufen soll."

„Ich denke, vielleicht", sagte Roza langsam und leise, „ich schon."

35

„Herr Präsident“, rief Captain Di Ndinge, „wir haben einen Bericht aus dem Flottenhauptquartier!“

Daniel O'Keefe schritt durch den überfüllten, chaotischen Bereitschaftsraum, der in einem Vorraum des Senats eingerichtet worden war, drängte die militärischen und politischen Mitarbeiter beiseite und machte sich auf den Weg zu der kleinen taktischen Anzeige, die an ein Terminal in einer Ecke des Raums angeschlossen war. Divungi Di Ndinge war ein schlanker, zierlicher Offizier aus Gabun in der Afrikanischen Konföderation. Normalerweise war er ein zurückhaltender und wortkarger Gentleman, aber in diesem Moment wirkte er fast schwindelig.

„Was ist da draußen los, Captain?“ fragte O'Keefe den Mann, der zu den leitenden Angestellten von Admiral Patel gehörte.

„Ein cislunares Patrouillenschiff hat einen Funkspruch von der Bradley empfangen“, sagte der Captain. „Die Leistung war ziemlich gering - das Schiff ist in einem ziemlich schlechten Zustand. Aber laut ihrem Bericht haben sie es geschafft, beide feindlichen Schiffe zu zerstören.“

„Gott sei Dank“, seufzte O'Keefe erleichtert und lehnte sich schwer gegen die Rückenlehne des Offiziersstuhls. Als sich die Nachricht im Raum verbreitete, gab es Beifall und erleichterte Ausrufe. Er hörte sogar jemanden leise schluchzen. „Du sagtest, sie haben Schaden genommen ... wie viele Verletzte?"

„Es gibt ein paar Schwerverletzte - vor allem schwere Verbrennungen und Schrapnellwunden im Maschinenraum, aber nur ein Todesopfer, Mr. President: Captain Perez, der kommandierende Offizier des Schiffes. Er hat sich bei dem Abfangmanöver mit dem ersten feindlichen Schiff offenbar das Genick gebrochen. Im Bericht war nicht klar, wie es passiert ist."

„Mein Gott", murmelte O'Keefe und schüttelte traurig den Kopf. „Der Mann ist gestorben, um uns das Leben zu retten, Captain. Ich werde dafür sorgen, dass sein Opfer nicht in Vergessenheit gerät. Aber jetzt ... haben wir Schiffe, die den Bradley Hilfe bringen können?

„Ja, Sir, es gibt einen Antimaterie-Frachter, der auf dem Weg von der Merkur-Produktionsstätte zum Flottenhauptquartier war. Ich werde sie zur Bradley umleiten und ihr bei den Reparaturen helfen."

„Ausgezeichnet, Captain. Halte mich bitte über ihren Status auf dem Laufenden. Und lass mich wissen, wenn einer der anderen Kreuzer aus dem Außensystem zurückkehrt." Sie hatten schon vor Wochen einen Rückruf angeordnet, aber wenn die schnellste interstellare Nachricht die gleiche Geschwindigkeit hat wie das Schiff, das sie transportiert, kann man nicht wissen, wann das halbe Dutzend interstellarer Kriegsschiffe, die auf Routinepatrouille sind, zurückkommt. Er wandte sich an Zhakarova. „Verbreite die Nachricht, dass die Bedrohung vorbei ist und gib Entwarnung für die Leute, die in die Schutzräume gegangen sind.

„Ja, Sir", bestätigte sie, bevor sie aus dem Raum eilte.

Der Präsident ging zu dem kleinen Arbeitsplatz hinüber, an dem Marinegeneral Rietveld über ein Kommunikationsdisplay gebeugt war und mit jemandem, der einen Fliegerhelm trug, in gedämpftem Ton sprach.

„Gibt es etwas Neues von Colonel Stark?" fragte O'Keefe ihn.

„Noch nicht, Sir", meldete der hochgewachsene, kahlgeschorene Offizier und kam auf die Beine. „Ich habe den Piloten von Captain

Shamir in der Leitung, aber die letzte Meldung, die er gehört hat, war vor ein paar Minuten, als Shamir und die anderen den Bunker betreten haben."

„Können wir nicht herausfinden, wo ihr Landegerät hin ist?" forderte O'Keefe mit Verzweiflung in seiner Stimme. „Ich meine, wir haben doch Satellitenabdeckung, oder?"

„Ja, Sir, Mr. President", versicherte ihm der General. „Es wird eine Weile dauern ... wir haben uns auf die Bedrohung durch die Schiffe des Protektorats konzentriert ... jetzt, wo wir wissen, dass sie zerstört wurden, können wir Colonel Stark aufspüren."

„Tun Sie das, General", sagte O'Keefe und klopfte dem großen Mann auf die Schulter. „Ich will wissen, wo das Landegerät hin ist und was mit Colonel Stark passiert ist." Und Antonov, dachte er, sagte es aber nicht. Das brauchte noch niemand zu wissen.

„Sir." O'Keefe blickte auf und sah, wie ihm ein Helfer einen Teller mit einem Sandwich und Karottenscheiben reichte. Er wollte gerade sagen, dass er keinen Hunger hatte, als sein Magen ihn daran erinnerte, dass er das Mittagessen ausgelassen hatte und eigentlich hungrig war.

„Danke, mein Sohn", sagte er mit einem Nicken, nahm den Teller und aß einen Bissen, während er sich gegen eine Wand lehnte und plötzlich spürte, wie die nervöse Energie der letzten Stunden aus ihm herausfloss.

Ich muss dafür sorgen, dass Leutnant Franks dafür einen Orden bekommt, dachte er, während seine Gedanken vor Erschöpfung umherschweiften. Ich kann ihn aber nicht befördern... das ist Sache von Stark oder McKay, wenn er zurückkommt. Ich werde sie einfach wissen lassen, dass ich jede Beförderung, die sie ihm geben wollen, gutheiße.

„Mr. President?"

O'Keefe schaute auf und sah Svetlana Zakharova, die halb in der Tür des Raumes stand und ein wenig erschöpft aussah. „Ja, Swetlana?" Er stellte seinen Teller auf einem der wenigen freien Plätze ab, die er finden konnte, und bemerkte aus dem Augenwinkel, dass er wackelte und umzufallen drohte, bevor einer seiner Helfer ihn mit glücklichem Timing auffing.

„Sir", fuhr Zakharova atemlos fort, „es ist Colonel Stark... sie ist zurück. Sie ist gerade gelandet und möchte Sie unter vier Augen in Ihrem Büro treffen."

„Ich bin verdammt froh, dass sie zurück ist." gab O'Keefe zu und schüttelte den Kopf. „Das ist ein Irrenhaus hier und ich habe immer noch keine klare Vorstellung davon, was hier los ist. Hol meine Sicherheitsleute... Ich fahre jetzt hin."

Er nahm sich einen Moment Zeit, um sich bei den Militäroffizieren zu melden und sich zu vergewissern, dass sie ihn über alle neuen Entwicklungen auf dem Laufenden hielten, dann folgte er seinem Sicherheitsteam durch den sicheren Ausgang zu seinem Flitter. Als Senator hatte er oft ein Auto benutzt, um sich in der Hauptstadt fortzubewegen, eine altmodische Angewohnheit, die er noch aus seiner Kindheit im ländlichen Alberta kannte, aber als Präsident konnte er sich solche Exzentrizitäten nicht erlauben. Er wurde in einem speziellen, gepanzerten Flitter transportiert, der immer von einem weiteren Flitter voller Sicherheitskräfte und normalerweise von einem Marinelandefahrzeug begleitet wurde.

O'Keefe ließ sich auf seinem Platz im Flitter nieder, während ein Sicherheitsbeamter den Platz neben ihm einnahm und Zakharova sich auf den Platz gegenüber von ihm fallen ließ, den Blick auf ihr Tablet gerichtet.

„Das öffentliche Vertrauen ist seit der Ankündigung und dem Angriff um 43 Prozent gesunken, Sir", sagte sie ihm. „Die Menschen sind kurz davor, in Panik zu geraten, Sir... Es gibt Berichte, dass Tausende von Menschen immer noch in den Schutzräumen in einem halben Dutzend verschiedener Städte sind. Du musst dich sehr bald an die Öffentlichkeit wenden."

„Das werde ich auch, Svetlana", versicherte er ihr trocken, „sobald ich weiß, was ich ihnen sagen soll."

Zakharova hielt mit einer Erwiderung auf den Lippen inne und hob reflexartig eine Hand zu ihrem Ohrhörer. „Ja, leiten Sie es an meinen

‚Link‘ weiter“, sagte sie leise zu dem Anrufer, dann sah sie wieder zu O'Keefe. „Sir“, verkündete sie, „Sie haben einen dringenden Anruf von General Kage erhalten. Er sagt, er muss sofort mit Ihnen sprechen.“

„Stellen Sie ihn über die Kabinenlautsprecher durch“, befahl er ihr.

„Sir“, sagte sie zögernd und ein finsterer Blick ging über ihr Gesicht, „er sagt, das sei sehr vertraulich und nur für dich bestimmt.“

„Oh, um Himmels willen“, zischte O'Keefe frustriert. Er zog den Ohrstöpsel aus seinem Glied und setzte ihn ein. „Stell ihn durch“, befahl er ihr und nickte. „Mal sehen, ob er eine gute Ausrede hat, um meine Rede zu verpassen...“

SHANNON STARK SCHRITT durch die Flure des republikanischen Präsidialamtsgebäudes mit der lässigen Vertrautheit eines gewöhnlichen Besuchers, und selbst ihre schweißgetränkte Dienstkleidung und die im Holster steckende Seitenwaffe zogen kaum einen zweiten Blick auf sich - und das an einem Tag, an dem ein Angriff des Protektorats gerade noch abgewendet werden konnte. In den Büros herrschte ein heilloses Durcheinander, während das Personal aus den Unterkünften hereinstürmte und andere die Nachrichtensendungen verfolgten oder versuchten, ihre Kontakte in der Flotte zu erreichen, um herauszufinden, was passiert war.

Shannon bewegte sich zielstrebig durch das Chaos, den Blick starr geradeaus gerichtet, als sie sich den Privatbüros des Präsidenten näherte. Im Empfangsbereich waren die üblichen zwei Sicherheitsbeamten zu beiden Seiten des Eingangs postiert, aber keiner der Berater oder Sekretäre des Präsidenten saß an den beiden Stationen im Außenbüro.

„Colonel Stark“, sagte der ranghöchste der Sicherheitsbeamten respektvoll. „Der Präsident erwartet Sie.“

Sie nickte und ging auf die Tür zu, aber der Wachmann hielt eine Hand hoch und sah fast verlegen aus. „Tut mir leid, Ma'am, aber die

Vorschriften... Sie müssen Ihre Waffe überprüfen, bevor Sie das Büro des Präsidenten betreten."

Shannon zögerte einen Moment und musterte den kräftigen, professionell aussehenden Mann, dessen rechte Hand lässig auf dem Schaft einer Maschinenpistole ruhte, die er sich um die Brust geschnallt hatte, dann zog sie mit einem dünnen Lächeln die 10 mm aus dem Holster an ihrer rechten Hüfte und reichte sie dem Agenten mit dem Kolben voran. Er nahm sie mit einem verlegenen Grinsen entgegen, zog eine Schublade an einer der Stationen auf und schloss sie darin ein.

„Ich bringe es Ihnen, wenn Sie rauskommen, Ma'am", versicherte er ihr.

Die Tür glitt zur Seite und Shannon betrat das Privatbüro des Präsidenten. Es war ein gut eingerichteter Raum mit geschmackvoller Kunst an den Wänden und einer Sammlung antiker, gebundener Bücher in Mahagoniregalen, in deren Mittelpunkt ein polierter Eichenschreibtisch stand. Er war genauso nostalgisch und altmodisch wie der Mann hinter dem Schreibtisch... obwohl er im Moment weniger altmodisch als einfach nur alt aussah.

Er schaute auf und lächelte schwach, als Shannon eintrat, aber er erhob sich nicht, da er anscheinend zu erschöpft war, um aufzustehen. „Es ist schön, dich zu sehen, Shannon", sagte er und klang völlig erschöpft. „Ich habe mir schon Sorgen gemacht."

Shannon ging zum Schreibtisch und strich abwesend mit dem Finger über den antiken Füllfederhalter, der in einer silbernen Halterung steckte. „Nun, Mr. President", räumte sie achselzuckend ein, „es gab Grund zur Sorge. Es ist nicht gut gelaufen." Sie nahm den Füller aus der Halterung, drehte ihn zwischen ihren Fingern hin und her und betrachtete die klassischen Linien des veralteten Geräts.

O'Keefes Augen flackerten zum Stift und dann wieder zu ihr. „Antonov war also nicht da?", mutmaßte er.

„Oh nein, Sir", sagte sie ihm, „er war sehr wohl da. Zusammen mit etwa hundert bewaffneten und gepanzerten Biomech-Soldaten. Sie wussten, dass wir kommen, und waren auf uns vorbereitet." Ihre Augen waren kalt und tödlich, als sie auf seine blickten. „Sie sind alle tot, Mr. President. Bis auf ein paar, die ich zurückgelassen habe, um uns zu bewachen, bevor wir reingegangen sind, sind sie alle tot. Und ich musste sie dort zurücklassen.“ Ihre Faust umklammerte den Stift so fest, dass er in ihrem Griff knarrte. „Ich musste Tom Crossman zum Sterben dort lassen.“

„Tom Crossman ist nicht tot, Colonel Stark“, sagte eine Stimme hinter ihr. Shannon wirbelte herum, ihr Gesicht verzog sich vor Schreck und grenzte an Wut, und sie hob den Füller instinktiv wie eine Waffe.

Shannon wusste, dass es mindestens zwei versteckte Eingänge zum Büro des Präsidenten gab. Sie musste davon ausgehen, dass General Kage sich hinter einem von ihnen versteckt hatte, als sie eintrat, denn jetzt stand er direkt vor ihr, seine Augen waren dunkle Pfützen aus teilnahmsloser Ruhe in dem rauen und zerklüfteten Terrain seiner verwitterten Gesichtszüge. Seine rechte Hand hob sich zu ihrem linken Handgelenk und hielt es und den Füller in einem eisernen Griff unbeweglich, während seine andere Hand einen Betäubungsgewehr auf Hüfthöhe auf sie richtete.

„Bitte lass den Füller fallen und entspann dich, bevor ich gezwungen bin, dich kampfunfähig zu machen“, sagte er mit kühler, ruhiger Stimme. „Dein Freund Sergeant Crossman lebt und wird von Ari Shamir und meiner Agentin Roza Kovach in ein Krankenhaus gebracht. Sie haben auch deine beiden anderen Männer, Reynolds und Von Paleske, aufgegriffen... und eine weitere Frau aus dem Überfallkommando lebt noch, sie wird gerade behandelt.“

„Crossman hat uns erzählt, wie Antonov dich gezwungen hat, dich der Hypnosonde zu unterziehen, Shannon“, sagte O'Keefe. Er stand jetzt auf, nachdem er ein paar Schritte vom Schreibtisch zurückgetreten war, und hatte die Hände in einer fast flehenden Geste erhoben, mit einem hilflosen, klagenden Ton in der Stimme. „Wir können dir da durchhelfen.“

Shannon zögerte einen Moment, dann warf sie den Füller mit einer abweisenden Bewegung ihrer Finger auf Kages Brust. Seine Aufmerksamkeit schwankte nur kurz, aber das reichte: Mit der Geschwindigkeit, die aus jahrelanger Übung resultierte, riss sie ihm den Betäubungsstift aus der Hand und setzte den Lauf gegen seine Nase.

Die Augen des Generals weiteten sich leicht und das einzige Geräusch im Raum war das scharfe Einatmen von Präsident O'Keefe. Shannon löste ihr Handgelenk aus Kages Griff und trat von ihm zurück, dann schniefte sie und warf den Betäubungsgewehr auf den Boden.

„Seien Sie realistisch, General", sagte sie und schüttelte den Kopf, die Fäuste in die Hüften gestemmt. „Wenn ich einer Gehirnwäsche unterzogen worden wäre, wären Sie tot und der Präsident auch."

„Aber..." O'Keefe stotterte und lehnte mit dem Rücken an der Wand des Büros. „Aber Captain Shamir hat doch gesagt..."

„Herr Präsident, du kennst mich jetzt seit sechs Jahren", sagte sie und bohrte ihren Blick in ihn. „Hast du je erlebt, dass ich unvorsichtig bin?" Sie schaute zu Kage. „Ich wusste schon seit Wochen, dass der Feind Hypnosonden benutzt, um seine Agenten zu kontrollieren. Eines der ersten Dinge, die ich getan habe, war, die psychologische Abteilung der Flotte aufzusuchen und mich gegenkonditionieren zu lassen. Ich bin mir sicher, dass du das Gleiche getan hast, als Agent Kovach dich darüber informierte, dass du während der Reise auf der Patton einer Gehirnwäsche unterzogen wurdest."

„Ja, das habe ich", gab General Kage unbeeindruckt zu. „Aber wenn du nicht unter Hypnose stehst, warum hast du Antonov dann erlaubt..." Die Erkenntnis dämmerte in seinen dunklen Augen und er lächelte, ein ungewöhnlicher Ausdruck für ihn. „Ah, ich verstehe... du verfolgst ihn."

„Aber warum hast du uns das nicht gesagt?" O'Keefe trat von der Wand weg und näherte sich den beiden zögernd. „Warum hast du Captain Shamir nichts gesagt?"

Shannon ließ sich müde in einen Stuhl neben dem Schreibtisch fallen, schloss die Augen und holte tief Luft. „Ehrlich gesagt, Herr Präsident, war uns Antonov die ganze Zeit zwei Schritte voraus und ich traue unseren Kommunikationswegen nicht. Ich musste sichergehen, dass er glaubt, dass ich genau das tue, was er mir aufgetragen hat, damit er nicht von seinen Plänen abweicht.“ Ihr Mund zuckte und ihr Ton wurde hart und bitter. „Also habe ich all diese Männer und Frauen nicht umsonst umgebracht.“

O'Keefe wollte ihr gerade sein Beileid aussprechen, als Kage sie unterbrach. „Wohin geht Antonov?“

„Er hat fast hundert Biomechs im Bunker zurückgelassen“, erklärte ihm Shannon. „Er hat sie zurückgelassen, als ob sie überflüssig wären. Ich vermute, dass er irgendwohin geht, wo er noch viel mehr bekommen kann.“

General Sergej Pawlowitsch Antonow, ehemaliger Anführer des russischen Protektorats, ehemaliger Herrscher über Osteuropa und einen Teil Asiens, ehemaliger Herrscher über das Novoye-Rodina-System und ein Dutzend anderer, überblickte seine Armee mit einer lange aufgeschobenen Zufriedenheit. Sie saßen auf Dutzenden von Bänken, Reihe an Reihe, auf einem Platz von einem halben Kilometer Länge und einem halben Kilometer Breite. Jeder von ihnen trug einen einfachen, unmarkierten grauen Körperpanzer und war durch Anschlüsse in der Rüstung mit Schläuchen zur Versorgung und Entsorgung verbunden.

Tausende von ihnen saßen regungslos und stumm da, wie eine Hightech-Armee aus Terrakotta in den harten, scharfkantigen Schatten, die die Industriebeleuchtung der alten Lagerhalle warf. Hier und da liefen menschliche Techniker zwischen ihnen umher, die sich um die Fütterungsmaschinen kümmerten oder die Abwassertanks leerten; hier und da nahm jemand einen Helm ab und nahm eine Anpassung an den Anschlüssen vor.

Antonov beobachtete sie noch einen Moment lang, dann betätigte er die Steuerung, um das Fenster zu verdunkeln, das vom Büro aus auf die Hauptebene des Lagers blickte. Er schaute zu Kevin Fourcade hinüber, der an dem zweckmäßigen Metallschreibtisch stand und immer noch Brendan Riordan beobachtete. Dem Manager waren zwar nicht mehr die Augen verbunden, aber seine Hände waren immer noch vor ihm gefesselt und er saß mit mürrischem und ängstlichem Gesichtsausdruck in einem für seine Größe viel zu kleinen Stuhl. Hin und wieder warf er einen fast unmerklichen Blick auf die Pistole, die Fourcade auf ihn gerichtet hielt.

„Ich muss Ihnen danken, Mr. Riordan", sagte Antonov mit dröhnender Stimme und lächelte breit. „Ohne Ihren grenzenlosen Ehrgeiz und Machthunger wäre das alles nicht möglich gewesen. Das kann ich respektieren." Er trat zu dem Mann hinüber, packte mit einer Hand das kantige Kinn und drehte Riordans Gesicht zu sich. „Der Unterschied zwischen uns, Tovarisch, ist, dass ich die Macht zum Wohle der unterdrückten Menschen auf dieser Welt will, während du sie nur zu deiner eigenen Verherrlichung willst." Er ließ den Mann los und zuckte ausdrucksvoll mit den Schultern. „Trotzdem kannst du mir vielleicht noch nützlich sein... wenn du dich als fähig erweist, kann ich vielleicht einen Platz für dich in meiner neuen Regierung finden."

Fourcade neigte den Kopf zur Seite, als ein Anruf über seinen 'Link' einging. Er sprach einen Moment leise mit dem Anrufer und wandte sich dann an Antonov. „Wir können ihn sofort gebrauchen, Sir", sagte er. „Die Fahrzeuge sind bereit zur Auslieferung - wir brauchen nur noch seine Genehmigung. Fourcade zog ein Tablet aus seiner Jackentasche, verband es mit seinem 'Link und legte es neben Riordan auf den Schreibtisch.

„Wenn du so freundlich wärst, Brendan..." Antonov nickte in Richtung des Tablets.

„Und du wirst so nett sein, Brendan", sagte Fourcade leise in das Ohr des großen Mannes, „denn ich habe lange genug für dich gearbeitet, um viele Gründe zu haben, dich töten zu wollen, auch wenn er es mir nicht befohlen hat."

Riordan starrte ihn einen Moment lang an, fügte sich dann aber. Er legte einen Daumen auf die Seite des Tablets und zuckte zusammen, als es ihn stach und Blut für die DNA-Analyse abnahm. Als das Gerät bestätigte, dass seine DNA-Probe positiv identifiziert worden war, beugte er sich über den Tonabnehmer und sprach langsam und deutlich. „Riordan, Brendan Jacob. Autorisierung E-98".

„Autorisierung bestätigt", meldete das Tablet.

„Das war's", sagte Fourcade zufrieden und schnappte sich das Tablet wieder. „Die Fahrzeuge werden in ein paar Stunden hier eintreffen. Es sollte nicht länger als einen Tag dauern, sie zu beladen."

„Ohne die Truppen der Kolonialen Garde, die uns unterstützen, wird es schwieriger sein", überlegte Antonov, „aber wenn McKay und Stark aus dem Weg sind und das Militär im Weltraum abgelenkt ist, sollte es reichen. Bis unsere Truppen ihre Schiffe durchbrechen, werden wir die orbitalen Verteidigungsanlagen unter unserer Kontrolle haben."

„Selbst wenn du gewinnst", sagte Riordan langsam, als seine Empörung endlich über seine Angst siegte, „wirst du alles kaputt gemacht haben." Er schüttelte angewidert den Kopf, sein verfilztes, schweißnasses Haar hing schlaff herunter. „Wozu die Mühe? Ihr habt Ressourcen, ihr habt eure eigenen Welten, wir hätten euch nicht erreichen können... warum lasst ihr es nicht einfach sein?"

Das gutmütige Lächeln verschwand nicht aus Antonovs Gesicht, aber sein Blick wurde kalt, als er einen Schritt auf den Firmenchef zuging. Riordan zuckte instinktiv zusammen, als der Russe die Hand hob, aber Antonov tätschelte ihm nur die Wange, wie einem Kleinkind, das etwas lustig Naives gesagt hat.

„Weil es *meine* Welt ist", sagte er zu dem Mann, wobei seine Stimme gleichzeitig warm und herablassend klang und doch so kalt und tödlich wie eine Klinge. „Und ich werde sie schließlich beherrschen, wie es mein Schicksal ist." Er lachte leise, ein unheiliges Geräusch, das Riordan einen Schauer über den Rücken jagte. „Ich werde sie beherrschen, Mr. Riordan, oder ich werde zusehen, wie sie verbrennt."

36

Drew Franks trat aus der Zugangsröhre in den Maschinenraum des RFS Bradley und hielt einen Moment inne, damit ihm nicht schwindelig wurde, bevor er in die Kammer ging. Die Bradley befand sich nun schon seit über zwei Tagen in der Schwerelosigkeit und das machte ihm langsam zu schaffen. Er hielt so lange still, bis er sicher war, dass er sich nicht übergeben musste, und stürzte sich schließlich in das chaotische Durcheinander, das in der Kammer herrschte.

In der Kammer waren Spulen mit supraleitenden Kabeln ausgebreitet, um sie zu verlegen, während die Techniker verkohlte Kabel aus den ausgebrannten Rohren rissen, die zur Hauptleitung des Fusionsreaktors führten. Verbrannte Kohlenstoffstreifen säumten das Deck darunter, wo die Leitungen unter Belastung explodiert waren und die Kammer mit tödlichen Schrapnellen gefüllt hatten, die ein Dutzend Männer und Frauen in die Krankenstation gebracht hatten. Auf dem Display der zentralen Station konnte er Shuttles sehen, die in der Nähe des Mittelteils des Schiffes schwebten und mit Ladearmen Antimaterie-Treibstoffkapseln in die schwer gepanzerten Öffnungen dort einführten, während andere Techniker in Vakuumanzügen das Einsetzen der Kapseln in den evakuierten Teil des Maschinenraums überwachten.

Funkverkehr erfüllte die Luft, ein kakophonischer Lärm von sich überschneidenden Gesprächen, während Dutzende von Männern und Frauen an einem Dutzend verschiedener wichtiger Aufgaben arbeiteten. Im Zentrum des Geschehens stand Lt. Commander Maria Infante, die leitende technische Offizierin des Schiffes, die im Auge des Sturms eine buddhistische Ruhe bewahrte. Als er sie beobachtete, war Franks erstaunt, wie sie anscheinend in der Lage war, all diese verschiedenen Gespräche zu verfolgen und auf jede Frage zu antworten, während sie gleichzeitig die verschiedenen Anzeigen auf ihrer Station überwachte.

Es widerstrebte ihm, sie zu stören, wenn sie offensichtlich wahnsinnig beschäftigt war, aber er hatte auch einen Job zu erledigen, und der konnte nicht warten. Er stieß sich von der Wand ab und schwebte durch die Kammer. Er drehte sich in der Luft, um nicht von einem beschäftigten Techniker umgerissen zu werden, und blieb dann an der Konsole der Technikzentrale stehen.

„Commander Infante", warf er ein und sie blickte zu ihm auf, während sie immer noch Befehle an drei verschiedene Personen erteilte.

„Ja, Leutnant Franks?", sagte sie und schaltete automatisch die Mikrofone an ihrer Station stumm.

„Du hast jetzt die Auswirkungen der Feldüberschneidung gesehen", sagte er und versuchte, sich kurz zu fassen. „Ich muss wissen, ob dir eine Möglichkeit einfällt, wie wir das wiederholen können, ohne uns fast selbst zu zerstören."

„Warum?", knackte sie. „Willst du einen Sport daraus machen?"

„Ma'am", fuhr er ernsthaft fort, „ich glaube nicht, dass das Protektorat bei zwei von diesen Dingern aufgeben wird. Irgendwann werden sie uns alles entgegenwerfen, was sie haben, und wir können nicht jedes Mal einen Sternenkreuzer außer Gefecht setzen, wenn wir eines dieser Rammschiffe abfangen müssen. Ich muss wissen, wie man sie ausschaltet."

„Lieutenant", sagte sie nüchtern und schüttelte den Kopf, „wir können die Energiesysteme dieses Schiffes auf keinen Fall so abhärten, dass sie mehrere Feldüberschneidungen überstehen. Wir können es so zurechtbasteln, dass es gerade so durchkommt, aber das war's dann auch schon ohne Zugang zu einem kompletten Trockendock. Die Gravitations- und Trägheitsrückkopplung ist einfach zu stark. Ich bräuchte eine ganze zweite Energieleitung und wir haben einfach nicht die Ausrüstung, um eine zu bauen... oder die Zeit, wahrscheinlich."

Franks runzelte die Stirn und fragte sich, was Colonel - hoppla, jetzt heißt es General - McKay wohl tun würde. Er war immer noch am Grübeln, als Infante wieder das Wort ergriff und ihren Kopf nachdenklich neigte. „Wissen Sie, Lieutenant, es gibt noch etwas, das wir versuchen könnten." Sie tippte sich mit einem Finger ans Kinn und legte die Stirn in Falten. „Ich muss mich mit Leutnant Bevins unterhalten..."

Kaum hatte sie die Worte ausgesprochen, ertönte über die Schiffslautsprecher eine Sirene, begleitet von einer Durchsage: „Alle Mann auf die Stationen!"

Franks sah, wie Infantes Augenbraue hochgezogen wurde und ihr Mund zuckte, was man als Verärgerung bezeichnen könnte.

„Wir sollten das Gespräch jetzt führen, Ma'am", schlug er vor. „Es sieht so aus, als ob uns die Zeit davonläuft."

～

„SIND WIR SICHER, dass sie uns nicht sehen können, Commander Witten?" fragte Captain Minishimi leise und starrte auf die taktische Anzeige, während ein Symbol nach dem anderen aus dem nur wenige tausend Kilometer entfernten Wurmlochtor auftauchte.

Witten schaute sie an und fühlte einen Anflug von Dankbarkeit, dass sie auf der Brücke das Kommando hatte und nicht er. Sie sah immer noch ein bisschen blass aus, aber ihre Stimme war kräftig und sie schien keine Schmerzen zu haben. „Ziemlich sicher, Captain", antwortete er. „Wir sind cool... minimale Reaktorleistung, minimale thermische Signatur. Wir sollten von der Hintergrundstrahlung nicht zu unterscheiden sein. Und wir haben keine Anzeichen dafür gesehen, dass sie mit gravimetrischen Sensoren ausgestattet sind, also sollten sie uns auch nicht auf diese Weise aufspüren können."

„Higgs, wie stehen die Chancen, dass wir eine Nachricht an das Flottenhauptquartier schicken können, ohne dass sie sie aufschnappen?"

„Das ist sehr unwahrscheinlich, Ma'am", warnte Higgs. „Ich denke, die Chancen stehen gut, dass eines ihrer Schiffe die Nachricht entdeckt."

Joyce Minishimi schwieg einen Moment, ihre Augen starrten auf das Display. Dann seufzte sie leise. „Im Moment sind nur zwei Flottenkreuzer im System", sagte sie halb zu sich selbst, „und der Brad ist noch nicht bereit zum Auslaufen." Sie blickte wieder zu Higgs. „Sende an das Flottenhauptquartier: Die feindlichen Schiffe durchqueren das Wurmloch; ihre Zahl wird auf mehrere Hundert geschätzt. Wir werden den Angriff einleiten. Ende der Nachricht. Füge eine Kopie unserer aktuellen Sensorenscans bei."

„Aye, Ma'am", bestätigte Higgs und kehrte zu ihrer Station zurück.

„Leutnant Witten", sagte der Captain zum Steuermann, „bereiten Sie sich darauf vor, das Antriebsfeld zu aktivieren und uns mit einer Schwerkraft in Richtung Wurmloch zu bringen. Wir werden unser Antriebsfeld als Waffe einsetzen, bis sie merken, dass wir da sind."

„Aye, Captain", antwortete Witten. „Eine Schwerkraftbeschleunigung auf dein Wort."

„Commander Gianeto", fuhr Captain Minishimi fort, „ich möchte, dass Sie sofort alle Area Denial-Raketen, die wir haben, direkt in das Wurmloch schießen, so dass sie kurz vor dem Ereignishorizont detonieren."

„Aye, Captain", sagte Gianeto und drückte auf die Tasten, während er sprach. „Starte jetzt alle AD-Munition."

Auf dem taktischen Bildschirm konnten sie sehen, wie der Schwarm kleiner Raketen aus den Waffenkapseln austrat und sich von der Masse der Decatur entfernte. Es schien, als würden die Raketen nie aufhören, aber schließlich waren auch die letzten verschwunden und hinterließen nur die glühenden Sterne ihrer Antriebe, die langsam verblassten, während sie sich entfernten.

„Einhundert Area Denial Munition-Raketen entfernt, Ma'am", verkündete Gianeto. „Wir haben nichts mehr."

„Mr. Witten", sprach sie den Steuermann förmlich an, „bringen Sie uns rein."

„MEIN GOTT, das sind aber viele Schiffe", murmelte Leutnant Wolford und starrte kopfschüttelnd auf die Sensorenanzeige.

„Rührt euch auf der Brücke!" Commander - stellvertretender Captain, erinnerte sich Franks - Tandy Lee schnappte zu. Sie war eine dunkelhaarige, dunkeläugige junge Offizierin mit Café-aux-lait-Haut und weichen, runden Gesichtszügen - und sie war so angespannt und rau wie ein offener Nerv. Sie hatte noch weniger Erfahrung als Perez, und als Franks ihr gesagt hatte, dass der Captain tot war, hatte er gedacht, sie würde einen Schock erleiden. „Commander Infante", sagte sie etwas zu laut und barsch in die Gegensprechanlage, „wie lange noch, bis wir die Antriebe aktivieren können?"

„Die Treibstoffkapseln sind geladen, Captain", antwortete Infante unbeirrt, „und die neuen Energieleitungen sind installiert; wir müssen nur noch die Schilde anbringen. Es sollte nur noch ein paar Minuten dauern."

„Wir haben Fusionsdetonationen in der Nähe des Wurmlochs!" verkündete Wolford und deutete mit dem Finger auf die weißen Kugeln, die in der taktischen Projektion auftauchten. Franks stellte sich hinter den Mann und sah sich die Anzeige an.

„Das ist Area-Denial-Munition", sagte er selbstbewusst. Eines der vielen Dinge, mit denen er sich in seiner Freizeit beschäftigte, um sich für den Außendienst zu qualifizieren, war das Studium der Signaturen der verschiedenen Flottenwaffen. „Das muss die Decatur sein, die angreift." Er wurde blass, als ihm klar wurde, was das bedeutete, und drehte sich zum amtierenden Captain Lee um. „Sie ist ganz allein da draußen, Captain."

„Lieutenant", rief sie ungeduldig und war sichtlich unglücklich darüber, dass er überhaupt auf der Brücke war, „wir tun alles, was wir können, um die Decatur zu unterstützen..."

„Das habe ich nicht gemeint, Ma'am", unterbrach er sie und erntete einen bösen Blick. „Wenn sie mit dem Feind verlobt ist, werden sie..."

„Eysselink-Antriebssignaturen entdeckt!" rief Wolford aus. „Es sind noch mehr dieser Rammschiffe, Ma'am ... sie lösen sich vom Rest der feindlichen Formation und kommen auf uns zu!" Er schluckte schwer, als er zwischen Lee und der taktischen Anzeige hin und her blickte. „Es sind mindestens sechs von ihnen, soweit ich das beurteilen kann."

„Das werden sie tun", beendete Franks und ließ einen Seufzer los.

„Commander Infante!" Lees Ruf klang fast verzweifelt. „Hast du das gehört?"

Infante klang ausnahmsweise mal betroffen. „Ja, Captain. Ich fahre den Antrieb jetzt hoch. Meine Leute können die Abschirmung unterwegs installieren." Franks zuckte zusammen, denn er wusste genau, was das bedeutete: Wenn sie ein weiteres Feld kreuzten, ohne dass der Schild installiert war, würde jeder im Maschinenraum auf der Stelle gebraten werden.

„Leutnant Bevins", sagte Lee und versuchte, selbstbewusster zu klingen, als sie sich fühlte, „legen Sie einen Abfangkurs für die Rammschiffe fest und beschleunigen Sie uns auf 1g."

Leutnant Franks spannte sich an, als der Beschleunigungsalarm ertönte und die Schwerkraft seine Füße auf das Deck drückte - ein willkommenes Gefühl nach Tagen der Schwerelosigkeit. Er ging zur Station des Captains und hielt eine Hand fragend über ihre Kommunikationskonsole. Sie seufzte verzweifelt, nickte aber.

„Commander Infante", rief er. „Hatten Sie und Bevins Zeit, die Modifikation auszuarbeiten?"

„Ich glaube, sie wird funktionieren, Lt. Franks", bestätigte Infante. „Der einzige Weg, es sicher zu wissen, ist, es auszuprobieren."

„Was wird funktionieren?" fragte Lee. „Wovon sprichst du?"

„Tut mir leid, Ma'am", sagte Franks. „Wegen des Alarms hatten wir keine Zeit, es Ihnen zu sagen. Commander Infante hat zusammen mit Leutnant Bevins nach einer neuen Methode gesucht, um die Rammschiffe zu stoppen ... außer sie zu rammen."

„Was haben Sie herausgefunden, Commander?" fragte Lee den Ingenieur.

„Leutnant Bevins und ich haben die gravimetrischen Sensoremitter angepasst, Captain", erklärte Commander Infante. „Theoretisch sollten wir damit die Eysselink-Antriebsfelder der Rammschiffe destabilisieren können, wenn wir nah genug rankommen."

„Wie nah?" Fragte sie und fügte dann finster hinzu: „Theoretisch?"

„Mindestens hundert Kilometer oder so", sagte Infante. „Und ja, theoretisch, weil es noch nie außerhalb einer Forschungsstation ausprobiert wurde. Zum Glück habe ich von dieser Studie gelesen; ich bezweifle, dass sonst jemand in der Flotte auf diese Idee gekommen wäre."

„Es ist die einzige Chance, die wir haben, Captain Lee", erinnerte Franks sie. „Nur zwei von diesen Dingern abzufangen, hätte fast das Schiff zerstört und hat Captain Perez getötet ... und es gibt mindestens ein halbes Dutzend von ihnen."

Lee zischte einen tiefen Atemzug heraus. „Wir müssen es versuchen", beschloss sie. „Taktik, arbeite einen Abfangplan aus, der uns Zeit verschafft, so viele der Rammschiffe wie möglich zu treffen und uns auf Kurs zu bringen." Sie schüttelte den Kopf. „Ich hoffe nur, die Decatur wird mit dem Rest fertig..."

FÜR FRANCIS WITTEN fühlte es sich unsagbar gut an, nach Wochen, in denen sie mit Plasmaantrieben zwischen Wurmlöchern herumgekrochen waren, nackt vor allem, was der Feind ihnen entgegenwerfen wollte, wieder von der schützenden Hülle des Eysselink-Feldes umgeben zu sein ... auch wenn sie direkt in die Mitte von Hunderten von feindlichen Schiffen beschleunigten.

„Dreißig Sekunden bis zur ersten Welle feindlicher Schiffe", verkündete Gianeto. „Zwanzig Schiffe, meist Leichter" - umgerüstete Frachter - „mit etwa 100 Kilometern Abstand." Sein Blick wanderte nach rechts zu einem anderen Bereich seines taktischen Displays, wo eine Reihe weißer Kugeln wie ein Feuerwerk explodierte. „Wir haben eine positive Detonation der ersten AD-Munition, Captain! Ich erkenne auch mehrere sekundäre Explosionen. Ich weiß nicht, wie viele von ihnen wir ausgeschaltet haben. Einige von ihnen gehen durch das Tor; sie müssen es mit einer Reihe von Fusionsauslösern aktiviert halten."

„Mr. Witten", wies Minishimi an, „fege durch die erste Welle der Protektoratsschiffe, beginnend mit denen, die uns am nächsten sind. Füge ihnen so viel Schaden wie möglich zu, bevor sie merken, wo wir sind."

„Aye, Captain", bestätigte Witten. „Zehn Sekunden bis zum Auftreffen auf das erste Ziel."

Das feindliche Schiff erschien unglaublich nah auf dem Bildschirm und wuchs von einem kaum wahrnehmbaren Punkt zu einer unförmigen, bauchigen Ansammlung von improvisierten Panzerungen und Waffenkapseln heran ... und dann wurde es zu einem glühenden Plasmaball, als das Antriebsfeld es in Stücke riss. Witten blinzelte über die Explosion und dann war es weg, weggefegt mit dieser speziellen Welle der Raumzeit; und das nächste Schiff, fast identisch im Design, kam in Sicht. Es war genauso schnell wieder weg, und Witten versuchte, nicht an all die Menschenleben zu denken, die er gerade beendet hatte.

„Das sind zwei von ihnen", verkündete er, berührte die Steuerelemente und zog das Schiffssymbol auf den gewünschten Kurs. „Ich schwenke auf das nächste Paar in dieser Welle um."

„Captain!" mischte sich Gianeto ein. „Ich empfange mehrere Eysselink-Antriebsfelder in der Nähe des Tors! Es sieht so aus, als würden sich fünf, nein, sechs von ihnen abspalten und mit hoher Geschwindigkeit ins System fliegen." Er blickte zu ihr zurück. „Mindestens zwei weitere fliegen direkt auf uns zu."

„Wie lange dauert es, bis sie uns abfangen?" fragte Minishimi, ihre Stimme war ruhig.

„Bei der derzeitigen Beschleunigung etwa...“, er blickte auf eine andere Anzeige, „zweiundzwanzig Minuten.“

„Bleiben Sie auf Kurs, Commander Witten“, befahl Minishimi mit entschlossener Stimme und Blick auf den Bildschirm. „Erhöhe die Beschleunigung auf 2 g, aber behalte die Schiffe im Auge. Wir werden uns auf die Bradley verlassen müssen, um die Rammschiffe anzugreifen, die auf die Erde zusteuern; wir sind hier draußen, bis die cislunaren Kanonenboote nahe genug sind, um anzugreifen, also müssen wir so viel Schaden wie möglich anrichten.“ Sie rief die Verbindung zum Maschinenraum auf. „Commander Prieta, wir werden höchstwahrscheinlich eine oder mehrere Antriebsfeldüberschneidungen erleben. Wenn du irgendetwas tun kannst, damit wir sie kampffähig überstehen, schwöre ich dir, dass ich dir in Paris einen Drink spendiere.“ Ihr Mund verzog sich zu einem schiefen Lächeln. „Wenn wir überleben.“

„Ich werde mein Bestes tun, Captain“, versicherte ihr Prieta und lachte anerkennend.

„Ich erhöhe die Beschleunigung auf zwei G“, gab Witten den Antrieben Energie und wurde in seinen Sitz gepresst, als die Decatur auf die nächste Gruppe feindlicher Schiffe zuflog.

~

Drew Franks fühlte sich in der Beschleunigungsliege hinter dem Captain klaustrophobisch eingeengt, aber die Erinnerung an den leblosen Körper von Perez hielt ihn auch bei 1g noch sicher festgeschnallt.

„Die Drehgestelle befinden sich in einer Kugelformation“, sagte Leutnant Wolford. „Dreitausend Kilometer Abstand zwischen den einzelnen Antriebsblasen. Das nächstgelegene Objekt ist...“ Er überprüfte noch einmal die Anzeige. „...drei Minuten entfernt bei aktueller Beschleunigung. Mein bester Abfangkurs ist, das führende Schiff zu nehmen und dann die Kugelformation vom Nordpol nach Süden zu umrunden.“ Er zuckte mit den Schultern. „Bis sie auf uns reagieren, dann ist alles vorbei.“

„Wie lange dauert es, bis wir versuchen können, das Antriebsfeld des nächstgelegenen Ziels zu stören?“ fragte Lee ihn.

„Nach den Angaben, die Commander Infante an meine Station geschickt hat“, schätzte Wolford, „werden wir in zwei Minuten und fünfzehn Sekunden in Reichweite sein.“ Er schüttelte den Kopf. „Das wird knapp: Wenn wir die Gauss-Kanonen gegen sie einsetzen wollen, müssen wir unser Antriebsfeld abschalten und das macht es noch schwieriger, die anderen abzufangen...“

„Wozu die Mühe?“ fragte sich Franks laut. Die fragenden und verärgerten Blicke von Lee und Wolford ließen ihn etwas rot werden, aber er schob die Verlegenheit beiseite und erzählte weiter. „Wir müssen sie so oder so aufhalten, also schalte unser Antriebsfeld nicht ab. Benutzt die modifizierten Sensorstrahlen, um ihr Feld auszuschalten, und rammt sie dann einfach. Wenn ihr Feld zusammenbricht, sind sie erledigt und wir können weiterfahren.“ Er zuckte fatalistisch mit den Schultern. „Wenn es nicht klappt, können wir wenigstens einen von ihnen ausschalten, bevor wir außer Gefecht gesetzt werden.“

„Eine gute Strategie“, sagte Wolford mit einem Nicken und einem Hauch von Überraschung und vielleicht auch Respekt in seiner Stimme. „Es könnte funktionieren.“

„Sie riskieren ganz schön leichtfertig unser aller Leben, Leutnant Franks“, sagte Lee leise und sah ihn mit einem Ausdruck an, hinter dem sich seiner Meinung nach eine tiefe Angst verbergen könnte.

„Ma'am“, erinnerte er sie, „mein Hintern sitzt genau hinter deinem.“ Er lachte verschmitzt. „Ich bin fünfundzwanzig Jahre alt; glaub mir, ich will nicht sterben. Aber das ist doch unser Job, oder? Wenn wir es nicht tun, wer dann?“

Lee antwortete nicht sofort, sondern starrte einen Moment lang auf den Bildschirm und die sich nähernden feindlichen Schiffe. „Tun Sie es, Lt. Wolford. Es ist die beste Chance, die wir haben.“

„Aye, Ma'am“, sagte Wolford. „Ich bitte um Steuerkontrolle für meine Station.“

„Das Steuer gehört dir, Taktik“, sagte Bevins und gab die Kontrollen frei.

„Wir kommen in Reichweite“, murmelte Wolford und blickte auf das Display, wo eine blassrote Kugel um das Schiffssymbol die Reichweite der modifizierten Sensoremitter anzeigte. Diese rote Fläche war gerade dabei, die Antriebsblase des ersten Feindes zu überlappen, ein böser, spartanischer Silberkeil in der Projektion. „Feuere jetzt gravimetrische Impulse ab.“

Hätte jemand das Geschehen mit bloßem Auge beobachtet, hätte er kaum etwas gesehen. Vielleicht hätte man die Verzerrung des Sternenfeldes bemerkt, als die Eysselink-Antriebe das Gewebe der Raumzeit dehnten, falteten und verwirrten, aber sonst kaum etwas. Der Schiffscomputer gab jedoch eine viel befriedigendere Darstellung der Ereignisse wieder: Der blockige Monolith der Bradley bewegte sich vorwärts, umgeben von einer schimmernden Kugel der Unwirklichkeit, die das Antriebsfeld darstellte, und näherte sich einer weiteren, identischen Kugel mit dem silbernen Keil des Rammschiffs in der Mitte. Dann verband eine schwankende Linie der Ungewissheit den Bradley für einen kurzen Moment mit dem Antriebsfeld des Rammschiffs und plötzlich war das Rammschiff für das Universum nackt, sein Antriebsfeld löste sich in einem Schwall von Quantenschaum auf.

„Ihr Antriebsfeld ist ausgefallen und...“ Wolfords dröhnende Ansage wurde unterbrochen, als ihr eigenes Eysselink-Feld direkt in das ungeschützte Rammschiff rammte und es abrupt aufhörte zu existieren, indem es in einer sonnenhellen Energiefreisetzung in subatomare Partikel zerrissen wurde.

„Ja!“ rief Franks jubelnd und hob die Faust, und der Rest der Brückenbesatzung schloss sich seinem Jubel an.

„Rührt euch auf der Brücke!“ befahl Lee, aber Franks konnte das Grinsen auf ihrem Gesicht sehen. „Bringen Sie uns zum nächsten Ziel, Lt. Wolford! Erhöhen Sie die Beschleunigung auf zwei G!“

„Aye, Ma'am, Beschleunigung erhöhen.“

Franks spürte, wie die Hand von Newton ihn mit dem Doppelten seiner normalen 75 Kilogramm zurück in die Liege drückte und sah, wie die Bradley in einer halbkugelförmigen Kurve auf das nächste Schiff in der Kugelformation zuraste. Durch einen hämmernden

Pulsschlag in seinem Kopf hörte er Wolford: „Feuere Emitter auf das zweite Ziel."

Und genau so schnell wie zuvor war das nächste keilförmige feindliche Schiff nicht mehr da. Für einen Moment wagte Franks zu hoffen, dass sie vielleicht die ganze Flotte von Rammschiffen ausschalten konnten, aber dann... „Sie brechen!" Wolford warnte, und auf dem Display konnte Franks sehen, dass die vier verbliebenen Eysselink-Antriebsschiffe aus der Kugelformation ausbrachen. Zwei von ihnen erhöhten ihre Beschleunigung auf 3g und manövrierten von ihrer vorherigen Neigungsebene direkt nach unten, während die anderen beiden...

„Zwei von ihnen versuchen, uns in die Zange zu nehmen!" Die beiden Schiffe befanden sich auf gegenüberliegenden Seiten der Vormarschlinie der Bradley und versuchten, den republikanischen Kreuzer zwischen sich einzuklemmen.

„Ändere den Kurs, um den anderen beiden zu folgen und erhöhe auf 3 g!" brüllte Lee.

Franks spannte seine Bauchmuskeln an und versuchte, sich darauf vorzubereiten, aber das erdrückende Gewicht drückte ihm immer noch die Luft aus den Lungen und seine Sicht wurde zu einem engen Tunnel reduziert. Einen Moment lang war er sicher, dass er ohnmächtig werden würde, aber dann zwang er sich, einen flachen Atemzug einzuziehen, spannte die Muskeln in seinem Bauch an und seine Sicht weitete sich wieder so weit, dass er die Bradley sehen konnte, die die beiden Schiffe verfolgte, die nach unten geschnitten hatten.

„Verdammt", grunzte Wolford, kaum hörbar. „Die beiden, die uns in eine Falle locken wollten, haben sich abgesetzt... sie fliegen wieder ins System, mit 4 g." Ein leises Röcheln verriet, dass der Mann nach Luft rang. „Ma'am, wir werden sie nicht alle rechtzeitig einholen können..."

Lee schwieg einen Moment und Franks dachte, dass sie vielleicht gar nicht sprechen konnte, dass die Beschleunigung sie bewusstlos gemacht hatte. Aber dann sagte sie mit erstaunlicher Klarheit trotz der G-Kräfte: „Verfolgen Sie die beiden vor uns, Lt. Wolford. Das ist das Beste, was wir tun können."

Scheiße, Franks wollte es schreien, aber er konnte es nicht einmal flüstern. *Scheiße, Scheiße, Scheiße!*

Wie viele Menschen sollten noch sterben, weil er nicht genug tun konnte?

37

„Du solltest im Bett liegen, Tom“, schimpfte Shannon leise, als der Mann seinen Kopf zurück in den Sitz lehnte und müde die Augen schloss.

„Ich nehme an, du hast in der letzten Woche nur herumgelegen und dich entspannt, Ma'am?“ murmelte Tom als Antwort, ohne die Augen zu öffnen.

Shannon blinzelte gegen die Morgensonne, als der Flitter nach Osten in die texanische Morgendämmerung fuhr und sich endlose braune Ebenen unter ihnen ausbreiteten. „Um ehrlich zu sein, Tom, ich kann mich nicht erinnern, wann ich das letzte Mal länger als eine Stunde geschlafen habe. Aber ich bin ja auch nicht erst vor drei Tagen angeschossen worden, sondern du schon.“

„Die Ärzte sagen, es ist so weit verheilt, dass ich wieder auf den Beinen sein kann“, sagte Tom, zuckte leicht mit den Schultern und schmerzte, als es an der heilenden Wunde an seinem Hals zerrte. Dort war immer noch ein hässlicher roter Fleck zu sehen, aber auch der würde in den nächsten Tagen abklingen, wenn die medizinische Nanotechnologie ihre Arbeit verrichtet hatte.

Shannon schüttelte den Kopf, zu erschöpft, um weiter darüber zu diskutieren.

„Ich weiß immer noch nicht, wie sich dieser Bastard weggeschlichen hat“, knurrte Ari Shamir vom Pilotensitz aus. „Ich meine, du hast ihn mitten im Nirgendwo von Nevada abgesetzt, richtig? Wie zum Teufel konnte er der Satellitenüberwachung entkommen?“

Roza griff vom Copilotensitz herüber und tätschelte ihm den Arm. Ari hatte in den letzten Tagen ziemlich geknurrt; er war immer noch wütend auf sich selbst, weil er geglaubt hatte, dass Shannon einer Gehirnwäsche unterzogen worden war und dass er Kage eine Falle gestellt hatte, um sie aufzuhalten.

„Er hatte das alles geplant“, erklärte Shannon mit einem gequälten Gesichtsausdruck. „So wie er anscheinend alles im Voraus plant. Er hatte sogar ein geländegängiges Fahrzeug, das ihn zum Vegas Transportation Hub bringen sollte. Verdammt, Ari, du warst doch gerade dort und hast das gleiche Sicherheitsvideo gesehen wie ich.“

„Du meinst, ich habe denselben blauen Bildschirm gesehen“, brummte Ari. „Der Scheißkerl hat bessere Störsender als wir.“ Ari wandte sich ab, als ein Anruf über seinen 'Link' einging und er leise in das Mikrofon sprach.

„Also“, sagte Roza zu Shannon, „glaubst du, diese Helenne D'Annique weiß, wo er hin will?“

Shannon zuckte mit den Schultern und rieb sich die Augen: Sie brannten vor Müdigkeit, trotz der Aufputschmittel, die sie wach hielten. „Ich glaube, sie ist die einzige verdammte Verbindung, die wir zu dieser ganzen Sache haben. Und ich traue den Cops in Houston nicht zu, sie zu verhaften, bei allem, was auf dem Spiel steht.“

„Wir sind fünf Minuten entfernt“, sagte Ari, als er sich wieder Shannon und den anderen zuwandte. „Das war Sergeant Manning. Sie und Griffin haben das Ziel seit zwölf Stunden im Auge. Sie sagt, dass D'Annique in ihrer Wohnung ist und dort bleiben sollte, bis sie zur Arbeit geht.“

„Nehmen wir sie in ihrer Wohnung fest oder wenn sie geht, Colonel?“ fragte sich Roza.

„Drinnen“, entschied Shannon nach einem Moment. „Auf der Straße gibt es zu viele Variablen, und wir haben nicht genug Leute und Fahrzeuge, um eine sichere Festnahme zu gewährleisten. Ari", sagte sie zu dem Piloten, "sag Manning, er soll in die lokalen Sicherheitssysteme eindringen und ihre Wohnung komplett isolieren. Es gehen keine Signale an die Polizei oder den Rettungsdienst raus, die gesamte Kommunikation wird gestört, sobald wir den Boden betreten."

„Verstanden, Ma'am", bestätigte Ari und rief Sergeant Manning an, um die Anweisungen zu übermitteln.

„Nur Betäubungswaffen oder andere nicht-tödliche Waffen", erinnerte Shannon die anderen. „Zum einen könnte sie eine Unschuldige sein, die durch eine Gehirnwäsche dazu gebracht wurde, das zu tun. Und zum anderen haben wir ohne sie nur Jack, bis Antonov sich entscheidet, seinen nächsten Schritt zu machen.

„SIND WIR SICHER, dass es keinen anderen Ausweg gibt?" murmelte Shannon leise zu Sergeant Manning, als sie am anderen Ende des Flurs vor der Wohnungstür von Hellene D'Annique standen. Das Gebäude war gehoben, wie es sich für jemanden mit dem aktuellen Gehalt des ehemaligen Ersten Offiziers gehörte, mit Plüschteppichen in den Fluren, geschmackvollen Kunstwerken an den Wänden und einem beeindruckenden Sicherheitssystem, das sie fast eine halbe Stunde gebraucht hatten, um es per Fernsteuerung abzuschalten.

„Ma'am", antwortete Manning mit der Ehrerbietung eines Neulings in der Stimme, „ich habe die Pläne des Gebäudes geprüft, die Außenbereiche mit Wärme- und Schallwellen gescannt und einen kurzen visuellen Scan mit den Sicherheitskameras des Gebäudes durchgeführt. Es ist nur eine Tür zu sehen, keine Außenfenster und kein Zugang zum Dach, aber ich habe keine physische Inspektion durchgeführt, also kann ich nicht sicher sein, dass es keinen anderen Eingang gibt."

„Das muss reichen", erklärte Shannon. „Wir haben keine Zeit zum Warten." Zum Glück war im Moment niemand sonst im Flur, aber das würde nicht so bleiben.

„Sie ist immer noch im Schlafzimmer, Ma'am", sagte Manning

und neigte das Tablet so, dass Shannon die Überwachungsdaten sehen konnte. D'Annique kam gerade aus der Dusche und zog sich einen grauen Geschäftsanzug über ihren kräftigen, muskulösen Körper.

Sie nickte Ari, Roza und Tom zu, die auf beiden Seiten der Wohnungstür warteten. Sie waren alle in Zivil gekleidet, trugen aber Schutzwesten unter ihren Jacken und hatten Stunner in der Hand. Shannon nahm Sgt. Manning das Tablet ab, fand den Schalter für die Sicherheitsüberbrückung und befahl dem System, D'Anniques Haustür zu öffnen.

In dem Moment, in dem die Tür aufglitt, war Ari mit dem Betäubungsgewehr im Anschlag durch die Tür und Roza ging direkt hinter ihm hinein. Shannon rückte vor und trat direkt hinter Tom ein, wobei sie eine Pistole aus dem Schulterholster unter ihrer leichten Jacke zog. Sie brauchte D'Annique lebend, aber einer von ihnen musste in der Lage sein, tödliche Gewalt anzuwenden, wenn die Situation es erforderte.

D'Anniques Wohnung war unaufgeräumt und tadellos gepflegt, so ordentlich, wie man es von einem ehemaligen Ersten Offizier auf einem Kreuzer erwarten konnte, aber seltsam unpersönlich. Als sie den anderen durch die Eingangshalle und ins Wohnzimmer folgte, sah sie kein einziges Foto oder Video - kein einziges Familienporträt, keine Aufnahme von D'Annique selbst, nicht einmal ein Video von einem alten Haustier. An der Wand des Wohnzimmers war ein gewöhnliches Holo-Kunstwerk eingelassen, aber es sah aus, als wäre es schon mit der Wohnung geliefert worden. Sogar die Möbel sahen so aus, als gäbe es keine Spur von D'Anniques Persönlichkeit, keinen Stempel von ihr auf irgendetwas in der Wohnung.

Shannon und Tom nahmen am Rande der Eingangshalle und des Wohnzimmers eine Überwachungsposition ein, während Ari und Roza leise die Küche und das Esszimmer durchsuchten und signalisierten, dass der Bereich sauber war. Gemeinsam richteten sie ihre Aufmerksamkeit auf den kurzen Flur zum Schlafzimmer und Shannon riskierte noch einmal einen Blick auf das Tablet: D'Annique zog ihre Jacke an, ihr kantiges, häusliches Gesicht war ruhig und unbekümmert, als sie sich zur Tür bewegte und eine kleine Aktentasche neben ihrem Bett aufhob.

Shannon erregte Aris Aufmerksamkeit und gab ihr ein Zeichen, dass ihre Zielperson herauskommen würde. Ari und Roza gingen auf der gleichen Seite des Flurs entlang, Ari hoch und Roza geduckt, während Tom und Shannon ihnen vom Rand des Wohnzimmers aus Deckung gaben. Shannon konnte die leisen Schritte von D'Anniques Pumps auf dem Teppich des Flurs hören und sie hob ihre Pistole, bereit, Ari und Roza zu unterstützen...

... als der kleine Aktenkoffer träge um die Ecke segelte und mit einem sanften Aufprall vor dem Sofa landete.

„Runter!“ rief Shannon, packte Tom instinktiv am Arm und zerrte beide hinter die Wand in die Eingangshalle.

Sie öffnete den Mund und schloss die Augen. Sie spürte die Erschütterung tief in ihrer Brust und sah das sonnenhelle Licht durch die zusammengekniffenen Augenlider.

Flashbang, dachte ein Teil ihres Verstandes und verdrängte das Adrenalin, die Panik und die Angst um ihre Freunde. *Es gibt keinen anderen Ausweg, also wird ihr nächster Schritt sein...*

Shannon hatte das Tablet fallen lassen, als sie sich Tom schnappte, aber sie hatte ihre Waffe behalten: Sie drehte sich um, um sie hochzuheben, aber D'Annique feuerte bereits, und die kompakte, kleinkalibrige Maschinenpistole sprühte einen Hagel von Tantalgeschossen durch den Raum, als sie auf die Eingangshalle zustürmte. Shannon duckte sich und drückte sich an den Boden, als die Hochgeschwindigkeitskugeln die Wand über ihr durchschlugen, und versuchte, dem Metallsturm zu trotzen, um D'Annique aufzuhalten, bevor sie entkommen konnte...

... und dann wurde das laute Rattern der Maschinenpistole abrupt von dem dröhnenden Knall einer 10-mm-Servicewaffe unterbrochen und Hellene D'Annique stürzte nach vorne, ihre Waffe klapperte auf den Boden, während sie schwer fiel und sich an ihren rechten Arm klammerte. Shannons Kopf drehte sich um und sie sah Sergeant Manning hinter sich in der Eingangshalle stehen, mit zusammengekniffenen Augen und strengem Blick, die Waffe immer noch im Anschlag, während sie die am Boden liegende Frau genau beobachtete.

„Tom", sagte sie zu Crossman, als beide vom Boden aufstiegen, „sorge dafür, dass D'Annique gesichert wird."

Während Tom sich um die verwundete Frau kümmerte, ging Shannon hinüber, um nach Ari und Roza zu sehen, die von der in der Aktentasche versteckten Erschütterungsgranate voll getroffen worden waren. Beide lagen noch immer auf dem Fliesenboden; Roza hatte die Augen geschlossen und ein Rinnsal Blut lief aus ihrer Nase, während Ari seine Augen weit aufriss und sie rieb und sich den Mund zuhielt, während er versuchte, sich die Ohren freizubekommen.

„Es ist alles in Ordnung!" rief Shannon ihnen zu und versuchte, das hohle Klingeln in ihren Ohren zu überhören - sie hatte in der Ausbildung schon einmal eine Erschütterungsgranate erlebt und wusste, was sie durchmachten. „Wir haben sie, es ist alles in Ordnung!" Sie wollte nicht, dass einer von ihnen blindlings mit dem Betäubungsgewehr auf sie losging, während sie noch benommen waren.

Langsam richteten sich ihre Augen auf sie und Roza nickte stumm.

„Uns geht es gut, Ma'am", sagte Ari, als Shannon ihnen auf die Beine half. Seine Stimme war laut und unmoduliert, weil er sich selbst nicht sprechen hören konnte.

„Bring sie raus zum Flitter", wies Shannon Manning an. Die Unteroffizierin nickte, steckte ihre Waffe in den Halfter und führte Ari und Roza auf den Flur.

Tom sah, dass D'Annique aufgestanden war, die Hände auf dem Rücken gefesselt, die Wunde an ihrem Oberarm mit einem eleganten Verband abgedeckt und ihre Augen von dem Beruhigungsmittel, das er ihr gegeben hatte, glasig geworden waren.

„Bring sie hier raus", sagte Shannon. „Wir müssen das Gebiet räumen, bevor die Polizei eintrifft." Der Sicherheitshack würde sie aufhalten, aber früher oder später würde jemand anrufen und die Schüsse melden.

Shannon bildete die Nachhut, während Tom die bewusstlose D'Annique durch den Flur in die Lobby des Wohnblocks schob, die geschmackvoll und teuer dekoriert war, wie es sich für einen gehobenen Wohnkomplex im oberen Teil von Houston gehörte, und in der zwei sichtlich entsetzte junge Typen aus dem mittleren Management in modischer Geschäftskleidung saßen, die auf die mit Handschellen gefesselte, blutüberströmte D'Annique starrten, die von Tom Crossman mit einem auf ihre Brust gerichteten Elektroschocker nach vorne geschoben wurde.

„Sind Sie...", stotterte eine von ihnen, eine rothaarige Frau mit einem umstrukturierten Gesicht und Augen, die zu grün waren, um natürlich zu sein. „Seid ihr... die Polizei?"

„Ja, Ma'am", sagte Shannon mit ernster, aber freundlicher Stimme. „Entschuldigen Sie den Aufruhr. Wir haben einen Waffenschmugglerring ausgehoben, der von diesem Gebäude aus operierte. Ihr könnt ihn in etwa einer Stunde im Netz scannen, denke ich."

„Wow", hauchte der Mann und lächelte. „In unserem Gebäude?"

Shannon und Tom überließen es dem Paar, darüber zu diskutieren, ob sie befragt werden sollten, und brachten D'Annique schnell durch die Vordertür auf den überdachten Gehweg, der entlang des Wohnblocks an ein paar gaffenden Zivilisten vorbei zu dem offenen Parkplatz führte, auf dem sie den Flitter gelandet hatten. Das Fahrzeug wartete mit heruntergeklappter Rampe, sein silbergraues Äußeres leuchtete schmerzhaft hell in der Morgensonne, aber Sergeant Manning war durch die Cockpithaube auf dem Pilotensitz zu sehen.

Ari und Roza waren bereits in der ersten Dreierreihe angeschnallt, also schnallten Shannon und Tom D'Annique in der nächsten Reihe an und setzten sich dann auf beide Seiten, während Manning vom Landeplatz abhob.

„Das hätte reibungsloser laufen können", meinte Tom seufzend, als er sich anschnallte.

„Sie muss ihren eigenen Sicherheitsalarm gehabt haben", vermutete Shannon. „Da kann man nichts machen, wir konnten uns nicht die Zeit nehmen, die wir brauchten, um das besser einzurichten, nicht ohne zu riskieren, dass sie auf den Boden geht." Sie rief dem Piloten zu: „Das war sehr gut gemacht, Sergeant Manning. Du hast auch gut geschossen."

„Danke, Ma'am", sagte Manning knackig. Shannon konnte ihr Gesicht nicht sehen, aber sie konnte sich gut in Menschen hineinversetzen, um zu erraten, dass die junge Frau stolz lächelte.

„Bring uns so schnell wie möglich zum sicheren Haus", wies Shannon an. „Und sag Griffin über Funk, er soll die Hypnosonde bereit machen."

„COMMANDER D'ANNIQUE", sagte Shannon, „kannst du mich hören?"

„Ja", antwortete die ehemalige Flottenoffizierin fast flüsternd. Ihre Augen flackerten bei den ungesehenen Erinnerungen, die unter dem Einfluss der Sonde, der Psychoaktiva und des Neuronomins plötzlich ihr Gehirn überfluteten. Shannon warf einen Blick zur Seite auf den Sanitäter, der in einer Ecke des abgedunkelten, klaustrophobischen Raums stand und besorgt nach Anzeichen für die sehr wahrscheinlichen Nebenwirkungen Ausschau hielt.

„Weißt du, wo General Antonov ist?"

„Nein. Ich hatte keinen direkten Kontakt mit ihm."

Etwas an dieser Antwort beunruhigte Shannon. „Wusstest du, dass General Antonov auf der Erde ist und von Brendan Riordan festgehalten wird?"

„Ja", antwortete sie. „Ich wurde vor sechs Tagen von Kevin Fourcade darauf aufmerksam gemacht."

„Warum hat er es dir gesagt?" fragte Shannon und ärgerte sich über die Wortkargheit der Frau.

„Er sagte, dass General Antonov umziehen wird und ich einen Transport organisieren muss. Er hat mir gesagt, ich solle einen Wagen mit Fahrer nach Nord-Nevada besorgen und dann einen Flitter organisieren, der am Verkehrsknotenpunkt in Vegas wartet." Sie zögerte und in ihrem nüchternen Gesicht zeigte sich vielleicht ein Anflug von Rührung. „Und er hat mich beauftragt, ein Spezialteam zu schicken, das den Fahrer und den Piloten des Flitters töten sollte."

„Verdammt", murmelte Tom, der mit verschränkten Armen an einer Wand lehnte. Sie stimmte ihm schweigend zu. Fourcade und Antonov waren wahnsinnig paranoid.

„Weißt du", fragte Shannon, „wo Riordan Biomechs herstellt oder lagert?"

Es dauerte einen Moment, bis sie antwortete und ein Stirnrunzeln überzog ihr Gesicht. „Die Dinge sind unterteilt, ich muss es wissen... aber ich wurde ein paar Mal damit beauftragt, Waffentransporte zu organisieren, zu viele für den normalen Sicherheitsgebrauch. Ich glaube, sie waren für die Bewaffnung einer Truppe von Biomechs bestimmt. Sie wurden an eine Forschungseinrichtung für Nahrungsmittelproduktion in der Nähe von Montreal geliefert."

„Tom!" Shannon schnappte zu, als Crossman sich von der Wand wegdrückte und seine Augen plötzlich aufleuchteten. „Rufen Sie an, ich brauche sofort ein militärisches Einsatzteam auf dem Weg nach Montreal!"

Tom Crossman nickte und verließ schnell den Raum, während Shannon sich wieder zu D'Annique umdrehte. Die Frau schwitzte jetzt und ihr Kopf schwankte leicht in dem Gurt für die Hypnosonde.

„Wie viele Waffen hast du in diese Einrichtung gebracht?" drängte Shannon.

D'Annique blinzelte und zerrte leicht an den Gurten, die sie festhielten. „Zw...zwen..." Sie begann zu ruckeln und der Sanitäter stürmte vor, aber Shannon hielt ihn mit einer erhobenen Hand zurück. „Zwanzigtausend...", krächzte sie heiser und Shannons Augen wurden groß.

Sie winkte den Sanitäter heran und der Mann begann, D'Annique loszuschnallen, wobei er ihr eine Spritze in den Nacken drückte, aber die Frau krampfte heftig und Schaum kam zwischen zusammengebissenen Zähnen hervor. Shannon trat zurück und sah entsetzt zu, wie die Frau im Griff des Sanitäters zappelte, während er sie auf eine Liege legte.

„Ich muss sie in ein Krankenhaus bringen!", schrie der Sanitäter mit panischer Angst in der Stimme. „Bei einer so schlimmen Reaktion muss sie bluten, und ich habe hier nicht die Ausrüstung, um das zu behandeln!“

Shannon nickte. „Geh schon mal vor, ich hole Griffin, damit er dir hilft.“

Shannon verließ das Zimmer und ging den Flur entlang zum Wohnzimmer der Wohnung, wo sie Griffin auf der billigen Couch sitzen sah, der leise einen Bericht aufnahm. „Hilf dem Sanitäter, D'Annique in ein Krankenhaus zu bringen“, befahl sie ihm, bevor sie zu Tom Crossman ging, der mit blassem Gesicht in das Mikrofon seines Link sprach.

„Hast du General Rietveld erreicht?“, fragte sie ihn. „Schicken sie Truppen?“

„Die Marines auf dem Planeten und das Republic Service Corps werden anderweitig beschäftigt sein, Ma'am“, sagte er ihr und schüttelte den Kopf.

„Was ist passiert, Tom?“, fragte sie und ein eiskalter Schauer lief ihr über den Rücken.

„Die Flotte des Protektorats kommt durch das Wurmloch im Gürtel“, antwortete er und bestätigte damit ihre schlimmsten Befürchtungen. „Hunderte von ihnen ... einschließlich der Rammschiffe, die bereits auf dem Weg ins System sind. Und die einzigen Kreuzer, die näher als sechs Lichtjahre sind, sind die Bradley und die Decatur. Captain Di Ndinge glaubt nicht, dass wir es mit ihnen allen aufnehmen können, selbst mit der Mondverteidigung.“

Ein Schleier der Unwirklichkeit legte sich über sie, als wäre sie in einem Albtraum, aus dem sie nicht erwachen konnte. „Stellen Sie General Rietveld und Captain Di Ndinge zu mir durch“, sagte sie und hörte ihre eigene Stimme, hatte aber das Gefühl, als würde jemand anderes sprechen. Als er nickte, sprach sie in ihre Kommunikationsverbindung. „Hier ist Colonel Stark, meine Herren. Ich wurde über die Situation informiert, aber es gibt noch eine weitere Bedrohung, die noch näher ist, und wir brauchen Kampftruppen, um sie zu bekämpfen.“

„Colonel“, antwortete sie mit deutschem Akzent, und die Stimme, von der sie wusste, dass sie an den besten Tagen grimmig klang, hörte sich an wie ein Pfarrer auf der Beerdigung eines Atheisten, „hier ist General Rietveld. Captain Di Ndinge ist abberufen worden. Wir haben soeben erfahren, dass Rammschiffe des Protektorats direkt auf die Mondbasis zusteuern." Seine Stimme schwankte. „Die Bradley und die Decatur sind mit anderen Rammschiffen beschäftigt und wir haben nichts, um sie rechtzeitig aufzuhalten. Der Captain versucht, eine Evakuierung anzuordnen."

„General", knurrte sie, mehr aus Angst als aus Wut, „wenn wir nicht bald eine Streitmacht nach Montreal schicken, ist es egal, was da draußen passiert, denn General Antonov selbst wird zwanzigtausend Biomech-Truppen direkt in deinen Schoß führen!"

„Colonel..." Rietveld klang, als wolle er ihr widersprechen, dann seufzte er resigniert. „Du wirst mit dem Präsidenten darüber reden müssen. Bleib dran."

Während sie darauf wartete, dass der Sanitäter und Sergeant Griffin Hellene D'Anniques schlaffen Körper zur Haustür schleppten, hörte Shannon in der Ferne die Notfallsirenen und bemerkte aus dem Augenwinkel, wie sich die kleine Unterhaltungskonsole der Wohnung von selbst aktivierte und eine aufgezeichnete Warnung der Regierung abspielte, die alle Zivilisten aufforderte, sich in den nächsten zugelassenen Schutzraum zu begeben, sowie einen Aufruf an alle RSC-Truppen, die Polizei und das Notfallpersonal, sich sofort an ihren Stationen zu melden.

Das Gefühl der Unwirklichkeit wurde immer stärker, als sie Griffin und dem Sanitäter zur Tür hinaus folgte, auf die Straße ging und sah, wie die Menschen in Panik zu den Notunterkünften, nach Hause oder einfach weg liefen. Fast unwillkürlich suchte sie den Himmel ab und fand den Mond; er war gerade noch am Morgenhimmel zu sehen. Und dort, entlang des Terminators, konnte sie ihn gerade noch sehen: eine helle Gasspitze, die in das Vakuum ausbrach, wo die Rammschiffe die Kruste durchbrochen hatten, als sie auf die Verteidigungsbasis trafen.

Langsam schüttelte sie den Kopf. Alles, was sie getan hatten, all die Opfer, die sie gebracht hatten, hatten nicht ausgereicht, um dies zu verhindern...

„Colonel Stark“, hörte sie die Stimme von Präsident O'Keefe über ihren Link; sie konnte das Entsetzen und die Angst darin hören. „Du hast gehört, was passiert ist?“

„Ja, Mr. President“, sagte sie. „Sir, ich weiß von der Bedrohung durch die Protektoratsflotte, aber ich habe Beweise dafür, dass Kevin Fourcade die Ressourcen von Brendan Riordan genutzt hat, um eine Armee von vielleicht zwanzigtausend Biomechs in der Nähe von Montreal aufzubauen. Er hat sie mit modernen Waffen ausgerüstet und ich glaube, dass er sie schon bald mobilisieren will. Wahrscheinlich hat er auf diesen Angriff seiner Flotte gewartet.“

„Haben wir nicht deshalb kinetische Orbitalwaffen, Colonel?“ fragte O'Keefe, ein bisschen gereizt und ungeduldig, wie sie fand. „Ich überlasse dir die Kontrolle über sie... wird das nicht reichen, um sie aufzuhalten?“

Shannon verbiss sich ihre erste Antwort und rang verzweifelt um das bisschen Geduld, das ihr noch geblieben war. „Sir, diese Waffen sind für den Einsatz auf gehärtete Ziele gedacht: Waffenlager, Terroristenstützpunkte, Panzerkolonnen. Sie sind nützlich für die Feuerunterstützung, aber zuerst müssen sie jemanden haben, der sie unterstützt. Ich brauche Truppen, Sir, und zwar viele.“

„Colonel Stark, es tut mir leid... der RSC wird gebraucht, um die Evakuierung in die Schutzräume zu unterstützen. Und ich bezweifle, dass sie gut genug bewaffnet sind, um viel zu tun. Wir haben einfach nicht so viele Kräfte zur Verfügung!“

„Entschuldigung“, meldete sich eine raue, vertraute Stimme über die Verbindung. „Verzeihen Sie die Störung, Herr Präsident, aber ich wurde von General Rietveld kontaktiert.“ General Kage hielt inne und sie konnte fast das breite, zufriedene Grinsen in seinem hässlichen Gesicht hören. „Ich glaube, ich kann dir helfen...“

38

Drew Franks lehnte sich gegen seine Sitzbefestigung und fluchte leise, als er die Sensoranzeige auf dem Hauptbildschirm betrachtete, auf dem die Wärmefahnen wie ein Grabstein über der Armstrong Base hingen. Alle auf der Brücke schienen fassungslos zu sein, sogar der amtierende Captain Lee. Sie schloss für einen Moment die Augen und bewegte ihre Lippen zu etwas, das wie ein Gebet klingen könnte.

„Wir tun, was wir können", sagte sie schließlich. Franks dachte, dass es für sie zu einem Mantra wurde. „Leutnant Bevins, bringen Sie uns zurück zur feindlichen Flotte."

„Wir müssen die Decatur erreichen", sagte Franks und musste gegen den Schock ankämpfen, um den Mund aufzumachen. „Sie wissen nichts von der Methode, mit der wir die Rammschiffe ausgeschaltet haben. Zumindest glaube ich, dass sie es nicht wissen."

„Ich habe sie im Visier, Captain", teilte Wolford ihr mit. „Sie haben zwei Rammschiffe, die sich ihnen nähern, und ich empfange weitere Eysselink-Antriebssignaturen, die durch das Wurmloch kommen."

„Setzen Sie Kurs, um die Rammschiffe abzufangen, Lt. Bevins", befahl Lee. „Zwei G Beschleunigung."

„Woher zum Teufel nehmen sie die ganze Antimaterie, um diese

Dinger anzutreiben?" fragte sich Bevins und berührte die Steuerelemente, die sie zurück in ihre Beschleunigungsliegen schickten, während die Faust Gottes gegen ihre Brust drückte.

„So viel brauchen sie gar nicht", sagte Franks mit angestrengter Stimme. „Sie benutzen die Wurmlöcher, um die interstellaren Entfernungen zu überwinden, und konventionelle Antriebe, wenn sie nicht im Kampf sind. Und woher sie es haben ... Nun, im Laufe der Jahre haben sie einige Frachtschiffe geplündert. Und vielleicht haben sie herausgefunden, wie sie es selbst herstellen können."

Natürlich bestand auch die Möglichkeit, dass Riordan und die anderen Kollaborateure sie ihnen zur Verfügung gestellt hatten, aber Franks war sich ziemlich sicher, dass Colonel Stark nicht wollte, dass er diese Information weitergab.

„Wie ist die taktische Lage?" fragte Lee.

„Ma'am", antwortete Wolford, „ich lese derzeit mindestens 250 Schiffe, die bereits durch das Wurmloch gekommen sind, und da sind die 30 bis 40 nicht mitgerechnet, die die Decatur bisher ausgeschaltet hat - ich schätze diese Zahl anhand der herumliegenden Wrackteile. Ich lese im Moment nichts, was durch das Tor kommt, aber ich weiß nicht, ob das bedeutet, dass sie nicht noch mehr schicken können."

„Wenn wir die Rammschiffe zuerst ausschalten", überlegte Franks, „können wir uns durch den Rest pflügen und sie können uns nichts anhaben."

Lee nickte knapp, was er kaum sah. „Hoffen wir einfach, dass die Decatur durchhält, bis wir da sind, Lieutenant..."

CAPTAIN JOYCE MINISHIMI blinzelte dieses Mal kaum, als die kugelförmige Fusionsexplosion den Hauptbildschirm für einen Wimpernschlag erhellte und dann verschwand.

„Das ist das letzte Schiff in diesem Haufen", sagte Gianeto zu ihr. „Die anderen haben sich ziemlich weit verteilt, um uns kein leichtes Ziel zu bieten." Er zögerte. „Die beiden Rammschiffe sind uns immer noch auf den Fersen. Drei Minuten, bis das führende Schiff unser Feld bei der derzeitigen Beschleunigung abfängt."

„Es hat keinen Sinn, es noch länger aufzuschieben", seufzte Minishimi. Sie drückte auf einen Regler an der Konsole ihrer Station. „Commander Prieta", rief sie dem technischen Offizier zu.

„Ja, Captain", kam die Antwort sofort, als hätte er den Anruf erwartet. *Und vielleicht hatte er das auch*, dachte sie.

„Wie zuversichtlich bist du, dass der Bypass, den du eingerichtet hast, uns vor einer Überlastung des Terminals bewahrt, wenn wir mit einem dieser Rammschiffe zusammenstoßen?"

„Wie ich Leutnant Franks schon sagte, als er mich vorhin kontaktierte", antwortete er, „kann ich garantieren, dass wir es einmal überleben können. Beim zweiten Mal..." Sie hörte das Achselzucken in seiner Stimme. „Die Chance ist 50:50, Ma'am."

„Nun, da es den Rammschiffen nicht an Treibstoff zu mangeln scheint", entschied sie, „müssen wir das Risiko wohl eingehen. Bereiten Sie sich auf die Feldüberschneidung in einer Minute vor, Commander." Sie wandte sich an Gianeto. „Larry, wir werden auf Station bleiben und das Führungsschiff direkt auf uns zukommen lassen. Wenn unsere Felder ausfallen, haben wir weniger als fünf Minuten, um sie rechtzeitig wieder aufzubauen, um das andere Schiff zu treffen. In dieser Zeit müssen wir das tun, was wir bei Brad gesehen haben: zwei Shipbuster starten und einen von ihnen so programmieren, dass er das zweite Schiff ausschaltet, nachdem wir sein Feld zerstört haben. Und das muss innerhalb der nächsten dreißig Sekunden geschehen."

„Kein Problem", murmelte Gianeto und konzentrierte sich auf seine Station, während er die Befehle eingab. Einen Moment später schaute er auf. „Erledigt, Ma'am. Ich bin bereit, wenn Sie es sind."

„Sagen Sie nur Bescheid, Ma'am", verkündete Witten von seiner Station aus und fuhr mit den Fingern über die Symbole, die die Verlangsamung einleiten sollten.

Minishimi beobachtete die Anzeige einen Moment lang aufmerksam und drückte dann auf die Sprechanlage des Schiffes. „Hier spricht Captain Minishimi. Alle Mann auf Kollision vorbereiten." Sie hielt inne. „Es war mir eine Ehre, mit euch zu dienen und an eurer Seite zu kämpfen." Sie schaute Witten in die Augen. „Tritt auf die Bremse, Francis."

Minishimi hatte gebremst, aber als der Aufprall kam, wurde sie trotzdem heftig durchgeschüttelt, sowohl körperlich als auch irgendwie geistig auf eine Weise, die sie nicht begreifen konnte, und alles verschwamm auf eine Weise, die wenig mit einem Trauma ihres Gehirns und mehr mit einem Trauma der Realität zu tun zu haben schien. Irgendwo tief in ihrem Bewusstsein tobte sie, weil sie wusste, dass sie Zeit verschwendete, die sie nicht mehr zurückbekommen würden, Zeit, die sie das Leben kosten könnte, aber es war, als würde sie durch ein Meer von Klebstoff schwimmen, um zu sich selbst zurückzufinden.

„L...Raketen abschießen!" Sie versuchte, es zu schreien, aber es wurde zu einem Quietschen, das sie fast nicht hören konnte. Wie sich herausstellte, spielte das keine Rolle... Sie konnte sehen, dass Gianeto sich schneller erholt hatte als sie und die beiden Shipbuster abfeuerte.

„Raketen los!", rief er, während die taktische Anzeige um ihn herum noch immer verschwommen und flackernd war, weil die Systeme fast überlastet waren.

„Commander Prieta", konnte Minishimi endlich sprechen, und die Worte brachen in einem Brüllen aus, als hätten sie versucht, eine Tür einzutreten, „können wir den Antrieb wieder in Gang bringen?"

„Ja, Ma'am", versicherte ihr Prieta. „Der Bypass hat gehalten und wir haben den Treibstoff eingedämmt. Der Antrieb ist bereit, auf dein Kommando."

„Leutnant Witten, aktiviere das Antriebsfeld und gib uns einen Kurs weg vom ersten Schiff... wir wollen nicht in der Nähe sein, wenn der Shipbuster es trifft."

Witten schüttelte den Kopf, der immer noch nicht ganz klar war, und drückte auf die Kontrollen, bevor er krächzte: „Antrieb aktiviert, Captain. Ein G Beschleunigung."

„Eine Minute bis zum Zusammentreffen mit dem zweiten Rammschiff", sagte Gianeto zu ihr. „Der erste Shipbuster ist dreißig

Sekunden von dem außer Gefecht gesetzten feindlichen Schiff entfernt. Sie versucht derzeit nicht, auszuweichen ... Ich glaube, sie hat es nicht mehr drauf." Er zog eine Augenbraue hoch und schaute analytisch auf die Anzeige. „Für ein Schiff mit Eysselink-Antrieb sind sie ziemlich klein. Sie haben wahrscheinlich nicht viel Personal oder Hardware-Redundanz."

„Oh, ich glaube, sie haben sich als teuflisch clever erwiesen", antwortete Minishimi säuerlich. „Sie haben auf jeden Fall das Beste aus dem gemacht, was sie haben, und ich hätte nicht gedacht, dass sie so viel haben."

„Positive Detonation beim ersten Shipbuster", sagte Gianeto und nickte zufrieden, als er die weiße Kugel der Fusionsexplosion auf seinem Display sah. „Sie ist hinüber, Ma'am." Seine Augen flackerten zu der anderen Anzeige vor ihm. „Fünfundzwanzig Sekunden bis zum Zusammenstoß mit dem anderen Rammschiff."

„Jeder, der beten will", murmelte Higgs kaum hörbar, „bete für mich."

„Ich gebe dir Deckung, Maggie", sagte Witten und grinste sie an.

„Der Maschinenraum ist bereit für den Aufprall, Captain", meldete Mehta, der Brückenoffizier der Technik. „Commander Prieta sagt, dass die Notverriegelungen an den Antimaterie-Speicherbehältern in Betrieb sind. Er..." Mehta zögerte und stolperte über die Worte. „Er, äh, sagt, dass er vielleicht 25 Prozent Vertrauen hat, dass sie halten werden."

Gianetos Gesicht verzog sich zu einer Grimasse, als er auf sein Display schaute. „Oh, verdammt", sagte er milde. „Captain, wir..."

Er beendete den Satz nicht. Minishimi dachte, sie wäre besser auf den zweiten Feldaufprall vorbereitet, aber sie stellte fest, dass man sich nicht wirklich darauf vorbereiten kann. Wenn überhaupt, dann war es schlimmer als beim ersten Mal, als ob sich die Auswirkungen irgendwie kumulierten. Und es fühlte sich auf eine schwer zu beschreibende Weise falsch an, so wie man sich fühlte, wenn man sich schwer verletzte und es wusste, so wie sie sich in der High School gefühlt hatte, als sie sich beim Fußballspielen einen Bänderriss im Knie zugezogen hatte.

Ihre Sicht war verschwommen und in ihrem Kopf drehte sich alles, aber das Erste, was sie wahrnahm, war der beißende Geruch von Rauch, der von einem elektrischen Feuer stammte, und dann, ganz vage, das Knistern von freiliegenden Stromrelais als Kontrapunkt zu dem leisen, gegensätzlichen Stöhnen der anderen auf der Brücke.

Sie versuchte, den Kopf zu schütteln, um klar zu sehen, aber sie konnte die Energie dafür nicht aufbringen... Stattdessen schwankte ihr Kopf und sie spürte, wie Spucke aus ihrem schlaffen Mund floss und davonschwebte. Sie konzentrierte sich fieberhaft und schaffte es schließlich, ihre Augen frei zu blinzeln... und wünschte sich fast sofort, sie hätte es nicht getan.

Die Brücke war ein Dunst aus langsam treibendem Rauch, unterbrochen vom wilden Funkenflug überlasteter Relais, die ausgeblasen wurden, als der Energiestoß der aufeinanderfolgenden Feldüberschneidungen schließlich die Dämpfer übersprungen hatte. Schlimmer noch, der Rauch wurde nicht automatisch von den Brückenlüftern abgesaugt, was bedeutete, dass sogar die Batterie-Backups offline waren. Das einzige Licht war das gespenstische Glühen der chemischen Leuchtstreifen, die die Brücke säumten. Und das Schlimmste war, dass Francis Witten schlaff in seinem Gurtzeug schwebte, ein Rinnsal Blut aus seiner Nase trieb in losen Kügelchen davon, die absurderweise über ihm hingen, unbewegt von fehlendem Atem.

„Francis!" brüllte Larry Gianeto, riss sich von seinen Fesseln los und stürzte über die Brücke zum Steuermann. Ein unbeteiligter, unglaublich ruhiger Teil von Minishimis schockbetäubtem Gehirn fragte sich, wie der Taktische Offizier sich so viel schneller als alle anderen von den Folgen des Zusammenstoßes erholen konnte.

Gianeto hielt sich an Wittens Rückenlehne fest, stoppte seinen Schwung und tastete nach dem Puls des Mannes. Unter normalen Umständen hätte er die Lebenszeichen des Mannes über den Fernzugriff auf die Sensoren in seiner Uniform überprüfen können, aber die waren genauso ausgefallen wie alles andere auf dem Schiff.

„Oh, Gott, er atmet nicht..." stöhnte Gianeto hilflos. „Er hat keinen Puls mehr!"

„Larry", röchelte Minishimi und nahm die Kraft auf, ihren Gurt abzulegen. Sie erinnerte sich an etwas, das noch wichtiger war als Wittens Zustand.

„Was zum Teufel ist mit ihm passiert?" Gianeto wandte sich an niemanden, ballte und löste hilflos die Hände und drehte den Kopf hin und her, als ob er jemanden suchen würde, der ihm helfen könnte.

„Larry!" Minishimi sagte es mit mehr Nachdruck und seine Augen richteten sich auf sie, um sich endlich zu konzentrieren. „Wir werden ihn in die Krankenstation bringen", versprach sie. „Aber vor dem Zusammenstoß ... was hast du da gesagt?"

„Oh", er schien in die Realität zurückzukehren. „Ma'am", sagte er mit grimmiger Stimme, „ich habe zwei weitere Rammschiffe durch das Wurmloch kommen sehen. Sie sind auf dem Weg hierher."

Minishimi schloss die Augen, atmete tief ein und wieder aus. Eine übernatürliche Ruhe war über sie hereingebrochen, als ihr alle Möglichkeiten genommen wurden, bis nur noch eine übrig war. Sie öffnete ihre Augen und schaute Gianeto liebevoll an.

„Larry", sagte sie sanft, „bring die Brückencrew zu den Rettungskapseln. Die Sprechanlage ist ausgefallen, alles ist ausgefallen, wir müssen das Schiff verlassen."

Sie hörte ein Keuchen von Maggie Higgs, als die Frau zur Besinnung kam und Wittens Leiche sah. „Oh mein Gott!", rief die Frau. „Was ist mit ihm passiert?"

„Wahrscheinlich eine Hirnblutung", erklärte Minishimi ihr leise. „Lass ihn hier, Larry. Wir können ihm jetzt nicht helfen."

„Können wir nichts tun, Captain?" fragte Gianeto sie, während er sich verzweifelt an Wittens Beschleunigungsliege klammerte.

„Ich gehe in den Maschinenraum und sehe nach, wie die Lage ist", sagte sie kopfschüttelnd, „aber da feindliche Schiffe im Anflug sind und wir keine Energie haben, müssen wir die Besatzung in die Kapseln bringen. Ich rufe den Decks zu, an denen ich vorbeikomme, und du tust dasselbe." Sie legte ihm eine Hand auf die Schulter und drückte sie. „Beeilen Sie sich, Commander."

„Ja, Ma'am", sagte er. Er warf Witten einen letzten Blick zu, dann sah er zu den anderen auf der Brücke. „Higgs, Mehta, wir verlassen das Schiff. Die Kommunikation ist ausgefallen, also Higgs, du gehst auf das B-Deck und sagst dort Bescheid, Mehta, du gehst auf das C-Deck. Der Captain ist auf dem Weg zum Maschinenraum und ich gehe zum Hangar. Verstanden?"

„Aye, Sir", antworteten sie, schnallten sich von ihren Sitzen ab und folgten ihm zur Brückenluke.

Gianeto zog ein Panel neben der Luke auf, betätigte eine Handkurbel und schob die normalerweise automatische Tür quälend langsam auf. Minishimi spürte, wie eine verzweifelte Eile von ihr Besitz ergriff, denn sie war sich sicher, dass sich in diesem Moment ein Rammschiff auf sie zubewegte, bereit, sie in Atome zu zerreißen. Aber sie wusste auch, dass die Rettungskapseln nicht unbedingt die Rettung vor diesem Schicksal waren... deshalb musste sie in den Maschinenraum.

Sie drängte sich an die Spitze der Menge und schlüpfte durch das Portal, sobald Gianeto es weit genug geöffnet hatte, um hineinzupassen, und ging dann zu den Zugangsröhren.

„Ma'am!" Gianetos Stimme hielt sie auf und sie drehte sich um. Sein Gesicht wirkte im chemischen Geisterlicht blass und gezeichnet, und seine Augen waren von Angst getrübt. „Du nimmst eine der Rettungskapseln aus dem Maschinenraum?"

„Ja, Commander", versicherte sie ihm und lächelte über seine Besorgnis. „Ich treffe dich auf der anderen Seite."

Dann schob sie sich in die Zugangsröhre und ließ die anderen hinter sich.

In den Röhren war es unheimlich still, ohne das übliche Brummen und Zittern der Schiffssysteme, und die Stille schlug in ihren Ohren wie ein Puls, während sie durch die Beinahe-Dunkelheit segelte. Joyce Minishimis ganzer Körper war eine Ansammlung von Schmerzen, ihre heilende Brustwunde flammte auf und ihr Kopf fühlte sich an, als würde er explodieren, aber sie flog mit rücksichtsloser Hingabe durch die enge Röhre, weil sie wusste, dass die Zeit ablief und sie das Gefühl hatte, dass die Passage niemals enden würde.

Beinahe hätte sie den Ausgang für den Maschinenraum verpasst, konnte sich aber im letzten Moment bremsen und erwischte einen Haltegriff, wobei sie sich schmerzhaft an der Schulter verrenkte und einen scharfen, stechenden Schmerz in der Brust verspürte. Sie keuchte und drückte ihren Arm gegen die Brust, setzte sich aber weiter in Bewegung und stieß auf den Korridor hinaus. Die Luke zum Maschinenraum war geschlossen und sie konnte nichts durch das Sichtfenster sehen, aber sie zögerte nicht und ging zum Panel daneben, um die manuelle Steuerung zu betätigen. In dem Panel befand sich eine Handkurbel, die sie mit ihrem guten Arm so schnell wie möglich betätigte, wobei sie bei jeder Drehung Schmerzen in der Brust verspürte.

Als sich die Luke langsam öffnete, zog ein schwarzer Rauch mit Metallpartikeln aus der Kammer. Mit ihm sah sie ein paar verkohlte und blutverschmierte Körper, die sie mit einem Gefühl des Entsetzens durchströmten. Sie hustete unwillkürlich, als der Rauch sie erreichte, und sie wusste, dass sie eine Atemmaske brauchen würde, um dort drinnen zu überleben. Sie ging zu einem Regal direkt vor der Luke und holte ein Atemgerät heraus. Sie zog die Maske über ihr Gesicht und zog das elastische Band über ihren Kopf, das sich automatisch anpasste, als es an ihren Haaren riss.

Frische Luft füllte ihre Lungen und sie spürte zum ersten Mal seit langen Minuten Erleichterung. Schnell schnappte sie sich eine Ersatzatemmaske und eine Taschenlampe aus dem Schrank und machte sich auf den Weg in die rauchgefüllte Kammer. Als sie mit dem starken Licht in den Maschinenraum leuchtete, konnte sie trotz des Rauchs genau sehen, was passiert war: Die Hauptleitungen waren mit unglaublicher Kraft durch die Rückkopplung des zweiten Feldes explodiert, das wahrscheinlich durch den ersten Zusammenstoß stark geschwächt worden war. Als sie sich überlastet hatten, waren sie durch die Abschirmung geplatzt und hatten die gepanzerten Hüllen in Schrapnelle verwandelt, die alles und jeden im Raum zerfetzt hatten.

Lose Kugeln aus purpurnem Blut schwebten inmitten der Rauchwolken und wirbelnden Metallstücke wie eine surreale Collage, in deren Zentrum eine Ansammlung menschlicher Körper in zerrissenen, blutigen und verbrannten blauen Einsatzanzügen lag. Sie erkannte Commander Prieta sofort unter ihnen, dessen dunkle Augen trüb und blind waren. Aber einer von ihnen bewegte sich noch...

Minishimi stieß sich von der teilweise geöffneten Tür ab, fing das treibende Besatzungsmitglied ein und zog ihm das Ersatzatemgerät über das Gesicht, wobei sie zusammenzuckte, als sie die rohen, nässenden Verbrennungen sah, die die Hälfte des Gesichts bedeckten. Die Frau - Chief Grieger, wie sie sich erinnerte - röchelte und hustete heftig, als der Sauerstoff ihre Lungen erreichte, und zuckte vor Schmerz und Verwirrung zusammen.

„Chef!“ rief Minishimi durch ihre Atemmaske und versuchte, die Arme der Frau festzuhalten. „Ich bin's, der Captain! Können Sie mich hören?“

„Ma'am!“ Grieger beruhigte sich, hörte auf zu zappeln und sah Minishimi in die Augen. „Was... was ist passiert?“

„Wir hatten eine katastrophale Überlastung, Chief“, sagte der Captain und rief ihr zu, um sicherzugehen, dass sie es verstanden hatte. „Commander Prieta ist tot. Das Schiff liegt tot im Raum und Rammen sind im Anflug. Ich habe die Mannschaft zu den Rettungskapseln geschickt, aber wenn die Rammen uns treffen, werden ihre Felder die Kapseln zerreißen. Ich brauche den Plasma-Antrieb, um ihnen etwas Platz zu verschaffen.

Grieger stand wahrscheinlich unter Schock, körperlich und seelisch, aber sie war auch eine 20 Jahre alte Unteroffizierin. Ohne ein weiteres Wort löste sie sich von Minishimi und ging zu den Bedienelementen in der Wand auf der anderen Seite der zerstörten Hauptleitung. Der Captain wedelte mit den Armen, um sich zu beruhigen, als sie zu den zerstörten primären Kontrolltafeln zurückschwebte. Sie hielt sich an der Kante der Anzeigetafel fest, als sie sah, wie Grieger das Panel aufriss und einen schweren manuellen Schalter herunterzog.

Der Schalter schloss mit einem lauten Knacken einen Stromkreis und die Anzeigen des Panels, die nicht zertrümmert waren, flackerten auf, ebenso wie die noch intakte Beleuchtung. Grieger stieß sich von der Wand ab und ging zum Panel. Sie ging von einer Station zur nächsten, bis sie eine mit funktionierenden Systemen fand. Ihre Finger fuhren über das Display, sie hielt inne, als sie die Ergebnisse auswertete, und wandte sich dann an den Captain.

„Wir haben unsere Antimaterie-Treibstoffkapseln verloren, Ma'am ... sie sind alle automatisch ausgestoßen worden, als die Schaltkreise explodierten. Der Reaktor wurde gespült, aber ich denke, ich kann ihn mit den Notbatterien wieder in Gang bringen, wenn ich die durchgebrannten Energieleitungen umleiten kann." Sie schüttelte den Kopf. „Es wird aber ein paar Minuten dauern."

„Erledige das", sagte sie zu dem technischen Unteroffizier. „Dann geh zu den Rettungskapseln und verlasse das Schiff. Ich bin auf der Brücke - melde dich dort, wenn der Reaktor hochgefahren ist."

„Was ist mit Ihnen, Ma'am?" fragte Grieger und runzelte die Stirn unter ihrer Maske.

„Machen Sie sich keine Sorgen um mich, Chef", versicherte Minishimi. „Ich werde das Schiff so schnell wie möglich verlassen, sobald ich den Steuerknüppel so programmiert habe, dass das Schiff das Gebiet verlässt. Ich will auf jeden Fall leben, um an einem anderen Tag zu kämpfen."

LARRY GIANETO SCHAUTE AUF, als die Hauptbeleuchtung im Hangar aufflackerte und kurz darauf das Summen der Hauptlüfter zu hören war. Er drehte sich zu Commander Irvine, dem Flugoffizier der Decatur, um, der seine Leute in das halbe Dutzend Rettungskapseln des Hangars geführt hatte.

„Commander!", rief er. „Sichern Sie die Rettungskapseln! Bringen Sie Ihre Leute in die Shuttles!"

„Verstanden!" Irvine nickte verständnisvoll. Jetzt, wo der Strom wieder da war, konnten sie die Startschleusen des Hangars benutzen, und die Shuttles hielten sie länger am Leben als die Kapseln. Außerdem konnten sie sich weiter vom Schiff entfernen, so dass es unwahrscheinlicher wurde, dass sie in die Antriebsfelder des Schiffes gerieten...

Gianetos Kopf drehte sich zu den Zugangsröhren um und er traf sofort eine Entscheidung. „Commander Irvine", rief er und der große, schlaksige Offizier drehte sich um. „Lassen Sie so viele Shuttles wie möglich starten und bereiten Sie sich darauf vor, Rettungskapseln an Bord zu bringen, sobald Sie draußen sind. Ich bin auf dem Weg zur Brücke."

Irvine sagte noch etwas, aber Gianeto hörte es nicht: Er war bereits in der Zugangsröhre und auf dem Weg zurück, den er gekommen war.

ALS GIANETO auf der Brücke ankam, war Captain Minishimi schon da und beugte sich über die Steuerstation, während sie konzentriert die Stirn runzelte. Er bemerkte, dass sie sich die Zeit genommen hatte, Francis Wiittens Leiche auf die Beschleunigungsliege in der Kommunikationsstation zu legen.

„Ich dachte mir schon, dass ich Sie hier finde, Ma'am", sagte er, als er sich hinter sie stellte.

„Mr. Gianeto", sagte der Captain missbilligend und blickte ihn an, „ich erinnere mich, dass ich dir den Befehl gegeben habe, das Schiff zu verlassen."

„Ja, Ma'am", sagte er mit einem Lächeln. „Aber als der Strom wieder da war, erkannte ich, dass wir die Chance hatten, die Plasmaantriebe in Betrieb zu nehmen und das Schiff von den Rettungskapseln wegzubringen, um ihnen etwas Platz zu verschaffen, damit sie eine bessere Überlebenschance haben." Er zuckte mit den Schultern. „Ich dachte, du könntest Hilfe bei der Programmierung des Steuerrads brauchen."

„Ich weiß das zu schätzen", sagte sie mit sanfterer Stimme... dann ließ sie sich fallen und seufzte. „Leider werden wir das nicht tun können."

„Ma'am? fragte Gianeto und ging zu der Station neben ihr hinüber.

„Die Rückkopplung von der Feldkreuzung hat mehr als nur unsere Hauptleitungen durchgebrannt", erklärte der Captain. „Wir hatten einen Durchschlag direkt hinter der Brücke." Gianeto zuckte zusammen. Wenn ein Eysselink-Feld katastrophal zusammenbricht, wie es bei ihnen der Fall war, kann es an verschiedenen Stellen des Feldes zu punktuellen Ausfällen kommen, die sich wie ein Laser in das Schiff zurückbrennen - ein mit Antimaterie betriebener Laser, der aus nächster Nähe abgefeuert wird. „Es hat den Navigationscomputer des Schiffes zerstört." Sie winkte mit der Hand auf das Steuerdisplay. „Wir haben keine Steuerkontrolle von der Brücke oder der Hilfsbrücke aus. Wir müssen etwas im Maschinenraum einrichten."

„Aber Captain", sagte Gianeto langsam, als ihm klar wurde, dass wir das Schiff ohne Navigationscomputer manuell manövrieren müssten..."

„Ich bin auf dem Weg zum Maschinenraum, Commander Gianeto", sagte sie entschlossen und warf ihm einen strengen Blick zu. „Du gehst sofort zu den Rettungskapseln und verlässt das Schiff. Das ist ein Befehl."

„Ma'am", platzte er heraus und schüttelte den Kopf, „lass mich das machen. Dieser Krieg ist noch nicht vorbei... Sie werden erfahrene Captains brauchen."

Minishimi lächelte traurig und legte ihm zärtlich eine Hand auf die Schulter. „Larry, ich wäre ein Captain ohne ein Schiff, das ich führen könnte. Das hier ist mein Schiff, und es ist meine Pflicht, es zu führen." Sie ruckte mit dem Kopf in Richtung Tür. „Steig jetzt aus, oder ich würge dich aus und schleife dich persönlich zu den Kapseln."

„Aye, Ma'am." Er drehte sich um und ging auf die Tür zu.

„Sag meinem Mann, dass ich an ihn gedacht habe", sagte sie leise. Er nickte als Antwort, ohne sich zu trauen, etwas zu sagen. Er warf ihr noch einen letzten Blick zu, dann war er aus der Tür und weg.

39

Shannon Stark trat von der Einstiegsrampe des Kampfflugzeugs, wobei sich das Gewicht ihrer Marinemuster-Kampfrüstung auf ihrer Brust seltsam einschnürend anfühlte, und trat zur Seite, um den Special Operations-Truppen hinter ihr das Aussteigen zu ermöglichen. Sie erinnerten sie an eine aufgespannte Feder, die sich in einer defensiven Formation um das Raumschiff aufstellte, voller Jugend, Energie und Unwissenheit über ihre eigene Sterblichkeit.

Die Turbinen des Landegeräts heulten klagend auf, als sie gedrosselt wurden, und die abklingenden Stöße der überhitzten Luft aus den Schubdüsen zerrten unruhig an dem hohen Gras auf der Lichtung, die einst ein Einkaufszentrum an der Interstate im Bundesstaat New York gewesen war. Es war später Nachmittag, aber die Sonne stand schon tief am Himmel: Die Tage wurden mit fortschreitendem Herbst immer kürzer.

Hier und da konnte man noch die Überreste der alten Gebäude sehen, die niemand abgerissen hatte, aber der größte Teil des geräumten Geländes war jetzt Landezone für zwei Dutzend Schwertransporter der Kolonialgarde und Aufenthaltsbereich für viermal so viele gepanzerte Mannschaftstransporter. Die Truppen der Kolonialgarde schwärmten um die Fahrzeuge herum, sicherten sie ab und brachten die schweren Waffen in Stellung, während die Offiziere Befehle riefen... unter ihnen Ari Shamir und Roza Kovach.

„Rechnen wir wirklich damit, dass ein paar frischgebackene CeeGee-Offiziersanwärter und ein paar Ausbildungsoffiziere und Unteroffiziere es mit 20.000 Biomechs aufnehmen können?" fragte Tom Crossman Shannon leise, als er hinter ihr auftauchte und seinen Helm unter den Arm klemmte.

„Sie sind alles, was wir haben, Tom", erklärte sie ihm mit einem resignierten Schulterzucken. „Ari glaubt, dass sie es schaffen können. Außerdem haben wir Unterstützung von den orbitalen Waffenlagern.

„Oh-oh", flüsterte Tom, „pass auf, da kommt der Lehrer."

Shannon verbarg ein Grinsen, als sie zu General Kage hinübersah, der zielstrebig auf ihre Position zuschritt, wobei seine natürliche Größe in der CG-Rüstung noch imposanter wirkte. Seinen Helm trug er in der linken Hand, und er sah mehr zu Hause aus, als Shannon je in Erinnerung hatte.

„Meine Leute werden innerhalb einer Stunde an der Interstate-Kreuzung sein", sagte er zu Shannon, seine Stimme war geschäftsmäßig, aber ein Stirnrunzeln verdunkelte sein Gesicht. „Mir gefällt das immer noch nicht, Maj... Colonel Stark. Indem wir dem Feind erlauben, sich gegen uns aufzustellen, geben wir ihm Zeit, sich vorzubereiten und zu organisieren. Wir hätten sie an ihrem Sammelplatz einnehmen sollen, bevor sie Zeit hatten, die Fahrzeuge zu besteigen."

„Das wäre ideal gewesen, General", räumte sie nickend ein, „aber ihr Sammelplatz lag am Rande des Montreal Metropolitan Complex und weder der Präsident noch ich wollten dafür verantwortlich sein, dass eine große Schlacht in einem Bevölkerungszentrum beginnt, wenn wir es vermeiden konnten." Sie winkte mit einer Hand um sie herum. „Hier draußen wohnt niemand und der einzige Verkehr sind große Frachttransporter. Wir bringen sie hierher, ins Freie, weg von unschuldigen Zivilisten."

„Das ergibt für mich keinen Sinn", murmelte Tom und blickte in den dunkler werdenden Himmel. „Sicher, er hat einen Haufen dieser blauhäutigen Wichser, die er uns auf den Hals hetzen kann, aber was bringt es, sie mit einer Flotte von APCs quer durchs Land zu fahren? Er will sie nur als Enten in einer Schießbude aufstellen."

„Er ist ein Mann, dem die Zeit davonläuft", erinnerte Kage sie. „Vielleicht weiß er nicht, dass orbitale kinetische Waffen in einer gepanzerten Kolonne verheerenden Schaden anrichten können."

„Vielleicht weiß er es nicht", gab Shannon zu und folgte Toms Blick zu den unsichtbaren Waffensatelliten, „aber ich wette, Hellene D'Annique weiß es." Sie schüttelte den Gedanken ab. „Trotzdem, sie kommen hierher und wir müssen sie aufhalten." Sie wandte sich wieder an Tom. „Sag den Landepiloten, sie sollen starten und in Position gehen." Er nickte und machte sich auf den Weg zurück zu ihrem Kampfshuttle.

Shannon griff in eine Tasche an ihrem Oberschenkel, holte ihr Tablet heraus und rief die Sicht der Waffensatelliten auf. „Die feindliche Kolonne ist auf der Straße", sagte sie zu Kage und drehte den Bildschirm so, dass er die Videoübertragung sehen konnte. „Hoffen wir, dass Antonov so anachronistisch ist, wie du glaubst." Ihre Augen verengten sich zu einem Stirnrunzeln. „Aber irgendwie bezweifle ich das."

~

XAVIER DOMINGUEZ BETRAT DAS ORBITALWAFFENKONTROLLZENTRUM, als gehöre ihm der Ort - und das tat er auch, wenn es nach dem jungen Lieutenant JG ging, der Dienst hatte.

„Mr. Vizepräsident!" Der diensthabende Offizier sprang auf, als Dominguez und ein halbes Dutzend Männer seines Sicherheitsteams durch den Vordereingang schritten. Nicht alle Vizepräsidenten in der Geschichte der Republik waren auf Anhieb zu erkennen, aber der gut aussehende, charismatische Politiker war schon seit Jahren ein fester Bestandteil der Klatschberichte. „Sir, es tut mir leid, dass wir nicht auf einen Inspektionsbesuch vorbereitet waren, aber wir hatten keine Nachricht..."

„Das ist schon in Ordnung, Lieutenant..." Dominguez betrachtete das Namensschild des Mannes im schummrigen Licht des Eingangsflurs, das sich noch immer nicht automatisch eingestellt hatte, da die Sonne vor den Türen unterging.

„Barron, Sir", stammelte der junge Offizier und errötete leicht. „Leutnant J.G. Louis Barron."

„Kein Problem, Louis", lächelte Dominguez und klopfte dem Offizier aufrichtig auf die Schulter. „Das ist sozusagen eine Sache der letzten Minute. Ich bin sicher, dass du über den Angriff des Protektorats heute Morgen auf dem Laufenden bist - eine Tragödie, bei der all die tapferen Männer und Frauen auf der Mondbasis ihr Leben verloren haben."

„Ja, Sir, Herr Vizepräsident", sagte Barron düster. „Wir sind hier bereit, falls diese Bastarde etwas Ähnliches versuchen wie vor fünf Jahren!"

„Siehst du, Louis, genau deshalb bin ich hier!" Dominguez schlug demonstrativ die Hände zusammen. „Soweit ich weiß, wurden die Sicherheitsvorkehrungen geändert, seit dieser Stützpunkt während der Invasion vom Protektorat überrannt wurde, und ich wurde geschickt, um alles zu überprüfen und sicherzustellen, dass so etwas nicht noch einmal passiert."

„Nun, ähm, Sir", stotterte Barron und blickte zwischen Dominguez und der Sicherheitstür hinter ihm hin und her, „ich kann, denke ich, die Änderungen mit dir durchgehen ... wenn Captain Prementer hier wäre, könnte er ... Ich meine, er ist der Commander der Basis, aber er war im Urlaub. Ich meine, er wurde natürlich wegen des Angriffs zurückgerufen, aber er ist immer noch auf dem Flug von der Antarktis..."

„Das ist schon in Ordnung, mein Sohn, ich weiß, dass du das gut machen wirst."

„Ja, Sir, aber die Sache ist die", Barron sah aus, als würde er sich in eine Ecke verkriechen, „ich brauche eine Genehmigung vom Flottenhauptquartier, um jemandem, der nicht hier stationiert ist, den Zutritt zum Sicherheitsbereich der Basis zu gestatten."

„Ich werde dir etwas Besseres geben, mein Sohn", lächelte Dominguez und zog ein Tablet aus einer Tasche seiner Designerjacke. Er reichte es Barron und die Augenbrauen des jüngeren Mannes gingen hoch. „Das ist eine Erlaubnis des Präsidenten, jede sichere Einrichtung in der Republik zu betreten. Du kannst sie auf dem Hauptrechner deiner Basis überprüfen, sie kann nicht gefälscht werden." Und das war sie auch nicht ... aber er hatte sie vor drei Jahren erhalten. Er hatte sich nur mit Hilfe einiger talentierter Netztaucher vergewissert, dass sie nie widerrufen worden war.

„Ja, Sir, Herr Vizepräsident", sagte Barron mit einem erleichterten Nicken. „Das sollte dann reichen. Wenn du mir bitte folgen würdest." Barron nickte einem der beiden bewaffneten Wachmänner zu, die am Eingang der Basis stationiert waren, und der Mann reihte sich hinter ihnen ein, während der Beamte seine Netzhaut und seine Handfläche für den biometrischen ID-Scanner vorlegte. Zwei der Sicherheitskräfte des Vizepräsidenten blieben in der Eingangshalle, während die anderen ihren Schützlingen in das Innere der Basis folgten.

Die dicken Panzertüren schoben sich zur Seite und gaben einen leeren Gang frei, von dem Dominguez bereits wusste, dass er mit einem halben Dutzend automatischer Waffensysteme, tödlichen und nicht-tödlichen, bestückt war. Barron erwähnte sie jedoch nicht, was Dominguez interessant fand - vielleicht war der junge Mann doch nicht so naiv, wie er schien. Stattdessen erzählte der Offizier von der Geschichte der Invasion und wie es dem Protektorat gelungen war, die Kontrolle über die nach außen gerichteten Verteidigungslaser und die nach unten gerichteten kinetischen Tötungssatelliten zu übernehmen.

„Um zu verhindern, dass so etwas noch einmal passiert", fuhr Barron fort, „wurden Änderungen am System vorgenommen, die es niemandem erlauben, den Fernzugriff auf das Verteidigungsnetzwerk von hier aus ohne eine Kombination aus drei biometrischen Zugangscodes zu sperren."

„Es würde dem Protektorat also nichts nützen, diesen Ort einfach zu übernehmen", fasste Dominguez zusammen, als sie in den Hauptkontrollraum gingen. „Das würde uns nicht daran hindern, die orbitalen Waffensysteme zu benutzen. Was, wenn sie die Anlage einfach aus dem Orbit angreifen und in die Luft jagen?"

„Es gibt Backup-Uplinks an ein paar anderen Standorten, die mit den Verteidigungssatelliten kommunizieren können", versicherte Barron ihm, „und natürlich können die bodengestützten Laser vor Ort gesteuert werden. Der Vorteil dieses Ortes ist, dass wir alles zentralisieren und die Ziele auf der Grundlage von Informationen aus verschiedenen Quellen anvisieren. Wir sind auch eine Absicherung dagegen, dass jemand das System von einem der anderen Standorte aus kapert - jede Nutzung muss hier bestätigt werden und wir können die Nutzung aus der Ferne mit den biometrischen Zugangscodes ausschließen: der CO, der XO und ein rotierender Code, der zufällig ausgewählt und streng geheim gehalten wird."

„Also würde der Verlust dieses Ortes unser Verteidigungssystem nicht lahmlegen", sagte Dominguez und schaute sich um, „und sie können ihn auch nicht benutzen, um den Fernzugriff auszuschalten." Er nickte. „Gut zu wissen, gut zu wissen." Er warf Barron einen Blick zu. „Und ich nehme an, die Systeme hier sind auch vor Computerangriffen von außen sicher."

„Ja, Sir!" sagte Barron mit einem begeisterten Lächeln und offensichtlich aufgewärmt von seiner Präsentation. „Die Kernsysteme hier sind völlig isoliert und nicht mit einem Netz verbunden. Der einzige Weg, sie zu erreichen, führt über diese Stationen, und zwar physisch." Er winkte mit der Hand und deutete auf die Stationen an der hinteren Wand, wo die diensthabenden Techniker die Zieldaten der Sensoren im Asteroidengürtel und im Marsorbit überwachten.

„Nun, dann ist das ja gut", sagte Dominguez und nickte langsam. Er wandte sich an den Leiter seines Sicherheitsteams und lächelte. „Ich denke, wir haben genug gehört."

Louis Barron wandte sich wieder dem Vizepräsidenten zu und wollte sich für seinen Besuch bedanken, aber seine Erleichterung verwandelte sich in Schock, als er sah, dass der breitschultrige, hartgesichtige Sicherheitsbeamte mit einer entsicherten Pistole auf ihn zielte.

„Was...", war alles, was er sagen oder denken konnte, bevor die Waffe abgefeuert wurde. Sein heiseres Husten war das Letzte, was er hörte.

Die Sonne war nur noch ein schwaches Glühen am westlichen Horizont, als Shannon und Tom Crossman hinter einem gepanzerten CeeGee-Fahrzeug kauerten und die Übertragung von der Landefähre, mit der sie angekommen waren, beobachteten, während sie einige hundert Meter über dem feindlichen Konvoi schwebten. Bei den Fahrzeugen handelte es sich um hochmoderne APCs des Republic Fleet Marine Corps, die sich mit ihrer grauen Farbe gut in den Asphalt einfügten und deren isolierte Motoren selbst in der Thermik nur ein schwaches Rot erkennen ließen. Fünfhundert von ihnen füllten die alte Interstate wie ein alter Stau und rollten mit 50 Stundenkilometern dahin, gefolgt von weiteren hundert Frachttransportern, die vermutlich jeweils bis zu 50 Biomech-Soldaten und Ausrüstungsgegenstände transportierten.

„Mein Gott, das sind aber viele", murmelte Tom und schüttelte den Kopf.

„Zielreiche Umgebung", antwortete Shannon. Dann drückte sie auf den Verbindungsknopf an den Ohrstöpseln ihres 'Links'. „Charlie Gulf Niner Niner, hier ist Charlie Gulf One. Deine Vögel haben Feuerfreigabe."

„Roger, Charlie Gulf One", antwortete der Pilot. „Wir kommen für unseren ersten Überflug rein."

Das Bild auf den Kameras der Landefähre änderte sich schlagartig, als das Kampfflugzeug aus dem Schwebeflug ausscherte und sich wie ein Falke auf ein Kaninchen stürzte. Rauchschwaden folgten einer Salve von Raketen, die aus dem Waffenschacht des Landers nach unten schossen und auf den hinteren Frachttransportern des Konvois landeten, wobei drei von ihnen in einem riesigen Feuerball verschlungen wurden. Dann war das Flugzeug an der Fahrzeugkolonne vorbei und drehte um. Der Blick wechselte zur hinteren Kamera und zeigte das nächste Landegerät, das zum Abschuss ansetzte...

... und plötzlich auseinanderfiel wie ein Papierflieger, als das Cockpit und der gesamte vordere Teil des Flugzeugs in einem Dunst aus glühendem Dampf verschwanden und die Hitzespur der Waffe, die es zerstört hatte, in der Thermik kaum sichtbar war.

Shannons Augen weiteten sich, und das Dröhnen der überwältigenden Erkenntnis in ihren Ohren übertönte fast die panischen, überflüssigen Berichte der anderen Piloten. „Verschwindet von dort!", rief sie verzweifelt über deren Funksprüche hinweg. „Alle Flugzeuge evakuieren das Gebiet und weichen aus! Der Feind hat Orbitalwaffen!"

Während sie sprach, rief Shannon die Steuerung des orbitalen Verteidigungssystems auf und war nicht überrascht, als das Tablet ihr mitteilte, dass sie nicht befugt war, auf diese Funktion zuzugreifen. Sie schob Tom das Tablet zu und spuckte einen Fluch aus.

„General Kage!", brüllte sie in ihren 'Link. „Holen Sie Ihre Leute von den Fahrzeugen weg! Und zwar sofort!"

Im Hintergrund konnte Shannon die Schreie auf den Kommunikationskanälen hören, als ein Angriffs-Shuttle nach dem anderen abstürzte und von ferngesteuerten, kaum zwei Meter langen Wolframpfeilen aus dem Orbit in Stücke gerissen wurde. Sie kämpfte gegen die Galle an, die ihr in der Kehle aufstieg, als sie erkannte, dass jeder Treffer nicht nur drei gute Männer und Frauen tötete, sondern auch bedeutete, dass mit jedem weiteren Treffer eine weitere Sekunde verstrich, bevor die Orbitalwaffen neu ausgerichtet werden konnten...

„Was ist los, Colonel Stark?" verlangte Kage, und seine tiefe Stimme klang klein und weit entfernt in ihrem Ohr. Sie wusste, dass er weniger als einen Kilometer von ihrer Position entfernt war, weiter unten auf der alten Interstate. „Wovon redest du?"

„Das orbitale Verteidigungsnetz ist gefährdet!", erklärte sie ihm schnell. „Die Lander werden durch kinetische Waffen zerstört! Sobald sie weg sind, werden diese Waffen auf unsere Fahrzeuge zielen... Du musst alle von den APCs wegbringen!"

Hinter sich hörte sie bereits, wie Tom das Sondereinsatzkommando aufforderte, sich von den Fahrzeugen zu entfernen und im hohen Gras in Deckung zu gehen, und sie begann selbst, in diese

Richtung zu joggen, während sie mit Kage sprach. „General, haben Sie mich gehört?"

Es kam keine Antwort und sie war gerade dabei, Ari anzurufen, als nur hundert Meter entfernt ein CeeGee-Panzerfahrzeug explodierte. Shannon stolperte über eine Gehirnerschütterung, die sie in ihrer Brust spürte, und über das Beben der Erde durch den 50 Kilogramm schweren Wolframstab, der mit etwa Mach 10 auf dem Boden aufschlug, aber sie schaffte es, sich lange genug auf den Beinen zu halten, um Toms Position in der Mitte des Feldes zu erreichen. Sie streckte sich neben ihm aus, zog ihren Helm auf und sicherte ihn, während sie weiter versuchte, Ari zu rufen.

„Ari, bring sie von den APCs weg!" Sie schaltete auf ihr Helmradio um.

Aber die einzige Antwort, die sie erhielt, war das endlose Donnergrollen, als ein gepanzertes Fahrzeug nach dem anderen in einem schrecklichen Overkill an freigesetzter kinetischer Energie zerstört wurde, die wie der Zorn eines wütenden Gottes vom Himmel herabregnete.

40

Drew Franks grunzte mit einer Urbefriedigung, als das Rammschiff des Protektorats in einer Plasmawolke verdampfte und seine Treibstoffvorräte durch eine Fusillade von Wolfram-Gauss-Kanonengeschossen aufgerissen wurden.

„Feuer einstellen, Antriebsfeld reaktivieren“, befahl der amtierende Captain Lee.

„Das sind vier von ihnen“, meldete Leutnant Wolford und überprüfte die Sensorenanzeige. „Plus die beiden, die die Decatur ausgeschaltet hat.“ Er blickte von seiner Station aus zu ihr zurück. „Sie treibt immer noch, Ma'am ... und es gibt zwei Rammschiffe auf dieser Seite des Wurmlochs, die direkt auf sie zusteuern.“

„Scheiße“, murmelte Franks und erntete einen bösen Blick von Lee.

„Können wir sie erreichen, bevor sie zu ihr kommen?“ fragte Lee und schaute zwischen Wolford und Bevins hin und her. Die beiden sahen sich an, überprüften dann ihre Displays und gaben Daten an die jeweils andere Station weiter, bevor sie sich wieder ihr zuwandten.

„Keine Chance, Ma'am“, sagte Bevins und schüttelte den Kopf. „Der erste Rammen ist weniger als eine Viertelstunde entfernt. Bei der maximalen Beschleunigung, die wir außerhalb der Tanks erreichen können, würden wir eine halbe Stunde brauchen.

„Sie startet Shuttles und Rettungskapseln“, schaltete sich Wolford ein. „Sie verlassen das Schiff.“

„Setz einen Abfangkurs für die Rammschiffe“, sagte Lee. „Die Decatur können wir nicht retten, aber wir werden die beiden Drehgestelle säubern und dann zurückschwenken und die Überlebenden einsammeln.“

„Sie werden nicht in der Lage sein, das Antriebsfeld des Rammschiffs zu durchbrechen“, sagte Franks mit dumpfer Stimme und versuchte, die Wut, die er verspürte, zu unterdrücken. „Sie werden zerfetzt werden.“

„Und was soll ich deiner Meinung nach dagegen tun, Lt. Franks?“ fragte Lee angespannt, aber leise, und ihre dunklen Augen funkelten vor Wut.

Franks antwortete ihr nicht sofort, sondern biss die wütende Erwiderung zurück, die ihm wie Galle in die Kehle stieg. Commander Lee fühlte sich genauso wütend und ohnmächtig wie er, das war ihm klar, und er hatte absolut keine Kampferfahrung. „Ich weiß nicht, was wir tun können, Ma'am“, sagte er schließlich, „oder was wir hätten anders machen können. Das ist es, was mich beschäftigt: Ich weiß, dass es hätte sein sollen, und ich kann mir nicht helfen, aber ich denke, wenn Major Stark oder Colonel McKay hier wären, hätten sie die Dinge besser gemacht als ich.“

Lees Gesichtsausdruck wurde weicher und sie kicherte humorlos. „Lieutenant, glauben Sie nicht, dass ich mir wünschte, Captain Perez säße auf diesem Platz? Oder Admiral Patel? So habe ich mir mein erstes Kommando nicht vorgestellt. Aber in ein paar Minuten werden wir alles sein, was zwischen dem Protektorat und der Erde steht, ob es dir gefällt oder nicht.“

„Sie bewegt sich!“ platzte Wolford heraus und lehnte sich näher an das holografische Display, als könne er es nicht glauben. „Ihr Fusionsantrieb läuft ... sie bewegt sich mit zwei G weg!“

„Sie entfernt sich von den Shuttles und Rettungskapseln“, schlussfolgerte Franks.

„Bring uns da rein, Bevins“, schnappte Lee. „Wir müssen die Rammschiffe ausschalten, bevor sie die Überlebenden erreichen!“

„Aye, Ma'am, Beschleunigungsalarm auslösen, vorbereiten auf Hochg-Beschleunigung!“

Franks schnallte sich an und lehnte sich in seine Couch zurück, als der Steuermann die Antriebe mit Energie versorgte und die Raumzeit das Schiff wie einen Wassermelonenkern ausspuckte. Auf dem Hauptbildschirm schien das Schiff vorwärts zu springen, während die Sterne um sie herum vorbeizogen, aber Franks' Augen klebten an der Darstellung der Decatur, die ebenfalls immer noch beschleunigte und hinter ihrer Antriebsglocke ein Fusionsfeuer entfachte. Das führende Rammschiff näherte sich ihr, für ein Schiff mit Eysselink-Antrieb nicht sonderlich schnell, aber immer noch schneller als das verkrüppelte republikanische Kriegsschiff.

Irgendjemand - wahrscheinlich Wolford - stellte eine Projektion der Reichweite des Antriebsfelds des Rammschiffs und eine Linie auf, die zeigte, wie weit es entfernt sein musste, damit die Shuttles und Rettungskapseln überleben konnten. Es schien, als würde die Decatur von den kleinen grünen Symbolen, die ihre Shuttles darstellten, wegkriechen, während der blau gefärbte Kreis des Antriebsfelds des Rammschiffs immer noch auf dem Weg war, die grünen Symbole zu zerreißen.

„Warum nur zwei G?“ fragte sich Franks laut und drückte die Worte mit dem doppelten Gewicht auf seiner Brust heraus.

„Was?“ fragte Lee und blickte zu ihm hinüber.

„Die Decatur“, stellte er klar. „Warum fährt sie nur mit zwei G? Sie können doch nicht am Treibstoff sparen, wofür? Für eine so kurze Fahrt könnte der Fusionsantrieb locker vier G erreichen und sie schneller aus dem Gebiet bringen. Warum nur zwei G?“

Auf der Brücke herrschte einen Moment lang Schweigen, bis Bevins die Stille mit einer grimmigen Feststellung brach. „Es sind noch Leute an Bord“, sagte er. „Jemand steuert das Schiff manuell.“

„Mein Gott“, zischte Wolford.

„Genug gequatscht“, schnauzte Lee und versuchte, hart zu klingen, aber Franks konnte den Schmerz in ihren Augen sehen und das

Räuspern in ihrem Hals hören. „Bringen Sie uns einfach zu dem Abfangjäger."

Auf dem Bildschirm bewegte sich der blaue Halo fast unmerklich von den Shuttles weg. Franks beobachtete ihn und wünschte, er könnte ihn irgendwie zum Verschwinden bringen...

„Wie hoch ist die Reichweite der Sensoren?" fragte er plötzlich. Wolford schaute ihn ausdruckslos an. „Die modifizierten Sensorstrahlen, die wir benutzt haben, um ihre Antriebsfelder zu destabilisieren, müssen eine größere Reichweite haben als herkömmliche Strahlenwaffen. Es bewegt sich im FTL, um Himmels willen!"

In Wolfords Augen leuchtete ein Licht auf und er drückte auf die Sprechanlage. „Commander Infante!", schrie er fast in den Tonabnehmer. „Wie groß ist die effektive Reichweite der Sensormodifikationen, um ein Eysselink-Feld zu destabilisieren?"

Es herrschte eine lange Stille und einen Moment lang dachte Franks, dass Infante die Übertragung nicht gehört hatte, aber dann antwortete die Ingenieurin mit langsamer und zögerlicher Stimme. „Das kann ich nicht mit Sicherheit sagen, Lt. Wolford", sagte sie. „Es hängt von der Stärke und Größe des Feldes ab, auf das Sie zielen und..."

„Raten Sie mal, was Sie wissen, Commander!" warf Lee mit einem ungeduldigen Knurren ein.

„Vielleicht ... 100.000 Kilometer bei der Energie, die wir verwenden", schätzte die Ingenieurin und war etwas verärgert über Lees Tonfall.

Franks warf Lee einen Blick zu und sie schenkte ihm ein breites Grinsen. „Zur Hölle mit McKay und Stark, Lieutenant", sagte sie. „Du machst das auch ganz gut." Sie wandte sich an Bevins und Wolford. „Taktische Abteilung, ich brauche eine Feuerlösung für das Rammschiff! Die Reichweite beträgt 100.000 Kilometer! Steuermann, bring uns rechtzeitig hin!"

LARRY GIANETO ZWÄNGTE sich durch die Luke der Rettungskapsel und die schmale Andockleitung in das unter Druck stehende Cockpit des Shuttles. Die Kabine war mit einem Dutzend Besatzungsmitgliedern überfüllt, zwei mehr, als sie eigentlich sicher aufnehmen konnte, und zwei Dutzend weitere waren in den Rettungswesten im drucklosen Frachtraum eingepfercht. Larry bewegte sich durch die Presse und kam bis zur Rückseite des Pilotensitzes.

„Commander Irvine", sagte er laut, um über den Lärm im überfüllten Cockpit hinweg gehört zu werden. „Haben wir alle Rettungskapseln in den Shuttles gesichert?"

Irvine drehte sich zu ihm um, und auf seinem dunkelhäutigen, hageren Gesicht standen Schweißperlen von der Hitze der vielen Menschen in der kleinen Kabine. „Sie schließen gerade die Türen des letzten Frachtraums, Commander Gianeto", berichtete er mit angespannter Stimme. „Die Decatur ist unterwegs ... sie hat vor einer Minute ihren Fusionsantrieb aktiviert."

„Ich will, dass alle Shuttles jetzt mit voller Kraft in die entgegengesetzte Richtung fliegen", befahl Gianeto. Irvine schaute ihn skeptisch an, nicht zuletzt, weil sie beide den gleichen Rang hatten, nickte dann aber und drehte sich um, um den Befehl weiterzugeben.

„Alle anschnallen!" brüllte Irvine zurück in die Kabine. „Ein G in zehn Sekunden!"

Gianeto schaute sich um und sein Herzschlag beschleunigte sich, als er sah, dass alle Beschleunigungsliegen besetzt waren, aber dann wies Irvines Co-Pilot mit einem Daumen auf einen Klappsitz neben der Luftschleuse. Gianeto kletterte zurück, um ihn in die richtige Position zu bringen, und schaffte es gerade noch, den Gurt um sich zu legen, bevor die Triebwerke des Shuttles ansprangen. Er wurde von den vertrauten 80 Kilogramm in seinen Sitz zurückgedrückt, als der kleine Teilchenbettreaktor des Shuttles die flüssige Wasserstoffreaktionsmasse aufheizte und mit Hyperschallgeschwindigkeit ausstieß.

Gianeto spürte, wie sich sein Herzschlag erhöhte und kämpfte darum, ruhig zu bleiben. In den Shuttles befanden sich Dutzende von Besatzungsmitgliedern, doch seine Aufmerksamkeit wanderte immer wieder zurück zur Decatur und zu Captain Minishimi, der jetzt nur noch ein entfernter Stern aus Fusionslicht auf dem Bildschirm war.

„Auf welcher Rettungskapsel ist der Captain?" fragte Irvine ihn, als hätte er seinen Gesichtsausdruck gelesen.

„Sie ist nicht in einer Rettungskapsel", erklärte Gianeto dem Piloten. „Die Navigationscomputer wurden durch die Rückkopplung von der Feldkollision zerstört. Captain Minishimi ist im Maschinenraum der Decatur und steuert sie manuell."

Irvine riss den Kopf herum und sein Mund stand offen, und er war nicht der Einzige. Gianeto hatte den Eindruck, dass alle in der Kabine ihn fassungslos anstarrten. Ein saurer Geschmack lag in seinem Mund und er fühlte sich wie ein Feigling. „Ich habe versucht, sie zu überreden, es zu tun", sagte er und schüttelte den Kopf. „Sie sagte, es sei ihre Pflicht als Captain." Er spürte einen Anflug von Wut und legte sie in seine Stimme. „Sie hat mir befohlen, mich um die Mannschaft zu kümmern, und genau das werde ich tun.

Irvine nickte, und zögernd trat Akzeptanz in seine Augen. Er hielt inne, schloss die Augen und flüsterte ein Gebet vor sich hin, dann bekreuzigte er sich; Gianeto sah, dass sich ihm ein paar andere anschlossen. Er war weder katholisch noch sonst etwas, aber einen Moment lang wünschte er sich, er wäre es: Im Moment wäre es sehr beruhigend, an ein Leben nach dem Tod zu glauben.

~

„Wir sind noch zwei Minuten von der effektiven Reichweite entfernt, Captain", meldete Wolford, während das glühende Licht seines holografischen Displays die Sorgenfalten in seinem Gesicht überspielte. „Das Antriebsfeld des feindlichen Schiffes wird in genau zwei Minuten und fünfundvierzig Sekunden auf die Decatur treffen."

Franks zischte unwillkürlich und beobachtete, wie sich die beiden computersimulierten Avatare auf dem Hauptbildschirm näherten. Das war nicht gerade viel Spielraum für Fehler.

„Selbst wenn wir das Feld des Rammschiffs ausschalten können", sagte er, „könnte es immer noch direkt in die Decatur rammen."

Dann blinzelte er, als die Fusionsfackel am Heck der Decatur abrupt erlosch und die Beschleunigung des Schiffes nachließ.

„Die Decatur hat aufgehört zu brennen!" verkündete Wolford mit Sorge in der Stimme.

„Was machen die da?" murmelte Bevins.

„Ich lese, dass eine Rettungskapsel in der Nähe des Maschinenraums abgeworfen wird", sagte Wolford. Er hob den Kopf und schaute zu Captain Lee. „Wer auch immer an Bord war, hat das Schiff verlassen, Ma'am!"

„Sie können nicht wissen, dass wir das Rammschiff aufhalten können", bemerkte Franks. „Warum werfen sie das Schiff ab?"

„Vielleicht aus Hoffnung", murmelte Lee eine Vermutung. „Lass uns sicherstellen, dass es keine falsche Hoffnung ist. Sind wir in Reichweite, Lt. Wolford?"

„Zehn Sekunden, Ma'am", teilte Wolford ihr mit, „vorausgesetzt, Commander Infantes Schätzung war richtig. Ich habe die Kontrolle über die Emitter."

„Das war eine grobe Schätzung", überlegte Lee. „Bevins, bring uns runter auf eine Schwerkraft. Wolford, eröffne jetzt das Feuer ... mal sehen, was die äußere Hülle dieses Dings ist."

„Aye, Captain", sagte Wolford mit Eifer in der Stimme - oder vielleicht war er auch erleichtert, dass das zusätzliche Gewicht auf seiner Brust verschwand. „Aktiviere jetzt die Emitter, drei Sekunden lang."

Die Sensorenanzeige fror ein, als die gravimetrischen Emitter von Analyse auf Angriff umschalteten, und dann waren die Bilder wieder in Bewegung ... und der blaue Halo des Eysselink-Antriebsfelds des Rammschiffs war intakt. Franks unterdrückte einen Fluch.

„Ihr Antriebsfeld hat sich leicht destabilisiert", sagte Wolford und schaute auf seine Anzeigen, „aber nicht kritisch. Wir haben weniger als dreißig Sekunden, bis das Antriebsfeld den Kurs der Rettungskapsel kreuzt."

„Noch einmal feuern!" schnappte Lee. „Diesmal länger! Schaltet das Feld aus!"

„Zehn Sekunden“, sagte Wolford und stellte die Steuerung ein. „Feuern.“

Diesmal wurde die Sensoranzeige komplett dunkel und Franks glaubte, dass auch die Beleuchtung des Schiffes flackerte und sich abschwächte, aber das konnte auch daran liegen, dass die Anzeigen an- und ausgingen. Seine Hände waren auf den Armlehnen der Beschleunigungsliege verkrampft und er hielt den Atem an.

„Emitter aus“, sagte Wolford und drückte auf die Steuerung. Er schüttelte den Kopf. „Es wird ein paar Sekunden dauern, bis die Sensoren wieder hochgefahren und kalibriert sind.“

Franks zwang sich zu atmen und seine Finger zu entspannen, während sich die Sekunden unendlich in die Länge zogen und er sah, wie der amtierende Captain Lee den Mund öffnete, als wollte sie fragen, wie lange es noch dauern würde. Dann erwachten sowohl der Hauptbildschirm als auch die taktische Anzeige zum Leben und die Bilder der beiden Schiffe begannen sich wieder zu formieren, zunächst verschwommen, hin und her huschend wie Gespenster, bis sie sich scharf abzeichneten ... und in einem glühenden Ball aus sternweißem Plasma verschmolzen.

„Was ist gerade passiert?“ fragte Franks und lehnte sich trotz der Beschleunigung, die ihn zurückdrängen wollte, gegen seine Fesseln.

„Das war eine Kollision...“ sagte Wolford hilflos und versuchte, die Daten zu analysieren, die in den neu aktivierten Sensor eingingen.

„Kein Witz“, murmelte Bevins.

„Halt die Klappe!“, zischte Lee Bevins giftig zu, woraufhin der junge Mann erbleichte und schwer schluckte. „Wo ist das Rammschiff, Wolford?“

„Ich kann es nicht finden...“ gab Wolford zu und schüttelte den Kopf. „Ma'am... Ich glaube, wir haben ihr Antriebsfeld zerstört, dann ist sie mit der Decatur zusammengestoßen und beide sind hochgegangen.“ Er griff ängstlich nach einem Teil des taktischen Hologramms und vergrößerte es. „Ja!“, rief er. „Die Rettungskapsel ist noch da, Ma'am! Wir haben es geschafft, wir haben das Rammschiff!“

„Gott sei Dank“, sagte Franks leise.

„Wir kommen wegen der Rettungskapsel zurück“, beschloss Lee. „Nimm Kurs auf das letzte Rammschiff: Wir müssen es ausschalten, bevor es in die Nähe der Überlebenden kommen kann.“

„Aye, Captain“, sagte Bevins, der froh war, einen Befehl zu haben, der ihn von ihrem vorherigen Ärger ablenkte. „Abfangkurs setzen.“

„Sie ist noch sieben Minuten entfernt“, begann Wolford und runzelte dann die Stirn, als er einen Ausschnitt der Sensoranzeige aufrief. „Ma'am, ich habe eine weitere Eysselink-Antriebssignatur, aber sie kommt nicht von dem Tor im Gürtel.“ Seine Augen wurden groß. „Und es ist viel größer... Captain, ich glaube, es ist einer unserer Kreuzer! Ich kann noch nicht sagen, welcher es ist.“

„Welchen Kurs hat er?“ fragte Lee und sein Gesicht erhellte sich in der Hoffnung, dass sie vielleicht Hilfe bekommen würden.

„Oh Scheiße“, platzte Wolford heraus, „sie fährt direkt auf das Rammschiff zu!“ Er schaute von der Anzeige zu Captain Lee. „Sie kommt mit der Breitseite auf uns zu ... nur noch zwei Minuten bis zur Kollision!“

„Okay, das ist machbar“, sagte Lee und lehnte sich nach vorne, die Hände in Konzentration gefaltet. „Wenn sich ihre Felder kreuzen, sind sie beide außer Gefecht; wir feuern einen Shipbuster auf das Rammschiff...“

„Halt dich fest!“ rief Wolford aus. „Da ist etwas...“ Er blickte wieder zu Lee auf. „Captain, das Antriebsfeld des Rammschiffs ist gerade ausgefallen! Ich glaube, der Kreuzer hat einen gravimetrischen Emitter eingesetzt!“

Auf dem Hauptbildschirm konnte Franks sehen, wie der Avatar des republikanischen Kreuzers, dessen Antriebsfeld noch intakt war, direkt durch das kampfunfähige Rammschiff fuhr und es in seinem Kielwasser in seine Einzelteile zerlegte.

„Ich glaube“, sagte Franks und lächelte, „wir müssen Commander Infante sagen, dass sie vielleicht doch nicht die einzige Ingenieurin in der Flotte ist, die diese Idee hat.“

„Der Kreuzer fällt aus dem Eysselink-Antrieb“, sagte Wolford.

„Deaktivieren Sie unser Antriebsfeld, Mr. Bevins“, sagte Lee. „Leutnant Reno“, wandte sie sich an den Kommunikationsoffizier,

„versuchen Sie, den Kreuzer zu heben, finden Sie heraus, mit wem wir es zu tun haben und informieren Sie sie über die Überlebenden - wir können die Hilfe bei der Bergung der Shuttles und Rettungskapseln gebrauchen."

„Sie nehmen bereits Kontakt mit uns auf, Ma'am", sagte Reno ihr. Er sah Franks an. „Aber Lieutenant ... ich glaube, es ist für dich."

Franks sah ihn verwirrt an, blickte dann aber auf den Hauptbildschirm. Dort wurde ein Ganzkörperhologramm von Jason McKay projiziert, der - wie Franks fand - in seiner schwarzen Intelligenzkleidung sehr ikonisch aussah und die Hände hinter dem Rücken verschränkt hatte.

„Franks?", sagte er und hob überrascht eine Augenbraue. „Was zum Teufel machst du hier draußen?"

„Er hat den Planeten wenigstens einmal gerettet, Sir", warf der stellvertretende Captain Lee ein und Franks spürte eine Welle der Dankbarkeit. „Ganz zu schweigen von all unseren Leben."

„Es hat sich einiges geändert, seit Sie weg sind, Sir", meldete sich Franks zu Wort und versuchte, sich nicht einschüchtern zu lassen. „Ach, übrigens, du bist jetzt General."

„Ach du Scheiße", schnaubte McKay. „Ich hätte länger wegbleiben sollen... dann hätten sie mich zum Präsidenten gemacht."

„Oh nein, Sir", sagte Franks ihm ernsthaft. „Ich glaube, du bist gerade noch rechtzeitig zurückgekommen..."

41

Ari Shamir rannte mit halsbrecherischer Geschwindigkeit, angetrieben von Verzweiflung, und seine Beine pumpten, während er das Brennen in seinen Lungen und das drückende Gewicht seiner Rüstung und Waffe ignorierte. Ein weiterer APC flog keine fünfzig Meter von ihm entfernt in die Luft und warf ihn auf ein Knie, als der Boden bebte und ein Pilz aus Schmutz und überhitztem Gas in den Himmel stieg. Wolken aus brennendem Metall hingen in der Luft und Schreie dröhnten in seinen Ohren. Einige kamen über das kakophonische Rauschen der Kommunikationskanäle, andere von Männern und Frauen, die in Panik oder im Todeskampf ihre Helme abgenommen hatten.

Die meisten Truppen hatten die Warnungen von Colonel Stark und General Kage beherzigt und ihre Fahrzeuge rechtzeitig verlassen, aber hier und da lagen Körper und Körperteile in verbrannten schwarzen Rüstungen. Selbst diejenigen, die nicht von dem ständigen Einschlag der Wolframblitze aus dem Orbit betroffen waren, kauerten im hohen Gras, erstarrt vor Schock, und versuchten, die Explosionen und das Geschrei auszublenden.

Als Ari zu einem intakten Fahrzeug kam, sprang er darauf, ignorierte die Warnrufe der CeeGee-Soldaten um ihn herum und ließ sich durch die offenen Dachluken hinunterfallen, um sich einen Arm voll schultergetragener Raketenwerfer aus einem Regal an der Rückwand zu schnappen. Mit einem Heben, das seine Rückenmuskeln strapazierte, warf er die Raketenwerfer ins Gras und kletterte dann hinter ihnen heraus, wobei er sich aus dem Fahrzeug kickte und den Sturz mit einer Schulterrolle abfederte.

Er hob die Panzerabwehrwaffen auf und joggte so schnell er konnte mit der schweren Last in das hohe Gras, wo die Besatzung des Fahrzeugs auf dem Bauch lag und die Hände über ihre behelmten Köpfe hielt. Als er den Anführer des Trupps erreichte - er erkannte ihn an den Chevrons auf seinem Helm - warf er die Raketenwerfer direkt vor seinem Gesicht ab und ließ den Mann in die Hocke gehen. Ari zögerte, als er das Namensband auf dem Brustpanzer des Mannes las und sah, dass es sich um Lieutenant Matienzo handelte.

„Verteile das an deinen Trupp", sagte Ari und benutzte die Lautsprecher an der Außenseite seines Helms, da er den Kommunikationskanälen nicht traute, die immer noch von panischen Meldungen unerfahrener Offiziere verstopft waren. „Bringt sie auf die Beine und stellt sie dort auf", wies er auf die Straße, wo mehrere Dutzend andere Soldaten unter der Führung von General Kage und Captain Odawale in Stellung gingen. „Wenn wir nicht in Verteidigungsstellung gehen, wird uns der Feind überrennen!"

„Aber, aber..." stotterte Matienzo und seine Augen huschten hin und her.

Ein Wolframstab durchschlug den Panzerwagen hinter ihnen und die Explosion schleuderte Ari neben dem CeeGee-Soldaten zu Boden, wobei der Überdruck das Dutzend Soldaten auf den harten Boden drückte und ihnen den Atem raubte. Ari kam als Erster hoch, biss die Zähne zusammen und zwang seinen Verstand zu arbeiten, als er seine Beine unter sich bekam und sich auf die Füße stellte.

„Verdammt noch mal, ihr dummen Scheißer!", schrie er sie an und drehte seine Lautsprecher auf volle Pulle. „Wollt ihr hier bei den Fahrzeugen bleiben und wie die Käfer sterben? Bewegt eure Ärsche da raus und sterbt im Kampf!"

Matienzo schnappte sich sein Gewehr, das heruntergefallen war, und hievte sich mit dem Gewehrkolben auf die Beine. Seine Augen blickten wild durch den Schlitz seines Gesichtsschutzes, als er Ari ansah und sich dann wieder seinem Trupp zuwandte. „Steht auf, verdammt noch mal!“, brüllte er halb vor Wut, halb vor Angst. „Schnappt euch die Raketenwerfer und bewegt euch!“

Ari nickte zufrieden und machte sich auf den Weg zum nächsten intakten Fahrzeug...

SHANNON KAUERTE in der Mitte der Wiese, ignorierte die Instinkte, die ihr zuriefen, in Deckung zu gehen, und versuchte, das Chaos und die Panik um sie herum zu ignorieren, während sie sich auf die Stimme konzentrierte, die über ihre Helmkopfhörer kam.

„...war Dominguez!“ sagte Präsident O'Keefe zu ihr. „Wir haben gerade die Sicherheitsaufzeichnung aus dem Kontrollzentrum gesehen!“

„Wie zum Teufel hat er das geschafft?“, fragte sie. „Ich dachte, wir hätten Sicherheitsvorkehrungen getroffen, um das zu verhindern?“

„Er hat sie gegen uns eingesetzt, Colonel“, sagte General Rietveld verbittert. „Er hat die Kontrolle über die Waffen nicht von der Zentrale aus übernommen, sondern er hat sich aus der Ferne Zugang zum Zielsystem verschafft und dann manuell einen Virus in den Hauptrechner der Zentrale eingegeben, der jeden Fernzugriff von diesem Zeitpunkt an verhindert hat.“ Er hielt inne und sie konnte hören, wie er tief Luft holte, um seine Wut zu kontrollieren. „Dann zerstörte er den ganzen Ort mit Orbitalwaffen.“

„Und wo ist er jetzt?“ fragte Shannon. „Wir müssen sein Tablet oder was auch immer er für den Fernzugriff benutzt sicherstellen. Wenn wir es bekommen, wird er genau wie wir ausgeschlossen.“

„Er ist mit seinem Flitter nach Westen geflogen und dann in der Nähe der kanadischen Grenze verschwunden...“ begann Rietveld.

„Shannon“, unterbrach O'Keefe, „er ist zu Valeries Seehaus in Minnesota gefahren! Da draußen gibt es nichts anderes! Sie ist dort, Shannon, mit Natalia! Agent Klesko hat sie dorthin gebracht ... und er antwortet nicht auf seinen 'Link'! Und Valerie auch nicht! Er hat sie, Shannon!“

„Oh, Gott...“ stöhnte Shannon und sackte in eine sitzende Position zurück. „Das macht Sinn ... sie sind seine Geiseln. Er weiß, dass wir nicht einfach einen Raketenangriff auf sein Versteck starten können.“

„Und wenn wir versuchen, ein Team loszuschicken, um sie zu befreien“, sagte O'Keefe mit einer Stimme voller Wut und Ohnmacht, „kann er sie aus dem Himmel schießen oder jedes Bodenfahrzeug ausschalten, das sich nähert.“

„Wir werden sie zurückholen, Sir“, versicherte Shannon dem Präsidenten. *Das müssen wir*, dachte sie. *Wenn wir nicht die Kontrolle über die Verteidigungssatelliten erlangen, werden uns die Biomechs in Stücke reißen.* „Wir brauchen aber irgendeine Art von Feuerunterstützung. Was ist mit orbitalen Waffenschiffen?“

„Wir können es versuchen“, sagte Rietveld ein wenig zweifelnd. „Aber Dominguez kontrolliert auch die bodengestützten Laserabschussrampen. Wenn er sie kommen sieht, kann er sie mit den Lasern aus dem Weltraum schießen. Dasselbe gilt für Raketen, wenn die Schiffe sich zurücklehnen und sie außerhalb der Laserreichweite abschießen. Wir könnten es mit Gauss-Kanonen versuchen, aber ich bezweifle, dass wir sie für eine Feuerunterstützung von so weit draußen genau genug zielen können.“

„Verdammt, es muss doch irgendetwas da draußen geben, das uns helfen kann!“ sagte Shannon frustriert und zuckte zusammen, als ein weiterer APC durch einen Orbitalschlag zerstört wurde.

„Vielleicht gibt es etwas“, meldete sich eine andere Stimme über ihre Kommunikationsverbindung, die sich auf ihrem Heads-up-Display als Fleet Captain Di Ndinge zu erkennen gab. „Colonel Stark, ich habe eine wichtige Nachricht für Sie. Jemand möchte mit Ihnen sprechen.“

Als die Stimme über die Helmlautsprecher kam, traf sie Shannon wie eine Welle, die einen Teil der ständigen Anspannung wegspülte, die seit Monaten zwischen ihren Schultern geruht hatte, und ihr trotz der Umstände ein Lächeln auf die Lippen zauberte.

„Hi, Schatz“, sagte Jason McKay, „ich bin zu Hause.“

JOYCE MINISHIMI PRESSTE ihre Hände auf die Haltegurte und versuchte, nicht zu zappeln, als die enge Rettungskapsel im Griff des Ladearms des Hangars ruckelte und sich bewegte. Sie war noch nie klaustrophobisch gewesen, aber die letzten Stunden, die sie mit der Leiche eines jungen Lieutenants in einer der winzigen Rettungskapseln des Maschinenraums verbracht hatte, hatten das geändert. Er hatte noch geatmet, als sie ihn in einer Ecke des Maschinenraums gefunden und in die Rettungskapsel geschleppt hatte, aber er war nur eine Stunde, nachdem sie das Schiff evakuiert hatte, verstorben.

Er war kaum fünfundzwanzig und sie konnte sich nicht einmal an seinen Namen erinnern, aber sein Gesicht würde sie nie vergessen. Sie hatte es die letzten drei Stunden angestarrt - oder versucht, es nicht zu tun - oder beobachtet, wie Tropfen seines Blutes in dem kleinen Raum kreisten, und fürchtete sich vor dem unausweichlichen Moment, in dem sie in sie spritzen würden. Als sie an Bord gezogen wurde und das Schiff wieder mit einem G beschleunigte, waren sie wie roter Regen auf den Boden und die Sitze gespritzt. Sie hatte es ertragen und sich immer wieder gesagt, dass dies sicher nicht schlimmer war, als durch ein Messer in der Brust fast getötet zu werden ... aber jetzt, wo sie so kurz davor war, ihr Gefängnis zu verlassen, spürte sie, wie eine Panikattacke auf sie zustürmte, und sie war sich nicht sicher, ob sie sie dieses Mal zurückhalten konnte.

Dann kam die Rettungskapsel ruckartig zum Stehen und eine Teleskopschleuse glitt heraus, um sich mit einem tiefen, metallischen Ton an der Luke zu befestigen. Das Stimmungslicht auf dem inneren Kontrollpanel leuchtete grün auf und Minishimi sprang aus ihrem Sitz und schlug mit der Handfläche auf das Panel, das die Luke öffnete. Ihre Hände zitterten, als die Luke mit schmerzhafter Langsamkeit zur Seite glitt und sie mit einem flüchtigen Lichtblick und einem Hauch von frischer Luft kitzelte, bis sie schließlich durch den schmalen Spalt stieß und spürte, wie die Tür schmerzhaft an ihrem unteren Rücken kratzte, und ihre Augen gegen den Schmerz und die Panik zusammenkniff.

Dann nahm jemand ihre Hand und zog sie sanft durch die sich öffnende Luke, um sie in eine kräftige Umarmung zu ziehen. Sie schluchzte einen Moment lang leise in die Schulter eines Uniformierten, bevor sie sich mit tiefen, zitternden Atemzügen wieder unter Kontrolle brachte. Als sie sich zurückzog, erkannte sie, dass derjenige, der sie festhielt, Commander Gianeto war, und dass auch er weinte.

„Tut mir leid, Ma'am", sagte er und ließ sie zurücktreten, während er sich über die Augen wischte. „Ich dachte, du wärst tot."

„Den Eindruck hatte ich auch, Commander." Sie lachte ein wenig wahnsinnig und fuhr sich mit den Ärmeln über das Gesicht. „Auf welchem Schiff sind wir eigentlich?"

„Es ist die Bradley, Ma'am", erklärte er ihr. „Aber, Ma'am ... die Sheridan ist wieder da!" Sein Gesicht verzog sich zu einem Lächeln. „Sie ist gerade während der Schlacht aufgetaucht! Colonel McKay hat dir eine Nachricht geschickt, bevor das Schiff in das Antriebsfeld zurückkehrte und die Erdumlaufbahn ansteuerte..."

„Eigentlich heißt es jetzt General McKay", sagte eine Stimme hinter ihnen. Minishimi drehte sich um und sah einen jungen, rothaarigen Geheimdienstoffizier, der mit ihnen in die Versorgungsschleuse des Hangars trat, gefolgt von zwei medizinischen Technikern. „Captain, ich bin Lieutenant Drew Franks; ich bin der Assistent von General McKay und Colonel Stark - ja, sie wurde auch befördert, während du weg warst."

„Verdammt", sagte Minishimi milde, „jetzt muss ich vor ihm salutieren."

„Brauchst du medizinische Hilfe, Captain?" fragte Franks sie und betrachtete die Blutflecken auf ihrer Kleidung.

„Nein, Lieutenant", versicherte sie ihm. „Es geht mir gut." Sie zog die Aufmerksamkeit der Sanitäter auf sich. „In der Rettungskapsel liegt die Leiche eines technischen Offiziers", sagte sie und wies durch die Schleuse zurück. „Ihr solltet euch um ihn kümmern."

Die Sanitäter nickten und gingen an ihr vorbei durch die Luftschleuse zurück zur Rettungskapsel.

„Ma'am", fuhr Franks fort, „wir haben ein Problem auf der Erde... es ist kompliziert und ich erkläre es später, aber im Grunde genommen musste die Sheridan in die Erdumlaufbahn fliegen, also wird es an Brad liegen, sich um den Rest der Protektoratsschiffe zu kümmern." Franks zögerte und sah sich um, um sicherzugehen, dass keine Besatzungsmitglieder in der Nähe waren. „Captain Perez ist tot ... das ist auch kompliziert, aber er hat sich bei einem Zusammenstoß im Feld das Genick gebrochen. Commander Lee, sein XO, hat bis heute keine Kampferfahrung. General McKay weiß, dass du viel durchgemacht hast, aber wenn du es kannst, würde er sich mit dir im Kommandosessel wohler fühlen."

Minishimi schloss die Augen, atmete tief durch und lehnte sich einen Moment lang völlig erschöpft gegen Gianeto. Noch vor ein paar Stunden hatte sie sich mit ihrem eigenen Tod abgefunden und sich damit abgefunden. Unerwartet zu überleben, war paradoxerweise zehnmal so anstrengend wie die Akzeptanz des Todes. Sie grub tief in sich hinein und stellte sich die letzte Meile des Hokkaido-Marathons vor, dann richtete sie sich auf und sah Franks in die Augen.

„Habe ich noch Zeit, zu duschen?"

~

ADMIRAL PATEL, überlegte Jason McKay, sah verdammt gut aus.

„Warte draußen", sagte McKay zu dem Wachmann, als er die Kabine des Admirals betrat, die zu seinem Gefängnis geworden war, seit sie vor ein paar Stunden aus dem G-Schlaf erwacht waren. Der Wachmann nickte und trat zurück in den Korridor, so dass die Tür zufallen konnte.

Patel sah ihn nicht einmal an, als er den Raum betrat; er saß einfach nur regungslos auf der Kante seiner Koje und starrte auf das Foto an der Wand ihm gegenüber. Es war ein Hologramm des Admirals mit seinem Sohn im Teenageralter, der gerade an der Flottenakademie studierte. Die erste Ehe des Admirals war aus den üblichen Gründen eines Raumschiffcaptains gescheitert, aber er hatte eine enge Beziehung zu seinem Sohn aufrechterhalten. McKay hatte ihn einmal getroffen, als der Junge gerade in die High School eingetreten war.

Der Arvid Patel auf dem Foto sah eine Million Jahre jünger aus als der Mann, der auf der Koje saß. Seine Uniformjacke war offen, sein Gesicht grau und seine Augen eingefallen und leblos, und seine Lippen zitterten: Er sah aus, als hätte er geweint und als könnte er jeden Moment wieder anfangen.

„Admiral", sagte McKay leise. Patel antwortete nicht, bewegte sich nicht.

McKay griff nach dem Schreibtischstuhl des Admirals, löste die Magnete und schob ihn vor die Koje, um sie dann wieder zu aktivieren und sich gegenüber von Patel zu setzen.

„Arvid", sagte er und legte dem Mann eine Hand auf die Schulter.

Der Admiral schien aus seiner Benommenheit aufzuwachen und kniff die Augen zusammen.

„‚Arvid?'", wiederholte er heiser und ein wenig schockiert.

McKay zuckte mit den Schultern und grinste schief. „Tut mir leid, ich wollte es nur mal ausprobieren... Ich wurde zum General befördert, während wir weg waren."

„Natürlich wurdest du das", murmelte Patel mit einem humorlosen Kichern. „Weißt du, Jason, eine Zeit lang habe ich dich gehasst. Ich habe mich dafür gehasst, dass ich dir die Verantwortung für das Kommando auf Pallas übertragen habe, und da man sich nicht lange hassen kann, ohne verrückt zu werden, habe ich angefangen, dich zu hassen. Vor allem habe ich es dir übel genommen, dass immer alles nach deinem Willen lief, obwohl wir dadurch den Krieg gewonnen und Millionen von unschuldigen Menschen gerettet haben." Er schüttelte den Kopf. „Ich wusste, dass es verrückt war, aber nach dem Krieg, als du darauf bestanden hast, dass wir nach Antonov suchen, hielt ich dich für eine große Nervensäge. Erst als ich von der Mission zu Aphrodite zurückkam, fing ich an, mich für dich zu erwärmen..."

Er machte eine Pause, um das nachwirken zu lassen und McKays

Augen wurden groß. „Das ist richtig, Jason. Ich weiß nicht einmal, ob wir wirklich Freunde waren ... oder ob die verdammten Russen mich auf diese Idee gebracht haben. Ich weiß nicht, ob meine Ehe in die Brüche gegangen ist, weil ich ein beschissener Ehemann war, oder weil die Konditionierung, die sie mir verpasst haben, mich zu einem beschissenen Ehemann gemacht hat.“ Er ließ den Kopf sinken und massierte mit den Händen seinen Nacken.

„Arvid“, sagte McKay und drückte die Schulter des Mannes, „wir werden das rückgängig machen können, was sie dir angetan haben. Alles wird wieder so sein, wie es war.“

„Das kann nicht dein Ernst sein“, murmelte Patel, fast zu leise, um gehört zu werden, das Gesicht zum Boden gerichtet. „Nichts wird je wieder so sein, wie es war. Ich war der ranghöchste Offizier in der Flotte, McKay. Sie werden mir diese Position niemals anvertrauen, nicht jetzt.“

„Vielleicht nicht“, gab McKay zu. „Ich verspreche dir, dass ich mein Bestes tun werde, um dafür zu sorgen, dass sie es tun, und ich habe ziemlich viel Einfluss auf den Präsidenten, aber vielleicht auch nicht. Aber ich gebe dir mein Wort: Wenn du deinen jetzigen Posten nicht behalten kannst, werde ich mein Bestes tun, damit du alles andere bekommst, was du willst. Der Senat muss den Flottenadmiral bestätigen, aber du kannst immer noch Captain eines Raumschiffs werden, wenn du das willst. Oder du kannst deinen Doktor machen und an der Akademie unterrichten ... du kannst die Akademie auch leiten, wenn du willst. Der Punkt ist, dass dein Leben nicht vorbei ist.“

Patel atmete tief und zitternd ein, nickte und richtete sich auf. „Du hast Recht. Jetzt ist sowieso nicht die beste Zeit für Selbstmitleid.“ Er blickte auf, und zum ersten Mal, seit er den Raum betreten hatte, konnte McKay seine Augen sehen, in denen etwas von dem alten Arvid Patel aufblitzte. „Was machst du wirklich hier? Ich weiß, dass du keine Zeit hast, hier zu sitzen und mir zuzuhören, wie ich über meine Probleme jammere.“

„Zu Hause läuft es ziemlich beschissen“, sagte McKay und lehnte sich in seinem Stuhl zurück. „Schlimmer, als wir es uns hätten vorstellen können." Schnell schilderte er Patel die Situation, bis hin zu Dominguez, der Valerie O'Keefe als Geisel hält.

„Verdammte Scheiße", fluchte Patel leise, wobei ein Hauch seines Londoner Akzents durchkam - normalerweise war er nicht zu hören. „Was machen wir jetzt?"

„Ich werde das Schiff verlassen", sagte McKay ihm. „Commander Nunez ist ein guter Offizier, aber er hat nicht viel Kampferfahrung. Er möchte, dass du mit ihm auf der Brücke bist."

Patels Augenbraue wölbte sich. „Er traut mir auf der Brücke?"

„Es wird ein bewaffneter Wachmann mit dir auf der Brücke sein", sagte McKay ihm ganz offen. „Wenn du irgendetwas... Verdächtiges tust, wird er dich betäuben und in einen G-Schlaf-Tank werfen. Aber er will dich dort haben." McKay grinste. „Du kannst seinen Ellbogen so stoßen, wie ich deinen gestoßen habe. Wenn du einverstanden bist."

„Das wird sehr seltsam sein", sagte Patel und schüttelte den Kopf. „Sehr unangenehm. Aber wie gesagt, das ist nicht der richtige Zeitpunkt, um sich selbst zu bemitleiden."

„Gut", sagte McKay und stand auf. „Ich werde ihm Bescheid sagen, bevor ich mich fertig mache." Er zögerte vor der Tür. „Viel Glück, Arvid."

Patel stand auf und streckte eine Hand aus. McKay nahm sie und die beiden Männer schüttelten sich herzlich die Hände.

„Du wirst das Glück brauchen, denke ich", sagte der Admiral. „Solltest du als General solche Dinge nicht deinen Nachwuchsoffizieren überlassen?"

McKay zuckte mit den Schultern. „Ich war schon immer ein Typ, der von vornherein die Initiative ergreift."

„Wirklich?" Patel bellte ein Lachen. „Das ist mir nie aufgefallen..."

42

„Feuer!" Ari klopfte dem CeeGee-Soldaten auf die Schulter und duckte sich zur Seite.

Die Frau - technisch gesehen war sie ein zweiter Lieutenant, da sie gerade die Offiziersanwärterschule absolviert hatte - drückte auf den Abzug des Raketenwerfers und das Projektil löste sich mit einem Zischen von Kaltgas von der Vorderseite des Werfers, bevor der Hauptmotor zündete. Es raste in weniger als einer Sekunde über das 500 Meter lange offene Feld und schlug in einen der führenden APCs des Protektoratskonvois ein, der direkt unter dem vorderen Geschützturm getroffen wurde. Drei weitere Rauchschwaden gesellten sich innerhalb eines Herzschlags dazu, und die Spitze der Kolonne verschwand in einem riesigen Feuerball aus Hyperexplosivstoffen, der sich von einem Ende der Brücke bis zum anderen erstreckte und die Nacht erhellte.

Die kurze Brücke führte über einen trockenen Graben, durch den früher ein seichter Bach floss, und der Abhang war so steil, dass nicht einmal die Panzerwagen der Marines ihn befahren konnten, ohne umzukippen. Ari sprintete vorwärts an die Spitze der Verteidigungslinie, ging in die Knie und setzte seinen Karabiner an die Schulter, als die Fahrzeugkolonne in knapp 200 Metern Entfernung zum Stehen kam. Aus dieser Nähe konnte er den chemischen Geruch der brennenden Treibstoffzellen riechen und die lauten, zufälligen Knallgeräusche hören, wenn die Munition verbrannte oder die Reifen explodierten. Schwarze Rauchschwaden stiegen bereits in den Abendhimmel und vernebelten den Mond.

Roza bewegte sich schnell von ihrem Platz, wo sie einem kleinen Team von mit Raketenwerfern ausgerüsteten Soldaten Anweisungen gab, und kauerte sich neben ihn. In der zunehmenden Dunkelheit konnte er sie nur anhand des IFF-Signals auf dem Heads-Up-Display seines Helms erkennen.

„Sie müssen entweder versuchen, von der Straße abzukommen“, sagte sie und legte ihm eine Hand auf die Schulter, „und versuchen, eine andere Kreuzung zu finden, oder Truppen zu Fuß losschicken, um die Trümmer zu beseitigen.“

„Gelegenheitsziele, unabhängiges Feuer“, wies Ari die Truppen der Kolonialgarde um ihn herum an. „Benutzt eure Granaten nur, wenn sie sich zusammenrotten.“ Er wandte sich wieder an das Raketenwerferteam. „Wenn sie versuchen, abzudrehen und von der Straße abzukommen, haltet euch bereit, sie an den Engpässen zu treffen.

Roza verpasste ihm einen leichten Schlag auf den Arm. „Das habe ich ihnen schon gesagt“, ermahnte sie ihn. Er grinste, obwohl sie es durch seinen Helm nicht sehen konnte. Selbst in diesem riesigen Durcheinander, in dem ihm der Tod ins Gesicht starrte, war er froh, dass er bei ihr war.

Dann hörte er, wie die Turbinen schrill aufheulten und die Panzerwagen hinter den brennenden Wracks wieder ansprangen... und direkt in die brennenden Wracks rasten, die die Straße blockierten.

„Oh, Scheiße“, murmelte Ari.

Der erste Aufprall bewegte die Wracks nicht mehr als ein paar Zentimeter, also fuhren die Fahrzeuge zurück und rammten sie erneut, wobei das Quietschen von zerrissenem Metall und das Knirschen der verkohlten Felgen auf dem Asphalt in die Schlucht und über die Felder hallte.

„Raketenteam aufstellen!“ rief Roza bereits und winkte sie nach vorne. „Macht euch bereit, die nächste Reihe von Fahrzeugen zu treffen, wenn sie durchkommt!

Die ersten APCs, die durch die brennenden Hüllen fuhren, standen selbst in Flammen, ihre grauen Metallhüllen waren schwarz verkohlt und rauchten, und Ari wusste, dass die Hitze in ihrem Inneren unerträglich sein musste ... für einen Menschen. Die erste Gruppe kam einen Moment lang zum Stillstand und Ari dachte, dass die Hitze die Räder blockiert haben könnte, aber dann drückte die Reihe der APCs hinter ihnen kräftig und schob sie zur Seite, so dass zwei der gepanzerten Fahrzeuge über die Brücke kippten und zehn Meter tiefer in den Graben stürzten;

„Jetzt!" Ari und Roza schrien gemeinsam, als die dritte Reihe gepanzerter Fahrzeuge aus der Trümmerreihe auftauchte und das Feuerlicht bedrohliche Schatten auf ihre mattgrauen Oberflächen warf.

Das Raketenteam ließ ein weiteres Sperrfeuer los und ein halbes Dutzend Geschosse schoss auf die Fahrzeuge zu, die durch die Lücke in der Reihe kamen. Sechs Feuerbälle verschmolzen zu einem und das Ende der Brücke wurde in einem Inferno mit einer Hitzewelle verbrannt, die Ari selbst in 200 Metern Entfernung durch seine Rüstung spüren konnte.

„Ich glaube, das war's!" sagte Roza über ihren privaten Kommunikationskanal. „Sie können das nicht einfach durchstoßen!"

„Nein", stimmte Ari grimmig zu. „Jetzt fängt der Spaß an."

Die Wärmebildgläser in seinem Helm waren wegen der Flammen unbrauchbar, aber im Schein des Feuers konnte er die gepanzerten Gestalten sehen, die aus den Luken der vordersten Fahrzeuge des festgefahrenen Konvois kletterten, während sich die APCs hinter ihnen auf beiden Seiten der Brücke verteilten. Er wusste, was als Nächstes kommen würde.

„Alle in Deckung!" brüllte er über den allgemeinen Kommunikationskanal. „Geht in Deckung!"

Ari befolgte seinen eigenen Rat und verschanzte sich hinter einer Böschung, die sich an der Stelle gebildet hatte, an der einst eine niedrige Trennmauer gestanden hatte, gerade als eine Reihe von Fahrzeugen des Protektorats mit ihren Autokanonen das Feuer eröffnete. Ringsherum begann der Boden zu beben, als explosive Granaten mitten unter ihnen einschlugen und auf die Stellen zielten, von denen aus die Raketen abgefeuert worden waren. Der größte Teil des Teams hatte sich bewegt, aber Ari sah, wie ein Soldat rückwärts durch einen Regen aus Erde und Grasboden flog.

„Aufgepasst!“ Er hörte Rozas Stimme im Netz, als der Beschuss abflaute. „Sie kommen den Graben hoch!“

Ari stürzte sich über die Böschung, stützte seinen Karabiner auf den harten Boden und verband die Optik der Waffe mit dem Zielsystem seines Helms. Die Truppen des Protektorats waren kaum zu sehen, da ihre graue Panzerung ihre Wärme- und Infrarotsignatur dämpfte, aber der Zielcomputer des Helms vergrößerte das Bild anhand ihrer Bewegungen und Ari konzentrierte sich auf den nächstgelegenen von ihnen, eine schattenhafte Gestalt, die die Seite des Grabens hinaufkletterte. Mit einem festen Druck auf den Abzug schoss eine dreifache Ladung 8-mm-Kugeln aus dem Lauf des Karabiners in den Kopf des Biomechs und ließ ihn in das trockene Bachbett zurückfallen. Er zielte auf den Biomech direkt dahinter und schoss auch ihn ab. Dann rollte er sich kurz auf die andere Seite der Böschung und verließ den Platz, als ein Geschoss nur einen Meter von ihm entfernt einschlug.

Ari ignorierte die Explosion und die Erdklumpen, die gegen seine Seite spritzten, und suchte sich sein nächstes Ziel...

„Wir sind zu wenige“, sagte General Kage über den Kommandokanal zu Shannon Stark, der nicht vom Lauf seines Gewehrs aufblickte, als er einen weiteren Schuss abfeuerte und einem gepanzerten Biomech den Kopf wegblies. „Sie werden uns überrennen, wenn uns die Munition ausgeht.“

Er zuckte nicht zurück, als eine Kanonenkugel in der Nähe ihrer Position einschlug und ein CeeGee-Soldat zurückfiel und sich an der

Seite krümmte, wo Schrapnellsplitter seine Rüstung durchschlagen hatten. „Wir müssen uns zurückziehen und uns an einer günstigeren Stelle neu formieren."

„Es gibt keinen vorteilhafteren Ort", erinnerte Shannon ihn und drückte einen Schuss aus ihrem Karabiner ab. „Wenn wir eine feste Deckung suchen, wird Dominguez kinetische Waffen auf uns abwerfen und uns noch schneller töten."

„Dann sind wir gezwungen, uns zurückzuziehen und sie von den Straßenrändern aus anzugreifen, nachdem sie die Brücke geräumt haben", sagte Kage. „Oder wir werden dort sterben, wo wir stehen. Ohne die Verteidigungssatelliten oder Luftunterstützung können wir nicht gewinnen."

Shannon stöhnte und zuckte zurück, als eine feindliche Kugel ihren Helm seitlich streifte, ihr die Ohren klingeln ließ und ihre Sicht mit Sternen füllte. Sie duckte sich unter die Deckung der niedrigen Felswand und hörte, wie die Kugeln von der anderen Seite in sie einschlugen. Leise fluchend schüttelte sie den Kopf, um ihn wieder frei zu bekommen, und überprüfte dann die Zeit auf ihrem Helmdisplay.

„Wir müssen noch ein bisschen durchhalten", sagte sie zu Kage, ging wieder in die Knie und legte ihre Waffe wieder an die Schulter. „Ich hoffe auf gute Nachrichten an beiden Fronten."

„Ich erinnere mich an eines deiner amerikanischen Sprichwörter", knurrte Kage. „Hoffnung in der einen Hand und Scheiße in der anderen, mal sehen, was sich zuerst füllt."

„Ich selbst bin gebürtige Irin, General", korrigierte sie ihn abwesend, während der größte Teil ihres Gehirns damit beschäftigt war, eine Gewehrgranate zu zielen. „Aber da wir gerade eine doppelte Handvoll Scheiße zu haben scheinen", fuhr sie fort und warf die Granate in einen Haufen Biomech-Truppen, die über das Ufer des ausgetrockneten Baches kamen, „haben wir wirklich nicht viel zu verlieren, wenn wir hoffen."

„Bereite dich darauf vor, das Antriebsfeld abzuschalten", sagte Nunez und versuchte, seine Stimme ruhig und selbstsicher klingen zu lassen... aber Patel bemerkte, dass seine Augen immer wieder zum Hauptbildschirm zurücksprangen, wo das Bild der Erde immer größer und näher wurde. „Commander Pirelli, wir haben nur einen Versuch, bevor sie uns mit den Lasern ins Visier nehmen, also mach es richtig.

„Du wirst keinen Zugriff auf den Feed der Verteidigungssatelliten haben", erinnerte sie Commander Pirelli, der sich auf der Beschleunigungscouch hinter der Station wie ein Hinterbänkler fühlte. „Aber du könntest es über die Nachrichtensatelliten versuchen. Deren Auflösung ist fast genauso gut."

„Ich werde Colonel Starks Kommunikationssignal abgleichen", sagte Pirelli und nickte heftig, „und die Schüsse von ihrer Position aus über die Brücke abfeuern." Ihr Blick wanderte zum Countdown auf dem Display ihrer Station. „Zehn Sekunden, bis wir in Reichweite sind."

„Leutnant Sweeny", sagte Nunez, „lassen Sie das Feld fallen."

Sweenys Hand spielte mit dem Kontrollbildschirm und die Abbremsung um ein G hörte abrupt auf, so dass sie sich alle in der Schwerelosigkeit befanden. „Commander Pirelli, haben Sie das Ziel erfasst?"

„Geben Sie mir ein paar Sekunden, Sir", sagte sie abgelenkt und zog eine Linie von ihrer Sensorprojektion zum leuchtenden Avatar eines Nachrichtensatelliten und dann eine weitere vom Satelliten zu dem leuchtenden Signal von Shannon Starks Kommunikationsverbindung.

Ich gebe euch so viel Zeit, wie ihr wollt, dachte Patel, sagte es aber nicht, aber die Protektorate sind vielleicht nicht so geduldig. Aber das war etwas, was der Captain des Schiffes sagen würde, dachte er bitter, und das war nicht mehr seine Aufgabe.

Patel konnte sehen, wie Nunez zu zappeln begann, als fast eine Minute verging, aber dann erschien ein Satellitenbild auf dem taktischen Display, das eine Wärme-/Infrarot-Darstellung des Schlachtfelds weit unter ihnen auf dem dunklen Kreis der westlichen Hemisphäre bei Sonnenuntergang zeigte. Hier und da huschten gelbgrüne humanoide Gestalten über die schwarze Lücke des trockenen Bachbettes, und hier und da brachen weiße und rote Fackeln aus, wo chemische Hyperexplosivstoffe ihre Wut entfalteten. Aber was noch heller leuchtete, waren die rötlich glühenden Turbinen in den gepanzerten Fahrzeugen der Marines, die die Protektorate benutzten und die in einem Halbkreis auf der anderen Seite der Brücke standen.

„Zielt auf die Fahrzeuge, die der Brücke am nächsten sind, und arbeitet euch nach außen vor“, verkündete Pirelli und zeichnete den beabsichtigten Feuerbogen auf dem vor ihr projizierten Bild nach. „Gauss-Kanonen abfeuern ... jetzt.“

Patel wollte etwas zu Nunez sagen, zwang sich aber zu warten, und gerade als er dachte, er müsste dem Mann auf die Füße treten...

„Mandel“, sagte Nunez zum Kommunikationsoffizier, als sie alle die weit entfernten Erschütterungen der elektromagnetischen Spulenkanonen spürten. „Sag McKay, dass es Zeit ist, zu starten.“

„Noch einmal in die Bresche, liebe Freunde, noch einmal“, murmelte Jason McKay, als die Landefähre mit dem scharfen Knall der Manövriertriebwerke aus dem Hangar der Sheridan herauskam.

„Ich bin nicht gerade begeistert von der Idee, die Mauer mit unseren toten Engländern zu schließen“, kommentierte Jock dröhnend von der Sitzreihe hinter ihm. Weitere laute, abrupte Knallgeräusche hallten durch die vollbesetzten Reihen des Landers, als die Manövrierraketen ihre Position änderten und die Antriebsglocken parallel zum Kurs der Sheridan schwenkten.

„Du kennst deinen Shakespeare, Jock“, sagte McKay und hob leicht überrascht eine Augenbraue, als er den Unteroffizier anschaute.

Der große, blonde Australier sah in seiner vollen Kampfrüstung und der HALO-Fallschirmausrüstung, die sie alle trugen, noch massiger aus als sonst, sein Kampfgeschirr quoll über die Ränder seiner Beschleunigungsliege hinaus und die Gurte des Sicherheitsgeschirrs waren bis zum Anschlag gezogen. „Es gibt nicht viele Leute beim Militär, die Henry V. nicht kennen", sagte er achselzuckend.

„Lassen Sie sich nicht von ihm täuschen, Sir", sagte Vinnie mit einem schnaubenden Lachen. „Jock spielte die Hauptrolle in einer Highschool-Produktion von Heinrich V., die von Republic HoloNet Entertainment's Asia Talent Search ausgewählt wurde. Er war wochenlang eine kleine Berühmtheit in Sydney."

„Oh mein Gott", meldete sich Sergeant Watanabe von seinem Platz gegenüber von Jock Mahoney zu Wort und sein sonst so mürrisches Gesicht verzog sich zu einem Lächeln. „Ich habe die Sendung gesehen! Das warst du?"

„Halten Sie sich fest, meine Damen und Herren", ertönte Commander Villanuevas Stimme über die Lautsprecher im Cockpit. „Wir gehen jetzt rein."

„Das Garderobenmädchen war eine verdammt heiße Sheila", murmelte Jock halb zu sich selbst.

Dann zündete der Antrieb des Landegeräts und die zwei Dutzend Sondereinsatzkräfte und Marinesoldaten wurden in ihre Sitze zurückgedrängt, als es sich aus dem Schutz des monolithischen Sternenkreuzers bewegte und auf die Atmosphäre zusteuerte.

~

DIE KANONIERE des Protektorats kamen langsam in Reichweite und schossen Runde um Runde auf die CeeGee-Stellungen, und Shannon wollte General Kage gerade zugeben, dass er Recht hatte und sie sich zurückziehen mussten, als es schien, als ob Gott selbst herabgestiegen wäre und den Feind erschlagen hätte. Donnerschläge ertönten, Überschallknalle hallten durch den Himmel und Spuren von ionisiertem Dampf verbanden Himmel und Erde für einen Wimpernschlag. Die freigesetzte kinetische Energie verwandelte die Luft in eine Waffe, während sich überhitztes Gas in Plasma verwandelte und die Linien des Protektorats in glühendes Feuer tauchte.

Shannon wusste, dass sie sich an den Boden schmiegen sollte, aber sie konnte den Blick nicht von der apokalyptischen Vision abwenden, die sich vor ihnen ausbreitete und die Nacht mit einem Licht erhellte, das heller war als der Tag. Wenn der Angriff der orbitalen Verteidigungssatelliten die furchterregende Hand einer zornigen Gottheit gewesen war, war dies im Vergleich dazu das Ende der Welt. Sie zählte mindestens drei Dutzend Geschosse in der Größe eines Erdwagens, von denen jedes eine Handvoll feindlicher Fahrzeuge in einem Plasmaspritzer und einem Atompilz auslöschte, dessen Einschlag die Erde unter ihnen erschütterte und spaltete. Männer, Frauen und Biomech-Soldaten lagen hilflos da, unfähig, auf dem zitternden Boden zu laufen.

Dann hörte es so abrupt auf, wie es begonnen hatte, und hinterließ eine übernatürliche Stille, in der Shannon das Knistern der Flammen und das Knacken der Munition in den APCs hören konnte, die am Rande der Einschläge gestanden hatten und nur in Brand gesetzt worden waren, anstatt völlig zu verdampfen. Ein instinktiver Gedanke, der nicht ihr Bewusstsein erreichte, ließ sie sich umdrehen und sie keuchte unwillkürlich bei dem, was sie sah.

Hinter ihnen, an einem über fünfhundert Kilometer entfernten Ort im Südosten, ragte ein knisternder Faden ionisierter Atmosphäre in den Himmel und markierte den unsichtbaren Durchgang eines unglaublich starken Laserstrahls, der von einem speziellen Fusionsreaktor gespeist wurde. Er wurde entwickelt, um Frachtkapseln in den Orbit zu befördern und diente gleichzeitig als Verteidigungssystem gegen Angriffe aus dem Orbit ... und jetzt wurde er von ihren Feinden gegen sie eingesetzt.

„Sie haben getan, was sie konnten“, sagte Kage und betrachtete die Reihe der zerstörten feindlichen Fahrzeuge; mindestens ein Drittel war bei dem Angriff ausgeschaltet worden. „Jetzt liegt der Rest bei uns.“

„Ari, Tom“, funkte Shannon in das Netz ihres Teams. „Bringt sie über den Gipfel. Das ist der einzige Vorteil, den wir bekommen werden. Lasst ihn uns nutzen.“

Sie hob ihren Karabiner von der Stelle auf, wo er heruntergefallen war, überprüfte die Ladung und konzentrierte sich auf den

Feind ... aber sie konnte sich einen Blick in den Nachthimmel nicht verkneifen und hoffte, dass die Sheridan noch da war.

ADMIRAL PATEL SEUFZTE ERLEICHTERT und ließ sich in seine Beschleunigungsliege zurückfallen, als die Sheridan mit einer Schwerkraft von der Erde wegflog. Es war viel zu knapp gewesen.

„Schadensbericht", sagte Nunez, sein Tonfall war normal, aber der Schweiß stand ihm auf der Stirn.

„Captain Nunez", meldete Commander Devlin über die Brückenlautsprecher, „wir haben einen ziemlichen Schlag eingesteckt, bevor das Antriebsfeld auftauchte. Ohne einen Erkundungsflug kann ich das nicht sagen, aber wir haben ziemlich viel Panzerung an der Nase verloren und die Laseremitter, die wir für die Gravimetriesensoren verwendet haben, könnten beschädigt sein. Die Sensoren funktionieren noch, aber ich erkenne eine Rückkopplung in den Schaltkreisen. Ich weiß nicht, wie lange sie durchhalten werden."

„Behalten Sie den Überblick, Commander", sagte Nunez. „Wir haben jetzt keine Zeit für Reparaturen ... Dutzende von Schiffen des Protektorats sind noch auf dem Weg hierher."

„Aye, Sir", bestätigte der Mann.

„Gibt es etwas Neues von der Landefähre?" fragte Patel leise. Nunez schaute von ihm zu Pirelli.

Sie schüttelte den Kopf. „Sie sind in die Atmosphäre eingetreten, bevor der Laser abgefeuert wurde", sagte sie, „aber dann habe ich sie verloren und wir sind jetzt zu weit weg."

„Der Kampf da unten liegt jetzt nicht mehr in unseren Händen", sagte Nunez und bekreuzigte sich instinktiv. „Unser Kampf findet hier draußen statt. Steuermann, nimm Kurs auf die nächstgelegene Formation von Protektoratsschiffen."

„Aye, Sir", antwortete Leutnant Ghent und verband sein Board mit den taktischen Sensoren.

„Sir..." begann Pirelli zögernd und schaute stirnrunzelnd auf ihr Display. „Die Reichweite unserer Sensoren ist ziemlich extrem, aber ich glaube, ich erkenne ein Eysselink-Antriebsfeld, das aus der Richtung des Wurmlochs kommt."

„Verdammt", murmelte Nunez und schüttelte den Kopf. „Noch mehr von diesen Rammschiffen?"

„Nein, Sir", sagte Pirelli und ihre Augen weiteten sich. „Was auch immer das ist, es ist viel, viel größer als das..."

43

Valerie wiegte Natalia in ihren Armen, spürte, wie das zuckende Schluchzen langsamer wurde, und fühlte die Nässe der panischen Tränen ihrer Tochter, die ihre Bluse über der linken Schulter durchnässten. Auf ihrem Rock befanden sich Schmutzflecken vom Sitzen auf dem Boden und sie musste gegen den unsinnigen Impuls ankämpfen, sie wegzubürsten. Stattdessen zog sie die Knie an und kauerte sich in die Ecke der Küche der Hütte, um nicht zu starren. Aber es gab so viel zum Anstarren...

Da war zunächst einmal der Vizepräsident Xavier Dominguez. Sie kannte den Mann schon seit Jahren, schon bevor ihr Vater für das Amt des Präsidenten kandidierte; er war sogar ein paar Mal in ihrer Hütte gewesen und hatte mit Glen im See geangelt. Jetzt... jetzt war er ein ganz anderer Mensch. Seine Augen waren weit aufgerissen und rot, als hätte er etwas genommen, und seine Haut war blass und klamm. Er sah gleichzeitig aufgedreht, verängstigt und schwindlig aus, und das jagte ihr eine Heidenangst ein. Er saß in einem Stuhl am Küchentisch, wippte mit dem Fuß in einem unregelmäßigen Rhythmus auf dem Holzboden und starrte auf das große Tablet, das vor ihm auf dem Tisch lag und die taktische Anzeige der Verteidigungssatelliten im Orbit zeigte.

Dominguez war in Rage geraten, als die Sheridan aufgetaucht war und die Biomech-Bodentruppen angegriffen hatte. Er schrie Flüche, als er versuchte, die Bodenlaser zu zielen, um das Schiff zu zerstören. Er hatte frustriert auf den Tisch geschlagen, als sie ihr Antriebsfeld aufgebaut hatte, bevor der Laser wirklichen Schaden anrichten konnte, aber jetzt war er wieder zu seinem aufgedrehten Gemurmel zurückgekehrt und ignorierte alles andere um sich herum, einschließlich Natalias panischer Reaktion auf seinen Gewaltausbruch.

Und dann war da noch das halbe Dutzend Söldner, das er mitgebracht hatte. Sie waren alle aus dem gleichen Holz geschnitzt: Männer und Frauen mit harten Gesichtern und harten Augen, in unauffälligen grauen Uniformen und Schutzwesten, Maschinenpistolen auf der Brust und Seitenwaffen an den Hüften. Sie waren in und vor der Hütte stationiert, immer wachsam, ohne sie und ihre Tochter zu beachten, außer um sicherzustellen, dass keiner von ihnen eine falsche Bewegung machte.

Und dann war da natürlich noch der Trupp Biomechs, der mit einem Kipprotor-Transporter eingeflogen war, kurz nachdem die Söldner die Hütte eingenommen hatten. Sie waren alle draußen, aber sie konnte sie durch die Erkerfenster sehen, wie sie roboterhaft auf dem Gelände patrouillierten. Drei von ihnen waren um das Dock herum stationiert und im Schein der Flutlichtanlage kaum zu erkennen. Zum Glück verbargen ihre Helme die toten, schwarzen Haifischaugen, aber ihre unmenschliche Masse und die grazile, mechanische Präzision ihrer Bewegungen waren nicht zu übersehen. Eine der Söldnerinnen war die Anführerin, wie sie feststellte: eine blonde Frau mit schlichtem Gesicht, die einen Rucksack trug, an dem eine kleine Sendeschüssel befestigt war, und ein Steuerkreuz an ihrem linken Unterarm hatte.

Aber das Einzige, das sie nicht anstarren wollte, war Charlie Kleskos Leiche. Die Söldner hatten ihn in dem Moment getötet, als sie hinter Dominguez hervortraten. Sie hatten ihn auf der Veranda vor der Hintertür der Hütte erschossen und seine Leiche dort liegen lassen, wo sie gefallen war. Die Hintertür war durchsichtig und durch sie konnte sie seine blinden Augen sehen, die sie anstarrten, während die Blutlache unter seinem Körper zu trocknen begann. Charlie war ein Freund gewesen...

Sie verdrängte diese Gedanken, denn sie wollte ihnen nicht die Genugtuung geben, sie weinen zu sehen. Es war schon schlimm genug, dass sie sie für hilflos hielten, für eine Geisel. Ein Anflug von Wut durchfuhr sie, aber auch den verdrängte sie. Sie konnte es sich nicht leisten, der Wut noch mehr nachzugeben als dem Kummer. Sie musste an Natalia denken.

Sie zog die Dreijährige von ihrer Schulter weg und sah ihr in die Augen. Natalia sah genauso aus wie die Bilder, die sie von ihrer Mutter als kleines Mädchen gesehen hatte, nur dass ihr Haar blond war wie das ihres Vaters. Im Moment waren ihre Wangen tränenverschmiert, ihr Gesicht rot vom Weinen und ihre Unterlippe zitterte.

„Es wird alles gut, Natalia", sagte sie und versuchte, ihre Stimme ruhig und beruhigend zu halten. „Alles wird gut werden. Niemand wird dir wehtun."

Sie dachte, sie hätte leise gesprochen, aber anscheinend hat Dominguez sie gehört.

„Natürlich wird dir niemand etwas tun", sagte er in seinem üblichen, ruhigen Politikerton, der in scharfem Kontrast zu seinem manischen Gesichtsausdruck stand. Seine Augen flackerten zwischen ihnen und dem Display seines Tablets hin und her, während er sprach. „Du bist keine Bedrohung für uns, und wenn das hier vorbei ist, wird auch dein Vater keine mehr sein. Wenn wir fertig sind, lassen wir euch beide hier zurück." Er versuchte ein Lächeln, das so grotesk war, dass Natalia ihr Gesicht noch einmal in Vals Schulter vergrub. „Wir sind schließlich keine Monster."

„Xavier..." Sie sprach zögernd, aus Angst vor der Reaktion, die sie bekommen könnte. „Erinnerst du dich daran, wie du früher einmal warst?"

„Was meinst du, Val?" Er schien verwirrt zu sein. „Ich war schon immer so."

Sie sagte nichts weiter, sondern ließ ihren Kopf gegen die Wand lehnen. Der Mann war nicht nur einer Gehirnwäsche unterzogen worden, er war auch hoffnungslos verrückt. Sie würde sich nicht mehr herausreden können. Sie musste die Augen nach Möglichkeiten offen halten und hoffen, dass irgendwo da draußen jemand kam, um zu helfen.

~

„Zwei Minuten", verkündete Esmeralda Villanueva aus dem Cockpit, ohne sich umzudrehen, die Augen auf ihre Sensoren gerichtet. Das Landegerät sollte für Radar und Lidar nahezu unauffindbar sein, aber die Abgase würden sich trotzdem auf der Thermik zeigen, und keiner von ihnen wollte daran denken, was eine kinetische Waffe von einem der Verteidigungssatelliten dem Flugzeug antun würde.

„Geht in Absprungposition", befahl Vinnie, erhob sich von seinem Sitz und gab allen ein Zeichen, zur hinteren Rampe zu gehen.

McKay betätigte den Schnellverschluss seines Sicherheitsgurtes und watschelte zum Heck des Flugzeugs, beladen mit fast 80 Kilo Rüstung, Waffen und HALO-Ausrüstung, und reihte sich in eine Doppellinie von zwei Dutzend Männern und Frauen ein, die von den überlebenden Marine- und Spezialeinheiten auf der Sheridan für diese Mission ausgewählt worden waren. Jock stand an der Spitze der rechten Reihe, Sgt. Watanabe an der Spitze der linken.

McKay bewegte sich nach hinten in die linke Reihe und schaute sich um, in der Erwartung, Vinnie auf der gleichen Position auf der rechten Seite zu sehen... aber Vinnie hatte sich ins Cockpit begeben. McKay sah, wie er Cal Orton, dem Co-Piloten, auf die Schulter klopfte und sich dann zu Esme hinüberbeugte, um mit ihr ein vertrauliches Gespräch zu führen, das niemand sonst mitbekommen konnte. Bei diesem Anblick fühlte sich McKay irgendwie losgelöst von den anderen; er sehnte sich nach den Tagen, als er noch First Lieutenant war und alle seine Probleme einfacher, wenn auch nicht weniger unüberwindbar erschienen.

Vinnie bewegte sich auf der rechten Seite der Sitzreihen zurück und brachte sich in Position, kurz bevor Esme mahnte: „Dreißig

Sekunden!“ McKay mag es sich eingebildet haben, aber er glaubte, dass ihr etwas im Hals stecken blieb, als sie es sagte.

„Wir öffnen die Rampe“, verkündete Jock über den allgemeinen Kommunikationskanal.

Ein mechanisches Brummen erfüllte das Flugzeug, als sich die Rampe langsam öffnete und einen pfeifenden Windstoß aus knochenkalter und gefährlich dünner Luft hereinließ. McKay hörte kaum das leise Klicken in seinem Helm, als dieser die Außenluft filterte und ihn mit Sauerstoff aus dem kleinen internen Tank seines Rucksacks versorgte.

„Du bist sieben Kilometer hoch und 80 Meter entfernt“, meldete Esme. „Näher kann ich nicht herankommen, bevor er mich für eine Bedrohung hält und mich mit fiesen großen Pfeilen beschießt. Ich kreise um ihn herum, lande in hundert Kilometer Entfernung und warte auf deine Nachricht, dass du die Satellitenkontrollen gesichert hast.“

„Los!“ hörte McKay Jock von der Spitze der Schlange schreien. „Los! Los! Los!“

Die Schlange drängte nach vorne, während einer nach dem anderen der Gruppe nach vorne stolperte und vom Ende der Rampe in die Dunkelheit stürzte. McKay spürte, wie sich ihm der Magen umdrehte, als er der Öffnung und der leeren Schwärze dahinter immer näher kam - er war nicht gerade schwindelfrei -, aber er ging trotzdem weiter und lief die Rampe hinunter, bis ihn der Wind mitriss.

Die instinktive Panik vor dem Sturz ignorierend, berührte er eine Steuerung an seinem linken Handgelenk und schickte einen Strom durch die elektrisch aktivierten Kunststoffklappen, die sich vom Gurtzeug seines HALO-Anzugs ausdehnten und zu Gleitflügeln wurden, die ihn beim Fallen nach vorne schweben ließen. Die HALO-Ausrüstung gehörte zur Standardausrüstung der Marine-Sprungtruppen für die Stealth-Insertion, aber motorisierte Flugpakete waren eine Spezialausrüstung, die für Linieneinheiten zu teuer war.

Das bedeutete, dass sie viel näher an das Ziel springen mussten, als ihm lieb war, da Dominguez Zugang zu militärischer Satellitenüberwachung in Echtzeit hatte, aber es gab keine andere Wahl. Shannon war dort unten mit ein paar hundert CeeGee-Offizierskadetten und ihrem Ausbildungskader und kämpfte gegen eine zehnmal so große feindliche Streitmacht ohne Luftunterstützung und ohne schwere Waffen, und dieser Gedanke ließ seine Eingeweide mehr kochen als ein Sprung ins Nichts in sechs Kilometer Höhe.

Das HUD in seinem Helm projizierte eine Karte des Gebiets und zeichnete eine Linie vor ihm auf, sowie die grünen Punkte, die den Rest der Jumper anzeigten. Sie standen in einer gestaffelten Reihe, aber alle folgten demselben Kurs.

„General McKay", hörte er Esmeraldas Stimme in seinem Kopfhörer auf seinem privaten Kanal, „ich wollte das nicht vor Vinnie sagen, aber wenn es schlimm wird, ruf mich an. Ich werde versuchen, Luftunterstützung zu leisten. Vielleicht kann ich den kinetischen Waffen für eine Weile ausweichen."

„Commander", antwortete er, „wenn es schlimm wird, schießen Sie auf mein Kommando mit einer Bunker-Buster-Rakete auf die Hütte."

„Sir", protestierte sie, „so viel Hyperexplosivstoff macht alles im Umkreis von einer halben Meile platt. Du, dein Team, die Senatorin und ihre Tochter ... ihr werdet alle sterben."

„Wir werden alle unser Bestes tun, damit das nicht passiert", sagte er ihr, „aber am Ende müssen wir den Controller ausschalten. Diese Armee von Biomechs könnte Zehntausende von Menschen töten, wenn sie nach Capital City kommt."

Es herrschte eine lange Stille, in der er nur die Luft außerhalb seines Helms pfeifen hörte und er dachte, sie würde nicht antworten. „Ja, Sir", sagte sie schließlich, ihre Stimme war resigniert. „Ich schätze, deshalb bist du ein General."

Ich bin ein General, dachte er zynisch und leise, weil niemand sonst diesen verdammten Job will.

„Larry“, sagte Joyce Minishimi mit einem besorgten Ton in der Stimme, „sag mir, was zum Teufel das Ding ist.“

Gianeto blickte stirnrunzelnd von der taktischen Anzeige auf, da er sich immer noch nicht mit den leichten Unterschieden zwischen der Brücke der Bradley und der der Decatur anfreunden konnte und sich sehr unwohl fühlte angesichts der riesigen Eysselink-Antriebsfeldsignatur, die sich mit zwei Gravitationsgraden vom feindlichen Tor im Gürtel ins System bewegte.

Die Bradley verfolgte das nächste Schiff in einer Reihe von verstreuten Protektoratsschiffen, als das große Schiff durchkam und sofort sein Antriebsfeld aktivierte. Jetzt befanden sie sich auf einem Abfangkurs zu dem Ding mit einer ruhigen Schwerkraft.

„Captain“, sagte er zögernd, „soweit ich das beurteilen kann, ist das das Antriebsfeld eines republikanischen Kreuzers. Und zwar einem der neuesten.“ Er schüttelte den Kopf. „Das Problem ist, dass es nur zwei Schiffe mit dieser Antriebssignatur gibt. Das eine ist die Sheridan und das andere wurde vor ein paar Stunden in die Luft gejagt.“

„Oh, Scheiße“, murmelte Drew Franks von hinter ihr. Minishimi warf ihm einen Blick zu und versuchte, ihn nicht anzustarren.

„Gibt es etwas, Lieutenant?“

„Captain“, sagte Franks mit einem Gesichtsausdruck, als hätte er etwas Unangenehmes geschluckt, „wir haben herausgefunden, dass das Multicorps dem Protektorat unwissentlich geholfen hat... Kevin Fourcade, ein hoher Angestellter von Brendan Riordan, war ein Maulwurf, der für Antonov gearbeitet hat.“

„Ja, Lieutenant?“, fragte sie und bemühte sich, angesichts der totalen Erschöpfung die Geduld zu bewahren.

„Das Multicorps hat einen Vertrag über den Bau eines weiteren Kreuzers der Sheridan-Klasse, Ma'am“, erklärte er und nickte auf die Sensoranzeige. „Ich bin mir nur nicht sicher, für wen sie ihn gebaut haben.“

„Oh, mein lieber Lieutenant Franks“, sagte Minishimi leise und schüttelte den Kopf, „du hast mit Jason McKay eine fast unheimliche Intuition für den schlimmsten Fall. Aber so sehr ich mich auch bemühe, ich kann mir keinen anderen Grund vorstellen, warum ein Flottenkreuzer als die Sheridan das Wurmloch verlassen sollte.

Bevins und Reno beäugten das Zusammenspiel unsicher und schauten beide zwischen ihr und Commander Lee hin und her, was Minishimi nicht entgangen war. Es war ihr nicht leicht gefallen, Commander Lee das Kommando zu entziehen, auch wenn die Frau es sehr professionell gemacht hatte. Sie hatte sie auf der Brücke behalten, anstatt sie zurück in den Hilfskontrollraum zu schicken, weil sie sich darauf verließ, dass sie helfen würde, die Probleme mit der ursprünglichen Crew zu lösen. Sie hatte Wolford den Posten des XO übertragen und ihn durch Gianeto ersetzt, der über mehr Erfahrung verfügte und dem sie bedingungslos vertraute.

„Leutnant Franks meint", dolmetschte sie für Commander Lee, „dass wir es höchstwahrscheinlich mit einem Kreuzer der Sheridan-Klasse zu tun haben, der von unseren eigenen Unternehmen für den Feind gebaut wurde."

„Und sein aktueller Kurs führt ihn direkt in die Erdumlaufbahn", fügte Gianeto hinzu.

„Dominguez hat die Kontrolle über die Verteidigungssatelliten im Orbit", so Franks. „Wenn das Ding an uns vorbeikommt und es in den Orbit schafft, kann es sich zurücklehnen und unsere Städte atomar zerstören."

„Wie zur Hölle sollen wir das bekämpfen, Ma'am?" fragte Lee und schüttelte ungläubig den Kopf.

„Ich bin offen für Vorschläge. Maschinenraum?" Minishimi rief Commander Infante zu: „Habt ihr das verfolgt?"

„Ja, Captain Minishimi", antwortete Infante mit dem fernen Klang ihrer Stimme, als wäre sie in Gedanken versunken. „Ich kann dir jetzt schon sagen, dass die Methode, das Antriebsfeld mit Hilfe unserer Sensoremitter zu destabilisieren, bei ihnen nicht funktionieren wird. Das Feld eines so großen Schiffes wird dafür zu stark sein. Es ist sicherlich möglich, einen gravimetrischen Emitter zu bauen, der stark genug ist, um das Feld eines so großen Kreuzers zu destabilisieren, aber ich kann ihn nicht mit diesem Schiff bauen."

„Was ist mit einer Feldüberschneidung?" fragte Franks. „Die

Rammschiffe haben es geschafft, das Feld auf der Decatur auszuschalten, richtig?“

Infante zögerte einen langen Moment. „Das wäre nahe dran. Vielleicht kann ich einen Bypass einrichten, der verhindert, dass unsere Hauptleitung durch die Überlastung explodiert, aber ich garantiere dir, dass die Gravitations- und Trägheitslast in einem so großen Schiff eine Menge struktureller Schäden verursachen wird.“

„Noch schlimmer“, sagte Gianeto, „bedenke, dass diese Rammschiffe bereits so ausgerüstet waren, dass sie mehrere Feldüberschneidungen überstehen. Was ist, wenn dieser Kreuzer genauso ausgerüstet ist?“

„Sie wird sich vor uns erholen“, schlussfolgerte Minishimi. „Und im Gegensatz zu den Rammschiffen hat er genug Feuerkraft, um uns zu zerstören.“

„Können wir einen Shipbuster vor der Kreuzung abfeuern?“ fragte sich Lee. „So wie wir es bei den Rammschiffen gemacht haben? Und ihn so programmieren, dass er direkt nach dem Ausschalten des Feldes einschlägt?“

„Das konnten wir vorher schon“, erklärte Gianeto, „denn die Rammschiffe sind im Grunde unbewaffnet. Wenn das hier ein einsatzfähiger Kreuzer ist, kann er auch einen Shipbuster ausschalten.“ Er stieß einen frustrierten Atemzug aus. „Wir mussten noch nie einen Kampf gegen unsere eigenen Schiffe oder etwas Vergleichbares planen.“

„Wir haben die Sheridan“, schlug Franks vor. „Wenn einer von uns eine Feldüberschneidung macht, ist das feindliche Schiff offen für einen Angriff des anderen.“

„Das einzige Problem dabei ist das, was ich bereits erwähnt habe, Lieutenant“, antwortete Infante. „Wenn das Schiff so ausgerüstet ist, dass es sich schnell von einer Feldkollision erholt, könnte der andere Kreuzer keine Zeit haben, anzugreifen, bevor das gegnerische Antriebsfeld wieder aufgebaut ist. Und bei dem Schaden, den ich bei einer solchen Kollision erwarte, hätten wir im Grunde eines unserer Schiffe umsonst geopfert.“

„Arbeiten Sie daran, Commander Infante“, befahl Minishimi.

„Finde etwas. Wenn du es nicht schaffst, müssen wir uns zwischen sie und die Erde stellen. Sie kann sie nicht angreifen, ohne ihr Feld abzuschalten, und das kann sie nicht, wenn wir genau dort sitzen und darauf warten, sie zu beschießen."

„Aber Captain", sagte Franks, „sie haben immer noch die Kontrolle über die Verteidigungsanlagen ... einschließlich der bodengestützten Laser. Wenn wir das Feld verlassen, um das Schiff zu bekämpfen, können sie uns abschießen."

„Ja, das können sie, Lieutenant", gab sie zu und lächelte traurig.

„Oh." Die Erkenntnis trat in seine Augen. „Ja, Ma'am." Franks zuckte mit den Schultern. Er hatte gewusst, worauf er sich eingelassen hatte, als er an Bord der Brad gekommen war. „Zwischen unseren geliebten Häusern und der Verwüstung des Krieges", murmelte er.

„Was war das?" fragte Minishimi und kniff die Augen zusammen, als sie versuchte, das Zitat zuzuordnen. „Ist das von Homer?"

„So ungefähr, Ma'am", sagte er ihr. „Ich erinnere mich nur an etwas aus dem Geschichtsunterricht."

„Wenn wir diesen Kampf gewinnen, Lieutenant", sagte sie zu ihm, „wirst du in diesem Geschichtsunterricht unterrichtet werden."

„Und wenn wir verlieren", schimpfte Gianeto, „wird der Geschichtsunterricht auf Russisch abgehalten."

Minishimi warf ihm einen finsteren Blick zu, der sich aber gegen ihren Willen in ein Lächeln verwandelte.

„Leutnant Reno", sagte sie und wandte sich an den Kommunikationsoffizier, „signalisieren Sie der Sheridan, dass sie in Kommunikationsreichweite kommen und das Feld verlassen soll. Allein werden wir das nicht schaffen."

44

Während er über dem toten Biomech kniete, dankte Ariel Shamir den Kriegsgöttern, die ihm zuhörten, dass Fourcade und Hellene D'Annique ihre Klonarmee mit 8-mm-Militärgewehren ausgestattet hatten, die bereits in der Pipeline waren. Sonst wäre ihnen vielleicht schon die Munition ausgegangen. Er steckte ein frisches Magazin in den Schacht seines Karabiners und stopfte die restlichen Munitionsteile in die leeren Taschen seiner taktischen Weste. Neben ihm im trockenen Bachbett tat Roza dasselbe mit einem weiteren der Dutzenden von Biomech-Leichen, die dort aufgestapelt waren, einige in verkohlten und blutigen Stücken.

„Schnappt euch alles, was ihr finden könnt", rief er dem Rest der beiden Trupps zu, die sie anführten, während sie sich durch den Graben bewegten und plünderten. „Sucht nach Granaten und schweren Waffen!"

Ari blickte das Bachbett hinauf und hinunter und darüber hinaus, wo die überlebenden Cee Gee Kadetten, ihre Ausbildungskader und ein paar der Spezialeinheiten die Toten nach Munition durchsuchten. Die Luft über ihnen war von brennenden Fahrzeugen erfüllt, während der Graben selbst in Schatten und Dunkelheit gehüllt war und durch die Infrarotfilter in seinem Helmvisier ein blasses Grün annahm.

„Ari", hörte er die Stimme von Colonel Stark in seinen Kopfhörern. „Beeil dich, sie sind da unten. Ihre Fahrzeuge formieren sich neu und ich glaube, sie machen sich bereit, umzukehren und einen weiteren Vorstoß auf die Brücke zu unternehmen ... oder sich einen anderen Übergang zu suchen. Wir werden sicherstellen, dass es Ersteres ist."

„Ja, Ma'am", antwortete er. „Ein V in der Mitte der Brücke?"

„Mehr oder weniger", stimmte sie zu. „Vielleicht können wir dieses Mal die natürliche Deckung besser nutzen, da wir im Moment nicht um unser Leben rennen."

„Verstanden, Colonel." Er wollte über diese Bemerkung lachen, aber er konnte nicht. Zu viele der Offiziersanwärter der Kolonialgarde, die er selbst mit ausgebildet hatte, lagen dort oben tot auf dem blutigen, rauchenden Boden. Stattdessen ging er zu Roza hinüber, drückte ihren Arm und berührte ihre Helme. „Ich liebe dich", sagte er ihr. Durch ihr Visier konnte er sehen, wie ihre Augen besorgt in seine Richtung blickten.

„Ich liebe dich auch, Kedves", sagte sie. „Ist es schlimm?"

„Der Feind schwingt sich um die Trümmer herum und versucht, wieder hereinzukommen und diese Brücke einzunehmen", antwortete er. „Sie müssen absteigen und uns von hier wegdrängen, bevor sie sie räumen können."

„Und es wird keine Feuerunterstützung mehr geben", sagte sie mit Resignation in ihrer Stimme.

Ari antwortete nicht: Das war auch nicht nötig. Stattdessen betätigte er sein Helmfunkgerät, das auf das Firmennetz eingestellt war. „Beendet den Einsatz, meine Damen und Herren", sagte er. „Der Tag ist noch nicht vorbei."

TOM CROSSMAN KÄMPFTE DARUM, seine Atmung unter Kontrolle zu halten, als er den Wildpfad entlang joggte, der über die sanften Hügel auf der anderen Seite des trockenen Bachbetts führte. Er hatte seit Tagen nicht mehr als eine Stunde geschlafen, die Ressourcen seines Körpers wurden von der medizinischen Nanotechnologie angezapft, die immer noch seine Wunden von innen her reparierte, und er war aufgedreht. Sein Herz fühlte sich an, als würde es ihm gleich aus der Brust schlagen und er schien ständig am Rande des Hyperventilierens zu sein, aber er ging weiter, ignorierte das alles, ignorierte das Gewicht der Last, die er in seinem Rucksack trug, und konzentrierte sich darauf, die Signale der Wärme- und Infrarotlinsen in seinem Helm in der Schwärze zu verstehen.

Der Weg war von jungen Bäumen eingegrenzt, aber als er den nächsten Hügel hinter sich ließ, öffnete er sich zu einer alten Nebenstraße, die von der Hauptstraße abzweigte. Die Straße war bröckelig und überwuchert, aber sie war breit und frei genug für die großen Lastwagen, ganz zu schweigen von den APCs, die bei Bedarf querfeldein hätten fahren können. Das war der Grund, warum Tom und sein Trupp dort waren.

„Wo sind ihre Späher, Colonel?“, funkte er an Shannon Stark, der in den Bäumen neben der alten Straße kauerte. Er hörte, wie Aaron Diehl sich langsam neben ihm in Position brachte, und konnte die Avatare des restlichen Trupps auf seinem HUD sehen, während sie auf beiden Seiten der Straße in Stellung gingen.

„Sie kommen auf dich zu, Tom“, warnte sie ihn. „Zwei APCs. Du hast vielleicht zwei Minuten Zeit.“

„Verstanden, Ma'am.“ Er schaltete auf Sergeant Diehls Kanal um. „Aaron, wir haben zwei feindliche Fahrzeuge im Anflug, Ankunft in zwei Minuten. Nimm Manning und die letzten beiden Raketenwerfer und halte sie auf.“

„Verstanden, Chef“, sagte Diehl, sprintete über die Straße und klopfte Manning auf den Arm. Die beiden schnappten sich zwei Panzerabwehrraketen aus dem Rucksack eines der anderen Sondereinsatzkräfte und liefen die Straße hinunter in Richtung Kreuzung.

„Griffin!“ schnauzte Tom einen anderen der frischgebackenen Operatoren an. „Komm hier rüber und nimm die Ladungen aus meinem Rucksack! Wir haben eine Straße zu sprengen!“

. . .

Tanya Manning hielt die beiden Griffe des Raketenwerfers fest umklammert und versuchte mit aller Kraft, ihre Hände nicht zittern zu lassen. Sie konnte die beiden gepanzerten Fahrzeuge sehen, deren Wärmesignatur zwar schwach, aber immer noch durch die Bäume am Straßenrand sichtbar war. Das Fadenkreuz blinkte gelb, als der Raketenwerfer die Bäume zwischen ihm und seinem Ziel erkannte, aber sie wartete ab, denn sie wusste, dass die Panzerwagen die Hindernisse in wenigen Sekunden beseitigen würden.

Ihr Finger spannte sich leicht am Abzug, als die beiden gepanzerten Fahrzeuge in vierhundert Metern Entfernung mitten auf der Straße anhielten und ihre Turbinen in der Ferne Mückengeräusche von sich gaben. Sie erstarrte in der Gewissheit, dass sie gesehen worden waren, beobachtete, wie die 25-mm-Kanone auf dem oberen Turm der beiden Panzerfahrzeuge hin und her fuhr, und wartete auf den unvermeidlichen Feuerblitz und die Explosion der Granaten...

Stattdessen hörte sie, wie sich die hinteren Rampen beider Fahrzeuge öffneten und das leise Klappern von gepanzerten Stiefeln, als jeder APC einen Trupp von einem Dutzend Biomech-Soldaten ausspuckte.

„Wir haben die Spähfahrzeuge verlassen“, ertönte Diehls ruhige Ansage aus den Helmlautsprechern. „Wir werden hier oben etwas Unterstützung brauchen.“ Er wirkte so ruhig, als wäre das etwas, das jeden Tag passiert. Sie empfand Ehrfurcht, wenn sie ihn oder Sgt. Crossman so reagieren hörte; sie war sich ihres eigenen Mutes sicher, aber bei weitem nicht so sicher, was ihre Unerschütterlichkeit anging.

„Ich schicke, was wir entbehren können“, sagte Tom Crossman mit einem Achselzucken in seiner Stimme. „Haltet sie auf, bis wir die Sprengladungen platziert haben.“

„Verstanden, Boss. Manning", wies Diehl sie an, ‚komm und hol den anderen Raketenwerfer von mir.‘

Ohne zu fragen, schnallte sie sich ihren eigenen Raketenwerfer um und kroch schnell über die Straße zu Sergeant Diehls Position, wobei sie auf den gepolsterten Knien und Ellbogen ihrer Rüstung über das zerklüftete Pflaster robbte, um den Lärm zu minimieren. Als sie an Diehls Seite ankam, ging sie in die Hocke und nahm den Raketenwerfer entgegen, den er ihr anbot.

„Schneide durch die Bäume", wies er sie an, „und bringe dich in eine Position, von der aus du die beiden APCs im Visier hast. Wir werden die Absetzer aufhalten, aber die Fahrzeuge müssen weg."

„Verstanden, Sergeant", bestätigte sie, warf sich den zweiten Raketenwerfer über die Schulter und zog ihren Karabiner aus dem Brustgurt. „Ich kümmere mich darum."

Sie spürte die Anstrengung in ihren Oberschenkeln, als sie den steilen Hügel auf dieser Seite der Straße hinaufkam und sich zwischen den Bäumen hindurchschlängelte. Der lehmige Boden rutschte unter ihren Stiefeln und sie verlagerte ihr Gewicht nach vorne, um nicht wieder den Hügel hinunterzurutschen, wobei sie versuchte, so wenig Lärm wie möglich zu machen. Sie hoffte inständig, dass die Besatzung des Panzerkampfwagens sich auf die Straße vor ihr konzentrierte, denn wenn sie jetzt auf sie losgingen, hatte sie keine Deckung und keine Möglichkeit, zurückzuschießen.

Sie war noch keine fünfzig Meter durch den Wald gelaufen und hatte Mühe, auf dem steilen Hang das Gleichgewicht zu halten, als sie hinter sich Schüsse hörte. Sie riskierte einen kurzen Blick auf ihr HUD und sah sechs freundliche Symbole auf der Straße, die gegen mindestens zwanzig Feinde kämpften, die nicht so entgegenkommend waren, ihr mit IFF-Transpondern mitzuteilen, wo sie waren.

Sie zwang sich, nicht an die Gefahr zu denken, in der sich ihre Freunde befanden, und konzentrierte sich stattdessen auf die viereckigen Symbole, die auf den Wärmesensoren in ihrem Helm schwach rot leuchteten und noch über 200 Meter entfernt waren. Sie hatte vorgehabt, den Straßenrand zu umgehen und hinter den Fahrzeugen hervorzukommen, um ihnen nach dem ersten Schuss weniger Zeit zum Reagieren zu geben, aber da die abgesessenen Biomechs bereits die Sondereinsatztruppen auf der Straße angriffen...

Verdammt. Die APCs rollten langsam vorwärts, um ihre Trupps zu unterstützen. Er hatte keine andere Wahl mehr.

Manning stürzte den Abhang hinunter und stöhnte vor Schmerzen, als sie von einem Baum nach dem anderen abprallte und sich trotz des steilen Gefälles aufrecht hielt. Als sie unten ankam, machte sie die letzten Meter mit einem Sprung auf den Bürgersteig, wobei sie die Landung mit gebeugten Knien abfederte und immer noch eine Hand auf den harten Boden vor sich schlagen musste, um nicht umzukippen.

Ihr Kopf neigte sich nach oben und sie konnte die beiden gepanzerten Fahrzeuge in hundert Metern Entfernung sehen, deren Kanonen und Sturmgewehre direkt auf sie gerichtet zu sein schienen. Sie ließ ihren Karabiner aus dem Griff fallen und ließ zu, dass der Riemen ihn eng an ihren Brustpanzer zog, während sie den ersten Raketenwerfer losließ und sein Zielsystem aktivierte, noch bevor sie ihn an ihre Schulter hob.

Der APC zu ihrer Linken war etwa 50 Meter näher und sie machte ihn instinktiv zu ihrem ersten Ziel, drückte den Abzug, sobald das Fadenkreuz rot aufleuchtete, warf den verbrauchten Raketenwerfer zur Seite und ließ sich auf den Boden fallen. Die Rakete schlug ein, bevor sie ganz unten war, und die Erschütterung schleuderte sie nach hinten und ließ sie über den kaputten Bürgersteig taumeln, wobei ihre Waffen und ihre Ausrüstung trotz ihrer Rüstung schmerzhaft in sie eindrangen, die blauen Flecken vergrößerten und ihr den Atem aus den Lungen pressten. Hitze überflutete sie, als der APC in einem Feuerball aus Hyperexplosivstoffen verbrannte, und sie spürte, wie ein Trümmerstück schmerzhaft gegen ihren Helm schlug, so dass ihre Ohren klingelten, ihre Sicht mit Sternen übersät war und ihre Gesichtsplatte starr und rissig wurde.

Verzweifelt zwang Manning ihr Gehirn zu arbeiten, zwang ihre Glieder zu einer Reaktion. Sie kam auf die Beine und rannte nach links, um das brennende Fahrzeug zwischen sich und den intakten APC zu bringen. Sie glaubte, das tiefe Trommeln eines Sturmgewehrs zu hören, das sich auf sie richtete, aber sie wagte nicht, sich umzudrehen, um sicherzugehen; stattdessen rannte sie weiter und legte einen Sprint hin, bei dem ihr Herz wie ein Presslufthammer pochte und ihr Atem in der Kehle rasselte.

Sie hatte schon fast den Rand des brennenden Wracks des linken APC hinter sich gelassen und war in Deckung gegangen, als sie etwas an ihrer rechten Wade spürte und stolperte, sich aber weigerte, zu Boden zu gehen. Ihre Wade war taub und ihr Fuß schien nicht richtig zu funktionieren, also schleppte sie ihn und humpelte - und kam den Flammen des brennenden Schiffsrumpfes näher, als sie es wollte. Ihre Rüstung war feuerfest, aber der Schwall der Hitze, der sie überflutete, machte sie benommen und raubte ihr den Atem.

Tränen traten ihr in die Augen und sie blinzelte sie wütend weg, um den Schmerz zu verdrängen und zu unterdrücken. Es gab nur noch eine Aufgabe zu erledigen, dann konnte sie weinen. Sie nahm den letzten Raketenwerfer ab und versuchte, das Zielsystem ihres Helms zu aktivieren, aber ihr HUD war durch die Explosion des ersten APCs beschädigt worden.

„Scheiß drauf", knurrte sie laut vor sich hin. „Ich werde ihnen das verdammte Ding in den Arsch schieben."

Bei dem Gedanken, dass ihr Vater entsetzt gewesen wäre, wenn er diese Worte gehört hätte, kicherte sie ein wenig hämisch. Captain Alfred Manning war eine Säule der Moral, Klassenbester an der republikanischen Militärakademie und ein vorbildlicher Offizier und Gentleman ... bis vor fünf Jahren das Hauptquartier der republikanischen Raumflotte in einer Sphäre aus Fusionsfeuer verschwand und mehr als die Hälfte der Offiziere der Flotte auf einen Schlag getötet wurde. Ihre Mutter hatte sie erst angeschrien, dann geweint und schließlich angefleht, als sie ihr sagte, dass sie nach der Invasion zum Militär gehen würde, aber keines der Worte ihrer Mutter konnte lauter sprechen als das stumme Beispiel ihres Vaters.

Der externe Tonabnehmer in ihrem Helm war tot, und außer dem rauen Rauschen ihres eigenen Atems konnte sie nur das gedämpfte Brüllen des Feuers hören, das den feindlichen APC verzehrte. Als sie das Ende des zerstörten Fahrzeugs umrundete, erlebte sie eine dumpfe Überraschung, als sie sah, wie der zweite APC mit hoher Geschwindigkeit von ihr wegfuhr und versuchte, seine Geschütze auf ihre Position zu richten.

Sie fiel auf ein Knie, hob den Raketenwerfer an ihre Schulter und nutzte das Sekundärzielgerät an der Waffe, um das nur 50 Meter entfernte Fahrzeug anzuvisieren. Als sie den Abzug betätigte, blitzte das Hauptgeschütz des APCs auf und die Welt verschwand in einem weißen Feuerschein...

Tom Crossman fluchte und drückte sich an den Bürgersteig, als eine Granate viel zu nah an ihm und den fünf Kilo Hyperexplosivstoff neben ihm explodierte. Die Biomechs hatten sich durch das Feuerteam, das er geschickt hatte, um sie aufzuhalten, hindurchgedrängt, indem sie einfach ignorierten, was bei einem Menschen tödlich gewesen wäre, und großzügig Gewehrgranaten einsetzten. Vier der sechs Männer und Frauen, die er geschickt hatte, waren tot, die anderen beiden verwundet und er und die vier Soldaten, die ihm geholfen hatten, die Sprengladungen anzubringen, um die Straße zu zerstören, wurden von schwerem Feuer eingeschlossen.

Er schob seinen Karabiner vor sich her und nutzte die Verbindung zwischen dem Visier der Waffe und dem Zielsystem seines Helms, um den Biomech anzuvisieren, der die Granate abgefeuert hatte. Er war fast 50 Meter entfernt und feuerte aus einer ungünstigen Position, aber er schaffte es, eine Salve vom Bein bis zur Brust des Biomechs zu schießen. Es stolperte nach hinten, hielt sich aber auf den Beinen und versuchte, das Feuer zu erwidern ... nur um festzustellen, dass seine Waffe nicht funktionierte, weil sie von Crossmans Sperrfeuer getroffen worden war. Das Ding ließ das unbrauchbare Gewehr fallen und begann vorwärts zu laufen, wobei es ein Kampfmesser aus einer Scheide an seinem Gürtel zog.

„Verdammter Mist", murmelte Tom. Er änderte sein Ziel und schaffte es, den Helm des Dings zu durchlöchern, sodass es regungslos zu Boden stürzte.

Tom stützte sich auf die Ellbogen und zog die Sprengladung vor sich her. Er ignorierte das Geschützfeuer um sich herum, während er zwei Zünder in den schwammigen Block aus Hyperexplosivstoff schlug.

„Colonel Stark", meldete er, während er arbeitete, „wir haben mindestens vier Tote, zwei Verletzte und Manning ist vermisst - ihr Transponder ist inaktiv. Wir werden überrannt, aber ich bringe gerade die letzte Sprengladung an." Er tippte einen Code in das Panel des Zünders und war gerade dabei, das Gerät mit seinen Helmkontrollen zu synchronisieren, als eine gewaltige Erschütterung ihn drei Meter zur Seite schleuderte und er von der zerklüfteten Straßenkante in den Entwässerungsgraben neben der Straße stürzte.

Crossmans Kopf schwamm, seine Sicht verschwamm und er konnte seine Arme und Beine nicht mehr dazu bringen, seinen Befehlen zu gehorchen. Langsam klärte sich seine Sicht soweit, dass er durch ein Netz von Rissen in seiner gebrochenen Gesichtsplatte einen weiteren seiner Männer im Graben neben sich liegen sah. Durch den Nebel der Gehirnerschütterung erkannte ein Teil von ihm, dass es Mathers sein musste, der junge Unteroffizier, der einen der anderen Sprengsätze gelegt hatte. Mathers' Brust war von Kugeln durchlöchert und seine Rüstung war blutgetränkt; er sah sehr tot aus, und Crossman fragte sich, ob er selbst besser aussah.

Noch gab es keine Schmerzen, aber er wusste, dass sie kommen würden, und er hätte sie begrüßt, wenn er sich nur schneller hätte bewegen können. Er schaffte es, eine Hand unter sich zu bekommen und sich so weit hochzudrücken, dass er über den Rand des Grabens schauen konnte. Drei Biomechs bewegten sich auf ihn zu - ihre Rüstung war verbrannt und blutig, aber sie waren noch aufrecht und funktionierten, was er von sich selbst nicht behaupten konnte. Er klopfte sich auf die Brust und versuchte, seinen Karabiner zu finden. Er war nicht kohärent genug, um verzweifelt zu sein, aber er wusste, dass er es hätte sein müssen. Er ertastete den Kolben seines Karabiners und riss mit aller Kraft, die er aufbringen konnte, daran, aber er war unter seinem Körper eingeklemmt und konnte sich nicht schnell genug bewegen, um ihn zu befreien...

Als die Granate explodierte, war sein erster Gedanke, dass sie auf ihn gerichtet war, und er duckte instinktiv den Kopf angesichts des Blitzes und des Aufpralls, aber die Tatsache, dass er noch am Leben war, ließ ihn wieder aufblicken. Zwei der Biomechs lagen am Boden, einer von ihnen in Stücken - *die Granate muss ihn direkt getroffen haben*, dachte Tom. Der dritte taumelte, war aber noch auf den Beinen und versuchte, sein Gewehr auf das Ziel zu richten, während der Rauch der Detonation um ihn herumwirbelte.

Toms Ohren waren von den Explosionen beschädigt und die geräuschunterdrückenden Kopfhörer in seinem Helm durch die Granatenexplosion, die sein Visier zertrümmert hatte, beschädigt, so dass er die Schüsse nicht hörte, aber er sah, wie der Biomech rückwärts stolperte, wie die Einschusslöcher seine Brust durchschlugen und dann nach oben kletterten, um seinen Helm in einer Blutspur zu durchdringen. Das Ding fiel auf die Knie und sackte dann regungslos nach vorne auf den Bürgersteig.

Als der einsame Schütze nach vorne trat, konnte Tom ihn im spärlichen Mondlicht kaum erkennen - die Nachtsichtfunktion seines Helms war durch das zerbrochene Visier ausgefallen - aber er konnte sofort erkennen, dass es kein Biomech war. Er war klein, trug keinen Helm und hinkte schwer, den Karabiner in einem Arm haltend. Tom gab es auf, nach seinem eingeklemmten Karabiner zu greifen, zog eine Taschenlampe aus seinem Gürtel und leuchtete damit auf die sich nähernde Gestalt.

Tanya Mannings stacheliges Haar war mit Blut verfilzt, das von einer bösen Wunde an der linken Seite ihres Kopfes stammte, und ihre Rüstung war versengt und ramponiert und an mindestens vier Stellen blutverschmiert, darunter eine böse Schusswunde an ihrer Wade, die das Hinken verursachte. Ihre Augen blickten fast ausdruckslos, aber ihr Mund hatte einen grimmigen und unerbittlichen Ausdruck.

Tom versuchte zu sprechen und musste sich räuspern und durch sein kaputtes Visier spucken, bevor er es schaffte. „Manning“, sagte er heiser. „Ich muss diese Ladungen zünden. Die Helmbedienung ist kaputt.“

„Eine Granate sollte ausreichen“, sagte sie mit einer Stimme, die seltsam kühl und lässig klang, abgesehen davon, dass sie leicht lallte.

Sie ging zu der krachenden Sprengladung hinüber, die immer noch mitten auf der Straße lag, und kniete sich neben sie. Sie zog eine Gewehrgranate aus einem Bandolier auf ihrer Brust und schraubte methodisch den Sockel ab, wobei sie das Schwanzstück, das den Treibstoff für den Abschuss aus dem Rohr unter dem Gewehrlauf ihres Karabiners enthielt, entfernte. Im Inneren des Sockels befand sich ein einfaches Ziffernblatt, das die Zeit in Sekunden und Minuten anzeigte. Sie drehte den Zeitzünder, legte die Bombe neben den Klumpen Sprengstoff, richtete sich langsam und mühsam auf und humpelte zu Tom.

„Fünf Minuten, um sich zu entfernen, Sergeant Crossman", murmelte sie, während sie ihn auf die Beine zog. Crossman unterdrückte ein Keuchen, als eine Welle des Schmerzes durch sein rechtes Bein fuhr, und lehnte sich an sie, um sich abzustützen.

„Ist noch jemand am Leben?", konnte er sie fragen, während sie die Straße entlang humpelten. Er kannte die Antwort, aber er musste sich vergewissern.

„Nein, Master Sergeant", antwortete sie ihm, den Blick auf die Straße gerichtet. „Nur du und ich."

„Verdammt", zischte er, während Schmerz, Erschöpfung und ein Gefühl völliger Hoffnungslosigkeit seine Stimme erfüllten. „Ich hoffe, das hat etwas zu bedeuten." Er blickte hinauf zu den Sternen und dem, was zwischen ihnen flog. „Ich hoffe, sie gewinnen diesen verdammten Kampf."

45

„Fünf Minuten bis zum Eintritt in die Umlaufbahn", meldete Bevins und beobachtete, wie das blau-grüne Bild des Planeten auf dem holografischen Display immer größer wurde.

„Wo ist unser Freund, Larry?" fragte Minishimi und zog in Erwartung der bevorstehenden Schwerelosigkeit geistesabwesend ihr Gurtzeug fester an.

„Immer noch auf Kurs zur Erdumlaufbahn, Ma'am", sagte Larry Gianeto und nickte in Richtung des roten Symbols in seiner taktischen Projektion. „Je nachdem, wie schnell sie abbremsen, liegen sie zwischen 30 Minuten und einer Stunde hinter uns. Die Sheridan folgt ihm ein paar Lichtsekunden hinterher; sie werden den Orbit gleich nach ihr erreichen."

„Warum fliegt sie in den Orbit?" fragte sich Franks laut. Als Minishimi ihn fragend ansah, fuhr er fort. „Das letzte Mal hat Antonov sein Flaggschiff im Orbit geparkt und gedroht, unsere Städte in die Luft zu jagen, wenn wir nicht kapitulieren. Diesmal haben wir keine Forderungen gehört und sie weiß, dass wir da sein werden, um sie zu beschießen, wenn sie das Feld verlässt und versucht, Bodenziele zu treffen.

„Vielleicht hat sie es auf das Flottenhauptquartier abgesehen?“ schlug Commander Lee vor. „Sie haben es noch nicht angegriffen.“

„Sie brauchen keinen FTL-Kreuzer, um das Hauptquartier der Flotte auszuschalten“, sagte Gianeto. „Sie haben immer noch genug konventionelle Schiffe da draußen, um das zu tun, wenn wir sie nicht ausschalten können.“

„Sie ist hier, um uns aus dem Spiel zu nehmen“, sagte Minishimi und nickte. „Bei diesem Angriff ging es nur darum, unsere Verteidigung auszuschalten ... und sie wussten, dass mindestens ein FTL-Kreuzer im System sein würde. Die Rammschiffe waren die erste Welle, und als sie nicht funktionierten, schickten sie ihre größte Kanone.“

„Warum fliegt sie dann in die Erdumlaufbahn?“ fragte Lee verwirrt.

„Weil sie wissen, dass wir versuchen müssen, sie aufzuhalten“, antwortete Minishimi. „Und sie haben Recht.“

„Wir haben den Mindestabstand für die Feldaktivierung erreicht“, verkündete Bevins und streckte die Hand aus, um einen Regler herunterzuschieben. „Fahre auf Station.“ Die Schwerkraft ließ nach und Franks Magen flatterte vor Aufregung.

„Steuermann“, befahl Minishimi, „verbinden Sie die Antriebsfeldsteuerung mit der taktischen Steuerung. Mr. Gianeto, bereiten Sie sich darauf vor, das Feld zu deaktivieren, wenn der Feind es tut, und zielen Sie mit der Gauss-Kanone und den vorderen Lasern auf ihn.“ Sie drehte sich in ihrem Stuhl um. „Kommunikation, signalisiere der Sheridan. Es ist Zeit, unseren Lohn zu verdienen.“

„Das wird ein riesiger Scheißhaufen“, sagte Captain Nunez so leise, dass nur Admiral Patel, der direkt hinter ihm saß, es hörte.

„Ja, das ist es, Steve“, stimmte Patel mit ebenso leiser Stimme zu. „Es tut mir leid, dass du in diese Situation geraten bist.“

„Nicht, dass Sie darum gebeten hätten, Sir“, erwiderte Nunez mit einem traurigen Lächeln und warf einen Blick auf den Wachmann, der in einer der Notfallliegen am Schott festgeschnallt war und Patel aufmerksam beobachtete.

„Die Bradley meldet sich, Sir“, informierte Lt. Mandel Nunez. „Sie sind in Position.“

„Geben Sie mir die allgemeine Adresse, Lieutenant“, befahl Nunez. Nach dem Nicken des Kommunikationsoffiziers sprach Nunez und seine Stimme hallte durch die Hallen des Schiffes und alle Stationen vom Maschinenraum bis zum Hangar. „Hier spricht Captain Nunez. Das Protektorat hat einen voll ausgestatteten Kreuzer der Sheridan-Klasse. Sie ziehen uns in die Erdumlaufbahn, um uns zu zwingen, sie anzugreifen. Wenn wir uns hinter unserem Antriebsfeld verstecken, werden sie zu tief fliegen, um das Feld als Waffe gegen uns einzusetzen, und sie werden unsere Städte in Schutt und Asche legen.

„Wenn wir unsere Schilde fallen lassen und sie angreifen, werden sie unsere eigenen bodengestützten Verteidigungslaser gegen uns einsetzen und versuchen, uns abzuschießen. Zusammen mit der Bradley werden wir etwas Gefährliches und sehr Kompliziertes versuchen: Einer von uns wird versuchen, sich zwischen den anderen und die Laser zu stellen, während das andere Schiff angreift und unser Antriebsfeld nutzt, um sie vor Angriffen zu schützen.

„Wenn wir uns in einer zu niedrigen Umlaufbahn befinden, um unser Feld zu aktivieren, werden wir trotzdem versuchen, das andere Schiff abzuschirmen.“ Nunez sah ein paar zweifelnde Blicke der Brückenbesatzung und unterdrückte ein reumütiges Lächeln. „Wir werden wahrscheinlich großen Schaden nehmen, wenn das passiert; vielleicht werden wir sogar zerstört. Aber wenn wir dieses Risiko nicht eingehen, überlassen wir unsere Heimat und unsere Familien nackt der Aggression des Verrückten Antonov.

„Ich habe einen Eid geschworen, unsere Welt und unser Volk zu verteidigen, und ich werde mich gerne zwischen sie und die Verwüstung des Krieges stellen. Ich weiß, dass ich von jedem von euch das Gleiche erwarten kann. Macht eure Arbeit gut und macht sie stolz.“

Der Captain machte eine Geste zu Mandel und der Kommunikationsoffizier beendete die Übertragung. Estefan Nunez schaute Patel unwillkürlich an, mit dem Blick eines Schülers zum Lehrer, den auch Jahre als ranghoher Offizier nicht aus seinem System gebrannt hatten. Patel nickte ihm fast unmerklich zu und spürte eine Welle des Stolzes.

„Captain", sagte Pirelli, „der feindliche Kreuzer hat sein Bremsmanöver beendet und beschleunigt mit einem G. Und er hat den Kurs geändert, Sir ... er steuert direkt auf die Bradley zu."

„Sie können nicht versuchen, ein Feld zu kreuzen", überlegte Nunez und runzelte die Stirn. „Das würde sie für einen Angriff von uns weit offen lassen... mit unserem Feld würden wir sie in einem Durchgang zerstören."

„Das hängt wohl davon ab, wie schnell sie sich davon erholen können", sagte Patel und runzelte besorgt die Stirn. „Steve, auf dieser ganzen Reise habe ich den Feind Dinge tun sehen, die ich vielleicht als verrückt bezeichnen würde, aber noch nie etwas, das ich als dumm bezeichnen würde."

Nunez dachte einen Moment darüber nach und seine Miene verhärtete sich. „Steuermann, Warnung vor hoher Schwerkraft ausgeben und auf zwei G beschleunigen. Maschinenraum, vorbereiten auf mögliche Kollision mit dem Antriebsfeld."

„Wenn wir mit ihr kollidieren, ist immer noch die Hälfte unserer Ausrüstung weg", erinnerte Patel ihn, wobei seine Worte vom Lärm der Beschleunigungswarnung übertönt wurden.

„Die Brad ist ein älteres Modell", sagte Nunez, den Blick auf die taktische Anzeige gerichtet. „Sie kann den Aufprall nicht so gut verkraften wie wir."

„Wir gehen auf zwei G", verkündete der Steuermann und alle wurden abrupt in ihre mit Flüssigkeit gefüllten Sofas zurückgedrückt, der Atem verließ die Lungen in einem choreografierten Rauschen, das niemand hören konnte, weil es in den Ohren dröhnte.

„Außerdem", krächzte Nunez, dessen Stimme von der Belastung durch das erhöhte Gewicht erfüllt war, „darf der Feind nicht das Sagen haben."

Patel antwortete nicht. Sie haben schon die ganze Zeit das Sagen, dachte er verbittert. *Warum sollte es jetzt anders sein?*

„Was zum Teufel machen die da?“ murmelte Larry Gianeto und beobachtete den feindlichen Kreuzer, der auf der taktischen Anzeige auf sie zuraste.

„Wenn ich raten müsste“, antwortete Joyce Minishimi, „würde ich sagen, dass sie auf einen schnellen Tod aus sind.“ Sie winkte der Erde zu, die sich riesig auf dem Hauptbildschirm abzeichnete. „Wir sind so tief wie möglich und halten unser Antriebsfeld aufrecht. Sie wollen das Feld kreuzen, unser Feld ausschalten, unsere Energie abschalten und uns in der Atmosphäre verglühen lassen, während sie eine niedrige Erdumlaufbahn einnehmen.

„Und die Sheridan muss ihr Feld ausschalten, um auf sie zu feuern“, schloss Franks für sie ab und nickte grimmig. „Dann sind sie dem Bodenfeuer der Startlaser schutzlos ausgeliefert.“

„Bringen Sie uns aus der Umlaufbahn, Ma'am?“ fragte Bevins, etwas hoffnungsvoll, wie sie fand.

„Nein, Mr. Bevins“, antwortete sie und ein wenig Amüsement schlich sich in ihre Antwort. „Das ist ihr zweites Ziel, denke ich. Wenn wir den Orbit verlassen, können sie sich in Position bringen, um unsere Städte ungehindert zu bombardieren und uns zum Rückzug zu zwingen.

„Was werden wir also tun, Captain?“ fragte Commander Lee zögernd. Minishimi las in Lees hartnäckigem Gesicht den Kampf zwischen dem Wunsch, nicht ängstlich auszusehen, und dem Bedürfnis zu wissen, was mit ihrem Schiff geschehen würde. Sie hatte Verständnis für die jüngere Frau, vor allem in Anbetracht der Lage, in der sie sich befanden.

„Wir bleiben genau hier“, sagte sie dem XO. Sie nickte in Richtung des Symbols der Sheridan, die sich dem feindlichen Schiff näherte. „Sie versuchen, den Angriff zu stören, wir müssen bereit sein, sie zu unterstützen. Mr. Bevins, schalten Sie die Antriebsfeldsteuerung in den taktischen Bereich. Mr. Gianeto, sobald der feindliche Kreuzer sein Antriebsfeld verlässt, lassen Sie unsere Waffen fallen und zielen mit den Lasern und Gauss-Kanonen auf ihn.

Bereitet euch darauf vor, das Eysselink-Feld zu aktivieren, wenn wir unter Beschuss geraten."

„Was ist, wenn sie uns erreichen, bevor sie sie erreichen?" fragte Lee so leise, dass der Captain sie fast nicht hörte.

„In diesem Fall", antwortete sie trotzdem und grinste grimmig, „hoffe ich, dass der Captain der Sheridan die gleichen Befehle gibt."

~

„WERDEN WIR SIE RECHTZEITIG ERREICHEN?" Captain Nunez stöhnte gegen die Beschleunigung an und schaffte es nicht, seine Augen auf die taktische Anzeige zu richten.

„Feldkontakt in dreißig Sekunden, Sir", sagte Pirelli mit einer Stimme, die so ruhig und klar klang, als würde sie nicht von ihrem doppelten Gewicht nach unten gedrückt werden. „Sie ist eine Minute vom Antriebsfeld der Bradley entfernt."

„Lösen Sie den Kollisionsalarm aus, Ms. Pirelli", befahl Nunez. „Leutnant McElroy", sagte er zum technischen Brückenoffizier, „alarmieren Sie Commander Kopecky, dass wir zwanzig Sekunden vor einer Kollision stehen."

Patel sah das computersimulierte Bild des feindlichen Schiffes auf dem Hauptdisplay immer größer werden und fühlte eine Leere in der Magengrube, als würde er in einem Flitter auf einen Berg zusteuern. Er war so gefangen von dem Achterbahngefühl, dass er Commander Pirellis Countdown verpasste, bis er sie sagen hörte „...eins!" und dann...

~

LARRY GIANETO MACHTE sich nicht die Mühe, es anzukündigen, als das Feld des feindlichen Schiffes zusammenbrach: Das musste er auch nicht, denn Captain Minishimi, Commander Lee und Lieutenant Franks riefen im selben Moment „Feuer!". Seine linke Hand schwebte schon seit zehn Sekunden über den Feldkontrollen und er riss sie nach unten, dann stach er mit der rechten Hand auf die

Feuerkontrollen und fuhr mit dem Finger über das Display zum Symbol des feindlichen Schiffs.

„Laser und Gaußkanonen feuern!“ sagte er schließlich und spürte das leichte Zittern der 800 Kilogramm schweren Geschosse, die mit Hyperschallgeschwindigkeit aus den Spulenkanonen austraten und dem riesigen Schiff einen leichten Rückwärtsimpuls gaben. „Mein Gott!“ platzte er heraus, als er eine Sternenexplosion aus der hinteren Triebwerksglocke des feindlichen Schiffes aufblitzen sah. „Sie hat ihre Fusionsflasche schon hochgefahren!“

„Das ist verdammt schnell“, murmelte Franks und schüttelte den Kopf. Seine Augen verfolgten die Sheridan, die ein paar tausend Kilometer entfernt trieb und keine Anzeichen von Aktivität zeigte.

„Sie steigt in eine höhere Umlaufbahn“, sagte Gianeto und nutzte seine taktische Übersteuerung, um die Manövriertriebwerke des Schiffes zu steuern und das Kanonen- und Laserfeuer zu verfolgen. „Wir haben eine positive Auswirkung auf das Schiff: Ich erkenne eine Sauerstoffblutung...“

Dann flackerte ein weißes Licht von der Außenkamera auf und die Sicht wurde für einen Moment durch elektromagnetische Störungen unscharf, bevor sie schwarz wurde. Gianeto schlug mit der linken Hand auf die Feldsteuerung und atmete tief durch, als sich das Eysselink-Antriebsfeld um sie herum zusammenzog.

„Wir wurden eine halbe Sekunde lang von einem der bodengestützten Verteidigungslaser beschossen“, sagte er. „Das Antriebsfeld ist wieder aufgebaut.“

„Schadenskontrolle!“ schnauzte Minishimi. „Gib mir einen Lagebericht! Bevins, bring uns sofort zwischen die Sheridan und den Laser!“

„Bin schon dabei!“ Bevins berührte seine Steuerelemente und drückte sie durch Beschleunigung wieder in ihre Sitze zurück. „Ma'am, ich gehe von der Position aus, die wir vor dem Laserangriff aufgezeichnet haben, aber ich empfange keine Navigationsdaten von den gravimetrischen Sensoren.“

„Hier auch nicht, Captain“, meldete Gianeto. „Die gravimetrischen Sensoren sind inaktiv.“

„Schadenskontrolle hier, Captain“, kam eine weibliche Stimme über die Brückenlautsprecher. „Ich kann nicht sagen, wie schlimm es ist, bis wir aus dem Eysselink-Feld herauskommen, aber erste Anzeichen deuten darauf hin, dass die äußeren gravimetrischen Sensoremitter erheblichen Schaden genommen haben. Wir wissen noch nicht, wie lange die Reparaturen dauern werden.“

„Wir sollten jetzt in der Lage sein, die Sheridan abzuschirmen, Captain“, schaltete sich Bevins ein. „Antriebsfeld auf Station halten.“

„Wir fliegen blind“, sagte Minishimi und betrachtete die Computersimulationen auf dem Haupt- und dem taktischen Bildschirm. Das waren nur noch Vermutungen, die auf den letzten bekannten Werten vor dem Einschlag des Lasers beruhten. „Mr. Bevins, drehen Sie unsere Fusionsantriebsglocke in Richtung des Lasers; dann schalten Sie auf mein Kommando hin das Antriebsfeld für fünf Sekunden ab und dann wieder ein. Besorgen Sie mir während dieser Sekunde eine 360-Grad-Sensormessung, Mr. Gianeto.“

Gianeto nickte sowohl anerkennend als auch zustimmend. Auch wenn die Verteidigungslaser irgendwann selbst die Fusionsantriebsplatten durchbrennen würden, würden sie lange genug halten, damit das funktioniert.

„Jetzt.“

Auf das Wort des Captains hin schaltete Bevins das Antriebsfeld ab. Die angegebenen fünf Sekunden fühlten sich eher wie fünf Stunden an, bevor der Computer es automatisch wieder aktivierte. Gianeto zuckte zusammen, als Laserfeuer gegen die Platten des Fusionsantriebs prallte, kurz bevor sich das Eysselink-Feld wieder aufbaute, aber er zwang sich, die Sensordaten zu scannen, die in den wenigen Sekunden, in denen sie für den Rest des Universums offen waren, in das System geflossen waren.

„Das Antriebsfeld des feindlichen Schiffs ist aktiviert“, sagte Gianeto. „Captain, es kommt auf uns zu ... Ich glaube, es will die Sheridan erledigen.

„Und wir können sie nicht einmal sehen“, zischte Lee.

„Leutnant Bevins“, sagte Drew Franks plötzlich und seine Augen weiteten sich, als ihm ein Gedanke kam, „wie schnell können Sie den Eysselink-Antrieb ein- und ausschalten?“

„Ähm...“ stotterte Bevins, überrascht von der Situation. „Äh, ich denke, theoretisch...“

„Commander Infante“, schnappte Franks und drückte auf einen Regler an seinem Link. „Wie schnell kannst du den Eysselink-Antrieb ein- und ausschalten?“

„Eine halbe Sekunde ist die Zeit, die das Feld braucht, um sich auszubreiten“, antwortete sie ohne zu zögern. „Die Hauptenergieleitungen würden einen solchen Stromstoß nur für ein paar Zehntausend Zyklen aushalten, vielleicht 30 Minuten, bevor sie durchbrennen.

„Commander Gianeto“, wandte sich Franks schnell an den Taktischen Offizier, „gibt es eine Möglichkeit, das feindliche Schiff mit aktiviertem Antriebsfeld ohne unsere gravimetrischen Sensoren zu entdecken?“

„Ja“, sagte Gianeto mit einem nachdenklichen Nicken. „So nahe am Planeten sollten wir einige große Strahlungsfackeln vom Antriebsfeld bekommen, die mit der Ionosphäre interagieren. Wir können sie aufspüren.“

„Lieutenant Franks“, unterbrach Minishimi, ihr Tonfall war eindringlich und eifrig wie ein Spürhund, „ich weiß, worauf du hinaus willst. Lieutenant Bevins, stellen Sie ein Programm ein, das den Antrieb jede halbe Sekunde an- und abschaltet. Commander Gianeto, lass die Sensoren in diesem Intervall laufen und finde das verdammte Schiff. Wir müssen zwischen sie und die Sheridan kommen.“

Als die beiden Männer ihren Aufgaben nachgingen, warf Minishimi einen Blick auf Franks und nickte anerkennend. „Du hast ein gutes Gespür für praktische Technik. Was ist dein Abschluss?“

Sein Mund verzog sich zu einem schiefen Grinsen, und er sah plötzlich ganz so aus, als wäre er in seinem Alter. „Englische Literatur des achtzehnten Jahrhunderts“, erklärte er ihr. Jahrhundert", erklärte er ihr. ‚Aber als Schreibtischhengst habe ich viel Zeit, um zu recherchieren.‘

„Wir sind dran, Captain“, meldete Gianeto nach einem Nicken von Bevins.

„Ich beginne mit der Feldmodulation“, sagte Bevins und drückte erwartungsvoll auf einen Regler. Entgegen seiner Befürchtungen spürten sie nichts anderes, als sich das Eysselink-Feld mit einem Augenzwinkern ein- und ausschaltete. Der einzige Unterschied war, dass ein Datenstrom von den Außensensoren ein vollständigeres Bild auf der taktischen Anzeige und den Hauptbildschirmen zeichnete.

„Da ist er“, sagte Gianeto, als er das Bedrohungssymbol des feindlichen Kreuzers über die Anzeige krabbeln sah. „Sie hat sich in eine höhere Umlaufbahn geschoben und wird versuchen, von oben heranzukommen und die Sheridan auszuschalten.“

„Kommunikation“, sagte Minishimi, „irgendetwas von der Sheridan?“

„Sie antwortet nicht auf meine Rufe, Ma'am“, antwortete Leutnant Reno und schüttelte den Kopf. „Ich empfange überhaupt keine Übertragungen von ihr.“

„Den Thermalscans zufolge“, so Gianeto, „ist ihr Reaktor immer noch außer Betrieb. Sie hat noch nicht einmal die Manövriertriebwerke benutzt...“ Er runzelte tief die Stirn. „Ma'am, ich habe auch ein paar Sauerstofflecks in der Nähe des Hangars.“

„Im Moment müssen wir uns um den Kreuzer kümmern ... und um den Laser“, erinnerte ihn Minishimi.

„Captain“, sagte Gianeto, „die Sheridan ist ein moderneres Schiff mit besserer Panzerung und besseren Energiesystemen als wir, und sie sind immer noch angeschlagen von dem Treffer. Wenn wir eine Feldüberschneidung mit diesem Schiff riskieren...“

„Ich glaube, wir haben keine anderen Möglichkeiten mehr, Larry“, antwortete der Captain leise. „Wir sollten das Feld so lange ausschalten, bis alle Shipbuster, die wir noch an Bord haben, auf den Kreuzer gerichtet sind, sobald sein Feld abgeschaltet ist. Das könnte sie zumindest für eine Weile beschäftigen und uns vielleicht mehr Zeit verschaffen, uns zu erholen.“

„Das Antriebsfeld an die taktische Abteilung weiterleiten“, sagte Bevins und erwartete ihren Befehl. Gianeto spürte, wie sich ein

Lächeln an seine Mundwinkel legte. Der Steueroffizier war nicht sehr erfahren, aber er holte schnell auf.

„Wir haben noch zwei Shipbuster im Magazin“, sagte Gianeto dem Captain, während er eine Reihe von Befehlen eingab. „Ich habe sie so programmiert, dass sie in Bereitschaft gehen und auf den feindlichen Kreuzer zielen, wenn er sich auf dem offenen Meer befindet.“ Er zögerte einen Moment und überprüfte seine Arbeit. „Feld abwerfen und jetzt starten.“

Sie alle spürten, wie das Schiff leicht schwankte, als eine der riesigen Raketen aus jedem der Waffenkapseln schoss. „Ich hoffe, sie können die Bodenlaser nicht gut genug orten, um die Raketen auszuschalten“, sagte er achselzuckend, während er das Antriebsfeld wieder aktivierte. „Das feindliche Schiff ist zwei Minuten entfernt, Captain“, teilte er ihr mit.

„Mr. Bevins“, sagte Minishimi, „bringen Sie uns in eine Position, in der wir das Schiff abfangen können, aber sorgen Sie dafür, dass wir an Ort und Stelle bleiben, um die Sheridan so lange wie möglich vor den Lasern zu schützen.“ Sie hielt inne und schaute sich bei der Brückenbesatzung um. „Ich habe das heute schon einmal gesagt“, begann sie und lachte humorlos, „aber da dies schon das zweite Schiff ist, das ich in den letzten Stunden in den Untergang führe ... war es schön, Sie zu kennen, meine Damen und Herren.“

~

ERST ALS ER unkontrolliert zu husten begann, wurde Arvid Patel bewusst, dass er noch lebte. Als er seine Augen öffnete, erwartete er halb, stockdunkel zu sehen, aber auf der Brücke gab es noch Licht. Die chemischen Geisterlichter auf dem Boden gingen natürlich nicht aus, aber zu seiner Überraschung schienen einige der Kontrollstationen noch Strom zu haben, obwohl der Hauptbildschirm und die taktischen Anzeigen beide dunkel waren. Schwarzer Rauch zog langsam in Richtung der Ventilatoren, die viel langsamer zu arbeiten schienen als sonst, und mit den Wolken aus elektrischem Rauch schwebten leuchtend rote Blutkügelchen...

Patel wurde wach, als ihm klar wurde, was das bedeutete, und er begann mit tauben Händen an seinem Gurtzeug zu arbeiten. Ein leises Stöhnen ertönte von der taktischen Station und Patel blickte auf, um Commander Pirelli zu sehen, die sich den Kopf hielt und Schmerzen hatte, aber offenbar noch unversehrt war. Der Steueroffizier, Leutnant Ghent, war wach und blinzelte mit den Augen, um sie zu öffnen, und Reno, der Kommunikationsoffizier, schien sich zu erholen.

Leutnant McElroy, der Brückenoffizier im Maschinenraum, schwebte schlaff in seinem Gurtzeug, Mund und Augen hingen offen und Blutstropfen flossen langsam von seinem Ohr ab. Der Wachmann, der ihn bewacht hatte, atmete, war aber immer noch bewusstlos und aus seiner Nase rann ein Rinnsal Blut. Captain Nunez... Estefan Nunez war eindeutig tot. Blut sickerte aus seinen Ohren, seiner Nase und sogar aus seinen Augen, weil er massive Hirnblutungen hatte, die durch den Stress bei der Feldüberquerung ausgelöst worden waren.

Patel stöhnte unwillkürlich auf und spürte einen Schmerz in der Brust, als ob er geschlagen worden wäre. „Oh Gott, Steve...", murmelte er. Dann schüttelte er sich, um den Schock und den Schmerz zu verdrängen. Er befreite sich von seinem Gurtzeug, ging zur Station des Captains und tippte auf das Symbol, um sich mit dem Hilfskontrollraum zu verbinden.

„Commander Sweeny", rief er. „Hier ist Admiral Patel. Kommen Sie bitte herein, Commander Sweeny." Er wartete ein paar Sekunden und rief erneut, aber es kam keine Antwort. Er atmete tief durch, traf eine Entscheidung und schaltete den Kommunikationskanal auf den Maschinenraum um.

„Commander Kopecky", sagte er. „Sind Sie da? Wenn jemand im Maschinenraum ist, bitte antworten!"

„Hier ist Lieutenant Christian", antwortete eine weibliche Stimme und brach dann in ein schmerzhaftes Husten aus, das mehrere Sekunden dauerte, bevor sie weitersprach. „Die Hauptverbindungsleitung ist explodiert. Wir haben mindestens drei Tote - darunter Commander Kopecky - und viele weitere Verletzte."

Wieder hielt sie mit einem feuchten Husten inne. „Mich eingeschlossen."

„Das ist Admiral Patel", sagte er sanft und versuchte, sie so ruhig wie möglich zu halten. „Wie ist unser Status?"

„Sir, wir haben eine Notstrombatterie, aber der Strom ist durchgebrannt und kommt nicht überall an, wo er hin soll. Wieder ein Hustenanfall, der Patel zusammenzucken ließ. „Die Antimaterie-Speicher sind alle abgesprengt und ich bin mir nicht sicher, aber ich glaube, der gesamte Eysselink-Feldgenerator ist kaputt. Ich bin mir nicht einmal sicher, ob die Antriebsgondeln noch mit dem Schiff verbunden sind, aber wenn sie es sind, dann nur durch Metall und nicht durch irgendwelche Energieleitungen."

„Kann der Fusionsreaktor wieder in Gang gesetzt werden?" Fragte er sie eindringlich.

„Warte einen", sagte sie.

„Sir", hörte Patel Pirelli zu ihm sprechen, ihre Stimme war ein schmerzhaftes Räuspern. Er schaute hinüber und sah, wie sie einen Ersatzmonitor aus einer Nische ihrer Station hervorholte. Er war zweidimensional, nur 40 Zentimeter breit und hatte eine echte Tastatur, aber er funktionierte, anders als der holografische Bildschirm, den er ersetzte.

„Geht es Ihnen gut, Commander?", fragte er sie. Er machte sich Sorgen wegen ihrer offensichtlichen Kopfschmerzen: Sie könnte immer noch eine Hirnblutung oder eine schwere Gehirnerschütterung von dem Gravitations-Trägheits-Feedback haben.

„Ich glaube schon, Admiral", sagte sie. „Sir, ist Captain Nunez..." Sie brach ab, weil sie es nicht aussprechen wollte.

„Ja, ich fürchte ja", sagte er mit einem Nicken. „Ich weiß, dass ich eigentlich nicht dafür zuständig bin, aber wenn du das Kommando übernehmen willst..."

„Sir", sagte sie langsam und leise, „egal, was man dir angetan hat, ich betrachte dich immer noch als meinen Commander. Wenn sie mich später vor ein Kriegsgericht stellen wollen, werde ich mich auf ein Schädeltrauma berufen", schniefte sie ironisch.

Sein Mund verzog sich fast zu einem Lächeln. „Wie ist unser Status, Commander?"

„Wir sind aufgeschmissen", erklärte sie ihm grimmig. „Alle Waffen haben keinen Strom, die Hälfte unseres Sensornetzes ist ausgefallen und natürlich haben wir keine gravimetrischen Sensoren, da der Antrieb ausgefallen ist. Ich bin überrascht, dass sie uns noch nicht mit den planetaren Verteidigungslasern erledigt haben."

„Das ist der Grund", nickte er in Richtung der Anzeige auf dem Bildschirm.

Zuerst war es schwer zu erkennen, als wäre es ein Gespenst, das nicht ganz da war, aber der Computer füllte die Lücken schnell aus und sie konnten die altmodische Masse der RFS Bradley in einigen hundert Kilometern Entfernung sehen.

„Wo ist der feindliche Kreuzer?" fragte sich Pirelli laut und tippte Suchparameter in ihre Tastatur.

„Halte nach Gammastrahlungsausbrüchen Ausschau", schlug Gent vor, als er endlich wieder voll einsatzbereit war. „Wenn ihr Antriebsfeld aktiviert ist, interagiert es mit der Magnetosphäre und der oberen Atmosphäre ... du solltest ein paar anomale Strahlungsspitzen bekommen."

„Ja, ich habe sie", sagte Pirelli, und ein Befehl an den taktischen Computer zeigte eine Simulation auf dem Bildschirm an. „Sie ist... ja", seufzte Pirelli. „Sie steuert direkt auf uns zu. Ihr Antriebsfeld wird uns in etwa fünf Minuten treffen. Aber ich denke..." Sie überprüfte schnell ihre Berechnungen. „Ich glaube, die Brad geht auf Abfangkurs."

„Mann", sagte Gent und schluckte schwer, „wenn es ihnen so ergeht wie uns..."

„Christian!" rief Patel eindringlich und bemühte sich, die Leiche von Estefan Nunez an seinem Ellbogen zu ignorieren. „Leutnant Christian, hören Sie mich?"

„Tut mir leid, Sir", kam ihre Stimme über die Lautsprecher in der Kopfstütze des Captain-Stuhls. „Die Lage hier unten ist ziemlich... ähm, chaotisch. Ich musste tragbare Luftvorräte für die Verwundeten holen."

„Ich verstehe, Lieutenant", sagte er, „aber was ist mit dem Fusionsantrieb?"

„Die Bradley hat zwei Shipbuster abgeschossen!" unterbrach ihn Pirelli. „Die Raketen sind aus dem Bereich des Antriebsfeldes herausgekommen und haben dann den Schub verloren. Sie sind wahrscheinlich so programmiert, dass sie auf den Kreuzer zielen, nachdem sie sein Feld ausgeschaltet haben."

„Sir", antwortete Christian auf Patels Frage, „ich kann den Reaktor in ein paar Minuten wieder in Betrieb nehmen... Ich habe den Prozess bereits begonnen. Aber mit der kaputten Energieleitung wird er nicht länger als ein paar Minuten online bleiben, bevor das elektromagnetische Feld zusammenbricht. Ich glaube nicht einmal, dass die Leitungen zwischen dem Reaktor und den Waffenkapseln noch intakt sind."

Sie hielt inne, und er konnte sich vorstellen, wie sie den Kopf schüttelte. „Ich kann dir vielleicht ein paar Minuten Schub mit den Plasmaantrieben verschaffen, aber auch das ist ein ziemlich großes Risiko... wenn das Feld im falschen Moment versagt, könnte es zu einem katastrophalen Durchbrennen kommen. Das könnte das Schiff zerstören."

„Bringen Sie den Plasmaantrieb zum Laufen, Lieutenant", sagte er ihr. „Wir werden uns Gedanken darüber machen, wie lange er hält, wenn es soweit ist."

„Aye, Sir", sagte sie und meldete sich ab.

Patel schwieg einen Moment, als er auf dem taktischen Bildschirm sah, wie sich die Bradley dem feindlichen Kreuzer näherte. „Commander Pirelli", sagte er, „Leutnant Gent, Sie beide schnappen sich Sergeant Elias", er nickte in Richtung des Sicherheitsbeamten, „und gehen zu den Rettungskapseln. Leutnant Reno, geben Sie den allgemeinen Evakuierungsbefehl und folgen Sie ihnen dann."

„Sir, sind Sie sicher?" fragte Pirelli ihn mit großen Augen.

„Commander, dieses Schiff ist hilflos und gefährlich. Hier zu sitzen, macht uns nur zu einem größeren Ziel für die Verteidigungslaser."

„Was ist mit Ihnen, Admiral?“ fragte Gent und riss sich von seinen Fesseln los.

„Ich bin gleich hinter dir“, versicherte er dem Mann, „sobald ich sicher bin, dass alle anderen Bescheid wissen.“

Gent schaute zweifelnd, aber er ging hinüber und half Pirelli, den Wachmann zu packen, und sie machten sich auf den Weg zum Brückenausgang, wobei sie den Mann zwischen sich zogen. Patel wartete, bis Reno den Evakuierungsalarm auslöste, und sah dem Mann hinterher, bevor er sich zur taktischen Station begab und erneut den Maschinenraum rief.

„Lt. Christian, hören Sie mich?“

„Aye, Sir“, antwortete sie sofort. „Ich habe den Alarm gehört ... soll ich den Reaktor neu starten?“

„Ja, Lieutenant“, sagte er ihr. „Stell sicher, dass ich von der Brücke aus die Kontrolle über die Antriebe habe und verlasse dann mit deinen Leuten das Schiff.“

„Sir“, sagte sie zögernd, „was haben Sie vor?“

„Alles, was ich kann, Lieutenant“, sagte er leise. „Alles, was ich kann.“

46

„Ich kann nicht glauben, dass sie so dumm sind“, murmelte Xavier Dominguez vor sich hin und starrte auf die Szene, die sich vor ihm auf dem holografischen Display in der Kabine abspielte. Er hatte seinen Tablet-Controller an den Kommunikationsknoten angeschlossen, damit Valerie die Sensorsimulation der Schlacht sehen konnte, die sich im Orbit über ihnen abspielte.

Einer der republikanischen Kreuzer - die Sheridan, wie sie anhand ihres Profils vermutete - hatte sein Feld bereits heruntergefahren und schien in schlechter Verfassung zu sein: Noch während sie zusah, konnte sie sehen, wie Rettungskapseln aus dem Schiff geschleudert wurden. Das andere Schiff, die Bradley, wie sie annahm, hatte ihr Antriebsfeld hochgefahren und steuerte direkt auf den feindlichen Kreuzer zu, der ebenfalls durch seinen Eysselink-Antrieb abgeschirmt war.

„Sie haben gesehen, was mit der Sheridan passiert ist, als sie das Gleiche versucht hat“, fuhr Dominguez fort und blickte zu Valerie hinüber, um ihr zu zeigen, dass er mit ihr sprach, „aber sie werden es trotzdem tun. Idioten.“

„Sie haben keine andere Wahl“, sagte sie leise, aber verbittert. „So hast du es ja auch geplant.“

„Sie könnten fliehen", argumentierte er, der nach mehreren manischen Anfällen in dieser Nacht wieder rational zu sein schien. Tatsächlich, so überlegte sie, klang er fast traurig über das, was er tat. „Sie sollten fliehen... Sie werden nichts erreichen... Ich werde sie einfach niederbrennen, sobald ihr Antriebsfeld abfällt. So wie ich es jetzt mit der Sheridan machen werde..."

Valeries Magen krampfte sich zusammen, als sie beobachtete, wie Dominguez - oder was auch immer er war, denn er war nicht der Xavier Dominguez, den sie seit Jahren kannte - die Zielanzeige für die planetaren Verteidigungslaser aufrief und einen nach dem anderen durchschaltete, bis er denjenigen gefunden hatte, der auf die Sheridan feuern konnte, und ihn dann auf das verkrüppelte Kriegsschiff richtete. Sie wusste, dass sie versuchen sollte, ihn irgendwie aufzuhalten; und wenn es nur um sie gegangen wäre, hätte sie es vielleicht riskiert, auch wenn sie wusste, dass es den sicheren Tod bedeutete. Aber die zitternde Wärme von Natalia in ihren Armen erinnerte sie daran, dass sie es sich nicht leisten konnte, eine Heldin zu sein, also ballte sie einfach ihre Fäuste und versuchte, die Welle der Übelkeit zu bekämpfen, die sie spürte.

„Auf Wiedersehen, Admiral Patel", murmelte Dominguez mit fast singender Stimme, während sein Finger über dem Feuerknopf schwebte und seine Augen einen verträumten Ausdruck annahmen. „Auf Wiedersehen, Colonel McKay..."

Valerie kniff die Augen zusammen, weil sie es nicht sehen wollte... und öffnete sie unwillkürlich, als das scharfe Bellen der Schüsse ertönte. Dominguez war bereits auf den Beinen und drehte seinen Kopf in Richtung der Vordertür der Hütte, an der die unbefestigte Zufahrtsstraße vorbeiführte. Die einzelnen Schüsse verwandelten sich in ein Sperrfeuer aus voller Kraft und die Söldner in der Hütte gingen in Deckung.

„In der Baumreihe auf der anderen Seite der Zufahrtsstraße befinden sich feindliche Truppen", sagte die Frau, die die Biomechs kontrollierte. „Wir haben bereits zwei Soldaten ausgeschaltet, aber ich lasse sie in Deckung gehen und das Feuer erwidern.

„Geh mit ihnen da raus", befahl Dominguez ihr. „Geh hinten raus und nimm die Wachen vom Dock mit.“ Er sah die anderen drei Söldner in der Kabine an. „Ich gehe mit ihr raus. Der Rest von euch bleibt hier.“ Er deutete mit einem Finger auf Valerie. „Wenn sie sich bewegt, tötet sie und ihre Tochter.“ Er grinste und ein Hauch des alten, reumütigen Humors, an den sie sich erinnerte, kehrte in sein Gesicht zurück. „Ich nehme an, es sollte mich nicht überraschen, dass sie etwas versucht haben, so verzweifelt wie dein Vater sein muss.“ Er trennte den Tablet-Controller von der Kommunikationskonsole und folgte der Söldnerin zur Hintertür. „Verzweifelte Menschen tun dumme Dinge.“

Das ist vielleicht das Dümmste, was ich je getan habe, dachte Jason McKay, als er über den Grund des Sees lief.

Sicher, es machte Sinn: Auf der Sheridan gab es keine Tauchausrüstung, und ihre HALO-Ausrüstung und Kampfpanzerung hatte einen eingebauten Sauerstoffvorrat und genug Isolierung, um zu verhindern, dass sie in dem eiskalten Minnesota-See unterkühlten; außerdem wog ihre Ausrüstung so viel, dass sie nicht schwimmen konnten. Es kam ihm trotzdem verrückt vor.

Kein Sternenlicht drang bis zum Grund des Sees vor und es war stockdunkel, selbst wenn die Wärmefilter seines Helms eingeschaltet waren. Nur die GPS-Kartensoftware seines Helms, die auf das HUD projiziert wurde, gab ihm einen Hinweis darauf, wo er sich befand und wohin er ging. Wenigstens sollten die zehn Meter kalten Seewassers sie vor den Sensoren abschirmen, die Dominguez und seine Truppen aufgestellt haben könnten... und zumindest ging es schneller als er befürchtet hatte.

Es war zwar wie... nun ja, wie unter Wasser laufen und seine Muskeln fühlten sich an wie Wackelpudding, weil er sich so anstrengen musste, aber der See war schmal und der Boden ziemlich glatt. Abgesehen vom Widerstand war es nicht viel anders als das Schwerelosigkeitstraining auf der Mondbasis. Der Gedanke, dass es die Mondbasis nicht mehr gab, ließ ihn zusammenzucken, und er versuchte, nicht an all die Menschen zu denken, die er gekannt und mit denen er zusammengearbeitet hatte und die dort getötet worden waren.

Gott wusste, dass er genug hatte, worüber er nachdenken musste. Valerie war in dieser Hütte... und auch wenn es vor sechs Jahren auf Aphrodite keine Liebe gewesen war, so war es doch mehr als nur eine Affäre gewesen. Er war ihr etwas schuldig, und das Mindeste, was er tun konnte, war, dafür zu sorgen, dass sie und ihre Tochter das hier lebend überstanden. Ungeachtet dessen, was er Commander Villanueva gesagt hatte, würde er dafür sorgen, dass Val und Natalia es schafften, selbst wenn er und die anderen an Ort und Stelle sterben müssten, um die Mission zu erfüllen.

Das Seebett begann abrupt anzusteigen, als er sich dem Steg näherte, und die Tiefe verringerte sich von zehn auf vier Meter. McKay stöhnte vor Anstrengung, als er sich durch den Schlick und die losen Steine den Hang hinaufschob. Er musste sich nach vorne lehnen und sich mit einer Hand abstützen. Er griff nach den größeren Steinen, die halb in der Böschung vergraben waren, und zog sich hoch, bis er nur noch zwei Meter unter der Oberfläche war.

Er konnte sie nicht sehen, aber sein Helm-HUD zeigte die IFF-Signale des restlichen Teams an, das sich am Ufer des Sees in Position brachte. Vinnie und Jock befanden sich zu seiner Rechten, während Sean Watanabe und zwei weitere Unteroffiziere der Spezialeinheit zu seiner Linken aufgereiht waren. Die restlichen 18 Männer und Frauen der kombinierten Flottenmarine von der Sheridan und der Decatur hatten den See umrundet und waren in den Wald auf der anderen Seite der unbefestigten Straße vorgedrungen, und wenn er alles richtig getimt hatte...

Er konnte die Schüsse sogar durch vier Meter Wasser hindurch hören und spürte einen Adrenalinstoß, der ihn dazu drängte, mit feuernden Gewehren das Ufer hinaufzustürmen, aber er hielt sich zurück und wartete fast dreißig Sekunden. Die Schüsse wurden immer lauter, bis er schließlich aus dem Bauch heraus spürte, dass der richtige Zeitpunkt gekommen war.

„Jetzt", funkte er den anderen zu, dann stieß er sich mit den Beinen ab und stürmte das Ufer hinauf und aus dem See hinaus.

Er stöhnte vor Anstrengung und dem Aufprall, als er mit der Schulter zuerst auf dem losen Kies landete, der neben dem Steg aufgeschüttet worden war, den Karabiner nach oben gerichtet, für den Fall, dass der Feind schlauer war als er gehofft hatte. Der Steg war jedoch menschenleer und er atmete erleichtert auf, bevor er das Ufer hinaufkroch und durch das hohe Gras spähte, das um die Pfähle des Stegs wuchs.

Die hintere Veranda der Hütte war unbewacht... aber durch die durchsichtigen Scheiben konnte er drei menschliche Wachen erkennen, die sich an die vordere Wand drängten und versuchten, durch die Fenster einen Blick auf den Kampf zu erhaschen. Auf der Veranda lag auch eine Leiche, steif vor Starre und leichenblass vom Ausbluten. Er nahm an, dass es sich um Charlie Klesko handelte und spürte einen Stich der Trauer: Charlie war ein guter Mann gewesen.

„Sie sind alle gut“, murmelte er vor sich hin und erinnerte sich an etwas, das er Shannon einmal gesagt hatte.

Er zog eine Blendgranate aus seiner Weste und schob sie in den Werfer unter dem Lauf seines Karabiners. Er brauchte nicht zu fragen, um zu wissen, dass Vinnie auf der anderen Seite des Docks dasselbe tat. Es störte ihn, dass er Dominguez nicht sehen konnte, aber vielleicht blieb der Mann ja in Deckung. Er hoffte nur, dass Valerie genug Verstand hatte, um ihren Kopf unten zu halten.

VALERIE SAH, wie die Söldnerwachen auf die vordere Mauer zusteuerten, als das Feuer weiterging, und überlegte kurz, ob sie sich aus dem Staub machen sollte, aber sie wusste, dass sie mit Natalia nicht schnell genug sein konnte. Sie wussten es auch, stellte sie bitter fest, deshalb waren sie auch nicht vorsichtiger.

Vorsichtig spähte sie über den Rand der Trennwand zwischen Küche und Wohnzimmer und sah die drei verbliebenen Wachen, die versuchten, das Geschehen so gut es ging durch das vordere Fenster zu beobachten. Keiner der Söldner trug einen Vollvisierhelm, sondern einen mit offenem Gesicht, der ihnen eine bessere periphere Sicht und Wahrnehmung ermöglichte, und das hatte es ihr in den wenigen Stunden, die sie bei ihnen war, ermöglicht, sie zu unterscheiden.

Diejenigen, die mit ihr in der Hütte geblieben waren, waren ein großer, bärtiger Mann mit blasser Haut, einem nervösen Blick und einem Gesicht, das sie an einen Yorkie erinnerte, den sie als Kind gehabt hatte; ein kleinerer, asiatischer Mann mit einem runden Gesicht und einer Narbe, die seine Oberlippe halbierte; und ein Kind mit Babygesicht, mokkafarbener Haut und einer komplexen Tätowierung, die über beide Wangen und den Nasenrücken lief.

Der nervöse Terrier blickte immer wieder von der Hintertür zur Vordertür hin und her und verlagerte sein Gewicht von einem Fuß auf den anderen, während die anderen beiden Männer sich um die Ränder des linken Fensters drängten ... bis ein Schuss das Fenster durchschlug und sie alle nach hinten warfen, laut fluchten und Deckung suchten.

Valerie duckte sich und drückte Natalia an sich, während das kleine Mädchen den Kopf in den Armen ihrer Mutter vergrub. Deshalb schaute sie weg, als die hinteren Fenster nach innen barsten und zwei Blendgranaten vor den Augen der drei Söldner explodierten. Valerie hatte nicht auf den Blitz geschaut und ihre Augen waren geschlossen, aber es war immer noch hell genug, dass sie Flecken in ihrer Sicht hatte. Der Lärm und die Erschütterung hatten in ihren Ohren ein hohles Pfeifen hinterlassen und ihr Gehirn war verwirrt und nur noch halb zusammenhängend. Sie konnte Natalia nicht weinen hören, aber sie spürte, wie das kleine Mädchen in ihrem Griff krampfhaft zitterte und wusste, dass auch sie Schmerzen hatte.

Sie blinzelte mit den Augen, hob den Kopf und riskierte gerade noch rechtzeitig einen Blick, um zu sehen, wie der tätowierte Söldner nach hinten zuckte, als ein Gewehrschuss Löcher in seinen Brustpanzer schlug. Sie konnte den Schmerz und die Überraschung in seinen Augen sehen, so als wäre er bis zu diesem Moment von seiner eigenen Unsterblichkeit überzeugt gewesen. Er kippte nach hinten und gesellte sich zu den beiden anderen Wachen: Sie waren bereits erschossen worden, bevor sie aufblickte, denn das Blut sammelte sich unter ihren Körpern, bevor der Tätowierte auf dem Boden aufschlug.

Durch den Nebel, der an ihren Gedanken zerrte, versuchte sie zu begreifen, was das zu bedeuten hatte, und von irgendwoher spürte sie einen Anflug von Hoffnung.

Die Hintertür flog mit dem Tritt eines gepanzerten Stiefels nach innen und drei gesichtslose, dunkel getarnte Gestalten stürmten hinein, bewegten sich schnell und effizient durch die Kabine, suchten nach Widerstand und fanden nur sie und ihre Tochter. Einer von ihnen trat zu Val und hockte sich neben sie, eine behandschuhte Hand legte sich leicht auf ihre Schulter.

Ein verzerrtes Summen ertönte und sie spürte, dass die gepanzerte Gestalt versuchte, etwas zu sagen, aber ihr Gehör war noch immer von den Blendgranaten geschädigt und sie schüttelte den Kopf und berührte mit einer Hand demonstrativ ihr Ohr. Der Mann betätigte einen Riegel an seiner Gesichtsmaske und klappte sie nach oben; darunter war das sehr vertraute und sehr willkommene Gesicht von Jason McKay zu sehen. Sie spürte, wie eine unkontrollierbare Erleichterung ihr alle Kraft und Entschlossenheit raubte und sie schluchzte, als sie einen Arm um seinen Hals legte und ihn umarmte.

„Geht es dir gut?“ Endlich konnte sie hören, was er sagte, als er ihr die Frage ins Ohr brüllte.

„Uns geht es gut!“ Sie schrie zurück, und ihre eigene Stimme klang weit entfernt und verzerrt. Ich wusste, dass du uns holen würdest, wollte sie sagen, aber sie tat es nicht. „Hol uns einfach hier raus!“

„Sean, komm und hol sie!“ rief McKay in sein Helmfunkgerät, laut genug, dass sie es hören konnte, bevor er seine Gesichtsmaske schloss und wieder verriegelte.

Drei weitere gepanzerte Soldaten stürmten in die Kabine und einer bot ihr eine Hand an, während die anderen Wache hielten. Sie nahm sie zögernd und ließ sich von ihm mit Leichtigkeit auf die Beine ziehen, obwohl sie ihre dreijährige Tochter im Arm hielt.

„Mami!“, hörte sie Natalia schreien. „Wer sind sie?“

„Das sind Freunde, Schatz“, sagte sie zu dem verängstigten kleinen Mädchen. „Sie werden uns nach Hause bringen.“ *Aber das hier war ihr Zuhause*, dachte sie und war überrascht über die Bitterkeit, die in ihr aufstieg.

Sie bewegten sich auf die zerstörte Hintertür zu, als sie den massiven, erschütternden Aufprall an der Vorderseite des Hauses mehr spürte als hörte, und der Soldat, der sie bewachte, zog sie und Natalia zu Boden und deckte sie mit seinem Körper zu.

„Was zum Teufel ist das?", hörte sie den Mann direkt neben ihrem Ohr fragen. Aber sie hatte das schreckliche Gefühl, dass sie genau wusste, was es war.

XAVIER DOMINGUEZ KAUERTE hinter dem Schutz des Flyers, mit dem er gekommen war, und gab Zielbefehle in sein Tablet ein. Er versuchte, sich in Wut über den Angriff zu versetzen oder sich über das Blutbad zu freuen, das er gleich über den Feind bringen würde... aber es gelang ihm nicht. Er konnte nichts fühlen. Es war, als wäre in den letzten Monaten eine Persönlichkeit in ihn hineingeflossen und jetzt, in den letzten Stunden, wieder herausgeflossen und hätte ihn als leere Hülle zurückgelassen, die nur noch ihren Dienst verrichtet. Er begann, an seinem Verstand zu zweifeln, aber sein Kopf tat weh, wenn er solche Gedanken hatte, und er fragte sich, ob es ihm nicht erlaubt war, an irgendetwas zu zweifeln... was seine Kopfschmerzen nur noch schlimmer machte.

Die Kugeln, die in die harte Kohlefaser der anderen Seite des Flyers einschlugen, rissen ihn aus seiner Träumerei und er seufzte resigniert, als er den Feuerschalter drückte. Es dauerte nur ein paar Minuten, obwohl es ihm durch die Schüsse und die gelegentliche Granatenexplosion länger vorkam. Er sah, wie drei der Biomechs im Schatten des großen Tiltrotors, der ihr Transportmittel gewesen war, zu Boden gingen, und ein weiterer stürzte, während er zusah, wie eine Gewehrgranate eines seiner Beine wegsprengte.

Dann schlug die erste KE-Waffe wie ein Götterhammer ein, ein Streifen ionisierter Luft zog wie ein Blitz hinterher, ein Überschallknall hallte durch den Himmel, wurde aber von der Explosion der freigesetzten Energie übertönt, die Bäume entwurzelte und Holz-

und Gesteinsbrocken wie Schrapnells durch die Luft schickte. Der nächste Wolframstab folgte nur Sekunden später, dann noch einer, dann noch einer, bis die gesamte Waldgrenze auf der anderen Seite des Feldwegs in einem konstanten Trommelschlag aus Donnergrollen und Blitzen ausbrach, der in Dominguez' Sicht noch Nachbilder hinterließ, selbst nachdem er weggeschaut hatte.

Es war ein glorreiches, ehrfurchtgebietendes Schauspiel der Macht, und es lag in seinen Händen. Eigentlich hätte er sich gottgleich fühlen müssen, aber er hoffte nur, dass keiner von ihnen entkommen war. Er wartete, bis der letzte KE-Stab eingeschlagen war, dann wandte er sich an Sergeant McElroy, den Söldner, der die Biomechs kontrollierte.

„Schick sie rein und sieh zu, dass sie alle tot sind", befahl er ihr. „Wir können keine weiteren Überraschungen gebrauchen."

„Ja, Sir", sagte sie mit einem Nicken und tippte Befehle in das Steuerkreuz, das an ihrem linken Arm befestigt war.

„Sir!" Dominguez drehte sich um und sah Captain Romero, den ranghöchsten Offizier der Söldner, auf ihn zu traben, mit dringlichem Tonfall und Gesichtsausdruck. „Ich kann die Männer, die wir bei Senator O'Keefe-Mulrooney gelassen haben, nicht auftreiben!"

„Das war ein verdammtes Ablenkungsmanöver!" knurrte Dominguez verärgert und wandte sich wieder der Hütte zu. „Geh da rein, sofort!" Er wandte sich an McElroy. „Schick mir ein Dutzend Soldaten hinter die Hütte und blockiere den Hintereingang! Der Rest stellt sich hier auf und gibt Captain Romero Rückendeckung."

„Wie zum Teufel sind die hinter uns gekommen?" murmelte McElroy und blickte nicht von ihrem Steuerkreuz auf.

„Das spielt keine Rolle", sagte Dominguez und schüttelte den Kopf. „Sie werden nicht entkommen." Er holte sein Tablet hervor. „Unsere Geiseln sind nicht mehr von Nutzen."

Jason McKay erhob sich vom Boden der Kabine, noch bevor der letzte Knall verhallt war, und hatte ein kaltes, totes Gefühl in der Magengrube. Dominguez hatte etwas Unerwartetes getan: Er war nach draußen gegangen, um sich dem Angriff zu stellen, anstatt in Deckung zu bleiben ... und er hatte den Controller des Verteidigungssatelliten mitgenommen.

„Lieutenant Bryant!" Er versuchte über Funk, den Anführer des Trupps zu erreichen. „Leutnant Bryant, melden Sie sich!" Stille. „Alle Marinesoldaten melden!"

„Da können sie unmöglich durchgekommen sein, Sir", sagte Vinnie, der an der Hintertür kauerte.

„Sean", sagte McKay zu dem Unteroffizier, „sie werden wissen, dass wir hier sind. Bring sie hier weg, bevor..."

„Kontakt nach links!" brüllte Vinnie und eröffnete sofort das Feuer.

McKay drehte sich um und sah, wie grau gepanzerte Biomechs um die Ecke des Hauses kamen, bevor das Feuer durch die zerstörte Tür und die Fenster eindrang und ihn zurückdrängte. Vinnie leerte ein Magazin auf die Biomechs, fiel dann aber schwer nach hinten, als ein paar Kugeln in seine Brustpanzerung einschlugen. Jock stürmte nach vorne und feuerte mit einer Hand seinen Karabiner ab, um den Feind zu unterdrücken, während er sich duckte und seinen Freund an dem Griff packte, der auf der Rückseite seiner Rüstung eingearbeitet war, und ihn hinter die relative Deckung einer Außenwand zerrte.

McKay konnte kein Blut sehen und Vinnie schien sich zu bewegen, wenn auch nur zögerlich. Er wollte gerade nach ihm sehen, als die vorderen Fenster durch ein vernichtendes Feuergefecht nach innen explodierten, das alle auf den Boden schickte. McKay fluchte, als er versuchte, die Vorder- und Rückseite gleichzeitig zu beobachten, und schwang seinen Karabiner hin und her.

„Commander Villanueva", funkte er an den Piloten des Landefahrzeugs. „Hier ist General McKay, hören Sie mich?"

„Ich höre Sie, Sir", hörte er ihre Stimme in seinen Kopfhörern wegen des feindlichen Geschützfeuers kaum. „Wie ist die Lage?"

„Dominguez ist nicht in der Hütte geblieben", sagte er ihr. „Er ist rausgegangen und hat die Marines mit den KE-Satelliten ausgeschaltet. Wir sind mit der Senatorin und ihrer Tochter in der Kabine gefangen.“ Er zögerte einen Moment. „Starten Sie den Bunker Buster, Commander.“

Er wartete auf eine Antwort, aber es kam keine. „Commander?“ rief er. „Commander Villanueva, können Sie mich hören?“

Nichts.

„Verdammt noch mal!“, zischte er. Er konnte nur hoffen, dass sie die Nachricht erhalten hatte. Er schaltete auf die allgemeine Frequenz. „Jeder lädt eine Granate“, befahl er. „Wir brechen hinten aus und gehen zum See. Vinnie, bist du in Ordnung?“

„Mir geht's gut, Sir“, hörte er die angestrengte Stimme des Mannes. „Die Rüstung hat die Schüsse aufgehalten... meistens.“

„Ich möchte, dass du mit Val und Natalia zum See rennst, während wir sie unter Feuer nehmen“, sagte er zu dem Mann, zog eine Granate aus seiner Westentasche und lud sie in den Werfer unter seinem Gewehrlauf. „Sobald du sie am Wasser hast, schnappst du dir eine Schwimmweste aus dem Boot und eine Leine vom Steg. Du ziehst sie über den See und bringst sie von hier weg.“

„Lass Jock das machen“, argumentierte Vinnie. „Er hat Muskeln, wo sein Hirn sein sollte, er kann sie schneller rüberbringen als ich.“

„Das hier ist keine Demokratie, Major Mahoney“, sagte McKay mit Bestimmtheit. „Befolgen Sie Ihre Befehle.“ Er drehte sich zu Valerie um und betätigte seinen externen Helmlautsprecher, den er lauter stellte, damit man ihn über das Geschützfeuer hinweg hören konnte. „Valerie, mach dich bereit zu fliehen! Vinnie wird dich und Natalia über den See bringen.“

Sie sagte nichts, aber McKay konnte die Angst in ihren Augen sehen, als sie ihm zustimmend zunickte.

McKay hob seinen Karabiner und entsicherte den Granatwerfer. Er versuchte, die Kugeln zu ignorieren, die um sie herum durch die Luft flogen und wütend in die Möbel und die Innenwände einschlugen. Er blickte zurück zu den anderen fünf in seinem Trupp und sah, dass Sean Watanabe aus einer Wunde in seinem linken Arm blutete und versuchte, seinen Granatwerfer mit einer Hand hochzuziehen, während einer der beiden anderen Männer in Seans Team - er konnte nicht sagen, ob es Brent oder Timmons war - mit dem Gesicht nach unten lag und sich nicht bewegte, während sich eine Blutlache unter seiner zertrümmerten Gesichtsplatte ausbreitete.

Er versuchte, dieses Bild und alles andere zu verdrängen, während er durch die hinteren Fenster auf die vorrückenden Biomechs zielte.

„Feuer…“, wollte er rufen, aber noch bevor er das Wort ganz ausgesprochen hatte, schlug eine Salve von 8-mm-Geschossen in seine Brust ein, durchschlug die harte Panzerung nicht, sondern schlug wie ein Vorschlaghammer in sein Schlüsselbein ein und zerbrach es, dann zog sich eine Feuerlinie quer über seinen Hals, bevor sie sich in die Seite seines Helms bohrte und ihn fast vom Kopf riss. Sein Finger drückte krampfhaft den Abzug des Granatwerfers und das Geschoss schlug tatsächlich ein, schlug nur einen Meter vor einer Gruppe von drei Biomechs im Boden ein und zerplatzte in einem leuchtenden Feuerball. McKay bemerkte es kaum, als er flach auf den Rücken fiel, Schmerzen durch seine rechte Schulter jagten und Sterne in seinem Blickfeld aufblitzten.

„Holt sie raus!“ Er versuchte, den Befehl zu schreien, aber er kam nur als angestrengtes Flüstern heraus. Er konnte immer noch nichts außer der Decke und den Blitzen von dem Schlag auf seinen Kopf sehen, aber er hörte die Explosionen und spürte die Erschütterungen auf dem Boden. Einen Moment lang dachte er, dass die anderen ihre Gewehrgranaten abfeuerten, aber dann spürte er, wie die ganze Hütte bebte und er sah, wie Teile der Eingangstür über seinen Kopf hinwegflogen, herausgesprengt von einer gewaltigen Druckwelle, die Flammenzungen durch die Tür und die Fenster ins Wohnzimmer schickte.

McKay biss die Zähne gegen die Schmerzen in Brust, Nacken und Kopf zusammen, rollte sich auf die linke Seite und riss seinen zerbrochenen Gesichtsschutz beiseite, um zu sehen, was passiert war. Von der Hütte aus, wo… was auch immer passiert war, zog Rauch über den See, aber durch den Rauch hindurch konnte er immer noch vier der Biomechs sehen, die sich bewegten und deren Gewehrläufe verwirrt hin und her schwangen.

Zuerst hörte er das Heulen der Turbinen, dann sah er, wie die

Auspuffgase Wellen über die Oberfläche des Sees sprühten, als sich die graue, kantige Masse des Landegeräts von oben herab in sein Blickfeld senkte, vollgestopft mit Waffenpunkten. Die Kinnkanone schwenkte auf die überlebenden Biomechs zu. Der Feuerstoß war kurz, nur ein „Chuff" aus Rauch und ein Funken aus Mündungsfeuer, der einen Wimpernschlag lang anhielt, aber die Biomechs waren einfach... verschwunden. Es gab eine Explosion von Dreck, Rauch und Blut, und die vier künstlichen Soldaten waren verschwunden und hinterließen nur noch verstreute Rüstungs- und Körperteile.

Das Landegerät hing in der Luft, seine Düsen kreischten in der Nacht, dann schwankte es vorwärts und drehte sich zurück zur Vorderseite des Hauses. Das Geräusch eines weiteren Schusses aus der Kinnkanone war deutlich zu hören, dann eine Explosion, die den Dachstuhl erzittern ließ.

Eine weitere Rakete, erkannte McKay. Die Explosionen stammten von bodengestützten Raketen, wie er jetzt erkannte. *Verdammter Mistkerl,* dachte er mit irrationaler Verärgerung. Commander Villanueva hatte seine Befehle nicht befolgt.

Noch immer halb benommen zog McKay seinen beschädigten Helm mit seinem guten Arm ein Stück weit ab und versuchte dann, sich aufzurichten. Jock Gregory war plötzlich an seiner Seite, half ihm vorsichtig auf und drückte ihm dann einen geschickten Verband an die Seite seines Halses. McKay wurde schlagartig klar, dass seine Rüstung mit viel zu viel Blut befleckt war und dass die Halswunde viel näher am Tod war, als ihm lieb war.

„Valerie..." McKay röchelte und schaute sich um.

Sie lag nur ein paar Meter entfernt halb unter einem Tisch, Sean Watanabe war über sie gebeugt und der Boden um sie herum war blutverschmiert. McKay ging schnell hinüber, packte den gepanzerten Mann an der Schulter und rollte ihn von ihr herunter. Watanabe war eindeutig tot. Er hatte einen Durchschuss am Hals und im Gesicht, der seine Halsschlagader durchtrennt und die linke Seite seines Kopfes abgetrennt hatte. Valerie und Natalia lagen regungslos und blutüberströmt auf dem Boden, und McKay spürte, wie ihm der Atem stockte ... und dann sah er, wie sie sich bewegte, und hörte Natalia weinen.

„Oh mein Gott", hauchte er und kniete sich neben sie. „Bist du in Ordnung? Geht es Natalia gut?"

Valerie antwortete nicht sofort, ihre Augen blinzelten das Blut von Sean Watanabe weg. Es schien, als müsste sie ihren Blick von seinem Körper abwenden, um nach Natalia zu sehen. Langsam und liebevoll tätschelte sie das Kleid des kleinen Mädchens und vergewisserte sich, dass sie unverletzt war. Natalia schluchzte, aber sie schien sich zu beruhigen, als sie sah, dass es ihrer Mutter gut ging. Die Augen des kleinen Mädchens wanderten zu McKay und wurden noch ein bisschen breiter.

Ich muss ein toller Anblick sein, dachte er.

„Geht es dir gut, Natalia?", fragte er sie und versuchte, seine Stimme sanft zu halten.

Sie nickte, ihr Daumen wanderte zu ihrem Mund, bevor Valerie ihn automatisch wegzog.

McKay stieß einen Seufzer der Erleichterung aus und brach fast zusammen, denn die Sorge war das Einzige, was ihn aufrecht gehalten hatte. Er erhob sich langsam aus der Hocke und schaute sich um. Jock half Vinnie vom Boden auf, während Sgt. Timmons seinen Karabiner hochhielt und den Hintereingang im Auge behielt. *Also ist es Brent, der getroffen wurde,* dachte McKay.

„Timmons, sieh nach Brent", sagte er zu dem Mann. „Dann behalte die Senatorin und ihre Tochter im Auge. Jock, Vinnie, ihr kommt mit mir."

McKays Karabiner lag eng an seiner Brust, gezogen von der einziehbaren Schlinge, nachdem er ihn losgelassen hatte, aber er ließ ihn dort, wo er war, anstatt zu versuchen, ihn einhändig zu bedienen. Stattdessen griff er mit der linken Hand zu seiner rechten Hüfte, zog seine Waffe aus dem Holster und ließ sie an seiner Seite hängen. Die Schmerzmittel in dem intelligenten Verband begannen zu wirken, aber er wollte noch nicht versuchen, irgendetwas mit seinem rechten Arm zu tun.

Er ging nicht zur Haustür hinaus, sondern trat durch das, was von der Hauswand übrig geblieben war. Als er nach draußen trat, fand er sich in einer Rauchwolke wieder, die noch immer von den Düsen des Shuttles aufgewirbelt wurde, als dieses auf dem Feldweg neben den brennenden Trümmern des Flyers und des Tiltrotors landete, der Dominguez und die Biomechs zur Hütte gebracht hatte.

Der Feldweg war zerkratzt und zerrissen, übersät mit Leichen und Körperteilen, die im flackernden Schatten des Feuers kaum zu erkennen waren. Der Wald jenseits der Straße existierte nicht mehr: Ein Quadratmeter an Bäumen war entwurzelt oder durch das KE-Sperrfeuer weggesprengt worden und ein Dunst aus schwarzem Rauch und Staub hing wie ein Leichentuch über ihnen.

„Hier drüben, Sir!“ Er hörte, wie Vinnie ihn hinter dem Wrack des kleinen Fliegers rief, drehte sich um und bahnte sich vorsichtig einen Weg darum herum, wobei er versuchte, nicht auf etwas Weiches zu treten.

Er fand den Captain - nein, den Major, korrigierte er sich - über einer Leiche stehen. Die Leiche war fast bis zur Unkenntlichkeit verkohlt, verbrannt von der Explosion der Rakete, die den Flieger zerstört hatte, aber darunter lag halb versteckt ein kleines Tablet...

McKay steckte seine Pistole in den Gürtel und zog eine Taschenlampe heraus. Dann schob er die rauchenden Überreste mit seinem Stiefel beiseite und biss die Zähne zusammen, als er den übelriechenden Geruch und das knusprige Gefühl des verbrannten Fleisches unter seinem Fuß wahrnahm. Er kniete sich hin und leuchtete mit dem Licht der Taschenlampe auf das Tablet.

„Verdammt“, zischte er und spürte, wie ihn die Hoffnung verließ.

Das Tablet wurde von einem Schrapnell fast in zwei Hälften gerissen und der Rest war durch die Hitze der Explosion verformt. Ihre einzige Hoffnung, die Kontrolle über die Verteidigungssatelliten wiederzuerlangen, war dahin. Ohne das Tablet würde es Wochen dauern, das System von dem Virus zu befreien, den Dominguez hochgeladen hatte, und Shannon brauchte jetzt Hilfe. Er hielt inne. Shannon brauchte Hilfe, aber das galt auch für die Sheridan und die Bradley.

McKay stand auf und joggte zum Angriffsshuttle hinüber: Es war gelandet und die Einstiegsrampe senkte sich. Commander Villanueva stand am oberen Ende der Rampe, umrahmt vom Licht des Innenraums.

„Commander“, sagte McKay, als er die Rampe hinaufstieg, „ich erinnere mich genau, dass ich Ihnen befohlen habe, den Bunker Buster zu starten.“

„Der Empfang war schlecht, Sir“, sagte sie und breitete ihre Hände aus. „Du hast die Verbindung unterbrochen. Ich könnte schwören, dass du mir gesagt hast, ich solle im Tiefflug kommen und Feuerunterstützung geben.“ Er sah, wie ihr Blick an ihm vorbei zu Vinnie ging, der die Rampe hochkam, und sie lächelte auf sehr unprofessionelle Weise.

„Ich werde dich später anschreien“, versprach er ihr und ging an ihr vorbei zum Cockpit. „Bring uns in die Luft und hol mich ans Funkgerät.“ Er blickte zurück und sah, wie Vinnie ihre Hand ergriff und sie drückte. „Vinnie, steig ein, wenn du mitkommst... Sag Jock, er soll einen Transport für Val und Natalia anfordern.“ Er winkte ungeduldig mit einer Hand. „Auf geht's, Leute... wir haben noch einen Krieg zu gewinnen!“

47

„Er macht es uns nicht gerade leicht, was?“ kommentierte Drew Franks und beobachtete auf dem taktischen Bildschirm, wie der feindliche Kreuzer seinen Kurs änderte.

„Wenn es einfach wäre“, antwortete Captain Minishimi leise, „würden sie uns nicht so viel Geld zahlen, oder?“

Franks bellte ein Lachen. „Aber warum hält er uns hin?“, fragte der jüngere Offizier. „Will er nicht versuchen, uns auszuschalten?“

„Vielleicht ist er nicht so abgebrüht, wie er dachte“, mutmaßte Commander Gianeto. „Schließlich hat er so etwas auch noch nie gemacht.“

„Dann sollten wir ihm keine Zeit mehr geben, sich vorzubereiten“, sagte Minishimi. „Leutnant Bevins, beschleunigen Sie auf 1,5 g und setzen Sie einen Kollisionskurs.“

„Aye, Ma'am“, sagte Bevins und löste den Beschleunigungsalarm aus. „Dreißig Sekunden bis zur Feldüberschneidung.“

„Maschinenraum“, rief Minishimi zu Commander Infante, „in dreißig Sekunden werden wir die Felder kreuzen. Bringen Sie Ihre Leute von den Hauptleitungen weg und schnallen Sie sie an.“

„Ich bin Ihnen weit voraus, Captain“, sagte Infante und klang zufrieden mit sich selbst. „Der Maschinenraum ist startklar.“

„Vielleicht ist sie so schlau, wie sie denkt", murmelte Franks. Minishimi hörte es und hob eine Augenbraue, aber er konnte sehen, wie sich ein Lächeln auf ihrem Gesicht abzeichnete.

„Haltet euch alle fest", sagte Gianeto, dem die Anspannung in der Stimme anzumerken war, und das nicht nur wegen der anderthalbfachen Erdbeschleunigung. „Jetzt geht's los..."

~

ADMIRAL PATEL BEOBACHTETE mit entsetzter Faszination, wie sich die Bradley mit dem feindlichen Kreuzer berührte. Der Computer simulierte die beiden Schiffe, und das feindliche Schiff sah verdächtig nach den Aufnahmen der Sheridan aus ... aber als sich die Felder überschnitten, wurde die Simulation durch die Bilder der Außenkameras und der Satelliten in der Nähe ersetzt, und Patel sah die Lichtkugel, die die sichtbare Manifestation des Ausbruchs roher gravimetrischer Energie war, die austrat, als die Felder der verformten Raumzeit miteinander und mit der dünnen Ionosphäre interagierten.

Im Kielwasser des Zusammenstoßes blieben die beiden Sternenkreuzer zurück, die ziellos im hohen Orbit trieben, da ihr Schwung durch den Zusammenbruch des Eysselink-Feldes absorbiert wurde. Das feindliche Schiff sah etwas mitgenommen aus: Es hatte mehrere Treffer von der Brad erhalten, nachdem die Sheridan es zuvor aus dem Warp geschleudert hatte, und nun hatte es innerhalb kürzester Zeit zwei Feldkollisionen erlebt. Die Thermalscans zeigten mehrere Hotspots an den Antriebskapseln des Kreuzers, erhebliche Schwankungen im Fusionsreaktor und Lecks in der Atmosphäre des Hangars.

Wenn der feindliche Kreuzer so aussah, als hätte er einen Kampf hinter sich, hatte die Bradley ihn offensichtlich verloren. Ihre Antriebskapseln waren durch die Gravitations-Trägheits-Rückkopplung komplett weggeschleudert worden und ihre Halterungen waren verbogene Wrackteile, aus denen Kühlflüssigkeit aus durchtrennten Zuleitungen weiß ins Vakuum spritzte. Der Reaktor war kalt und inaktiv, und aus dem Hangarschacht drang brennende Atmosphäre, die vermutlich durch die Explosion eines Shuttles entzündet worden war. Sie war hilflos und nicht viel mehr als ein stationäres Ziel.

Ihre Shipbuster-Raketen waren jedoch noch aktiv und schossen hinter Fusionsfackeln auf den feindlichen Kreuzer zu. Patel trieb sie inständig an und überprüfte mit den verbliebenen Sensoren der Sheridan, ob die Rettungskapseln und Shuttles seines Schiffes nicht zu nahe an der Explosion waren, aber anders als die Bradley war der feindliche Kreuzer nicht machtlos. Aus den Waffenkapseln an beiden Seiten des Schiffes schossen zwei identische Shipbuster, die sich vom Kreuzer entfernten, bevor ihre Fusionsantriebe zündeten und sie auf Abfangkurs mit den Raketen der Bradley brachten.

Patel fluchte leise und blickte auf die Kontrolltafel unter seinen Fingern hinunter. Die holografischen Anzeigen funktionierten nicht, aber die physischen Ersatzsteuerungen waren ausgeklappt und funktionsfähig. Er fasste einen Entschluss und drückte den Knopf, um die Fusionsantriebe zu aktivieren. Die Sheridan taumelte vorwärts und schüttelte sich heftig, als der Fusionsantrieb unregelmäßig zum Leben erwachte und sein elektromagnetisches Feld einen Moment brauchte, um sich zu stabilisieren. Dann spürte Patel, wie ihn die Beschleunigung um eine Schwerkraft zurück in seine Kommandoliege drückte, während sein Schiff auf den feindlichen Kreuzer zuraste.

Hunderte von Kilometern von den Raumschiffen entfernt trafen die beiden Shipbuster-Raketenpaare aufeinander und detonierten, woraufhin alle Außen- und Satellitenübertragungen der Sheridan auf einmal ausfielen und nur noch die Computersimulation übrig blieb: ein riesiger weißer Globus, eine zweite Sonne, die die echte, die aus dem Terminator der Erde auftauchte, in den Schatten stellte. Patel machte sich einen Moment lang Sorgen wegen der Strahlung und musste dann lachen, als ihm klar wurde, was er vorhatte.

„Versuch es trotzdem“, murmelte er und korrigierte sich.

Die Kameras waren wieder online und er konnte das verbesserte Bild des feindlichen Kreuzers sehen. Als ob der Captain des feindlichen Schiffes Patels Gedanken gelesen hätte, stießen zwei weitere

Shipbuster-Raketen aus den Waffenkapseln des Kreuzers aus und zündeten ihre Fusionsantriebe.

„Verdammt", sagte Patel mit hängenden Schultern. Es war unmöglich, dass die Sheridan das feindliche Schiff erreichte, bevor die Raketen ihn abfingen. Und wenn er erst einmal weg war, würde es nichts mehr geben, was das Schiff aufhalten konnte.

~

Drew Franks hatte sich das Schlimmste vorgestellt, aber irgendwie war es viel schlimmer, als er es sich vorgestellt hatte. Es war sowohl qualitativ als auch quantitativ anders als ihre bisherigen Feldüberschneidungen mit den Rammschiffen. Es schien, als würde er für immer in einer grauen Vorhölle hängen, in der es keine körperlichen Empfindungen gab, und doch spürte er ein unglaubliches, fast psychisches Unbehagen. Er konnte denken, d.h. er konnte wahrnehmen, was mit ihm geschah, und doch war er nicht in der Lage, einen einzigen zusammenhängenden Gedanken zu fassen.

Dann, nach einer gefühlten Ewigkeit, brach die Realität wie eine meterhohe Welle über Korallen und Felsen herein, mit ihm dazwischen. Der Schmerz - nichts Lokales, nur ein allgemeiner, intensiver Schmerz überall - war atemberaubend und blendend, aber nach wenigen Augenblicken ging er in einen dumpfen Schmerz über und er konnte seine Augen öffnen.

„Medical? Hörst du mich, Sanitäter?" Er hörte Captain Minishimis Stimme, noch bevor er seine Augen scharf stellen konnte.

Wie zum Teufel kann sie wieder aufstehen und sich so schnell bewegen? fragte er sich neidisch.

Dann sah er, was sie tat, und er empfand keinen Neid mehr auf ihre Position. Captain Minishimi war aus ihrem Sitz aufgestanden und schwebte in der Schwerelosigkeit, verankert an der Navigationskonsole, wo Leutnant Bevins an seinen Fesseln hing, während ihm Blut aus der Nase lief und aus einem Ohr tropfte. Aber selbst in den flackernden Schatten der stotternden holografischen Anzeigen konnte Franks erkennen, dass Bevins noch atmete...

„Hier ist Leutnant Fields von der Krankenstation", kam schließlich eine Antwort über die Sprechanlage.

„Wir brauchen sofort ein Team hier oben", sagte Minishimi. „Wir haben ein Besatzungsmitglied mit einer möglichen Hirnblutung und andere, die ebenfalls verletzt sein könnten.

„Aye, Ma'am", sagte Fields. „Wir werden so schnell wie möglich jemanden hochschicken. Hier unten sieht es schlimm aus."

„Ich verstehe, Lieutenant", sagte Minishimi mit einem resignierten Seufzer. „Commander Infante", schaltete sie in die Leitung zum Maschinenraum. „Wie ist unsere Lage?"

Einen Moment lang kam keine Antwort, und Minishimi schaute sich um, um zu sehen, dass Franks bei Bewusstsein war. „Geht es Ihnen gut, Lt. Franks?"

„So weit ich weiß, Captain", sagte er ihr. Ein Blick in die Runde zeigte, dass noch niemand wach und bei Sinnen war, obwohl Commander Lee ihren Kopf schüttelte und versuchte, ihn zu klären.

„Hier spricht Commander Infante", ertönte die Stimme des Chefingenieurs über die Brückenlautsprecher. „Captain, hier scheint alles in Ordnung zu sein... keine Verletzten. Ich versuche gerade, einen Blick in den Maschinenraum zu werfen... oh je."

Das hört sich nicht gut an, dachte Franks mürrisch.

„Captain", meldete Infante, „die Hauptverbindungsleitungen sind explodiert und der gesamte Bereich ist ziemlich zerstört. Soweit ich das mit unseren Fernsensoren beurteilen kann, sind die Eysselink-Antriebskapseln funktionsunfähig - um ehrlich zu sein, bin ich mir nicht einmal sicher, ob sie überhaupt noch da sind. Die Antimaterie-Treibstoffkapseln sind herausgeschleudert und der Fusionsreaktor ist komplett durchgespült. Ich kann den Reaktor vielleicht wieder hochfahren, aber es wird Stunden dauern, die Stromzufuhr umzuleiten. Tut mir leid, Ma'am, aber wir sind Treibholz."

Minishimi schwieg einen Moment lang, und in dieser Zeit hatte Larry Gianeto es geschafft, die taktische Station neu zu starten und den Ersatzbildschirm aufzuklappen. „Captain", meldete er sich zu Wort, „ich habe soeben mehrere Fusionsexplosionen etwa 400 Kilometer von uns und 600 Klicks vom feindlichen Schiff entfernt registriert." Er runzelte die Stirn. „Ma'am, ich glaube, er hat unsere Raketen abgeschossen."

„Verdammt", sagte der Captain leise. „Leutnant Reno, senden Sie eine Nachricht an das Flottenhauptquartier. Sagen Sie ihnen, dass wir und die Sheridan beide kampfunfähig sind, aber das Feld des feindlichen Kreuzers zumindest vorübergehend ausgeschaltet ist. Sag ihnen, dass sie alles, was sie haben, auf ihn abfeuern müssen, bevor er unsere Städte angreifen kann..."

„Ma'am", unterbrach Gianeto sie. „Die Sheridan fährt ihren Fusionsantrieb hoch."

Minishimi riss den Kopf herum und ihre Augen weiteten sich. Franks wusste, was sie dachte: Die Rettungskapseln des Schiffes waren bereits evakuiert worden, ebenso wie die restlichen Lander und Shuttles. Wer auch immer zurückgeblieben war, tat genau das, was sie vorgehabt hatte: Er versuchte, die Besatzung zu retten.

„Das feindliche Schiff schießt auf die Sheridan!" verkündete Gianeto. „Zwei Shipbusters, Ma'am."

„Captain", sagte Leutnant Reno, „wir haben eine eingehende Nachricht."

„Ist es das Flottenhauptquartier?", fragte sie und fühlte sich wie betäubt und hilflos.

„Nein, Ma'am", sagte Reno und schüttelte den Kopf. „Es ist General McKay."

„Hören Sie mir zu, Commander Kent", knurrte McKay in das Cockpitmikrofon, „Ihre Verfahren und Vorschriften sind mir scheißegal. Ein Kreuzer des Protektorats befindet sich in der Umlaufbahn und das Einzige, was ihn davon abhält, unsere Bevölkerung zu bombardieren, ist, dass wir die Verteidigungslaser in Betrieb nehmen können."

„Sir, das verstehe ich", antwortete der besorgte Offizier, „aber ich kann nichts anvisieren, wenn ich keinen Zugriff auf das System habe, und den haben wir nicht!"

„Und ich sage dir, dass du nichts anvisieren musst, Mister... Ich werde dir die Koordinaten geben und du wirst diesen verdammten Laser abfeuern, als wäre es Gott selbst, der dir sagt, wohin du schießen sollst. Und wenn du das nicht tust und das Pech hast, zu überleben, was als Nächstes passiert, werde ich dich finden, Commander George Kent, und dafür sorgen, dass du dir wünschst, du wärst bei etwas so Schmerzlosem wie einer Fusionsexplosion gestorben.“ Neben McKay, auf dem Pilotensitz des Landegeräts, grinste Esme Villanueva anerkennend.

McKay trennte die Verbindung, ohne eine Antwort abzuwarten, und wechselte dann auf eine andere Frequenz. „Bradley, hier ist General McKay, hörst du mich?“

„McKay, hier ist Captain Minishimi“, hörte er ihre vertraute Stimme über die Cockpitlautsprecher. „Hast du die Kontrolle über das Verteidigungssystem?“

„Nein, aber das haben sie auch nicht“, sagte er ihr. „Wir haben aber Kontakt zu den Wartungsmannschaften der Laser - wenn du mir die Zielkoordinaten gibst, kann ich sie zur richtigen Station bringen und den verdammten Kreuzer ausschalten.“

„McKay“, unterbrach Minishimi, „die Sheridan steht unter Strom, sie steuert auf den Kreuzer zu und das feindliche Schiff hat gerade ein Paar Shipbuster auf sie abgefeuert... du musst die Raketen sofort anvisieren! Ich schicke dir jetzt einen Zielvektor.“

„Scheiße“, murmelte McKay. Einen sich langsam bewegenden Kreuzer zu treffen war eine Sache, eine Rakete zu treffen, die sich mit einem Dutzend Gravitationsbeschleunigungen bewegte, war viel schwieriger. „Na gut, hoffen wir, dass wir das hinkriegen...“

~

Arvid Patel drückte auf einen Regler an seinem 'Link und legte ihn auf die Konsole in seiner rechten Hand.

„Dad?“ Die Stimme klang so anders als das letzte Mal, als er sie gehört hatte, so viel tiefer und älter.

„Hallo, Abshay“, sagte Patel und versuchte, seine Stimme ruhig zu halten, während er auf die Symbole der Fusionsraketen starrte, die auf dem Bildschirm auf ihn zuflogen. „Bist du in Sicherheit?"

„Ja, Sir", versicherte ihm Abshay. „Wir sind hier in der Akademie in einem Bunker untergebracht. Ich wusste nicht, dass Sie wieder im System sind, Sir. Sind die Kämpfe also vorbei?"

„Noch nicht ganz, mein Sohn. Aber bald, denke ich." Patel räusperte sich, damit er sich nicht verschluckte. „Ich habe lange nicht mehr mit dir gesprochen... Ich wollte nur sichergehen, dass es dir gut geht. Läuft die Schule gut?"

„Alles bestens, Dad", sagte Abshay, wobei sein Tonfall angesichts des Gesprächsverlaufs etwas verwirrt klang. „Die Erwartungen sind natürlich hoch ... es ist nicht leicht, in deine Fußstapfen zu treten."

„Oh, tu das nicht, Abshay", konnte Patel die Tränen nicht mehr zurückhalten und auch nicht den Knacks in seiner Stimme. „Geh deinen eigenen Weg und du wirst doppelt so gut sein wie ich."

„Papa?" sagte Abshay und klang besorgt. „Ist alles in Ordnung?"

Patel öffnete den Mund, um zu antworten ... und ließ ihn offen stehen, als er beobachtete, wie eine hell leuchtende Spur aus superionisierter Atmosphäre in weniger als einem Wimpernschlag eine Linie vom Boden nach oben zog, die verschwand, als sich die Luft bis fast zum Vakuum verdünnte, aber immer noch vom taktischen Computer des Schiffes simuliert wurde, als sie die Route des führenden Shipbusters kreuzte und direkt durch dessen Fusionsantrieb raste. Die Rakete verschwand in einem Miniaturstern, der auch den zweiten Shipbuster für einen langen Moment verschluckte, bis er verkohlt und tot aus dem riesigen Ball aus überhitztem Gas auftauchte, seine Antriebe inaktiv und sein Kurs durch die Explosion verändert.

„Ja, Abshay." Admiral Patel lächelte, als er die Frage seines Sohnes beantwortete. „Ich glaube, es ist alles in Ordnung. Aber ich habe noch einiges zu tun. Ich liebe dich und ich bin stolz auf dich."

„Ich habe dich auch lieb, Papa."

Patel lächelte immer noch, als er die Verbindung unterbrach.

„Die Shipbusters sind weg!“ verkündete Gianeto mit aufgeregter Stimme.

„McKay“, rief Minishimi, „sie haben die Raketen! Sag ihnen, dass sie ihr Ziel auf den Kreuzer verlagern müssen!“ Sie winkte Gianeto zu sich, der nickte und sendete eine Nachricht von seiner Station an die Kommunikationsabteilung. „Die Koordinaten sind auf dem Weg.“

Drew Franks und Commander Lee hingen beide über Gianetos Schulter und versuchten, das Gefecht auf dem kleinen Notbildschirm der taktischen Station zu verfolgen, weshalb der jüngere Offizier immer noch hinschaute, als Gianeto sich abgewandt hatte, um die Koordinaten zu übermitteln. „Captain!“ rief Franks aus. „Der Kreuzer dreht sich um die eigene Achse!“

Gianetos Kopf kehrte zum Display zurück und er berührte den Bildschirm, um die Ansicht des feindlichen Schiffes zu vergrößern. Das Bild zeigte, wie sich das riesige Schiff langsam um die eigene Achse drehte und die winzigen Fackeln der Manövriertriebwerke an Bug und Heck zu sehen waren.

„Sie richtet ihre Waffenkapseln neu aus“, stellte der Taktische Offizier fest. „Captain, ich glaube, sie ist...“

Das Sonnenlicht glitzerte auf einer langen Kette silbriger Kugeln, die aus den Waffenkapseln des Kreuzers schossen, jede so groß wie ein Bodenfahrzeug.

„Sie feuert ihre Gaußkanonen ab!“ sagte Gianeto. „Sie feuert auf ein planetarisches Ziel...“

„Sie zielt auf die Laser“, sagte Franks mit grimmiger Gewissheit in seiner Stimme.

„Die Optik ist doch abgeschirmt und unterirdisch, oder?“ fragte Lee.

„Sie müssen die Optik nicht zerstören“, sagte Minishimi und biss sich einen Fluch zusammen. „Sie müssen nur die Emitter blockieren. Das ist eine einfache Lösung, aber es wird trotzdem Zeit brauchen. Dann können sie die Sheridan zerstören ... und uns.“

„Captain!“ sagte Lt. Reno. „Ich habe Captain Fox vom Flottenhauptquartier in der Leitung. Er sagt, sie haben einen Shipbuster auf den feindlichen Kreuzer abgefeuert, aber es wird noch fast eine halbe Stunde dauern, bis er ankommt."

„Einer?" Franks platzte entgeistert heraus. „Hebt er sich die für einen besonderen Anlass auf?"

„Du kennst Captain Fox", erinnerte ihn Minishimi und schüttelte den Kopf, zu angewidert, um ihn für seine Ausdrücke zu tadeln. „Diese Station ist sein Baby. Er hebt sie für den Rest der Protektoratsflotte auf, die wir dort draußen gelassen haben. Wir können froh sein, dass er uns die Station überlassen hat."

„Wenn wir das überleben", versprach Franks mit einem halben Grinsen, „werde ich mich dafür einsetzen, dass er einen Posten bekommt, der seinen Fähigkeiten besser entspricht."

Du bist nur ein Lieutenant! erinnerte sich Franks im Stillen. Dann sagte er mit kalter Belustigung: „Wenn wir das hier überleben, wirst du es nicht sein.

„Die Sheridan steuert immer noch auf das feindliche Schiff zu", erinnerte Gianeto sie und starrte konzentriert auf den Bildschirm, als hätte er Angst, sich wieder abzuwenden. „Sie hat jetzt eine Beschleunigung von zwei G."

„Leutnant Reno", befahl Minishimi, „versuchen Sie, die Sheridan aufzurichten. Ich will wissen, wer das Schiff steuert."

~

„Der australische Verteidigungslaser ist ausgefallen, General", meldete Captain De Ndinge über die Cockpit-Lautsprecher des Landers. „Die Wartungsmannschaft hat uns berichtet, dass der Schaden nicht allzu groß ist und in weniger als einer Stunde repariert sein sollte, aber..."

„Ich verstehe, Captain", sagte McKay. „Verbinde mich mit Mojave, das ist die nächste Station, die das Schiff überfliegt."

„Hier ist die Mojave Laser Launch Station", sagte eine weibliche Stimme. „Lt. Commander Botha hier, Sir."

„Commander Botha", sagte McKay deutlich, aber schnell, „der feindliche Kreuzer wird in etwa einer Minute deinen Feuerkegel durchqueren und dich mit den KE-Waffen beschießen, sobald er das tut. Ich werde dir die Zielkoordinaten übermitteln und du musst entlang dieses Vektors feuern, bis du nicht mehr feuern kannst, verstanden?“

„Verstanden, Sir“, sagte der Offizier, erfrischend ohne Widerspruch. „Ich warte auf die Zielvektoren.“

„Wir halten ihn auf Trab, Sir“, kommentierte Vinnie, als McKay den Informationsstrom sendete, „aber wozu halten wir ihn auf Trab? Ein paar Sekunden Laserfeuer werden das Schiff nicht zerstören, und früher oder später gehen uns die Laser aus.“

„Wir halten seine Aufmerksamkeit aufrecht“, sagte Jason McKay verbittert, ohne zu ihm aufzuschauen, „um einem meiner besten Freunde Zeit zu geben, Selbstmord zu begehen.“

~

„Arvid, kannst du mich hören?“

Patel erkannte die Stimme sofort, trotz des Dröhnens in seinen Ohren, das von der hohen G-Belastung herrührte. Er lächelte dünn und drückte auf den Knopf zum Senden. „Hallo Jason“, sagte er, die Augen immer noch auf das Bild des feindlichen Schiffes auf dem Bildschirm gerichtet. „Ich bin froh, dass du noch in einem Stück bist. Ich hoffe, Senatorin O'Keefe und ihre Tochter sind in Sicherheit.“

„Es geht ihnen gut, Arvid. Aber wir konnten den Controller nicht intakt bekommen; er wurde bei dem Kampf zerstört.“

„Das ... war schon immer absehbar“, gab Patel zu und stöhnte, als er mühsam Luft holte.

„Admiral, es ist noch nicht zu spät, um von dort wegzukommen. Stell die Kontrollen ein und geh in eine Rettungskapsel. Sie wird noch funktionieren.“ McKays Stimme klang nicht flehend... dafür war der Mann zu gut. Nein, sie klang vernünftig, wie jemand, der dir einen guten Rat gibt.

„Vertrau mir, Jason... ich würde es gerne tun.“ Ein weiterer tiefer, schmerzhafter Atemzug. „Aber sie wird ein Ausweichmanöver versuchen... Ich muss hier sein, wenn sie es tut.“

Für einen langen Moment herrschte Schweigen. Das feindliche Schiff wurde auf dem Bildschirm immer größer. Eine glühende Wolke aus superheißem, verdampftem Nickeleisen umgab das monolithische Schiff, bevor seine Spulenkanonen erneut zuschlugen und massive Geschosse mit Hyperschallgeschwindigkeit nach unten schickten. Die Panzerung am Bug des Schiffes war dick, aber Patel konnte sehen, wie sie in den langen Sekunden, die die Gauss-Artillerie brauchte, um ihr Ziel zu erreichen, wie eine Flüssigkeit ablief. Dann hörte das Laserfeuer auf und der Kreuzer hing in der brennenden Atmosphäre, teilweise geblendet durch den Verlust seiner vorderen Sensoren, aber noch am Leben.

„Kann ich irgendetwas tun?" fragte McKay schließlich.

„Zwei Dinge, Jason", antwortete Patel, nachdem er einen Moment überlegt hatte. „Erstens möchte ich, dass du mir schwörst, dass du die Sache bis zum Ende durchziehst, egal wohin es dich führt und egal, wer dabei verletzt wird." Ein rasender Atemzug. „Das ging zu weit und zu hoch und zu lange. Irgendetwas stimmt nicht und ich weiß nicht wie, aber wir müssen herausfinden, was."

„Sie haben es erfasst, Admiral." McKay versicherte ihm. „Ich werde diesen Knochen bearbeiten wie eine Bulldogge. Was noch?"

„Behalte ein Auge auf Abshay. Gib ihm den Rat, den du mir immer gegeben hast." Patel stieß einen keuchenden, schmerzhaften Atemzug aus. „Sorge dafür, dass er jemanden hat, an den er sich wenden kann. Du bist sein Held, weißt du."

„Du bist sein Held, Admiral", erklärte McKay, als seine Stimme endlich brach. „Und das ist einer der ersten Ratschläge, die ich ihm geben werde. Aber nicht den letzten."

„Ah, er macht endlich seinen Zug", bemerkte Patel. Die Manöverdüsen des feindlichen Kreuzers flackerten auf, und er wechselte von einem Ende zum anderen und überließ seine weniger anfälligen Fusionsantriebsplatten dem nächsten Laser in der Reihe, dem Long Island Laser. In der Zwischenzeit bewegte sich eine große Rakete von der Größe eines Shipbusters, aber schlanker und offensichtlich für den Einsatz in einer dichten Atmosphäre gedacht, in die Abschussrampe der Backbordwaffenkapsel.

„Sie laden eine Weltraum-Boden-Rakete“, informierte ihn der Admiral. „Keine von unseren Entwürfen. Sie ist zu groß, um konventionell zu sein.“

McKays Grunzen klang, als hätte er einen Schlag in den Magen bekommen. „Wahrscheinlich eine Fusionsrakete mit mehreren Sprengköpfen“, schlussfolgerte er in einem hoffnungslosen Ton. „Ohne das Verteidigungsnetz haben wir keine Möglichkeit, sie zu stoppen.“

„Mach dir keine Sorgen, Jason“, sagte Patel und lächelte, als er hörte, wie der Annäherungsalarm ausgelöst wurde. „Er wird zu abgelenkt sein, um es abzufeuern.“ Er sah, wie der Fusionsantrieb des Kreuzers aufleuchtete und der Feind verzweifelt versuchte, in eine höhere Umlaufbahn zu gelangen, um ihm aus dem Weg zu gehen.

„Nein, Tovarisch“, flüsterte er und setzte seine eigenen Manövriertriebwerke ein, um das Ziel nicht aus den Augen zu verlieren. „Dafür ist es viel zu spät...“

„Arvid?“ fragte McKay mit Schmerz und Kummer in der Stimme.

„Leb wohl, Jason“, sagte Patel. „Danke, dass du mein Freund warst ... ob ich es verdient habe oder nicht.“

~

Zwei Sanitäter behandelten Leutnant Bevins und tauschten leise Informationen und Anweisungen aus, aber ansonsten war es still auf der Brücke der Bradley. Alle anderen Augen waren auf den kleinen taktischen Hilfsschirm gerichtet, auf dem die Sheridan mit einer sternklaren Plasmaflamme auf den feindlichen Kreuzer zuraste.

Drew Franks war Admiral Arvid Patel noch nie begegnet, aber alles, was er denken konnte, war, dass er gerne mit dem Mann tauschen würde, während er gebannt zusah, wie sich die Geschichte vor ihm entfaltete. Er war sich nicht sicher, ob das daran lag, dass er einem großen Mann und einer großen Führungspersönlichkeit dieses Schicksal ersparen wollte... oder daran, dass er wusste, dass der Name Arvid Patel nie vergessen werden würde. Er hatte das

Gefühl, dass ihn diese Vorstellung stören sollte, aber aus irgendeinem Grund fühlte er sich wohl dabei.

Als die beiden fast identischen Schiffe mit atomarer Endgültigkeit verschmolzen und eine neue Sonne über einer verdunkelten Welt erstrahlte, konnte er Captain Minishimi hinter sich leise schluchzen hören, aber er brachte es nicht über sich, zu trauern. Admiral Patel würde ewig leben.

48

Es müsste Geschrei geben, dachte Shannon wie betäubt. Biomechs schwärmten den Graben hinauf über die aufgetürmten Leichen ihrer Kameraden und kletterten über die gefallenen Leichen der Verteidiger, junge Männer und Frauen, die kaum aus dem Teenageralter heraus waren und ihre zweite Schlacht nicht mehr erleben würden. Andere rannten zurück zu ihren sekundären Stellungen, wo die wenigen, die übrig geblieben waren, so viel Deckung wie möglich suchten und darauf warteten, ihr Leben so teuer wie möglich zu verkaufen.

Kugeln und Granatsplitter kreuzten das offene Feld und schnitten ohne Vorurteil durch natürliches und im Labor gezüchtetes Fleisch und Knochen, und doch konnte sie keinen einzigen Schrei hören. Die Helme hielten sie ein, schlossen sie ein, schlossen sie aus. Die Männer und Frauen fielen alle so lautlos wie die Biomechs, gegen die sie kämpften, als wären sie alle Automaten. Aber Shannon wusste, dass es einen entscheidenden Unterschied zwischen ihnen gab, abgesehen von ihrer Fähigkeit, unabhängig zu denken: die Anzahl.

Shannon schätzte, dass sie mit den CeeGee-Trainees und dem kurzen Orbitalbombardement mehr als die Hälfte der Biomech-Armee getötet hatten. Leider bedeutete das, dass fast zehntausend von ihnen übrig waren, gegenüber weniger als 300 CeeGee-Offiziersanwärtern, ihren Ausbildern und dem halben Dutzend Sondereinsatztruppen, die noch standen ... oder zumindest schossen, auch wenn sie nicht mehr stehen konnten.

Hinter einer niedrigen Erdmauer kauernd, versuchte Shannon zu organisieren, was noch übrig war, und fühlte ein wahnsinniges Schuldgefühl, dass sie noch am Leben war. Sie schüttelte es ab, beobachtete die anrückende Horde unmenschlicher Truppen und dachte daran, dass sie bald nichts mehr haben würde, wofür sie sich schuldig fühlen könnte.

„Colonel Stark", sagte General Kage, der ein paar Meter entfernt halb kauerte, halb saß, und seine Worte waren trotz des Kampfgetöses in den Kopfhörern ihres Helms deutlich zu hören. „Ich glaube nicht, dass wir sie diesmal halten können."

„Ich glaube, Sie haben Recht, Sir", sagte sie schlicht und feuerte die letzten Kugeln aus ihrem Magazin in einen Biomech, der nur dreißig Meter entfernt war. „Wir müssen uns zurückziehen und retten, was wir können." Sie drehte sich zu ihm um, seine Augen waren im grauen Licht der Morgendämmerung kaum durch seine Gesichtsmaske zu erkennen. „Sie führen den Rückzug an, General ... Ich bleibe hier bei meinen Leuten und gebe Ihnen Deckung."

„Shannon", eine weitere Übertragung unterbrach ihr Gespräch. Es war Jason und der Klang der Nachricht erfüllte sie mit Erleichterung. Er ist am Leben, dachte sie dankbar. Wenigstens einer von uns wird das hier überleben. „Shannon, hörst du mich?"

„Ich bin hier, Jason", sagte sie und hielt eine Hand hoch, um Kage aufzuhalten, als er den Rückzug anordnen wollte. „Sind Val und Natalia in Sicherheit?"

„Wir haben sie rausgeholt, aber der Controller wurde zerstört", sagte McKay ihr. Sie spürte, wie ihr der Boden unter den Füßen wegfiel, als sie begriff, was das bedeutete. Es würde keine Feuerunterstützung geben. „Shannon, du musst den Kontakt zu den Biomechs abbrechen und dich so weit wie möglich von der Brücke zurückziehen... und dich in Deckung begeben."

„Warum?" fragte Shannon verwirrt. „Was kommt da?"

„Luftunterstützung", sie konnte das Grinsen in seiner Stimme hören und erkannte es nach den letzten sechs Jahren sehr gut. „Ich erkläre dir die Details später, vertrau mir einfach."

Sie konnte die Stille hören, als die Übertragung endete. Sie schüttelte den Kopf und lächelte trotz der Umstände. „General Kage", rief sie. „Es gibt eine Planänderung..."

~

Commander Angela Pirelli fühlte sich wie eine Verräterin, weil sie die meisten ihrer Schiffskameraden dem Zufall überlassen hatte, wo auch immer ihre Rettungskapseln sie hinbrachten, aber sie hatte das Schiff an Bord eines der Angriffsshuttles verlassen und sie hatten eine Aufgabe zu erledigen. Es gab ein halbes Dutzend von ihnen, nicht mitgezählt dasjenige, das General McKay vorhin mitgenommen hatte - fünf von der Decatur und ein weiteres, das zur Standardbesatzung der Sheridan gehörte - und Gott sei Dank war es Standartprozedur, sie bewaffnet und für den Notfall bereit zu halten.

Denn ich würde sagen, das hier ist definitiv einer, dachte sie.

Als ranghöchste Offizierin an Bord und qualifizierte Pilotin hatte sie den Sitz des Co-Piloten inne und konnte so aus dem Cockpitfenster sehen, wie das Shuttle in die Atmosphäre eintrat und in einer schiefen V-Formation aufflog. Die braune, grüne und blaue Hemisphäre erstreckte sich unter ihr, halb in Dunkelheit gehüllt, halb in den Schein der Morgendämmerung getaucht, als das blendende Licht der Sonne hinter der Erdkrümmung hervorkam. *Es war wunderschön,* dachte sie einen Moment lang, als ihr plötzlich bewusst wurde, dass sie wieder zu Hause war, und auch, wie sehr sie es vermisst hatte.

Hoffentlich geht es Mom und Dad gut, dachte sie im Stillen. Sie lebten in der Nähe von Capital City...

~

„ZIEH DICH ZURÜCK!“ brüllte Ari Shamir über die allgemeine Frequenz, während er von Position zu Position rannte, sich jeden einzelnen Soldaten seiner Kompanie schnappte und sie in Richtung des vorgesehenen Sammelpunkts auf der anderen Seite der ursprünglichen Landezone trieb.

Es war schwer, die meisten von ihnen zum Zuhören zu bewegen: Sie hatten stundenlang gekämpft und die Toten nach Munition durchsucht, wenn sie nicht gekämpft hatten ... die Toten der Biomechs und ihre eigenen. Bei der letzten Welle hatten sie die Hälfte ihrer Leute verloren, und nur Gott wusste, wie viele bei diesem Angriff ums Leben gekommen waren. Alle waren wie benebelt, bekamen einen Tunnelblick und konzentrierten sich nur noch darauf, ihre Munition abzufeuern, ohne sich um andere Dinge zu kümmern, auch nicht um die Befehle über ihre Funkgeräte.

Ari stolperte und ging fast zu Boden, als eine Kugel in die Panzerung seines rechten Oberschenkels einschlug; er fühlte sich, als hätte ihn ein Baseballschläger getroffen, aber er glaubte nicht, dass das Geschoss eingedrungen war. Er humpelte zur letzten Kampfposition, einem eilig gegrabenen Loch zwischen zwei Bäumen, und ging dort in Deckung. Vor dem letzten Angriff hatten sich zwei Truppen der Kolonialgarde in dem Loch befunden; einer war weg, hoffentlich zum Sammelpunkt, während der andere halb in der Kampfstellung und halb außerhalb davon lag. Blut tränkte den Dreck und das Gras um den Körper des Soldaten, obwohl Ari nicht sehen konnte, wo er getroffen worden war.

Irgendwo in seinem Hinterkopf dachte Ari, dass er etwas fühlen sollte, Entsetzen oder Trauer, vielleicht Ekel... aber in dieser Nacht waren zu viele Menschen gestorben, als dass er die Emotionen hätte aufbringen können. Ari holte kurz Luft, kauerte sich auf den Boden des Lochs und versuchte, sein rechtes Bein zu bewegen. Es tat höllisch weh, aber es schien nicht gebrochen zu sein und er konnte kein Blut spüren.

„Roza“, funkte er auf ihrer Frequenz. „Bist du schon am Sammelplatz?“

Es kam keine Antwort und jetzt fand er doch die Kraft zum

Fluchen. Er zog seinen Karabiner hoch, kletterte aus dem Fuchsbau und feuerte drei schnelle Schüsse auf zwei Biomech-Soldaten ab, die über das offene Feld zwischen ihm und dem Graben vorrückten. Einer von ihnen ging zu Boden, der andere taumelte und Ari nutzte die Gelegenheit, um zu fliehen.

Er hätte direkt zum Sammelpunkt gehen und die Reste seiner Kompanie organisieren sollen, aber stattdessen lief er in Serpentinen über die letzte Verteidigungslinie zu der Stelle, an der sich Rozas Kompanie hinter einer niedrigen Böschung verschanzt hatte, die früher einmal die Rückwand eines Supermarktes gewesen war. Überall, wo er hinsah, lagen Biomech-Leichen in Zweier- oder Dreiergruppen verstreut, aber je näher er der Böschung kam, desto dichter wurden sie.

Die gesamte Länge der Erdmauer war unter einem Haufen begraben, der drei oder vier Meter hoch war und über den Rand hinausragte... und dort sah er die Leichen seiner Leute. Einige waren von hinten niedergemäht worden, als sie versuchten zu fliehen, aber andere lagen halb verborgen unter den Leichen der Feinde und starben dort, wo sie gekämpft hatten.

Ohne Rücksicht auf seine eigene Sicherheit holte er eine Taschenlampe heraus und leuchtete mit ihr auf die Leichen, weil er es unbedingt wissen wollte.

„Roza!", rief er auf ihrer Funkfrequenz, dann schaltete er auf die externen Lautsprecher um und schrie es. „Roza!" Das Wort hallte durch die Nacht, aber er bekam keine Antwort.

Da... er hatte gesehen, wie sich eine der Leichen bewegte, die an die Innenwand gekauert war und über der eine Biomech-Leiche zusammengebrochen war. Er packte den Protektoratssoldaten am Rücken seiner gepanzerten Weste und riss sie ihm aus, wobei er stöhnte, als er den massiven, 120 Kilo schweren Körper bewegte. Die Gesichtsplatte des Biomechs war zerschmettert, sein Gesicht von einem 8-mm-Geschoss zerfetzt und sein Blut beschmierte den Lauf des Gewehrs des CG-Soldaten, der ihn aus nächster Nähe getroffen hatte.

Noch mehr menschliches Blut befleckte den rechten Arm und die linke Seite der Rüstung der Kolonialgarde, und irgendetwas, vielleicht die Erschütterung durch eine Granatenexplosion, hatte den Helm beschädigt und die Gesichtsplatte gelöst. Es war Kandidat Matienzo und er war kaum bei Bewusstsein, seine Augen blinzelten gegen das grelle Licht von Ari an.

„Matienzo, kannst du mich hören?" fragte Ari und rüttelte an der Schulter des Mannes.

„Captain Al-Masri?" murmelte Matienzo schläfrig.

„Wo ist Leutnant Hudec?" fragte Ari und erinnerte sich daran, ihren Tarnnamen zu benutzen. Er war sich ziemlich sicher, dass Kage sich nicht die Mühe gemacht hatte, den Offiziersanwärtern die Situation zu erklären.

„Ich weiß es nicht." Er schüttelte den Kopf, was ihm offensichtlich Schmerzen bereitete. „Wir haben versucht, uns zurückzuziehen..."

Ari ergriff Matienzos linke Hand und zog ihn auf die Beine. „Komm schon", sagte er, „wir müssen schnell zum Sammelplatz".

Sie wollten sich gerade auf den Weg machen, als er die Schüsse in der Nähe hörte. Das ständige Geräusch von automatischem Feuer im Hintergrund hatte er schon so lange ausgeblendet, aber das hier war ganz in der Nähe, nicht einmal fünfzig Meter entfernt. Ari sprintete auf das Geräusch zu und vertraute darauf, dass Matienzo ihm folgen würde.

Das ist verrückt, dachte er, während er rannte. Wenn ich weiterhin jeder Bewegung und jedem Schuss hinterherlaufe, komme ich hier nicht mehr raus. Sie ist wahrscheinlich tot. Aber das war ihm egal und er konnte sie nicht verlassen. Er würde lieber dort bleiben und sterben, als ohne sie zu gehen. Der Gedanke war beängstigend: Er war dreißig Jahre alt und hatte noch nie so für jemanden gefühlt.

Es dauerte nicht lange, bis er die Quelle der Schüsse gefunden hatte - es ging nur über eine kleine Anhöhe und dann hinunter in einen Graben, der vor hundert Jahren noch ein Entwässerungsgraben gewesen war. Vier Biomechs standen am Ufer des Abflussgrabens und feuerten auf den Durchlass hinunter; jemand ging in dem mit Beton ausgekleideten Tunnel in Deckung und erwiderte das Feuer sporadisch.

Ari visierte das Fadenkreuz in seinem Helm-HUD an und feuerte dem nächstgelegenen Biomech drei Schüsse in den Nacken. Der Protektoratssoldat kippte nach vorne wie eine Marionette, deren Fäden durchtrennt wurden, und wechselte zum nächsten Ziel, bevor die anderen Biomechs bemerkten, dass er da war. Als der zweite Biomech zu Boden ging, drehten die anderen beiden ab, aber es war schon zu spät: Der Soldat der Kolonialgarde war aus dem Gully gekrochen und fügte dem Kampf eine weitere Waffe hinzu.

Aus dem Augenwinkel sah Ari, dass Matienzo neben ihm aufgetaucht war und sein Kampfgewehr einhändig abfeuerte - auf diese Entfernung war das egal, denn keiner von ihnen konnte daneben schießen. Die beiden verbleibenden Protektoratssoldaten fielen unter dem vernichtenden Kreuzfeuer und plötzlich war es totenstill um sie herum.

Ari sprang in den Abflussgraben und kniete sich hin, um dem Soldaten dort zu helfen, während sie sich aus dem Graben schleppte. Sie konnte nicht mehr stehen: Sie hatte Schusswunden in beiden Beinen und ihr Helm war weg, eine klaffende Wunde an der Seite ihres Kopfes verfilzte ihr kurzes, dunkles Haar mit Blut. Sie war auch das Schönste, was Ari in seinem Leben gesehen hatte.

„Gott sei Dank“, hauchte er, als er Roza aus dem Graben hob. Dann erinnerte er sich daran, seine externen Lautsprecher einzuschalten. „Wenn dieser verdammte Helm nicht wäre“, sagte er, „würde ich dich küssen.“

„Später, Kedves“, sagte sie und lehnte ihren Kopf einen Moment lang an seine Brust. „Jetzt müssen wir hier raus.“

„Halt dich fest“, sagte er, ging in die Hocke und warf sie über seine linke Schulter, hörte, wie sie wegen der Schmerzen in ihren Beinen keuchte und zuckte vor Mitleid zusammen. „Matienzo!“, sagte er. „Pass auf uns auf und folge mir.“

Den linken Arm um Rozas Beine geschlungen und den Karabiner in der rechten Hand, trabte Ari los, so schnell er es mit ihrem zusätzlichen Gewicht schaffte und so schnell, dass Matienzo noch mithalten konnte. Die erste Andeutung der Morgendämmerung war als graue Linie am östlichen Horizont zu sehen und Ari nutzte sie als

Leuchtfeuer, das realer und greifbarer war als die Anzeige auf der Karte in seinem HUD, beruhigender als die Linien des Leuchtspurfeuers, die die Dunkelheit um sie herum durchschnitten.

„Beeil dich!" Er konnte Matienzos Schrei über seine externen Tonabnehmer hören und riskierte einen Blick nach hinten. Ein paar hundert Meter hinter ihnen schwärmten Hunderte von Biomechs aus und er konnte Hunderte weitere hinter ihnen sehen, die alle auf sie zustürmten, angestachelt von dem Menschen, der sie kontrollierte, weil er spürte, dass es an der Zeit war, alles für einen letzten Angriff zu geben.

„Kusemek", grunzte Ari und griff auf die Schimpfwörter zurück, die er in seiner Jugend auf den Straßen von Tel Aviv gehört hatte. Scheißkerl. Er versuchte, schneller zu laufen, aber sein rechter Oberschenkel fühlte sich an wie Wackelpudding und Roza war keine kleine Frau: ein Meter siebzig und 54 Kilo Muskeln, ganz zu schweigen von dem Gewicht ihrer Rüstung. Sein Atem kam in kurzen, schmerzhaften Atemzügen und seine Füße stampften auf den Boden, wobei er bei jedem Schritt schmerzhafte Stöße in die Muskeln seines Rückens und seiner Schultern bekam, und das Symbol auf der Karte schien immer noch so weit entfernt zu sein...

Das Pochen seines eigenen Pulses in den Ohren war so laut, dass er das Heulen der Turbinen fast nicht hörte, Matienzos Warnrufe nicht verstand und völlig unvorbereitet war, als der Offiziersanwärter ihn und Roza mit einem Körperblock zu Boden brachte. Er rollte sich von Roza herunter, bereit, dem jüngeren Mann eine Obszönität entgegenzuschreien, als er sah, wie das Angriffsshuttle hinter ihnen herunterschoss und Anti-Personen-Raketen von seinen Hartpunkten abfielen und in ihre Richtung schossen.

Ari warf sich über Roza und sah aus dem Augenwinkel, wie Matienzo sich in die Fötusstellung rollte, die Hände über dem Kopf, und dann explodierte die ganze Welt. Eine Druckwelle hob ihn und Roza vom Boden ab und schleuderte sie über die Grasebene, bis sie in einer Furche auf dem Feld zum Stehen kamen. Als sein Kopf aufhörte zu schwimmen, sah Ari eine Feuerwand an der Stelle, an der die vorrückenden Biomechs gestanden hatten, und eine Reihe von Feuerbällen, die langsam in die Nacht hineinwuchsen.

Das Angriffsflugzeug erhob sich in den Himmel über ihnen, kletterte gegen die hellen Sterne und stürzte dann in einer Kurve den Weg hinunter, den es gekommen war, überflog die nächste Welle von Protektoratstruppen und ließ eine weitere Serie von Luft-Boden-Raketen los. Ari sah ehrfürchtig zu, wie der Boden in einer kilometerlangen Kette von Explosionen explodierte... und dann freute er sich, als er ein halbes Dutzend weiterer Angriffs-Shuttles aus dem Westen kommen sah, die aus einer V-Formation ausbrachen und die feindliche Streitmacht in einzelne Sektoren aufteilten.

Wellen von Raketen regneten auf die Truppen des Protektorats nieder und die Sekundärgeschosse ihrer APCs explodierten im Gegenzug. Als sie ihre Raketen verbraucht hatten, eröffneten die Shuttles das Feuer mit ihren Kinnkanonen und schossen im Schwebeflug explosive Granaten auf die überlebenden Biomechs.

Roza setzte sich neben ihm auf, der Schmerz stand ihr ins Gesicht geschrieben, aber in ihren Augen stand auch Zufriedenheit, als sie sich an seinen Hals klammerte, um ihn zu stützen und, wie er hoffte, einfach nur so. Ari löste das Joch an seinem Hals und zog seinen Helm ab. Er spürte, wie die erfrischend kühle Nachtbrise den Schweiß auf seiner Stirn trocknete. Er beugte sich hinunter und küsste Roza sanft, genoss einen langen Moment lang ihre Wärme und die Weichheit ihrer Lippen.

Sie legte ihren Kopf an seine Brust und ruhte einen Moment lang einfach nur da. Als er an ihre Wunden dachte, tastete er nach den Taschen seiner taktischen Weste, fand sie aber leer.

„Matienzo“, sagte Ari, „hast du noch ein paar schicke Verbände?“

„Nein, Sir“, sagte der junge Mann und schüttelte den Kopf... dann blieb er stehen und starrte Ari neugierig an, als er ihn zum ersten Mal ohne Helm sah. „Captain Al-Masri“, sagte er stirnrunzelnd, „was zum Teufel ist mit deinem Gesicht passiert?“

Ari legte seinen Kopf zurück ins Gras und lachte.

Jason McKay schritt langsam die Rampe des Landegeräts hinunter, die Ketten der Erschöpfung und des Schmerzes zerrten an ihm. Seine Gefühle fuhren Achterbahn, von tiefer Traurigkeit bis hin zu extremer Erleichterung und fast schon Schwindelgefühlen, und es kostete ihn große Mühe, nicht in Schluchzen auszubrechen. Dafür würde später noch Zeit sein.

Die Morgendämmerung brach über die Bäume herein, das goldene Licht färbte die Rauchschwaden, die in den Morgenhimmel stiegen, und fügte einen Hauch von Gold zu Shannon Starks rotem Haar hinzu, wo sie mit ihrem Helm unter dem Arm auf ihn wartete. Sie sah genauso erschöpft aus wie er, aber sie trafen sich irgendwo in der Mitte und fielen sich in die Arme.

„Hallo, Schatz", flüsterte er ihr ins Ohr und erinnerte sich an die Worte, die er vor über fünf Jahren zu ihr gesagt hatte, „ich bin wieder da."

Sie schnaubte und schlug ihm leicht in die Schulter.

„Sachte!", zischte er und zuckte zusammen. „Ich glaube, mein Schlüsselbein ist gebrochen."

„Ich habe dir doch gesagt, dass du hinter dem Schreibtisch bleiben sollst", sagte sie und berührte leicht den Verband an seinem Hals, ihr Tonfall war immer noch verspielt, aber in ihren Augen standen Tränen.

„General McKay", General Kage kam auf sie zu und räusperte sich. Auch er hatte seinen Helm abgenommen und Schweiß verfilzte sein dunkles Haar. McKay küsste Shannon auf die Stirn und drehte sich dann zu dem CeeGee-Offizier um.

„General Kage", sagte er und nickte dem Mann zu. Er wusste nicht, was er von dem Commander der Kolonialgarde zu erwarten hatte, aber aufgrund der bisherigen Erfahrungen beschloss er, die Situation vorsorglich zu entschärfen. „Sir, nach allem, was ich gesehen und gehört habe, hat Ihr Volk hier sehr gut gekämpft. Ihr Opfer hat Zehntausende von Leben gerettet."

„Und du hast unser Leben gerettet, McKay", bestätigte Kage und überraschte Jason mit seiner Dankbarkeit. „Daraus schließe ich", winkte er den anderen Shuttles zu, die immer noch auf dem

Schlachtfeld hin und her patrouillierten und verirrte Biomechs jagten, „dass unsere Schiffe im Orbit gesiegt haben?“

McKays Miene verhärtete sich. „Ja, Sir, das haben sie. Aber nicht ohne einen höllischen Preis. Die Bradley ist kampfunfähig, und die Decatur und die Sheridan wurden beide zerstört. Admiral Patel", McKay verhinderte mit einer Willensanstrengung, dass seine Stimme brach, ‚hat sein Leben geopfert, als er den feindlichen Kreuzer mit der Sheridan rammte, nachdem die Besatzung das Schiff verlassen hatte.‘ Er nickte in Richtung der Angriffsraumschiffe. „Einige von ihnen sind in diesen Shuttles.“

Shannon hatte scharf aufgeschaut, als er Patels Tod erwähnte, dann schloss sie die Augen, bewegte den Mund zu einem stillen Gebet und hielt seine Hand fest umklammert. McKay seufzte. „Es ist noch nicht ganz vorbei. Einige Schiffe des Protektorats sind noch im System, aber unsere Cislunar-Kutter und die Station des Flottenhauptquartiers sollten sie aufhalten können, bis der Rest unserer Kreuzer eintrifft.“

„Es gibt noch eine andere Sache, die geklärt werden muss, McKay“, erinnerte ihn Kage. McKay blinzelte neugierig, aber es war Shannon, die die unausgesprochene Frage beantwortete.

„Antonov“, sagte sie. „Ich bezweifle, dass er seinen Arsch hier draußen auf dem Schlachtfeld riskieren würde, schon gar nicht im Schlepptau von Fourcade und Riordan. Also", fragte sie sich, ‚wo zum Teufel ist er?‘

Brendan Riordan hatte sich schon seit Tagen gefragt, wann Antonov und Fourcade ihn töten würden, und jetzt glaubte er, es endlich zu wissen. Er hatte einen Verdacht, als sie die Nachricht von... nun, von jemandem erhielten, der ihnen mitteilte, dass der Kreuzer des Protektorats im Orbit zerstört und Dominguez tot war. Sie hatten sich in einem Unterschlupf im Nirgendwo außerhalb von Ottawa versteckt, als sie die Nachricht erhielten. Antonov war in Rage geraten, hatte alles zertrümmert, was nicht mit dem Boden verschraubt war, und Riordan ein wenig verprügelt, bevor Fourcade ihn beruhigen konnte.

Als Fourcade dann das Shuttle erwähnte, ahnte Riordan, dass er bald ein toter Mann sein würde.

„Wir müssen nur in den cislunaren Raum kommen", hatte Fourcade gesagt und versucht, den aufbrausenden Antonov zu besänftigen. „Dann nehmen wir Kontakt mit einem der verbliebenen Schiffe auf und lassen uns von ihm nach Novoye Rodina zurückbringen. Mit der Verteidigung, die wir aufgebaut haben, können sie uns dort nichts anhaben ... und wir können noch mehr hinzufügen, bevor sie uns angreifen können. Ja", gab er zu und breitete die Hände aus, um den Ausbruch zu verhindern, von dem er wusste, dass er kommen würde, "wir haben viele Ressourcen verloren, aber wir können noch mehr schaffen. General ... ich weiß, dass Sie ein geduldiger Mann sind. Du hast mehr als ein Jahrhundert gewartet, um dich zu rächen, weil du bereit sein wolltest. Wir müssen nur noch ein bisschen länger geduldig sein."

Antonov war immer noch wütend, aber er hatte zugestimmt und sie hatten Riordans Privatflugzeug genommen, dessen Registrierung gefälscht worden war, damit es jedes Mal als ein anderes Fahrzeug auftauchte, und sich auf den Weg nach West Texas gemacht.

Keiner der beiden hatte während der gesamten Fahrt mit ihm gesprochen, aber er wusste, warum er mitgenommen wurde. Seit Jahren bewahrte er ein privates Shuttle in einem unauffälligen kleinen Hangar auf einem stillgelegten Lagerplatz außerhalb des Rio Grande Nature Preserve auf. Es war ein Fluchtfahrzeug für den Fall der Fälle; ein bisschen Paranoia, die er durch die verschiedenen Töpfe, in die er seinen politischen Löffel gesteckt hatte, für gerechtfertigt hielt. Der Hangar und das Shuttle waren nur für seine DNA und seine biometrische Identifizierung zugänglich, also brauchten sie ihn lebend, um darauf zuzugreifen ... und dann brauchten sie ihn gar nicht mehr.

Riordan war sich inzwischen darüber im Klaren, dass er mehrere große Fehler gemacht hatte, von denen der größte die Illusion war, dass er jemals die Kontrolle über diesen Plan gehabt hätte. Nein, derjenige, der die Kontrolle hatte, war Kevin Fourcade. Antonov gab zwar die Befehle, aber derjenige, der alles arrangiert hatte, der eine Armee von Biomechs geschaffen hatte, von deren Existenz Riordan nichts wusste, derjenige, der den Streitkräften des Protektorats einen verdammten Sternenkreuzer und viel mehr Kriegsschiffe gegeben hatte, als Riordan jemals zugestimmt hatte, und der die Sicherheitsabschaltungen, auf denen er bestanden hatte, einfach weggelassen hatte ... das war Fourcade.

Er kannte Kevin seit über fünfzehn Jahren. Wie konnte er den Mann nur so falsch einschätzen?

Er wischte den Gedanken beiseite und blinzelte in die blendende Morgensonne, die sich im Sand spiegelte, während er die beiden anderen über den Landeplatz seines Fluggeräts zum alten Hangar führte. Es war eine einfache, billige Schaumstoffkonstruktion - zumindest von außen - mit einem breiten Vordach über dem Büroeingang, gleich neben den drei Stockwerke hohen Metalltüren, durch die das Shuttle auf die Rollbahn rollen würde. Es war ein ungünstiger Ort, um seine letzten Momente im Leben zu verbringen.

Er seufzte resigniert, ging zur Bürotür und starrte sie einen Moment lang an, bevor er einen letzten Blick auf Fourcade und Antonov warf. Fourcade wirkte teilnahmslos, als wäre das alles nur ein ganz normaler Tag im Büro. Antonov hingegen war immer noch wütend, seine blasse Haut war rötlich und sein Atem ging stoßweise.

„Es gibt keinen Grund, mich zu töten", beharrte Riordan und beschloss, dass er wenig zu verlieren hatte, wenn er bettelte. „Nichts, was ich weiß, kann dich verletzen. Wenn du mich hier einsperrst und die Kommunikationsgeräte zerstörst, kann ich dich nicht aufhalten, selbst wenn ich es wollte."

Er versuchte zu lächeln, aber er spürte, dass es wie eine Grimasse aussah.

Antonov begann zu sprechen, und der Form seines Mundes nach zu urteilen, wäre es nichts Angenehmes gewesen, aber Fourcade unterbrach ihn mit seiner sanften und beruhigenden Stimme. „Natürlich ist es nicht nötig, dich zu töten, Brendan", versicherte er dem Mann. „Jetzt öffne uns einfach die Tür, lass uns in das Shuttle und wir können alle genau das bekommen, was wir wollen."

Riordan schloss die Augen und spürte, wie die Hoffnung von ihm abfiel. Er wandte sich wieder der Tür zu und überlegte, ob er versuchen sollte, sich aus dem Staub zu machen, nachdem er drinnen war...

„Ich weiß nicht, ob du bekommst, was du willst", sagte die tiefe, dröhnende Stimme und ließ ihn zusammenzucken, „aber ich weiß, dass du bekommen wirst, was du verdienst."

Riordans Augen weiteten sich, als Greg Jameson von der Seite des Gebäudes, die der Bürotür am nächsten lag, um die Ecke trat. Er hätte ein Handwerker sein können, gekleidet in einen eintönigen, staubigen Overall... bis auf die 10mm Dienstpistole, die er in der Hand hielt und die direkt auf Kevin Fourcade gerichtet war. Fourcades Hand war schon halb dabei, seine eigene Pistole unter seinem Anzug hervorzuziehen, als er die Waffe in Jamesons Hand sah und erstarrte.

„Greg?" sagte Riordan unbeholfen. „Woher... woher wusstest du von diesem Ort?"

„Du hast es vielleicht vergessen", sagte Jameson trocken und ließ Fourcade und Antonov nicht aus den Augen, „aber ich war mal Präsident der Republik. Ich hatte vollständige Akten über einige wichtige Leute. Nichts ist so geheim, wie du vielleicht denkst, Brendan." Ein Lächeln zeichnete sich auf Jamesons Lippen ab. „Ich dachte mir, dass ihr vielleicht hierher kommen würdet ... und da alle anderen viel zu beschäftigt waren, habe ich es auf mich genommen, eine Begrüßung für euch zu organisieren."

„Präsident Jameson", sagte Fourcade langsam und schien schließlich nervös und unvorbereitet zu sein, „vielleicht können wir eine Vereinbarung treffen..."

„Oh, ich bin sicher, das können wir", sagte Jameson und sein Lächeln wurde noch breiter. Dann schoss er Fourcade in die Brust.

„Mein Gott!" Riordan schrie auf und fiel über seine eigenen Füße, als er versuchte, zurückzuweichen. Er landete auf seinem Hintern im Sand und sah zu, wie Kevin Fourcade rückwärts stolperte, die Hände auf das faustgroße Loch über seinem Herzen drückte und das Blut einen riesigen Fleck auf seinem Hemd und seiner Jacke und vorne auf seiner Hose hinterließ. Es schien Stunden zu dauern, aber es waren nur ein paar Sekunden, bis Fourcade auf die Knie fiel und zur Seite sackte, während sein Mund arbeitete, aber außer einem Schwall Blut nichts herauskam.

Riordan wich zurück und versuchte, sich aus der Blutlache zu halten, die sich unter der Leiche des Mannes auf dem Boden ausbreitete. Jameson hatte sein Augenmerk auf Antonov gerichtet, der ganz anders reagierte als Fourcade.

„Der Geisel ist also ein Rückgrat gewachsen", sagte er mit einer so ruhigen Stimme, dass Riordan glaubte, er sei gerade Zeuge geworden, wie jemand auf einen Käfer tritt und nicht, wie ein Mensch getötet wird. „Ich muss zugeben, Mr. Jameson, dass ich nie gedacht hätte, dass dies notwendig sein würde, aber ich habe mich damals der größeren Weitsicht derer gebeugt, die Sie verhört haben." Er grinste. „Lodka."

Jameson lachte leise. „Oh, General Antonov", sagte er und schüttelte leicht den Kopf. „Ich war der Präsident. Glaubst du nicht, dass ich die Konditionierung, die du mir vor Jahren verpasst hast, entfernt habe?"

Antonov zeigte endlich seine Verzweiflung, stürzte nach vorne und versuchte, Jamesons Waffe zu greifen. Der Schuss aus der großkalibrigen Handfeuerwaffe hallte von den Gebäudewänden und über den Landeplatz hinaus in die Wüste. Antonovs Ausfallschritt verwandelte sich in einen Spagat, der ihn mit dem Gesicht nach unten vor Jamesons Füßen zu Boden gehen ließ.

Jameson beobachtete den Russen einen Moment lang und sah, wie sich sein Brustkorb für immer hob und senkte, dann steckte er seine Handfeuerwaffe in eine Tasche seines Overalls, ging zu Riordan hinüber und reichte ihm die Hand.

Riordans Mund stand immer noch ungläubig offen und der Gedanke, dass er nicht sterben würde, drang endlich in sein Bewusstsein, als er sich von Jameson auf die Beine ziehen ließ.

„Greg...", stammelte er. „Du hast mir das Leben gerettet..."

„Brendan“, sagte Jameson mit finsterer Miene und rauer Stimme, „du bist ein verdammter Idiot. Der einzige Grund, warum du nicht mit den beiden auf dem Boden liegst und verblutest", spuckte er in Richtung Fourcade und Antonov, “ist, dass ich noch Verwendung für dich habe. Ihr solltet also euer Bestes geben, um mir weiterhin nützlich zu sein, wenn ihr nicht als Strafgefangene auf irgendeiner Koloniewelt Ernten ausgraben wollt.“

„Wie zum Teufel willst du das schaffen?“ fragte sich Riordan. „Ich werde für all das verantwortlich gemacht werden.“ Er wedelte demonstrativ mit einer Hand am Horizont. „Sie werden mich als Sündenbock benutzen... Ich werde öffentlich hingerichtet werden. Du kannst das nicht verhindern, niemand kann das.“

„Hör auf zu jammern“, ermahnte Jameson ihn und schob ihn in Richtung des Flugblatts. „Sie werden gar nicht an dich denken ... sie werden zu sehr damit beschäftigt sein, einen viel bekannteren Sündenbock zu beschuldigen.“ Er grinste. „Frag mich, woher ich das weiß.“

„Du...“ Riordan legte den Kopf schief, als ihm die Erkenntnis kam. „Du willst wieder Präsident werden.“

„Ich werde wieder Präsident sein, Brendan“, sagte er. „Und ich werde nicht sechs Jahre bis zur nächsten Wahl warten. Jetzt steig ein und verschwinde von hier. Ich habe bereits das Militär angerufen und du musst weg sein, bevor sie hier eintreffen. Ich habe vor, diese Geschichte zu kontrollieren, und du gehörst nicht dazu.“

Riordan ging auf die offene Luke des Flyers zu, zögerte dann und schaute zurück zu Jameson, der neben den beiden Leichen stand.

„Greg“, sagte er vorsichtig, „wie viel wusstest du über all das?“

Jameson schwieg einen Moment lang, sein Gesicht war unleserlich, dann wiederholte er: „Nichts ist so geheim, wie du denkst, Brendan.“ Er winkte mit einer Hand. „Geh jetzt nach Hause. Ich kümmere mich um den Rest.“

EPILOGUE

„...es ist mir eine Ehre und ein Vergnügen, Ihnen, Captain Andrew Franks, die Tapferkeitsmedaille der Republik zu verleihen." Präsident Daniel O'Keefe wirkte etwas erschöpft, als er dem jungen Offizier das Band über den Kopf zog und den goldenen Stern der Auszeichnung auf die Brust seines schwarzen Jacketts setzte. Franks wirkte fassungslos und eingeschüchtert von der Reihe der Kameras, die sich über die Bühne in der Mitte der Reagan Plaza erstreckten, und von der Menge der Tausenden, die dem grauen Nieselregen getrotzt hatten, um die Zeremonie zu verfolgen.

Die Kamera schwenkte nahtlos zu den Personen, die hinter dem Präsidenten und dem frisch ernannten Captain Franks auf der Bühne standen. General Kage machte einen stoischen und professionellen Eindruck, flankiert von Leutnant Matienzo und Captain Kovach, während Ari Shamir neben Roza stand und sie stützte, während sie noch auf ihren gesunden Beinen stand. Ari hatte um eine Versetzung auf einen Ausbildungsplatz gebeten und nach dem, was er erreicht hatte, waren Jason McKay und Shannon Stark geneigt, ihm zu geben, was er wollte.

Auf der anderen Seite der Bühne standen McKay und Stark so nahe beieinander, dass sich ihre Hände berührten, auch wenn sie sich im Moment nicht an den Händen hielten. Keiner der beiden hatte in den Tagen seit seiner Rückkehr Lust, getrennt zu sein. Vinnie und Esmeralda waren anscheinend auch nicht dazu geneigt, denn sie hatten die Zeremonie geschwänzt, um gemeinsam in den wohlverdienten Urlaub zu fahren. Josh und Tom hatten die Zeremonie ebenfalls geschwänzt. Tom erholte sich von den Schlägen, die er in den letzten Tagen einstecken musste, und Josh, weil er dachte, es wäre langweilig und er würde lieber „an den Stränden zu Hause nach Sheilas suchen".

Tanya Manning war da, frisch befördert und trug bereits eine Medaille, wenn auch nicht die Medal of Valor. Tom hatte sie so hoch gelobt, dass McKay dachte, er wolle ihr Vinnies Job geben, aber sie musste sich stattdessen mit dem von Sean Watanabe zufrieden geben. Neben ihr saßen der frisch beförderte Admiral Minishimi und die Captains Pirelli und Gianeto, die ebenfalls frisch dekoriert waren... und alle gerade aus dem Krankenhaus kamen. Joyce Minishimis Ehemann stand neben ihr, ein großer, athletischer Mann mit langen, gewellten dunklen Haaren und einem schmalen Gesicht, das durch das Lächeln, das er sich nicht verkneifen konnte, noch breiter wurde.

Und dann war da noch der dunkelhaarige Teenager in der Uniform eines Akademie-Kadetten, der eine Tapferkeitsmedaille und eine zusammengefaltete republikanische Flagge in den Händen hielt und dessen dunkle Augen voller Tränen waren.

„Er sieht seinem Vater so ähnlich", sagte McKay leise und schaltete die NewsNet-Übertragung aus.

„Du hättest einen Orden bekommen sollen", kommentierte Präsident O'Keefe, der an einem Glas Scotch nippte.

McKay schüttelte den Kopf und setzte sich auf die Ecke des Schreibtischs im Privatbüro des Präsidenten. Jetzt waren sie nur noch zu zweit: Shannon war dabei, nach Valerie und ihrer Tochter zu sehen. „Zu viel von dem, was ich getan habe, sollte noch nicht an die Öffentlichkeit gelangen", sagte er. Sein Mund verzog sich zu einem Lächeln. „Außerdem habe ich bereits eine Tapferkeitsmedaille und es gilt als geschmacklos, zwei auf einmal zu tragen.

„Verdammt, ich sollte dir noch zwei weitere geben, nur weil du die Karte der Wurmlöcher und die Technik, um sie zu öffnen, mitgebracht hast", schnaubte O'Keefe. „Du weißt es vielleicht nicht, aber du hast vielleicht gerade die Wirtschaft der Republik gerettet." Er seufzte. „Nicht, dass es mir viel nützen würde."

„Ist es schlimm?" fragte McKay und spürte einen Ruck des Mitgefühls für den Mann. Was unter seiner Aufsicht passiert war, war nicht seine Schuld und war auch nicht vorhersehbar gewesen, aber das würde ihn nicht davon abhalten, dafür verantwortlich gemacht zu werden.

„Ich erwäge, von der Präsidentschaft zurückzutreten", gab O'Keefe zu, ohne dem anderen Mann in die Augen zu sehen.

„Ich hätte nie gedacht, dass Sie kampflos aufgeben würden, Sir", sagte McKay und schüttelte den Kopf.

„Ich habe schon viele Kämpfe gehabt, Jason", antwortete er und trank den letzten Schluck seines Scotch in einem Zug. „Meine Kämpfe brachten meine Frau um, sie brachten Glen um und sie hätten fast meine Tochter und meine Enkelin umgebracht ... wenn du nicht gewesen wärst. Dieser Job..." Er schüttelte den Kopf. „Dieser Job ist es einfach nicht wert."

„Dominguez ist tot", betonte McKay. „Es müsste eine Sonderwahl stattfinden."

„Und ich glaube, ich weiß, wer diese Wahl gewinnen wird", sagte O'Keefe und rief einen weiteren Nachrichtenbericht auf, der das ernste, heldenhafte Gesicht von Gregory Jameson zeigte. „Die Presse ist voll mit der Geschichte, dass er Antonov zu Fall gebracht hat."

„Aber Riordan und seine Rolle werden nicht erwähnt", bemerkte McKay. „Wessen Schuld ist das?"

O'Keefe zuckte mit den Schultern. „Meine Berater haben mich überzeugt, dass es mehr schaden als nützen würde, ihn zu verfolgen. Es gibt zu viele Dinge, von denen wir nicht wollen, dass sie an die Öffentlichkeit gelangen."

„Sir, ich verstehe, warum Sie tun, was Sie tun, aber ich glaube, Sie steigen zu früh aus. Es gibt noch eine weitere Schicht auf dieser Zwiebel. Es gibt einfach zu viel, was wir noch nicht wissen."

„Das ist deine Aufgabe, Jason", sagte O'Keefe und schenkte sich ein weiteres Glas ein und füllte das von McKay auf. Beide nahmen ihre Gläser in die Hand und O'Keefe stieß mit seinem an. „Mögest du die Antworten auf all deine Rätsel finden." Sie nahmen beide einen Schluck und O'Keefe stellte sein Glas mit einem Seufzer ab. „Und mögest du weniger bereuen als ich."

„Wir alle bereuen etwas, Sir", sagte McKay nachdenklich. Er nahm noch einen Schluck. „Zum einen bereue ich, dass ich D'mitry Podbyrin in die Sache hineingezogen habe. Er war glücklich, wo er war, und ich habe ihn umgebracht."

„Er hat es nicht von der Sheridan geschafft?"

McKay schüttelte den Kopf. „Wir haben alle Überlebenden ausfindig gemacht. Es war etwas schwierig, da die Stromstöße des Schiffes unbesetzte Rettungskapseln ausstießen und einige von ihnen automatisch wieder eintauchten, aber es gab kein Zeichen von ihm. Wahrscheinlich ist er gestorben, als sich die Felder des Schiffes überschnitten haben."

„Dann trinken wir auf Colonel D'mitry Podbyrin." O'Keefe hob erneut sein Glas. „Er starb, als er das Richtige tat."

~

COLONEL D'MITRY GRIGOR'YEVICH PODBYRIN saß still in einer dunklen Ecke der Bar und verfolgte halb die NewsNet-Übertragung der Preisverleihung auf der Reagan Plaza, halb lauschte er dem verstreuten Gemurmel der Gäste, die sich an ihren Getränken labten.

Es war so seltsam, wieder einmal Russisch zu hören. Er war seit dem Krieg nicht mehr auf der Erde gewesen, aber er hätte gedacht, dass es jetzt eine tote Sprache sei: und das war es auch, bis auf ein paar Orte. Alaska war zufälligerweise einer dieser Orte. Viele russische Einwanderer, die während oder nach dem Krieg aus der Rodina geflohen waren, hatten sich hier niedergelassen, und in jeder Stadt gab es eine große Minderheit russischsprachiger Bürger.

Es war Zufall, dass seine Rettungskapsel auf der kahlen Tundra gelandet war, und noch mehr Zufall, dass die ersten Menschen, denen er nach zwei Tagen Wanderung durch die Wildnis begegnete, russische Einwanderer waren. Oder vielleicht war es Schicksal...

Jedenfalls war Fairbanks viel heimeliger als Loki es gewesen war.

Podbyrin sah den Mann, der sich seinem Stand näherte und rutschte zur Seite, um ihm Platz zu machen. Juri war ein älterer Mann, sein Gesicht wettergegerbt und kräftig und seine Augen so blau und kalt wie das arktische Meer.

„Ich habe unsere Freunde kontaktiert“, sagte Juri leise zu ihm. „Sie haben die Rettungskapsel im Meer versenkt. Es wird nichts geben, was uns mit ihr in Verbindung bringt, und sie werden nie erfahren, dass du auf ihr warst.“

„Ich danke dir für deine Hilfe“, sagte Podbyrin aufrichtig. „Ich wollte wirklich nicht ins Exil zurückkehren. Aber ich frage mich ... du tust das nicht nur, weil ich Russe bin?“

„Es gibt nur noch wenige von uns“, sagte Jurij und grinste eisig, „wir helfen jedem, der es braucht. Aber ja, es gibt ein besonderes Interesse an dir, besonders bei den Bratva.“

Podbyrin spürte, wie ihm ein Schauer über den Rücken lief. Bratva... die Bruderschaft: Das war ein Begriff, der zu seiner Zeit für verschiedene Familien in der russischen Mafia verwendet wurde. Offenbar war die Sprache nicht das Einzige, was den Krieg hier überlebt hatte.

„Und warum sollten sie an mir interessiert sein?“, wollte er wissen. Oder vielleicht auch nicht, er war sich nicht ganz sicher.

„Wir sind an bestimmten Informationen interessiert, die du haben könntest“, sagte Jurij. Ah. „Wir“ sind interessiert, stellte Podbyrin fest. Damit war klar, was Jurijs Interesse an dieser Sache war.

„Alle Informationen, die ich habe“, erklärte D'mitry Podbyrin, „hat das Militär der Republik bereits. Sie haben mich chemisch und ziemlich gründlich verhört.“

„Tovarisch“, versicherte Yuri und klopfte ihm freundlich auf die Schulter, „es gibt Dinge, die du weißt, von denen du nicht einmal weißt, dass du sie weißt. Dinge, die für den General sehr nützlich sein könnten.“

„Der General ist tot“, sagte Podbyrin und nahm einen Schluck von seinem Getränk, um das Gefühl zu vertreiben, dass der Raum ihm zu eng wurde.

„Nein, mein Bruder“, sagte Jurij mit einem Blick, der ihn erschreckte. „Der General lebt.“

2 MONDE DANKT EUCH

Wenn du dieses Buch genossen hast, lass es uns bitte mit einer Rezension wissen.

Klicke einfach hier: http://www.amazon.de/review/create-review?&asin=B0D4PFHDWZ

Und wenn dir dieses Buch gefallen hat, kannst du das nächste Buch bereits hier bekommen: Im Rahmen der Pflicht

Abonniere den Newsletter, um über neue Veröffentlichungen von Zweihänder Publishing informiert zu werden:

https://www.subscribepage.com/deutschescifi

Wenn du auf Facebook bist, besuche unsere Gruppe von gleichgesinnten LitRPG Individuen : https://www.facebook.com/groups/scifiwelt

Oder unseren Discord Server : Deutsches LitRPG

Und wenn du einer dieser bücherschnüffelnden Spinner bist, mach ein Foto davon und lade es in deiner Lieblings-SciFi-Gruppe hoch. Weitersagen macht wirklich einen Unterschied.

Wenn du es gelesen hast und es dir gefallen hat, lass es andere in Facebook-Gruppen wissen oder empfehle es einfach mit einem Link zu Amazon. Das hilft so sehr dabei, das nächste Buch herauszubringen und die Kosten zu decken.

SCIFI SERIE

HIER SIND EINIGE UNSERER LIEBLINGS-SCIFI-SERIEN:

'Pflicht, Ehre, Planet' Serie
'Das letzte Gambit der Erde' Serie
'Kriege der Wegbereiter' Serie
'Die Aternien Kriege' Serie

Ehrengebunden: Eine militärische Science-Fiction-Serie

Autor : Rick Partlow

Verlag : *Zwei Monde*

Verlag : *Zweihänder Publishing*

dimitrios@zweihanderbooks.com

Hedwig-Poschütz Str. 28

10557, Berlin

ASIN : B0D4PFHDWZ

ISBN : 979-8879818611

Druck : Amazon

Printed in Poland
by Amazon Fulfillment
Poland Sp. z o.o., Wrocław

41183268R00340